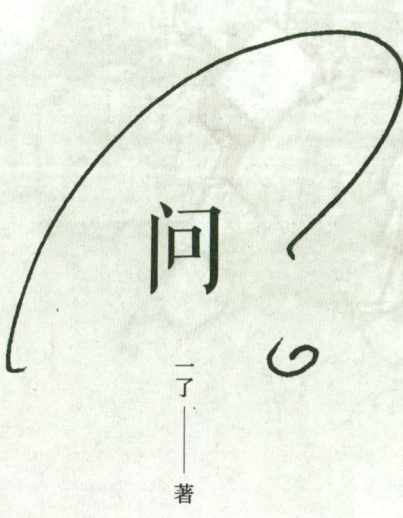

问

一了——

著

北京出版集团
北京十月文艺出版社

浮烟暗幌，冷雨衰灯，

一切过往的事，都集聚眼底，

时明时灭。

心如林下风，清愿许谁同？

新鲜的梦，在枯槁的荒野上回荡。

白昼的阳光，如何能够了解
夜晚黑暗的深度呢？

把写在白纸上的回忆化作一段历史，

被青鸟衔出后，幽怨的红纱巾挂满枝头。

一般俗眼，不谙世事，
都在红尘，何能笑她？

目录

序 / 001

01 竟有女人会嫁给不抽烟的男人，我不相信。 / 003

02 耶稣说："Quo Vadis？" / 015

03 爱只是片段的感觉，时间越短，纯度越高。 / 029

04 我是第七个人，我应该参加哪种讨论？ / 039

05 若身上生了几个痂子，天热褥苦之时，
   关门汤洗，不亦人生一大快事矣！ / 049

06 路边的野花儿，为谁开放？ / 058

07 在远古，人是一种圆球样的东西。 / 067

08 上帝说，你可以死了！ / 077

09 老子说，虚其心，实其腹。 / 086

10 死生，命也，其有夜旦之常，天也。 / 095

11 只有圣人才能自己和自己说话。 / 107

12 文明正越过太平洋，回到太阳升起的地方。 / 117

13　谁能沉思梵即行动，这样的人能达到梵。　／ 128

14　爱情不应该被口哨启发。　／ 138

15　其实，白酒是下等人的饮料。　／ 147

16　你没有吃这盘生腌，这生腌与你的心同归于寂。

　　你来吃这生腌的时候，则这生腌的鲜味就散发出来。　／ 156

17　高兴地再次醒来，我睡了一觉，尘世的梦是黎明的天空。　／ 163

18　跳脱出人群，一个人，才是真正的自由。　／ 172

19　怎么才能做到独与天地精神往来而不敖倪于万物，

　　不谴是非，以与世俗处？　／ 180

20　白昼的阳光，如何能够了解夜晚黑暗的深度呢？　／ 188

21　新鲜的梦，在枯槁的荒野上回荡。　／ 198

22　所谓的天堂，不过就在身旁。　／ 207

23　原始的诗，还是要吃肉的。　／ 216

24　灯光堕落成潋滟的姿态，在长路与焦虑中徘徊。　／ 224

25　唉，水缸里有清水，可我们仍口干舌燥地寻找清水。　/ 232

26　我们不妨试一遍，无聊也是一种幽默。　/ 240

27　也许谁都明白荒诞才是最透彻、最深沉的思考，

　　谁都明白只有荒诞才能嘲笑崇高和信仰。　/ 248

28　过程本身就是目的，总有人爱这么说，我可以免俗吗？　/ 258

29　一个男人要活得像男人，实际上是在完成一种虚荣。　/ 268

30　浓荫下的平淡和重新塑造自信的太阳会让我平淡和自信吗？　/ 276

31　嫦娥、芙里尼与维纳斯，为什么相距万里，都变成蟾蜍？　/ 285

32　Hello darkness my old friend.　/ 293

33　世界上有的是让你想不明白的东西，想明白了会让你恶心。　/ 301

34　你若再不努力，一生只会体会荒唐的粗鲁，

　　感受不到一点忧郁的细润。　/ 309

35　不能忘记是能力的缺失，一个人或一个国家缺乏这点就麻烦了。　/ 318

36　莫名其妙的日子里，我是个什么东西？　/ 326

37 人生恰如钟摆，在痛苦和无聊中摆动。 / 333

38 想象才具有哲学意义的真实。 / 343

39 我们要进窄门。因为引到灭亡的那扇门是宽的，
路是大的，进去的人也多。 / 353

40 脚下的路，便是一个没有希望的目的。 / 362

41 上联：烟魔酒鬼茶博士；下联：诗妖画怪文圣人。
横批：妖魔鬼怪。 / 370

42 除了我，没有人可以用自己的眼睛看到自己。 / 378

43 爱得真才能爱得深，而你就是我的爱人。 / 387

44 吸烟，是自己给自己烧香。 / 396

45 朋友变成了狗到处追逐路上行人。 / 405

46 一般俗眼，不谙世事，都在红尘，何能笑她？ / 414

47 女人如花，真的。 / 422

48 心如林下风，清愿许谁同？ / 431

49　把写在白纸上的回忆化作一段历史，被青鸟衔出后，

　　幽怨的红纱巾挂满枝头。　/ 440

50　与其闭着眼睛诅咒黑暗，不如睁开眼睛寻找光明。　/ 454

51　连王八蛋都要打倒，留下一群好人在世界上不煞是无聊吗？　/ 462

52　爱女人，何必羞涩？　/ 470

53　没有烟，我怎么能活？　/ 479

54　总装得比谁都荒诞，因为荒诞似乎可以嘲笑一切。　/ 490

55　爱是上帝的许诺，还是魔鬼的咒语？　/ 498

56　活着就必须有故事！　/ 507

57　干吗去重新解释古老主题上挂满倒钩刺的花蕾？　/ 516

58　在我眼前，万物都是赤露敞开的。　/ 524

59　在信仰问题上，我们唯一的选择只有鼓起勇气"纵身一跃"。　/ 534

60　和风吹柳绿，细雨点花红，敢问佛祖我的造化若何？　/ 542

61　人生一世，涓若露垂，我身非我，云云谁施？　/ 550

62　因不信教，也就成不了圣人。　/ 558

63 快乐是欲望中的无欲，是崇高中的平淡。 / 568

64 爱酒的女人才是真正的女人。 / 576

65 大胆发誓，不必当真，上帝会在天上撤销你的誓言。 / 584

66 爱的喜悦只持续瞬间，爱的伤痛却终生相伴。 / 593

67 湖中壶，壶中湖，宝相花开照九州。 / 602

68 死，没什么，如生，譬如从麻出油，从酪出酥。 / 610

69 我的春宵，不是你有诗，就可以买的。 / 620

70 别再装了！ / 630

序

——我为什么要写作？鬼知道。好不容易过了一天，晚上还要写日记，鬼知道，有心何必有玉呢？

一大早，就开始下雪，鹅毛样的雪花飘飘洒洒，织成了一道冷冷静静、绰绰约约的天幕。窗外恣意蔓生的楼宇，摇头摆尾的马路，都落了片白茫茫大地真干净。平日那几只吟颂归去来兮的喜鹊，也不见踪影了。我端坐在阳台，抽着烟，穿一袭红色睡氅，装模作样，钓寒江的雪。

其实，人的寂寞就是喧嚣。过去的寂寞叫归隐，现代的叫修真；寂寞之喧嚣，古人叫长啸，当代叫号叫。当代寂寞之喧嚣，北方叫呼麦，南方叫摇滚。还有老太太叙事诗的 rap，都是在喧嚣中的自嘲。于是写作是因为我在偌大的滚石舞厅里，号叫只是在提醒自己的存在不是虚无，如同证明三角形的内角和等于内裤两个直角的和，证明汽车尾气与太阳黑子对臭氧层的影响，证明牛郎和织女的传说源于一只巴西的蝴蝶扇动了一下翅膀，证明王冠有浅蓝色的内壳，外膜上有明显的粉红绒棒状粒子突起，仿佛杜拉斯的脑袋。

其实，这都是扯淡。走在路上，只问远近，不问西东。

问

01

一切就是这样开始的。

这并不奇怪。这有点像几个老谋深算的男人与几个心怀鬼胎的女人在一起，只要给他们一点时间，什么样的精彩事情干不出来？虽然老话说三个女人一台戏，其实如果没有男人加进来，她们的戏大多不过是姑嫂之间的嚼舌或磨镜，绝绝对对演不出乔太守乱点鸳鸯谱之前那段故事来。所以不是我说而是老子说万物负阴而抱阳。荞麦儿黄。

星期六，傍晚，我从家里走出来，在刚迈出门槛的那会儿我还多多少少有点犹豫，现在我则是一朵水仙花，恬然看着自己的倒影。我来到西边的丛林中，这是我常在阳台上看到的，从未来过的那片丛林。我之所以选择这片丛林作为我的路的开端，并不是因为我的好奇心。说实话，对我这样已过了唱小夜曲年龄的人，更需要的是待月西厢下的实惠。我选择这片丛林，是因为它代表了一种象征（现在时新叫符号）。至于到底象征什么，我只能偷偷地笑，不能说出来。

傍晚的丛林。西方粉白的天空，几道暗红的血痕，一张营养不良少女的脸。卵形的太阳，软蛋，红色的液体裹在一层薄翳之中。一绺一绺暮霭，如生绡系在林树的腰间。几只乌鸦"扑棱、扑棱"飞来飞去。晚风的语言：伶仃黄叶落下的清脆，古墓前的古池塘，"泼刺"一声响。林中大都是鸡蛋一样粗的小杨树，有时也夹杂几株泡桐和曲柳。小路的两旁，野草和灌木已泛黄。一张混浊水珠巨大的草芥折断苍蝇蚊子蝗虫灰蝶星星草蛛网随风荡动，干尸横斜在上面稀疏地沾着腐草败叶的翅膀气味，竹篱笆围成的心形的水潭，眼睛长睫毛打秋千的女孩子却把青梅嗅？这季节，这幽凉黯淡的傍晚。

脚下的路向林之深处延伸，傍晚林中的路。古人说川上有路，现代人说路在脚下。集权主义与个人主义。我的路只是我的路。我走出家门是因为我要走我的路。我知道我终究会走出家门的。在这个世界上，只有傻子才不会走出家门，他躲在家里，和他的同类们制定规则和科仪，结成同盟，并要求任何人必须像他们一样。我不是傻子，我走出家门，走上我自己的路。我奇怪，不走出家门，怎么才能知道自己是谁呢？

唉，傻子毕竟是傻子。只有我的脚步声响在路上，林中很静，我的心也就更静了。什么都没有，没有同伴，没有忧郁，没有女人响亮的笑声。不用奉承，心悄然地柔顺了这里的一切。湿润的林风伸出快乐的小手梳理我茸茸的胡髭，柔软的吻，金黄色的小花，美丽的笑靥。

只有美丽花朵的笑靥才会让我心动。又是一个黄昏，少女之吻的印痕。水渠边，青砖小桥，茂密的水草与浓郁的大麦花遮住了月亮的视线。她来了，她是谁？她披着深花浅底的纱巾，吹着口哨从树上滑下来。我没有动，她站在我的面前，调皮地微笑。她说，你来晚了。她说话时，清秀的长眉紧蹙。我说怎么会呢？她看着我，鼻翼稍稍翕动，转过身子。我说你真是个女孩子。

于是我拉着她的手，走在水渠边。天色暗淡下来，半规新月像一个小偷，轻手轻脚地从薄薄的罗纱似的白云中爬出。阵阵晚风，麦地"簌簌"的声音，天籁，地籁，人籁乎？我们来到水渠的高埂上，暮色中的大麦地，一块巨大的灰土色的缎子，此起彼伏有韵律地展动。在渠埂下面是一片月牙儿样的水面，风窜动着细碎的波光，如千万条小鱼一起嬉戏，时而沉下，时而腾跃露出银色的肚皮，美人鱼的肚皮舞。水渠边的新鲜感觉吹着口哨飘然远去，我的目光已多余，找不到她去时的身影。予美亡此，谁与？独息！

今晚的树上会滑下一串串口哨声吗？哎哟，一片重新剪接的记忆。败落黄叶，嫠妇泪珠。心花就要破碎了，爱人呀，你还不回来呀？谁说过，又谁知道？心被抵押在竹篱笆围起的小木屋里。暮春三月，我瘦毛长，杂树生花，群鸡乱飞。一双被香烟反复熏灼的浊黄的眼睛，平静地寻找平静。古老的歌谣。一只木船搁浅了，是因为到了自己的码头。白色的船，船工呢？我坐在船上，把橹柄抱在怀里，频伽鸟飞去的时候，湛蓝的天空，星星宛如光洁的宝石，熠熠闪亮。山麓的岚气已带寒意。无风，一束瘦竹懒懒地站在小园里。我想这便是我了。

林间的小路有多长？林中的故事。我从家里出来，藏器林薮之中，以辞征召之宠。其实又有谁知道我的心？一不小心流产在这个世界上，便逢上西王母的蟠桃会，鸿鹄雉鷃、鸡鸭鹊鸠、丹凤青鸾，齐炫彩毫；虎豹熊貔、獐狍麋鹿、笨牛癫象，争现憨态。鸾凤和鸣，百兽率舞。介也能歌，鳞也能跳，一种从来没有的像这样的意气风发，精神振奋，斗志昂扬，到处一片欣欣向荣的景象。可怜我这只小兔子，站在旁边，正自躲懒，突然看见了凤凰手下的那只秃鹫，恐怕它来叼我，只好夹在里面，扭扭捏捏，东奔西跳，望风摇尾，曲意逢迎向秃鹫献媚。最可笑的是参谋长死后赠我的那首诗，诗云：试问朝中为宰相，如何林下做神仙？我现在连做个员外已不曾想了，哪还有干青云之志？知我者谓我心忧，不知我者谓我何求？我走在林间的路上。

路上的草愈来愈浅。路的尽头是一条清澈的溪流，小溪两岸几米宽的缓坡长满整齐茂密的红叶草。这是一种奇异的草，椭圆形的叶片，拇指般大，呈现出鲜亮的胭脂红，在簇簇的叶片中时有一根纤细的茎，托出一朵蓝晶晶的小花。小溪上弥漫着淡淡的紫雾。

溪水向东流，我沿着溪岸向东走，点燃一根烟。烟真香，烟是男人的尤物，烟在我气管里打个转，带走埋藏在我心中的忧悒，从嘴里、从鼻孔里飘出来。竟有女人会嫁给不抽烟的男人，我不相信。小溪的流水渐缓，有时被溪中的汀渚和岩石分成几股岔流，有时在滩边留下一泓静静的清水。天色更加暗淡，红叶草坡变成一匹巨大的绛紫色绒毯。

黄昏的溪边，没有歌词，有旋律。青溪之曲，复何穷尽？自己总是自己，纵然小阁幽轩颂白雪，舞衫歌扇叹黄花，竹肉与丹青，红牙之檀板，那又何妨？魂伤，当此际，不如轻分罗带，暗解香囊，谩赢得青楼薄幸名狂。轻松的日子藏在轻松的心情中，没有目的，当然也没有主意，人生寄一世，奄忽若飙尘，不过是一场游戏一场梦，论流行歌曲是昔时贤文。为什么总在这下雨的日子，想起我的家，我的国家，社会与政体，现代化的心情。朋友们都说讨厌那种救世主一般的激情，同时都会补充说那样的激情自己也经历过。我抽着烟，微笑点着头，其样子仿佛饱经风霜的老人，安详地看着一个蹒跚走来的孩子——那孩子就是我自己。

文学的想象创造了愚蠢也创造了艺术。流行歌曲，流行的意义应该以出现的频率为计。我很丑，但我很温柔。聪明的丑陋女人总是这样表白自己。丑是本质，温柔是特色。丑女人不能与美女比美，亦不愿与丑女比丑，只有自己给自己寻找点特色。朋友说你怎么也有点救世主的矫情（此词不能用京腔读）！我马上说，这是我一次在风月场上的感觉。余下我们可以愉快地议论妓女的长相与化妆。荒诞是一种自嘲的解嘲，是一种轻松的无奈。在世界所有的深刻的形式中，荒诞无疑是最最深刻的一种，只有荒诞可以轻松地嘲笑一切。星期日，打开门，在屋里画油画，是自娱抑或是想勾引女人，只有我自己知道。

小溪的尽处有一座石桥。石桥的意义？桥的后面是峻峭的山崖。我走上桥，看到来时的路，已稀疏地埋没在淡灰色的暮烟之中。桥身紧紧和山崖贴在一起，粗糙的桥面，天然的，还是人造的？桥上的石罅中有几棵红叶草，这种可爱的小草竟有如此顽强的生命力。我摘下几片叶子，在手中揉碎，血红的浓汁从手中流出，滴在石头上。杜鹃的眼泪。桥下是一个溪池。红藻——飘萍——新藤——白沙——碧沼——残荷——浴鸟——桥影——行鱼。暮阴裹着寒气向我逼来。金人瑞在此会有什么感叹？人生的快乐事太多了。穿过石桥，来到小溪的彼岸，在贴近桥身处找到了被杂草掩埋的一段石阶，拾级而上，来到山洞。这时我才知道，这石桥原来是山洞的门。我笑道：此是女娲补天所遗，乃游仙窟也，可与十娘赌宿！

山洞的暗河与桥下的溪水相连，乳石上滴下的水珠，滴在水面上，干净空灵，洋洋盈耳。没有洗衣的女子，我多少有点遗憾。天色渐暗，我踌躇不前。男人一生就是如此，在大多数过程中，总是把女人当作目的。为什么要这样？女人是不是也以男人为目的？上帝造人时的狡黠。山洞变得黑黝黝的，长长的洞道深处，隐隐约约地闪动着一个蓝色的光点。

我跳到洞中的暗河里，河水齐脚踝深，很凉，可是在身上一阵冷战后，心中有一种说不出的安详。洞的外面，黑幕降临，碾盘大的月亮挂在丛林的枝头。我注视着消失在茫茫夜色中的小溪，过去的事情还在想，回过头，摸着山洞凹凸不平的岩身，看着洞道里如精灵一样飘浮的蓝色的光。

外婆的故事——

外婆说：那是很久很久以前的事，在咱们沙河的岸边，住着一户老实巴交的庄稼人。这家人有一个孩子，这孩子很勤快，天天到河坡放牛，这样人们都叫他牛郎。后来，牛郎慢慢长大，他爹娘先后死了，他放的那头水牛也老了。有一天他正在喂牛，老水牛猛地张开嘴，对他说话，牛郎吓了一跳。是呀！牛郎和这头水牛过了这么多年，从来都没听它开口说过话。老水牛说，牛郎啊，你已大了，是该娶个媳妇了。牛郎说，老牛老牛，你跟了我这么多年，还不知道我的日子是咋过的吗？照现在的光景儿，我跟你能有口饭吃就不错了，还想啥媳妇？老水牛说，日子再穷，还是要娶媳妇呀！你明儿个晚上，太阳快要落山的时候，到南面沙河边的苇林里，那里有一群天女要下来到沙河里洗澡，她们会把衣服放在苇林里。你要挑一件蓝颜色的，拿着就走。

为什么要拿那件蓝颜色的衣服？外婆是这样讲的吗？外婆的故事很多，外婆的故事有长有短。牛郎织女的故事。一个民族的历史大都是从女子洗澡开始的。早年的洗澡叫沐浴，沐浴是洗头洗身，洗澡则是指洗手洗脚。只有沐浴了，才能咏而归，才能做弥撒，社会发展史中的母系时代，the chalice and the blade。一个人一天的开始不是从盥洗开始的吗？法老的女儿找到了摩西，摩西在西奈山颁布了金律令，西奈山上白鹭飞起的时候，西方才开始有了文明，文明以止。这是许多人都不知道的秘密。鸳鸯浴，水远山长看不足。

外婆的故事——

外婆说：牛郎信了老牛的话，第二天晚上，早早地来到沙河边的苇林里。他等啊等啊，直等到太阳落山，正这光景，他看到一群仙女——整整七个，从天上晃悠悠地飘下来，落到苇林里，脱光衣服，把衣服挂到苇子上，光屁股去沙河洗澡。牛郎记着老牛的话，拿起一套蓝色的纱裙就跑。仙女们看见了，马上来追牛郎。牛郎一口气跑出了苇林，仙女们没穿衣服，不敢追了。牛郎坐在苇林边的沙丘上，天很快就黑了。天一黑，天门就要关，其他六个仙女没办法，只好穿上衣服飞上天。剩下的那个叫织女，她没有衣服，飞不走，只好躲在苇林里。天黑了，牛郎来到苇林中，把衣服还给织女。织女就跟着牛郎回到家里。当夜，由老牛做媒，俩人成了婚。后来，织女给牛郎生了一男一女两个孩子。草儿沾露水，蝴蝶花中飞。他们的日子尽管不富裕，可是很快乐。

牛郎为什么要拿那件蓝色的衣服？我还是不知道。忧郁的蓝色能快乐吗？快乐的日子。外婆把这个故事讲了一遍又一遍。她每次所讲的一些细节都不太相同，但是织女的衣服总是蓝色的，没有变化。我从来没有问过外婆，织女为什么要穿蓝色的衣服，我小时候就不相信外婆会给我一个满意的回答。

其实，每每听外婆讲完，我都会有许多问题，比如，为什么仙女们光着屁股不敢走出苇林，外婆对这个问题的回答，我已忘记了，我是到了知道害羞的年龄才真正理解的。再如，织女当时年龄是多大？这个问题是我很感兴趣的，外婆曾讲过，织女是那七个仙女中最小的。既然是最小的，她和最大的之间最少要差七岁；既然是仙女，年龄一定不会太大。我问外婆织女的年龄，她的回答很奇妙：仙人们长生不老，是没有年龄的，你想让她多大，她就多大。所以，我十一二岁，织女也十一二岁；我十五六，织女也十五六；我十八九……不过我三十以后，织女的年龄便不能向上长了，要不然她的脸上会生出黄褐斑的。

山洞里飘浮着淡蓝的光。我又点燃一根烟，向洞里走去，烟是男人的信心。洞里很暗，什么也看不见。走几步之后，洞口也消失在漆黑之中，只有刚过去时印象中那个不规则的圆，似有似无地在脑子里摇动。口中的香烟，随着呼吸，一明一暗闪动，可是除了借助这微弱的光看清我嘴边的手指外，什么也看不见。脚下的水发出"哗啦、哗啦"的响声，在这幽深的山洞里显得更加悠长。水下是细沙底，滑腻松软。好事从来由错误，天台之路。我蓦地看到了我嘴角得意的微笑。

然而越向前走，水越凉且深，走了一百余步，水就没过膝盖。前面幽蓝的光不再飘浮，变成一个固定的亮点。黑暗的山洞里，我摸着湿漉漉的洞壁，小心翼翼向前走。水已漫过腰，烟只好噙在嘴里。前面幽蓝的光点变得更亮，一只蓝眼睛漂在水面上。突然，"嗞"一声，烟被水浸灭，我浮在水面上向前游去。

外婆的故事——

外婆说：后来，王母娘娘发现织女不见了，她把和织女一起偷偷去沙河洗澡的几个女儿叫到一起，仔细一审，发现了缘故。这样，王母娘娘便带着人，来到了牛郎的家中。王母娘娘来到牛郎家中时正是大晌午儿，牛郎正在地里薅草，俩孩子在院里玩，织女在屋里织布。王母娘娘一进屋，看见织女，拉着就走。俩孩子看见自己的娘被别人拉走了，哭了起来。哭声惊动了在地里干活的牛郎，他赶快收工回到家里，一问，明白了怎么回事。他看着天上飞走的织女，他有什么办法？只好抱着头和孩子一块儿哭。这当儿，老牛走了过来说，遇到这事儿，哭有什么用。我就要老死了，你快把我杀了，把我的骨头埋起来，披上我的皮，去撵织女吧！看看还能不能撵上。牛郎没办法，只好流着泪把老牛杀了，把它的骨肉埋好，披上牛皮，用挑子挑起两个孩子，飞上天，去撵织女。

外婆继续说：撵到天上的一座破庙里，牛郎撵上了。王母娘娘站在庙门前，不让牛郎进去，牛郎挑着孩子要硬闯，王母娘娘没有法子，只好对牛郎说：你甭急，这庙里有七个织女，长得一模一样，你找的是哪一个？你要是找着了，你就拉她走。牛郎跟着王母娘娘来到庙里，真的看见了七个织女，都穿着蓝纱裙，模样一针眼儿也不差。牛郎这下可傻了眼。他放下挑子，看见了坐在挑子里的俩孩子，心眼一动，有了法子。他把孩子从挑子里拉出来，打起孩子来。孩子们"哇哇"地哭了，这会儿牛郎看到有个织女，眼睛流出了泪，他伸手向前去拉，王母娘娘忙推开牛郎，拉着这个织女就跑。牛郎忙挑着孩子在后面撵。前面跑，后面撵。眼瞧着快要撵上了，王母娘娘急了，从头上拔下金簪，就地一划，划出了一条天河。天河又深又宽，风大浪急，牛郎过不去了，只有站在这边等。织女呢，也只有站在那边望。他们这样恩爱，到后来王母娘娘也不忍心了，便让他们每年的七月初七见一次面。到了七月七那天，地上所有的喜鹊都不见了，它们都飞到天上去，在天河上搭起一座鹊桥，好让牛郎和织女过河相会。

外婆还说：你不信，到每年的七月七的夜晚，你坐在院里的葡萄架下，还能听到他们说话呢！他们说的是恩爱的话。

恩爱的话应该怎么说？小时候的我并不知道，到现在我依然认为，绝对不是郁达夫笔下的那个音调。外婆说男女之间的爱叫恩爱，有恩才有爱；我们说男女之间的爱叫爱情，有爱才有情。文化的代沟抑或是时间的钩带。今晚的风流娘们儿谁知道亲卿爱卿，是以卿卿的道理？北地胭脂，南朝金粉，都跟着妈咪走夜的黄色帷幕。今晚迪厅舞细腰，任俺去摘嫩枝条，酥娘一搦腰肢袅，回雪萦尘皆尽妙。手牵手我眼睛又望别人，一片干净的心灵是什么时候被玷污的？

世纪的末日，是爱情有愧于我还是我有愧于爱情？牛郎杀了老牛。外婆讲到老牛被杀的时候，我曾流下泪。牛郎怎么能忍心杀掉老牛。也许牛郎认为老牛尽管会说话，不过还是一牲畜。老牛杀身成仁，成全了一段伟大的恩爱。就是这样，老牛也不能和盗取圣火的普罗米修斯相提并论。老牛的崇高是上不了天堂的。老牛的崇高上不了天堂，我们便没有了史诗，没有神的人格。学人们津津乐道此事，是为了润笔的银子，是为了有资格在夜里号叫的职称，还是为了我们民族的尊严？口不对心，言不对行。终于，我感到了被蹂躏般的无聊。我走上我自己的路。

蓝色的光是一个马灯发出的。一个精心打造的镂花马灯，金属灯架被玻璃罩里湛蓝色的灯火映成灰青色。马灯安放在用毛竹条编成的圆簸箕上。灯周围的水面沐浴在蓝色的灯光中。我游动时，水面叠起一层层逻辑思维的波纹。就是这样一种蓝色，我推着簸箕，慢慢地向前游去。

水面变得狭隘，我的脚碰到了沙底，似乎已经到了出口，我站起来，抖落身上的水珠，慢慢向前走。前面一片蓝色的光辉映出狭长洞口轮廓。来到洞门，我扶着两块拱立岩石构成的洞门，回头看到那蓝色的灯依旧漂浮在水面上，长长的洞身消失在浓重的黑色阴影里。

洞外是一片蓝色的世界。贴着洞口是一条卵石铺成的路，两边有路灯。蓝色的路灯，刺眼的光亮。寂静的路，幽冷与神秘。路边的红叶草在蓝光的照耀下，呈现出苍绿色。路的前方可以看到平房和楼，蓝色的光雾从楼房的窗户一道一道地飘出。蓝色的世界，宁静与和谐，心的安慰，在窘涩的幻觉中，不是梦。

这是我的路，我要出发的地方，谁能拉着我的手？我稍有迟疑，又继续向前走，鞋里有积水，青蛙的叫声，蓝色世界的噪音。

我们的现实世界不就是在蛙鸣声中诞生的吗？我脱下鞋，拎在手里。在平坦的卵石路上，任灯光把我的身影拉长、缩短、前后颠倒或分离成深浅不一、参差不齐的蓝色形象。

我说："和朋友在一起的时候我感到非常冷。"

罗杉说："你是不是穿少了？"

我笑道："要是大家都脱光我就不会感到冷了。"

罗杉说："那是因为你喜爱的颜色不对。"

我看着她。一只蓝色的蜜蜂从她白色的头花飞到我的袖口。蓝色与白色交错的碎片。在生活中有时找到的激动纯粹是扯淡。翻飞的杏黄旗，影子，大海的影子，憔悴的绿面孔贴着可口可乐的红标签，口中的唾液溅到她隽秀的鼻尖上。深秋的颜色和她眼睛中的颜色。宝蓝色的对襟褂子。我喜爱遥远的陈旧感觉，所以我喜欢历史，喜欢民国女子穿着的修身立领短衫。我喜爱女人穿着短衫，拿着小旗上街游行的样子，尽管她们并没有游出来一个像样的世界。唉，女人是没有脑子的，女人的脑子长在男人的眼睛里。

02

　　我拖着疲沓的双腿回到屋里，屋里没有人。人们大都谈恋爱去了，只留下我。我是一粒被爱情抛弃的种子，只能在阳光照不到的地方开花结果。不知道还应该干什么，于是我躺在床上，瞪着眼，看着白色的天花板，晃动的视觉。怎么会这么疲惫呢？是一天的疲惫还是一生的疲惫？不知道。人生天地间，忽如远行客。对任何人来说，一旦意识到生命不过是一个过程，都会有这样的感觉。

　　我伸开四肢，蓦地感到酸透了的骨缝中有一种撕裂的疼痛。我闭上眼，仔细体会这种具有悲剧意义的伟大疼痛，这是被各种欲望撕裂的疼痛。左手握着情欲，右手握着名望；左脚蹬着权力，右脚蹬着金钱，这副模样有点像商鞅被车裂或拉奥孔被巨蟒缠身。只有良心在肚脐眼儿的上方，被肮脏的血液温暖着。过了很长时间，一切都变得麻木了，我又开始吸烟，静静地盘算着近来的几件事。

　　我的步子已显得羞涩，好比第一次和朋友一起去勾引妓女，抑或是被妓女勾引。面前是一座拱顶的房屋，圆形的门，厚厚的棉布帘。门前有一丛蓝色的竹影。进还是不进，仿佛我们几个都在迟疑。

有人说，这地方灯光太暗，别进去后被宰了。

有人说，要是有漂亮的妞儿，就是被宰一刀又何妨？

有人亢奋地说，秀莲出于污泥，芝菌产于粪土，对我们这样的文人来说，这叫作体验，叫作惺惺惜惺惺，叫作亲卿爱卿。干吗忸忸怩怩？

我也想说点什么，见周围并没有人，只好揭帘走进屋里。这是一间十分考究的酒吧。满屋是蓝色的柔和灯光，可看不到光源，在屋的中央是一个浅浅的舞池，两边是餐桌。有一些客人在饮酒。我找到一个清静的地方坐下。桌上铺的是深蓝的亚麻桌布，雕花的硬木椅上垫着厚厚的蓝色金丝绒软垫。一位身着青灰色修身立领短衫，戴青灰色绒线小帽的侍女来到我的桌前，她的容貌对我来说似乎并不陌生。

"先生是刚来吗？"她的声音柔和。

我点下头："有烟吗？"

"先生，对不起，我们这里没有烟。"

"那么就来两杯酒，一壶茶，一套带炉的炒锅，其他的什么都不要了。"

她迟疑了一下："哦，马上就来，先生，你稍等。"

她身材苗条，走动的时候，臀部的摆动如一首调情的小夜曲，节奏融化到流畅的曲调中。我想：把她抱在怀里应该是什么样的感觉？肯定是一副小鸟依人的样子。风流事，平生畅。每个餐桌似乎只有一个人，都漫不经心地喝着酒。在蓝色的光线下，他们的脸呈现出青灰色，轮廓凸凹分明。

她很快就来了，轻轻地把一切摆在我的面前。

"能陪我喝酒吗？"我问。

"可以的，谢谢，"她点头道，"先生还要点别的东西吗？"

我摇摇头。她坐在我的对面。我递给她一杯酒说："你说还应该要些什么，烟、酒、茶、女人都有了，四大皆有，还应要些什么？"

她薄薄的唇颤动一下，露齿笑了，笑得很美。她待人颇有分寸，不若风尘中的女子。我看着她，不知是满意，还应该是失望。文人无耻的最深刻的表现是在狎妓这件事上，分明是二脑袋的需要，却哭着喊着微笑着说是大脑袋的要求。口是心非，吾固知其鉏铻而难入。商人们狎妓是十分地道的，他们像在茶馆饮茶，放下杯子，丢下钱便走，落个两相情愿。文人却不同，他们要上一壶茶，往往要细细品玩，非要品出味道来，唯恐对不起自己那壶茶钱。最最可恨的是，有时事完了，还要写出来，用笔再奸污一遍，润笔把嫖资赎回。

我摇摇头，点燃炒炉，从兜里摸出那半包湿漉漉的烟，剥开一根，放在炒锅里，加上作料和椒油，用小银勺拌着，锅中发出轻轻"嗞嗞"的声音，很是动人。

"你吸烟的方式十分特别。"她浅浅地喝了一口酒，调皮地说。

我苦笑，耸肩："怎么，你也尝点？"

她摇摇头，用特别的眼光看着我。我喜爱女孩子这种特别的眼光，把她的眼光和炒好的烟丝一起咽到肚子里，有说不出的快感。老 K 曾告诉我，从古至今，三种人狎妓用三种方式，上等人用意，中等人用眼，下等人用身子。尽管我曾说我一生决不狎妓，但以老 K 的意见，我现在已忝列二流了。明道、伊川先生背妓过溪，一个是眼中有妓心无妓，一个则是眼中无妓心有妓。闲来无事人从容，我的修养已可以与明道先生比肩了。老 K 斜躺在沙发上，端着一杯酒，在嘴边晃动。他刚从西洋回国，一副意气风发、踌躇满志的样子。

我说："妓女是婚姻的补偿形式，希腊雅典文明的出现和当时名妓的兴盛不无关系。"

老 K 笑道："你说到这，我想起一个海外客论及东西文化之异同，曾出妙言，他说，东方人狎妓如西洋人求婚，东方人娶妻如西洋人宿娼。"

我喝口酒，品味完他的话，骂道："你这老儿，我们这些东方的丈夫岂不全成了嫖客了？"

老 K 放下酒杯，击掌说："对了，对了，我不结婚，就是怕宿娼。"

小乐队的萨克斯管竟吹出唢呐的声音，《百鸟朝凤》。周围的人跳进了舞池。突然，我流出眼泪。外婆的故事完了。是因为碗不结实，外婆的故事才完的？在外婆的故事里，织女可曾用特殊的目光去看牛郎？生活是平常的，生活不需要特殊的目光。老 K 看我哭了，便不再说话，低下头喝酒。我这双被烟雾熏黄的眼睛，已很久没有真正流下过泪珠，至于在别人面前的哭，似乎是我十岁以后根本没有的事。这就是说，十岁以后，我已清楚地知道，在这个世界上，哭是没有用的，也许会有人同情你，但绝对没有人会真正帮助你。

人之孤独，在于你已经不想哭。其实，哭也并非完全没用，牛郎能把老牛哭死，孟姜女能哭倒长城，申包胥能哭来救兵，刘备能哭成一绝。大凡哭不过是因为自己在绝望之中祈求得到些帮助，可你在绝望的时候，谁会来帮你呢？我不哭是因为我早就知道了这点。在这个世界上，唯一能帮助你的只是你自己，你就是哭，也看不到你自己的样子，倒不如安静一会儿，动动脑子，想点办法。可是我今天为什么哭了？是不是像阮籍那样，哭他个日暮途穷？我是大路小路都走之人，怎么会有穷途末路的感觉。

余曰：人生于天地之间，奄忽若一客远行，去者日疏来者日亲，人之身非金非石，岂能长寿？考昼短夜长，年命如流，大道悠悠，四野茫茫，白露秋华，时节易复，风回四壁，寒鸟相依。余乃知命不惑之人，顾影自怜，宁屈心以抑志，太息掩涕，故忍尤而攘诟，宁与燕雀旋于草檐，不随黄鹄翔于长空。众人醉余亦醉，众人不醒余不敢独醒，故常被纨衣素拥吴越名姬秉烛夜游，戏燕赵佳人玉烛长调金瓯永莫。咏三字之真经，便谓儒雅，读南华之宝卷，自视高远，不羡荣名，勿策高足。据要津却爱阿堵，常卖青春换铜钱，酒乃家妾，烟是私奴，茶为官妓，书称公仆，故有酒有烟有茶有书。可于京远郊一清静地，置茅屋三两间，种水柳四五株，悠然从容，思入风雨。变化之中，清静自得，道通天地，有形之外，挥烟谈玄，把酒清啸。至若月余周尾，韵友来，名妓至，吾辈相携游于青山碧水之间，支红泥小炉，煮雨前新茗，竹丝轻起，娇歌婉转，三杯软饱，一枕黑甜。

此不亦一生哉也！

我说："这就是我的理想，我的境界。"

有人说："你怎么能这样？"

我说："我怎么不能这样？"

"那么，我将把你的话告诉支书。"

我不再理会他，独自歌道："你说你要远行，无影无踪……"

我在卡拉 OK 里的歌声是很少有听众的。就因如此我才深深地明白古诗中"不惜歌者苦，但伤知音稀"的意义。所以我说唱歌只是为了自娱，那些唱歌让别人叫好的在古代被称为伎或优伶，我能担当起这样的称呼吗？唱歌能唱成上等人，只是革命后现代文明的产物。说实话，我从心底里是无法接受这一现实的。流行歌曲的舞台上，女的一个劲儿地发嗲发情，男的恨不得穿起花裙子，转背向予，撩人心动。世道的变化绝非一语可以破的。坐在大餐桌边，我们说一些毫无意义的话。秃头 boss 说，你们这些人似乎和别人不一样。我的朋友满意地点头。我喝着菊花茶仔细地品尝着 boss 的话，极力想从中找出一点能接下去的话头。boss 大概看出了我的心事，微笑地看着我，等我说话。

我终于说："你想嫖吗？"

boss 愣了一下，马上说："你真幽默。"

他说完后，便把脸转向别人，安静地听别人的谈话。我无奈地摇一摇头，起身打开门，冲向大厅。大厅里的后墙边坐着一排女子，脸上涂着厚厚的粉，有几个在抽烟，我做了个鬼脸，坐到她们对面的圈椅上。

我也点了一根烟，轻轻地吐一口，对她们说："我知道你们是干什么的，你们知道我是干什么的吗？"

她们均笑着看着我，有个瘦点的，扎着大红花髻的尝试着说："你不像做买卖的，尽管你穿得像做买卖的，其实你不是，对吗？"

我挥一挥手中的烟说："你年龄不大，眼就花了，我不是做买卖的是干什么的，告诉你们吧，我拉皮条的。"

她旁边有位娇小、样子有点像广东人的女子说："你是文化人，我说你肯定是文化人。"

"你怎么知道的？"我装出惊奇的样子，递给她一根烟，"不过你还是说错了，我只是有文化的皮条客，我以文化做纽带，把权力和金钱拉在一起，从中赢利，我不是拉皮条的是干什么的？"

"你这个人好有趣儿！"一个服饰绚丽的女子说着坐到我的身边。我的眼睛红红的，喘着粗气。小玫走来，拉了我一把："走吧，boss还在等你呢，她们关心的只是钱，你想在她们中找个红颜知己，不是做梦吗？"

我没有起来："你不信吗？在她们中间，花钱肯定能买到知己。其实，你以为我们不是卖淫者？都是一回事，只不过是索价不同。"

小玫愤愤地走了，她们鼓起掌。我带头说："boss的歌唱得就是好，男低音，还有修饰声。"

boss拱手向我笑，把麦克风递给我："你们这叫捧杀吗？你唱一个。"

依照小玫的说法，boss向我笑是给我面子。据小玫说，boss姓任，姓任就能是人吗？小玫说这次请boss吃饭是为了让他推销点书，实际上我已知道她还想让boss给办点别的事，比如倒卖石蜡之类。朋友的友谊并不能完全以诚实为基础，金钱高于一切，在这样一个世界里，你所能依靠的不就是自己的两只脚吗？所以跛脚的人只能参加残疾者协会。小玫一个劲儿地劝 boss 喝酒，boss 每喝完一杯酒，都用手拍拍小玫的屁股上方，以示谢意。

这时，在我的眼中，小玫的样子酷似一只雪白的狐狸，在秃头老虎的面前，张着涂红的指甲，公然借起虎威来。而这桌上的其他人，不是家狗、蠢猪，也就是土獐、野狼了。是的，在任何一张餐桌上，你只要仔细一看，都可以看到这样的形象。动物乐园。我不明白，这时的动物怎么没有《动物狂欢节》里的动物可爱。我不禁"嘿嘿"地笑起来。

我喝口酒，尝口烟，味道辛辣鲜美。我又拨几根烟放到锅里，环视周围，并没有人在注意我这一奇怪的行为，于是心中顿然产生出一种微妙的诧异。如我这样的年龄，纵然不够老成，也必须充老成，不为时异；立异为高是少年人的事，现在再做这类的事，有点小丑的行径。一个是俗人，一个是小丑，我在炒烟这时刻，期盼做哪个？当然，不管做俗人还是做小丑，都是让别人看的，我就不能做点让自己看的？我看到自己那张可爱的脸。

我问她："你看到我那张可爱的脸了吗？"

她奇怪地问："我怎么能看不到呢？"

我点头："是的，你能看到我的脸，但你看不到我那张可爱的脸。"

她的脸有点难为情地严肃起来。我马上说："你莫动气，我绝不是调戏你或调情，我是调戏我自己，或向我自己调情。"

她仍严肃地看着我，使我不敢正视她的目光。我低下头，津津有味地嚼着炒烟，烟初入嘴时微微地呛口，慢慢品嚼，浓厚的烟油味由辛辣变成甘甜，加上一口酒吞下，再喝口茶，感觉更是绝妙。我很愚蠢，她怎么能看到我那张可爱的脸呢？她的面孔清丽脱俗，像薇。我已多年没有见过薇了，她应该是什么样子？薇远在异乡，怎么会到这里来？

她见我许久没有说话，轻声说："待会儿有舞蹈表演，你愿意看吗？"

"如果是脱衣舞，我不会反对的。"我抬起头。我们的目光交织在一起，相持几秒，她耷下眼睑，这时我注意到她斜戴的小绒帽下，是白嫩的头皮，没有一绺青丝。

"这地方叫什么名字？"

"三清庵。"

"挺好，"我说，"看来我以后要常来了。"炒烟的香味并未惊动四邻，我慢条斯理的动作仍未引来他们羡慕的目光，只有她把胳膊架在桌子上，好奇地看着我一匙匙地细嚼慢咽。屋里的灯光突然暗淡，一束白色的光柱照在舞池里，随后又熄灭。

她说："演出就要开始了！"

我放下银匙："是脱衣舞吗？"

她俏皮地笑，笑容含有神秘。我也笑。惠而好我，携手同行，可以吗？不过女人的笑并无神秘可言。蒙娜丽莎神秘的笑是粗鲁男人的笑。女人必须在男人那里找到支点才能笑出来，试问这样的笑还有什么神秘的成分？女人的笑只是巧笑，是为男人笑的，雅步擢纤腰，巧笑发皓齿，纵然秀丽的脸上堆满笑容，又怎难免被一天到晚的大风吹跑。笑矣乎！笑矣乎！我若是女人只能为我的同类暗暗祈祷：让我们敲起希望的钟！让我们在大风天，赤身裸体坐在柳树下，让风用粗糙的手去硬拽我们的丁香乳。

当我再次抬起头，我确信在暗淡光幕中的她绝对是薇。我奇怪，既然她是薇，怎么会不认识我，好像我已不认识她一样。是不是她如我一样，已认出我，但不愿说出来。我决定保持现在的状态，要不在这清静的小酒吧里，出现一幅万里他乡遇故知的画面，会让彼此都很尴尬。此时，她专注地看着舞池，在她身后几米远靠门的地方，有个大胡子倚墙而立，其貌如耶稣，他端着一只高脚银杯，歪着头，但不是受难时那种痛苦的样子，炯炯有神的眼睛里，流出淡黄色丁香花样的幸福。

我用手中的酒杯碰一下她放在桌上的手："哎，你们这酒吧是个怪地方，怎么耶稣也来这里喝酒？你看你身后是不是耶稣？"

她说："这有什么怪呢？酒吧就是让人来喝酒的。你瞧，你身后佛陀也在喝酒呢？"

我回头，正与佛陀的目光撞在一起。佛陀穿一件陕北人那种对襟短衫，红底黑花，油光的大肚子从扣鼻儿缝中挤出来几片油光的囊肉。他举起手中的高脚银杯向我致意，我不知如何回答，只好转回头。

我问她："这不是化装舞会吧？"

"怎么会是化装舞会呢？"

"这怎么会是真的呢？"

"南柯一梦，流年掷梭，你是在梦里，在梦里不是想什么是真的什么就是真的吗？"

我学着 boss 的口气说："你真幽默！"

我又说："在这酒吧里认识了这么多有权有势的人，要是再有警察之类的小吏欺负我，我就敢对他说我是你爸爸。"

她不再说话，又专注地看着舞池，放在桌上的胳膊已收回去，似乎不愿再接受酒杯的骚扰。我曾告诉过薇，我喜欢女孩子是从她们的手开始的，白皙修长的手是她们出身与修养的标志。当我第一次抓着小杰的手，然后把她抱在怀里，她使劲地把我推开。我装着生气说，我不过是想体验少年维特的感觉。她说，你这样子像西门庆。她又说，你知道赵第一次抓我的手用的是什么办法吗？他憋足劲说要给我看手相。我说，你伸出手，然后投进他的怀中。小杰也不再说话。我第一次抓着忆萍的手，是在她被毒蛇咬伤后，我们把她抱到架子车上，在这短暂的时间里，我曾紧紧抓着她的手，此时她在体验死亡，而我在体验爱情。她的手冰凉，几无感觉，仿佛预兆我们的爱情还没有生长，已着了毒蛇的口。

酒吧中的灯光几乎熄灭，仅有人们手中的银杯隐约泛光。一阵细细碎碎、清清脆脆的铃声由低到高从舞池颤起，舞池上方的光柱也慢慢地亮了，一对赤裸的男女合抱着，全身颤动，跳着一种奇怪的舞蹈。男的有四五十岁，样子稍显臃肿。他戴一顶桦皮条做的帽圈，帽圈面上镶嵌着五颜六色的宝石，帽圈下沿挂着一只只精巧的喇叭花样的小银铃。脸与身体绘满各种各样的图案。左腮上是两片绿叶扶持的一朵鲜红的牡丹，右腮上的画青白相间，如鱼鳞一般，自颈至下点缀着藤萝样的墨绿色的斑点，宽大的屁股上画着细长的眉和月牙形的眼睛。只有粗大的生殖器装饰得如华表般，十分特殊；生殖器被银托儿托着，银托儿又被一条盘系在腰间的红丝带拽起。女的年龄似乎比男的大，身体有些干瘪，两只松弛耷拉下垂的乳房头上系着鲜红的大樱桃，她的肚子还稍圆润，上面画着一个泉洞，泉洞的四周是暗红色的石壁与黑色的茅草。她胯上缠着一条挂着银铃的丝带，上面还挂着几片无花果的叶子正好掩遮着阴部。

我转回头，见她微靠在椅子上，目不转睛地看着舞池，她那双漂亮的手又放到桌子上，我抓着她的手，轻轻地摩挲，她如同没有感觉，过一会儿才转眼看着我，一动不动，我发现我的样子很委琐，于是放开她的手。

我说："我知道你是谁。"

她莞尔一笑，宽宥了一个犯错误的孩子。舞池里又是一阵急剧的铃声颤动，那对男女合抱在一起，身体的各个部位均在有节奏地摆动，"泼喇、泼喇"的铃声与他们身体的动作巧妙地融为一体。裸体舞蹈。我想，这世界就是奇怪，人们光着身子，有时被叫着流氓，有时则被称为艺术。大肚子的维纳斯和撒尿的小于连。忽然，那女的把男的推开，男的双膝跪地，女的腿盘在男的腰间，两臂张开。男的慢慢站起，慢慢地旋转，随着旋转的加快，那清脆的铃声响成一片。圆锥的造型，鼓掌。在欣赏舞蹈这类艺术的时候，人们习惯把掌声送给一个连续重复的动作，惯性与平庸。

我问她："这舞蹈不错嘛。"

她点头。

"从哪里请来这对老活宝？"

"怎么，你不知道？"她惊奇地看着我，"这是'上帝'和他的妻子呀！"

"是吗？"我从容地微笑。

她看着我，略有所思地说："上帝有时也想当演员。"

　　上帝想当演员不在于他的寂寞而在于他自身的丰富性。上帝是人类发展所必需的假设。上帝是特殊又是普遍，是一和多，是太极与妻子合称为两仪，是刹那又是永恒。上帝是被人类共同的精神确认后又还给个人的信仰，所以个人的思想达到了对上帝的情感后不可能再前进一步。所以人们就会产生一种并不奇怪的冲动，以为自己的行为艺术已不需要像上帝这样的庸俗导演留于幕后。所以有人敢于扼死上帝，就像疯子敢于扼死自己的母亲。疯子可以扼死自己的母亲，但无法扼死自己。二十世纪，分崩离析的心灵。上帝当上演员以证明自己的存在。不过我对上帝拉他妻子一起来跳舞深感懊恼，上帝的妻子，亲手拆散了牛郎织女的伟大爱情。她为什么要这样？她的爱情是不是不幸？一场游戏一场梦。我的理想不也是想做个摇滚主唱吗？最恶心的是还要有一万名观众在台下。

　　大胡子耶稣过来，想邀请我对面的她跳舞，她委婉地拒绝。耶稣尴尬地向我耸肩，转身走去，我用唱歌样的声音问："Quo vadis？"他停下，慢慢地回头，用他特有的忧郁的目光盯着我。

　　我满脸问号。

　　他不再理会我，径直走出酒吧。

　　我解嘲地对她说："他是不是来晚了，找不到女孩陪？"

　　她说："并不是所有的人都像你一样。"

　　我说："他很像杨。"

　　她问："杨是谁？"

　　我诡笑道："不能告诉你，他要是认识你，会把你拐走的。"

她不再说话。"上帝"把他妻子乳上系的樱桃吃掉后，表演也就结束了，厅内又恢复起柔和淡蓝色灯光，她向我道别。我依旧喝酒。佛陀腆着大肚子，坐到我的桌前。

他说："你的烟很香。"

我没有说话。他说："我是这段舞蹈的导演。"

我没有说话，只是抬起头。他说："你不过是只渡河的兔子，虽能懂得迷悟之本，断除见思之惑，但不能割断陋习，证到真空。兔子只有恐惧时才出声，所以你不配做主唱。"

他怎么知道我属兔？我没有说话，只是闻到他身上有一股浓浓的狐臭味，不禁把身子侧向后。他站起来，用蒲扇般的大手拍拍我的肩膀，不知是嘉许还是解嘲。他刚转身要走，我顺手拉着他的大裤头，把他扯回来。

我笑道："我不喜欢别人拍我的肩膀。"

"是吗？"他的笑十分勉强。

周围的人们好奇地看着我们，有的人的目光竟然发出吃吃的笑声。似乎一切都很可笑，就像看到自己的身影，可以大笑落水。天才应该嘲笑傻瓜还是傻瓜应该嘲笑天才？我回顾四周，大声对他们说："我们唱《我们是共产主义接班人》好吗？"

我的倡议没有应和。这时，一只雪藕般的胳膊搂着我的脖子。轻柔的声音："我们一起唱吧！"

是小玫。

03

　　我躺在床上，抽根烟，望着绿格稿纸糊的不规整的天花板。烟雾从鼻孔中溢出，变成飘逸的胡须。还可以鼓起嘴，吐出一只只淡蓝色的花朵。小玫不声不响地掐一朵花，别在我的头上，然后坐在床边，用手抚摸我的脸。

　　她穿一件深绿色的便装袄，脖子上缠一条黑色的长绒巾，丰润的腮上有两片红晕，少妇，态秾意远，采桑绿水，春日凝妆上翠楼，哪棵树上的梅子黄了？小玫就是小玫，我喜欢小玫是因为小玫漂亮，是因为小玫像个妇人并且是个妇人，是因为小玫和我像小蚂蚁一样在肮脏诗人的泪水中挣扎——我们的区别是，她的挣扎仿佛正处于一次性过程幸福，故腮上有两片红晕，而我则是自慰过后的挣扎或挣扎前已自慰，故一次性过程中无快感可言，只好把那颗大头懒懒地斜倚在小玫松软并富有弹性的两乳之间，吐一口烟后便自称学海波中老龙、圣人门前大虫。

　　老师傅说你是不是不再搞学问了？我肯定地说，不，我现在研读《成唯识论》。

　　与老师傅的对话使我有两点体会：

一、他对我不搞学问的怀疑是有根据的，学问学问，不问何学之有？

二、"搞"这一词十分讲究，和英文中的 make 类似。当"搞"的宾语与值得 make 的异性同，概而言之，鲜有不达者也。

知道我的注释后，小玫的笑容颇有点淫荡："你把一切都搞歪了。"

我说："在一个歪的世界里，歪的才是正的。你不知道，我最近在写一本书，叫作《诗词性解》，其代表作是对'大江东去'注释，读完我的注释，你才会知道苏东坡才是一个顶天立地的大淫棍呢！不信，你一句一句地体会体会。"

小玫娇嗔地把我的头在她两乳间揉动。我继续说："所以说来，性欲之不亢者要想伟大是不太可能的事情。秦始皇的伟大在于他把中国搞统一了，这是政治家的伟大；陈后主是作为政治家生下来的，可他命根里却喜欢漂亮女人与诗词，他只能在诗词方面搞点建树，这是诗人的伟大；又有康德诸类哲人，他们多不近女色，不把精液流到女人的肚子里，而流入自己的大脑中，我国古代称此举为还精补脑，这是思想家的伟大——"

"你的伟大在哪儿？"小玫打断我的话。

我戛然而止，吃力地瞪开眼睛："名者实之宾也，吾将为宾乎？"

小玫的话是有道理的，我不知道我的伟大应该在哪里。小的时候我有许许多多伟大的欲望，就是像秦始皇统一中国一样统一世界这样的梦也不是没有做过，又如成为中国第一年少才子，作诗写小说之类更是俯拾皆是的理想，也许是因为欲望太多，故一事无成。古人云：事不达者从其乐。我则说：事不达者从俗乐。在人世间这趟惯性列车上，个人的一切只能消磨在惯性的时光中。年幼的初衷如贞节一样在第一次冲动又稍显勉强的性事中被毁灭了。现在的我只好在端起酒杯的时候，在半醒半醉的时候对我面前的水手说：在我心中，曾经有一个梦。

"你的伟大在哪儿？"小玫的口气似在逼我。

我看不见小玫额前的乱发，只好闭上眼："你不知道，我如果能遵循本真，把握阴阳晦明的变化，遨游于无穷之境域，我还要什么呢？所以说，至人无己，神人无功，圣人无名。"

小玫的话是有道理的。实际上小玫自己也不明白她所喜欢的伟大应该是什么样的。别人为了吃饭而活命，但是我为了活命而吃饭。我把头从小玫的胸前挪开，少尉看着我傻笑。

成熟的日子和收获的时令，稻浪。少尉脸上的络腮胡子，宽厚的胸怀。每当宣布完任务，他就开始一丝不苟地干活，穿着一套破衣服。他的眼睛很亮，听说他从小练过武术，但从未见他与人动过手。只有一次，不知因为什么得罪了大个子黄毛，晚上吃饭的时候，黄毛吭哧几声，他没说话，黄毛便把手中搪瓷盆甩在他的脑门上，脑门被砸开两寸长的口子，他慢慢地站起来，盯着黄毛，这时他眼睛亮得想杀人。血一滴滴滚过他陡峭的鼻梁，流到嘴巴上、胡须上，浓密的胡须上挂满血珠。黄毛气呼呼的，顺手操起一根棍，但没继续动手。而他只是从地上捡起那只盆，放在桌上，突然飞起一拳砸在盆上。盆被砸扁了，我过去拉他，看那只砸扁的盆上留着清晰四个指印。

这件事过去，黄毛找到我，递给我一根烟："那家伙不是吃粮食的。"

"鸟！你担心啥，他才不会做那种瞎路上炸别人瓢的事儿。"

的确如我说的一样，少尉以后什么也没做，就如这件事没发生过。其实我也不能解释他怎么忍下了这口气。

小玫的手十分柔软，细心地把我鬓角乱发理齐。我把她的手从我脸上拿下，放在我胸前，她的嘴角如眼角一样微微上挑，总是在微笑。

"我想出去！"

"去哪？"她的手捧着我的脸。

"不知道！"

佛祖西来意？一堆发酵的白菜。信徒把《般若波罗蜜多心经》放在烙满戒斑的头上，一群苍蝇"嗡嗡"地叫，生活我要感谢您。哈！不就是这些吗？到来的地方来，到去的地方去，你，我，他和她们平时都十分珍惜外婆的故事，外婆给我讲这个故事的时候脸上的皱纹并不像现在这么多，小玫脸上也会有这么多皱纹吗？烟！用白线织成的褡裢，银圆，银票和剑。千古绝唱，万家灯火，无眠，浅酌，琵琶声，"上帝"和妻子的揶揄。我第一次见小玫时，少妇的羞涩、丰满、弹性好、白，交织的遮着透亮眼睛的乱发，总是这样，一杯酒洒在茶几上如一条肆意流淌的小溪，小儿的连环画，我又续上一根烟，并把它装在朋友送我的煤精石雕刻的烟嘴里。

"讨厌！"她生气地说。

我深深地抽一口烟，然后在烟灰缸沿上刮去烟灰。

我说："你知道吗，你说讨厌时绝不讨厌，北京的女孩子都是这样。"

"得了，讨厌。"

"讨厌"掉下来把我手打个骨折。我沿着坡向宿舍走去。淡红色的阳光给坡面的青草镀上一层神秘的光晕。忆萍的白底蓝花的衬衫格外地逼我的眼睛。我感到有一种小秘密般的羞涩在心中翻动。她单薄的身子走起路来的时候十分轻快。快到宿舍的时候，她突然转过身，来到我面前。

"哎，把我的锹带回去，我去河边洗洗脸。"她用手拢起散在脸前的乱发。

我接过锹。我不愿拒绝她，如不愿拒绝一次亲热，我淡淡地扫了一眼她的背影，跟着她走去。

她来到河边，坐在柳树下的捣衣石上，双足放到水里，夕阳洒在河边柳树上和她的身上，我坐在河埂上看着她。她身子抖动一下，把长发甩在身后，然后双肘搁在膝上，双手捧着下巴，看着河面。淡红色的水静静地流，平静地叙说自己平静的故事，共同分享平静、秘密。一个穿着裙子的小女孩，左手拿一束金黄色的万寿菊，右手拎一只很漂亮的小竹筐，里面装满了鲜红的樱桃，过去了，如风。

她终于回头看到我，来到我面前。

"你来这儿干什么？"

"没事。"

她狠狠地看了我一眼，好像看一条浑身沾满臭泥的狗。她把那两个字甩向我，手面骨折。锹柄没有断。在古老的苍壁上留下一排排鲜红的牙齿的印痕，落日余晖洒在青褐色的石板桥上，金黄色的芦草，远山的口号和标语。上帝的苦恋和拜倒在罗汉堂里的女人细软的裤衩，是呀！留给我们的还有什么，去呼唤吧，让回声给心灵一记响亮的耳光吧。还有什么？苍白的天空送给我最后的遗容吧！把爱情叠起来装在口袋里吧，用女人的泪水洗脚。

一条青蛇从河边跃过，爬到那边竹林里，小筐送来的诱人的喜讯是情人不幸去世的消息。记忆由此才会美丽而动人，骑着枷锁木雕成的马在空中遨游的是孩子褐色的眼睛，蒸熟的馒头起锅了，动摇的信念化成五光十色的纸帆。梦中与女神的交媾后只留下凉冰冰的想象。大雁衔来的一缕乡愁在钱包中已成灰烬。干吗去崇拜那些知名的杂种，崇拜我。忆萍及漂亮的姑娘们，在床上在我温柔的爱情里，除了诱人的亢奋以外还有什么？爱只是片段的感觉，时间越短，纯度越高。夕阳落下片片碎金把我鼻梁砸歪了。

小玫来找我并不仅仅是为了温存，还有生意的事。对我们这样的人来说，大凡过了而立之年后，已无理想抑或自我可言，"立"的意义在于别人做什么你也必须做什么，赚钱已成为生命的永远过程，在这个过程中，朋友也变成一种金钱符号，真正的友情只不过体现在一次生意中所分得的利益多少。我还有朋友吗？餐桌，丰盛，你，我，他，笑与装着生气而拉长的脸，牙獐、黄狼、鬣狗……土鳖终究是土鳖，当我因失意骂土鳖的时候，自己无意也成了同类，利益的朋友，土鳖与土鳖的交易。

我只有走出餐厅。

餐厅外没有餐厅。顽石——寒泉——乱云——红树，低矮的山峦在啾啾的鸟鸣声中更显寂历，茫茫四野杳无人迹。我走上我的路，我的路是什么？我不知道，我所知道的是我应该上路了，我轻盈的步伐带动我轻盈的身躯奔走在轻盈的山道中，疲倦已经送给过去，什么又是幸福？昨日往事成云烟。歌道：饮水多少通玄妙，白麻青巾模样好，精神何须把镜照，事事心了一了百了，梦中识破梦中身，就是逍遥。

我对杨说："你是百了，我是一了，百了疯道士，一了野和尚。"

杨伸着懒腰，用蔑视的口吻对我说："诸事何尝能一了百了，既不能了，疯与野便是痴人说梦。且不见金庸笔下的杨逍、范遥，又有何逍遥可言？"

我讨厌杨说话的样子，回到家中，做一篇《论逍遥》以答之。

夫逍遥者，人之所欲也，然非人所能行之。苟若秉性率真，不为物拘，不为行累，放诞于天地之间，远集而弗止，浮游以寄趣，盖非常人，神仙也。费衮《梁溪漫志》：有士人贫甚，夜则露香祈天，益久不懈，一夕方正襟焚香，忽闻空中神人语曰，帝悯汝诚，使我问汝，何所欲。士答曰，某之所欲甚微，非敢过望，但愿此生衣食粗足，逍遥山间水滨，以终其身足矣。神人大笑曰，此上界神仙之乐，汝何从得之？由是观之上界神仙亦吝惜清乐也哉。固有浮华之徒如余者常蕲蕲扪心作凄然状，虽无沧桑，历数紫蟒荣华，亦捧心效颦，文引陶令，诗称谪仙，手不释南华，口不辍游仙，实可哂哉。浮华如余辈心存逍遥之念有可哂不可哂者也，金庸笔下有杨逍范遥氏分为光明教主左右二使，然杨逍不逍，范遥不遥，使命使然，当不可哂。金氏逍遥子非韦氏小宝莫属，小宝生于烟花深巷冶性狂蝶乱蜂之中，上交大清天子于无意，下拥 Russia

公主于忘形，朱栏缭曲，携妻嫖母流丹浃席滚睡七艳。故诗云，二矛重乔，河上乎逍遥。此可知金氏则赋逍遥之念于小宝而非杨逍范遥之辈者也，俗世累人逍遥为念亦不易，故金氏以《鹿鼎记》封笔逍遥之不可晒，又缘于逍遥有大小之分，向子期郭子玄《逍遥义》曰夫大鹏之上九万，尺鷃之起榆枋，小大虽差，各任其性，苟当其分，逍遥一也。支道林又拔理于郭向之外，夫逍遥者明至人之心也，庄生建言大道而寄指鹏鷃，鹏以营生之路旷，故失适于体外，鷃以在近而笑远，有矜伐于心内。至人乘天正而高兴，游无穷于放浪，物物而不物于物，则遥然不我得，玄感不为，不疾而速，则逍然靡不适，此所以为逍遥也。若夫有欲，当其所足，足于所足，快然有似天真，犹饥者一饱，渴者一盈，岂忘烝尝于糗粮绝觞爵于醪醴哉，苟非至足，岂所以逍遥乎。

杨看完后，把稿子扔到桌子上，淡淡地说："你还是俗人。"

我讨厌杨这种样子，他这样子有点像参谋长。

我抬起头，只见自己已来到山中。这山并不大，形状十分怪异，嵯峨插天，窄岸俯地。我骑着一头塞驴，慢慢向前走，路边的树林渐渐繁茂，时有阵阵浓郁花香，沁人心脾。转过山角，山势更为雄奇，翠峰千仞，林深高莽。路是淡青色平石铺成，点滴的花瓣杂落在路中。花瓣以白色为主，颜色驳杂，在透过林叶斑点的阳光下，更是可人。我把驴拴在一棵树边，独自向前走去。越向前走，山路上的落花越厚，踏花而行，滑软宛如走在茵褥之上；而杂香袭鼻，更使人神气徒增。花生长在路上方茂密的林枝间，花瓣或大或小，或长或短，似乎品种不一，这是让人无法辨认的花。生在树上的花，或低枝似坠，或绕干如飞。这样的境遇，我差点哽咽出声。

"你来这里干什么？"她站在离我不远的路边，左手挽着竹编的花篮，右手搀扶着一位老者。

"Shaded Dog 对喇叭，我怎么不能来这里。"我避开她的目光，看着那位老者。这老者年逾古稀，相貌十分龌龊，竟看不出是男是女。

她说："你还是这样。"

我说："我又能怎样？"

我说："我应该怎样称呼这位老菩萨？"

她敛起秀目："你不是有称呼了吗？"

我说："许久不见，可否一起喝杯咖啡？"

老者说："你还要赶路。"

我从老者的声音中也未能辨认出性别来：真是菩萨，度我到西天？

"臭女人。"我狠狠地吐一口痰，梦遗时得到的满足。

"什么？"小玫问了一声。

"嗯，"我看着她，把她紧紧地抱在怀里，"我说你不来，我想自慰。"

她用力推开我，和我一起倚在床头躺下。她又把头侧过来，靠在我的肩上。我又点起一根烟。

"你就这样，"她娇嗔地说，"怎么，又抽起来了，这是第三根。"

我胳膊环抱着她的颈，手摸着她的下巴："你忘了，我们第一次见面时，你不是跟我说男子汉要浓茶、烈酒、猛抽烟吗？那时我不过只是象征性抽几根，可听了你的劝告以后，无奈只好加个猛字。"

"得了，你这种人，没准儿是哪个女人跟你说的，你忘了，把这些话当成我说的。"

"我怎么会忘了，就是因为你说过这样的话，我才给你送一个'坤侃'的绰号的。"

"唉，你们这些人，谁对你都没有办法。"

"和秃头 boss 的生意做得怎样了？"

听我问这事，小玫颇有些不耐烦："我把关系给你介绍了，成与不成是你自己的事。"

"我不是问我的事，而是问你的生意。"

小玫不再说话，她似乎不愿意让我对她生意的任何细节做出评价。

小玫的姿态有时很像十五六岁的小姑娘，而这种神情有些矫情，我似乎喜欢她这种表情。我把她的头横放在我的胸前，像仔细玩味一件精美的工艺品。她闭上了眼。

04

我醒来的时候，小玫似在酣睡。我把她叫醒，告诉她我那场梦。

"我知道留不住你，你终究是要走的。"

小玫又说："展开眉头，解放肚皮，且一觉睡，不是很好吗？可还是留不住你。"

我说："我的心，还有梦。"

送我从小屋里出来，门前的大榆树绽开翠绿的新芽。小玫流着泪，拉着我，头靠在我的胳膊上，我还是走了，脚步迈得很轻盈，没有回过头再望她一眼。春蛙秋蝉，花枝乱颤，哗啦啦吱咕吱的笑声冲开窗户回荡在我的耳壁上。路——黑色——夜——人影——蛙声——树的叶片——狗和风——私语。在梦中晃动的秀发。从梦中跳出来又回到梦境中，黑色的路，黑色的夜，黑色的人影，蛙声，狗吠和树的叶片的骚动是风的私语。在黑色的夜幕中，一个孤独人影和一条狗从路上走来，俩人悄悄地说句话，一记清脆的蛙鸣震落了秋蝉，夜披着黑色的秀发拉着一条狗向我走来，大地宁静极了，只有蛙和蝉的爱情私语……

外婆的第二个故事——

故事名字大概可以叫《水晶壶中的姑娘》，这个故事是在什么地点什么时候第一次讲的我已记不清了，反正外婆讲了很多遍。外婆的故事总是蓝色的，蓝色的湖，蓝色的水晶壶，蓝色的夜，穿着蓝袍子的吕洞宾从王母娘娘的宴会中回家，喝醉了，偷了一个漂亮的仙女装在壶中，走到一个大湖上空，打了一个冷战，壶从怀里掉下来。壶掉到了湖中，每每月圆的那天夜晚，湖中总有小仙女的哭声。仙女的哭声被一个财主听到了，便派一个长工去打捞。结果，水晶壶被捞了上来，仙女跟长工跑了，结了婚。

我总是想，这个仙女就是织女，那个长工就是牛郎。

外婆却说："这是两个故事。"

外婆的故事和上帝的箴言是一样的，当我在水晶壶的故事中伴随壶中的小姑娘的哭声睡去的时候，外面的雨落在宽厚美人蕉叶子上的声音我已听不到了。家室的温情，红绸裙，罗杉又穿起那红色的绸裙睡衣，细长的手掩着我的眼睛。我说我还是要走。

因为外婆的故事是蓝色的，我就在蓝色的故事中长大。在蓝色中长大的我，心情也只能是蓝色的，忧郁地看着蓝色的天空和蓝色的大海。蓝色不是忧郁的颜色吗？我想在我现在的心情中能去掉一些焦躁和所谓的上进心，我的心也能和大海一样平坦，和天空一样舒展。李林甫也只能做宰相，是做不了神仙的。如果一个人能白天做官，晚上梦里做神仙又该多好！丑老道非踢我三脚不可。

我走在我的路上。我只知道这是我的路，至于我将去做神仙还是做宰相我不知道。前面是山崖，赭红的石壁，崖上的小路，石级上遍满红色的苔，红叶草的记忆。一只秃鹰在山崖上的蓝天上哼着古老的"信天游"。那是绝对古老的陕北民歌的调子："骑白马，挂洋枪，兄弟三人朝南下，打开榆林西安城，呼儿嗨哟，一人一个女学生。"鹰大概还不理解谎言的含意，因为只有女学生才有力量、才有朋友、才有信心。翻过山崖是鹰歌唱的现实吗？可是如果在这崎岖的山路上丢失了微笑，丢失了脚步，丢失了那个预期的约会。"啪、啪"足音在红苔上震响。鹰飞起，云涌来，这时山崖凹下的天空如胭脂一般。

圣人告诉我三不朽，神仙却说那是痴人说梦。我告诉我，神与仙是可以分开的，神之伟大在于崇高，仙之伟大在于干净。一切都是无聊。我应该相信谁的话？办公室的故事。三个土鳖在谈卖瓜得枣之类的感受，另外三个在诅咒时事，大骂世风日下人心不古。我是第七个人，我应该参加哪一方的讨论？人人都是这样，无聊就有了理由。

我终于爬上山崖。这里乱石嶙峋，有几株酸枣类的灌木，风也很急。路断了，面前是陡峭的山壁。我坐下，抽烟。一朵红云向我游来，这是一朵莲花状的云，它要把我送向西方的净土吗？我什么都不知道，耳边隐隐有风声……

五台山的钟声又响起了，它在呼唤失落在这个世界上的孤独的旅人来请高香。青灰色的太虚袍，淡褐色的眸子，白线袜和千层底的罗汉鞋。傍晚，山道上的游人渐渐稀少。我沿着山道向下走去。山道不宽，两边的树的浓荫使这里十分清凉。偶尔从绿影中闪出的寺庙的红墙黄檐使我目光为之一动。我头上新烧的戒斑仍隐隐作痛。走下这段石级，在拐弯处的柏林中一个僧人迎面走过。他的面孔我好像十分熟悉。

"少尉！"我侧过身喊了一句。

他的身子颤动一下，又走几步，站住，回过头。

"你为什么非要做和尚不可？"

少尉苦笑道："我不做和尚又能做什么？"

"党员是不应该当和尚的。"

他勉强地说："其实，把裤裆里那玩意儿一剪，就能当个好和尚。"

他说着便解起裤子来，似乎是想让我看看他那玩意儿现在的样子，可待真的解开裤子，他却背过身子，撒起尿。

我学着他的样子苦笑道："你把一种崇高看成一种欲望，这是你的不对了。其实，我也想来做和尚，可不敢剪去那玩意儿，剪的时候太疼。"

少尉提好裤子，回过头，用审视的目光看着我，不再说话。在他的目光中，我像一段下流的笑料。当我对我说我也讨厌我以后，我眼中的那个我便消失了，我眼中现在这个我只是回声，只能重复最后一个音符。朝花夕拾喝口酒，寂寞的你在音符之后。会写几句歌词，就自以为了不起，他们的立场，比起工人和大多数劳动人民来，就显得毫不相同，前者动摇，后者坚定，前者暧昧，后者明朗。四海翻腾云水怒，五洲震荡风雷激。女人分娩的血红的脐带拉长了，满地是艾草的涩香味，生命犹如千万只蚊蚋在红色绣帐里欢舞，轻岚笼罩着山崖，遮掩着鹰的歌声。我喜爱柳宗元那只鹰，脱胎换骨的我就是那只鹰了。

因为要逮那只满头疥疮的癞兔，被它咬了一口。我那条腿上的血迹未干。罗杉忧郁地看着我，轻轻地给我扇着扇子。

"唉，谁让你出去的。"她叹气道，"腿断了。"

我没吭声。一条腿是麻木的。

"你一点也不爱我。"她竟然流出泪来。

我笑了笑，用手抚摸她的头。难道这还是在爱的季节吗？无滞碍时从拨弄，有遮栏处任钩留，爱难道不是这样的吗？我没有给她讲这类的话。我又走了，一跛一跛地走了。没有人问我：Whither goest thou？魔鬼早已把出卖我的意识放到众人的心中。听说在街上，有一台孤独的手风琴在回荡。我作为最后一个音符在街上飘荡，音符的呼吸也只有自己才能听到。夜幕中，霓虹灯和汽车刺眼的灯光映照着夜游女郎鲜红的唇，糜烂的城市无意地成为现代化的引擎。

论妓女在现代化中作用——

……

在改造时尚，移风易俗的过程中，妓女的作用尤不可忽视。敢为人先的先锋性心理和务实逐利的献身精神，无疑为启蒙思想家提供了开拓视野的灵感。在中国，明、清时代新文人思潮的兴盛，则以妓院为温床；在欧洲，浪漫主义更以性的开放为载体。妓女在文化启蒙运动中的作用，由此可见一斑。

至于妓女在资本积累和自由经济方面的作用则更为明显——

有人打断了我的文章："你为什么不让我多积累点资本？"

我笑道："因为我不自由。"

她莞尔笑道："是不是老婆管得太严了？"

我调侃说："不，是因为我不能积累，所以我不自由。"

她说："我们这些做小姐的，就怕遇到像你这号的客人，装得正正经经的，实际就是怕花钱。"

我说："因为我没钱，所以才怕花钱。"

她双手搂着我的脖子。我继续说："你知道我不怕花什么吗？"

她张开嘴，很是疑惑。

我说："我最不怕花费的是思想，因为我最富有的是思想。"

她犹豫着笑道："你用思想狎妓。"

二百元钱，就能在歌厅里打情骂俏到午夜两点，虽能做出文章，又有什么意义，我必须走，我必须回到我的路上。

来到小镇的时候，天还尚早。这的确是一个普普通通的小镇，唯一特别的就是人都爬着走。他的手臂比较长，也比较粗，爬动是一只手先扑向前，然后又一只手，一只脚和另一只脚。这四个分解动作组合成一个连续动作就显得十分优美。一个老头从我身边爬过，我抬起跛脚踢了一下他的屁股，他笑嘻嘻坐下来，然后邀请我去茶馆里。陈设简单的茶馆。一顶竹篾子席搭的凉棚，几把竹椅子和一张竹条桌，我们刚坐下，一个楚楚可怜的小女孩爬过来送给我一把鲜红的带叶的草莓。这里草莓的味儿并不好，涩苦。

"真难呀，"老头坐下来，由于长期爬行，他的手骨嶙嶙隆起，指甲又长又脏，"这里的人都这样。"

"你们什么时候开始爬着来去的呢？"我吃了一颗草莓。

老头双手紧紧捧着浸满厚厚一层褐色茶垢的茶碗，生锈的眼睛合成一条窄缝，他说："那还是我年轻的时候，有一天突然落了一场酸雨，雨过以后，人们都患一种腰疼病，腰变软了，直不起来，只好爬着走。没有一个人不这样。"

"唉，这也是不幸。"我低下头，看到刚才送我草莓的小女孩蹲在一边，眼睛直直地看着我。她长长的眉毛，大大的眼睛，如果去洗个澡，换件干净的衣服，她一定是个十分漂亮的孩子。

"那是一场什么样的雨呀！"我的目光又落在老头身上。

"雨倒是普通的酸雨，但雨珠如血。可是听教堂大鼻子牧师说，这场雨是上帝痛心的眼泪。"

"上帝怎么会痛心，是他老婆偷汉子吗？"

"那怎么会！牧师说是我们镇上的人把上帝过去送我们的一件礼物丢了。"

"什么样的礼物？"

"哦。谁见过那礼物！有人说是早先教堂里被人偷走的铁书，一部铁铸的书。牧师说他也不知道是什么样的礼物。"

老头讲话时，脸上的肌肉颤动。他的脸如我屋前那棵榆树的皮。我们都没有再说话。少尉来了，把我叫走。

我跟少尉来到他的僧舍。少尉微微有点发福，眉峰也平坦舒展，眸子也不如以前亮得逼人。他的宿舍是厢房，不大，很整洁。靠近门边放的一盆白玫瑰已凋零，枯萎花瓣三三两两落在地上。床上的桌子上放着一盏八棱的玻璃油灯，少尉点亮了灯，屋内跳动着淡黄色的光亮。

我斜坐在少尉对面，从兜里摸出一包烟，递一根给他。他摆摆手说："算了，我看你做不了和尚。"

"你怎么知道，"我慢慢地点燃一根烟，然后用手指一指脑袋上的戒斑，"做个花和尚总可以吧？"

他默默地坐着，用一根铁丝挑着灯花。

"你怎么会做和尚，少尉？"

他扬起眉："你都来做和尚了，我怎么不会？"

人就是这样，把过去的事情记得很清，有时又倏然地忘掉。干吗总去回顾那些，触摸着脱落锈斑的铁窗，去对大地哭喊沉重。活得太累了，才想到女人。乳房的力量，那些北去南来的雁。池塘——黄手帕——白鹅——云——青草——秀花和一张忧郁的脸。我绝对不会忘掉的，在坚强的梦里，罗杉的手抱着我的脖子，幸福微笑。一段空白的记忆。没有酒。追求意义，使没有大一统宗教的国人生活在浓重的感恩气氛中。他们不相信生命不过是一个简单的生物和物理过程，并把追求终极意义看成自己脱离动物界的标志。敢问路在何方，路在脚下。

当我告诉老头我将帮他们找回他们丢掉的那份礼物时，我是在说无聊的谎话，但老头却相当兴奋，拼命地瞪大眼睛，愣愣呆呆好一会儿才说："我去告诉镇长去。"

他说完利索地爬下茶亭的石级，一溜烟地走了。我依旧吃着草莓。有时意义本身就具有多重的意义，流放和流亡。我摸着受伤的脚，走下石级，来到镇上。跛着脚走路在这镇上是足以令人羡慕的事了。一群肮脏又可爱的孩子在我身边爬前爬后，像是在看一种稀奇的动物。小镇就是小镇，炸油条和做馄饨的人们都目不转睛地盯着我，水果摊和服装摊的小贩们都停止了叫卖声。

一辆乳白色的轿车在我身边"嘎"的一声停下，老头从车上爬下来，告诉我镇长在车上约见我。我钻到车里去。镇长是一位四十多岁的妇人，穿一件蓝色洗得泛白的褂子。

"你好，从山外来？"她热情递过手。手虽然很干净，但绝对粗糙。

我握住她的手，点头道："是的，我从山崖上摔下来，就到了你们镇上。我的腿也摔断了。"

她松开我的手，忧郁地说："你虽然断了一条腿，毕竟还比我们好。"

她这时表情很动人，细细的唇线下陷，目光倏然暗淡。我又拉着她的手。车走得很慢，小镇朴素的表情，人们或闲淡地，或焦急地爬行。当然还有许多谢意，不是吗？谎言是另外一种幸福，人嘛，又何必？

我侧过身，一只手搭在她肩头："能吻你吗？镇长。"

"不，不要这样。"她把我的手从肩头拿下，"我们还是谈一谈你许诺的那件事。"

"哦，"我应声道，"如果我办成了，能吻你吗？"

她忧郁地笑道："如果你办成了，镇上所有漂亮的姑娘都会吻你的，而且都是自愿的。"

仅仅就这些，为了什么，谎言和许诺，天气冷下来，穿毛毯的人们。荷——水——黑——纤细的手——红唇——绿纱窗——空——消瘦——白衬衣——长人影。一个世界又一个世界过去了，世界进染坊后换另一副面孔出来，在对面马路宽宽的人行道上，一个白发苍苍的老太太背着一个大麻包踽踽地走。跳太空步的老太太、扎小辫的老太太，在公园水边幽会。几个钓鱼老头放下渔竿，藏在灌木林中怯生生地瞧着，时间，小心眼儿。美丽的游泳池。遍地是一丛鲜花。罗杉说，那是四月一号的故事，美丽的谎言我的家。

女镇长挽着我的胳膊走向主席台。

以下发生的事像一场话剧，虽然怪诞，可绝对真实。

我在主席台上坐下，看到台下面黑压压的人群整齐坐着，样子如同我小时候经历过的公审宣判大会。当留着小胡子的主持人宣布大会开始后，女镇长倒着爬到主席台前，主席台前花木合围的正中，摆放着一个硕大的 JBL 麦克风，镇长把屁股对着麦克风，并用一只手撩起裙子，麦克风里传出了"扑哧"的声音，这种声音先后三次，经过放大，嗡嗡地回荡在宽大的场地中。

女镇长回到座位上，主持人来到麦克风前。他大声问道："闻到了吗？"

台下沉默少许，继之爆发出暴雨般的掌声。

我突然有一种被侮辱的疼痛："为什么要这样？"

"这有什么问题吗？"女镇长用探询的口气解释道，"这是我们特别的嗜好。何言之卓殊，文之美丽也！"

我疑惑。

女镇长轻声地对主持人说："让大家分组讨论，我要送客人走。"

我伏着身子，拉着镇长的手走下主席台，她把我送出很远。

"你说你要远行无影无踪，可是你知不知道我的心？"

"也许知道。"我凄然地说，仿佛她的爱情竟然使我忘掉疼痛。

"诺言还不会忘掉吧？"

"也许不会。"

走了几十分钟，才走过送别这一圈，西垂的太阳，把会场荡漾起的淡淡黄土照得橙黄，在山岗上，我的背影被夕阳撕碎了。她趴在橙黄色的光圈中，轻轻地向我招手。

05

回到屋里，还看见趴在橙黄光圈里的女镇长向我招手，我颇生气，关上门。这时参谋长从门后跳了出来。他依旧穿着那件破旧的咖啡色灯芯绒夹克，面色灰暗，一副懒散的样子。

我拉他坐下："你这只野鬼，找我做甚？"

"听说你搞到一个课题，怎么不拉兄弟一把，让我也赚点香烟钱。"

"什么课题？"

"云华夫人的课题。"

"什么云华夫人，"我有点蒙，"你是说小玫？"

他诡笑道："小玫是小玫，云华夫人是云华夫人，也许俩人是姊妹呢！"

"我真不知道，"我一脸诚实，摇着头，"怎么回事？"

"你不是刚答应人家帮人家找铁书吗？"

我感到仓皇：女镇长是云华夫人，且为朝云、暮为行雨，我真应该骗她点钱花花。小玫呢，怎么会和云华夫人扯到一起，她是不是又去找那个秃头 boss 了？ boss 秃头的汗味和云华夫人的屁味混合起来正好构成批判现实主义的目标。我拿起电话呼小玫，让她速来。

参谋长在一旁冷讽道："你要是真的找到了那本策召鬼神的宝书，没准儿也会被天锡玄圭，成为朱庭真人。"

"我现在想的不是去找那本铁书，而是后悔怎么不以此立一个课题，骗点钱。"

"你还是那么庸俗。"他一本正经地说，"难道你没听过这样的谚语：铁是铁，书非书，断路遇庙可去求。"

"让我遇庙磕头吗，"我讪笑说，"我不是早就说过吗，我们之间的分别不是庸俗与高尚，而是儒与道，且不看儒家协会的买卖就是比道家的红火。"

参谋长一脸惨淡，拉门而去。为了不让自己孤独，我来到镜子前，仔细端详自己这张圆圆多肉的脸，渐渐地发现这张丑陋的脸的可爱。宗教就是对于我之为我的崇拜和信任。大凡所有宗教的先知创教的灵感均来自镜子和镜子里的脸，从脸上推演出现实，其意义等于算账不找掌柜的，等于从水中生出酒，等于处女不找男人交媾仅仅凭借圣灵生出救世主，已有的事不必再有，已行的事不必再行，日光之下都是新事。有了救世主样的灵感，做课题赚钱的事自然显得卑鄙。

我说："我该做些什么？"

我答："我不知道。"

我又答道："若身上生几个痴子，天热褥苦之时，关门汤洗，不亦人生一大快事矣！"我这样说，是因为受到镜子里那张脸的启发，若是脱个净光，坐在大木桶里，自己慢慢地把自己摸上一遍，又该是何等的惬意！当我摸到自己洁白而结实的身躯时，我认为我的身体无疑是一块宝玉。

小玫回电话说她还有事，不能来。小玫不来，我还要走，走是为了逃避庸俗向无聊的目的进发。美丽的山岗我的家。君子贵玉而贱珉，何也，玉之寡而珉之多也，大荒山无稽崖的那块通灵宝玉。我自己不是那块宝玉吗？

实际上我没有回家，因为我没有看到罗杉，没有看到我那副"独立千载谁与友"的对联。我仍在大荒山无稽崖去找通灵宝玉的那些姣好的伴儿。我站在崖边，看到通向山中的缓坡恰好在发霉太阳的目光中，我就是太阳，老年人有一只白内障的眼睛。崖口左边七八米地方，几头小花母牛和一头老水牛悠闲地卧在石鳞水潭里。闷热。几只牛蝇鼓动双翼在我身前身后翻飞。我的步伐更加沉重。在一处水坳，我拾到一根枯枝，在身前身后扫荡，牛蝇飞开，但走几步，它们又跟上来，"哼——"一声贴着我耳边划过，不知是耍流氓，还是调情，妈的，我又挥起枯枝，"啪"击中一只，我找到挂在枯枝上它的残骸，把烟蒂狠狠戳在上面，"嗞嗞"的声音和散发着肉香的青烟令人百倍意快。另外的几只依旧前后拥护着我。从山坡向下看，在宽广草坡上，我的身影被缩小成一条疲倦的狗，路还要走，不知去哪里，不知干什么。路还要走。

水牛从水潭中跳起来，赤脚向我跑来。前面有一棵水墨画般的树，宽大的黑叶，揉皱的黑树干。水牛来到黑树的浓荫处，向我跪下，我面对着水牛坐下。火柴没了，我掰一段香烟在嘴里嚼着，味道依旧辛辣鲜香。我们俩都不知该说些什么，也都不想说，默默的。它闭上眼的时候，我惊奇地发现它竟然是双眼皮。没有一丝风，草地也热得灼人，汗水夹杂油泥从脸上淌下，是咸的，泪水一样。

内心的感觉，斑斓的颜色。另一个世界的幻觉，希望和水牛与山岗的理想。不眠的白夜是太阳微小的寄托吗？大地轰轰隆隆地开满无数鲜艳的什么？郊外——轻柔——太阳——歌声——女人的裙——暗淡——长凳——香——季节——风——槐花。人都走了，他也走了。留下我为什么？我把我送到哪儿，有酒的咖啡屋，女人和女人呀！

屋内只有几个人。白色的铁网椅十分漂亮，灯光也调到似是而非的程度，我坐下吸着烟。颇有姿色的老板娘用丰腴的手给我端一杯葡萄酒，在她发光的腮上跳跃着音符蝌蚪，只可叹到底是什么地方，爱情是件什么样的美妙事情？恐怕到了我这样的年岁，只有性欲而没有爱情了。小杰那娇嗔的声音，鼓起小嘴吹起牛角号。是爱情的信号，是风鼓动小纸船带来的幸福消息，是葬花的日子黛玉扛着小锄，那个前腿弓那个后腿蹬是野猫叫春痛苦声嘶力竭的渴求。唉！人为什么不能像猫，为了一次做爱就忘我大声地呼喊？人为什么不能找到对象（除了自己）忘我毫无遗漏地袒露自己的心胸？

他们说一盏又一盏邪恶的眼睛乜斜着他健壮的胸肌和她胸前那对摇头晃脑的白鸽子。他们说爱情就是在互相欺骗着，于是乎最高明的骗子才能完成最美妙的爱情；于是乎骗子是最孤独和寂寞的，是具有悲剧意义的英雄。为了摆脱孤独而又陷入孤独，为了摆脱寂寞而又陷入寂寞。究竟怎样才能找到真正的慰藉，找到心的归宿呢？那天回京，小杰靠在我的肩头睡着了，我能从周围同事淡漠目光中找到令我愉快的嫉妒。

水牛并没有睡，我们分别的时候仅仅拥抱，没有吻，它滚下泪。我远远地向它招手，它却固执地跪在黑树下看着我。虽然过于冷清，没有交谈，但我知道它与我都懂得一切一切。热，我把衬衫脱下，系在腰中，从缓坡走下，一条歪歪斜斜的小路通向山涧，一大块黑云从远处向山上逼来。我依然走着，用枯枝敲打着路边的灌木和野草。

走进山涧，可以嗅到馥郁的松香味。这里松树十分茂盛，山涧的小路是沿着一道浅浅溪流顺着崖壁向上延伸的，路窄，杂草茂盛，蚊虫和野蜂"嗡嗡"地叫。热。心烦。

当我要第二杯酒的时候，老板娘告诉我这里"鸡"很多，"鸡尿"也多。她说话时故意瞟我一眼，我很尴尬，喝着酒。从对面舞厅里飘过来的小姑娘，细腰，长眉，好胸脯。细细的眼睛很亮。小杰？不是小杰。小杰的眼睛是人工双眼皮（我一直这样认为）。我是不是因在小杰面前失意才来喝酒的？大款模样的朋友大声地吆喝着今天甩出去的一百七十张票子，同亮眼睛大声地说不干不净的话。雪碧可口可乐健牌与万宝路，亮眼睛哭了，旁边还有一个不漂亮的女孩正在劝解，咖啡朦胧中亮眼睛流泪。老板娘托颐微笑，如同细细品一杯刚酿成的好酒。楚楚可怜的亮眼睛依旧哭着。我想这不就是地道的人生吗？

爱我所爱。马路上纷至杂沓的脚，高跟鞋中跟鞋猪皮鞋人造皮鞋布面鞋大口鞋小口鞋北京布鞋旅游鞋，干吗？踏出一个丰富的单调世界？不知为什么人们为一口饭一件衣服一片尊严一次性的满足硬是活下来了，出卖精力换取精力，出卖肉体换取肉体，出卖尊严换取尊严，出卖心灵换取心灵，我想这不就是人生吗？还大声号叫着我心依旧无怨无悔。

上帝和宫女们在一起心身厌倦时，灵魂出窍和上界元神一起去踏青。忽遇微雨，凭阑小憩，遥见一弱女，缟衣綦巾，伶仃从雨中行。帝欣然，顿生异念，化为黄金牛犊……小玫与小杰与薇一起说余下的我们已知，李已代桃僵，棠应为梅聘，二人鱼水之乐后，生一子力大如牛。你且说点新鲜的东西骗女孩。

上帝也就是我嘴里不停地嘟囔着被牵入太庙的牛，虽衣文绣、食刍菽，还能再做头普通的牛吗？生下儿子后上帝就走了，谁喜欢生过孩子的女人。这时我有点讨厌上帝和他的朋友了。过去与他们的交往，疲倦时就躺在马路边，横七竖八的，唯有意志才能统率这一切，可是意志同酒精蒸发掉，嚼烟的嘴。上帝不尽如人意的计划。唯有小精灵带着外孙与孙女去演戏才会高喊一声，你就是太阳，他掏出雪白的手绢，吐一口痰，扔到树下做肥料。

天色阴沉，骤然起风，路上杂草乱飞，松涛声声。熏人的热风。透过脉络交错的枝丫，看到大半个天空已为大块、大块的乌云覆盖。低闷的雷从山后滚来"轰轰隆隆"，在我头顶上"咔嚓"一声炸开，我脚下的崖岩仿佛颤动一下，仍然微笑着，豆大的雨珠先是簌簌落下，骤然变成倾盆暴雨。我内心坚强步伐坚定不禁舒展双臂，这是夏天的精神吗？一个背个破麻包的老婆婆从松林中斜穿出来，衣衫褴褛，她走到我跟前，嘟哝着对我说："快回去吧。"我睥睨她一眼。

并没有下雨，亮眼睛的泪水和哭声。又过来一个瘦长的朋友，在亮眼睛的邻桌上，几句话，大款把玻璃杯向他头上扔去，打架。

亮眼睛站在一旁。我喝着酒，心里很害怕，老板娘叫人去了。人们都躲一旁，血从瘦长的脑袋向下流，脖子里都是血，我站起来，躲在一边，拿桌子和椅子、瓶子、杯子做武器，瘦长倒下了，亮眼睛无影无踪，我回到桌前，继续喝酒，想着亮眼睛。

这个无聊的世界横七竖八打架流血，在我头颅上。那仿佛是上一个时代的事情，在开心桥上，戴着皮手套，打呀，手流出血，心流出血，多么善解人意的暴雨，雨串从松针漏下，浇在我身上。我张开双臂，仰起头张开嘴，雨在山涧组成巨大的雨幕，松树的绿的颜色被雨幕抹淡变成影子。伴随着雷声，雨发狂地洗涤大地。上帝披头散发在雨幕里奔跑，看来要想爱就必须发疯，那一次也是一场这样的雨，我躲在山下的普化寺中，对着少尉端来的素面发呆，想着和这世界相处时愉快和不愉快的事情，当一人走进山里，没有伴侣，雨水洗刷着身上的浊尘，爽朗地笑，在松林山涧边。一条愉快的瘦狗。

罗杉绝对不相信我会自己去山上。她揶揄笑着对我说，并且拿出了许多证据，手续没有法官开庭审讯时齐全。有时他和她摇响铃铛，自己也会笑。这个莫名其妙的过去，罗杉决不相信，因为我没说。

老板娘叫来的人在清理战场，她低声低语诅咒什么，当然是叫我走，一个漂亮的小伙子带来一位女伴，坐在灯光很暗的角落里动手动脚窃窃私语地缠绵，能用钱买来感情岂不是件绝妙的事情，可都过去了，为什么？小杰偷我的钱（五十元的整张钞票）逼我买项链，最后不过只让我吻吻她的樱桃唇（十块钱一次）。爱情不是吻吻就能完事的，两只狗见面不是也 mouth against mouth 一下吗，爱情应该是轻解罗裳，共上兰舟。所以我和小杰没有爱情。妈的，这世界。

想着亮眼睛和老板娘，回到屋里，灯拧到很暗，躺在床上，受到酒精调戏和亮眼睛暗示蠢蠢欲动的玩意儿，挺有精神，怎么办，浑身的肌肉松懈了，手的动作和脑子里的图案联系在一起。亮眼睛来了，敲门的声音很轻，我把她抱在怀里，解开她的衣服，她瘦细的腰和睡在左边的老板娘的腰体现反馈和互补原理。丰腴的双胯，小巧的乳房"叮当、叮当"地摇响，我轻轻地抚摸着她结实滑腻的身躯，她双手捂着脸，还像孩子。

图书馆馆长的故事——

北京一位女中学生，见别的女孩赚钱挺容易，就托人也找到这项工作，陪一位老外睡一觉，老外发现她还是处女。很感动，就给了四百块钱。女学生只留下五十，她说："不是事先说好五十吗？做事要讲究信誉。"她说得一本正经。

他说得一本正经。非诚无物。亮眼睛呢？人发泄的方法很多。馆长说这是笑话，他会讲很多笑话。

我说："人那张嘴是最好的发泄工具，没有它，精液能把人胀死。"

他挥着手中的香烟补充道："眼睛也是那种工具，叫目淫。男人在街上瞟上一眼所喜爱的漂亮女人，就如进行一次强奸以后有一种小小的满足感，女人瞟上一眼所喜欢的男人则如被强奸过一次。不信，你看看，大街上的男男女女总喜欢眉来眼去。"

瞧着他用强奸字眼时亢奋的样子，我没吭声。雨和白天是同时结束的。皎白的圆月，在月的清辉下，远山近峦和山涧的岩墩，露出淡淡身影。一片片纱带般的白云在松林和山峰间轻缠慢绕，蜿蜒迂回，月光下的水洗过的松林更加苍翠，粒粒积水从松枝落下，清籁成声。雨后山涧和山路上新添的无数飞瀑流泉，如"呼呼"来去的银蛇，满山乱窜。山里的空气所混的松香则被雨水洗刷得清洁怡人。雨水也洗刷掉我满身的疲惫，我向山上走去。

亮眼睛也走了。一切结束了。看到别人寻花问柳自己回屋自渎是十分幽默的故事，千万不要笑。

罗杉不信因为她不会信，我一个人走在清凉的山中。我相信罗杉是一个相信爱情的人因为我相信。她现在又在哪里？她对我说我们一起去那梨花盛开的地方好吗？在爬满青藤的小木屋里弹着古琴，哼着清曲，时有激昂则勃勃有凌云志；时有委婉则绵绵作千种情。她说要给我讲菩提树的故事。我说我不听，我说我知道你是让我帮助你完成一段中世纪的爱情。她哭了。我也想哭。这时我已穿过松林，来到山下。

06

　　一串"当啷啷、当啷啷"的铜铃声。我从路边草丛中醒来。一阵阵轻寒袭入我鼻孔后，掉个转儿又一溜烟跑走了。露珠打湿了黎明也打湿了我的头发与胡须。老婆婆从身边慢慢走过。她穿着蓝棉布大襟衫，耷拉着脑袋，胸前挂着铜铃，驼背上仍背着一个鼓囊囊的大麻包。早晨，幽凉——暗淡——残雾——嫩绿的细草中一朵朵花儿——少女的唇——悄悄开放。歌曰：路边的野花儿，为谁开放？远去的老婆婆的身影伴着消逝的铃声。这似乎是一个非常熟悉的影子，外婆的影子。

　　外婆给我讲狼外婆的故事。过去的一切不就是很久以前的事吗？我站起来，拍打一下身上的杂草。这时外婆的抑或不是外婆的影子在远方的小路上消失了。干涩的喉咙，眩晕脑袋肿了，鼻子疼。我用手敲敲脑袋，"嘣嘣"地响如熟透的西瓜。我踉踉跄跄地向前走。生命也许在这个早晨画上一个句号。那"呜呜"叫并散着绿光的眼睛。今早太阳又要从西方升起，淡青色的天幕上，挂起一道闪亮灰白色的帘子，贴近地平线慢慢地渲染一片紫丁香花朵。连接地平线微斜的地面箍着一大块翠绿色厚毯，天空中片片闲云如杏黄色的帆。四周的雾霭渐渐退去，鸟儿吹着口哨开始散步。忽然，天幕上的线颤动一下，一轮红日如出浴美人，羞答答抖落身上小水珠，拥抱着簇簇花朵，揭帘而去。我看罢想笑。

她披着鲜红三角纱巾，从小路西边走来，闪光的腮上也洒下一抹淡红。

"怎么了？"她来到我跟前，甜蜜地问。

见到她，我垂下头。一阵眩晕，鼻子仿佛被什么阻塞，眼中蹦出一朵朵斑斓的丁香花瓣。她扶着我，我把头靠在她肩头。

"早晨，四野浮动着暗香／"我说，和她一起向前走，"你来到我身旁／我是一丛路边的野花／悄悄地为你开放。"

她说："是的，怎么了？"

"早晨，四野闪烁着光芒／"我说，"你来到我身旁／没有你的日子里我想娘／娘啊娘，把儿埋在山岗上／让我的暗香混合你的光芒／一起到遥远的地方。"

她扶着我的腰，勇敢向前走。她说："你的诗才一如宝钗。"

"我是那块宝玉。"

"其实，宝玉更好色。"她拉动我，颇为吃力，放慢步子。

"其实，早晨也是黄色的东西，你看，初升的太阳像不像一个小美人——头次向人袒露她的乳房。"

"是吗？还有什么？"她说。

她的乱发在我面前飘动，一场没有完成的黑色的梦，黑得纯粹。我帮她梳理额前零乱的头发，在她的搀扶下来到前面，湖边的一座废弃砖房里，她把屋内简单收拾一下，然后把我放在一块较干净的木板上。闻佳人兮召予，将腾驾兮偕逝。她就是那朵为我开放的花。

"你头好热，发烧了。"她说。

我看到了我眼前的花朵，暗香与光芒，the lilies of field。

"太阳出来了，我该死了。"我眼直愣愣地看扯满蛛网的房顶，蛛网上挂着几只白翅的死蛾，从破窗砖缝漏进的朝阳在阴暗的屋里交织一道道不规则的光柱。她手搭在我额头上，俊俏的脸上挂两行清脆的泪珠，太阳出来了。唉，为什么自己对生命自艾自怜，朝阳之渴求，夕阳之惋惜，这是什么世道。死与生与? 天地并与? 神明往与? 芒乎何之，忽乎何适? 万物毕罗，莫足以归。拨动念珠的歌声，黄绢幼妇，绝妙好词，飘去的歌声。

为什么，又是为什么? 妙姑手中那串生锈的念珠，她病的时候，躺在阴暗的厢房里，秀眼紧闭，倒竖着两行黑柳。可是对年代的回忆和对女人的崇拜，岁月玷污了一切纯洁的想象，魂牵梦萦，缠绕着败絮残叶的河水解冻流水哗哗，黑幕下的山林和过去的事情，在餐桌上的剩菜叶、油淋大河虾，鲜红的草莓在牧人脚下受损受伤。活跃的天空，分析的哲学，女人的憔悴，一江春水，伊人在断垣颓墙边对昭君墓痛斥苛政猛于虎。我被她们吐出的丝紧紧缠裹，只露出一双眼睛，看着黑炭般的山洞发呆。流水清鸣，参谋长死了，不是死在沙家浜的枪声中，千万不要忘记他说我们还有芦根和鸡头米，她的小手在我脸上爬行。

楚楚可怜的浸润着泪水的眼睛。我想笑，还想拿一面镜子看看我脸上绽出笑的波浪的可笑。这不是一个有所偎依的死讯吗? 长歌藉草慰寒香，一道阴影如黑色飘带在我面前飘动，阎王爷开宴了，在上帝的圣殿边搭一个白色的帐篷。参谋长曾对我说做人情妇的人都是最伟大的哲学家，这种伟大只有下一个世纪的人才会幽默认识到。是吗？

"会好的，我也病过，会好的。"参谋长说着把我的头放在他的腿上，给我点了一根烟，我狠狠地吸一口，小屋中的光柱消失了，我依旧是我。

参谋长姓刁我不会忘记，参谋长之所以成为参谋长，是因为他很瘦，是因为他演过参谋长，在没有《沙家浜》的故事以前他叫豆丫，所以他很感谢那出戏，参谋长虽然不是好绰号但总比豆丫这个叫别人轻视的名字好。我俩都这样，说一个人让别人说你坏并不可怕，可怕的是别人不拿你算数儿。他说是的。就是这样，参谋长的故事。

"你准备去哪儿？"参谋长问我。

"你说呢！"

他深深吸一口烟："不知道。"

"我也不知道！"

他脸上露出苦笑，这是一种让人也要苦笑的笑。破屋里很暗淡。祖国的春天阳光灿烂，那还是正在成熟的年龄，什么都懂了，又仿佛什么都不懂。泥瓦匠，打小工，一天一块二毛五。喝点白酒，几个人凑合一起。哎呀，日子过得越来越快活。参谋长呢？他常戏谑说会去参加我在地狱里举办的酒会。可是他却如飘落的孤魂，坐在那阴冷暗淡的屋里，一张小桌面前只放一双筷，一杯酒，一个碟，默默无声，我推门进去时，他眼前猛然一亮，马上起身抱着我，激动得满眼泪花。他以前可是不哭的。

"想你，"他摇动着我的肩，"真的。"

"唉！"我从他干瘦的双臂脱身，坐在他对面的小凳上，"扯淡，你真想我，想让我来？"

他的眼睛暗淡了，耷拉下脑袋，然后从屁股下拾起废稿纸，是手抄本，叫什么《虚无的意义》。参谋长是刚听说萨特以后死的，难怪他喜欢这类的东西。

"忆萍也来过。"他说，"比你早几天。"

一双忧郁秀丽的眼。我用手掀开搭在我脸上绣着蓝绒花的丝手帕，把它叠成三角形，擦一擦嘴角和眼角，放到一边。然后拉着她的纤细的手放在我的胸前。她的眸子闪动明波，也是忧郁的。

我嘴角颤动几下，才说："我们俩在一起，很少有激动的时候。"

我看着她，也是忧郁的。

"这是为什么？"

我仍没有说话。路还长，况且我不知道我要去哪里。炊烟——小河——白墙——小船点竹篙载来的歌声。我又要说什么？当她不在的时候，我想她；可在我身边，一切都终结了。一切都应该在空洞的想象中，爱如同在虚无中发现意义，凭借思考来完成伟大的哲学充实。我想看她负气而去的身影，而且还想告诉她我想看她负气而去的身影。

她又用手捧着我的脸，问："你又在想什么？想死。"

这应该是谁的声音？她？罗杉？忆萍？小玫……人总是人。我眼中的花朵一瓣一瓣地凋谢了，悠悠地飘落，化作一道道紫色的唇线，横七竖八地交织缠绕着，最后成为陀螺样的光柱。光柱的小孔慢慢放大，一泓清水像蛇一样爬出来，爬过山涧，爬过卵石滩，小溪变成小河。流淌的河水中雪白的沙洲上有几只红色的小鸟，叽叽喳喳的声音顿然显现迷惘的恐惧。一股冷冷的阴风把我轻轻托起，衣服被一件一件吹落，赤裸的闪动金色的皮肤颤动着幽兰的暗香云气，整块的田野棋局般又沿着笔直的渠道，超出想象之外的那些原始造天地的元气自然论，沉重的幻觉思维把我放到广场上成为一座巨大的塑像，无数少女跪在我四周祈祷，于是我找到了萨特在咖啡馆里与女信徒聊天的感觉。云气从耳边"哗哗"地流过，我翕动红色羽毛双翅，抖落的羽丝遮住了她们干净的视线。在田地路边渠旁的浓密繁茂的柳树，像一朵朵绿色的蘑菇伞，黑的、白的山羊在草坪上悠闲地躺着，戴圆形晶片眼镜的老先生挽着拐杖挽着少女踱步，老婆婆背着大麻包哼哼地走来。太阳收敛了笑容。云气更浓重，什么都看不见了。屋外落起淅淅沥沥的雨。

参谋长已现醉态，他翻着手中的抄本，在查什么。我喝了一口酒，酒很凉。

"干吗？"我说，"我来喝酒你也不陪我说几句。"

他说："说什么，你去把阎王请来不好吗？他那里有好酒。"

"你们地狱里的酒如冰碴，"我说，"阎王今天怎么不来，干什么去了？"

"当官的人是难请，地下、地上、天上都一个德行。"

"你最近应该干点事，比如写本书，写一本《爱的虚无和虚无的爱》。我是在心情不好的时候常把这段心情用文字写出来，因为一旦写出，就等于把心中的郁闷如同商品一样出卖掉。"

参谋长抱着酒瓶子喝了几口，一抹嘴说："我他妈不是你，爱这个那个，一旦失意，就要写出来，你是一个地地道道的应该做商人的家伙。是的，也许一个人一旦失恋，最好的解救办法就是去做商人，唉！"

参谋长总是参谋长。我不想说什么。一个穿黑衣的侍者模样的孩子送给我一个包装十分精致的小白盒，我打开盒子，里面是一件晶莹的玉雕刻的淡蓝色莲花。我问孩子谁送的，孩子摇摇头，是个哑巴。参谋长好奇地拿在手里把玩，说这不是爱情的信物，好像是佛国的东西，我说刚才我眼前都是百合花，可现在人家却送我莲花，我又说我也不知道这是怎么回事，我要回去问问外婆，外婆的故事中一定有。说完我收起莲花，告别参谋长，参谋长一直把我送到大门前。

外婆从针线筐里拿起老花镜，仔仔细细地看着这朵盛开的淡蓝色莲花。苇荡的小船，摸鸭蛋的孩子。赶鸭人戴着破草帽，挥动着青竹竿，泥巴染脏的小脸，杏树——石榴花——稻草垛——收工的人们荷锄归来——炊烟——油灯。这些还在你记忆里吗？外婆抚摸着我的头问我。外婆说她给我讲一个《莲花的故事》。

外婆搬一把椅子来到院里，我和哥哥坐在她身旁小木凳上。院里的杂木棍搭的篱笆上爬满葱郁繁茂的扁豆秧。

外婆说："从我们这里向南走，走九九八十一天，就可到一个神秘的沙漠。这片沙漠不大，方圆也不过十几里，可是在沙漠中央有个神奇的小池塘，塘水清冽冽的。塘里还生长着各种各样的好看的草，还有一种莲叶，这种莲从来不开花，叶片大得像碾盘，能经得起一个小孩。（我插话，这叫王莲。哥哥反驳：王莲也开花。）我也不知道那是什么莲。在这个塘边还有仙鹤和各种好看的雀子。一个小仙女每三十年都要来这里洗一次澡。你们知道吗？

天上一天，地上一年，如这样算起来，她只算一个月来一次，可地上的人都要等三十年。听说谁要是能看到她洗澡，她就会嫁给谁，娶上她的人能享不尽荣华富贵。可要找到那地方就难上加难了，再说谁知道她哪天来呢！一个年轻的砍柴人向南去打柴，走迷了路，走了八十一天，不知咋的来到一片沙漠中的小塘边，他想起故事里讲的那个小塘，和自己眼前的一模一样，他高兴坏了，就在塘边搭一个小棚，饿了吃树上的果，这里果树都是神树，他每吃掉一个果就马上长出一个新果。就这样他在这一等就是二十多年，天天盼，夜夜守，眼已磨出锈，在离三十年还有最后一天的夜里，突然有股奇怪的清风送来一股股奇香，他看到一个穿白罗纱的人影落在塘边。这会儿他瞪大眼睛，再也看不见什么，他的眼已锈瞎了，人也累死了。小仙女洗澡后看到了他，为了报答他的痴情，变成一朵白色的莲花，守在他的身边。"外婆最后点评道："那砍柴的真可怜，见到人就死了。"哥哥点评说："那小仙女真可怜，为一个死人变成一朵莲花。"我附议道："再说那人已等了三十年，该多老了。"外婆不再说什么。

外婆的故事十分诱人，以至于我长大了以后，总是想编一本《民间故事大辞典》，并把外婆的故事也收进来。外婆的故事十分诱人，外婆故事中的人和物，成为我成人以后生活中永久的象征。

外婆的故事人与物的象征意义——

总的来说外婆的故事是忧郁的，因为外婆的故事是蓝色的。织女被王母娘娘带走了；小仙女不是被装到壶里，掉到湖里，就是变成一朵莲花。外婆的故事结局都是忧郁的。由此看来，外婆的故事不同于中国传统民间故事，有一个大团圆的喜剧结尾，而有典型存在主义气味，并由此可以看出萨特是受到外婆故事的影响才创造出主义来。这同样是中国文化优先于西洋文化的标志。

外婆的故事都有水和仙女，看来贾宝玉所说女人是水做的话不为妄言。中国文化以水为始，自有其道理。润万物者，莫润于水。汤汤洪水方割，荡荡怀山襄陵，浩浩滔天。非水无以准万里之平，非人无以通远道重任也。水做的女人生下圣人，圣人创造了中国文化。我们知道人是女娲造的，也知道圣人都是无父的。老子说，上善若水，是不是告诉我们女人都是善良的。水之性欲清，沙石秽之，是不是说，要是没有男人，女人都是很干净的。好了，见一滴水，即见十方世界，一切性水。泸沽湖的水性杨花呢？

外婆故事中唯一的亮点是那朵白色的莲花。因芙蓉而为媒兮，惮褰裳而濡足。屈原也听过外婆的故事。

头疼得厉害，我用手没命地拍打着，她又回来了，把我的头抱到她怀里，我感到清醒多了。我说我想让她给讲个故事，就是那个莲花的故事。我好多了。

07

　　她没有讲故事。她说外婆的故事很好听。她拉着我的手走到屋外。落到东方的夕阳，在黛青色的山谷后吐出最后一口胭脂色，湖边葱郁的树林和苇草中飘着的绰约的暮霭，也染上几丝水红，溶溶漾漾起伏波纹的湖面，如一个硕大的悄悄颤动红鲤鱼的脊背。她拉着我的手朝湖面走去。跳动的野花，醉眼乜斜。草绿色的天空挂下一幅巨大的红绡，卷着一片金黄色的树叶，悠悠地飘挂在我们面前。

　　看到了吗？我问。她说看到了，不明白。我说这是上帝送给我们爱情的贺卡。她摇头说她才不相信。我说你不懂，我们这叫爱情。是因爱才产生情，至于在青楼里狎妓叫情爱，顺理成章。不正常的尝试又何妨过度地消磨逝去不回的青春呢？阿波罗穿着金锁子甲坐在马车里和唱《三套车》的人讲爱情的神话；生了十个太阳的羲和，在一个叫甘渊的浴池里洗太阳，也赶着马车回家。她是阿波罗的妻子吗？

　　她的脚步轻盈，跳到我身后，挟着我的双臂："你又在想什么？"

阿波罗的婚姻结束了。我歪着头："想别的女人。"

"是吗？"她把手放在我的额头，"别的女人漂亮吗？"

"你以为我喜欢的就是漂亮的女人？"我说，"在远古，人是一种圆球样的东西。有四只手、四条腿、四只耳朵，一颗头颅上长着两张脸，可以周知正反两面，法力无穷，神通广大，这就让神感到不安。上帝最后决定，用一根头发把人像切鸡蛋那样切开，人从此变得衰弱了，只能用两条腿走路。人被分成两半后，每一半都急切地想扑向另一半，于是，爱情就出现了。"

"真是这样？"

"真是宽容，可以左右阴阳。万物阴阳依赖真而存在，却从不念叨着真，真所以无名。这便是人不知而不愠呗！这便是爱养万物而不为主，常无欲，可名于小。万物归焉而不为主，可名为大。是以圣人终不为大，故能成其大。"

"真有这样的事？"

"真是外婆的故事。"

外婆讲故事是真的，外婆的故事不是真的。圆圆的红蜡烛在水中摇动，X的瘦削的脸在光影中摇动，我硕大而又疲倦的头倚在X的怀里，在怀里摇动。红楼故事，小耗子也想偷香。秃头 boss喝醉了，解开裤子在沙发一角撒尿，可我不敢说他不文明，而且还会因为和他一起有这样的经历而骄傲。我在一阵腥臊的尿味过后，才问 boss 是不是再要点酒。boos 说，咱们待会儿再说。他说完又把手插进小姐的怀里，小姐娇叫起来。

我问抱着我的小姐，我能不能也把手插到她的怀里，她神态严肃地告诉我，她与那位小姐不一样，她是陪吃陪唱不陪浪。我说那你陪我作诗好吗，我是诗人。她说她不会作诗，但可以听我作诗。我说，诗这玩意儿好作，只不过要细心推敲推敲，比如，绿蜡对红妆就比绿玉对红香要好。她不解地说，她听不懂。我说，你为什么愿意听我作诗呢，你不知道，诗人才是最大的淫棍呢，以下这首诗你听一听什么意思，泉眼无声惜细流，树阴照水爱晴柔。小荷才露尖尖角，早有蜻蜓立上头。

她说："你把我当成'三陪'了吧。"

我拉着她的手，不愿意让她走："豆蔻开花三月三，一个虫儿往里钻。"

她说："你不发骚（烧？）了，我该走了。"

我没说什么！我又该说些什么？她离我而去，淡淡身影飘逝在红波之中，我蓦地忘却了一切，耷拉着头坐在湖边。总是没有泪，又在这湖边，你将看见一汪泉水，有只白天鹅伫立在不远处。记忆之泉强牵硬拉，如发廊姑娘拉客，还送我一串串闪着红玛瑙光泽的项链，挂在我的脖子上。在彼岸的风景里，记忆被演绎成一汪死者必饮的泉水。宙斯伪装成牧羊人诱引了她，与她同寝九夜，生下了九个缪斯。如同阿波罗诱奸羲和，生了十个太阳。

罗杉送我而去泪花映着红雾，玲珑剔透，晶莹圆润相思的红豆，她从眼帘摘下，一粒粒放在雪白的手帕里。思念你把你写在眼睛里。天上的云一圈一圈的，这又是一个什么样的信号？人们哭喊着奔去，"轰"一声倒塌的世界。我陷入圆形的红沼泽中，慢慢地下陷，起先我挣扎抖动着双腿，后来信心和肌肉同时麻木了。溅起的圆润碧绿的浮萍在我头上翻飞。红色沼泽地等待死亡临近。远处传来的汽笛声是水手的笑语，警报解除了。

一个衣衫褴褛的小男孩来到我跟前，伸出黑黑的手把我从沼泽里拉出来。我爬到沼泽边的草地上，喘息着整理着身上的泥水，孩子累得满头是汗，气喘吁吁地坐在我身旁。

月亮——圆而平静的脸庞——渌水净素月——露从今夜白——干枯的枝丫——独自婵娟色最浓——小土路——人影——一高一低——破房子里——I wandered lonely as a cloud。一首成型的歌，竖琴的渴求，欲亮又止的终止符。千年女王，开放和弦所产生的深厚低音，广阔的空间感。有些什么呀？有什么呀？这个世界！我躺在木门板上，孩子坐在我的身边，他清澈的眸子在银灰色的月光中熠熠闪动。他身后是一个干瘪的影子，皱巴巴的。

我叼一根烟："你干吗要流浪？"

他翕动着薄薄的嘴唇告诉我他是被赶走的，他放鹅，把一只跛腿的大白鹅丢了，他喜欢这只鹅，也想出来找。这是许许多多难以讲述故事中的一个，多么漂亮的一只鹅，拉长的绒丝线，"啪"的一枪，羊羔跪在母羊的身边，青青的草地上留下一摊鲜红的血。参谋长放下猎枪，得意地笑了，告诉我这就是存在的意义。无法感触的和无法解释的一切用两支油亮的猎枪筒告诉了你，生命在起跑线后结束了。参谋长打了一个漂亮的呼哨和我一起下山，走过青草地，来到小河旁。血写成了许许多多为什么。这个脆响的世界呀！

我给孩子讲了丽达与鹅的传说，我说你知道吗，在古代希腊那位住在奥林匹斯山宝座上的众神之主宙斯是个善解风情的人，他看到埃托利亚国王的女儿丽达天生丽质，趁她在欧罗塔斯河洗浴时，变成一只白天鹅走近她身边，含苞待放的丽达因怀春而孤独，因孤独而喜爱前来做伴的天鹅。丽达就这样被宙斯勾引了。我说你知道什么叫勾引吗，孩子很自信地点点头，我说他们这次绝妙结合后，丽达生下了引起特洛伊大战的绝世佳人海伦。孩子说他的鹅绝对不是宙斯那样的坏东西，干不出偷人家女儿这类的事。我说，你的鹅也许是没有被杀掉的那只向天歌唱的鹅，若飞到天上，便是嫦娥，人头蛇身，头梳高髻，宽袖长裙，大尾巴上饰有倒钩状细短羽毛。

孩子并没有找到他那只大鹅，沿着通向湖边的小溪，苇林绿萍——草丛——杂花，目光中留下白色团堆成的雪人，用琉璃球做成的眼睛，罗杉看到自己精彩的作品，微笑着拍着手走向童年，在城河埝上，在父亲的怀抱里，手拿一枝鲜艳的桃花呼唤春天的时候。桃林中有一眼又大又深的井，里面有半尺长的小鱼游来游去。我和小伙伴们从家里找来细白的线，用大头针做成鱼钩，在里面钓鱼，有人来了，告诉我们，这里面曾有人跳进去自杀了。"为什么？"他是自绝于人民。其实，在童年蓝幽幽的梦中有好多好多眼又大又深的井。和参谋长认识也是孩童时候，那是我刚学打陀螺。一个同学把我带到参谋长家，求他给我们刻陀螺。他是刻陀螺的好手。

参谋长的家很暗，家什破旧。我见他的时候他正在小窗下看一本破旧的书，用一双忧郁的眼睛。后来同学们告诉我，参谋长父母都是右派，跳井自杀了。我想到桃园里那眼井。参谋长和我成为朋友，又成为好朋友。

我与参谋长成为朋友是因为心里都很孤单。参谋长的孤单是一眼即明的，没有了父母，和姐姐生活在一起，一日三餐均不太正规，面相消瘦，眼睛就是有神的时候也闪不出光来。而我的那种孤单却埋藏在热热闹闹之中，大圆脸长在一个大脑袋上，幸福荡漾在脸上，可总认为自己是孤单的，孤单得要出走。

只有唐说："我知道你是孤单的。"

于是我与唐成为朋友。唐像参谋长，所以唐也死了。

我与一位外号叫月牙儿的女编辑在一起喝酒，她突然对我说："隔壁桌上喝酒的有几个同行，要不要一起去，再说你不是老用眼瞅那桌上的那个漂亮女子吗？"

我说："看来人长得漂亮，同性也爱看。"

她说："你这张嘴。"

我们来到隔壁桌上，坐下寒暄以后我对那位漂亮女子说："实际我认识你。"

她一脸疑惑。

我说："你是 B 大学的吗？"

她说："是的。"

我说："你是不是有一个同学姓唐？"

她说："是的。"

我说："我与唐是朋友。"

她略停顿一会儿："唐，死了，你知道吗？"

我不知如何回答。她告诉我唐是喝醉以后躺在立交桥下冻死的，死后三天才被发现。我知道唐早就选择了死。唐是道士，因为他瘦；我是和尚，因为我胖。道可成仙，仙求的是真，真是纯洁。所以唐选择了他死的方式，我应该怎么死，还是向死而生？有人说，人只要还没有亡故，就是向死的方向活着。这还用他说。

无聊！呼星召鬼歆杯盘，山魅食时人森寒。

　　这世界上有许多事是我不明白的，如果我一切都明白了，我活着干什么。我找到了活着的理由。嗜酒后的唐已经没有朋友，酒精中毒后身边只有母亲，朋友和亲人的区别是朋友不能忍受无奈而亲人只能无奈地忍受。西瓜霜润喉片，关怀依旧，你相信吗？没有朋友不向你推销他自己，就像你向朋友展示自己的精彩一样，所以你没有朋友。

　　唐与参谋长一样从来不说朋友的话题，仿佛他们早就明白了这些道理。在歙县的江边他说，他长这么大，感到最美好的就是一次他回郊区奶奶家，夜里，搬个凳子坐在院子里，大明的月亮挂在天空，看着月亮，与三个朋友聊天。我倏然感到极大的孤单。

　　孩子已疲惫地躺在我身边睡着了。太阳还未落，月亮已出来。远处核桃树的枝丫奇怪地凝注月亮——漂亮的无彩版画。我曾斜倚窗边，望着窗外，一个个不合眼的夜，想罗杉，想社会，想成功后的欣慰，想了又忘了，就是这样，不知道为什么，同学们细微的鼾声，闻起来十分香甜。他们和我，唉……

　　为了一只鹅而憔悴的孩子。胸前飘扬着红领巾，抬着柏枝和柳条扎成的花圈走向烈士陵园，高扬手跟着老师喊继承先烈遗志的口号。洁白的纸，洁白的花，一双双小巧的手，穿黄军衣的女同学，秀丽的眼睛，我总是偷偷地看她几眼，有时她侧过脸，双方的目光碰到一起，她立刻低下头，羞愧、红脸。我发一会儿呆，一阵满足的快慰使我精神为之一振，虽然那时都是孩子。一只白鹅，一个少女，缟衣綦巾，聊乐我员。

　　沿黄色小土路，看着远方粼粼荡漾的湖面，他兴奋向前跑去。

湖面并不大，除了一卷卷随风荡起的水波和青褐色的水草以外，什么也没有，他在湖边呆呆地伫立许久，懊丧地坐在草地上。他望着湖水，流出眼泪……一只绿色扁长的蚱蜢从他身边飞过，薄薄透明的白翼有节奏地拍打，他脱掉圆口的破布鞋，追过去，逮住了这只蚱蜢然后抽一根狗尾巴草把蚱蜢穿起来。湖坡草地上蚱蜢很多，他不一会儿逮了一小串，拿到树荫下，点了一堆火，烤起蚱蜢来，我坐在湖坡高埂上，闻到烤蚱蜢诱人的香味，便来到他身旁。烤熟的蚱蜢已变成焦黄色，肚皮螺纹成为轮廓清晰的白线，十分好看，嚼到嘴里，脆焦涩香，十分可口。

吃完蚱蜢，我拉着他，在湖边转了转，一顿诱人的饭总是令人回味的。唐坐在桌前对我说他请客，喝啤酒，我说别喝多了。一个胖胖的女服务员来到我们桌前，我问她能陪我们一起喝酒吗？她有礼貌地拒绝了。唐说这世道，我说是的。菜很好，一人两只对虾，味道鲜极了。我问唐今天怎么这样破费，他说他卖了血发了财，说完让我看看他左臂上的针眼。我撕下香酥鸡的一个鸡翅，放到嘴里，吃完后我说味道好极了。唐也撕下另一个，吃完后对我说味道是不错。白色的墙壁上挂着一幅十分讲究的现代派山水画，好像画的是云南的竹楼。我们说云南是个好地方，春光明媚像天堂，打着情人的花雨伞，蓝天白云多开朗，并说云南有水傣和旱傣之分，水傣尽出漂亮的姑娘，苗族也有一些，白族更好，拉祜族你一个也挑不出来，并一起唱起：姑娘我和你一样，像热情的太阳。

孩子说："你在想什么？"

我说："我想仔仔细细地回味一下蚱蜢的味道。"

孩子说："蚱蜢舟能载下许多愁吗？"

我说:"小寡妇常这样想。"

人性都是有弱点的,如果没有弱点人怎么会想到同情,会想到后悔,会想到自责和对不起自己良心的事。这红红绿绿白白黑黑的世界呀?!这个世界呀!蚂蚁一样盲动的人群?!记忆中的一棵榕树,在池塘边,捣衣砧上的儿歌,黑狗翘着尾巴来迎接我。疯狂被疯狂引爆了,火光飞溅,如花瓣散落,飘飘洒洒漫天遍野。我虽然低声地问自己,为什么要让她走呢?太阳已落在山顶上,强烈光辉照在湖坡上。我伤心地叹一口气,躺在地上。地上是微泛青色的嫩黄色芽儿。暖洋洋的气息中夹杂着土地和腐草的微香味,闻到后让人有种软瘫的感觉。草地上的瘦弱的花朵睁着细长的眼默默地注视着我。诗人走进了一个花园,一个盲目的女郎送给他一个花环。

我对孩子说:"我们去找鹅吧!"

孩子伸手把我从地上拉起来,拉着我的手向湖岸的树林走去。坡上树林里有许多宽叶的夜来香,星星般的蓝色小花蕾似开未开,时有一股股馥郁的香味扑鼻而入。穿过树林,是一个怪石嶙峋的山坡。山坡下面是一条干涸的小河道,沿河而下地势越来越低。走十几分钟,回头一看,仿佛掉到一个深谷里,阳光没有了,四周幽暗而静谧。这种环境给人一种恬然寂寞的感觉。我说坐一会儿吧!孩子却说天一会儿就黑了,怕找不到鹅,我们踌躇了一下,又朝下走去。下方是一段松软的湿霉的黑土地,穿过黑土地,草地上有一条大裂缝。裂缝向谷底斜角伸去,越来越宽,可以看到里面是浅蓝色的,似乎是一泓清水映下瓦蓝瓦蓝的天。孩子拿一块石头投下,里面没有反应。我又拿一块较大的石头投下去,还是没有声音,也见不到溅起涟漪。我们看看天空，天已暗下来，是灰白色。

"怪事儿。"我自言自语道。

"奇怪！"孩子说。

"我下去看看？"我提议，"你等我。"

孩子点头应允。他坐在裂缝边。我在裂缝上角找一个斜缓的坡向下走去。刚走几步，感到非常阴冷，光线也更加暗淡。再走一段，能感到像有阳光一样，渐渐暖和起来。这时可以看到有一个用树枝和藤条搭成的简单而精巧的小门。推开门走进去，触目的一切都使我倍感惊愕。这完全是另一个天地。这是一个几十米见方的由鹅黄色的嫩草织成的草坪。草坪四周是新绿的芭蕉林。阳光是浅粉色的，温暖而怡人。一大群小白兔整齐地围在一起。一个又一个硕大的色彩斑斓的蘑菇则无规则地散布在它们中间，一只大白鹅戴着一副小圆眼镜，拉着低音大提琴。缠绵往事，流畅的忧伤，富有神韵，轻柔的沉重，泛起华美，仿佛粉色晨曦透过浓雾照进维也纳森林，还伴随着鸟儿们婉转鸣叫的殇。小白兔似正襟危坐竖起耳朵，眼睛里溢出一种无法描述的幸福。这时，我哭了，于是转身向回走去。

孩子在上面似乎等急了，已站起来，不停地走动。我用手抚着他的头，对他说我已帮他找到那只鹅。他疑惑地看着我，坚定地摇摇头。我还能说什么，我们无声朝回走去。人有时是可以回头的，不必总说向死而生，不必用琴或情述说被窝里的缠绵，太累了！生命是一袭华美的睡袍，上面爬满了虱子。我回去了，本是游仙窟中人，赌与十娘卧一宿。唉，花容满面，香风裂鼻，一啮一快意，一勒一伤心！

08

天亮了，孩子在我身侧依然睡得香甜，跛脚的白鹅蹒跚从门口走来，卧到我们中间。一只十分漂亮的鹅，雪白的羽毛，红漆的蹼，焦黄的扁嘴，身上还带着清晨的潮气。孩子醒来，看见身边的白鹅，惺忪的眼睛圆睁，他用几乎颤抖的手梳理鹅的长颈，喃喃自语："你回来了。"

没有找到鹅，孩子是孤单的。若说孩子是因为失去财产遭到家长的责骂而孤单有欠公允。鹅没有了孩子，鹅是孤单的。孩子和鹅的孤单应理解为失去朋友的孤单。我的孤单呢？我的孤单在我的路上，道不孤，必有邻。我的邻居都在地狱里研究虚无，我能不孤单吗？骑上鹅，抱着它粗壮柔软的颈，任它用红色的蹼划动着清亮的溪流，穿过郁郁葱葱的丛林，穿过影影绰绰的草坡……洁白的卵石滩和幽暗的山洞，去找从何处来到何处去的道理。

少尉轻蔑地笑道："你怎么这样残忍，不怕把鹅压死了。"

"德不孤，必有邻。"

"心间本无事，率由妄念扰之，始为烦耳。"

我也轻蔑地笑道："道终不可得，彼可得者名德不名道；道终不可行，彼可行者名行不名道。吾以可得可行者，所以善吾生；以不可得不可行者，所以善吾死。”

"心足则常足，道胜者自然而足；心乐则常乐，道胜者自然而乐。道力清壮，物无以敌。”

我悠然道："真大道者以苦节危行为要，不妄求于人，不苟佚于己，庶几以徇世夸俗为不敢者。”

少尉沿溪而下，我沿溪而上，一如佛老交肩。

他把鹅抱在怀里，用衣角擦拭从鹅的小眼睛中流出的泪珠。"泪珠儿要流尽了，爱人呀，你还不回来呀……"这支清亮而又悱恻的歌我在唱，她和她和她和她和……都在唱，罗杉张起红的唇。这又是一个什么样的早晨，许许多多紫纱幕已褪色，竿挑起油纱布条，典当良心委员会吵吵嚷嚷为野猫叫春的频率和蝴蝶生殖的方式而争论。我从高高的天空落下，下面是各色绒羽堆成的山，视线飘动和永远无法着地的身躯。女人的泪水汩汩地涌出，流过山涧，流过草地，流到我身旁，滋润着小蜻蜓的红腿，天空啊！用黑云画一个偌大的问号，挂在雨帘上。为什么呀？

随着年龄的粗糙，对女人的泪水和欢笑已无所谓了，陈旧的新鲜感。我对一盏惨淡的灯，悄无声息编织一朵绒线花，隔壁的唐吉他的低泣，抛弃和被抛弃的。我不解地问自己男子就不能哭吗？哥哥要走西口，小妹妹我实难留。干枯瘦长——涂墨——影子——酒——吉他声——托福听力进阶——笑——粗亮——沙哑。Long ago, I dream of Jeanie with the light brown hair！唐总是苦苦地淡然笑着。喝酒，有时酒精的刺激使他兴奋，苦苦地号几句成调的歌。为什么，城里妞乡下妞的韵味儿，他喜爱的与我喜爱的。时光——流水——信号树——鬼子进村了——谈什么？过去的有味的事儿。终于把一切话都说光了，他歪歪斜斜地走去，我躺在床上喘着粗气，睡不着。

这时，上帝说，你可以死了！

孩子拉着我的手走出，告别的破屋，破屋遗弃我们，又被我们遗弃。湖畔山林都在一种高级灰色的幕布中，那几间房子咧着几张破嘴对着我们远去的影子哈哈地笑着，孩子说不是笑是在哭，因为他听到声音了。低于二十五赫兹的呻吟，我听不见。

"你看我的鹅好看吗？"孩子抱着鹅，把腮贴在鹅的头上。

"当然好看！说实话，我还没有看过这么好看的鹅呢！"

"我有好大好大一群鹅，都很好看。"

"是吗？"

"等会儿到我家你就知道了。"

"我也喜欢鹅。"

"鹅！鹅！"忆萍惊诧地叫起来。

我顺着她手指的方向望去，几只白鹅顺水悠闲地游来。忆萍马上赤脚跳入水中，迎面向鹅走去。几只鹅在水中转了一个弯，掉头而去。她懊丧地在水中站立了一会儿，无精打采地走到岸上。

"鹅不爱你，你何必多情呢！"我戏谑道。

她转目看着我，眼神真新鲜，如沾露水百合花。她突然恶狠狠地说："我不爱你，你又何必多情呢！"

她说完，掂着鞋，赤脚向宿舍走去。我如同被酷霜戏弄的草，蔫头耷脑坐在岸坡。白鹅又折回，游到我的面前在水草间嬉闹。我不明白：我爱过她吗？爱过？我是用什么方式向她表达和暗示我这种感情的呢？真他娘的不明白。我从兜中掏出烟包，卷了一根粗粗烟卷，拼命地抽，燃起的粗烟片剥落，发出响声。水草，白鹅，忆萍那眼神，这倒霉的已长出厚厚霉斑的生活，他们和我都在一起又哭又笑，荒野的爱情，什么也不知道。少尉不吭不响地来到我身边，从我手中拿出烟具，自己卷一颗抽起来。

"想什么？"他终于问，"一个人，傻傻的。"

我苦笑道："你猜。"

他抽一口烟："是想家，你回去看看。"

我摇摇头，神秘地说："不是，再猜一猜。"

他沉默了一下，诚恳地说："猜不出。"

我严肃地说："想女人。"

他不解道："想这干吗？你年龄才多大。"

我眼一瞪："我就不能想？黑轮他们天一黑就往小寡妇屋里偎，还对我们说五毛钱一次，我想就不能想。"

他看着我，站起来，忧郁地说："他们好景不长了，下个月去老王坡开荒，那里方圆三十里没人烟。"

我一怔："去就去。"

我现在已经没有去就去的勇气抑或决心了。年纪大了，一任惯性的摆弄，过了而立之年，位不高但有，钱不多够用，大可躺在金丝绒面的美人榻上，看点没有标点的闲卷，心存高远，自说风流。

小杰说："你好像没有了目标。所以，你可以死了！"

我说："你就是我的目标，我已得到了。"

小杰大概是因为我这副样子离开我的。不过我知道小杰自始至终并不喜欢我，她喜欢的荣誉我就是得到了也不会送给她，所以她不会喜欢我。没有小杰与她们，我还能干什么，进成人网站，抑或回家看看，回家看看！

尽管小杰不喜欢我，尽管我丢了鹅，一个人孤零零地走在自己的路上，我还是会想到小杰，不是因为过去，是因为她那张姣好的小脸。她应该是不要长大那种女孩子，这样你可以把她抱在怀里随意打扮。小杰十五岁的时候，我拉着她的手，走在杂花盛开的田埂上，粉红的天，爽朗的风。胡适说这样的女孩是历史。

我走进历史，似乎在潜意识中受到胡适的启发。

十五岁的梦也美妙也浪漫。

十五岁的情人有一张瘦长的瓜子脸。

十五岁的梦像只蚕，爬来爬去为做茧。

十五岁的情人像雨燕，飞来飞去飞不到茧里面。

乔木游女的故事。她打开门，我走进去。样子有点像晾衣杆掉下砸着西门庆的头。她穿一件白底蓝花的连衣裙，平淡地笑着，和我一起喝茶。当然，这是她妈的主意，她妈是美蒋特务，给我使用美人计，我呢，就像现代歌厅的人们所说的，来一个将计就计。但是，直到现在我也没有找出为什么在我身上使用美人计的答案。由此可见小时的梦总是有缺憾的。

人不可无梦，无梦则庸俗。年龄大了，再去做十五岁的梦，并拥有一个十五岁的情人，不免有点无耻。有权有势，有名有利也是梦，梦中狠狠地扇警察两巴掌不也很解气？恬淡寂寞虚无无为，余非全德之人也！

唐的吉他无所顾忌地叫起来，这似乎不是唐的风格。叫声飘荡窗外，在高高的杨树顶部回旋，并凝结在一起。吉他传递的是自由的疯狂。忧郁不大传染，欢乐不大传染，而疯狂的传染性极强。于是我便应和着，歇斯底里地敲起木鱼。

死去的唐变成放鹅的孩子。

一大群白鹅"呱呱"地叫着从河坡爬上，如一团团聚集又散开的白云。孩子把怀抱中的鹅放到地上，它便一瘸一拐地归队了。这个傍山而居的小而又小的村，有几户人家，青瓦石壁。一只小狗从一家院内跑出，"汪汪"叫了两声，便摇头摇尾地跟在孩子身后。

小院杂乱无章，正当门三只长凳上放着一副薄薄的白木板棺材，几只鸡来回巡荡觅食，一个四五十岁的老汉坐在门前的青石板上，"吧嗒"地抽烟。

孩子看到棺材，向前猛跑几步问："爹，咋啦？"

老汉抬起头，一双浊黄锈斑的眼看着孩子，说："哦，孩子，你娘死了。"

孩子惊呆看着老汉，又看了看棺材，好一会儿。突然，他仿佛明白过来，扑到棺材上。"娘！娘！"大声喊，"哇"的一声哭起来。我来到老汉身边坐下，老汉盯我一眼，把烟锅磕尽，重新装上烟丝，用衣角擦擦玉石烟嘴，然后递给我。我点着烟，抽一口，问："什么时候死的？"

"昨，"老汉说，"昨去的。"

"怎么好端端就死了？"

"人死如灯灭，天定的呗，该去是跑不掉的，是定数。"

我再没有说什么。吃完午饭，天阴沉沉的，飘几滴零星的雨。

要出殡了，院里来了十几个人，把棺材抬起。孩子已套上粗布白大衫，白布裹着头，新包的白布鞋，他扶着棺材哽咽，已哭不出声，棺材抬出门，"噼噼啪啪"放一小挂鞭炮，炸起的红色黄色炮纸在空中飞扬着，我跟在送葬队伍的后面，有一种说不出的怅怅的感觉。

送葬的人很少，仪式也简单。只是出村口过小木桥的时候，队伍停住，孩子被拉到棺材后，然后从抬起的棺材上爬了过去。队伍继续向前走。几只白鹅从村里跑出，跟在人们身后，"呱！呱！"叫几声，走了一段又扑到路旁水洼嬉闹去了。风吹起脚下残草，无声。灰色的脸。什么呀？孩子沙哑的哭声又起，不幸，泪水，死了就死了。你说太不公平。我突然停住脚步，看着送葬的队伍向山坡爬去。这是为什么？阎王是什么玩意儿？到阎王殿路不长，我走过第三殿后门，里面有一面巨大的黑檀木雕架的大镜子，我对着镜子整理齐自己的衣服，点上一支烟，来到阎王所在的阴曹地府里。这里人不多，走进大殿，一个小孩子拦住我。我记得就是这孩子送我那朵花。对了，那是彼岸的花。彼岸花，开一千年，落一千年，花叶永不相见。情不为因果，缘注定生死。

"我找阎王，"我正色微笑地说，"我们是朋友。"

孩子道："对不起，先生。我们先生不在。"

唉！我抽一口烟，正在犹豫，这时从里面走出一个三十多岁的人，穿着藏青色西服，白衬衣，黑领带，样子十分精干，他微笑着问："先生是找阎公吗？"

我点头道："是的。"

他抱歉地说："很不凑巧，今天是星期日，公休，阎公去打猎了。 不过，不知我能否帮上你的忙，我是阎公助理。 先生里面坐吧！ ”

我跟他来到里面客厅。 屋内暗而阴冷。 几盏破灯犹如鬼眼，我心里暗自发笑。 这时一个十五六岁穿淡青竹衫的女孩子端上茶，我端起幽绿的茶碗呷了一口，茶有一股浓郁的涩香，回味绵长。

我说：“一个女人死了，我来想问一下是定数吗？”

“噢！ 我想是的，”助理微笑回答，“她是哪里人，我可以查一查。”

我简单地报了籍贯和地界，助理就去大厅档案柜里查寻去了。这时穿竹衫的女孩子端来烟灰缸，我顺势便捉住她的一只手，然后抚摸她光滑的小脸，她的脸凉冰冰的，尽管已经羞红。

我放开手问：“你来这几年了？ ”

她低声答道：“六年。 ”

“哦！ ”我心里一阵悲凉，从十五岁的梦中跳了出来。“八九岁就出来了。 ”

“嗯。 ”她温顺地点点头。

助理回来了，我递给他一根烟，他点着抽一口道：“我查到了，是张梁氏，一九四六年生，享年四十二岁，是昨天死的，是定数。 ”

“难道非死不可？ ”我悲伤地说，“那家很可怜。 一个孩子，一个父亲，一群鹅。 ”

“我知道，”助理不无同情地说，“可是我们虽然名义上说管生死，但谁何时死却都是早已定好的，实际上我们的工作只是管死去的人，他们来我们这里，我们安排一下工作。 ”

“没有一点办法？ ”

"真的没有！"助理道，"不过我可以告诉你还会有更不幸的事出现，孩子的父亲明年死期也到了，是十二月二十六日。"

我仿佛被什么猛刺一下，淡淡地说："你还可以告诉我那群鹅什么时候死。"

助理想了想，摇摇头，我起身走出，助理送我，其间说了什么我已听不清了。

我来到山坡，坟已垒成了。坟是选在缓坡的一个高埋上。一起来出殡的人们已散去。只有他们父子俩，一轮白日无精打采地挂在天空。我走近坟。坟的正南面下方用石块和土搭成一个小平台，上面摆放着几碗肉。散落着黑纸灰和炮仗花。老汉坐在坟边石头上，孩子瑟缩地把头放在他膝上。老汉拿起一把唢呐，两腮一鼓，吹出声来。唢呐乍吹响时，声音低沉而宽厚。蓝色的天空慢慢铺上一层厚厚的灰云。唢呐音调渐渐急促，节拍加快。在风的鼓动下，云层叠起弥弥浅浪，浪越叠越高，终于以排山倒海的势头滚动起来。一条古老的帆船的桅杆被浪折断了，船身也被撕裂和吞没，血沫子……唢呐激昂悲怆的曲调似乎在诉说一种原始的真切的感情。

我随着那声音走下坡，走了，不知是什么东西让我留下，又推我远去。我不知道。上帝说，你可以死了！

09

上帝说我可以死了，因为他看不到我活着的意义，因为他知道我只是活着，做不了什么有意义的事。为什么非要做有意义的事？做一个无心无肺、饱食终日、无所用心的人不好吗？老子说，虚其心，实其腹，弱其志，强其骨。姓周的易也说，离中虚，坎中满。离是心，离中虚不是没心没肺吗？坎是肾，坎中满不是想干就干吗？老子教你去犯罪。

其实，to be or not to be上帝说的不算。我把我的眼睛拉出来，仔细端详我那圆胖壮实的脸，白里透红，像苹果高高地在树梢转红，小巧而有弹性的鼻子，轮廓清晰的嘴唇，我吻我温暖的唇，突然，我看到一个蓝色的巨大的影子在天地晃动，这就是宇宙的灵魂。宇宙如果没有灵魂，还有存在的意义吗？所以我不能死。我走在我的路上。宇宙的存在，是因为我在路上。

乳白色的马路，不宽亦不窄，如一条茧绸丝带抛向远方湛青的天幕边。马路两旁是齐胸高的郁郁葱葱的灌木。心形的长满黑色茸毛的叶片镶嵌着纤细的银白色的边。路上行人稀少，我郁闷的心稍变舒适。我扔下手中烟蒂，摘下一片黑叶，吹出一声清脆的童年，和外婆一起回舅公家，骑在水牛上吹着槐叶，摔在松软的稻田里。毕竟是童年。和唐在一起偶尔会提到童年。他说他记得最清楚的是一次回老家看奶奶，夜里他独自搬一个小凳坐在院里土堆上，看着清澈的天空，挂着一轮圆圆的明月。我可以想象到的景象。难道他忧郁的性格是坐在土堆上培养的？他不也是仰望星空吗？

唐和我在一起的时候总是很尴尬，俩人什么也不说，一根一根地抽着烟，我勉强说了几句，几句绝对无聊的话。当然我们会谈到我们共同经历的事情，这是有聊无聊之间的话题。那年在歙县开会，同人们在江边的楼上会议厅讨论什么做茶点的方法论，我俩却穿着三角裤视躺在练江江心小石堆上，任清凉的江水肆意地冲打我们身躯。在闭幕那天我们在会上讲起司马迁和汤因比，一个虽遭宫刑，却练成七十二路辟邪剑，可谓有得有失；另一个不过学了点什么蹬萍渡水、走鼓沾棉的轻功，使用点鸡鸣五鼓返魂香之类的末技，无法与司马氏高深武功相较；更不用与修炼纯正九阳神功的老马比较了，并一致认为这样评价有益于在正确理想指引下弘扬中国文化。这些让人惊诧不知所云的往事，并不如烟，也是我们常常感到惬意并津津乐道的事情。

不过无聊只是心理上不适的一种情绪，无聊并不可怕，无聊是相对意义而生的，还有意义的存在。如此说来，已感觉不到无聊才是最可怕的事情。现在的我已感觉不到无聊了。唐走了，他们都走了。身边的朋友都是感觉不到无聊的朋友，为了不同的利益走到一起来。走到一起来，带走我的爱。单纯的反讽是幸福，苦涩的反讽是幸福，嘴角边的反讽也是幸福。我只是在无法入睡的时候才期待反讽回到脸上来。不追求意义，则不知道从哪里来，到哪里去。我从天上走来，带着大地的眷恋。

唐抚摸着我的手，轻轻地念叨："小人必树党，势利相因依。势成乃翕合，势去还暌离。君子贵独立，中心存不欺。荣华羞附丽，衰谢罔弃遗。君子与小人，于此常见之……"

我有点难为情，拉开手："欲洁不洁，云空未空，虽然你称百了，俺号一了，其实何曾了了。凡夫俗子，追求点意义就算不错了。"

唐喝醉了，把手搭在我的肩上，我送他回家。

唐哽咽说道："我太深奥，无人理解。"

我笑道："你未得道。"

唐沉默片刻："兄既得道，俺乞一言受教如何？"

我说："老子说，虚其心，实其腹。当今之人，心却越来越实在，到哪去得道？"

如果不是饮了几杯酒，说这样的话，我会看到我脸红的。我没有把精液流到云英的肚子里，我有什么理由谈论虚实。

我的心无人理解。我需要理解，需要款款细语的安慰。劈篾斗酒，坐月茵花。用深深的痛苦诱拐天真的女子，养的鸟成为排遣痛苦的管道。我不是流氓我是谁？

路边的房屋线条呈几何形，白墙黑瓦，十分简单，稀疏地错落在淡紫色的丘陵之间。有几棵秃头的树，干枯的枝丫，放肆伸展，静静地勾勒出几何图案的模样。所谓的禅意，也是自然，也是现代派的画作。墓地的唢呐声，是《百鸟朝凤》，没有删去鸡叫声，所以声音可以落到地上。累了，我盘腿坐在路边，唐也坐下。

我们吸着烟。这件事发生以后总觉得有些什么。他不无歉意地说："走，喝点酒吧！"

我们来到这个简陋的酒馆，几个胖乎乎村姑样的服务员穿着肮脏的白卡其布工作服，热情地招呼我们。

"喂，快点！"唐对她们说。

"你们这儿的品种太少了，"我坐下与她们聊天，"让我炒怎么样？"

"你会吗？"她们其中一个问。

"这活儿我已干过十年了，"我颇为自豪地说，"现在不干了，现在我办厨师学习班，我主讲，教做粤菜、川菜、淮扬菜，还有西点大菜，就在前海西街十七号，你们想学吗……"

"你们会要我们吗？"另一个显然很感兴趣。她见我说得认真，也认真地问。

菜端上来。唐嬉笑看着她们。我也暗暗发笑，哂笑自己在什么人身上都想寻找自我，现代哲学的意义。尼采，女儿，小娘子，鞭子，上帝之鞭浸没在一条沸滚的血河中，日耳曼少女。真正意义上的悲剧在所谓的 scholar 身上以喜剧的形式表现出来。唉，喝酒，无聊的事真多，怎么也想象不完。其实又何必呢？天上有个星星，小草的梦，恶狠狠地虎目圆睁，地主剥削穷人的故事，阶级争斗，乳白色的马路。一队小学生放学排着整齐的队伍唱着我是一棵无人知道的小草，走着走着，蝴蝶各色的花裙衫在青草地散开翩翩起舞，蜂翅振动发出细小的声音，春天三月开桃花，小河咔嚓冰解的消息，黄茸茸小鸭，纷纷扬起烟纸剪碎的花斑，走过青草地，走过青草地……我们看海去，雾呈诗意轻蓝色，小树微醉点头，羞红的苹果的脸悄然散去婴儿稚嫩，深深的杨树笑靥漏下金沙，鸡崽，黑土地，三三两两少女，白木椅蒸发的湿气，阳光柔和……

有时我觉得彬彬是我与唐之间的点心。

彬彬推门进来，她梳着一个漂亮发型，齐脖的短发，右面一层黑发呈弧形悄然遮掩半腮，衬托一双桃花眼，幽深而秀美。我放下手中的笔，从书桌边站起，躺在床上。

"还在生气？"她坐在床边，双手抱着我的头，要吻我，我把她推开，点一根烟叼在嘴上。

"昨天赶上车了吗？"她说着，用手摸我的脸。我轻轻地把她手拿开，狠狠地抽着烟。她瘪起嘴，一副惨兮兮的样子，流出泪来。我闭上眼。

等了一会儿，她低声说："唐也很可怜，他昨天淋了一场雨，心情坏透了。"

她说着又用手抚摸我的耳朵和脸。然后脸贴在我的脸上，吻我。一种尴尬的吻，却不做作。唐也在，可唐不愿去，她宿舍放假人早已走了，三个人，无言却又有许多话，我想带彬彬走，可唐想留下，一种原始的躁动波纹一般荡动全身，她选择留下，正正经经的傻话。唐坐在自行车后座上，黑夜，目送彬彬送我，我们沿着未名湖，走到我第一次吻她的斯诺墓的左边，她停下让我吻她。那是清朗的月光下，我捧着皎白的小脸，一次忘情的吻。

"你爱我吗？"她俯在我胸前，呆滞地问我。

"我喜欢你，真的，喜欢你。"我悄悄对她说。我满足地闭上眼。

她说："你知道吗，女人喜欢男人一遍又一遍说，我爱你。"

我狡猾地说："可我喜欢说我喜欢你。喜欢是爱的升华。"

懊丧，失落，爱吗？我已不会说爱任何一个女人，爱是包含着义务和责任的，是用心灵感召和体贴。喜欢却是另一回事，它只是把感情当作一种兴趣，是一种主观和客观拉开距离的审美成分，而前者正好相反。一次有强烈诗意的离别，懊恼在心中举办篝火舞会，出了校门，一条白色的路。

路依旧很长。一条通向死亡的路，迎面走来几个人微笑看着，我亦报以温和的笑，彼此都完成了一个主观和客观拉开距离的审美。挺恬淡的，没有语言。白色的路，黑色的丛林。整整齐齐地陶醉直至讨厌。我并不疲惫，叼根烟，吐出烟如细长丝带左飘右闪，落在身后，一幅模糊的山水画。我把罗杉送我的相思豆掏出来，一粒粒扔掉，一只芦花公鸡跟在我身后，把红豆拾进它口袋里，这个相思的小家伙。

这时罗杉孑然地俯在书桌上。她想我画一对小樱桃，涂成青色的，没熟，一行清泪人憔悴冰河顿解，竖起耳朵直愣愣听我那结实的脚步声。女人呀，可我！唉，坐在小酒馆里讲另一个女人的故事。

"这事……"唐喝一口酒说，"唉！"

我抽口烟，端起酒杯，一饮而尽，烟酒调和在一起，酒味才会更纯。

"算了，彬彬都说过了，"我说，"只要你对她负责任，她虽爱虚荣，心地也是很好的。"

也许是因为没有什么可说，说到责任便一遍遍地重复，绝对毫无意义。

"实际上她很爱你，你刚走那几天，她和我在八一湖划船，总不停念叨你，一副失魂落魄的样子，好像有点失常。"唐说。

"哦。我知道，我们挺正常。既然她喜欢你，你也喜欢她，你一定要负责任，这算我的一个不情之请了。"

可我负责任吗？我也不知道，也许我开始就不愿担任何责任的。天地玄黄，完不了的事，只要有酒还有烟。无聊，故事怎能安安逸逸地躺进历史书里呢，无法忍受的寂寞必须爬出来，又必须交织缠绕着心灵，荒诞的事掰着手指查不完。

我终于抱起彬彬的头，她的嘴唇红润充注着热情。当我把滑腻的舌送到她的唇中，她闭上眼，紧屏着呼吸，将舌尖迎上去，双臂紧紧抱起我的颈。一阵忘情的吻后，她脱掉外套，穿着黑棉短衫躺在我的身边。我抬头，静静地看着她。她细细地喘着气，漂亮的头发蓬松散乱起来，透过乱发，那双秀美湿润的眼睛半闭半睁，懒洋洋且娇慵的样子。她颈部的皮肤滑润而光亮，泛起红晕。两条嫩藕似的胳膊吊在我的脖子上。我掀开她的内衣，她那迷人的胸，那蒸熟馒头样的乳房，尽管躺下依旧隆起，粉粉的乳头微微陷下去。

"我妈也是这样，不会塌下，是遗传，懂吗？"她自豪地对我说。

我的手向下滑便是她平坦光滑的小腹。她的呼吸变粗，脸上浮起一片好看的颜色。于是英威灿烂，绮态婵娟；于是素水雪净，粉颈花团；于是龙翻虎步，猿搏蝉附，龟腾凤翔，兔吮毫，鱼接鳞，鹤交颈。

我微笑着，带着质疑。

是女为我师，仪态盈万方。她颔首。

……带着某种情绪，（赎罪抑或意识到某种结束性的亲近）她比任何一次都狂热，全身急剧摆动。

"我和唐谁有劲？"我戏弄道，"谁有劲？"

她紧闭嘴巴，紧闭双眼，头来回摆动，露出一种幸福得忘情的笑容，我很快就结束了，她不满足地猛烈地摆动几次臀部，然后停下来，喘着气，乜斜着眼睛看着我。

"弓先调然后求劲也。"她说，"你真不行。"

我从她光滑的身上滑下来，躺在她身边自我解嘲："是吗？我昨天太累了！"

"你昨天在哪住？"她追问道。

"到地质大学。走过去的，331 没车了。"

"是那个——她？"她迟疑地说。

"是的。"我顺手点一根烟。

"她漂亮吗？"

"漂亮极了！"

她懊丧地说："哦！"

等了一会儿，她起来穿好衣服，脸色阴沉下来。谎言用于报复会产生令人绝对满足的效果。

"我要走了。"她说，"唐在等我。"

我笑道："其实你不就是要找他吗？真忙呀！"

她坐在我的床边，梳完头，认真地说："能吻我吗？我毕业了，就要走了，可能很少能见面了。"

我探起身，吻她，平淡的吻，她走了，阳光从拉开的窗帘射进来。我看着我那张淡漠的脸，寂静。白色的路，黑色和白色组合的图案是单调的，我的爱人哟，亲爱的烟。

我告诉我唯有烟才是我唯一的亲人，有个不吸烟的朋友曾调侃说，从烟的外形来看，烟是一种象征，表达你们这类人特殊性向的嗜好。可我一直认为如果这样解释不如解释为自恋更好。这样说来，只有吸烟的人才能自爱、自尊，才能发现哲学家说的那个"自我"。

这样说来，我现在走的路是我回家的路。从哪里来就要到哪里去。唐已经到家了，也许彬彬也走上自己回家的路。在彬彬的路上她也孤独？轻轻地牵着她的手？实际上，我又开始庸俗了，庸俗的标志就是顾念太多。

这样说来，我要是庸俗就回不了家。不知道彬彬现在知道不知道我是一个俗人。俗人昭昭，我独昏昏；俗人察察，我独闷闷。

彬彬把丝巾解下系在我的脖子上，她说："夜里走路，天会冷的。"

"拉着你的手我怎么会冷呢？"

彬彬唱道："没有我的岁月里，你要保重你自己。"

天渐渐黑下来，乳白色的路变成一条灰色的影子。并没有彬彬，回家的路上没有爱和情，回家的路是清冷的。好在我不虚心也能看到自己，能把眼睛拉出来，看着自己可爱的脸。

10

对许多人来说，思考回家是十分滑稽的事情，恰如摊开书不看，恰如吃完饭不抽一根烟，恰如娶了老婆而不和她生孩子。实际上这许多人均是被习惯所迷惑，缺乏一种带有诗意的背叛。于是子在川上曰："逝者如斯夫，不舍昼夜。"

一了注云："今之世亦如古之世，惯性列车使然，若有不逝如斯者，非疯即傻，何足道也？"

做人就这样，别人考大学，一了就要考大学；别人做学问，一了就要做学问，publish and perish；别人做生意，一了就要做生意；别人买汽车、别墅，一了就要买汽车、别墅……声色犬马后，要来点风花雪月；纸醉金迷后，要来点添香红袖。一切都做完了，一了便告诉别人说：我要回家，回家的路是清冷的。今世矫情者，舍一了其谁也？古时候，孔子的这句话传到欧洲，便被译成："濯足急流，抽足再入，已非前水。"后来又译回来反哺中华。如同《心经》，自己嚼过的食物，被别人再嚼，然后自己接着又嚼，这就是文化交流。

好在我已走在回家的路上。家在哪里，不知道，那是宗教蹑寻的元始。元始顶负圆光，身披七十二色，生于混沌之前，太无之先，元气之始，故名"元始"。这是吃饱了没事干才思考的东西。

小玫和秃头 boss 的奸情败露以后，郁郁地躲在家里，不接电话，饭吃得也少，我知道她并不是怕别人的议论，而是因为她把自己用不快乐换来的生意做砸了而懊恼。我来到她家里。她穿件稀疏花绸睡衣，自个儿端坐在阳台上，面前摊开一本书。

我说："怎么啦？不那么忙了，人却变苗条了。"

她把书推到一边，懒懒地说："闲来无事人从容。"

我走到她身边，把她的头放在我的胸前，一只手摩挲她的前额："你是不是摊开书不看？"

她扑哧笑道："看来今天我是无聊人碰到有聊人了。"

她的笑声吓了我一跳："此话何解？"

"天下还有你不能注解的问题？"

我怅然若失："我就是这么一种人，在别人无聊的时候，来逗人笑的，所以同事都叫我'笑母'。笑母者，酵母也。"

小玫娇嗔说："那你今天能说点什么让我笑笑？"

我自己倒杯茶，坐到她面前："我以下说的这点事也没有什么可笑的。你知道我这个人也去歌厅。我去歌厅大多是应酬。去歌厅应酬，客人要了小姐，你只好也得要一个。有一次我到一家歌厅，要了一个扬州小姐。"

小玫说："不用说，扬州瘦马，这小姐花容月貌、如花似玉。"

我说："样子没有你羡慕的漂亮，不过挺有特点，像一朵解语花。"

小姐说："你不唱首歌？"

我摇摇头："我不爱唱歌，我唱不准。"

"那你喜欢干什么？"

"今天我累了，也喝多了，我想把头放在你的胸前休息一下。"

我躺在沙发上，把头靠在小姐两乳之间。我揉摩着小姐细嫩的小手："你知道男人为什么喜欢来歌厅吗？"

小姐说："你说为什么？"

我说："男人太累了，事业、名誉、地位，一天到晚为妻儿家庭奔波，到了夜里，想休息一下，可是老婆的乳房太软了，支撑不了那颗硕大且疲惫的头颅。"

小姐好一会儿没有说话，我慢慢地闭上眼，仔细品味我的话中的哲学意蕴。这时，小姐把我的头推开："看来你的头需要十八岁女孩的乳房来支撑，我也过了年纪了。"

小玫巧笑道："你怎么不给她讲你的元始终极慰藉，你的终极慰藉恐怕是少女的乳晕吧？深含红润频摇曳，沉醉娇嗔欲飞翔。"

"桃花灿烂粉嫩嫩，沧海横流水茫茫。"我无奈说，"你比那歌厅的小姐要深刻。"

小玫似乎没有笑。

今天是生日，或许是，反正已忘掉了，如忘掉一段羞涩的回忆，忘掉一个女人的媚眼和娇笑。忘掉了为什么我脚下的路走过去的悠长又悠长。一如船入港，又如老还乡。蝉即知了一声清鸣又使我知道了一切既然知道又无法忘掉，忙忙碌碌简单地摆四碗小菜一碗蛋羹一碗茄汁鲭鱼（罐头）。喝一杯酒为追求信念尽管荒唐，先喝红色的状元红图个吉利、心理一次平衡。杨来看我为友谊抑或为其他，送我两盒牡丹烟一盒名酒巧克力作为生日的奠礼，我喝酒抽烟想过去未来沉重的使命，哎哟对着鲜红的酒如血喝一口真惬意又忘掉一切，没人作陪，没女人，干什么？除却一身寒风冷雨，投入万丈温暖海洋。

日儿高、彩云追月、梅花三弄，我曾经问个不休可还是一无所有。陈又来了谈理性，谈感情，谈那些正义的人后来无止无休地写汇报材料把良心推向火堆。人就是这样，谁让我们年轻，他们被运动整理过又利用运动整人，逃避运动如逃避正义。深含，浅荡，沉醉，飞翔。你的，良心的，大大地坏了。我看透了一切，迈步走在社会主义的康庄大道上，吧嗒嘿。

天亮了，我终于走到白路的尽头，青色的城墙，箭筒的残迹。黑土漆剥落的大门被推开，人说百花的深处，住着老情人，穿着绣花鞋。金红色的阳光呼呼啦啦一齐挤进去，睡了一夜的城市在微风的吹拂下慢慢地苏醒了。呼唤城门开，眼中含着泪。商店打开门，马路上挤满喧嚣的汽车和来去逐渐增多的人。我坐在人行道上一块石板上，背麻袋的老婆婆踽踽从我面前走过，不是外婆，她交叉迈开的双腿，她们的腿和他们的腿都慌慌忙忙地拉拉提提。车轮，腿，叫喊滚动直奔主题，皮鞋布鞋大的小的粗的细的抄捷径翻过铁栅栏矫健的腿，向那最古老的坟地，掠不去为挣生活挣口饭的阴影。熙熙攘攘的话，看不见的手，司马迁才是经济学的鼻祖，用出卖生命的方式来维持生命。旁观拍手笑疏狂。疏又何妨，狂又何妨？这么滑稽的高级玩意儿！我用双手捧着我的下巴，我仔仔细细端详着我那双聪颖睿智的眼，我为自己而激动。我是清都山水郎。我看巍峨无言的青山，晴时潇洒，雨时多姿，时时妩媚动人。想青山见我也应作如是观。

我不能不想到我就是外婆故事中的人物。外婆的故事中没有歌厅的女子。如果我做外婆会不会给外孙女讲一个歌厅小姐的故事，我的外孙女会不会像我一样顾影自媚，窥镜自怜？想到我当然也会想到她。一朵开在水边的水仙，永远看着自己的倒影，临江仙：

斜阳轻轻摇芳霏，
翠袖独掩清芬。
雪瓣黄蕊窈窕身。
凌波一仙子，
顾影不染尘。

玉骨冰姿难由俗，
雪埋霜打无嗔。
羞与百花争缤纷。
暗香盈袖舞，
何必上青云？

我的倒影会是干净的荷花，灼若芙蕖出渌波，七步成诗与七步生莲，涌出二泉，一冷一暖。香风四散，花雨骤现，出水的莲躺在绰约的水雾中，画出一道平缓红色，带着饱满的空灵流出来，深邃中闪动一点清秀，朴拙后掩藏着庄严。诗万首，酒千觞。何不探鼻闻己香？

可我在闻她的香味。她会在吗？我似乎在幻想她看见我的瞬间脸上的表情，但我不敢。一切都凝结。她的欢欣的笑脸。路边的花园沿着铁栅栏的蒿丛盛开着一朵朵小花，紫粉的花瓣向外铺开，拱起一团金黄色的蕊。美人蕉舒卷绿色的长臂拥抱着红的黄的软缎般的花朵。一丛丛蔷薇，深红浅红的花开得鲜艳。蜜蜂忙碌地拍着薄明的小翅膀，"哼，哼"得意地叫着，几只粉蝶也在翩翩起舞。那花瓣被秋风拉长，一条细绒线，在空中扭成"S"形的曲线，无数根并列，整齐向前爬行。散落草地上红色的小船，一首红色的童话，拉着她的小手拾级而上去寻找童年的足音，那声音怎么会终久不散呢？一句话的激动，一封信的激动，天真而纯情的微笑，永不消逝的秋水明波。清晨我拉着她的小手在雾缠绕的小杨树林里拾蘑菇。喇叭花紫色花筒。她微微沙哑的童音亲切温柔。早晨，就是早晨，梦醒了。

小巷真幽长，几乎没人。我的身影和我的脚步声，阳光鲜明地照在青砖墙的一半，我找到她的家，一扇小铁门开了，她妈妈探出身子。是她妈妈，比我那次在黄山见到的她已衰老许多，梳理整整齐齐的黑发已夹杂一根根银丝。

她迟疑地盯着我问："你找谁？"

我微笑道："找薇，我从北京来，阿姨已不认识我了。我们那一年在黄山见过面。"

"哦！是你。"她打开门，让我进去。"薇经常唠叨你，这么多年了，人变化真快。"

院很小，收拾得利索。青砖满地，靠墙的地方已长出一层绿苔藓，几棵牵牛花轻捷曼妙从老砖墙上甩下头，紫莹莹的喇叭形的花朵如小姑娘俏皮的小嘴。一株夹竹桃，窄长的浓密厚实的叶片里探出一两朵水红的花。一张水磨石小桌，小竹椅，干净而小巧。

"你说，就这么多年了，人怎么会不变呢？"我说，"阿姨变化也很大。"

她说话时，双眼露出一种迷惘的喜悦，那是一双和小薇相像的眼。晨风中，她双鬓几根银发轻轻飘动。

"薇就要回来了。"她说着把我让进屋，给我泡了一杯茶。

时间，无法打破的平静，我踉踉跄跄地爬上小站台，列车还没有来，和她们说无聊的话，她们都不愿理我，我为什么要留下，中秋的夜晚，对着凄凉的野山我要诉说什么。诉说彼此的苍老的孤独吗？可心中那股躁动的强烈的信念使我留下。因为我留下她们都不理我。列车来了，唐的身子探出车窗给我说什么，他知道我那颗已燃烧的心到底为什么打招呼，而她们却从未探出头。一丝微笑也没有，我躺在站台上，靠着铁栅栏，看着列车开去，消失了声音。天空，不说话/大山，不说话/我心爱的人儿，不说话（列车的尾灯画出一道红色的光弧）/我嗫起干裂的唇吹出一个硕大的问号。唉！消失的无法寻求，女人呀，你这个罪恶的动物，你为什么不打开窗看我一眼？为什么？这俩可气的花狸鼠。拉开距离印象已陌生，"哗哗"的是鸽子群飞翔的消息，狭窄的窗门无法递出的一丝勉强的微笑，小站无人影自横，乌黑的伸向黑黝黝隧道的两排铁轨，温柔的信念无法确立，糊窗棂的破纸嘶哑呜咽告诉我一个又一个秋天的秘密，是什么把无数不容置疑的结果披露给他的孩子呀，是什么？我躺在站台上。点根烟，望着灰白的天空和灰色的天。唐对他和她们说这是我的日子。

当朋友散去的时候才知道烟才是你最好的朋友。你可以扭捏作态背叛这个纯洁苗条的朋友，可当你重新拾起它，它依旧燃烧完自己的生命来陪伴你。

小铁门"吱咛"响一声，她回来了，这轻快的脚步声时常沿着梦的小路走到我身边。她掀帘而入，见到我猛地愣住，眼中流露出一种怀疑的挑衅。

"薇，"我从沙发上站起来，"是我。"

她的身子轻微战栗一下，目光蓦地明亮而坚定，继而双眼闭上，紫黑的眼影遮不住漫长岁月赐予她的细细皱纹。是的，就是那次。我说我喜欢她，把她娇小的身子抱起来，她挣扎了一下，闭上眼。我吻她，深深地吻她，她毫无反应，唇很凉，我把她放到床上，逗她，她埋下头，哭了。

许久她才哽咽："你破坏了一个梦，那可是我心中最最美好的东西，你破坏了，你太不应该了，太不应该。"

她掂起手包走了。一切因为结束才刚刚开始，我懵懵懂懂的脑子飘起一层泡沫，我跟在她的身后，像乞丐一样地跟着祈求什么，用充满感情的谎言（或许是心中太乱理不出心灵的结果）一遍又一遍地求得一种不等值的交换，一切似乎无法改变。Hold fast to dreams, for when dreams go. Life is a barren field, frozen with snow.

"一个美好的东西破坏它很容易，可是不知建立它很难。"

"是的，难道我不知道吗？"我说。

在酒馆里，喝得烂醉，把烟头在小臂上熄灭，疼，可怕，却很惬意。左臂上留下了记号，右臂也留下一个。这似乎才具备对称的美感，这是对破坏欲望的奖赏啊？可我的心，一种拼上老命也要压抑的东西，难道非要幻觉吗？为什么我的心灵的呼唤得不到响亮悠长的回声？为什么让幻觉的美好改写我内心丑陋的真实？为什么爱仅仅是默默相恋就不去逾越肌肤的亲近？为什么坚韧的情线构成的那张富有弹性的床不能与你同眠？为什么呀？

我躺在站台冰冷的水泥地上，一只黄花猫"喵喵"地叫着来到我身边吃草，我抓着它的尾巴把它抱在怀里，它温顺地躺在那里，一动也不动。可怜温柔的猫，是上帝让它来陪我欢度中秋节的吗？无法理解的一切。我把猫抱到一个小食品摊上，买了一袋"乐之"饼干喂它，又给它买了一杯茶水。"猫咪，猫咪，好猫咪，我的好猫咪。"我抱着它在朦朦胧胧山野的黄昏来到河滩深处一块平坦的沙地躺下，月亮又圆又大又亮，每当我看到它时，它才肯露脸。今晚的月亮是我的。河水徐细疾宏地响，激荡着山中卵石发出响声。四周的大山只是几道灰黑色的影子。远处小村里时时响起爆竹声，清凉的夜。我在给罗杉的信中写道：

"今年的中秋节，我是在京郊野三坡一个河滩上度过的，有月亮，我，和一只猫。"

罗杉常常会流泪，可她却不，她的样子完全变了，许久，她才睁开眼，眼帘蹦出一串火花。

"你怎么会来？"她松弛下来的肌肉绽开的微笑已十分慈祥了。

我又坐下，点一根烟，掩饰自己的陌生窘态。

"我说过五十岁时我们再见面的，我是如约而来。瞧，你都忘了。"

"咻！"她略显慌张地坐在我对面的沙发上，"没想到你还记着那句话。"

"为什么不记得呢?"

她妈妈走出屋,我们默默地相视。岁月无尽地侵蚀,想象已找不到立足之地,太快了?太快了!也许她还不会原谅我,为了那一吻,我们彼此付出的太多了?太多了!她仿佛神经质似的,身子又急剧抖动起来,慢慢地走来,把脸俯在我的肩头,用手猛烈地扑打我的后背。

"你为什么不早来呢?你为什么不早来呢?"她喃喃地说。

我抚摸着她散乱的头发,心中荡漾起一层层波浪。我想起那次在野三坡坐在马车上,我敲了一下她的头,她用手打我两下不解气,又找一根大木棒打我的情景。这么大年纪,还像个孩子。

"怎么样,今天吃你做的红烧鱼?"我说。

她头一歪,赌气地说:"谁说过我会做红烧鱼。"

"怎么,现在还要赖皮?"

我笑哈哈。

五十岁吃红烧鱼那一幕因为期待了很久,所以记得很清楚。走在我的路上,清冷的空气中回荡着薇苍老的笑。我还在路上,是回家的路?小玫知道我吃鱼的事后,说我那时是在恋爱,我说才不是呢。我冲动一般是因为力比多,为爱,的确没有。对我而言,自慰才是为了爱。如是我闻,一时,佛住王舍城耆阇崛山中,与大比丘众万二千人俱,皆是阿罗汉,诸漏已尽,无复烦恼,逮得己利,尽诸有结,心得自在……

小玫好像不知道薇出家的事,生意出问题是让她烦心。小玫怎么这样关心她的生意?既然来看她,就不能不说几句安慰的话。

我说："现在都这样了，还想这么多干吗？死生，命也，其有夜旦之常，天也。"

她的目光凝视着窗外："你还应该给我讲能让我笑的故事。"

说实话小玫的生意也是我的生意。我是怎么开始做生意的我也说不清楚，但我现在感觉到我是一个生意天才。天才是五百年才出一个的。走上生意场，才知生意人之下贱，被贬为七科谪是很有道理的，给有权的当婊子，给有钱的当儿子，我怎么能做这些？我是一个生意天才吗？哲学的思辨，我的回家的理论只能在歌厅里讲给妓女听。有一天，一个忙忙碌碌的人，一不小心坐到一面镜子前，他怎么也不相信镜子里的那个人就是自己，于是乎他决定回家，问问他妈妈，他是谁？回到家里，看到他妈妈也在照镜子，妈妈也不知道自己是谁。于是乎她决定回家，问问她妈妈，她是谁？回到家里，看到她妈妈也在照镜子……

唐嘲讽道："你真不要脸，你给妓女讲的回家的理论就是这样的，你干吗不告诉她神殿的偈语。"

我淡笑道："回家和照镜子是两回事，你是聪明人，不要为聪明误了。"

唐的脸蓦地变得生硬，他深深地吐一口烟出来。烟雾如一条灰色的小蛇，轻轻地扭动着曼妙的身姿，在我们之间晃动，突然，被细风一吹，身体撕成许多碎块，如一簇簇的柳絮，一团团，逐对成毬，嫁与东风春不管，空缱绻，说风流。

我喝一口茶，独自唱道："一物其来有一身，一身还有一乾坤，能知万物备于我，肯把三才别立根。"

我唱完，起身走了。我又回到我的路上。小玫裹上风衣，说要出来送我，并顺便散散心。她挽着我的胳膊，走进浓浓的夜幕里，我的样子突然变得像披着黑风衣的教长。

小玫送我上路有许多次了，她的温柔与她的冷漠一样是不掩饰的。我喜爱本色的东西，就因如此，我们经常在一起。城市的夜晚有霓虹灯，没有星星。最美丽的星空是唐眼里的星空。我的梦中不能没有你。与薇在一起散步就与小玫不同，薇几乎是吊在我胳膊上走，嘴像在念经，唠叨不停。薇是出家人，固然如此。在散步时，我一贯沉默，虽然拉着她们的手，我还是我自己。

吃完饭，薇问到唐，我说唐死了，她不相信。两个人瞪眼对视，她等待我"嘻嘻哈哈"笑起来。我怎么能笑呢？真荒唐！

薇又问："你见过少尉吗？"

我摇头："在我回家的路上，我挺希望与他同行。"

薇说："少尉怎么会与你同行？"

我说："少尉也要回家的。"

薇站起身："走吧，我陪你散步。"

11

　　这件事以后许久没有见到小玫，今天请朋友 X + Y 喝酒，一起筹划出一本"人体艺术"的书，X + Y 均认为这不是一个好的创意，可还是愿意一起合作，本利均沾，通过优秀的点子把钱倒出来，似乎谁都十分积极。是对规则的挑战还是制度的悲哀？不过，换个方式想一想，这个悲哀的制度已存在了绵绵几千年，已创造出辉煌灿烂的文化，怎能仅因出点本利均沾这种小事，就悲哀这个制度呢？

　　大概就是因为常常为国家与民族多愁善感，才使我超言绝象，得意忘言，有点圣人的感觉。圣人是有情而无累的。比如常人见到有人盗取公帑，惊骇生气之情油然而生，若是制止不了，则难免自责而不安；若是圣人，惊骇生气之情有之，自责不安之情亦有之，圣人和常人的差别就在于，圣人因事而情生，事过而情灭，不会让这种感情影响自己，更不会因此而影响了其他事。这就是所谓"有情而无累"，这就是所谓"体冲和以通无"。若是这样，就算是能体验"道"的冲灵之境，就算是与常人同样有喜怒哀乐之情，还有什么用呀？唉，不能悲哀制度，也只能悲哀自己了。理想与现实的分裂，我的心思有谁愿意听？

我才是大口大耳的人，事无不通，于是我便轻轻地吻了吻我健硕的额头。我额头上的黑发，浓密而蓬松。Boss 是必须秃头的，只有秃头，才方便投机钻营，才不会扎人。于是我得意地笑出声来。

与妓女讲回家的哲学，不给她们讲，有谁愿意听?

X 极力劝 Y 与我喝酒，并说:"我们在一起做事，一定要齐心协力，不要各打自己的小算盘，只要齐心，今天我们喝的是酒，明天我们屙出的是钱。"

Y 说:"你真庸俗，让不让我们吃东西?"

X 说:"脏话下酒是对一个人定力的考验，看来你定力不行。"

我没有跟上他们的节奏，仍在想回家的哲学向谁说。我是可以向小玫讲我的哲学的，起码小玫能听得懂，但是小玫并不愿意听。小玫肯定喜欢今天的酒会，这酒会可以赚到钱。

我谈到小玫，X 的眼睛闪出一道淫荡的亮光，如一条青色的泛着金光的草蛇，在浮灰里爬行，时隐时现。

X 小心地问:"你认识小玫?"

我装出自负的样子:"她是我的朋友。"

X 还想说话，被 Y 打断了。送走 X + Y，我站在路边。夜，蓝色的夜空被城市的灯光染上一层轻紫，锃亮的圆月挂在深蓝清冷的天幕中。舞台剧的背景。我想小玫。我想有一个说话的朋友。喝醉了，好作诗:我飘荡在城市的夜空 / 睡了昨天，还想去睡明天，我想有一个说话的朋友 / 在不眠的橙子中 / 用微笑扯响了风铃 / 我飘荡在城市的夜空 / 睡了你，还想去睡她，我想有一个说话的朋友 / 在圆圆的笑脸上 / 用爱情拥抱了激动……

"夜里睡得怎么样？"薇问。

"挺好！"我说，"许久没有睡这样一个觉了。"

她起得很早，倦懒地梳理着乱发，一件宽松的白底红花的睡裙裹着依然清瘦娇小的身躯。她总是这样美。我斜倚床头上，久久地凝视，愁结压在眉梢。屋里飘荡着一道道游丝般的雾，先是一条轻紫色，又来一条深蓝色，再飘过一条翠绿色、驼红色……最后是姜黄色，与绡帐融为一块斑斓的明火，在醉眼中蒙眬。见了面还是朋友吗？谁知道浮满落叶的小河的源头红羽的鸳鸯愉快地游弋，青萍，红色、白色的荷花。

平如镜面的水池，绿玉雕成的菩提树，穿着缁衣的僧人，把我引到佛陀的卧室。佛陀的卧室宽大明亮，家什、地板、墙壁都是青白色格调，一盆盆名贵的素心兰散摆在茶几和窗台上，几束圆润碧绿的叶瓣簇拥一团细碎洁白的小花，散发出缕缕幽香，佛陀横卧在橡木床上，赤身裸体，搂着一个十五六岁的漂亮的小尼做欢喜佛的游戏。他胖大的身躯闪动黑亮的汗毛，小尼光滑柔小的身子如一条小蛇盘在古树上一般。我津津有味地看着，薇开始定眼看了一会儿，却又把头扭到一旁，脖子都涨红了，小尼秀眼微闭，轻柔的呼吸仍可听到。俩人如一尊雕像，突然佛陀的身子扭动起来，激动起的汗珠竟溅到我的鼻尖。

"这是真正的艺术。"我拉着薇的手说，"你怎么不看看呢？"

薇狠狠地掐我的手，又斜过脸，狠狠地瞪我一眼。这时随着小尼一句细长娇弱的呜咽，俩人渐渐平静了。我甩开薇的手，走向前去，"啪"地打一下佛陀浑圆的屁股，佛陀才探起身，小尼懒懒地推开佛陀，我抓着小尼朱樱般的乳头，把她结实的乳拧成麻花状，她娇弱地叫了一声，我大笑，佛陀也笑了，薇涨红了脖子，扭过脸也笑了。

"老树盘根？"我说。

"哦！"佛陀看见我，惊喜道，"你怎么来了，想不到最近你对这种艺术颇有造诣。"

他说着便引我们到卧室外面的客厅坐下，小尼依然裸着身，拉着薇的手，坐在我们对面，薇已从刚才的窘态中转变过来。佛陀从身后酒柜中拿出一大瓶黑酒，斟了两大杯，我们兴致勃勃地喝起来。

"现在的人们都研究什么导弹、中子弹，拼命地想把自己毁灭掉，"佛陀不无悒郁地说，"其实更应该研究的是床上艺术，要知道生命的二分之一是在床上度过的，而什么样的快乐也没法与床上的快乐比。"

我笑了两声，表示附议。

佛陀又道："你认为印度 Tantra 艺术如何？和你们的春术相较如何？"

我略沉思一下答道："从男女性技巧来看，春术和 Tantra 是相通的。但是各自追求的目的却不同。春术追求的是纯粹，追求的手段即目的；Tantra 却不同，它是通过手段去证道和彻悟，手段和目的是分离的。所以春术，寻求绝对快感，无所执故无所失，是以无为故无败。还有，Tantra 对入静的要求过长，技巧过于技术化，不利于普及，即为一般人接受。"

说这些话时，我想应该把我国说得比他国好一些，这样不仅是为了国家尊严，而更利于我本人价值增值。

"你说的最后一个问题是有道理的。"佛陀呷一大口酒道,"最近我写了一本《简化 Tantra 三十六式》,是大众读本,我就是基于这点考虑的。我送给你一本。"

　　我接过佛陀递来的书。书印刷十分精致,是全绣像本的,还散发着油墨的香味。我仔细翻了一遍又递给薇。

　　"怎么样?"佛陀不无自豪地看着我,佛陀也是文化沙文主义者。

　　"还可以吧。"我说,"待我仔细读一遍后给你写篇书评,帮你吹一下。"

　　佛陀高兴地笑了。我怎么会说这番话?实际上,我从来不给别人写书评,也没有请人给自己写书评,学问是自己的事,作品是自己的孩子,请别人写书评好比把自己的孩子送到妓院里,再请人画个头牌。佛说小女人经。与佛陀成为朋友缘于最近佛经的生意,小玫也是的,嫁给台商做个富婆不就得了,非要开印刷公司,非要我编书给她印。当个文人已经够下流了,还要做个商人。我的罪恶有我的一半也有她的一半。

　　少尉说我做的还算是功德。他还说佛不能成教,一旦成教,就算走斜了。我说你这是揣着明白装糊涂,你怎么度己还度人,点化薇出家。少尉说,人家都醉了我不醉,揣着糊涂装明白,那我不是傻子我是谁?

　　小尼和薇说些什么女孩子的事。唉!世道就是这样,人心从来不古,世风自古日下。洋溢着炽热激情的事有时会让你感到平淡得出奇。心已不再燃烧了,是被这个世界烤灼的。唉!佛陀的笑是真诚而幸福的。我想到在乡下,我们围着篝火边唱边舞地笑,笑声是爽朗的，心却是涩苦的，篝火映着忆萍秀丽的脸庞。是呀，天幕下的各种各样的事任你猜想。我要说什么，人去灯灭，人走茶凉。苦恼人的笑啊。她唱道："翠竹青春哟，披霞光，春苗出土哟，迎朝阳。"小尼的歌声十分甜美，薇带头鼓起掌来。

吃完饭后，我们告别而走，佛陀和小尼把我们送到大门前，小尼送薇一只猫眼儿戒指。佛陀亦挺亲热，还挽着我的手，依依惜别。

出了大门，见少尉站在路边，穿着洗得发白的黄军褂，斜挂绒绣"东方红"的军用包。我们握了手，他迟疑地看着薇，我把薇介绍给他，他与薇握了手，然后两人拉着手走了，把我甩在他们身后，我站下，迟疑地望着他们渐渐离我而去的背影，一阵酸水在胃里，"哇"的一声吐出一口。我搀扶着小树。

"你怀孕了。"老婆婆从斜道走来，把背上破麻包放在我的脚下，关切地把我扶到路边一块大卵石上坐下。我看到映在小渠中一道道上下不住摇动的柳丝的倒影，一只乌鸦从身边杂草灌木斜冲而起，听不出翼响，只有柳叶萧萧轻响和老婆婆细细絮叨，我并没有正眼看她，只是嘴角露出一丝轻蔑的笑。少尉和薇的身影已消失在山岗中，这对狗男女，我点一根烟。

瓦蓝瓦蓝的天空，几朵白色的浮云，爱传闲言碎语的树梢风，絮絮叨叨告诉秋天被爱人遗弃的消息。近处湖畔远处山峦，澄净清爽的世界，丰白的芦花，嫩黄的杨柳，深红的落叶，脚下簌簌飘动，在斜阳随意映出闪闪的金光，卵石青苔，秀美弱瘦的菊花一簇簇沿着小渠坡颤颤打冷战。裹着绿到终点的闲草，山麓背阳的丛林中枯骨灰色树枝倒吊起一幅残阳下的骷髅画，哦，原来是不经意地点缀在飘萧世界末日，霭霭薄雾漫向山岗卷去荒漠中的色彩。
"这对狗男女！"我心中狠狠地骂道。老婆婆的声音，好像外婆，
唱起了家乡的童谣。

小老鸹，黑油油，

我去外婆家住一秋。

外婆见了怪喜欢，

妗子见了瞅一眼。

妗子妗子你别恼，

荞麦开花俺就走。

走到山上有石头，

走到河里有泥鳅，

大哩摸不着，

小哩滑溜溜，

滑到南场里，

碰到个卖糖哩，

"啥糖？"

"打糖！"

"打一点俺尝尝！"

粘着牙来，

——舀碗茶来；

粘着嘴来，

——舀碗水来

……

这是催我入梦的宁谧恬美的声音，一种巨大幽静的美好，安详地充溢到我的灵魂中，幸福如千万只可爱的小虫，拉着长长的游丝在我心中荡秋千。纤纤的细手，回眸一笑落梅花，只是流淌不尽青铜般凝重的思绪，在折戟沉沙的战场上挣扎，落叶簌簌，乡愁点点，斜阳缕缕，白帆飘零凄风苦雨血沫子从绀碧的潭水浮起，如绽开红梅花的蓓蕾。一场爱情被谋杀了。时间倾泻而下，无色而透明，过往有多重，多少钱一斤？破壳而出的母狼，舔着冷冷牙齿，发出一声长啸，只是因为草原里的诗和远方。方格子无数套管拉长又缩小，流失的钟表静静地强拉成一张流淌的脸，时针被扭曲，红辣子挂在被烟火熏黑的门楣上，被雨打成一道道泥珠的土坯墙，诗人的意境，这个残酷的世界你糟蹋的东西还少吗？你为什么还要强奸朴素呢？我的头颅又一次被掀开，冷风注入了一次又一次狂热，我呀，这个即将被尘土掩埋的天才，啊，我……呀！我……我……我……至今又抛弃只因为我抛弃，啊！我……老婆婆已停止她那优美儿歌，双手扶着我为自己激动而颤动的双臂，我也抓住她骨瘦嶙峋的手，紧紧地抓住，头靠在她干瘪的胸前。只有我，才是崇高而伟大的。

唐一手掂着吉他，一手掂着一瓶二锅头，酒瓶的商标是 the Eye of Horus，很奇怪，他要涅槃？荷鲁斯向东走，就历经天地生灭三大劫，所以能知晓一切事情。这时他的形象也产生了变化，鸟身犬首或人面之貌，两翼伸展可遮蔽日月群星。又向东走，到了佛国就成为大鹏金翅鸟，以龙为食。再向东走，就展翅九万里，翻动扶摇羊角了。他坐在我身边。我抓着酒瓶，喝了几口。老婆婆又背起包踽踽地走了，步伐蹒跚。唐的胡子大概几天没有刮了，乱糟糟的。

"她走了。"我说，"唉！"

"谁？"唐脸色也很忧郁。

"薇。除了她还有谁。"

唐深深地吸一口烟，拨动着琴弦说："我不像你，你对女人总这么好。干吗不把好留点给自己？"

我把烟头在自己胳膊按灭，嗞嗞地响，啊，我祈祷，那没有痛苦的爱，我又听到童年的歌谣，啊，我对不起自己，我……啊……啊……我想哭了。唐紧紧地抱着我。

"唉，这可是我第一次见你哭了。"

"我，啊，啊？"

唐的胳膊搂得更紧，他说："算了，别这样，听我的，为了她，不值得的。"

"你不知道这是我做了好几年的一个梦呀，就这样破了……"

"唉！坚强些！"

他把我的手贴在他的腮上，吻我的手。我渐渐安定了。我们抽着烟，彼此没说什么，日子过到头，天快黑了。佛陀大概从湖里游泳回来，穿着游泳裤，身上挂着水珠，腆着肥大的肚子，来到我们中间坐下。

"干吗这样呢？说点高兴的事。"佛陀拍着我的臂膊，声如洪钟。

我递给他一根烟，笑道："人只有追求有悲剧意义的事，才感到崇高。"

今天散步的时候，我给薇讲我当时的感觉，薇没有什么反应，只是一个劲说出家这些年的琐碎的事情。这使我感到自己很滑稽，像神的羔羊。薇的完整在于她信神而不是神，我的完整在于我是神而不信神。我与薇之间是神与人的交往，这种交往是因滑稽才显现出崇高。

佛陀有自己高兴的事，但是他无聊的时候干什么？像我一样把无聊写下来。记载无聊既无聊又残酷，非圣人所为，孔子写日记吗？少尉最不满意我那副圣人的嘴脸。

他说："平常心做平常事，干吗膨胀自己？"

我生气地说："我的要求过分了吗？我不过是想找一个说话的朋友。"

他打趣道："谁都想找一个冰清玉洁的女子做说话的朋友，可真找到了又有什么话可说？"

"你是一个俗和尚，不懂解语花之妙用。"

"干吗这样呢？说点高兴的事。"他也拍着我的肩膀，大声说。

高兴的事只能对自己说。想到这里，我恍然明白：无聊的事不是也可以对自己说吗？我为什么非要死要活地找一个说话的朋友？我的证据是：只有圣人才能自己和自己说话。圣者时也。圣人与时俱进，去找南子，完事后还发誓说：天厌之！天厌之！既然上帝都不喜欢她，你去找她做甚？力比多了吧，其实圣人也不容易，被时间奸污后，还要整理好衣裳，微笑着走出来。

12

唐走了，佛陀也走了，薇呢？躺在少尉怀里睡着了？My Mary's asleep by thy murmuring stream. Flow gently, sweet Afton, disturb not her dream. 少尉不是和尚吗？当了和尚还要爱情，还要夺去薇。薇是我的吗？我时常自信地嘲笑自己的自信。我能像北京人把贫嘴当作自信，如上海人把矫情当作优雅吗？谁是我的？谁也不是我的。每个人都一样，一个人坐在家里沙发上，唱一首歌，歌唱的都是自己。

我们生活在人类的满腔热情做出来的未经科学验证的"伪完美社会"里。悉达多在倾听河水的过程中，逐渐意识到一条河只有当下，既没有过去的影子，也没有未来的影子，进而领悟到人的生活也是如同河流一般。少尉问喝粥没喝？俺说喝了。少尉说去洗您的碗吧！上善若水就是平常心吗？绿槐——烟柳——长亭——目断——涯涘愁绪——薄衾——孤枕——秋雨——春梦——一寸柔肠——日永如年。可笑无知的现代人，不知道珍惜。在发明诸如"发现自我"之类的理论后，他们更是没有时间坐到沙发上做春梦了。终日寻春不见春，春在枝头已十分。谁说念经不正心，吃肉打牌娶媳妇。

春梦是这般好。走在乳白色的细石子铺的路上，右手是五彩晶石的小丘，小丘之间或有硕大晶石构造的洞穴，浮翠流丹，颜色斑斓。春梦好，大路平，哼着曲儿朝前行。这就是景行行止，虽不能至，然梦向往之。是的。只有品德高尚才是贤人，只有克制杂念才能超凡入圣。我停下脚步，借助头顶上洒下的瀑布样的阳光，仔仔细细端详自己，唉，我早就超越贤人圣人了。我应该是被人们仰望的那座高山。清晨的山野睡眼羞抬，娇困犹自未惺忪，四周宁谧，我端坐着，纯净，圣洁，庄严，静穆，突然，太阳从远方松林里跳出来，金灿灿的绚丽灿烂的光，照到我黑黑头发、高高额头、陡陡鼻子、厚厚嘴唇……我旁边的一众山峰如我的情人，也被轻轻点亮，或千娇百媚，或仪态万方，或绰约多姿，或脉脉含情……不甘示弱错落排开，在霞光中闪闪发亮。

薇有些生气："你有病吧，那是梅里雪山。"

薇如果一直出家，现在也应该是个老尼了。可薇却不能证道。薇心里有爱，有爱的人是无法证道的。我总是一厢情愿地认为薇是爱我的，forever，就像我希望所有我认识的漂亮女人都爱我一样，至于我爱不爱她们则是我自己的事，爱由己制，故无所用其心也，夫安于爱者，无往而非逍遥矣。一株被雨水打湿的杜鹃，摇着淡粉色的花瓣在丛中笑。

薇故意说："你是渡口的船夫吧？"

我故意说："我是您买五茎莲花供奉的人，唉，都过去了。"

我又开启自己伟大的研究。自己伟大后，就应该帮助人类伟大，剪灯夜话，所说的话留给自己。添香红袖，不过是一道孤影。我学问之寂寞与人类之空虚相映成趣。镜子里那张胖乎乎的脸——竟然不容易见到，只有走上楼来到自己的书桌前，才能看到那张脸。当看到许许多多人都投入时代伟大的洪流中，我会站在川上，抽着烟，微笑着曰："逝者如斯夫，不舍昼夜。"不做导师也要做素王，以成功证道。与小玫一起躺在软榻上，她总是嘲笑我这类证道的想法。

她说："你和佛陀一样属于抱着女人证道者，你的道是弗洛伊德的道。所以我感到理想对于你而言，有点像女人的戒指和项链。"

她又说："一个被别人欺骗的人是痛苦的，一个被自己欺骗的人既痛苦又好笑，一个自欺欺人的人，恐怕连痛苦好笑都感觉不到，你似乎属于后者。"

她再说："不过自欺欺人者，也许达到无嗔无喜无上妙境，达到自我圆融。在这个境界你感觉如何？"

我在空中画一个圆。太极之妙在于它是个圆，起点就是终点，故无始无终；太极之妙，妙在鱼眼。黑鱼之中出白眼，白鱼里面出黑睛；如此才能动中有静、静中寓动，阴极生阳、阳极归阴。这白眼与黑睛，即动静相生之机，阴阳变转之始；太极之妙在于阴阳，雌雄双鱼，两两交叉，是先人对两性关系的直观表达，以及逐渐体悟出的阴阳交互、阴阳转化、阴阳乱伦等理念。

她仍一本正经地追问道："真的，好好谈谈你在这个境界的感觉。"

我说："这感觉如同做爱中的快感，来，我们共同体验一下。"

说着，我把她压在身下。我证道的方式少尉无法体会和模仿，他可能会成为新时代的六祖，也只是一种可能。自认识少尉的时候，我好像就预测他会做和尚但不会成佛。

我走在大路上。我要去我不知道目的地的地方，无所有处？我还年轻，体魄健壮，步伐轻盈，只有走在衰老之前，才不会后悔。生命无常，放屁竟然能砸到脚后跟，所以死亡也会随时到来。心中是贪婪、愤怒、憎恨、情欲、嫉妒、骄傲的煎熬而引起的火焰，持续燃烧。只有当我到达无所有处才能令自己得到解脱。我走在自己的路上。无所有处或许就是一条路，是一段过程。当过程成为目的的时候，还有时间吗？哈哈，我得以永生了。

夜？秋夜？野火在迷雾中闪耀，火星熄灭在空中。一只孤狼，幽绿的眼如鬼火一样在山坡爬行，时而发出如哭似啼的嗥叫是为了歌颂某种具有悲剧意义的伟大与崇高。山涧水声可以听见，是几束爱人送来的绢花在你目光中的珍惜，是累了就趴地上为寂寞而歌颂自己的我吗。这世界上很少再能寻找到那种使命的永恒的归宿。《西方乐土与西方世界在净土宗本体论意义区别论略》，作者是谁？后来人们才发现斯彼乐土原来在西方，在中亚恒河水畔；后来人们又发现斯彼乐土原来在更西方，在赶走羊群的大陆上；人们又发现斯彼乐土原来在更远的西方，在一群群罪犯，通过两百多年的辛劳创建的文明的荒原上。一只每天被主人照常喂养的鸡，怎么也"归纳"不出终有一天自己会被主人拧断脖子。东方的智者本能地嘲笑这个没有传统的文明，并以地球是圆的之科学公理和轮回循环之宗教习惯，勇敢地断论：文明正越过太平洋，回到太阳升起的地方。我们的文明，正以排山倒海之势，雷霆万钧之力，磅礴于世界，而葆其美妙之青春。

狼烟如一条直立的白蛇在荒凉的城墙上升起，白蛇幻化成一棵树，细细的烟纹凝成枝叶、花卉、果实、飞禽、走兽、悬龙、神铃、建木吗？春江花潮秋月夜，夕阳萧瑟、花蕊散风，风回曲水、花影层叠、洄澜拍岸、桡鸣远濑。自由变奏的方法使主题循环延展来阐述诗意，最后一切都散了，静了，离去了，只剩流动的江水和皎洁的明月，安卧在渺茫的江天与无穷深邃的宇宙之中。良辰美景奈何天，朝飞暮卷，云霞翠轩，锦屏人忒看的这韶光贱。宇宙琴弦引诱水波叠出层层笑脸。世界上也许会有一个真诚的地方，那是用谎言搭成的童话，爱丽丝抚摸着驯猴脑袋，众神之主变成一头小花公牛和牧羊女通奸。在这些形态的内部和外部，花园中杂草丛生。草屋前的苦楝树上麻雀飞上飞下。新春，紫白色的楝花。池塘里新绿的浮萍与戴着破草帽的稻草人，我的生活已真正地变成了生活的我，并使我高霞孤映明月，独举五柳，是伴白雪为侣，从此人生如吃饱的气球在空中飞起幻影来了。人们总是在内部与外部夹层的空间锯开窄仄的一缝为孵生之地。是什么盘卧在红色的云烟而登霞成仙，干青云御风，为长江一条小船，金念珠在嘴里装饰用的牛角号挂在墙上成为金色的小蛇而杯弓蛇影疑心重重。外面的世界真寂寞吗？我点根烟长吸一口问自己。散淡的人生？梦中的世界？能把刚刚过去的事全部忘掉吗？忘不掉又怎么办？想起来总想不明白。没有什么比在一个平等的社会中过着一种朴素、简单而自由的生活更好的了。蠢拙的心在慢慢地笑。

四野肃然，闪动着雾光。半圆的月盈盈含笑地露出它的面庞。远处的山影与近处的树林浸在银灰色的幽辉里。头顶的几株树的枝丫在月光下投下层次清楚的暗影，随着偶来风的扇动，它们晃动着如一群向我走来的幽灵。我站起来，向远处走去。时间过去得真快呀！收工的哨声响了，我把要递上脚手架的水泥桶"啪"地扔在地上，取下柳条帽，拍打了一下身上灰点，向工地大门走去。参谋长在大门外等我。

"喝酒去？"我问。

参谋长点点头。我们一起来到街上一个小酒店，我要了一盘水煮咸花生米，一斤散装白干。参谋长又从裤兜里摸出一把青杏。

我问："怎么？还没找到活儿？"

"嗯。"参谋长说，"你的活儿谁帮找的？"

"妈的。"我呷一口酒，"这酒水味太大，掺水了。"

"水酒，水酒，能不让人掺水？"参谋长说，他一贯就是这种德行。

这时，我发现酒馆东北角里有三个知青模样的人也在喝酒，而且边喝边指着我们议论些什么。

"他们也叫喝酒？"右边一个小白脸说。

"穷作乐！"左边大个子附议道。

这时我看见参谋长脸上的肌肉绷紧了，闭上了眼，他显然也听到这些话。

"给他们送瓶酒。"一个粗哑声音过后，小白脸抓起一瓶送到我们桌上。这是一瓶值一块多钱的上好曲酒。我和参谋长的目光都落在酒瓶上。

"他妈妈的。"参谋长一字一字地说完，突然抓起酒瓶向后甩去。酒瓶正好落在他们桌子中间。"哗啦"一声砸碎，盘子碎片和溅起的菜汁飞落满屋。大个子猛地站起，从墙上挂的军用书包里拿出菜刀，这时坐在中间的满脸络腮胡子的人拉住了他。参谋长没转身。酒馆马上安静下来，其他几个酒客都目不转睛地看着我们。

　　足足有两分钟，我"哈！哈"地干笑两声，端起一碗酒一饮而尽，对参谋长说："他们不懂酒。"

　　参谋长也点点头，饮了一杯酒。

　　这时对方小白脸高声说："懂不懂过来比比怎么样？"

　　我和参谋长站起来，走到他们桌前。这三个知青年龄比我们大。我们来到桌前，大个子便把手中的菜刀立劈在桌角上。小白脸在桌上摆起两个大碗。咬开一瓶酒，每碗倒一半。

　　"谁先喝？"他把酒瓶"啪"一下摔在地上。

　　参谋长端起酒碗。一饮而尽，没有声响，左边的大个子刚要端酒。络腮胡子却把他手按住，站起来端起酒碗。他很健壮，发亮眼睛有几道血丝，喝酒时，隆起的喉头一动一动，发出"咕噜、咕噜"的声音。

　　我在大个子身边长条凳上坐下，以便待会儿打起来能抓住那把刀。小白脸又咬开一瓶酒，分倒在两个碗里，他看着参谋长，又看看我，挑衅道：

　　"这碗谁喝？"

　　谁喝这碗酒，酒是好东西，还怕没有人喝。我如今走在路上还是要喝酒的，有女人，我想喝酒，有漂亮的女人我想喝醉。我喝醉的时候总是红着脸，红着眼，并悄悄地告诉身边的人，这女人一定不能是"鸡"，最好是朋友的小姨子之类。对我这样的庸俗，X 和 Y 此类朋友很不能容忍，常戏言：所以知酒圣，酒酣心自开。

唱戏的说戏，我本三十不惑之人，岂是酒瓮饭囊？

"这碗谁喝？"小白脸用拇指猛弹碗边，瓷碗发出清脆的响声。

参谋长端起了碗，一口喝下这碗酒，仍无声响。我知道参谋长能喝一斤多酒，但这种赌命式的喝法他能否受得了我无把握。他对面的络腮胡子也端起酒碗，又是"咕噜噜"喝下，他的脸红起来，更显精神焕发。第三碗又这样喝下。参谋长脸色灰白，鼻尖凝聚着一堆细碎的汗珠。酒喝完了，小白脸看看络腮胡子，络腮胡子点下头，他又去拿来三瓶酒。这时，其他的酒客和服务员都围在四周，他们也是很难看到这种赌命式的赌酒。

小白脸一边倒酒，一边说："咱们说好，谁装孙子，谁就付酒钱。"

他的话令我一惊，因为我口袋里不过一块多钱，参谋长呢？口袋里的钱绝不会超过五毛。想到这，我偷偷地瞄了一眼眼前的菜刀。第四碗又喝下去，参谋长已喝得很艰难。他脸色白得发青，两只小眼珠成一条细线，第五碗又倒好了，参谋长端起碗时，身子踉跄一下，他马上把手按在桌角上，又一口一口喝起来，我对面的小白脸用手摆弄着碎瓶和碎碟，发出"喳喳"声音，我用眼狠狠地盯着他，这时，络腮胡子用手紧紧地按着他的肩头，他不动了。因为这个时刻，只要参谋长一分神，嗓子眼一呛，他肚子里的酒都要吐出来。

参谋长终于把酒喝光了，他放下碗时手不住颤抖，络腮胡子端起碗，他的脸已红得发紫，紫里透黑，但从他坚定的目光中，我可以看出，他喝光这碗酒是毫无问题的，突然他放下嘴边的酒碗"啪"地摔在桌上，我一惊，手马上按着菜刀把。他们都没动，参谋长细长的身子如风摆杨柳，但细细小眼中却飘出一股尖刻的嘲笑。络腮胡子坐下了。

"我输了，"络腮胡子说着从口袋里拿出十元钱，扔给小白脸，然后对我说，"走，扶你哥们儿去医院吧！"

随着他的声音，参谋长倒下了，我们马上把参谋长抬到附近医院里洗胃，在医院里，络腮胡子问我：

"你朋友有个姐姐叫忆萍吗？"

我点点头，我才知道他就是少尉，并对他说我就要下乡了。他说去他们那里吧，我说还行。

这次喝酒，忆萍没有原谅我，也没有原谅少尉。我送参谋长回家时，她狠狠地对我说："这酒你为什么不喝？"

是的，这酒我为什么不喝呢？直到插队，和她在一起我从来没有再提过这件事。这是不是忆萍不爱我甚至讨厌我的根本原因？有一次从乡下回来，我勇敢地告诉参谋长："我真的喜欢你姐姐。"

参谋长听罢，狡黠地摇摇头："这是不可能的。"

我问："为什么？"

"因为她只喜欢她自己。"

参谋长的话我同样不明白。我也许正处于自由与孤独的两难状态的困境，不明白逃避的途径，得不到爱的满足，就会用不爱来满足自己，此谓弗洛姆的逃避自由。四种典型的不爱的取向，即施爱、受爱、败爱、媚爱，而健康的爱则是心底自发而出的。

小玫坐在我对面的沙发上，丰腴的身躯几乎被松软的沙发埋起来。她嘲笑道："这故事挺动人，如果我是二十岁，听完故事我一定会流泪；如果我是二十五岁，听完故事，我一定扑到你的怀里；

可惜我已经是三十多岁的人了，听完故事，只可能也去编一个故事来打动你。"

我有些生气："你真下流。"

一天的事终于忙完了，灰头土脸地走到桌前，摊开纸，拿起笔。只有在这个时候，我才开始为自己做点事。这有点像画个像把自己供起来，再点上一炷香。我曾调侃我抽烟就是给自己上香，活在青烟缭绕的神龛里，我不就是燃灯古佛吗？依此类推，不抽烟的人是不知自尊的，连自己都不尊重的人，还有活着的理由吗？烟如药也，善吸者可以医愚。

我吐出一口烟，看着烟一缕一缕飘向窗外，诗云：

　　向着天空，

　　绵绵不断，

　　垂直的，记忆。

　　我的心，

　　恰是，收起翅膀的鸽子。

　　紫色的花开在灰色屋檐下，

　　踢毽子的孩子，嬉闹追打，

　　纯正京腔，

　　自豪地展示，都市沾沾自喜的庸俗。

在当代堕落的诱惑下，我们的城市已没有诗歌，现代的诗总是三句不离肛门左右，以至于我读诗读骚读赋读乐府读五古读七古读词读曲读十四行读放牧歌读短歌读俳句都能读出精液特有的腥味，岂不闻大江东去浪淘尽千古风流人物……大江东去颇似小玫所说弗洛伊德那个"道"之隐喻。有知识的人是不会写诗的，所以土诗人打到城市里来，氓之蚩蚩，抱布贸丝，若不贸丝，我要睡你。唉，睡个觉，还要穿过大半个中国吗？

少尉和薇走了，他们要去哪儿？奇怪就奇怪在这世界竟会有这么多让人不解的事。我已走了很远。忆萍也会走很远吗？月光下的路如才擦过的古铜镜一样净，细柳低垂摇动着银辉，女子甩动起秀长的发辫。我止住脚步，卷一根烟，我划着火柴，在这点微光中，我发现我是那么的雄伟而高大。棱角分明的脸，坚强的胡子。我轻轻地抓着我的双肩，吻我的额头。参谋长，少尉和我。

眼前一个白色光点，跳动着向我走来。直至来到我面前，我才发现是那只跛脚的大白鹅，我高兴地把它抱起。大白鹅茸茸的毛已被夜雾卷得湿润，我用袖口给它擦拭。

我抱起鹅。我还应该想什么？

13

不知走了多长时间，鹅在我怀中苏醒了。我这才想到问它孩子怎么样？它说肯定又在找它。我说你这个调皮的家伙。它说换了我也是这样。我这才把它放在路边的河中，并告诉它我要去找一个叫薇的人，你不能见她，她爱嫉妒。它说它知道这是怎么回事，并甩了甩长脖子对我说了一声 so long，径直而去。我仔细盘算着少尉会把薇拐到哪儿去。于是，我坐在路边抽起烟。路边有一蓬蓬野豌豆，嫩荚初成，绿意始凝，多少还有点羞涩。我们尴尬地互相打量，一言不发。

上帝或许也知道我要找薇，索性就安排这一蓬蓬野豌豆来陪我。相顾无相识，长歌怀采薇。长歌与长调相同吗？长调慢词，腔多字少。实际上，一个人的路，最需要的是歌声。我走音走调的歌喉，本来也不需要掌声。长歌采薇，需要和唱；长调乍起，需要迎合。以至于宇宙也需要和弦，我不需要，我需要吃一把野豌豆。这时，我开始津津有味地唱豆蔻开花三月三，以至于小玫坐在我的身边，我竟没察觉。

"你怎么知道我在这儿？"我问。

她没有直接回答，却反问："发什么愣？想什么？"

她今天挺漂亮，宽松的黑绒线毛衣，托出一朵醉芙蓉似的脸。我转开目光，看着前方的路，仍抽着烟。烟变成一团逃匿的淡蓝色的云，一团团，逐对成毯，把我高高地托起，飘向天空。我对小玫说，粉堕百花洲，香残燕子楼，云儿是我的橡皮舟，载我四处飘流。你知不知道，哪儿是应该停泊的码头？小玫看都没有看我，实际也是的，她刚来，我干吗又要走呢？没准儿低下头的小玫在哭呢？我心顿时软下来。可又一转念，想到保尔·柯察金把整个生命和全部精力，都献给了世界上最壮丽的事业——为解放全人类而斗争；想到他不是因为是感情道德的冷酷主义者才成为英雄的吧？我为什么还会被儿女情长所羁绊？为什么不学你爹心红胆壮志如钢？我执意飘去。鼓翼舞时风，长啸激清歌。我衣服与云的霾与酒的痕和光同尘，所到之地都让俺心神暗淡。我这一生就只该是一个诗人，骑上瘦驴在细雨中奔向剑门关。昆仑本吾宅，中州非我家。下面的村庄，小溪，河流，网状的马路。我看到小孩从河岸上抱起他那只跛脚的鹅，并把被秋风吹皱的腮贴在它脑袋上。我倍感欣慰。耳边冷风，在被风吹乱的河水中人不能看清自己的面孔，当心被欲望的风扰乱时，人看不到真我。真我不是真如，无我一切皆真如。真如虽灵动，可以幻化一切，还能幻化出"我"，但却有漏洞。只有经历幻化过程的历练，才能找到本原，才能成就圆融的智慧。那么，我还要去哪里，我难道不能拉着小玫的手去寻找圆融吗？圆融是一种温情吗？温情是一种幸福吗？可我又暗暗告诫自己，幸福对我来说是某种可怜的东西。突然手中的烟灭了，脚下那团云倏然散去，我"啪"一屁股摔在小玫的身边，尾骨震动，钻心样疼，四肢散了架一样。小玫高兴地大笑。笑时嘴角上挑，媚态撩人。

我问："你刚才用什么魔法把我拉下来的？"

她说："我想你又去寻找你外婆的故事去了！"

我问："你怎么这样想？"

她说："你看不见，你脚下那朵云，多么像一朵蓝色的花。"

我说："观音菩萨脚下也常踩着一朵花，好像是红的。"

她说："你说那个不男不女的菩萨？"

我说："是的。男的也能爱，女的也能爱，要不怎么会有这么多善男信女崇拜他（她）。"

她问："外婆又给你讲新的故事了吗？"

我说："你说呢？"

她说："想怎么样才能找到薇？"

我感到惊愕："你怎么会知道薇？"

她说："那个小镇的人都很崇拜你，把你的名字刻在他们石头碑座上，说你答应帮他们找回一种神圣。"

"为什么不刻在碑首？"我说，"我还要给这个国家找回崇高呢！"

她站起来，诚恳地点点头："我知道。"

我说："你怎么会知道薇？"

"我怎么会告诉你？"她拉着我两个耳朵把我拉起，"但我可以帮你找到她。她和我一起来的，住在前面一个五星级饭店里。"

薇就是薇，住店也要讲派，我没敢问小玫薇身边是否有个男人。为了尊严，抑或神圣和崇高，当然可以埋没真情。若不如此，世界上怎么会有像我这样的男人？你来人间一趟，你要看看太阳。参谋长如果在此，也会这样的。少尉以前会，现在不会了。来到薇的房间，薇不在。小玫说薇可能外出一会儿，我们不如去咖啡屋喝点脏咖啡什么的等会儿再过来。我说可以但我没带钱。我和小玫刚坐下，便发现薇正好坐在我身边一个人独自悠闲地喝着咖啡，她优雅美丽的身段，恰如黄山路边的一枝簌簌晃动的、拼命开放的蔷薇花。

"那枝花真美丽。"我情不自禁地说。

"你说什么？我不懂。"小玫说。

"到这边坐吧！"

我拉起小玫来到薇的桌旁坐下，薇乍见我，非常惊喜。她马上放下手中的杯子，拉着我的一只手。

"唉，你怎么找到了我？"

"是小玫带我来的，小玫，认识吗？"我另一只手抓着小玫的手。

薇看着小玫，那眼神让人猜不出是感激，还是疑虑。女人特有的掩饰不住的疑虑。两人都松开我的手。我喝一口咖啡。

"味道不错吧？"薇问。

"还可以。"小玫答道。

我说："我的感觉当然不错，左牵黄，右擎苍，你们看我的感觉。"

我点一根烟，薇说："会那样吗？"

她说话时，眼神朝咖啡厅门口乜斜去。

我随着她的目光一看，少尉一晃走进来了，仿佛从地下冒出来的，我吐了一口烟："哼，神了。"

我与少尉握握手，递给他一根烟，他摆摆手。坐在我和小玫中间。薇颇热情，给他要了一杯咖啡。少尉穿一身洗成青灰色的僧褂僧裤，裤脚打着黑绑腿，百衲底圆口布鞋，一身干净清爽。

我拍一下他肩膀："你不够朋友，怎么拐走了我的女朋友。"

少尉呷一口咖啡，坦然说："恋爱自由，她愿意跟我走，你说怎么办？"

少尉说话有口音，把恋爱说成"乱爱"。我纠正道："恋爱当然自由，乱爱能自由吗？你这是把她引向邪路。"

少尉说："我是为了挽救失足青年，她跟着你才是走邪路，我这是把她引向善路。"

我说："你对她讲了我些什么，你知道吗，天底下最大的欺骗就是诚实的人说实话，尤其是对那些真诚纯情的女孩子尤为烈。"

少尉轻轻地一笑，小玫说："我们走吧！"

我手扶着小玫的头说："怕薇不高兴。"

人世间最最荒唐的事，是在别人的眼中寻找爱情。真正爱情其实就是用自己的舌头舔自己的嘴唇。这时，我蓦然找到那次打麻将打出一张像女人屁股的一饼以后的感觉。这是一种不易描述的幸福。"哗哗"的搓牌声，蓝色的窗帘，雪白的墙壁。打出一饼后，我说我们这所学院像个监狱；楼是"U"字形的格局，缺口被食堂顶住，食堂两边通道西边被澡堂挡住，东边又装上铁门（当然是后来的事），把性的怒火全锁在里面。

于是我郑重地说："应该在附近建一个妓院。"

他说："还应该建一个妇产医院。"

又一位说:"还应该建一所幼儿园。"

第四位说:"当然,还应该建一家法院。"

于是大家都哈哈大笑,有种笑流着涎水,晶晶亮,透心凉。有种笑把嘴巴、鼻子、耳朵、眼睛凝结在一起,成了一个肉疙瘩。有种笑把嘴里几颗大黄牙龇咧到下巴上,啃下几块带皮的肉。只有我的是两腮慢慢向耳根一拉,轻轻一颤就过去了。虽然笑得简单,但却韵味无穷。我十分怀疑他们是否找到了打出一饼以后的感觉。

这时,薇看小玫要走,过来抓着她的肩膀,笑着说:"别走嘛!等会儿还有马来西亚草裙舞。"薇的笑很优雅,双瞳剪水,两颊带春。

"是吗?"小玫也笑了。她的笑也很有诗意,绛唇映日,顾盼生辉。

我对少尉说:"你们僧人怎么也喜欢看光屁股女子跳舞。"

少尉:"无可无不可,能做到眼有心无不就行了。"

我问:"你做到了吗?"

少尉道:"不是正准备试试吗?"

我说:"原来你在做功课,我不再打扰了。"

我说着站起来,顺手摸了摸少尉头上红黑色的大疙瘩,问:"已长这么大了,疼吗?"

少尉道:"我已忘了,你怎么还记得起?"

我拉了拉身边的小玫:"'上帝'和他老婆跳光屁股舞我都看过,这算什么!走吧?"

小玫不高兴地说:"我想看看。"

133

我径自走出咖啡厅，薇跟在我后面，一直把我送到饭店大门，问我要去哪里，我说我要到我要去的地方。薇仰脸看着我，说你好寂寞，我心猛然一酸，竟然想哭。于是甩手一巴掌打在薇的嘴巴上。薇一怔。血珠儿立刻从两边嘴角流出来，像两只精雕细琢的微型红灯笼。她哭了。我扶着她的肩，她把头放在我肩头，啜泣着告诉我，她要去出家，去五台山。我说我太混蛋了，说完便一头扎进台阶下的黑夜里。

　　五台山是出家的好地方，因为这是文殊的道场。文殊是佛的老师，后来又成为佛的弟子。他这样能大能小、能高能低的心态，就足以说明他的修养远过于佛了。不然谁会把自己的老师变成自己的弟子。

　　五台山最美的是山坡上星星点点的杂花，鹅黄、乳白、紫红、翠蓝，在茸茸的草甸上，轻轻地摆动身子，微笑向我示意。我躺倒在草甸上，望着澄蓝的天空，眼不动，心不动，万籁此都寂，怎闻钟磬音？这是人们所说的梵天吗？记得在一个寺庙的后殿韦陀告诉我：谁能沉思梵即行动，这样的人能达到梵。我觉得可以试一试。

　　首先，要搞明白什么是"梵"。梵是祭祀吗？梵是祭祀摆放的供品吗？或者梵是将供品扔到祭火中？这些似乎是又不是。所以《说文》说，梵这家伙出自西域的释书，不知道讲什么。所以人们便可以人云亦云了，于是乎净修梵行就被说成清净、寂静。所以我的理解肯定是最妥帖的。梵原意来自祭祀，因祈祷而得的动力；借助这种动力，如坐飞船，不用攀登建木，就可以到达梵天；这梵天其实不是具象的玩意儿，是超越人的感觉，不能用语言来表达的绝对存在，是宇宙的最高本体，也就是最高的神。他主宰一切事物，是生命的根本。若是如此，梵为本体的观念，是由古印度司掌祈祷、祭祀之神的祈祷主演变而来。这祈祷主可真是东方人，肤色金黄，光洁照人。他有七张嘴，闪动七彩光芒；有一百对翅膀。他扫除群魔，将太阳引来；以雷驱走黑暗，消除混沌；劈山开路，使万物萌生。

其次，我们还要知道，创造万物的绝对本体的"梵"是谁造出来的？如是我问：如果上帝创造了一切，那上帝是谁创造的？总有一些上帝如小母牛翻跟斗一样冒出来。一个上帝说"我是自有永有的"。牛！上帝是本有的，不需要创造。又一个上帝说"如来者，无所从来，亦无所去，故名如来"。牛！又一个上帝说这玩意儿"先天地生。寂兮寥兮，独立而不改，周行而不殆，可以为天下母"。上帝是女的，牛！只有一个高个的大耳大嘴的人说，这些鸟人，闲得蛋疼，扯远了，俺才不说怪力乱神的事，所以"道不同，不相为谋"！这个更牛！

最后，我才明白，我若闭上眼，小母牛都死了。我死了，上帝也不在了。其实，"梵"就是外婆壶中的仙女，皎若太阳升朝霞，灼如芙蕖出渌波；或是我怀中的鹅，嫩怜黄似酒，净爱白如云。我款款地亲吻着我的脸，此时，世间的一切绝对存在于我温润的两唇之间，梵本来是可以歌唱的。

罗杉是我认识女孩中话最少的，她摄人魂魄的力量就在这无声之中。无声之中，独闻和焉。搬个藤椅，坐在教学楼前的竹林里，读《古文观止》，有时候，我会穿越，体验过去的意境，如写意的画，幻化进入旧的时空。

“你不再走了？”罗杉说，“你该在路上。”

“走是停，停也是走。走走停停，才是人生。”

“这要看你在哪里停了。”

“没准儿，”我笑出声来，“看心情。”

“你不是性情中人，”她闭上眼，若有所思，“我如果没有那块玉，你会把你的玉摔了吗？”

“我没有玉，如果有，也不会摔了。我身上没有情极之毒，不会做悬崖撒手的事。若我能得到宝钗之妻，麝月之婢，岂能弃而为僧哉？”

“？”

“！”

罗杉总是很淡然，穿一件淡白色裙，有点模糊，又有点透明的感觉，淡雅处却会闪现几分出尘的意境。裙幅透迤身后，如雪如月，轻泻于地。于是步态愈加迂缓从容，光华流动。墨玉样的青丝，几枚饱满圆润的珠花随意点缀，更显柔亮润泽，温婉秀美。不时还有一缕青丝飘垂在胸前，人又好似随风摇动，给人一种飘逸欲飞的感觉。高高青天凤凰飞，百鸟展翅紧相随。

高高的树上结槟榔，谁先爬上谁先尝。罗杉走了，夜的窗帘就拉上了。我一个人坐在藤椅上，看竹的剪影。我蓦然想到郑板桥的竹都是夜里画的，且他看到的都是虫蛀的竹子。我摸了摸身边的竹子，有点凉，还带些许夜的水雾。

夜如无数细软而无形的黑绸缎把我托起。我双手乱抓，双脚乱蹬，我大声呼喊着没有回音。啊！落英缤纷，桃花源里真可以耕田吗？春秋序过，草木凋零，美人迟暮。我本潇洒一钓客，自东自西向南北。伤心哉秦欤汉欤将近代欤。生如鸿毛，死如泰山。伟大的我也有渺小的日子。

远处的山、路、树，糊成一道道风景。用那只老辣的笔去蘸往昔的红颜色，画出一种坚强，再把稚嫩的心还给母亲，在无数泣血的目光中寻找在女人怀里的幸福与永恒。这个夜又如她们飘逸的青发。纵然我是一片飞翔的树叶子，也要时时寻找机会去打扰她们美丽的眼睛。

秋天，就是秋天，才能燃烧起多彩的叹息。多余的梦凉水凉中一堵墙把彼此阻隔，尽管把爱（现在完成进行时）装在信封寄去消息，会笑着告诉金黄季节收割的兰草幽香枯树的足音，还会想起残阳如血碧血横陈有谁能够了解我？人怎么这么无聊（或无耻）！你了解我，我了解你，无数的目光挤成一张网，把我禁锢在里面了。

14

    我拼命地撕破这张网，从里面跳出来，坐在地上。夜幕降临，天空中飘浮着一只只眼睛，淡褐色的瞳子浸在海水般湛蓝的明波里，长睫毛的倒影，若那河畔的柳，枝叶揉碎在浮藻间，沉淀着彩虹似的梦。于是，眼角叠出纤纤细细的褶子，镜里惊衰态，眉间添皱纹。夜"哗"的一声紧紧缩起，无数黑色的桨一起划动，寻找出那圆形的标记。是的，没有听到口哨的声音，就不要去想她。爱情不应该被口哨启发。

    就是这样的夜晚，我把失眠的痛苦做成标本，挂在土坯墙上。于是，幸福也被黑色的风拍打成一个干枯的信号。

    就是这样的信号，在山涧里飘荡，误导年幼的杜鹃鸟参加了一场不道德的约会，蜀国人民得解放，空啼血，子规声外，晓风残月。

    残破的小学校，山路，"叮当"响的流水声，飞扬的萤火虫点燃不了心之烛，也照不亮漆黑的白昼。我漆黑冰凉的回忆。来到了新鲜的野河坡，我才知道村里人对我说的方圆几十里没人烟的话并不假。几间破旧的河神庙经过几个小时"改装"后，我们才勉强把背包打开，各自找到自己容身之地。

夜悄悄地爬上来，黑暗中凉意侵蚀着心与灵魂。两只吊在二梁上的马灯摇动着，屋里光块被有规则地来回分割。并不是因为疲倦，人人躺在地铺上，但心的眼睛都睁开着。隔壁住的几位女伴有时议论几句，有时又不吭不响了。夜拼命地灌注黑色的浆汁，压迫得人喘不过气。这样干什么？我起身穿好衣服，钻进夜的子宫里。

没有星星的夜晚，我点起一根烟，坐在一个缓坡的土埂上。我想流泪。没有星星的夜晚，我把泪花献给你。你，谁呀？口哨从柳树的黑暗枝条上悄悄地滑下来，于是她把我的泪花抹在薄薄的唇上。我轻轻搂着她的腰，我可以感觉到的是丰肉微骨，还是骨丰肉润？丰肉微骨，运笔丰肥，浮媚无骨气，只配做妾。骨丰肉润，运笔丰筋，入妙而通灵，可以为妻。于是她躺倒在我的怀里，小脸若一朵红色的莲花，反照在水中；神采如碧绿的池塘中浮动的彩霞。

她说："你好像总在拼命回忆，为什么要这样？"

我笑嘻嘻："一个人走路或多或少有点孤单。回忆是自言自语。"

她说："嗯嗯，我也是的，总躲在树上唱歌。"

我说："落霞与孤鹜齐飞。我是孤鹜，你是落霞，我是灵物，你是风景。"

她说："落霞其实是一种飞蛾，哪是云霞的霞？鹜是只野鸭。野鸭飞来飞去，不是为了把自己嵌到风景中，而是为了填饱肚子。这就是齐飞。"

我说："作如是说的文人都该杀。这只孤鹜好比我自己，置身落霞之境，与秋水长天为伴。自古以来，女子悲春，男子悲秋。秋天一片收获之景，我却事业无成，只身一人，走在天涯路上，如孤鹜，无归处。"

她无言，有些委屈。

人不都是这样吗？命中注定。完全像从希望走向它的脊背，从目光炯炯到失明，把眼睛丢了，把希望也丢了。天空有一个黑影飞过，干哑的叫声是乌鸦的惊梦游园的求爱声。就是有时倍感紧张，有时疲倦，但绝对赶不走的寂寞和焦躁呀！我同样感到有一种东西在紧紧地浓缩，心已渐渐地蜷曲为干瘪的毛桃。

上帝创造的乐园，优雅曼妙的舞姿，罪恶的起源并不是从那女人的盒子中放出来的，罪恶起源的历史时间应该从人类知道自己那一天算起。儿女的欢情，贪恋唇的芳香和乳房的缠绵，我又感到无法克制，为某种被认为是罪恶的行为产生兴奋，继而沮丧。就如那两位哲人思想的距离，一个强调大脑袋，一个强调了二脑袋。到底是哪一个脑袋有权威意识？你瞧，我穷追不舍，走到决定论的行列中，陷入无意识的唯心主义泥潭，我寂寞地抚摸万物之颀长的胡须，无声之中，独闻和焉；冥冥之中，独见晓焉，还扯什么深之又深、神之又神的淡事？撒点椒盐，一口吞下，然后再念天地之悠悠，独怆然而涕下。

碧汕红菡萏，白沙青涟漪！佛的脚步没有莲花，生出莲花的是外婆的脚步。我不知道佛是谁，外婆才是我眼中的外婆。小的时候外婆讲故事骗我，我长大了，便讲故事骗别人。漆黑而又陌生的晚上。最后的顽强与无比的屈辱在幼稚的心灵中留下深深的烙印。台阶，黑暗的台阶，直通向黑暗天空的台阶，人们仍在不停地啜泣，上帝死了，心中黯然失落，天阴了，人们都戴上黑色的袖章，太阳落了，那曾经是红得发紫的太阳，东方不败因为爱情失去了生命，爱是奢侈型幸福的一种。

是的，没有听到口哨的声音，就不要去想她。爱情不应该被口哨启发。有一次，我生气，狠狠掐了她的脸，第二天我发现我脸上有一大块淤青，还隐隐地疼。一个人就是一个人。气傲皆因经历少，心平只为折磨多。一个人总是有这样或那样的过去，虽然都过去了。可毕竟是自己用血肉之躯体验的过去呀。路是笔直的，我并不怕会失足跳进路边的泥淖中。欲洁何曾洁，天依然是那么黑，黑得摧毁你对光明的希望。

我坐在土坡上享受着黑暗，一束手电光柱从破河神庙射出来，一串清晰脚步声向我走来。我知道是杨伟。我想起我们坐着马车来开垦新农场时，黄毛当着几个女生的面出了这样一个谜："老二病了——打一人名。"我马上就想到了，就拍了拍坐在车后杨伟的肩膀，同车的人都哈哈大笑。女生也笑，笑得让人莫名其妙。

杨伟来到我的身边，坐下。关上手电。他说："好冷呀！"

我没理他，冷，谁让你出来。有时两个人坐着比一个人寂寞。杨伟斜躺在地上，不时地用手电乱照，漆黑的夜幕被他刺了一个又一个窟窿。

门又开了，一阵轻盈的脚步声由远而近。是忆萍。

"你来干什么？"

"睡不着，"她坐下，"你们怎么不睡？"

"和你定好的约会谁敢睡呀！"我说，"我是很守信的人。"

杨伟关上手电："你们的约会？"

忆萍从杨伟手中拿过手电："扯闲，谁和他约会，你瞧我的年纪，是不是可以做他阿姨？"

杨伟不以为然地说："那倒不见得，女大三，抱金砖。"

我笑道："算了，承认不承认这都是约会，不过这次约会已变成三个人的罢了。"

冷风吹来，夜已团缩在一起。三个人突然谁也不想说话。十分明显，我已是个多余的人。我和杨伟找了一些杂草和干树枝点燃一堆火。火点燃了，我看到忆萍被火映红的脸庞，也如一朵红莲。我走了，带着失去温暖的脸。约会毕竟是别人的事。我嫉妒杨伟。我又想到我第一次去参谋长家里见到忆萍时，她对我说你长得挺漂亮，她的话曾让我激动半年。

我没有回屋，来到破庙后坐下。这里看不到那堆火，听不到他们的声音。我坐在这里，什么也不愿意想，连清寂孤独的情绪都破坏了，孤寂之清欢，独处之静好，留给我的还有什么呢？是那张单薄秀气的脸。山崖下的清冷，水面上的静寂，一小舟，一蓑笠，一老翁，一垂钓，是钓鱼还是钓江山？都不是，是在苦海里钓岁月，钓岁月的静好。山峻连绵，天颜阴沉，枯树低枝，迎风不展。

我仍然走着，点起一根烟。野火在迷雾中闪耀，火星熄灭在空中，在夜深人静的时候，我们分别在桥头。这样对逝去岁月的留恋竟然十分坦然。不知是什么时候，我的心就变得永远这样坦然和恬静。眼前一片白色的树林，像黑暗之中飘出的一片白雪。路从树林穿过，挺拔的树干。宽大的树叶在夜风中簌簌作响，我停下来，抚摸着光滑的树干，向树林里走去。在夜幕的衬托下，白色树的轮廓十分清晰，如同在黑夜的油纸上贴上的白色的剪纸画。

树林里有茅草和卵石，还有水滩，一直向前走，是个土坡，树林茂密葱郁，四周都是白色的线条。我的裤脚和鞋全湿了，黏糊糊的，并不冷。有时不小心踏到水泽里，清亮的水花溅起，声音听起来很舒服。我不禁发现在水泽里蹚水而过竟有点像过去电影里八路军摸鬼子炮楼时蹚水的声音。黑暗森林的夜晚，浓湿的空气氤氲着一股清凉的杂草味。没有一丝亮动。

从屋后走回来，破庙左前方那堆火已熄灭，残存的火星时而随风翻飞起一片红色的星光。杨伟和忆萍已回屋。我来到火堆旁，踩灭那堆残火，然后又在上面撒了泡尿。我这才拖着疲劳的步子向屋里走去，人都睡了，呼噜声有点像池塘里的青蛙叫。

那天夜里，爸爸带着我和弟弟来到村西那个池塘边。塘是个扭曲的正方形，没有人，月亮下的水塘很清亮，少许败落芦叶漂浮其上，塘埂较高，绕着埂边走过，有几只青蛙"扑通扑通"跳入水中。夏夜，清凉而爽朗。池塘对岸很静，水草和残荷只能看到淡淡的疏影。

一切都过去得很快，仿佛什么也没有留下。人们都想抓紧时间说："没劲！"说没劲的时候更没劲，用紧张和疲劳充实自己，过后就什么也没有了，真不知还会不会有其他更使人激动的事。一天到晚就是这样过去的，风沙俱净，死水微澜。紧张，兴奋，刺激，毫不厌倦的动作，如性事，也被看作机械性的重复，随着微带战栗的满足之后，你叼根烟，你已不愿回味当时乏味的感觉了。

你不知道干什么，应该干什么，你会对一切失去信心，对一切都迷惘和懊恼。一切都是一个过程，至于目的才是真正的微不足道的东西，太可怜，甚至你对自身存在的进程都倍感渺茫，只能用那还有余温的心去体验这个世界。可过后呢？什么是值得我们继续留恋的？继续地骗人也同样继续地骗自己。我不是高高兴兴地骗人吗？而骗别人的同时，自己不是也在骗自己吗？

良心是唯一的度量衡。法自然，师造化。活就应该随心所欲，要自然。可是把自然作为目的，就有所执了，不就不自然了吗？表达是永远表达不出自己内心对这个世界的真正感觉的，只给不能自己理发的人理发。智者不言，言者不智。我想我应该去找老子，问他什么是"玄冥之境"。

老子亲切地告诉我："花棚石磴小坐微醺歌欲独尤欲细茗欲频尤欲苦。"

我有点生气："还让我去断句！"

老子说："这不用断句。"

树林更茂密，有时在前面的树中间想找出容身穿过的空间已不容易，我仍向前走，我不知道为什么要向前走，走的本身也许就是目的吧。天快亮的时候，树林里朦朦胧胧一片，我感到饿了，身后的背包里一包饼干，已成一袋潮湿的碎渣，一边走一边吃着。步子放慢以后，顿感凉意。竹深树密虫鸣处，时有微凉不是风。我好像清醒了，不禁感到有些害怕。怕什么？我知道吗？

走到土坡的尽头，已可以看到青色的岩石，树也稀少了，这白色的树，样子有点像但却不是杉树。挺拔英俊的躯干。树叶很密。记得我邻居家那两棵杉树，春天来了，树冒出嫩芽，好像两朵淡绿色的云。

我再见到忆萍的时候，她的女儿已五六岁了，瘦弱文静，熟睡的模样很像忆萍。我把她抱起来，问她知道我是谁吗？她说知道，说我是她叔叔的朋友。我放下孩子去找在厨房做饭的忆萍。我对她说在乡下时我很爱她。她说她知道，她说我那时刚离开家，年龄又那么小，所以我寻找的只是类似于母爱的一种爱。我听罢沉默了一分钟，才冷冷地说："你知道我现在想干什么？"

她浅笑道："想干什么？"

"想宰了你。"

她浅笑道："你这时表情很漂亮。"

她的话足足又让我恶心半年。

我继续走着，留在河神庙那个漆黑的夜晚，很长很长的时间我才从心里打扫干净。那是将近半年的漆黑的夜晚呀。我仍在走着，穿过——还没有穿过这片白色的树林，人们无声无息轻叹。早晨来了。

恋人们由于过分激动就晕倒了。我成了这白色的树林中一棵树。他和她热烈地吻着，雨滴从我的头发上落下，打在黑色的油纸伞上。因激动流下的伤心的泪珠。我的身躯已变得冷峻和坚硬。她那双秀眼紧紧地盯着我生硬的白色的短发。雨珠落在她的红腮上，小伙子便去了。

一切归于荒唐，没有过多的心灵梦想，他们毕竟是幸福的，享受着缠绵的比真实还可贵的虚假的情感，哈！哈！我对他们说我恋爱的故事："从前哪，有一座古老的河坡，河坡上有着河神庙，庙里有个男的，有个女的，你说他们在干什么？他们在讲一个恋爱的故事——从前哪，有一座……"

　　故事如同外婆的故事，可以在乏味中咀嚼出新的味道，并鼓励勇敢的人们用行动去创造故事。把那一串串紫红的葡萄从架上摘下来，拨着吉他，唱一曲爱情的歌曲，不是吗？不管是什么样的过去总算过去了，一切还要从现在开始。像我们祖先掰着手指计算一个又一个过去的事情。过去了吗？我还在想。在白色树林中作为一棵树度过的日子，里面有许许多多有趣的故事。如果把我的记忆与认识储存到生物芯片里，把芯片嵌到树上，芯片的触觉与树的神经元连接上，这树不就有了灵魂吗？万物有灵，只有孩子的纯真的眼睛才能看得到，这不用想而知道，便是良知不是？似乎文学总在痛苦中寻觅深刻，但真的深刻，却在奋斗的快乐中才能体会。

　　我终于从树林中走出，和那些逍遥的仙人搅和在一起，他们并没有把我视为俗物。饮点清泉，吃些灵芝，隐居灵溪水边，且不必费事，吭哧吭哧去攀爬若木，上天晃悠。唉，秋月映寒潭，皎皎含清虚，这些日子！

15

　　最终我还是和他们分别了。仙人毕竟是仙人，俗人毕竟是俗人。我给他们讲了外婆的故事。他们还问我故事中的小姑娘漂亮吗？我说漂亮得和她一样，至于她是谁我没有告诉他们。其实，回头仔细想想，我也不知道。野外，一只穿衣戴帽匆匆赶路的兔子。

　　我背上背包，踏上我的路。我要奔向何方？从白天到夜晚无法计算的心点亮希冀，背负云天绝顶的荒唐的路向何方伸展着可爱的目光，开目不见路，常如夜中行，我真不知道这是什么世道呀！为什么连初衷也变得如此混沌，宇宙本身处于混沌之中，其中某一部分中似乎并无关联的事件间的冲突如喜马拉雅的蝴蝶振动翅膀会给宇宙的另一部分造成不可预测的后果。仙人们告诉我，盘古开天地前曾背着一把大斧到处游荡，饮酒作乐，狎妓偎红，后来碰上女娲，才走上了正道。我是在黄昏才走出仙人们的山中。

　　我问："盘古喜欢喝什么酒？"

　　仙人说："白酒。"

　　我不太理解。

一个歪嘴仙人用青白眼看我，不太高兴："其实，白酒是下等人的饮料。"

我更不理解。

歪嘴仙人扭头走了。一个独眼仙人尬笑一声，走过来："白酒是烈性酒，度数高，便于携带不是？草原上，牧民放牧，一出门就是几个月，若带女儿红，要带多少呀。所以他们更喜爱白酒。盘古开天地前，在外游荡，也是自己带酒。"

我仍不理解。

有一个丰肉微骨的漂亮的女仙人，长着一双兔子的耳朵。她说："你看看，我们的酒吧中没有白酒，就是有点龙舌兰酒，也没人喝。白酒是乡下人占据城堡后才普及的。"

我有点犹豫，爱丽丝的兔子是 boy or girl？

晚上，都去了酒吧。喜欢暮色如同喜欢死亡之伤感。暮色降临，她送我一束黑色康乃馨，无语无声，风吹动她的衣袂，临风飘举的样子。无数次欢聚后一次凄然的离别，她蓦然回头惨然一笑，悄悄地向我挥挥手，再也不曾回头看。蓬松乌黑的长发在肩头披散开，飘着诱人的芬芳。我停在站台上，看着火车轴臂推动着钢轮，消失在我的记忆中，一个硕大的问号。微笑将永不浮现在我的脸上，佩弦诗云，在一片叫卖声中，一片急急忙忙的脚步声中，大汽车、小汽车、脚踏车、摩托车、架子车、自行车、大板车，道具涌上又急剧退下。海里的浪把一具具鱼的尸体抛向海滩变成斑斓的螺与贝壳。

不知道为了什么，人们的目标都很卑琐，卖一根冰棍只赚一分钱竟然也有人干，我也干过。出一本破书便想流芳百世，有人出过我也出过。实际什么都一样。后者骂前者是土农，大吵农村包围城市，前者则骂后者为阿Q后人，于是吵吵闹闹地要改革，要强调市场经济，要研究文化，要立志改造国民性。一会儿出来一批弄潮儿开始气势汹汹地对传统反攻倒算，一会儿又出来一批身着蓝衫的家伙用现代性去缀合孔老二的理想。最终都累了，泄了，没劲，写的文章就换作白酒钱，香在嘴里，乐在心里，醉在梦里。没有真正的东西，世界成为上帝大宴群臣桌上的残羹剩酒。

人就是天堂里偷食的野猫。

沿着湖岸的山路铺上一层细软的沙。湖水在清晨像一个冰清玉洁的姑娘拒绝一次庸俗的做爱。太阳洗漱完毕，准备出来。太阳今天又从西方出来，天空有了鱼肚白。湖坡上没有人。我向湖坡走去。清凉的湖水不是洗脸濯足的地方吗？湖坡上种满了稀疏的小柳树，树下是茵绿的草坪。我洗脸、濯足、点烟，然后端端正正地坐在绿茵茵草坪上。

这是一个约会。

微风终于把柳林吹动。天幕上浮动几片嫣红。她来了，穿着白底红色小碎花的裙子，手中拿着一束黑色的康乃馨。她的微笑像清冽的湖水。她走来时，太阳露出脸，清晨也来了。我稍欠下身，跟她打个招呼，示意她坐下。

她站在我身边。风停了。远方灰色的山慢慢地发亮，变成黛青色，山腰间一株枫树的叶则是她眉梢的痣一点，这不是对这场爱情最美妙的注脚吗？柳叶更加清亮。鸟儿有了嗓音。一切更醉人的静，如喝完白酒，心在这种静中时而会感到躁动。

远逝的浊黄的水流波涛汹涌，浪头像那只爱丽丝的受惊的呆兔，嗖地蹿出很高。山山黄叶，微笑将永不浮现在我的脸上，古庙的残垣断壁上生着三株银杏树，有人告诉我树上有蛇，于是我才敢爬树。白色三角梅、紫花苜蓿与黄色蜀葵。黄河漂流队。我想到死亡，在浊黄的泥浪中跣足披发，举着那束黑色的康乃馨，不忍被泥巴侮辱。这是爱情，是小姑娘的小辫子，马鞭带着朦胧醉意高高扬起。

一个捉青蛙的夏夜。我们在小酒店里和漂亮的老板娘聊天。惺忪的笑和羊脂一样白的脖子。罗杉的话：梦中醒来床前一片叮叮当当响的月光下，我哭得笑出声。久久没睡着，什么也不想。我觉得一辈子就应该这样，那时我才是个十四五岁的小姑娘。马鞭又响了。一个叫花子老婆婆背着一个破铺盖卷，吭吭哧哧地在街道上走过。这是不是丐帮的九袋长老？七十二路辟邪剑，还是猴子派来的救兵？

理想人格就是想干什么就干什么。

她说："走一走吧？"

我站起来，扔掉烟蒂，她挽起我的胳膊。走下柳林，沿着湖滩朝前走去。她的步伐很轻盈。头不停晃动，时而看看湖水，时而看看我。她把一朵康乃馨放在我上衣口袋里。手白皙颀长纤秀。

"我很爱你的手。"我说。一次在电车上有位姑娘穿着细纱裙坐在我身旁。手如同她的手白皙颀长纤秀。我忍不住告诉她我很爱她的手。她惊讶地望着我，但没叫出来。她并没以为我是流氓，下车时仿佛会意朝我点头致谢。既然伸出了细长而白皙的手，是让我还寝梦佳期吗？

"你只爱我的手。"她的秀眉紧蹙，长长的睫毛闪动。

我看着她说："当然，也很爱睫毛。"

小杰的睫毛也很漂亮。爱女人大概就是要爱一点，千万不要爱全部，当然你会连她鼻涕也爱就成为性变态之类极糟糕的事了。她笑了笑，什么也没说。我说我还记得有一双手，是杨的手，有次杨送我上火车，紧紧地握着我的手，眼中闪烁一种异样的幸福而激动的光彩。杨的手红润而纤秀，十指尖尖如笋。我不明白四五十岁的人了，怎么还会有这样一双手。杨以前曾用手抚摸着我的脸，我怎会没注意到呢？她说你怎么不向杨求爱，我说这是男人之间的爱情，她说你怎么向我讲这样的故事。

湖面上的风清凉微寒，太阳从湖面跃起，斑斓的色彩随着绰约的晨雾，经过的草坪变化出魔幻的暗紫、绛紫、黄紫、嫩紫，细纱霞珠晶莹如少女的细齿，晶亮幻象缀了釉子一般，不眠的夜湿了秋的稿笺。水鸥黑白相间的翅膀拍打着湖水，唱道："早晨起来空气好，呜呜！"

"你近来好吗？"我说，"好久没见到你了。"

她撩起裙裾，走过一片沼泽地："挺好。你呢？"

"还是老样子！你还看不出来。"

"看得出。又何必这样呢？"

我又点起一根烟，边抽边说："你不知道，我正在写篇东西，名叫《心的生活——从监狱走向坟墓》，你说如何？"

"什么都是心的作品？"她淡淡一笑。

"宇宙，都是心的作品，哦，我这才懂，象山的话——万物森然于方寸之间，满心而发，充塞宇宙。心就是这玩意儿。"

"看来读书多也不是件好事，不是吗？"她稍停顿一下说，"如果是像湖就不这样说了！"

"不是。"我狠狠抽一口烟，想把清晨也熏黄。

她没理会我。前面有条小木船，没有人。我们走到船边。船还没坏。一条粗黑的绳子系在岸边木桩上，船上的橹一摇动就"吱、吱"地响，声音如我在山里听到的仙乐。

道场启，
法筵开，
稽首皈依天地水，
仙家乐，
白鹤飞。

白鹤飞，
烟笼远树无影踪，
溪水静静过，
月出空山树深深，
独酌听鹤鸣。

鹤鸣浮野云，
泉寒石色青，
蔓草闭门绿蕙春，
行吟晴霞红，
苍凉残庙松，
好风来，

驾鹤行。

如此，曲如鹤，鹤是曲，从嗓子眼里冒出来，于是乎，内观其心，便是心无其心；外观其形，便是形无其形；远观其物，便是物无其物；既然三者都没有了，也只好亮出你的舌苔或空空荡荡，这乐曲也只好超然物外，集意境、喧嚣和空灵于一身。

她上了船，我用力把船推下水，冰凉的湖水打湿了我的裤脚。船在湖里随着橹声摇动，也如白鹤飞起的乐曲。湖水有一股湿润潮味，如恋人舌尖舔出的语言，如俊秀的脸沐浴在暖阳里。蓝色的湖水衬着她红色的裙，浓彩仕女工笔画，艳丽得有些奢侈。没有人，清晨和她一起在湖中小船上。

"我们在一起好像谈不来，"她突然回过头，望着我说，"你总是这样，对什么事都缺乏诚意。"

我笑道："怎么会呢，又不是谈恋爱，怎么会谈不来？怎么会缺乏诚意？"

她有点生气："看来我们在一起还是少说点话才愉快。"

"也许是。"我的确是这样想的。

湖面闪动着红色的粼粼波光。心是无求的，也是安静的。她立在船头，眼皮拉下，看着甲板。

我想今早世界，便是为我设计的舞台。船桨在湖里划动，船尾分出有规则的水弧线。时而有水鹤从头顶掠过。她走过来，和我一起握紧舵，摇动着舵。船在湖面打个长圈，不知将划向何方？

白鹤飞。

"你不觉得现在一切都很好吗？世界是你们的，也是我们的。可是我终究不能和你一起去。"我面目呆滞，不置可否，紧紧地握住她的手。船的前边出现一个绿岛。太阳就卧在绿岛上。岛边有几只小木船，岸上架起渔网。有几处农舍，黑墙白瓦。晨炊的淡绿色的烟雾腾起，还有隐隐的狗吠声。

　　她说："我要走了。"

　　我心里"咯噔"一下，想说：中国，我钥匙丢了。

　　但我却平静地问："为什么？"

　　"我们终究不是同路人。"

　　"为什么？"

　　"我是我，你是你呀！"

　　"为什么？"

　　"不知道！"

　　"难道不能和我在一起？"

　　"不知道。"

　　"岛是你的家？"

　　"不知道。"

　　"卧在太阳身边很暖和。"

　　她的话让我伤感。没有家不是太凄惨吗？可有了家心灵又归宿何处？也许她的话是对的，她是她，我是我。湖水是湖水，太阳是太阳——尽管有时从西边升起。太阳也会流泪，泪是鲜红的血——当她失恋的时刻，我像那葵花永远朝着太阳，不管太阳落下升起。世界现在留给我们的只是一声凄凉的感叹。沙漠被飓风卷起，飞沙走石，铺天盖地，如一个发疯的受到凌辱的寡妇的咆哮，什么都不会赐予，除金色沙粒以外。摇头摆尾温驯地朝我走来的是条狗。

靠岸后，我送她下船，她让我停下，吻吻我的额，然后说："我以后不再见你了。"

"真的吗？"

她点点头，她走了。什么也看不见，岛上的柳林响起沙哑的声音。垂柳袅袅，溪水悠悠。

我想：心毕竟还是自己的东西。当天空如盖子般沉重而低垂，压在久已厌倦的呻吟的心上，当它把整个地平线全部包围，泻下比夜更惨的黑暗的昼光。在陆象山的眼中，昼光就是极光。墟墓兴哀宗庙钦，斯人千古不磨心。

16

对鲜血浸透棉絮般大朵、大朵的晚霞的偏爱，几乎成了我一种纯净的信仰和偏执。我希望晚霞的血能淅淅沥沥落下，砸到我的脑袋上，变成水晶样的花朵，大红色小花瓣的横切面，可见围绕椭圆形花瓣的金黄色佛光，红黄相间，栩栩如生，如佛陀的发髻。

哦，当佛陀合掌坐在扁圆形小叶的树下，默默体悟朵朵红花、片片黄叶、蓝蓝天空三界幻化道理之后，现代的蠢蛋却用一种近乎游戏的方法，写了一些使人莫名其妙的拗口令。人工语言的原子逻辑意义即用法基于符号及意义，但由于忧郁的心灵完全不是一块白板，逻辑、原子、感觉、资料、观察、语句便被非永恒不变非普遍有效非独一无二的结构整体范式所替代，一切推理都是合理的，没有事实只是解释自在的存在和自为的存在，如此确实性的寻求是徒劳的，说话的不是人而是存在，如此意义产生于解释者和文本之间的关系之中。激情呢？我如痴如醉咆哮的激情呢？一片焦黄的落叶躺在蔚蓝色的海水中，任凭波涛调戏，在长长的睫毛上挂起一串晶莹的灯笼，如优昙波罗，昙花一现。

所以人人都有哭和笑的季节，平淡的一生，结烟的微澜，浅黛的祷告，上帝的默语。爸爸的骸骼到底失落何处？爸爸呀！没有人再给世人的脸上增添一丝微笑吗？真不知道去干什么，还要在我胸间留点什么？荒原，一条蜿蜒曲折的小路上，毛白杨树如娉婷丰润的少女，挂满绿的意义，菜绿色的光照在褐色的土路上，幻化成淡绿色的，仿佛这条路通向地狱（抑或天堂）。天堂（抑或地狱）里正办婚礼晚会，上帝又娶阎王的母亲做小妾，我分到一碗鸡蛋汤，人，梦和胃溃疡？

世界还是老样子，一点也没变，中世纪的风车用小木斗把水送到渠道里。一个老头掂着个红色的蝉形风筝在原野里放飞，两只瘦小的脚频率极快地或左或右地奔跑。白色的草地，白色的花朵。这块草地地势起伏不大，隆高的白色线条平滑流畅。风筝嗷嗷地叫着飞上天。老头欢跳着跑到我面前。他漆黑粗糙的脸上皱皮层层叠叠、嶙峋峭拔，如齐白石的刻章，枯瘦的唇边点缀着一撮浓密的灰白色的胡子。他下身穿着红色短裤，上身穿一件翠绿色提花锦缎袄，袄已撕裂，露出红色的棉絮。

"这很有意思。"我说，望着他手中的线，和飞在空中的风筝。

"哦！我就是在寻找那种东西。"他样子变得颇为严肃，像哲学家。

我不无讥讽地看了他一眼，坐在草地上，解下背包。烟？烟呢？烟抽完了。生命亦如烟蒂，抽完了，扔掉了。自然的亲近和温馨给我残破的梦境一缕柔光，青铜镜镀着一层黑釉，被擦拭得熠熠闪光。沙漠扬起的灰尘——龙头——若河的浊浪——排山倒海——云烟的紫屑——飞絮——轻浮的娘儿们——凄迷的歌声。溪水被奸后，"汩汩"地叫着从山林中跑出来。紫色的花儿瘦了，好像紫色的花在泥土里消亡。

　　人们或默默无声或低声细语地交头接耳。坐在我前面的女孩子细长的辫子经常落在我的课桌上。我便用大头钉把她的辫梢牢牢地钉在桌子上，老师说下课，班长喊起立，她还没站起来，就被扯着坐下。全班的人都笑了，嗷嗷地笑。唯独我没笑。老师走到我面前，发青的脸还要吹胡子瞪眼，我把事先写好的检查交给他，开宗明义说，人不犯我，我不犯人，人若犯我，我必犯人。那是二十世纪的闹剧？那是什么样的世纪？我难道把这些都忘了？把童年忘了？忘了一切？

　　马车的轱辘哼着乡间简单的梦想，带着我们一家来到乡下的学校。成型的绵绵不断的记忆开始了。没有院墙的校园被一圈轱辘沟环绕，沟边土埂上种着低矮的臭椿树，我家的草房后面有一眼青石板水井，我常趴在水井边看水里面那个漂亮的小男孩。水井里的水时涨时落，涨的时候会溢出井沿，水凉得冰心。每当我走近水井时外婆就会过去，把我抱回来，打我的屁股，让我到院前的草地上，和哥哥一起抽狗尾巴草，扎成花篮。有时我们还把这种草挤出一滴乳汁一样的草液，吮吸到嘴里，涩酸微甜。

　　有一天，早晨我从杨树林里小便回来，见外婆用火钳在摔几条像鱼一样的东西，走近一看原来是几只硕大的老鼠被一个叫"铁猫"的捕鼠笼子逮住了。老鼠嘴里已吐出血，吱吱地挣扎着，我说外婆你心真狠，她没说话。有一天晚上，帮外婆在厨房里烧灶锅，一条红黑相间的赤链蛇从梁上爬出。我说外婆你怎么不打，她没说话，一直看着蛇爬走。

　　夏天夜里最最幸福的日子是，外婆一挨黑就在院里洒上水、铺上床，我和哥哥都睡在外婆身边，听外婆永远唠叨不完的那句话，天上一颗星，地上一个人；听外婆讲天门开和牛郎织女的故事。

但今天我要干什么去？我不知道。总是无休止地走啊。什么是归途？在这片土地上我留下的汗水和梦又有几多？信心失去如西下之斜阳。在水塘的远处，大海被冻结，仿佛一刹那就全部冻住了。海边的巉岩峭壁镀上一层厚厚的冰，松树上的积雪也冻成雪花状。一条暗道从岩洞中钻出通向大海。大海里的碎冰和起伏的浪头冻在一起，极为壮观的冰河世纪，我向海中走去。冰块呈现出千奇百怪的蓝光，琳琅满目，绚烂多姿。太阳升起，如一盘温润的橘红色的玉。

我身边的冰蓦地变成七彩水晶。我从山崖上望着我走在海里的背影在大海深处变成一个小红点。老头又带着哲学家般的表情来找我，告诉我他的风筝线断了，风筝飞走了。我告诉他，他的风筝飘到那片冰冻的大海里。他的眼红红的，流下泪。我轻轻地抚摸他的头，告诉他风筝会飞回来的，因为面包会有的，面包会有的。他摇着头说他绝不相信。因为风筝把回归的消息带走了！

轻薄浮灰和熠熠红光，在我面前飘散。一缕缕青烟，丝丝入扣的灰纱带。高级的灰色，冲淡简单，色调纯度偏低，柔和平静，因单调而丰富。外婆不是蓝色的，是灰色的呀。我踢着正步，喊着口号"一二一，一二一"走向荒野。不是外婆把我丢了，而我却让外婆丢了。我把头埋在双膝中，树的倒影如水的倒影，涩苦的泪水，希望之泉。冷秋中飘零的痛苦。我毫无目的去寻找归程列车。啤酒瓶被慢慢地从车上抛出，轻飘飘地在空中翻转，落在钢轨上。

"哗哗哗"碎片溅起，在太阳光下闪出五彩光束（不是七彩），然后又悄悄地落下。一切又归于平静。小草依然在秋风中瑟缩着。

远处山岗上一束红色的花朵，发出悠扬的召唤声。雁过长空抖落下的羽毛，温柔的声音，默默无闻的归去和带刺的莫扎特的广板。身上痒疼的袭击——疲倦——惺忪睡眼——驻足于桂花树下——幽香袭人——意境——孤独的雨声——清晰的记忆——井中的倒影——小男孩——白色的裙——荆丛和沙刺草——阳光的侧影。

老头颓废疲沓地坐在我身旁，两只眼睛渐渐黯淡。干吗不去死？我不明白。人怎么愈老才愈显出其坚强的生命力。什么老骥伏枥，志在千里，其志就是浪费粮食，别冠冕堂皇，这个一塌糊涂的人类。星星陨落怎么连唏嘘一声也没有？

他说："我老伴走了。"

我说："是吗？你怎么不走？"

那个像一朵红花一样的小女孩跑来，盘坐在我们面前，圆圆的脸上残留着清晰的泪痕。好像我的女儿，受了什么委屈。

"怎么了？"

"没什么。"她摆弄着她的手指。

天空——明净——云杉——青鸟——澄蓝。斜阳在地平线的云层轻柔的怀抱中，缕缕余晖把云染成一朵金色的花蕾。不为俗尘所染的清净的西方乐土，礼拜的颂歌悠扬起伏。佛陀拉着圣子、圣父、圣灵的手，从大朵大朵金花点缀的帷幕中走出，含笑地问我，你的感冒好了？于是，我和老头、小女孩忧郁的脸上绽开笑颜，放声歌唱……

她站在我和老头中间，娇嫩细小的嗓音纯真甜美。我们对着西方，对着金色花朵盛开的地方唱着，忘情地唱着。直到黑色的帷幕已拉上，台下的人们都凝视着我们一副敬虔肃穆的样子，一、二、三、四、五，五秒过后，才突然爆发出雷鸣般的掌声。

　　我们在夜的草地上走。老头暗淡的眼神已看不见。女孩的红衫和夜融为一种颜色。卡通和澳大利亚羊毛，一声声怪叫撕裂人的心肺。老头突然推开小女孩，怪叫着向怪叫扑去。

　　只有我和她。她幼小的身子在怪叫中急剧地颤抖。我把她抱起，跟着老头，来到一座白色的小屋。我突然发现什么，激动地把手搭在他肩头。

　　"爸爸，你不是爸爸吗？"

　　他暗淡的眼睛闪出一丝亮光，继而又暗淡了。他推开我的手，坐下来，端起酒杯。很长时间没有见到爸爸了，他衰老了，生疏了。远隔一重秘密的泪之海，他那微胖的身躯经常在竹篱笆前晃动。在死之中犹豫，并摇摆生命的橹，他在端详我陌生的残留的余痕。人们争先恐后地举着小旗对这个也说对那个也说自己的学问，残忍残酷地对待那些不知名的灵魂。鱼池里的花纹，哈！这酒，用抖动的手端起高脚细瓷杯，呷在嘴里。

　　"你瞧，没菜。有点生腌。"

　　"干吗说没菜呢，"我从背包里摸出一盒烟扔到桌上，"用生腌和烟下酒如何？"

　　老头哆哆嗦嗦地把生腌的鱼肉摆到盘里。然后掏出一根烟放在嘴里，我伸出火机点着，他猛吸一口，然后吐出长长的高级灰色的烟絮。

他道："这很好，一口烟，一口酒，烟是上好的菜。"

女孩在小床上睡着了。我走过去帮她掖好被褥。酒使我的疲劳消退，烟给了我些精神。如果没有酒，真不知道这芸芸众生怎么能安安稳稳地活下来，而且烟对于男人完全与女人对于男人的道理一样，烟和女人才使男人成为男人。为烟写一辈子赞美诗吧！那是我生命的支柱呀！金炉蒸香烟，银屏画天路，鹤做千年梦，人误三天前。稳坐草堂里，独卧万芊天。一壶醉朦腾，沈水洗小园。

我吃了一口鱼肉，味道非常好。我说："你没有吃这盘生腌，这生腌与你的心同归于寂。你来吃这生腌的时候，则这生腌的鲜味就散发出来。"

老头似乎没有听到。

外面漆黑一片，老头仍吸一口烟，喝一口酒。烟山有路梦为径，酒海无涯愿作舟。我心里的滋味天也不知道！有时就这么害怕。我们都说我本天涯沦落客，谁道飘零不可怜。蜡烛突然灭了，再也没有重新点燃，夜的世界，鸦声幻鬼，灯焰惨绿，空村草湿，雨击寒沙。在酒尽烟绝的时候，生腌还是生腌，我背上背包，又重新回到我的路上。

17

一阵稀疏的雨停了，一阵稀碎的微风吹开浮云，皎皓的圆月端然走出来，刹那之间清辉布满大地。被月光点燃的白杨的树梢，如烟火一般，把绚丽的脸藏在宁静的怀里，生命的精彩总是短暂的辉煌，乳白色的记忆会留给夜空。我装着抽烟的样子，熟练地把二指放到嘴边，轻轻地吸吮这夜光静谧的沉醉，吸吮这无声无息诗情的洋溢。风吹动树梢，吹皱了树下池塘的水面，残月入眠，梦被剪成缕缕薄纱。于是，我紧紧把自己抱起来，彷徨跌倒了，撞伤了孤独。

路的尽头是生满白藓的石阶，拾级而上便入山中。这是一条清淑幽静的山道，在右边，巉岩峭壁肃然矗立，直接云天；几株古松宛若虬龙，盘桓偃屈于山壁之上；时有闲鹤，惊飞而起，嘎嘎嗒嗒。左边是一溪清流，水几与岸平，时则溢到山道，脚踏上去，琮琮玎玎。时有溪山兴，能为松石歌！

人影树影藻影波影泛影，森森疏秀，素月流天，点尘不染，清风阵阵，万籁萧萧，雾光重叠，银白幽辉相交的斑点，白杏花，淡青色的霭幕，浮光粼粼的绿波，空山新雨，寂寂幽僻绝伦，冷霜飒

163

飒低吟，几片浮云薄薄的白纱玉盘。沿着石级爬过山麓是一片竹林，拇指粗的竹竿在月光下呈淡青色，熠熠闪光。我稍站下，点一根烟，这时猛然听到竹林深处传来一首二胡曲，如月夜良宵空山鸟语闲居成吟，曲调时抑时扬，宏细疾徐，风过林中竹叶的轻鸣声，合奏出更为出色的乐章。于是我拄着曲调，走进林中。

竹林深处，有一块微微突兀的巨大的岩石，石中央蒲团上坐着两个年轻的尼姑，一个年纪有二三十岁，相貌清雅端庄，穿着一身雪白的绸袈裟，雾縠云绡，宛若天人。她怀抱一把二胡，一首首明丽深秀的曲调从弦缝中滑出，煞是动人。另一个穿着粗布缁衣，二目微合，原来是薇。

我轻轻跳上岩石，坐在她们身边。这时白衣尼怀中二胡倏然一颤，滑出急促尖鸣，戛然而止。

她说："施主从哪里来呀？"

我哈哈一笑，漫不经心地抽着烟："我是被通缉的采花大盗，我是采花来的，我是从来的地方来的。"

薇已看见我，一脸十分惊诧的样子："你怎么会到这里来？"

"你能来，我就不能来吗？"我说着抓住薇的手。

"你怎么能这样？"薇用力挣脱着，脸已涨红了。我把她的手送到唇边，吻了一下，然后说："这是不是叫眼有心无？这可是少尉说的，我今天才明白，心本清静，客尘所染。尘来自何处？来自内心。我抓你的手，你觉得我玷污你的清规，这说明你心动了。若是你心不动，我纵然抱着你，又有何妨？"

我又问白衣尼："你说呢？"

她淡然一笑："也许是吧！"

我放开薇的手，问她："高尼尊号？"

她道："荆榛中的人，又有什么尊贵可言，我的法号叫妙玉。"

我吸一口烟，笑着问："你不是在大观园被采花的强人用闷香熏倒，劫走了吗？怎么劫到这个地方？"

白衣尼没有回答，放下手中的二胡，薇说："你知道那一位强人是谁吗？他原是佛陀身边的第八个金刚力士。"

"哦！哦！如是我闻，第八个是铜像，"我扔下手中的烟蒂，"原来是一回事。"

在白衣尼身边还有一个青玉石几案，案头有一个大肚瓷瓶，中插一束雪线菊，纷披的绿叶掩映枝头花萼。在几案边有一个小巧的红泥小火炉，炭火乍明。这时白衣尼把身边的小银壶放在火炉上。

"喝点茶吧！"白衣尼说着把几个紫砂茶碗摆在石几上。

我和薇移动一下身子，围坐在石几边。明月当空，天无纤尘，竹林风停了。这个奇怪的世界就是这么奇怪。妙玉掉入的污淖原来是一片竹林。炉火融化一壶水如融化一颗心。薇竟被少尉贩卖给妙玉。盘坐在这里，心能安静吗？

有种神妙的意义鼓动我的脑膜，浪迹天涯溅出的水花，注满了遍布紫云英的稻田，褐色水车"吱吱呀呀"的响声与水牛"哞哞哞哞"的叫声混合一起，把天地用九宫图清晰地格物，以求致知。在绿紫与浅褐的图案中，我的眼睛被清风借走，在当铺里抵押了一块陀飞轮怀表。

于是，年幼的早雾送我几缕红色的曙光，作为早点。是为新奇而震动而瞪起眼睛吗？是为信仰而雀跃而反复歌唱吗？一切卿卿我我的男女苟合怎么突然消失了？一阐提这类无善根的人也有佛性？是的，犯四重禁，谤方等经，作五逆罪，及一阐提悉有佛性。哪怕诱奸了观音，强奸了嫦娥，和奸了织女，盗了王母的女儿，也不减我泼天富贵，也可以金盆洗手，立即成佛？

虔诚低首合掌盘坐叩问那颗无聊的心。这就是参禅证心的时刻，西方乐土与大老鼠，莲花金身与上邪我欲与君相知，江南可采莲，慧眼放宽三千界，般若法身，事事无碍，三界圆融，一念三千，查念珠，敲木鱼，参机论禅，七轮八脉，十二莲花指，醍醐灌顶与欢喜双修。人们都不知道而都想知道为什么。天地停止了呼吸，只有月亮和星星的眼睛在闪动，睫毛上沾着草露水，婴儿的哭声从茅屋中传来。这恼人的秋风怎么在我耳边驻足不走，是什么使我哽咽不能出声？

孩子时的恶作剧，京剧的脸谱，苦心孤诣的幻觉，白雪搭成的香巢，佛经的教义，信众的释说，他们和她们都在想什么？朝饮木兰坠露夕餐秋菊落英，水藻飘萍浮满塘，鹭落白翅打水花，生命成为一段骄傲的白丝带，与思念结婚后，七年之痒，滋生了一层厚厚绿锈，稚嫩的早霜，把一串不整齐的奶葡萄皮镶到脸上。一苇渡江，白莲东来，光风霁月，清丽可人。一切目光如同月光一样干净，竹的秀色，幽静的山路，绝少叽叽喳喳的声音。

是带着真诚的信仰，还是带着心灵的创伤？需要治愈抑或和光同尘，我没有一个固定的答案。为什么注定要信佛？信仰能遗传吗？蠢极了的问题。我想在这种气氛之下，在弥漫着坚定信念的佛堂上，我可以把佛陀的出生地考订为拉美的基多，那里的女人性感极佳。聪明的孩子只有交媾双方达到最高快感时才能创造。佛陀是聪明的，四十九天在菩提树下就悟出一个不朽的道理，我能吗？我简直是笨到极点，如再笨一点就会聪明起来。我的信仰呢？上帝为什么不给我信仰？我信仰什么？什么都不信。于是没有信仰便成了有信仰。人没有异己力量支配是残酷的，而有异己力量也是残酷的。这不都是被称为悖论、怪圈、两难推理、二律背反的什么玩意儿吗？我想我需要时便有一个信仰，不需要时把它送给别人，这该何等惬意！我能吗？

白衣尼提起小银壶沏了三碗茶，茶汤泛着细微的白沫，一股清香直扑鼻中。我端起茶碗，用碗盖刮去白沫，澄绿的茶汤中，叶瓣吐如雀舌一样鲜嫩，个个直立。我稍呷一点，醇香甘洌浸润口中。我连声道好茶。

我说："绝没想到妙玉师父在大观园里那门烹茶的手艺还没忘掉。"

白衣尼："这过奖了，只是茶好。"

我说："你肯定出生在大富人家，怎么会出家呢？"

白衣尼："《石头记》里不是讲过了，还不是为了还愿。"

我说："哦！我忘了。"

薇也呷了一口茶："这茶树可是妙玉师父亲手培植的，不知有多少年了。"

我问："茶树开花一定会很好看。"

白衣尼狡黠一笑："也许。"

我说："烟有'红山茶'和'茶花'牌的。这两种烟可都是甲级烟，味道好极了。想必茶树那红彤彤的花朵一定会十分漂亮的。"

薇狠狠瞪我一眼："你应该到山上当和尚，这样才会储存点修行。"

我说："其实，我比你出家早多了，只是后来不知怎么头发又长出来了，这才被逐出山门。我现在成了游方僧，替佛陀说法布道，推广他新编的《简化 Tantra 三十六式》。"

我说着从背包里掏出那本新书，递给白衣尼，她借着日光仔细地看了一会儿，又还给我。我摆摆手说你看吧，算是我送给你的。白衣尼十分高兴，连声道谢。

白衣尼道："你对佛理很有研究吗？"

我颇自豪说："这当然，我现在正主持一个课题——佛学理论中的性意识，这是'七五'计划中的一个重点科研项目。这就是我这次历游名寺庙的原因，要不然怎么会遇上你们？"

白衣尼微笑道："可有心得？"

我道："心得是有的，只是太凌乱，不成系统。如果你们愿意在这样皎洁的月光下，在竹林中，一边饮着香茶，一边和我和参寥一起策杖并湖而行，参禅悟道，岂不是件乐事？"

白衣尼道："那当然了。"

我一本正经地说："佛理中的性的东西一般可从两方面来理解。其一是性行为方式，我们所常见到的诸如欢喜佛、合修证道之类东西，这类比较清楚，一眼即明。其二是在佛经中所涵蕴的一些有性意义的理论，这属于较深层次的东西，不潜心琢磨，则不易发现。洗心诠悬解，悟道正迷津。"

白衣尼道："这些年来，我读了许多佛经，三藏外从《奥义书》到《薄伽梵歌》都一一浏览，也曾尝试参较弗洛伊德、荣格理论进行思考，但所获无几。灯也有，火也有，还有宝石般星光和明月，只缺了我的亮眼，这世界依然是一片暗黑。"

薇说："妙玉师父，你一旦给他读这些，他不知会有多大情绪呢。"

我道："这就对了。"

白衣尼道："道家讲无，佛家讲空。就佛教而言，皆有涅槃之意。修行又讲禁欲。如果又讲佛学中的性意识，一定是颇为费解的。"

我呷一口茶："佛教讲空是不错的，何处为空？这值得细细玩味。佛教修行讲禁欲也是不错的，但并不是所有的佛教流派都讲禁欲，禁欲是修行的一种，修行绝不等于禁欲，这同驴是四个蹄子，四个蹄子绝不等于驴的道理一样。再说，佛教旨在涅槃，但达到涅槃的重要途径是圆融。怎样才能圆融，靠脑袋冥冥苦想是不行的，靠苦练修行也是不行的，实际上人们圆融体验的唯一途径只有性。在性事中达到高潮这一美妙而短暂的过程才叫真正的圆融。只有在这时，男女、物我、时空都完美地融化成一体，一切又在动，又不在动，静与动瞬间达到一种无上崇高的美的境界。

"怎样圆融？这才叫圆融。生活中的崇高和佛教追求的崇高是一致的，这样才能说人人都有佛性。你一定知道，人类对崇高有种畏惧心理。所以人们在每次性事后，都有一种莫名其妙的罪恶感，这是人类本性的弱点，就是这种弱点，才使人类不能认识到佛法妙理所在。"

白衣尼释然，她端起茶碗，伸出纤细白皙的手指，弹去留在碗沿边的一点茶叶残片。她说："大概也能这么讲，但我感觉似乎牵强些。"

我笑道（简直色眯眯）："我想如果把你盗出大观园的不是佛陀座下的金刚，而是真正的民间强盗，你就不会这样想了。"

白衣尼亦笑道（笑得秀色可餐）："实际上金刚力士和强盗是没有区别的。"

我说："我给你们讲令狐冲领恒山派尼姑去打架的事。"

白衣尼说："这是小说吧。"

薇在另一边喝茶。她放下茶碗，拾起白衣尼身边的二胡拉起来，弓法虽然生涩，但却有另一种朴拙的韵味。此时的月光更加轻柔，如奶黄色的素绢有心无心缠绕在竹林中，偶有野虫的唧唧叫声，清脆悦耳，用俏皮的语言涂抹四野的安详。

我继续说："在很久以前，有个国王叫波罗摩达。他有两个儿子，都聪慧过人。有一天，小王子思忖道，俺是老二，父亲死后，应由俺哥继位。俺在世一生，当不上国王，没嘛意思，不如找一个偏僻幽静的地方出家修行。这样，他就走了，几年过后，国王死了，大王子继承了王位，可没过多久，患病也死了，没留子嗣。这时，大臣们商议后，就派人到深山迎请出家的小王子回来当国王。小王子当上国王后，后宫三嫔六妃，无数姝女一下就把他迷惑住了。他过起了放荡不羁的生活，日夜与美女厮混。虽然后宫美女不少，可他还不满足，竟然下一条诏令：国中所有姑娘，出嫁之前，先要陪国王睡一觉，才能与丈夫完婚。这样。国内的少女，只要有点姿色，都被抱进后宫，糟蹋之后，又被赶了出来。全国百姓虽恨之入骨，可都不敢反抗。一天，一个妇女在大街上人来人往的地方公然脱下衣服，站着小便，旁边的人都惊呆了，个个都骂她不知羞耻。这个妇女说：既然大家都是女人，女人在女人群里脱下衣服，又有什么不好意思的？你们这些女人能站着小便，我为什么不能呢？"旁边的人说："我们明明是男人，你怎么说我们是女人？"这个妇女回答："你们是男人？不，这个国家只有国王一个是男人。"旁人听了，一个个低下头，惭愧地走了。一传十，十传百，这个妇女的话在全国传开了，全国的男人都觉得这个妇女的话有道理，再也不能容忍这个荒淫无耻的国王了。大家便集合起来，趁那个国王洗澡的时候，把他抓住，活活地打死了。

白衣尼喝着茶，我讲完后，她沉默一会儿道：

"我想你讲这个故事可以说明两点，这当然是按弗氏理论推论的。其一，小王子年少便去修行，久在深山，不近女色，性心理逐渐变态，成为性虐待狂。所以一回皇宫，便无比荒淫。其二，那位妇女当众脱衣小便，无非是想唤醒这个国家的男人们被久久压抑而泯灭的性意识和性的激动。但这个故事和佛法教理，究竟有何联系？"

我点一根烟，慢声道："佛经用这样的例子解释佛理，其用意是不言自明的，而且那位妇女站着小便，不是更值得琢磨吗？"

白衣尼想了想，再也没说什么。月亮挂在淡青色的天穹，笑容细腻而温柔。嫦娥在上面吗？为什么吴刚要长年累月地劈那棵永远也劈不倒的月桂树。玉兔还在想嫁和尚吗？薇的二胡的声音停了，她们一起回庵了，庵又在何处？我想我应该跟着她们，同庵里的尼姑一起讲油漆匠误入尼姑庵的故事。

人生有酒须当醉，一滴何曾到九泉？我没有去，只是独自躺在岩石上，望着月亮。我也轻柔地细腻地对她笑。她们的脚步声已消失了。

18

　　早晨，我仍睡在褐色蛇皮样的岩石上，山中的湖蓝色雾气在我身上凝聚起一层细小的水珠，鞋、脚、踝、裤子、毛衣、脖子和额头都被水珠覆盖，人淡如珠，不须雕琢，浑然天成。竹林有了响声，风把我摇醒。我从背包里掏出毛巾，擦干湿漉漉的脸，跳下岩石，穿过竹林，沿着一条窄小的路向前走去。要去何方？我不知道。太阳已在山坳里，像小孩子新鲜的面庞，晨露未消，苔藓润黄。跳脱出人群，一个人，才是真正的自由。

　　山坡上，娇嫩的茜草，柔软如丝绒样。柠檬花、金盏菊、酢浆草、红罂粟、野百合。藤条编织的花篮精巧而漂亮。一个小姑娘掂着花篮与我擦肩而过，头上裹一块浅色的蓝花方巾，有点像罗杉，又有点像她。现在的问题是，她是谁？好像医生都无法解答，有时想了想，觉得她就是所谓的宇宙的琴弦。哦，仿佛都是陌生的路人。既然是路人，有不陌生的吗？我曾有这样的感觉，即便是最熟悉的人，默默地打量他（她）两分钟，一定会意识到他（她）一定是这个世界上你最生疏的人。哦，这样感觉时，我恍然，不知是该哭还是该笑？喝点老酒，让身子失重，好被风吹走。

哦，这也是诗句？

刚从母体哇哇地叫着降临在马槽里，修道者的生涯。蔚蓝色的大海，贝壳张开嘴，吐着珍珠般熠熠闪亮的娇弱而成熟的裸体，龙王的女儿和鲜花一起合唱，每一片花瓣都有自己独特的烟嗓，唱歌时只用某些声带发声，通过共鸣腔放大，这样完美的中高声区就具有金属的质感，或因冰凉单纯而丰富，或因沙哑柔和而深沉；或如冬日暖阳，盈盈亮亮；或如春风拂面，宁谧温润。或如一把铜豌豆，撒到冰面，粒粒分明，颗颗透骨。或如咆哮的钱塘潮，拍打江岸，回肠荡气，摄魄勾魂。唉，也真是的，金石有声，不考不鸣。就是这样，视乎冥冥，听乎无声。冥冥之中，独见晓焉；无声之中，独闻和焉！有个中国产的老道送给她一件五彩霞帔，以免她会遭到妖魔玷污。

我的心很软弱也很疲倦。太阳还在不停地呆笑，我亦呆呆地感到，生还是死，这是个问题。想来想去又感到生就是这么回事。死还是不是一样的？刀慢慢地割开喉咙是为了它能自由地歌唱和呼吸。是的，我的心很软弱也很疲倦。我为什么还要继续地走下去？是一边走一边去寻找生的永恒吗？也许是为了那短暂的永恒，人类竟傻乎乎地建立了信仰。这时我不得不站起来，吸一根烟，烟于是就成为我生命的燃料，即信仰。

从那年夏天开始，每到晴朗的夜晚，我和哥哥卷起蒲席去三楼顶上睡觉。黯湛的天幕上，星星如光洁的宝石。我说我能数完星星。哥哥说不要数，外婆说天上一颗星地上一个人你永远也数不完。我说我一定要数完。哥哥说你不要数，你要是真数完了要瞎眼的，这是外婆说的。因为怕瞎眼，我才没敢数星星。迷茫幽深的夜空。我想这星星之外的星星，星星之外的星星……这难道没有边界吗？世界之外是什么？也许是无声无息的黑洞洞一片。这黑洞洞一片有边界吗？如果有，那边界之外又是什么？

我躺在单子里的身躯突然麻木了，一种巨大的恐惧突然降临，仿佛是无垠的宇宙慢慢地紧缩，把我缩小得无影无踪。继而我感到自己纵然活了一百岁也不过是短暂一瞬，我死后世界是什么样呢？地球死后宇宙不还是宇宙吗？一切还不是如什么都没发生一样吗？

谁会意识到这在宇宙的纪年和空间连一瞬的位置也无法占据的一瞬呢？对无法想象的时间和空间来说，太阳的爆炸也无法与蚊子的嗡鸣做比较，或就像我一巴掌拍死个蚊子一样简单清脆。那么我的巴掌呢？现实的存在又是什么？对宇宙来说绝不能用时间和空间这样的想象去推测。和它相较，我的渺小又绝对不能用渺小来形容。

在这样无声无息的偌大的时空中，长生不老和生命的永恒又有什么意义？我无法理解。内心突然而来的真正的空虚使我流下冰凉的泪珠，泪珠浸湿了枕席。我想大喊一声，可我竟然没有了勇气。哥哥已睡着了，可以听到细长均匀的呼吸声。难道他也在梦中想象我正在想象的命题吗？

不远处小溪边的竹林中传来一阵阵嬉戏声，几个身着缁衣的小尼姑担着小木桶到溪潭里打水。她们戴着黑绒线编织的小帽，露出刚剃过的嫩白的头皮。薇也在其中。朝阳给竹林和溪水染上一层神秘的绛紫色。我悄悄地走到薇的后面，一只手轻轻掀开她的小绒帽，另一只手揪着她的耳朵。

其他尼姑见状，惊笑起来，薇回头看见我，涨红了脸，竟委屈地流下泪。

"出了家，泪水还那么不值钱。"我笑道，"能带我见见那个白衣妙玉吗？"

薇侧过头，整理好小绒帽，她的身子倒映在溪水里，被溪水流动波纹叠成一道道闪动的黑影。她依旧轻巧可爱，赌气时，鼓起嘴，双眉紧蹙。一句不语，在朝阳的柔和光辉里倍显娇嗔。我调侃似的对其他尼姑打个招呼，然后把一只手搭在薇的肩头。

我说："唉！你要是不理我，我可要啃你一口了。"

薇打掉我的手说："你怎么这样？"

我说："白衣妙玉呢？"

薇依然有点生气："她不想见你。她说她早就不认识你了。"

我惊讶说："这就怪了，我又没进过大观园。"

薇把手上的小桶递给身边一个年龄较大的女尼，然后边走边说："你可能忘了。"

我答道："似乎我真进过似的。我似乎真忘了。"

薇郑重其事地说："妙玉认识少尉，是少尉把我介绍来的，她和少尉很熟。"

我迟疑一下，似乎觉得妙玉有点像忆萍，只是有点。如果是忆萍，她怎么会出家呢？孩子呢？

我说："她当然和少尉很熟，是少尉情妇吗？她不吃人的醋？"

薇没吭声，把我送到一个岔路口，才认真地说："我真不愿听你总是这样说话，也不愿意你总是这样。你还要去哪里？"

我看着面前的岔路说："我也不知道，我走了，没准儿还会像鬼打墙似的摸回来在这儿碰到你。"

老婆婆扛上大麻袋说:"你没有家?"

我摇摇头。薇说:"天知道他的家在哪里。"

我问老婆婆:"你天天扛个大麻袋干什么?好像耶稣的布道使者一样。"

老婆婆说:"就是布道。"

我说:"你怎么像我外婆?"

老婆婆没说话。我无奈地回到桌前坐下来,打开电视机。电视里一群从原始社会进化出来还没进化好的长得有声有色的家伙正与某个文化团体的女演员亲切地握手,不知他们是否想到了拥抱。我知道如果他们想干,一定会干得有滋有味。不知他们是否说过世界是他们的这类话。敲门声中,赵和张各自端着茶走进来。

张说:"知道吗?科马内奇跑了。"

我故意说:"她不是保加利亚的儿媳妇吗?怎么跑了?"

张好奇地打量我。我也用同样的目光打量他,张说(纠正错误的语气):"科马内奇是罗马尼亚人。"

我说(显得无心的样子):"她不是保加利亚人?"

张说:"傻帽儿,怎么连这也不知道!"

我故意装出无地自容的样子解嘲:"我不太喜欢体操。"

张把目光转移到电视上,喝一口茶。他显然得到一种满足。我把脸转到多余的阴暗的角落偷偷地笑。我显然也得到一次满足。我想满足是没有层次的,如果一定要划分出层次,我们哪一方满足的层次应该更高一层?从现实意义上讲,我满足的成分应该更高些,因为他的满足是我满足的内容。但从传统意义上讲,我的满足是有意识的满足，他的满足却是无意义的满足。越名教而任自然，情不系于所欲。

是的，无论在任何古典哲理中，无意都要比有意更有意义，无意是自然，不造作，自然是美好的。因此，他的满足的层次无疑比我高。这是不是应该叫作传统与现实冲突，光荣与梦想实现。一天又一天，不就这样。人类的出现就是上帝制造的恶作剧。我们还思考什么永恒？简直不如思考恶心。

有和无，这也是个大问题。无大概就是我小时候所理解的世界之外的世界吧，伟大的哲学家，也许与我一样，用赤子之心的简单来解释思虑的复杂。无肯定比有大，有一定有边界，无就可以没有边界了，是无何有之乡。可以骑着莽眇之鸟，去六极之外兜兜风。

如果此时白衣尼在，会对我说："那村的儿子所说的无何有之乡，就是宝玉所入的太虚幻境。"

我会说："怎么会这样？太虚幻境，位于离恨天之上、灌愁海之中的放春山遣香洞，应该是佛家的地盘。"

白衣尼说："死猪（她也许说的是施主），太虚幻境由警幻仙子司主，警幻仙子怎么会是佛陀的人？"

我有点尴尬："是的，我忘了。要不我们去雨中的上岛，闻闻'群芳髓'香，喝杯'千红一窟'茶，饮口'万艳同杯'酒。"

白衣尼笑道："你真的无趣，痴儿竟尚未悟！"

悟与不悟，这是人生的首要问题。佛陀端坐在菩提树下是悟，达摩面壁是悟，阳明在龙场山洞里瞎想也是悟。我夜里躺在蒲席上，对着满天星斗，不也是悟吗？他们悟的是道，我的不也是道吗？是的。

于是我大声说："圣人之道，吾性自足。"

赵正好在我身后，拍拍我的肩膀说："疯了，你悟出什么了？"

我高兴地说："我悟出来悟就是扯淡，悟什么，做就是了，走就行了。孔子是圣人，他一生都在路上，从来不去悟，不瞎想。这便是我悟出来的道理。"

赵问我："今天去所里了？"

我说："没有。所里有什么有趣的事？"

赵说："因为评职称的事，清流派和'黄埔一期'干上了，吵得乌烟瘴气，真没劲。"

我说："是没劲，也不知道该干些什么。"

赵和我都觉得没劲，于是把眼睛都转移到电视上。电视也没劲。世界上令人有劲的东西只有两种：一个叫信仰，一个叫幻想。人一旦大了，尤其是长了点学问，这两种法器就被上帝收了回去。上帝就这般吝啬，人若活得有个人样，稍有点劲，他就不干。我后悔那次看"上帝"跳舞时不上去找他要点有劲的事去做。

张对我说："讲点你的艳遇。"

我也倒杯茶，躺在床上。我说："你去资料中心借点文学选刊之类的杂志，我的艳遇住在那上面。"

张说："你的艳遇全是照书抄的。"

我说："不敢说是神契，起码得点炷香。"

张说："你真他妈没劲。"

我说："就这样，不服气想练练怎么的？"

我说着，跳下床，抽出那把未开刃的长剑，推开门。我们仨人一起来到院里。院里没有人，半牙月亮孤零零地挂在空中，粗大的杨树，叶已落尽，枝丫横七竖八地插向天空，也倍显落寞。

赵说："这些日子我总想找人打上一架。"

张说："要是打不过别人怎么办？"

赵说："打不过被别人打也很痛快。"

张说："你有点受虐狂。"

赵说："人人都有一点。"

我对着大杨树树干刺了两剑。张接过剑，也做了几个漂亮的造型。我从屋里拿来剑鞘，把剑插进去，挂在身上。

我对他们说："我走了。我准备带你们这帮小尼姑去打嵩山派的高手。"

薇说："我不能送你了。你怎么净想这样的事？"

我说："你站在这里，看着我消失了，你再回去。"

薇说："你走吧！"

我又续上一根烟，走了。直到我看到自己消失在下山崖灌木丛中，我一直未回头。

薇是否一直站在那里看着我？

19

人生没有目的，只有过程，所谓的终极目的是虚无的。人的情况和树相似。它愈想长得枝繁叶茂，它的根愈要向下，向泥土，向黑暗处，向深处。我们飞翔得越高，我们在那些不能飞翔的人眼中的形象越是渺小。

城市高楼有趣的灰瓦檐，土坯墙上新鲜的黄泥巢，小燕乳毛沾着它母亲的血渍。从遥远南方飘来的雨，湿了海浪，洒下咸的乳汁。一只未张开的扁形小嘴，是什么？还有什么？我步履蹒跚走在这荒漠中，踩着被上帝的眼睛烘热的沙面。这是最能诱人和醉人的旅行了。只有起点，没有归程。嫉妒如水如月亮的倾泻如优美的冰上舞会。

沙丘太深能淹没旅人。从大河坡上跑下来，我躺在一块平坦的地方，抽起烟，油光深绿色的天空嵌着那块紫红色的太阳如同一块细心打磨的润玉，莹莹透明。对面又是一个巨大的缓坡。路已丢失于苍凉的沙砾中。几只嫩黄色的长尾雀在我身边几棵遒劲的枯树上翻飞。这是被雷火击过的树，老干槎丫，一半枝干焦痕犹在，光滑锃亮，片叶不生。一半枝干布满褐色疙瘩，浓森繁茂，让人生寒。

我扔掉烟蒂，又朝前走去。沙丘的边缘长满细嫩的红叶草，红叶草乃霸者之瑞。我尝试着躺在红叶草中，这是我曾见过的那片草地，红节红叶，叶子有些褶皱，顶部会开红色的花。红红的草，青青的林，太阳斜吊半空中，闲来无事，我便骑着小凤凰，从红色的云霞中出来游荡。

他进来时，一脸憔悴，说要喝酒，过去的事情干吗总捡起来，当作口香糖含在嘴里，有空时还吹几个泡泡。无休无止的讨论。坐在桌前研马尾巴的功能。有时不禁会想到做别人的好朋友太累了，可是我就这样没出息，总让我觉得我是他和他们的好朋友，让别人给你坦露他们内心，让已疲倦的心再次振作去容纳别人的软弱和痛苦，承担别人的忧郁和烦恼，为什么我要把任何人都引申为好朋友呢？为什么？我是不是也很软弱痛苦忧郁烦恼？

少尉说我们不是好朋友，也不可能成为好朋友，是他哇啦哇啦向我吐诉出一大串他的过去愚蠢执着之类、残破的爱情之类、好心人做不得之类等。一只瘪了的球。过去不是过去了吗？做别人的好朋友有时是件很累的事，少尉又说。少尉是聪明人，丁香花的馥郁的香味。小院，有星光的夜。

唐说："我们不谈少尉。"

我说："是，我们不谈少尉。"

喝酒和抽烟，丁香花开的日子。一只猫头鹰叼着一只小老鼠，"哗"的一声从枝头跃过。他说看电视要把国产的一切电影与电视剧之类正儿八经的东西都当作喜剧去看。于是我们就不再埋怨和批判，于是我们可以欣赏到本时代最好的喜剧。

表叔来了，我家的表叔数不清。一个人总觉得无聊，在院子里，在马路边或马路中间走来走去，什么也不想，可什么都想到了。一个人不就是这样吗？讨厌的朋友。语言以及它的变种细语。吉他声。欢乐的日子我总不知道，怎么才能做到独与天地精神往来而不敖倪于万物，不谴是非，以与世俗处？

我从草地上站起来，继续向前走去。远处云雀的歌声，男的和女的，脚下的草地松软而有弹性。歌声，缠牵着灵魂，去寻觅那一个根本没有意义的外婆的故事的内涵及所谓深层结构，我简直拥有一切。一个孩子穿着土黄葛衣，骑着一只跛足的红毛驴在草坡漫步，时而走向我，挥动着手中的柳条鞭向我致意。那只驴简直漂亮至极，健壮均匀的四肢，细细的腰，红色的毛油光可鉴，简直如人造或赝品般的精美。

我抓住驴的尾巴，又摸着它结实的屁股："你从哪里来？"

孩子听到我的话，大眼睛调皮地一眨："你问我还是问驴？"

"当然问你啦！"

"哦，"他一跃从驴背跳下来，"我是从玉虚宫来。"

"哈哈……"我笑了。

"你不信，这可是李老君的灵驴。"孩子秀白的脸涨红了。

"是的。"我说，"李老君骑青牛，过函关，来到一个耶婆提国。当天夜里就出事了。李老君过函关本想看他同母异父的兄弟佛陀，到这里牛被偷了。以后几千里怎么走啊！当天夜里，他怎么想怎么睡不着，天没亮，就起来把同店一个贩狗皮的波斯商人的驴牵走了。但他怕别人认出来，就用狗血把驴毛染个通红。"

"哦，这怎么可能呢？"孩子不相信。

"你不信罢了。李老君偷驴一事是最近发掘的马王堆汉墓黄老帛书中写的。你当然不知道。对了，他偷驴的时候，还被这头灵驴踢瞎一只眼，是后来见了佛陀后，佛陀才给他装上一只狗眼。"

"有那么玄乎吗？"

"你不信就更好。"

孩子拉着驴走了，不时回头看看我，直到消失在远方山脊，我嘴角才敢浮出动人的微笑。就是这样的。"上帝"好像曾对我说过。为一点简单的欢愉的满足，除此之外还有什么？大地呀，怎么才能找到永恒的欢愉呀！一头受伤的野兽，跛着足在这布满了红叶草的戈壁上跌跌撞撞、踉踉跄跄向前走去。

在狼狈的日子才会祭祀优雅。如是所闻，端着一个青花盏，泡一杯细茶，斜倚木格窗而立。窗外的喧嚣，只有图像，至于声音，无一丝能够入耳。这样的心境，是何时拥有的？透过杯中升起的氤氲的水雾，往事如烟，若隐若现。百褶裙，生涩的眼睛……

如是所闻，外面太吵闹，关门听古琴。斜躺软榻，二目微闭，琴的声音在缓慢中散发，用幽静来展示活泼，用忧郁来表达愉悦，用古朴深厚的余音，穿透清润明亮的回响，在异弦同音之外，描述天地阔远、风清沙白、大含细入、明朗超脱的愿景。旋律绵绵，若潺潺泉水缓缓流下之后，又突然感觉飞溅的浪花……

如是所闻，可以到湖心亭看雪，拏一小舟，拥毳衣炉火，那时光，舟中人两三粒而已；也可到牛首山打猎，姬侍服大红锦狐嵌箭衣，昭君套，那时光，极驰骤纵送之乐。

如是所闻，亦复如是。酒呢，我要喝酒，酒呢！就这样喝。

几位朋友围在一起喝酒，并说这是为了快乐。吃喝着，震动着树竹"簌簌"地落下，人们都说这是发泄，是吗？多么粗俗的生活呀！穿着黑色的法兰绒睡衣，端着高脚水晶玻璃杯，斜倚在橡木酒柜旁，看着电视中的冰上芭蕾。这叫生活，为什么那就不叫生活呢？这个暗无天日的世界呀！

眼镜端起一碗酒一饮而尽，然后从树上取下猎枪，说他要枪毙这个世界。参谋长拉着他，并说猎枪子弹不多了。没办法，还只有喝酒。泥瓦匠，打小工，这就是生活。酒精刺破脑袋如针扎透皮球一般疼痛。从搅石灰到搬砖头砌墙，工序简单而自然，能量的转换，汗水和粗野的叫骂。我们就是我们，不是吗？

从沙丘走出来，面前是一片石林，状如仙境，山岩上面生满厚厚的青苔。这里岩石的形状都十分怪异，或如鹰立猿跃，或如凤舞龙腾，或如鼠遁虎卧。在另一边是几株圆柱形石笋，节节分明，其错落搭配更是绝妙。

穿过石林，是一幢幢竹楼。从一座圆顶大竹楼里传出男女快乐的嬉戏声。我走到竹楼前。这座竹楼下面是一个大厅，里面几乎挤满了人，这些人都戴着土布长巾，穿着各种各样花俏的衣服，人群中有一群男女在欢快地跳着舞。

"这是我们的节日。"门前一位姑娘赠我一块印有黑白方格图案的土布巾，并帮我戴在头上。她年纪不大，肤色黑黄，十分健康。

"是吗？我很高兴。"我说。

大厅中间的男女舞姿十分怪诞。很像那天"上帝"与他妻子跳的那种舞，但怎么世界上一下子出产这么多上帝？不过，他们跳得还稍有节制，仿佛怕感情一经挥霍就会挥发殆尽。大厅正中，一个蓄长发的老人正弹着一架巨大的三角钢琴，周围人的口中都衔着竹叶，和谐与不和谐一起奏响。铿锵有力的节奏是从吊在一排一排妇女屁股上的皮鼓和铜锣上发出的，那些打鼓敲锣的男人用劲地敲打，已忘记了一切。

我找到一个摆着小桌的蒲席坐下，端起一碗酒，细心地呷一口。这时，我发现跳舞的男女仿佛都是被挑选过的。体形很漂亮。女的转动的时候，短小的绣花绸衣时而甩开，露出点缀着朱樱的耸立的双乳。这是撩人目光的东西。她的双乳是在黑夜的坦白，自然而天真。小桥，月光，柳树下，田野浮动着成熟的桂花香，她掀开上衣，解开乳罩，露出羊羔般的乳。我把脸紧紧地贴在上面，那醉人的初恋时光，她曾有信心地说我不会走，可我还是走了。

因为有了艺术，我才不相信真理，并在心中积极地排斥一切。舞蹈结束了，一队妇女提着竹筒向在场的每一个男人敬酒。这绝不是什么好酒。有一股浓浓的酸涩味。喝完酒，我模仿其他人，把酒碗扔到厅中。

弹钢琴的老人合上琴盖，站起来，走到厅中央。这时有两个年轻男子拉来两只健壮的山羊，老人抽出雪亮的腰刀，从年轻人手中接过羊，把羊按在地上，慢慢地将羊头割下，这只羊几乎一声没出，另一只羊则颤颤巍巍凄惨地叫着，流出了泪，但当老人斜跪在它身上，割下它的头时，它的声音也就消失了。老人站起来，双手提着羊头，脚下的羊身还在蠕动着。人们"哗"一下把老人围起来，争先恐后，老人嶙峋的胳膊在空中摆动，羊血溅到人们头上、脸上、身上，似乎都在为血欢舞，送我长巾的小姑娘也挤在人群中，我用手拦住她。

"为什么要这样做？"

"快接圣血！快接！乌拉！"她又挤入人群。

"乌拉！"人们你争我抢地朝着中间挤去。当两只羊头的血终于连一滴也甩不出的时候，人们才渐渐平静下来。老人取下一个擦得雪亮的银盆，把羊头放进去，添上水，然后双膝跪下，把银盆小心地放在两个年轻人抬来的炭火盆上，他们的手动得很慢，小心翼翼，又十分熟练，口中还不停念叨什么。人们都围绕着火盆跪下，我找到那个小姑娘，跪在她身旁。

"为什么人们要拼命沾上羊血呢？"我问。

"不是告诉你了吗？那是圣血。"小姑娘鼓起嘴，不高兴地说。

"怎么会是圣血？"我笑道，"那是羊血！"

"因为是圣血，所以是圣血。"她说完，看我一眼，又说，"这是正在煮羊头的祭伯说的。"

"祭伯怎么知道？"

"他说是主席说的。"

"是吗？"

"哼，我们过去是杀牛，后来见杀牛时，牛很可怜，哭得很伤心，泪流了一盆，就改用羊了。"

"这不是祭伯说的，不是主席说的。"

"怎么不是！"小姑娘蛮横地说。

我跪了一会儿，站了起来，我想我该走了。我不吃羊肉，何况羊头呢！这时，小姑娘拉着我的衣角：

"你去哪儿？"

"我要走了。"

她悄悄地说:"天晚了,今夜住在我家吧,我的床很大。"

"是吗?"

望着她动人的微笑,我也心动了。同那厮一样,我人生的目的也是这样吗? The longing for love, the search for knowledge, and unbearable pity for the suffering of mankind? 哲学作为客体,如同女人作为情人。焚琴煮鹤,对花啜茶,都是有趣的事。

20

　　她拉着我的手从宣泄着多余情感的人群中钻出来。她的手是那种多肉的小巧的手，是罗杉那种手，是那种握在你手里让你感觉到人还活着还有温暖的手。生命似乎只有在这时才不是一阵冰凉飘零的风，多说一些可能会让人受不了……我捧着她的脸（罗杉的脸），她宁静地看着我，爱情夜里的蛙声，古塘与学校楼宇的灯火，四野浮动着成熟的野樱桃气味，大地倦慵龟缩在两潭清水一样的目光中，她也说那毕竟只是过去，是得意的黄昏的约会，是这个日子的树上滑下一阵口哨声。

　　我尚未感到寂寞的海，笑嘻嘻跑过来，携着一卷卷浪花，湿了她的心，也湿了我的心，这是爱情（也叫游戏）的故事。夜都睡着了，我们怎么会这么殷勤？她的笑和海的笑不一样，暖和的小手，大门外四散的灯火，各种各样交融在一起的古怪声音，累了吗，喘口气，四周是龙舌兰和芭蕉、紫薇和木槿。我想挣开她的手，告诉她我还要赶路。她似乎并不在乎我要干什么，拉着我走下坝子，穿过一个塘埂，来到村角的竹楼里。我猥猥琐琐的样子，活生生像乍入丐帮的小弟子。这时，我想我手里如果有那根绿玉杖就什么事也不会有了，俏黄蓉也要跟在我的后面，嗲声嗲气地叫我老爷子，给我做好吃的，且不用管她是谁的女儿，就是上帝的女儿又怎么样？这是一种实现自我的所谓的权力意志，据说从文化风景中过渡到文明气氛下的人类都要完成这种意识。

为了这点，完全可以像浮士德一样不惜把灵魂出卖给魔鬼。沉迷的灵魂，企及超越时空之上无可名状的渴望；静心冥想，虹化为桥，建立灵魂与神性之间的联结。当我要睡的时候，宇宙万物都会融化于我的灵魂之中。我的灵魂，耸立宇宙之巅，时睡时醒，周而复始，绵绵不绝，只有如此，万物生灵，才得以生生灭灭。你瞧，大地塞墨勒被摧残，天空宙斯发出霹雳；孙猴子挥舞着金箍棒，没事的样子；槐荫树呀槐荫树，却粉身碎骨，七仙女也走了背字，交上厄运，因为她违反了"处女无媒，老且不嫁"的天条；哈哈，当我堕落以后，会用计谋亲吻你们的双肩，令你们两肩各生出一对蛇，于是，浪涛缭绕着蛇发女神在海面上露出那张贤惠的脸……

权力意志，我来到院长办公室，发现自己已有点权力意志了。办公室里的空气从院长嘴里吸到院长肺里，再在院长机体里游荡一圈吐出来，这个过程无疑就是空气效应。由于这个效应，院长屋子里每一粒最基本的原子（似乎应该是介子、质子什么的）空气中无不弥漫着一种院长气势。

我进到这样的屋里，经过机体本能的新陈代谢，也避免不了被这气氛所点化。我后悔自己没能进更高一点人物的办公室。实际上道理就那么简单，如我的祖先早已指出的"相府丫头七品官"的道理一样。丫头就这么厉害，秘书呢？还有同床而眠的夫人呢？

正是因为有了院长气度，我才敢骂这个写文章就头疼的院长王八蛋，我才敢从他狰狞的脸孔中发现运动起源的秘密。回到家里，我为我的巨大发现倍感激动，也为我在此以前不恭敬的称谓深为懊悔。于是把他老人家像找出来，端端正正地挂在墙上。于是，到了小竹楼后，我甩开她的小手，恢复自己的自信，不再像小乞丐那样怯懦。

这座竹楼虽然小，但并不显得逼仄。一盏小马灯挂在竹梯护栏上，不暗也不亮。我扔下背包，坐在躺椅上，她从楼外提来一桶清水让我洗脸，我说我身上可从没有沾上羊血，尽管那是圣血，我天生就不吃羊血，最怕那玩意儿。她对我笑笑（妩媚诱人），把头上花格子长布巾一层一层解下来，头巾一散开，那一根根用心编成的辫子便如一条条细长曼妙的黑色小蛇悄然地爬下她的脊背，直没脚跟。她怎么会有这样漂亮的头发？！我吃惊地张开大嘴看着她，她见我这种惊愕的样子，不禁"扑哧"地笑了，笑得天真烂漫，足使我相信她刚才那种笑并不真诚。

她用清水轻轻地擦洗自己的脸。

我说："你们这里的风俗，是不是见到喜欢的男人，就可以拉到自己的竹楼里去？"

她反问道："你们那里不是这样？"

我说："你喜欢我，并不见得我就喜欢你呀？"

她用白布衣擦干脸，又用一团竹叶一样的东西拍打着自己的脸。她说："我知道你也喜欢我，我也会让你喜欢我的。"

"那可不会，你还小。"我说着站起来，把她的一根又一根辫子收拢在一起，盘在她的脖子上。她扔掉手中叶子，双手抓着我的两臂，小脸贴在我的胸上。她说："我怎么还小呢？阿妈说我再找不到人就丢死她的面了。我已十八了。"

"我不明白，十八岁就算大吗？"我整理着她额前弹出的一绺乱发，把脸贴在她头上。这时我嗅到她脸上散发出一种微甜微咸微臭微香的气味，一种让人眩晕的让人会产生那种冲动的气味。我马上抬起头问："你刚才用什么叶子擦脸？"

她的脸已渐发热，紧紧地贴在我胸上，喃喃说道："这是阿妈给我的，她说只有遇上自己喜欢的人才能用。"

"这是一种很有意义的叶子。"我说，"我们上楼吧！"

我抱起她一步一步走上楼梯，竹楼被踩得吱吱作响。她躺在我怀里，神态迷离，娇嗔可爱，盈盈花开时，脉脉眼中波。是的，眼波向我无端艳，心火因君特地燃。楼上灯火明。参谋长和眼镜正坐在竹椅上等我，我把她放在芭蕉叶织成的睡铺上。

"你们怎么找到我的？"我说。

眼镜说："是罗杉求我来找人。没想到在这里碰上参谋长，也碰上你。"

我对参谋长说："你不好好在地狱里研究你的哲学，找我干吗？"

参谋长淡然一笑说："没有酒资了，想找人一起偷点铜管，换点。"

我说这没什么说的，无非是重操旧业罢了。眼镜兴奋起来，看来最近他的生活也缺少刺激。

缺乏刺激的生活就是生命缺乏活力。我们说着站了起来。小女孩趴在铺上，双手托腮，看着我。她的目光含满了敬佩，如同看着古代勇士为了崇高目的而出征一样，我走到她身边，拍拍她的头，对她说我们会回来的，然后才下楼。眼镜拍着我的臂膀对我说你小子天生一个情圣，到哪儿都搞点艳遇。我说别这样说，她还是个孩子。眼镜狡黠地说，你忘了吗，上小学时你说爱上了王丹凤，把你爸爸收藏的王丹凤的剧照贴在你课桌抽屉里，还信誓旦旦地说非她不娶。我说王丹凤眼睛太诱人，是原装正牌丹凤眼，是国优产品。眼镜说你现在还想她吗，还非她不娶吗？我干笑道小时候算术没学好，不会计算王丹凤和我的年龄差。我要真格的非她不娶，不是耽搁人家的青春嘛。所以，后来出于人道主义考虑，这件事就算了。

外面的世界油蓝油蓝的。几盏惨兮兮的路灯遭到几只淘气的小飞蛾侵扰，露出无奈尴尬的笑容。白昼的阳光，如何能够了解夜晚黑暗的深度呢？

参谋长淡淡的眉毛中永远锁住他忧郁的故事。他没说话，只是边走边四处查看，我们来到汽车修理厂，围着厂区的围墙转了一段，然后从墙角翻进厂内。这个厂已停产好久了。巨大厂房，车间黑黢黢一片，只有厂门前办公楼灯火通明。大喇叭依然声嘶力竭地朗读着《工人阶级的红铁拳》和《论一个三代贫农堕落的历史教训》之类的批判文章。眼镜从兜里掏出蒙上蓝布的手电，我们一起来到一个大厂房的窗户前。

参谋长说："谁进去？"

我说："我进去吧，这里面我熟悉。"

参谋长把钳子塞进我口袋，然后递给我一卷胶布。我爬上窗户，撕开胶布，"X"字形贴在玻璃窗上，用手一推，玻璃裂了。

我把碎玻璃取下，递给参谋长，打开窗户插销，手电咬在嘴里，跳了进去。手电微弱的蓝光在车间里跳起，恰如一缕悠悠飘浮的灵魂。这是谁的灵魂？我的？上帝的？我找到一个大型铣床，从口袋里掏出钳子，把上面所能拆下的铜管全都拆下，我脱下外套，包好足有五斤多重的铜管，递给窗外的参谋长。

参谋长说："得了，出来吧，甭想一嘴就吃个胖子。"

"唉，你让眼镜把这些先送出去，我再弄点就走。"

眼镜抱着铜管走了。参谋长点一根烟，用手捂着烟，等在窗户边。我又走进去，找到一个大刨床，正准备拧下第一根铜管，突然听到围墙边传来"轰隆"一声巨大的响声，这下完了，我心一凉，准是眼镜翻墙时踩滑了钢板。

我马上关上手电，蹲下来，车间区传来一阵杂乱的脚步声，手电的光柱乱刺，一群戴柳条帽、持红白棒的工人民兵跑来。突然我看见参谋长迎着手电光跑过去。我心头一热，知道参谋长是在救我们。随着一阵抓贼的喊打声，一切似乎又平静了。我找到一个大管子躲到里面，这时有几把手电在车间从外向里面照了几下，脚步声便消失了。

我在管子里躺下来，抽起烟，顿感生不过如此，有刺激有活力也不过终归是单调、乏味。一切一切都不过如此。我还能干什么？我能看到什么希望吗？就是看到希望又能如何？上帝把人造出来，如同父母把孩子造出来一样，对他们来说是一种娱乐，而对另一方呢？人类不就是在一代一代地繁衍痛苦吗？我能在这根铜管里永远睡下去，没有醒的日子，不也很愉快吗？这和活蹦乱跳地偷东西又有什么区别？人怎么会是这样没出息的东西，一旦有了意识就拼命去理解生和死的意义，悲剧性的忧郁一直缠绕着那颗跳动的灵魂。我打开手电，再次欣赏那悠悠飘浮的蓝色灵魂。生不就是生吗？死不就是死吗？动物没有这种悲剧性格，它们不像人那样矫情地去理解生死之意义，活着就是活着。唉，扯闲了！

小女孩拼命地把我拖到她的铺上，小手不停地打我的脸。我抚摸着她的秀发，品嚼着恰似一江春水向东流的诗意，长发小美人。她已脱下外罩，斜躺在我身旁，鹅蛋形黝黑的小脸，敦厚的小嘴唇紧包着匀整细白的贝齿，有点上翘乌溜溜的黑眼睛在浓而长的睫毛下，清澈而纯净。

"那两人是你朋友？"她说，"他们怎么会在这里找到你？"

"我也不知道。"

"你要去哪里？"

我笑笑："你说呢？"

她娇嗔地瞪我一眼，满含幽怨的神情。她的一只小手抓住我的耳朵，把脸贴在我额头上。按着她浑圆丰腴的双臂，我有点不太自信：这次艳遇是真实的吗？外面响起一两声口哨声，肯定是眼镜，我按灭烟头，从管子里爬出来。眼镜在窗户边，他说参谋长被一棍打倒在地，抓走了。我跳出来，和眼镜一起溜进一堆废车厢中。

夜奇怪地蓝，蓝得流油，蓝得吓人，一个探照灯在厂区来回扫射。大喇叭已改换声调，由一个女广播员在读《走资派还在走》之类的文章，那常常滑调的普通话有点让人不寒而栗。

"怎么办？"眼镜说，"参谋长可完了。"

我递给他一根烟："参谋长出身不好，要是被那帮家伙查出来，不送去劳改才怪呢？"

眼镜嘟哝着解释几句，我打断他的话："我们一定要把参谋长救出来。"

眼镜说："怎么救？"

我说："你不是一向有办法吗？这个节骨眼就尿包了。"

眼镜深深吸一口烟，没说话。

我说："你想办法把电线搞断。参谋长现在肯定被关在值班室，电线一断，你再把办公楼窗户砸几块，然后溜走，我想法进值班室把参谋长搞出来。"

我说着把钳子递给眼镜，眼镜接过钳子便沿着一个车间的暗角向办公楼跑去，大概已是下半夜，办公楼的灯光已熄了一半，喧嚣声也减弱多了。我抽完烟，找到一根短粗的木棍，向办公楼下面值班室摸去。

值班室是一座低矮的平房，里面不时传来呵斥声，我知道是那帮值班民兵在参谋长身上找乐儿。我贴在离值班室十米远的一棵大杨树后，向值班室望去，里面有几个民兵坐在桌上，手里挥舞着参谋长的大铜环皮带，参谋长被上了小绳（一种土制刑具，把人用细而结实的麻绳反缚双臂捆起来，审问时，向上提绳头，受刑人便疼痛难忍），斜躺在地上，脸上和身上有许多血。这帮龟儿子，我把手中木棍握得紧紧的，这时厂区的灯突然全灭了，值班室出来两个人，拿着手电，边骂边向办公楼走去。停一会儿，办公楼的大玻璃门被砖头"哗"一下砸烂了，值班室又冲出俩人，拿着红白棒，向办公楼跑去。我马上溜进值班室，打开手电。参谋长躺在地上，两眼微闭，一副痛苦又不屈的样子。

"谁？"从屋角传来一个沉沉的声音。

"大爷！"我顺着声音用手电一照，原来是一个四十多岁的民兵坐在桌角，手里端着一杯水。我一步跳过去，一棍砸在他脖子上，他"妈呀"叫了一声，夺门而逃。我扔掉棍子，抱起参谋长，冲出厂门，一口气跑出三百多米。我第一次抱参谋长，没想到他会那么轻，身上没有肉，像一个骷髅架。

小女孩说："就你说的那个参谋长吗？脸色灰白灰白的，好吓人。"

我吸一口烟说："那当然，他刚从地狱里溜出来嘛！"

我和参谋长回到他家，刚给他擦完身上的血，眼镜抱着那包铜管也来了，参谋长被打得很重，后背上有两块紫红的皮带环印，腿上有一道口子，头上也擦破好大一块皮，血流得很多，我和眼镜给他包扎好。

眼镜说："他妈的，今天赔了，改日匿摸上那几个家伙，非让他们叫爷。"

参谋长："算了，他们不是善主，没准儿还要找咱们呢！"

"这也不能就认栽！"他说着从怀里掏出一瓶酒，用嘴咬开，递给参谋长，参谋长喝了一大口，递给我。我看了看酒，也喝了一口，抹了嘴说："这活儿我以后不干了。"

参谋长："我也不想干了。"

眼镜从我手中接过酒说："怎么回事？你们都发病了。"

参谋长说："这是学做贼，再干上一段没准儿会上瘾的。"

我说："我干脆下乡去。"

参谋长和眼镜都瞪大眼睛看着我。酒喝完了，我和眼镜又对参谋长说了几句安慰话，便各自回家了。在我和眼镜分手的时候，眼镜突然对我说他昨天去参谋长家，看见忆萍从乡下回来，忆萍和参谋长一见面，姐弟俩就吵了架，参谋长不喜欢忆萍。我说，如果我下乡能去忆萍那地方，一定劝劝她，参谋长心里很苦。眼镜的眼镜下那双凸起的金鱼眼也飘忽着几丝痛楚，尽管是在夜里，我仍看得十分清楚。

小竹楼已没有声音，她俯在我身上，已睡着了。

21

　　随着一阵滚地而来的闷雷声，风便起于青蘋之末，不一会儿就飘忽溯滂，激扬熛怒，菱格窗棂被吹得"吱吱"地摇动；不一会儿，亮得发紫的闪电"哇哇"地聒噪起来，世界不知不觉地走近翌日，走到粗线条菱格画中。雨如一条条着急掉落的银链，砸得大地到处都是清脆的金属声。用重金属乐队去叙述菱格画的意境？天帝释以四十二疑问求教佛陀？暴风骤雨所陪衬的是泉池清澈、林木葱郁的山谷，是川原丽，物色新；是仙禽瑞兽育其阿，斑羽毛而百彩；珍木嘉卉生其谷，绚花叶而千光。

　　她依旧安卧在我的身边，蜷曲的身子像一只吃饱的柞蚕。竹楼飘泊在风雨中，马灯摇动，光的影子拍打着某种不安分的情绪。我站起来，把马灯固定好，走到窗前，点一根烟。窗外的屋檐"哗哗"地流水，楼下已积聚厚厚一汪水，芭蕉肥大的叶子被折断，沉沦到雨水中，痛苦呻吟，宛如受过强暴的少妇。暴风雨是上帝排遣情绪的一种方式。上帝在生活平淡的时候，可以携夫人到酒吧里跳裸舞，那么偶尔创造一些诸如暴风雨之类的山崩海啸、泥石流之类的事，也就不足为奇不是？生活的平淡就需要各种各样的人为的刺激。

大概今天夜里，上帝生气了，他夫人被气哭了，于是又是风又是雨来个不停。我以前和罗杉在一起，不也是这样吗？好端端没事，非要给生活加点作料，故意创造出一句话或一件事，故意吵架；然后我的脸拉得像驴脸，她哭了。假生气变成了真怄气。过了一段，谁也憋不住了，就有一个人先低头认罪，俩人便非常自然地破涕为笑，皆大欢喜；俩人便一起总结和回味刚才发生的事；俩人便都从不愉快中找到愉快。每每这个时候，我总是想问她，女人的哭是否大都是装出来的。我和罗杉没有呼风唤雨的本领，所以我们即使生气也结不出上帝夫妇那种果。如果上帝活得有滋有味，不找气生，就不会有今天暴风雨和人类发展史上普遍的洪荒时期。可是悲催的是上帝要想过有滋有味的生活，不也得从许多没滋没味事中寻找快乐？这个混蛋的上帝，我想我应该去问问他。她醒了。

她扬起头，娇蛮地说："你在干什么？"

我回到她身边，斜倚在楼板上，抱着她。她乖巧地偎依在我的肩头，用长辫子缠住我的脖子。外面的雨依旧很大，竹楼好像被水浮起，飘泊在风雨中。马灯突然熄灭，我的目光一下子掉进漆黑的地狱里，只有嘴边的烟火还一明一明地闪动，照耀她秀丽的额头。少尉的腿被刺了一道血口子，用她的纱巾裹着，我真想也在自己腿上划一道，她还会有纱巾吗？忆萍毕竟是忆萍。

我春节回家时，对参谋长说，我好像爱上了忆萍。

参谋长不停地喝酒，对我的话置若罔闻。暴雨湿衣，闲话落地。我又重复一遍，参谋长的小眼睛眨了眨，很陌生地看着我。他说，她并不可爱。我说，爱的事，别人说不了。他说，她是我姐姐，我能不了解吗？我们正说着，忆萍和杨伟回来了。忆萍好像没看见我，径直回到厢房里，杨伟和我点点头。我说杨伟你不喝点，杨伟刚要说点什么，忆萍又从厢房里走出来，拉着杨伟走了。他们掩门而去的时候，几片飘零的花瓣，像小偷轻手轻脚地从门缝里溜出来，落在我的裤管上。看着这几片花的残存形态，我"嘎嘎"地大笑。

雨像一只疯狂的巨兽，贪婪地吞噬着大地，银红色的细长的闪电从天而降，直入大地。"咔嚓嚓"的雷要炸破人的耳鼓。忆萍和其他几个女知青吓得瘫倒在地边。我找到少尉，大声对他说，我们回去吧，雨太大了，要出事的。少尉用手遮在额头，暴雨中他的目光竟有几丝从来也看不见的惶然。浑身上下都是泥浆，高高挽起的裤脚浸着几片血渍，他点点头。暴雨中，其他一些男人还在挖小道，排地里的水，我和少尉一呼喊，把人召集起来，雨珠大得出奇，打在脸上和身上，火辣辣地疼。

"到洞里躲一会儿，等雨停了再干！"少尉说。

我们一起来到坡地上那个山洞。这是为了响应备战备荒的指示挖的洞，洞有十多米深，已进了一些雨水，等人都进了洞，少尉用铁锹挖一面雨墙，堵在洞门口，以防雨水再灌进来。我刚坐下，忽然发现少尉手中的锹不再动了，他一动不动地看着洞外，我好奇地也来到洞边，透过密密的雨幕，看到坡下那条平静美丽的小溪已变成浊浪滔滔的巨流，流向我们宿舍的必经之路，小木桥已被洪水吞没，这意味着今天夜里，我们必须在洞里过夜了。

"在洞里过夜，群体穴居，挺够味嘛。"老王站起来，他重病刚好，脸色尚苍白，身子还很孱弱，"谁他妈出的馊主意，来这里抢救玉米苗，这下看谁来抢救我们了。"

老王的话刚完，立刻有人附议："不知道有人怎么想的，历来就是'一将功成万骨枯'，现在的功还未成，我们就要埋枯骨于荒野了。"

我马上把目光放在少尉脸上，他躺在地上，头枕着铁柄，表情如塑像，一动不动。据说，他最近又被提拔为公社革委会副主任，前些日子，县革委会与地区知青办已下来人外调他的材料了。我看着少尉，竟然有点幸灾乐祸。

"他的腿怎么了？"突然有位女知青指着少尉。

"啊！"忆萍和杨伟几乎同时叫起来。

我看着忆萍给少尉包扎伤腿，又看了看自己的腿。我想说，我的腿也会破的，也会流血，已近黄昏，雨稍小了些。土洞里弥漫着一种冰凉冰凉的气息。人在某种时候也许是最没感情的。我们横七竖八地躺在洞里，目光都不约而同地看着洞外的雨幕。灰白色的雨幕，变幻出一种清楚的感情：企图战胜自然，却被自然战胜，雨幕是一张嘲讽的脸；荒凉的笑声而被笑声吞没，雨幕是一张无知的脸；都知道要说什么，所以都不说，雨幕是一张死驴脸。我脱下外罩，冲出洞外，在大雨中大声唱道：

> 首先我要感谢你，
> 是你给我灵魂，
> 给我精神，
> 给我理想，
> 给我生活的勇气，

啊啊……啊……是你给我灵魂，

给我生活的勇气。

"上帝"放倒独轮车，高兴地拍拍手："好好，唱得真好。"

我说："你怎么来这里了？"

"我做错了事，被妈妈赶出来了。"他头戴一顶旧毡帽，枯瘦的两腮鼓起一层皱纹，点缀着几根灰黄色的胡子，他穿着海军蓝袄，一团团灰白色的棉絮已露出来，挂在裂缝处。

"你老婆呢？"我想起在酒吧里见到的他的夫人。

"一团团逐队成毬，飘泊亦如人命薄，空缱绻，说风流；嫁与东风春不管，凭尔去，忍淹留。"

"你老婆偷汉子？！"我不相信。

"说她干什么？""上帝"坐下，从怀里取出一瓶酒，"你不喝点？"

"喝点无妨。"我坐在"上帝"对面，喝了一口酒。此酒初入嘴时，微觉甘香，细腻滑口，入嗓处如一团暖火，直入肚中，才觉酒香四溢，通体爽快。

"酒怎么样？"

"好酒，好酒，也就你们天上才有此酒。"

"那是！我这是用西方的酒和东方的酒混合的酒，用单纯来简化复杂，用复杂来丰富单纯，所以才有独领风骚的滋味。此味只应天上有，人间能有几回尝？"

我瞪大我单纯的眼睛，来掩饰我复杂的疑问。

"唉，说来简单，西方酒的酵母来自做酒的原料，东方酒的酵母则并非取自酿酒原料本身。"

我豁然开朗的笑，给了"上帝"莫大的满足。

几杯酒下肚，身上暖和许多，我回到洞里。洞里人都互相呆呆地看着，雨仍在下，雷声已变得沉闷。我坐在洞门口，从口袋里拿出一根湿烟，一口一口在嘴里嚼。已是黄昏，洞里很暗淡，也很冷，有几个女的低声抽泣。我把已半干的上衣扔给她们，其他几个男生也脱下外罩披在她们身上。

杨伟耷着头，和忆萍坐在一起。忆萍秀眼微睁，看着洞顶。我的那件军衣搭在她膝上，袖摆也扯盖在杨伟膝上和左边少尉腿上。少尉闭着眼，不知在想什么。这时我又看着洞外的雨帘，一种巨大的寂寞和孤独占了我全身。我想起外婆，想搬个小凳，坐在葡萄架下听她讲小仙女的故事。

洞里的有点关系的男女都互相照应着，老王无精打采地来到我身边，仔仔细细地用衣角擦着他的圆镜片，然后戴好，回过头，睥睨了少尉一眼。我依旧嚼着烟。这时，老王在我对面蹲下，看看雨又看看我，雨水打在雨墙上，溅到他脸上，他无动于衷，不一会儿，他的脸上挂上一层黄黄的细小的水珠。

"如果再下个不停，我们真会饿死在这里。"老王说，"下雨来抢救什么玉米苗，找趣儿也不懂个找法。"

我没吭声，只想外婆，除了外婆，我还能想什么？想参谋长，想和他再喝一次酒，然后告诉他一个人怎样才感到最寂寞。我开始想下乡这一年来的日日夜夜，我想如果不是因为偷铜管时参谋长被抓，我还会在城里混下去，可是偷铜管和参谋长被抓有什么联系？我想了很久，也找不出其中原因，我想我准是喜欢过颠簸生活的那种人，一旦一个环境定型以后，准想摆脱这种环境，投入另一种生活。假如一个人生活在一个完全定型的环境里，即使这种环境如何优裕、平静，又有什么意义？也许就从这点来想，目前生活中每一道坎坷都是有意义的事。对寂寞也是如此，没有寂寞，人生还有什么？我不愿再想外婆了。

老王已来乡下几年了，他怎么想的？我想问问他，外面雨还好大，老王脸上的黄色水珠很美丽，少尉把我们从村里拉到这个鬼地方开荒，办什么农场？少尉是想实现什么理想吧？我也想问问少尉。忆萍呢？为了忧郁，还是为了爱情？天已渐渐黑了，闪电在夜空中亮得骇人。我看见杨伟紧紧地搂着忆萍肩膀，于是，我也搂紧她，睡着了，新鲜的梦，在枯槁的荒野上回荡。

风雨不知什么时候停了，我打开窗户，清凉的气息涌进来。竹楼在浩渺的水面上无目的地漂浮，竹梁发出"吱咛咛"的响声。月如细眉，繁星满天，檐角的雨滴，细碎的声响，在微光中颤抖。她也醒了，披上外套，站在我身边。

"你怎么不睡觉？"她说。

"我就是这样。"我说。

我和她同时说："我们这是到了什么地方？"

"上帝"说："你怎么忘了，这不是你们家东面那个湖吗？龙王的水晶壶就掉到这里面。"

我说："你怎么会知道这个故事？"

"上帝"说："是刚才你睡着时，她给我讲的。"

我疑惑地盯着她："是吗？"

她点头道："你一定感到奇怪，想知道怎么回事吗？"

我说："梦中的事，知道不知道都没意义，梦一醒，全都忘了。"

"上帝"说："你这个人就这副德行。"

老王说："讲这些干什么？这种环境适合写诗。"

我说："你就写吧，没有纸和笔，可以打好腹稿储蓄在肚子里。等水退了回去写。"

老王说："问题是还能不能回去。"

我说："你这样怨天尤人有个屁用。"

老王说："用屁能崩出一个回去的办法就好了。"

我说："回去还不容易，咱们有'上帝'。"

"上帝"笑着对我们点点头。"上帝"还真的认为自己就是上帝，把我和老王和忆萍之类和我触目所及的一切，都装入他的梦中。如果有一天他醒来，我们这一切将不复存在。接下来，一切将会在他的另一个梦中重新开始。这样说来，人间是他在梦中打造的游戏，一场游戏一场梦呗？日常生活就是历练，通过历练后分值高的人们，会被天使、菩萨诸行走接到天堂或 paradise 或大罗天或高荣国度或无色界天，远离痛苦，没有受伤、悲伤、恐惧、耻辱，享受欢乐，凡事有求必应。

天堂有精美的花园，幽静的山谷；有生姜水的甘泉，还有水河、乳河、蜜河与酒河；有雪白炫目的马，腾昆仑，历西极；有七宝之树，高大的建木，繁茂的若木；还有麝香叠堆的山峦，有红宝石砌成的峡谷。我们的宫殿，在瑞烟深处，重檐飞峻，丽采横空，回环阁道，五花相斗，富丽堂皇。我们的客厅，玉龙盘柱，彩凤飞翔；几案上有金光璀璨琉璃盘，有插着珊瑚树的玛瑙瓶，还有琪花瑶草、玉兔金乌；更有一群穿粉红薄纱的小仙女，提着小花篮，在园内小溪中散花。我们弹着雷劈的桐木做成的古琴，与亲人们偎依在红泥火炉边，一起话家常，回忆前生诸往……

22

既然我们是上帝梦中游戏的人物，上帝一梦，才有宇宙之雏形。梦的开始是一团混沌的元气，这种自然的元气叫作鸿蒙，所以《红楼梦》曲谱开篇第一句便问道：开辟鸿蒙，谁为情种？红楼的梦与我们不同，红楼的搭建者搜罗一堆洛丽塔，演奏一曲风月的故事；而我们则是在上帝的梦中做梦，借以证明上帝在平行空间的创造性思维活动在这边的反映，我们用梦创造了我们的现实。如此，所谓的天堂，不过就在身旁。

依稀在我的往事中，曾经有过的，黄昏，我走在钤满牛蹄印的土道上。前面的村庄、土坯墙、缕缕炊烟在暗淡的暮色里隐约可见。一个穿红底黑格子衣服的十三四岁的女孩赶着一群山羊从我身边走过，一切都在消失。

狗吠声偶起，小村庄更显得静寂。深夜——古塘——紫色——蛙声——扑哧。夜半的歌声，空中流萤，花乱落，叶飘零。夜风轻拂，古塘岸柳在淡淡的月光下，疏密有致。我将在夜里去干什么？一种禅意，平常的生活。禅定所达到的顿悟时刻的感觉，一切短短的意念在坟墓中被尸布裹上。为了激动我激动了，可怜的我，游魂一样，就是这样。昨夜竹楼里她向我说什么，什么样的温存我都忘掉了，那是上个世纪的事。竹楼透风，也透来星光。

灯火渐渐明亮，她清瘦秀丽的脸的轮廓在灯火青灰色的光影中嵌上淡淡一层光晕。我唱可怜的秋香！她等待什么？她期待什么？平常的生活，平平常常的一生，红底黑格的衣服，一切都富于禅意，黑胶唱片不自由的转动打断了留声机的针尖。在禅定的内容中所有的含蓄都留在我那结满冰碴的胡子上，哲学家的大胡子。我为什么等待一种庄严时刻的到来，拜倒在维纳斯的造像前，却也斜阿芙洛狄忒的造像，而颤抖的手指，不自觉地流泻下一串串和谐的音响。

老婆婆坐在油灯的另一面。在黑暗的夜里，微弱的灯光聚起了相识。布满皱纹的粗糙的老脸，饱经沧桑，相依为命的愉快与艰辛。一张大大的、长长的、厚厚的蜘蛛网，蚊子、苍蝇、蛾子……厚厚的尘埃，古老的垃圾，岁月所留下的信仰的祭品。禅意，在我的耳边是遥远的童谣。婆婆开始教我们过阴阳。

她把油灯放在小桌中间，在沙盒里燃起三根格外苗条的黄昏，然后她坐在我对面，我们脚下都踩着一块能摇动清晨的木板。她又到厢房里找出两块黑布巾，蒙住我们的脸。

好了，开始了。我的耳边响起沙哑而温和的声音：

月晴晴，月朗明。

请仙姑，下凡人。

叫你下凡早下凡，

别等天姑做了难。

天姑做难也好过，

地姑做难实可怜。

请门人，睁眼睛。

请灶爷，查四境。

请土地，引路神。

请阴人，带阳人。

带过去，别玩性。

玩性大了要误程。

脚勾勾，过阴沟。

手绕绕，过花桥。

张四姐，开大门。^①

开大门，摇钱树。

开二门，聚宝盆。

开三门，花玉林。

……

　　黑尾巴大公鸡领着一群黑母鸡在野地里玩流氓游戏，桃树开花了。黑色的扫帚星拖着一条长长的尾巴。黑人的脸，沾满煤灰的脸。又是在什么时刻，我刻着"雅趣"二字的煤精石烟嘴摔碎了。门前的黑菊，戴着黑面纱的教长，黑云翻墨未遮山，一条黑色的飘带系住萦绕赤道的魂魄，黑色星期日，黑潭水深黑如墨，黑色的旗帜与黑色的崇拜。黑夜给了我黑色的眼睛，而我却用它去调情。

—————————————
① 张四姐，民间传说她是上帝的女儿。

花炮炸过后碎纸片落满地，棕红的葡萄酒汁洒在白净的桌布上，过去的日子又回来了，多棱状的思维放在天平里被五克重的砝码掀起，只有平常的生活是沉重的。"轰"的一声，随着落下的碎石片，我的生活又倒映在白色的屏幕上。

这是一座不大的小石山，没有树，草也稀少。一条小河从山下绕过。在河坡上，有一大群人在忙着打眼放炮。他们把炸碎的石头用柳条筐挑过小河，送到一个草席搭成的棚子里。

"小伙子，挺棒，好好干，少说一天也挣十块八块的。"她看着我笑。

她很有姿色，一双秀眼长长的，眼角上吊，勾住了我的魂。女人总是有女人的本领。有时瞥你一眼，眼神如尖锐的鱼钩，便钓上你丰厚贪婪的唇，让你一辈子也跑不了。我是天生下来就离了女人不能活的那种人，见了漂亮女子，身上所有汗毛孔就倏然张开。更何况她是一个丰腴成熟的少妇呢！也许就这样，我就成了她的雇工。打眼放炮，挑矿石。她家根据我们挑下的矿石的多少，发给我们钱。太累了，我们挑的为什么不是金子，而是金矿石呢？每吨矿石才含有几克黄金，唉！这种日子，我不知道我为什么留下，是爱的需要，还是性的激动？

满屋是烟油和臭鞋的汗味，灯泡的光很弱。我每每看到挂着灰吊子的房顶和睡下的人们，心中就有一种说不出的酸楚。他们不知为什么奔波，他们没有考虑什么终极慰藉，没有考虑第一推动力和鸡生蛋蛋生鸡的问题，上帝花园里的玫瑰是否带刺，他们一定也不知道，为了掐一朵玫瑰戴到自己心爱的女人头上，他们也就满足了。Oh, my love's like a red, red rose. 一种幸福的微笑，如波浪简单地荡漾在心间，爱的愚蠢与荒唐的爱，对他们却是如此自然。爱不是做爱，又是什么？是没有硬度的爱！

傍晚，夕阳西下，天空中一片片血一般的红云。小树林，杂草丛生，野蜂乱飞。我把锄头放在地上，坐下来抽烟。一天的烦恼。少尉铁青着脸从远处走过，一声不吭，这时竹林里有一阵阵声音。我看到两个人影。

"你叫我到这里干什么？"放猪老白的瞎眼婆娘说。

瞎眼婆娘已五十多岁了，矮瘦，像一具木乃伊。一只眼瞎了，白眼珠翻出来，十分难看。

"干什么你还不知道？"老王脸红着，像是喝过酒（他好像从不喝酒），穿着一件红背心，身上肌肉抽动着，像岩浆在地壳里滚动，要钻出地面。

瞎眼婆娘解开裤带，坐在草地上，上身与脖子斜倚一棵小杨树，用手中布裤带甩打着周围的野蜂。她说："你快一点，这事要是让老白知道，非劈了你的头。"

老王从裤兜里摸了很久，摸出一张皱巴巴的五毛的票子，递给她。没等她仔细看票子，他幕地扑上去。她的身子压倒小杨树，小杨树却随着他们身子压力，倔强地反弹。她任他在身上胡撕，两手用一张破烟盒纸把钱包起来，叠好，塞进裤腰带里。这时，他已解开她的带大襟的上衣，拽出两个松软干瘪的奶子，使劲地搓揉，小杨树终究没有抵抗住这粗野的暴力，"啪"一声折断了。看着可怜无辜的小杨树，我真为它伤心。她躺在草地上，表情呆滞，一只独眼看着杂草上的野蜂，树的影子，天上的红云。我好像什么都忘了，忘记了一切。嗓子发干，却极想唱歌，比如《伏尔加船夫曲》什么的。烟已熄灭，我嘬一口烟，在嘴里嚼了嚼，又涩又辣。

老王嘴里喊着亲乖乖之类的话。他单膝跪地，在解自己的裤带。

一切都是按照正常的爱的方式进行的，没有多余的美丽，但很自然。也许，人的爱的方式和其他动物没有什么不同。也许，美的意义应该通过一些固定的原则来确定，通过具体的方式来表达。美就应该是这样东西。但是，人们不能跳出书本上美的窠臼，企图把美作为一种绝对不能描绘的情绪。人的愚蠢与荒唐之处，对爱的限制现在已丧失了它的全部理由。爱就是爱，上帝扬起裹尸布一样的面孔，责问他那思凡偷情的女儿（如七仙女自嫁董永事），奥林匹斯山的诸神把通奸看成一种高尚的享受。人按时间的变化选择不同的对偶，昨日自己的残羹剩餐已成为乞丐的美味佳肴。浑圆的落日与女人的乳房。武则天的陵墓凸出两座健硕的小山，又像什么？

她把羊群赶到圈里。她见到我，脸上有一种幸福快乐。两根黄黄的辫子掉到腰间。她会不会爱上我？我们住的旧草房里的伙伴又在喝酒，女主人高兴的骂声不时传来，好像故意挑逗我，我的心会随着她的骂声加剧跳动几下，这个狐狸精！她坐在我的身边，用剪子铰着油灯花，屋里静极了。

疯狂的迪斯科，女人的晃动的臀部，张开的双臂，忘我的享受。独自坐在宁谧茅屋去聆听自然的无穷无尽的喧闹，茅屋纵然为秋风所破，关我鸟事？我需要 power，我思维的矛要刺破我的兴趣，如破瓜和射箭穿透标靶。

虚假的繁华，可怜的爱情，天边的云涯、海涛的幻影。我坐在小屋里，独守一盏如豆的油灯，我放弃了似乎应该属于我的享受，迪斯科、酒、性、吹牛无穷的幽默和含蓄，是春燕衔来的细草与黄泥所构成的小巢，坐在槐树下望着月朦胧鸟朦胧的夜的原野，听外婆讲一个又一个很久很久以前的故事。只是至今也没搞明白鸟是如何朦胧的？心是软弱的，太阳是暖和的。暖和的太阳、太阳、太阳，它照着放羊的小秋香，霓虹灯下的秋香，穿红色纱裙的秋香，坐在明亮课堂里的秋香。她偎依着老婆婆。她的生活的内容与幼小的心灵中灌注的都是古老的传说和羊群和黯淡的小屋和一盏明亮的小油灯。

　　　　拔灯把，打灯台，

　　　　小姑骑马正俺来。

　　　　哥看着，拢着马；

　　　　嫂看着，把门插。

　　　　嫂来嫂，那是咋？

　　　　不吸你的烟，不喝你的茶，

　　　　瞧瞧爹娘俺回家。

　　　　桃花不开杏花开，

　　　　爹娘死了再不来。

　　　　除非棒槌开黄花，

　　　　扫帚结樱桃，

　　　　石磙滚到河里水漂漂，

　　　　俺再来！

明亮的小油灯，决不能在我心中留下的半点阴影。幽暗的生活被小油灯点燃，存在着的希望的露珠打湿了清晨升起的红太阳，为一个平淡的生活祈祷吧！为了什么？什么也不为了，太阳每天都在草场上，可怜的秋香！可怜的秋香！可怜的秋香。

她说我唱的这首歌是她编的，我说不知道。我说生活的享受就是编这样一类的歌。满足草皮和蝗虫。向着太阳微笑吧！水壶水开了，哇哇乱叫。为追求某种默契与和谐我费尽心机。用香烟烧灼我焦躁的嘴唇吧，还有什么呢？

花皮蛇"唰唰"地向草丛深处爬去，穿黑色大袍的蝴蝶用优美的舞姿向野花调情，调情的事我干过吗？我要干什么？在这里我已干了一星期了，我的臂已肿得很高。用追求爱的力量安慰我受伤的皮肉吧。我该怎么做？我要下定决心。伙伴们都上山了。男主人去山外卖金子已两天没回来了。女主人照常在家里。我无论如何不能把这个机会错过，可我依旧不敢掀开把自己盖得严严实实的床单。我的勇气呢？我不是希望为自由的爱摇旗呐喊吗？我现在怎么这么贪睡？我怎么了？反道德最强烈的人不正是道德感最强烈的人吗？

我还是起床了，来到女主人漂亮的红砖青瓦的小院里。

"你没出工？"她坐在院里织毛衣，样子娇嫩而倦慵。

"没有。累了，头痛。"

"我摸摸，你是不是发烧了啊！"她把手放在我的额头，"凉丝丝的，一点也不烧。瞧你细皮嫩肉的，哪是干粗活的人。"

她又坐下了，瞅了我一眼。在她的眼中我没有找到我需要的东西。

"不发烧，就不见得不头疼。你那破茅房，是喂牲口的房子吧！四面透气。"我心里有点紧张，但仍故意跟她逗。我恨自己没有勇气，院里没人，我一下子抱着她，什么问题都没有了。

她没理我，我站在她身后，不知怎么办，有点灰心，想走。这时她放下手中活儿，用手捂着眼说："我眼里飞进一个虫子，来给我瞧瞧。"

我忙过去掀开她的眼皮。

她说："看你，甭用劲儿，眼睛又不是别的东西。"

她打掉我的手，一把把我的头抱着："你这种人心里花花点子多着呢！嘴馋，又怕烫着。"

我的头埋在两座幸福的小山谷里，手勾住了她的脖子。她的床真是温暖之乡，舒服极了。她躺在我怀里，用毛巾揩着我身上的汗。她皮肤白皙而丰腴，像只肥鹅（丽达抱着的鹅），两只小兔子一样的大乳房随着手臂的动作有弹性地颤动着。我想起老王那场爱情与我的这场爱情的异同。虫蛀过的落叶满地飞扬，大河扬起的浪头吞没了一叶小舟。为了一次欢乐所付出的代价。我的生命点缀的一束心花。暴雨，雷鸣，肃穆的山谷，山洪吞没树与野草，夜晚点起的篝火。

愚蠢的总是愚蠢的，蠢动有时也是一种快乐。含羞的目光所省略过的野火，因得不到青睐而慢慢熄灭。我找到禅意。欢喜双修所达到的一种古老的宗教体验。可是又是谁能把过去的一切抹掉。我在柔和的梦乡里得到了潮湿的安慰，我会忘掉吗？

23

第二天中午，我收拾好背包，走出门。我走的事，她肯定知道。但我不知道她为什么没有出门送我。我实际也不想知道其中的原因，走的本身就是为了忘却。我不知道在她的床上怎么会想到老王的那件事。小姑娘赶着羊群告诉我，老婆婆让我留心铁书的故事。我想了又想，才告诉她我记住了。我感到奇怪，这个世界下雨了。

翠绿色的雨花，如初开槐花，有气无力地飘落下来。雨停时，微风下的田野闪动新绿的韵光，我停下来，抖落身上厚厚的雨花，继续向前走去。脚下的沙石小路积满一层雨花，"汩汩"地流淌到路边，一面流淌，一面还频频地回头向我微笑。小溪尽处森绿的树林上灰絮般的云彩悄然退隐，蓝宝石的天幕上挂着一缕银红，几株老树搭着嫩芽，勃然举起干枯枝丫。贮藏生命冲动的新绿，灌注在稻田里。黄莺，纤细苗条的小仙子，圆润的声音，柔化在绿光翻动的柳叶深处，落下的雨花一齐砸在我的额上。

罗杉骑着一头白花的小水牛，手拿一枝柳条，头戴一顶篾编成的尖顶帽，帽尖上挂一个小铜铃。她走上青石板桥，停下来，向我招手。

"你怎么来了？"我走到她跟前，狠狠地说。

她瞪大眼，不相信地看着我，似乎要流出泪，我忍不住笑了。

"你呀！"她拼命地用柳条抽打我的脊背，我的后背上腾起一道道青烟。猝然，柳条在我眼前弯成一个弓形，柳梢抽在我的眼角上，打出一朵绿瓣红蕊的小花。她跳下水牛背，关切地看着我，然后轻轻地把花摘下，斜叼在嘴里："我猜你一定会从这里走，可你一见面就没好话。"

我点一根烟，拉着水牛，边走边说："你还算聪明。"

"哦！"她仰起嘴巴。

她的红唇如一朵喇叭花。这种花儿在泥巴矮墙上太常见了，经常穿着红花袄，戴着绿头巾，荷锄从枝蔓横生的门前走出来。

老王站在房前刷牙，见她出来，便停下来，呆呆地看着她消失在树口坝前的浓雾中，好一会儿才回头对我说：

"知道吗？这叫原始的诗意！"

我同样收敛起目光："知道吗？这种意境只能体会，说出来就无诗意了！"

断竹，续竹；飞土，逐宍。原始的诗，还是要吃肉的。谁说两情若是长久时，又岂在猪猪肉肉？爱情是烧着钢炭的红泥小火炉，不管是男人还是女人，爱上了，都成了飞蛾。谁都知道飞到炉子便化为灰烬，但那又怎么样？生年不满百，何怀千岁忧。百年之后，不管燃烧过与否，我们都将化为尘土。

老王转过头，嘲讽地看着我，这大概是第一次有人向他的诗人身份即威信挑战。看着他这副傻样，我蔑视一笑，走回自己桌旁，操起小镜子又重新回味了一下自己的微笑，然后，吹着口哨扛起锄头走出屋，来到溪旁。溪水缓缓地流淌，细沙的底十分柔和，齐脚踝深的溪水有点凉。罗杉不时挥舞着柳条抽打蹒跚而行的水牛，她浑身同样酝酿着说出来就无诗意的诗意。

因为不是评职称和分房子的季节，楼前的几位老先生开始了他们"性感的小母牛和性感的母牛"意境上的差异争论，一位年轻人前来助阵开始了喋喋不休从符号学与解释学这一更新层次上对远古老命题更新的论证。

罗杉还是罗杉，在这无人无噪声的小溪里。我跟在她身后，我想起一位聪明的车夫用一匹公马驾辕，而让两匹母马在前面拉套的情境。我突然狡黠地笑了，停足，看着小溪拉长的脸的造型。这个有铃声的早晨，风送来一份"童话沙拉"，哎哟！飘满垃圾与浮沫的世界，又让许多人为一份惊呆的乞求而懊丧。地地道道缺乏线索被重新扭曲的组合。披头散发，衣衫褴褛，沿着遗弃我和被我遗弃的路奔跑，再也看不到信心，用孤独解颐，用一杯清凉的溪水与她对饮。是呀，那可是已忘却孤独的金色的记忆呀，我们谁都不会因曾有一份温情的早餐而懊悔。那一道道一层层如淡淡天蚕金纱织成的雾霭，品嚼最后一抹微笑而颤抖的忧郁，大地向我关闭了它那坦荡的胸襟。

罗杉回过头，关注地看我："怎么了？慢慢腾腾。"

"我不就这样吗？"

"过去不是。"

"现在就是。"

"过去不是现在。"

"现在不是过去。"

"过去就是过去。"

"现在就是现在。"

"噢！"

"嗯。"

她扭过脸，不再理我。我们来到溪岸上。她又骑上水牛，我们向前走去。两个人的路和一个人的路一样是无聊和无尽头。我又看了看自己的脸上的那淡淡的微笑。这里有深邃洞察一切本质的完善的笑，两腮微微后拽，鼻沟凹成一个椭圆形的笑沟。因为是沟，便有清澈激荡的溪水流过，时急时缓，溅起层层水澜。不一会儿，太阳出来了，鲜红的朝霞，透过溪水边茂密的枝叶，在靛蓝的溪水上，映射出斑驳陆离的七彩光影，干净的流水声应和银铃般山雀的呢喃，生活的本质和意义都已融化在这样的美妙之中了。

我安静地看着我的脸，皮肤白皙细致如上品骨瓷；乌木般的黑色眸子，嵌在一双钟灵毓秀、清淳幽深的眼中；冷峻的面庞，棱角分明；黑发泛着丝绸般的光泽。耳轮分明，鼻梁挺括，唇红齿白，俊美绝伦，虽愤怒而若笑，即嗔视而有情，所有这些，无一不在隐隐发散我来自骨子里的优雅。这是张我完全有资格自豪的脸，是对生命雄浑壮丽情景的直白，是对心灵默然回归的叙述，是对明丽纯净的宗教幻觉的同情。唉！谁又知道隐藏在黑黢黢天幕后的宇宙是如何广袤呀！我深深地轻吻我的脸颊。

天黑黑，要落雨……

走在路上，太匆忙，一脸的雨水，如果不是擦拭掉脸上的雨水，我哪能看到自己这样俊美的脸？或是因为我的目光太轻，无法承受这样厚重的美丽，我感到一阵阵眩晕。坐下来，我掏出烟。一声熟悉又陌生的口哨从树上滑下来，她来了。

唉，她为什么要在这个时候来呀，来打断我刚刚拼接起来的自信。但她荡漾着春天气息的影子，紧紧地扣住我的目光。因为，这就是她，上帝给我的礼物。

她娇蛮地说："你要去见上帝。"

我用手揽住她的腰："我的路还长着呢，见什么上帝呀？"

她改口说："或许是上帝要见你。"

那是上帝的事。我装着生气的样子："你是上帝的使者吗？"

她不再说话，陪着我走在我的路上。

在小桥的那边。我担着水桶走上这薄板搭成的小桥，缓缓的河水在暖和的太阳的笑容里，潋潋荡起红波。我掉到河里，水并不凉，我抓着支撑桥的木柱，仰望瓦蓝瓦蓝的天空，美丽、平淡和急躁的生活相应构成多边立体几何小晶模型折射七种不同光束。时光飞逝，青春岁月的逝去滋润着爱的心田。深深的隔膜和彼此心之距离使我们端然翘起鼻翼如蜻蜓的翅在杂草野丛中传递发情的消息，那无尽的箴言信条已成为爱的要求和栅栏。就是这些，而并不是为了这些。

在喧闹沸腾的人群中，找一片幽深的阴凉，整理那些如朝霞一样燃烧起的各种各样的爱情。也许以天地之大仍不能容下爱欲的横流；不能去复制一个又一个美丽奇异的梦想。小桶在河面上打个旋，漂到河边水草中。所有的印象都已暂停。心血的结晶挂在梧桐树上成为赤裸的冰凌。于是人们都缄默闭口，睁大那双愚蠢的眼睛，等待着末日的来临。而在宗教中为了信仰而产生的独特和谐又重新组合排列。

一阵"嘻嘻"的笑声从岸边传来。她坐在岸边呆看着我笑起来。她似乎刚洗完脸，脸上挂着一串水珠，在阳光中如一粒粒相思豆。我爬上小桥，老王从小桥南边走来。她的笑声收敛了，好像做了什么错事的小女孩，红着脸走开，我干笑道："唉！找到诗意了吗？"

老王的脸色阴沉难看，他鼓着两只小圆眼狠狠地瞪了我一下。

这时，瞎眼婆娘走过来，跪倒在老王的面前："您别怕，我只是想问您点事，行不？"

老王微笑道："说吧！"

瞎眼婆娘说："您说我生从哪里来，又要去哪里？"

老王眯着眼，略有思忖："这样的问题有意思。生是有来处，也无所去处。"

瞎眼婆娘又问："那么，死是从哪里来的，死了去哪儿？"

老王很有智慧地答道："死也没有来处。所以死也没有去处。"

瞎眼婆娘，脱去上衣，露出皱巴巴并带有一道道红色抓痕的乳房："我的奶子，挠也痒，不挠也痒，痒从哪来，又去哪里？"

老王坚定地说："这痒没有来处也没去处。"

瞎眼婆娘一脸问号。

老王耐心说："所有一切都是这样的。好比用木棍钻木取火，火出来便把木头烧了，木头烧完了火就灭了。您说这火哪来哪去？"

瞎眼婆娘想了想说："火是两个木头摩擦生出来的，缘合得火。如果因缘离散，火就会散灭。"

老王总结说："所有一切都是这样的。缘合乃生，缘离乃灭。所有一切都没来处，也没有归处。眼见为实，其实，这个实也不过是您意念确定的。实不是实，意不是意，两者俱空。所以没有生也没有死，一切都是因缘所造成的。"

瞎眼婆娘悻悻地走了。我说："她就是王的女人！"

老王盘坐在桥头，他还真的在寻找佛陀的感觉。

我讽刺道："刚脱了裤子，你就想成佛？"

老王自信说："阐提皆有佛性，我就不能成佛了吗？"

我睥睨道："你瞧，你天天去寻找的净是什么玩意儿？竟然天天这般念叨。自己度不了，还要度别人。若是到苦海中，风高浪急，渡船翻了，你就变成老王吧！度人先度己，度己先度心。你心依旧，需要更心！不更心，划不了船的。"

她说：你总这样，处处要显摆自己是个智者。

她又说：真正的智者会这样做吗？当然不会。

她的话让我倍感尴尬，也找不到解嘲的答案。智者是不入爱河的，若这样说，我肯定不是智者；人的一生总共会遇到两个人，一个惊艳了时光，一个温柔了岁月。若这样说，惊艳了时光的是情人，温柔了岁月的是爱人。远而望之，一如明艳如朝霞烘托的红日；近而视之，一如鲜丽如绿波渲染的新荷。Sometimes I feel it is my fate, to chase you screaming up a tower, or make you cower.

她似乎没有理会我的尴尬，径直走了。这时，口哨声被低沉的埙声所替代。远古的回声，立秋了？秋天是欢快的金黄色，还是冷静的黄褐色？是发人深省的时光流逝，还是淡淡的凄凉和浓郁的感伤？秋风扫落叶，尘间纵喧嚣，埙声有净土，明丽深秀，沧桑幽远，音浊而不俗，质朴而不悲，绵绵不绝地安静地陈述着旷古的肃穆，悠悠然地唤起灵魂深处的共鸣。于是我就念天地之悠悠独怆然而涕下了。唉，我便是埙，质厚之德，圣人贵焉。

她消失在埙的目光中。

老王不再理我，径直去找瞎眼婆娘。瞎眼婆娘似乎也知道老王在后面，开始放慢了脚步，后来停下来。老王追上去，两人不知说了点什么，又共同向前走去。这一过程的节奏显得是那样自然和谐，我坐在小桥上，望着他们渐渐消失在暮霭中的身影，呆呆地笑了。我想我是不是找点听众讲讲小树林的故事。

我和罗杉又回到石板桥。罗杉说："你还要去哪里？"

我说："你还能不知道？"

罗杉说："我不知道我是否知道。"

她说完骑着水牛自己走了。我坐在小桥上，天又下起雨。翠绿的雨滴，槐花似的，轻悠落下，真美丽。

24

罗杉走后我的心事仿佛更加沉重。本来说一个人应该轻松点，可却不是这样。究竟是为什么？如果那个背着大麻包的老婆婆在这里，我应该去问问她。问她为什么这么大年纪还背上个大麻包踽踽奔波？问她包里装的什么？是不是捡的破烂？

我信步而行，又不知走了多远，天开始放晴。穿过一片小森林，来到湖边，我的眼界骤然豁朗，湛蓝湛蓝的几朵云彩如盛开怒放的蓝莲花，但湖中的蓝莲花却不是云彩的幻影，稀稀疏疏，镶嵌在湖边。蓝莲花的花瓣很大，两三层重叠，花尖是幽蓝色，每个瓣从花根到花尖，由淡蓝渐渐变成幽蓝，花蕊黄澄澄的，如金丝整齐团在一起，紧紧实实。尼罗河的新娘肚脐里长出的花朵，花朵孕育了梵天，梵天成佛前，爱上一位美丽的公主，因生死轮回，不能长相守，于是就化作了一朵蓝莲花，长在了公主的窗前。公主知道这花是梵天所化，便为这一伟大的爱所感动，就独卧在花旁，日子久了，这花就变成一盏青灯，点亮的时候，能使死去的人复活。可谁能点亮这盏灯呢？

深沉的问题都是无聊的问题。如果心中的灯是亮的，何必去点燃它；如果心中的灯是灭的，点燃后还会熄灭。于是，灯光堕落成潋滟的姿态，在长路与焦虑中徘徊；童话给湖面镶上一层哲学螺钿花纹，装饰了来生的爱情。

湖对岸的山峦，在强烈的阳光下，蒸腾出一层层索然无趣的雾。湖较大，扁圆形，方圆有十里许。湖岸有细细的白沙，走在上面十分松软，如误入温柔的梦乡。溶溶的湖水，清澈见底，可以清楚地看到一道道沙浪和精巧的贝类。岸边萍花萦散，水荇参差，绿藻叠绮，柳丝斜牵一汪清流，流到一道沙坝，沿着白色的坝脊通向湖的中央，沙坝末端有一艘小帆船，像龙的眼睛。

我顺着沙坝来到小船旁。小船有二米长，圆头船身似乎是用杉木打制的，船的外体油漆得雪白，白得竟有些发飘。被风吹饱的帆是黑色的。我脱下鞋和衣裤，跳下水，把船推进湖里，坐在船上，双足放在水里。船随风漂去。

我觉得这个湖挺熟悉，肯定见过。也许是在外婆的故事中见过。如果能在这湖中遇到洗澡的小仙女又该有多么惬意？小仙女悠悠从空中飘下，飘到湖中，尽情和湖水嬉戏，溅起的浪花打湿了我的小黑帆。她怎么看不见我？是盲人？遇到一个秀丽的小盲女，我流出的眼泪应该是甜的还是苦的？我想我应该在湖边搭一个童话般的小茅屋，我们住在一起。我给她讲《小黑鳗游大海》和《匹诺曹》的故事，我给她唱"糖儿甜糖儿香"和"我爱北京天安门"的童谣。坐在我身边的小凳子上，她单手支膝托着下巴，随着我的歌声和我的故事会心地笑。可是和小仙女一起飘下来的是七位小仙女，我的茅屋住得下吗？住在一起不违法吗？金庸知道群居违法，只好让韦小宝来完成自己的理想。理想的现实比现实的理想还真实吗？小仙女"哗哗"地从水中飞起，我仔细看，原来是一群野鸭子。

阳光很强，但不感到热。毕竟是秋天。在心灵的夹缝里能找到可以小憩的绿荫。唉！怎么会有百无聊赖的感觉，没有别人，只有一个我，一个湖，一艘船，一张黑帆，任凭喊破喉咙放声大叫也绝无回音。我真想找到回音吗？我不想一个人拥有这偌大的世界吗？我点一根烟，靠在桅杆上，灵山自在我心头，我甜甜地微笑着对自己说狗熊掰苞米的故事，我又说自己有点像狗熊，为什么？一张笑嘻嘻的脸，单纯的脸，桃花色的脸，苍白的脸？卑鄙的脸，虚伪的脸，丑陋的脸，长满杨梅大疮的脸？我还是看不见。我为什么看不见呢？为什么？是我那天喝醉了以后把脸丢了吗？

我刚洗完澡，独自坐在书桌前画一只眼睛，赵和几位朋友来了。他们给我讲娼妓造反和避孕套之类的隐晦谜语，待说出谜底后，几个人不禁鬼笑。于是我们开始喝酒。酒酣耳热之际，有人为某次别人未出酒资而吃喝；有人上厕所，有人脸变红了，有人脸变白了；有人高声唱起"好便是了了便是好若是不好便是不了若是不了便是不好""陋室空堂"之类的东西。上帝就是这样作践我们这些鸟类。

赵说："你小时候叠过纸船吗？"

我说："我做过蒸汽船，用一个小药瓶，里面装点水，瓶口用一个小管子伸到船后水里，在瓶下点一根小蜡烛，水一出蒸汽，船就跑了。我做的蒸汽船叫'鸽子号'。"

赵说："我能叠很多样式的纸船，但现在都忘了。"

我不再说话。我也会叠很多样式的纸船，现在还没忘。我清清楚楚地记得我叠的第一艘小纸船被雨水打翻后，我木然的样子，那天夜里我失眠了，后来渐渐瘦下来，家里人说我有病带我去医院，医生说我肚子里有虫，给我吃打虫药。

白沙湖，垂柳国槐紫薇碧桃倒影，轻轻地划着的白色船里的黑色的帆，重叠交错，一秒秒过去，新鲜记忆在天涯梦中把酒言欢，浮萍也是愁，不妨且系青骢，漫结同心，来寻苏小。小船在湖中转了一个圈又一个圈，我的双足敲打着湖水，水花溅我一身。下雨了，我把小船放在花园边水沟里，我打着油纸伞追逐小船。

是雨季，雨总是不紧不慢地下，我见忆萍端着一个大簸箕，打着伞出去，向河坡走去，我换上雨鞋，远远地跟在她后面。她在河坡小桥边停下来。河坡青草如茵，在小雨交织的雾中青翠欲滴，我站在河埂上，看见她从簸箕里取下一只可爱的小船放在水里，船是用白纸叠成的，有客船型的、货船型的、小舟型的、军舰型的，还有小帆船、双体船。大的有十几厘米，小的似乎一粒水珠就能打翻，可爱之极。

她把簸箕里的小船全部放在小河里，船群在河边转了一圈，顺水而下，煞像一群凫在水面的白色水鸟，她站在河岸上，伞斜倚在肩。雨花落在她的脸上，睫毛上。望着渐渐散开的船群，她鼻翼两侧至唇围颤动一种优美的微笑，这是一种从心底所绽开的笑，是某种最真诚的希冀得到满足的笑，是没有秘密的最单纯的笑。看到这种笑，我发现世间的人从未笑过。她似乎没有注意到我来到她身边，船在小河中散开后，有的被打翻了，有的被水草挡住，有的在水中打着旋，如戏游人生。毕竟有一些鼓动着小船漂向远方，消失在视线中。雨落在水里激起雨泡，河边的色彩，青草、油纸伞。我回过头，发现少尉也站在离我不远的地方，他只戴个草帽，全身已淋湿了。

少尉说："她怎么了？"

我又回头看了忆萍一眼："没什么。"

少尉同我一起向宿居走去："她好像有什么？"

我看见少尉很认真，说："绝不会有什么。"

"你跟她干什么了？"

我仿佛冷冷地笑道："只能杨伟跟她，你心里想她，我什么也不能干，你想知道我跟她干什么吗？"

少尉没吱声，脸憋得红红的，对我脖子后面猛地擂一拳，说："你还是个孩子！"他好像是开玩笑，但拳打得很重。

回到屋里，我看见杨伟一个人坐在窗前，看着从河岸回来的忆萍。我径直走到自己床前，没转身，大声骂道："杨伟，我 × 你妈！"

"怎么了？"杨伟转身问道。

我突然转过身，对他做个鬼脸，笑嘻嘻地说："没事，一点没事。"

他蓦然感到一种巨大的屈辱，脸涨得通红，两只拳头紧紧攥起，镜片下的眼镜露出冷冷的凶光。"没想到你小子也想打架。"我心想，忙钻进自己帐子里。

雨滴把最后一艘小船砸翻了，我怅然长叹，脚在湖中激起浪花，太阳依然照着我。这太不公平了，这么大的湖面为什么只有我，我跳入水中，多么干净的湖水，我仰起身，浮在水面上，太阳有点刺眼，我闭上眼睛，任身子在湖面漂浮。一抹淡绿色的光斑炸开成千上万根绿丝，在一根根红柱上拉起各种各样的线条，白色沙滩上一群孩子跑来，把气球、手帕、小帽子、小水桶……挂在绿线上，一个白衣蓝裙的女教师站在一边，托腮微笑，送我一块诗帕。

如果你无法爱上一个爱你的人，	If you could not love him,
永远不要搭理他。	Not rap to him.
他不是你灵魂中的罗盘，	Surely he is not a compass of your soul,
不是你生命中的帆，	And not a piece of your fortune sail,
他不会带你到快乐的彼岸。	He could not take you to the merry paradise.
如果你无法喜欢一个喜欢你的人，	If you could not like him,
请直接告诉他你的意见：	Do tell him:
洗洗睡吧！	Night is coming,
天色已晚，	Swabbing down and sleeping down,
明日的朝霞依然灿烂。	Morning sun light will be gorgeous.
如果他今天恳求与你见面，	If he beseeches to meet this time,
你不要再说改天。	Not say: see you sometime.
他是一只风筝，	He is a kite,
但你不能用一根细线，	But you could not fly his miss,
放飞他的眷恋。	By a filament.
没有响应的友谊，	If there is not in answer to the ballad,
如绚丽的夏花，	That will be gone with the wind,
随风而逝，	As the summer bloom.

二十年后路遇相见，   A chance encounter after two decades,

抿嘴一笑不问早安。   Only smile, not speak: bon jour.

我有点恍然，这首诗是英译汉还是汉译英？女教师还在笑，笑容如一朵蓝莲花。

她又回来了，看着我不解的样子，悄然告诉我：诗原本是英文的，是我送给她的。

我说，那朵蓝莲花是谁？

她说，是诗的译者，把诗译成了汉语。

我更茫然。她淡淡地说，其实她就是你。

我彻底晕了，把头贴到河面上，好一会儿爬起来，原来已到了岸边。她没有看见我，正在帮孩子们建小房子，我靠在沙岸旁，看着他们。各种各样的房子，尖顶的、平顶的、圆顶的，红的、黄的、绿的、蓝的。孩子用积木筑成了自己的希望吗？

杏树下的希望，我躺在杏树下蒲席上，杏花已开了，白色扁圆形花瓣爬满枝丫，刚抽出的嫩绿茸叶把满树杏花衬托出一种轻快爽朗的翠韵。风悠然吹过，摇落的花瓣飘到席上和我身上，天女散花的故事。

我问外婆，天女现在为什么不散花了？外婆说天女散花时只有最有福的人才能看到。她说她外婆说曾有一个人见过。是一天夜里，天门开了，天女走出来，提着一个花篮，那人赶快跪下烧香许愿，最后他拾到几朵花，脸盆那么大，都是金叶子做的。我说现在天女一定不再散花了，因为她被龙王偷走，装到水晶壶里，掉到大湖中了。外婆没说话，她那双浊黄的眼睛望着杏树，在想些什么。我也想如果我找到那天女，我一定找她要两朵淡蓝色的花，没准儿是蓝莲花，能化作青灯，能起死回生。

黑帆的小白船也漂到我身边，我上了船，罗杉看见我，走过来。两个孩子一前一后在她身边，像蝴蝶。

"你怎么到这来了？"她说。

我走上前拉着她的手："我刚到。"

"还好吗？"

"挺好的。"

"我很想你。"

"我也是的。"

夜到来的时候，孩子们都钻进自己盖的小房子里睡了，罗杉和我坐在小船上，她紧紧地抱着我的脖子，怕我还要远去。草畔里的青蛙起伏地唱，夜有它自己的曲子。

> 含笑半步已是癫，
> 良辰美景奈何天。
> 闲来无事弄日月，
> 醉卧云床戏婵娟。

25

　　罗杉贴在我脖子上的脸庞凉冰冰的，如同夜的湖水和青蛙的声音。我不知道说些什么能唤起她的热情。在湖边燃起篝火，我抱着猎枪坐在一边，她坐在另一边用手梳拢一只漂亮的小鹿的额毛。小鹿便是我们共同的孩子。

　　这是另一种平静的温暖。我也曾要求过这种有点苦涩味道的生活，一种寂寞的生活，别人的同情可以在我的目光中被解释成对别人的怜悯。于是，在我粉红色的目光中。世界上的一切人都活得很卑琐，或为浮名而剽窃虚荣，或为金钱而攫取权力。真正的平和的享受在哪里？能在别人的目光中找到吗？唯有自己那颗心足应珍惜。性的快感也是心的体会，在这个过程中，生殖器只是工具而已。其实谁都明白这点。幻觉才是纯粹意义上的真实。

　　唉，水缸里有清水，可我们仍口干舌燥地寻找清水。

　　屋前屋后的梨花全开了。雨停的夜晚，花蕾爹开时的纤细的"喳嚓"声还隐约在耳。早晨，我拉着罗杉走出茅屋。在雨水洗过的朝阳下，一簇簇雪白的花朵从浓密的翠绿色的新叶中探出头，娇娆新鲜得逼你闭上眼。罗杉轻声地对我说这不是我们的世界吗？

我说这就是我们的世界。蛙声停了，鸟儿叫了，三三两两穿着粗布花衣的小学生背着小书包上学去了，农妇端着盛着青菜的竹篮来到塘边，农夫牵着牛上山坡了。山上的映山白和映山红全开了。罗杉戏谑对我说那叫红白喜事。

山村的小学校。清脆的钟声。孩子们的读书声。露水花、金银花、小菜园。罗杉头上裹上一条白毛巾。她拿个小扁锄给菜地放水。看着她这样子，我不知道这是不是我们在一起创作爱情童话。

从城里搬到乡下，又从乡下搬到城里。从乡下搬到城里还住在那个小学校里，小学校过去是个城隍庙，院里有很多百年以上的老树。其中有一棵皂角树和一棵大榆树都要三四个人手拉手才能环抱。皂角树不太高，树荫有一个小操场那么大，我们就住在皂角树下的两间平房里。大榆树周围则都是有台阶的老式庙房。其中有一个大殿，白天进去，里面也黑洞洞的。

外婆说这大殿过去有好多木头人，其中殿门口有两个龇牙咧嘴的木人，人走进殿门，踏着门下的青石板，木人就会把你抱着。罗杉说，好吓人。我说还有更吓人的。罗杉说你还是甭讲了。我什么都不讲了，坐在小木椅上，喝着茶，抽着烟。湛蓝的天空中云影淡淡飘去。山岭上轻绿泛红的岚气缕缕散开。无风。几束瘦竹懒懒站在小园里。罗杉头上戴的白毛巾，恰把黑发遮掩着，鹅蛋形的脸上那双眼睛倍显明净。她看我时，眼睛也在调皮地笑，我想如果她离我而去了，留下我自己，我还能有这颗恬淡的心吗？想到这点，我的脸阴沉下来，流出泪来。

她走过来，放下扁锄，把头埋在我的膝上。她说她小时候也有许多故事，是她外婆讲的。她讲起了她外婆的故事。很久很久以前，一座山上有一座房子，房子里有一个老头和老太婆，他们俩在这里生活了一辈子，相亲相爱，过得非常好，一天老头突然不高兴了，他对老太婆说："我们这么大年纪了，如果你一下子走了，留下我该怎么办？"老太婆听了老头的话，也说："如果你一下子走了，我又该怎么活？"俩人说完，伤心地哭起来。上帝知道这件事后，就派人告诉他们："你们不要再伤心了。我会让你们死后也永远在一起的。"听完上帝的许诺，他们都高兴了。他们又过了很长很长时间，一天老头突然死了，老太婆回屋，看老头不在了，就喊道："老头子，你在哪儿？"老头在门外应道："我在这儿。"老太婆出门一看，老头已变成一棵菩提树，老太婆马上走去，也变成一棵菩提树。他们又永远厮守在一起。我没有说话，我知道罗杉的故事很美妙。

我为什么要离罗杉而去？是厌烦了童话式的爱情，是为了创作新的爱情故事，抑或其他？我是读完《耶稣的一生》后走的。这是出于对一个崇高灵魂的模仿？我为什么要走我不知道。当罗杉发现她明净而温柔的目光留不住我时，就让我走了。既然放我远去，为什么又要来找？

我问罗杉："你为什么要找我？"

她说："外婆去世了，我一个人很寂寞。"

我讪然："谁不寂寞？"

她说："那你为什么不回家？"

我说："你能告诉我吗？"

罗杉想了想，却找不出话来回答我。一阵风起，吹得小黑帆抖动成出征的模样。我落下帆，把船固定好，拉着罗杉的手，沿着湖边散步。我倏然想对罗杉说你要是她就好了。我没说，因为我怕罗杉要问她是谁。她是谁？我知道吗？上帝用泥巴捏人的时候，为什么要捏男的和女的？为什么不再捏另一种人，另一种人又该是什么样的？

爱情虽然充满无穷的美好的魅力，但却是以性欲为基础的。没有性欲的爱情只能叫友情。性欲不美好吗？仔细地想一想：性欲即使不美好，然而它绝对不是什么肮脏的东西。为什么人们总觉得性欲是肮脏的东西，肯定是父母老师教的；他们怎么会得出这种结论，那一定是他们的父母和老师教的，他们的他们的他们……所以历史就是习惯，现实的存在不过是习惯延续罢了。这个可怕的世道。严肃的思考只能使人愤怒，使人寂寞。谁说思辨是一种愉快？

深夜，我推开门，一群鬼魂，披着白色的披风在院里跳舞，他们踩着风的韵律和节奏，舞姿曼妙、形舒意广。身影浮动于光柱的尘埃之中，似乎又在天籁之声中回旋，如飘忽的地狱的烈焰，隐现在天堂大门的台阶上。我转身熄灭房间的灯，站在门前，仔细地欣赏着品嚼着鬼魂的舞步和我的舞步的区别。

漆黑的夜，没有月光，没有星光，院内楼内没有灯光，只有黑洞洞的影子，挺拔傲立的毛白杨站在我的身边，也当了观众，并不时鼓掌，一两个鬼魂飘到我身边，我看他们眼儿深，鼻儿高，齿儿空，唇儿旷，不过嶙峋的眼洞里竟也有晶体一样的水波，虽然是鬼魂，不也是感情动物吗？

从湖边树林里传来"沙沙"的声音，我们止住脚步。这时树林里钻出一个小白点，向我们飘来。罗杉紧紧地拉着我的手。小白点飘到我们身边，我才看清是孩子，他抱着那只大白鹅。

我被吓了一跳，生气地对孩子说你怎么来了。孩子先是扬头看着我，好像要给我说一件什么高兴的事，可见我生气，便低下头，一副犯了天大错误的样子。我拍拍他的头，从他手中接过鹅。

我说："一定是你领他来的。"

大白鹅点头道："是的，他说他很想你。"

我把孩子和大白鹅介绍给罗杉。罗杉十分高兴，从我手中接过鹅。我们回过头，向小船方向走。

我对罗杉说："让他们参加你的夏令营好吗？"

我们回到小船旁，同罗杉一起来的孩子们听说来了新伙伴，纷纷地从积木式的小房子中钻出来。他们扯起五彩的小灯，把沙滩打扮得斑驳陆离、姹紫嫣红，格外漂亮。他们说我们一起玩丢手绢游戏好吗？罗杉点头应允。我们大家围成一个圆圈坐下，罗杉蒙着眼睛站在圆圈的中间。丢手绢开始，大家一起唱：

丢，丢，丢手绢，

轻轻地放在小朋友的后面，

大家不要告诉他，

快点快点捉住他，

快点快点捉住他。

孩子们欢快的歌声宛如银铃。为了清楚地回忆我的童年，我偷偷地取下背包，走进树林，又踏上我的走不完的路。心的沉重和脚步的沉重和月光的沉重和树林的沉重。点燃的香烟刻在嘴角，讥讽地笑。人们怎么都生活在一种幻觉中，被自己欺骗？这世界愚蠢到了极点，以至于用语言无法形容。人啊！可怜的东西，庸俗的东西，你嘴角的嘲笑不是自欺欺人吗？

飞电流紫的闪光又在夜的树林中和野虫发情语言交配，飞蛾投灯体验原生的 organic energy，这就是狭窄的理想吗？除此之外还有什么卑琐的生活和生活的卑琐？在梨树上偷桃，山鸡飞来招来两只孔雀说是变种的凤凰，浅薄的人都想吃法式的高加索杂拌茄汁鸡块加上咖喱。树林的夜风带着潮湿的薄雾润了我的面颊，和罗杉一样凉成一层轻巧细密的冰纱。天鹅绒的夜空，夜的翼翅荫蔽丝丝漏下几颗美人痣样宝石星星，一路的萤火虫，三点两点地翻飞织成梦一般的眼睛。今又在篷窗上，青藤花悒郁的幽香散发，湖上桨声拍打水的韵律，野鸥飞翔，我回头看，湖滩上的歌声浸润灵魂，幽蓝的灯在歌曲中渐渐熄灭。

向前走只有寂寞伴送，我心底的歌像雄鹰飞翔像骏马奔驰，只有在夜里人世间最真诚的东西感觉才可比拟我对自己的真诚。对自己都不真诚还要求别人对自己真诚，我是什么玩意儿！把童话式的爱情都埋在山坡房前梨花树下，我还要求在这个世界上找真诚？傻子才能干出这样的事！像雄鹰飞翔在蓝天像骏马奔驰在草原，我们在阳光下茁壮成长，我们在红旗下刻苦锻炼！要锻炼钢铁体质威武矫健，要炼铸钢铁意志坚定勇敢！

罗杉温柔明净的眼睛挂在空中，她的眼睛要是眨一眨，我又要去何方？爱情对任何人来说都是一个折磨人的奢侈品，正如女孩子脖子上的项链，其用途只有以下两种：一是诱发皮炎，二是为男人把她勒死提供方便。

赵和张和他们都说："没劲，活着真没劲。"

我说："我有一段时候，非常羡慕老人，我不知道他们是怎么活这么大的。"

后来我明白了：他们时时刻刻都为卑微的日子去努力，时时刻刻都在满足和不满足中奋斗，时时刻刻都有希望并制造希望。他们对自己实实在在，有喜有怒，无悲无忧，他们不是对自己最真诚的人吗？而我的真诚则是在精神病院和疯人院里才能找到同病相怜者。我骤然省悟到：以后我也要说没劲，也要对自己真诚，也要有爱，也要有性。不管怎么样，好死不如赖活着嘛。分裂的精神并不都由于生殖器的坚挺与疲软，对理想坚定的渴望变成幻想变成肥皂泡以后炸碎的也有分裂的精神。人能咬自己的屁股吗？镜子对镜子，咬的是存在的虚无。墙上画马不能骑，镜子里的屁股不能充饥。痴人说梦？

后来我明白了：酒和烟都是好东西，酒之于爱情之于幻想之于智慧之于辩证法之于活泼，烟之于事业之于理想之于理性之于逻辑之于严肃。团结紧张，严肃活泼。酒和烟蓦地构成人类存在超稳定二元结构机制。对于世俗和标榜或自我标榜酒烟不沾的男人必定不是纯粹意义的男人，他们或多或少有几分女人味道。对此命题我俯拾证据有二：其一大凡胡子浓密男子皆嗜酒烟，胡子是男人有别于女人的重要标准；其二观音不嗜酒烟，观音为男转女。只有酒和烟的爱好联系在一起，活得才有价值。嚼着生猛海鲜，又梦痴人？

穿过树林，见路边一家小酒馆的灯光亮着。酒馆很残破。门前的青石板折断成半块，裂缝中长出两株玉兰，亭亭玉立，颇有些味道。破木门上贴的门神画，被风掀开，一动一动地直打冷战。我推门进去，一位四十多岁的老板娘模样的妇人慢慢地从柜台后的床上爬起来。我在一张桌子前坐下了。酒店除了我和老板娘之外，没有别人，煞是清冷。店内陈设也十分残旧，一只汽灯吊挂在二梁下，对门长长的窄窄的柜台上排满落着厚厚灰尘的玻璃瓶、花瓷瓶和竹筒，一个半米高的瓷菩萨的站像却擦拭得净亮，摆在硬木做成的神龛里。神龛的两棱上有副对联，字很小，看得不甚清楚。桌上还摆着香炉。屋内有两张大木桌，上面有一层擦不掉的饭渣。老板娘拿一块黑抹布，擦了擦我面前的桌子，问我吃点什么？我说来壶酒，菜随便来几样。

酒壶刚端上来，从门外又进来两个人。我抬眼细看，原来是赵和杨。杨的脸红红的，在汽灯下，恰是熟了的水蜜桃。

"你们怎么会来这里？"我问："你们是——"

赵说："我们是找你来的。"

他们坐下。

我说："鬼才相信。谁敢说你们这是约会，还是私奔？"

杨没听完我的话便"嘎嘎"大笑。他的笑声酷似女人。有时听到这样的笑声会让你毛骨悚然。我递给赵一根烟，赵深深吸一口，赵说要来点刺激的会让人更有劲。我说上哪儿去搞刺激的。

老板娘把菜端上来，我和赵喝起了酒。杨不会喝酒。杨说他看我们喝酒最有意思。

26

　　面前的路，细长逶迤，蜿蜒曲折，爬向隐隐可见的小镇。草蛇灰线，马迹蛛丝，隐于不言，细入楼宇之间。这条路铺满细碎均匀的紫沙，似乎没有人走过。我踏上去留下清晰的足痕，腾起一股浅浅的紫烟。路的两边各有一条小沟，长满密的野草，绛紫色，椭圆的叶子，厚墩墩的，晶莹剔透。用手摩挲，有天鹅绒的面富于质感，没有阳光，太阳掉到地狱里。和参谋长下围棋。四周透明而空阔，紫水晶般的世界。

　　我从嗓子眼里咂出一曲小调，轻快地向前走去，世界是我的，就是我自己的，绝不是别人的。四野杳无一人，马鹿的影子从我眼前飘去，群鸽衔着一朵朵洁净的紫色云块向我飞来。唯有歌声细长的丝带悄然地抛向身后，紫色蛙声真倔强！

　　大地呀！我的孩子。在这紫水晶般的世界里，我感谢我的眼睛，是它给我了诚实的感觉。神秘而浪漫、不正经的颜色却被理解成美好忠贞的爱情，爱情的守护石。清纯的木遇见了激情的火就迸发出了浪漫的爱情。妈妈把我从怀里放下："跑吧，孩子，跑吧！"我撒开腿在这空垠大地上跑着。当我回头找妈妈，妈妈不见了，妈妈丢了，我已意识到妈妈已睡下了，躺在沙里面，再也不会醒了。四野无人，紫水晶的世界。我沮丧地低下头，腿像被兔子拉起的两条木腿，啊！我的哭声像一把剑划破了紫水晶的天空。啊！这个世界啊！

刚刚凸起的胸脯，稚嫩的手与稚嫩的眼睛，这里一切顿感新奇。真是这样吗？我的力量在这乏味干净的世界里像瘪了的皮球。痛哭吧！呐喊吧！给了你一两自由，又搭配了二两空虚。梦的小夜曲，哇哇的是婴儿被从母胎里拉出来时的哭声。哈！哈！女人，为了女人？上帝又扯起破锣嗓子哼起"黑色的眼睛"。他们都跪伏在我的身边，与其是在对我说纯洁的爱情，毋宁告诉我：上帝失恋了。

小镇上的人都在门前和窗前三五成群地议论这个世界发生的变化。三个瞎耗子表现的纯粹表意符合原理在实践理性的不对称顺序。什么东西都不会有其结果，生活就是走向死亡。

死亡与玄冥之境，在幽冥的地狱中的遭遇，在柠檬树上挂满幸福的黄手帕，在冬青树草皮上黑白相间的足球大声地说五彩小旗斑斓的气球神话，迪斯科吧嗒吧嗒小号萨克斯管在歌唱，百无聊赖机器轰隆隆的声音和东西部的枪战风景，美人脸红了对着孤零零的月亮，我无言地笑，莫名其妙地问她和他，问我自己过去的崇高去往何处，贵族的气质被收入上帝的纪念相册里，有樱桃鲜红小脸的昔日情人，油菜花金黄的雾已染透了目所能及的周围。

吸入肺里的空气中盈满诱人的芬芳，猫王的歌声，大江东去的剑法，棕榈树下泉水音乐精神的寄托，社会理论中都在分析永恒的真理和客观实践与主观实践，我就像你爱我一样，小鹿单纯的大眼晴，野渡无人，老艄公坐在船上，穿长袍的女人，穿旗袍的男人，家里的事，感情的事，你的和我的事，单位的人事变动，又进来一个女图书管理员是只漂亮的花猫。

一个苗条的女郎穿着青花绸竹衫向我走来，送我一束"微笑"，是她。

"这花真好！"我把这束花放在唇边。

她点点头，感到欣慰。

火星人的谎言使人惶惶不可终日。于是人们相信了这肇端发始是正确的，并用来解释生命的起源。这显而易见的道理又使人陷入无可名状的痛苦中。荒诞的眼泪把两腮浸红，透出血丝。于是有一天一个火球从天上滚落。在我那眷恋不舍的荷包中，又用什么作为我开创世纪的本钱？这个令人眼花缭乱又破坏人的雅兴的滴滴答答的雨声。森森修竹锁流水，峨峨砚石收寒云。这流淌着五色斑斓世界上的点点冰得发冷的星星像被人遗弃的狗，累累若丧家之狗，顿刻我用什么样的思想去倾诉我对人无限的哀思与坦率的渴求呀！一个反传统的勇士倏然变得无比苛刻，用小农一贯的伎俩又成为革命先烈，灵魂杂乱无章在用花岗石叠起的碑前，一切都变坏了，没人知道为什么。我不知道，谁都不知道。不信吗？谁都不知道？

她好意地用修长的手拍去我衣上沙屑，挽着我的手去买哈密瓜，于是人们都惊呆地悄悄议论着这个不伦不类滑稽绝顶的幻象。有的人大发雷霆，他母亲被奸污。永远不可抹去的黄河、黄土地、黄色皮肤。这个黄色的世界，淫欲横流，人们都担惊害怕，无法估计以后还有什么苦果等他吞嚼，皮带、扫帚、棍子、砖石、泥巴满天星雨落在我身上，我像将死的狗一样趴在地上喘着气。也许我该死了，并没有人在这气愤滚动的浪潮中停手。她被吊死在老皂角树上，衣衫被撕破，露出坚强乳峰。那群剃光了头的女人声嘶力竭地叫喊，啊！啊！如受野兽般虐待发出情不自禁的亢奋。我怀疑这些人一定没有见过性器官，不然怎么会这样激动振奋呢？！

敌人的卑视可以原谅，朋友的卑视一定要报复。不见得一切都会陌生、缺乏耐心。不，我极善于对待那些被我轻视如草芥的人，真是难以理解又回落在一个固定的圈套里。我对什么都不会感到困惑和忧郁。这里的动情与忘情是永远无法猜出的永恒的谜底。死亡的信讯是鸡毛信的讯号，搬倒信号树，把人们的视线颤动得看不到一点黄色的咏叹调，画出驴子和骡子。她尖细的哭泣声在荒野凄凉的冷风中消失了。我们俩收拾残破衣服互相搀扶着走在小镇上。

马路两边的灯光柔和地嘲笑挤眉弄眼飞吻鼓倒掌：瞧一瞧看一看了。我们找不到我们温暖的香巢。真难呀！什么地方可以容下这两个飘零的灵魂？

"你在想什么？"她的声音凉得发颤。

"什么也没想。"我上牙打下牙。

"这里太可怕了。"

"就是这样。"

我第一次在别人棍子下倒下去的时候，看到头上溅起的血点，像散落的红梅花瓣。红梅花儿开，朵朵放光彩，昂首怒放花万朵，香飘云天外。我会站起来的，我对自己说：怕什么呢？天上掉下个林妹妹。

下雪了。黄昏的雪。开始只是淡淡的一朵一朵，慢慢地便纷纷洒洒飞扬起来，无声无息。没有人走动。路静静被白色覆盖上。黄昏的雪，我紧紧地抱住她，用身体的残存的血的余温暖和着她冰凉的身躯。她呼吸的轻轻翕动把柔软的雪花变得清脆，裂开冰河大声呼喊的号子声从两岸滚过来。园木被结结实实地嵌在冰河里。没什么，没什么。树叶照样落，树叶照样绿。我们依旧向前走去。走出小镇，天空已是湛蓝色。雪把大地映个透明，远处我们俩暗淡的人影在雪地已模糊成一道风景。

我把她裱糊挂在墙上。铁篱笆的黑颜色，古庙的柏树，红檐。结了冰的干瘪的小河如同小时候那无畏的瑟缩，用蒙眬的眼睛打量着这个朦朦胧胧的世界。对自己过度残忍，用刀割破手指，把手指放在嘴里，品尝微咸微腥的血味。一切仍旧十分平淡，这要命的平淡，目光是彩虹一样的曲线，并向前爬行。

古堡幽灵，平白无故你为什么要这样毫无掩抑地去抨击那不成熟的苹果样的脑袋，羊群归栏，孩子投入母亲胸怀；又为什么掏出手绢擦拭干嘴角的血，小娘红粉对寒浪，断肠，水风凉。历史拉长了影子在苦笑对历史公允的评判。让我们发泄吧！发泄只有流血，血一点一滴浸透了大地，染红了衣裙，梦的现实的五星红旗迎风飘扬。短短的对往事的叙述只能加深不光彩的印象，除此之外，我们还是反复去寻找一次一次的感觉。让泪水流呀！流呀！流呀！

我们终于在一座破土地庙里躺下。雪将把这间破庙纯洁地掩埋，如同掩埋死尸一样。雪夜的初步印象，宋人的《寒鸦图》，我用破窗棂点燃一堆火，我们拥抱在一起。我从衣兜里掏出几根被揉皱的带有血腥气的烟。我点着深深地吸了一口，好香的烟呀！好像雪一样白的那样秀气的脸，在火的烘炙下开始有了血丝，眼睛丢掉了苦涩的呆滞，充满了明亮的泪珠。

我们都说：

"这到底是为什么？"

我们长长叹了一口气，为什么？鬼也不知道。我不是走南闯北去寻找意义吗？现在我已感悟，根本没有意义。生活是为了一种情绪。是呀！真诚地信赖每一次如愿成功的享受吧！

莫名其妙又终日不可叹息。河水一样流动的感觉顿刻哪里去了？音乐已失去节奏和旋律，变成毫无节制的嗓声。用手拍打着冰冷的河面。你和我都不断地去干什么？草莓的红色的果实在去千岛湖的山路上。真诚的希望都是这样的，你又这样告诉我。勃拉姆斯《第二交响乐》的旋律优雅的小快板，谁知道除此之外还有谁会为之倾倒。我撕破的毛衣搭在她身上，猛一点，烈火，快一点烤干这可怕的血腥气。终于她睡着了。

我醒来时，发现自己躺在她怀里，她两手抱着我的头轻轻地摇晃着。依稀记得曾经有这样经历，可并不觉得重复，我太需要这样了。母亲摇动着怀中的婴儿。屋里柔和的灯光已熄灭。

外面雨声已听不见，堂屋的软缎镂花窗帘半遮半掩，花瓶里一束鲜红的玫瑰大概是刚插上的，无比娇嫩。我从床上跳下，把睡衣脱下，换上外套，拉起她暖和的手，看着她的眼睛。

"出去走走吧，天好像晴了。"她说。

我微笑看着她，惊异她早已忘记了那段回忆留在身边的惆怅。

这是一个不可理解的破碎的世界，被我用剔骨的大大小小的刀分成一块一块的，然后拿着小钉锤一块一块地敲碎。这个痛苦世界所做的噩梦。

我们走出庙外，看到远处高大的楼房已被阳光照得十分明亮。有几块窗面反射着刺眼的光。乳黄色楼体和乳白色的平台十分清晰，和近处低矮的光线分出鲜明反差。我们加快脚步向前，这时我们看到西方天空呈现强烈的金黄色。

来到马路边。我们看到高大楼房上面横卧一道硕大的彩虹，优美的弧线嵌在灰色云块和蓝色相间的天幕中。绝美的景色使我毕恭毕敬。我回过头望着西方的天空，那轮细细打磨的红色的润玉般的太阳镶在那块强烈的金黄色之中。在金黄色的天空下是黛色的连绵的山峦。太阳的唇已吻近山峦。我拉着她的手向立交桥上走去。彩虹渐渐地消失，在天幕上留下一个红色的幻影。照在大楼上的光线也已消失，偶尔还有几粒雨水落下。

我们上到立交桥的最高层，回过头向西望去，太阳已掉进山崖，只有那半边圆形的边迟迟不肯落下。强烈的金黄色已变成细细的金线。在山峦上与上面厚厚的金红色的层雪相接处是一片狭长的蔚蓝的天幕。如远视中平静的湖面那种蓝色。一道赤色的金线如一条小蛇蜷缩在其中。

我看着她。她露出少见的欣慰的笑容。

路边花园小径边，贴着栅栏放着一盆盆高高爬起的万寿菊。雨后，虽带有凉意，但空气格外清爽。我们走着。如果这样走向埋葬灵魂的墓地一定是十分愉快的事。可是我们谁还怜惜那留下的脚步声呢？我看世界就是如此缺乏无调性，我拉起她的手。

"首先我要感谢你。"

"感谢谁？"

我双目凝视她，有点陌生。四周的颜色惨绿怪红无规则地变化着。她勉为其难地笑了一下，对我不解。我说你知道吗？黄色象征古典，红色象征性欲，蓝色和绿色象征自然、空气和天空。你知道这是谁说的吗？她说："我不知道，但我知道你要问'你说我知道吗'，然后你再说'我也不知道'。我要告诉你，这种幽默很无聊。"

我讪笑说："我们不妨试一遍，无聊也是一种幽默。"

也许谁都明白荒诞才是最透彻、最深沉的思考，谁都明白只有荒诞才能嘲笑崇高和信仰。

27

今夜我独自睡下并没有她。她的存在只是一种想象，永远的想象，奢侈的想象，多余的想象，慰藉和纯洁的想象。想象大凡不过是心灵的东西。在她的心里，我有一张坏坏的笑脸，明亮的眼睛也泛起轻柔的涟漪，好像一直在固化笑意。弯弯的眉毛，如同清朗的上弦月。白皮肤，红嘴唇，挺拔的鼻子，极致完美的面部轮廓。雪白的衣衫，雪白的手，墨玉一般流淌的长发，借用雪白的丝带来缠束，半散半敷，适性逍遥，风流偶傥，卓荦不羁。自己对自己讲故事。外婆不在身边，除了我还有谁会给我讲故事。

夜静得发苦，眼闭了，又睡不着。西天的云红彤彤，一个浅蓝色的问号。记住在纸上在镜头里在心里在干涸的季节偷桃子，桃花红杏花白，自古井里藏死人。一次卡拉OK销蚀了我三个月的工资，就三个小时。韩国人、日本人与中国台湾同胞争先恐后地唱思乡的曲子，然后使劲拍打小姐们的屁股。我和唐坐在那里喝黑啤酒，一手持蟹螯，一手持酒杯，拍浮酒池中，便足了一生！

唐醉的时候还有点像耶稣的儿子。

天天的酒会天天吹牛，天天的残羹剩饭。永远多余的话，缺乏崇高的伙伴朋友、同学、同事。不去雪夜访友，也不种竹于空屋，本和末，有和无，动和静，一和多，体和用，言和意，越名教而任自然行不？洗澡的小姑娘。太单纯的黑眼睛没命地寻找世俗的生活的亮光。带性颜色的机智的语言，食人族和活僵尸，继之而来的荒诞。也许谁都明白荒诞才是最透彻、最深沉的思考，谁都明白只有荒诞才能嘲笑崇高和信仰。谁都知道宗教之风雅，一杯老酒解风雅，清化浊，浊变清，雅化俗，俗化雅？也许就因如此这般，人们开始学禅，学虚无，学喝茶。可笑的荒诞的萨特的哲学，可恨的陀思妥耶夫斯基的不健康的存在，可怜的禅茶一味，荒诞情绪的污染弥漫着各种光彩的粉尘。

　　什么也不知道气功报告和周易预测学，健康的理性染上梅毒，贵族气质和骑士精神消失一清二楚。虽然心悄悄地歆羡中世纪的清寂淡远，然而行为时时刻刻按照迪斯科的节奏实践感官的疯狂。再也不会有人失恋了。心没有慰藉也不孤单，令人骄傲的一代。淡黄的光辉，轻柔的舞会脚步。柠檬的香味。爱情在床上时血与火的考验，占有和强迫。我怎么会明白虽然我天天朗朗地笑可我为什么还是寂寞的？我为什么不能找她的黑眼睛诉说我的寂寞？男人痛苦无法诉说，对自己都不敢说，以免侵蚀自己心里的坚强。男人的泪水只有咽到肚子里化作小便，这就是男人。

　　我想也许只有她才理解我。在一场幸福的节目中我的脑袋被酒精泡大。我嗷嗷地叫："我要吃人。"她微笑着拍拍我的脑袋说："我们看海去，我们看海去，在蔚蓝色的大海上……"我所能知道的一切都俗不堪言。金钱是庸俗的，权力是庸俗的，学问是庸俗的，风景被照相机记录下来也变成庸俗的。缺乏崇高的目的和健康的生活为什么还能继续？我不明白。天天忙忙碌碌又过分地自律和卑琐，把过程当作目的，活着就是活着。我难以理解的不就是这些吗？相较这些猥琐的小人、强盗、强奸犯和希特勒，我无疑就是贵族和君子。告诉他们，我的遗言就是像我一样站在这里，向雷锋同志学习。

离别了她就如离别了想象。我的双脚又踏在路上。我的脑袋又固定了焦距，我的眼睛又不停地分析脚下的路。昼短苦夜长，何不秉烛游？大河落日，浊浪滚滚。生命寄沧海一粟之不若一个人独守青灯。以己昏昏使人昭昭，我的崇高为何？

前面的路有一个岔道，我顺着岔道向前走。这道路左边有一条漂亮的渠，有两米多宽，三米多深。渠壁的表面十分平滑，下面是黑色的，上面是白色的。渠中一道浅浅清水。你看春风解放了冰锁的寒溪，半溪白齿淙淙地漱着涟漪。

又走一段，见渠的坝上有几棵大树，树干是白色的，树叶是黑色的，叶形像银杏树叶。我忘了是不是曾见过这样的树叶。我在树下徘徊了好一会儿。倏然听到远处传来一阵声音，好像有人在吵架。我点燃一根烟，走下渠坡。大约走了二百米，面前出现一座浅黄色的村庄。村庄极小，只有十多间房子。这里的树、房子、溪水都是浅黄色，空气中也弥漫着这种色彩。一群群小雀也张开黄茸茸的翅膀，上下翻飞。

在村口的小水坝上两个四十左右的妇人在吵架。一个披着黑粗呢披风，裸露的脸、颈和手如粉雕玉琢一样。她鹅蛋脸形，两颊润泽如玉，一双黑大的眼睛放出骄傲的微笑。另一个软细瘦嫩，穿着白色的呢裙，背我而立，她齐肩的黑发梳理得匀匀整整，给人一种清爽的感觉。我走到坝上，白衣妇人正在说话，声调细长富于节奏。弯弯的眉毛稍向上挑起，长长的睫毛下两只小燕子般活泼的眸子，含媚含怨，有一种摄人灵魂的魔力。

白衣妇人道："再说，你的猫为什么叼你家的熟肉来喂我家的狗。这是干什么，你明白吗？我有什么地方得罪了你，你为什么要这样欺负我？"

黑衣妇人声音频率较快："这是对你的狗送我的猫三块排骨和一份蛋糕的报复。"

白衣妇人道："狗和猫怎么会知道报复呢？"

黑衣妇人道："一定是人教的。"

白衣妇人道："如果这样说，你就错了。人和狗、猫怎么会有交流呢，再……"

黑衣妇人道："这点你最清楚。"

白衣妇人道："人总要讲理，你这样说就不讲道理了。"

黑衣妇人道："天要下雨了。你最好回去吧！别让雨水打湿了你金贵的声音。"

白衣妇人闭一闭眼睛，她的声音也变得尖刻："你是不是想让我讲你养汉子的故事？"

黑衣妇人的脸唰地红了，厉声道："这比你的特殊癖好是不是好一点？"

黑衣妇人拂袖而去。我感兴趣地问白衣妇人："她真的养汉子吗？"白衣妇人犀利地瞪我一眼，坐在坝上一个弯柳的树身上。一切都是淡黄色的，让人莫名其妙。听不懂和看不懂的这个世界。我坐在坝上，只有在某种时刻所寻找的某种感觉才是真实的。在花格子装潢贴纸上寻找一种奇怪的感觉，晨露打湿的小麻雀的肚皮，鱼在水草花丛中觅食，遥远的篝火，滚动的黑烟，让我惊讶和赞叹的黑色的咏叹调，我没有在晚霜踏过的败叶里拾起一张小小心形的叶片，没有在暮色中对着褪去颜色的晚霞哼古老的酸曲儿，慢慢地这个世界露出一副动人的面孔，一切生灵共唱着一首古老的史诗，去想象未来踏在塍上的一双沾满黄泥的赤脚均匀小碎步地在努力向前迈进。

赤足走在窄窄的田埂上听着脚步噼啪噼啪响……

于是，一切所有的一切开始了。现代艺术家喜爱在垃圾箱里寻找真正的感觉，于是原始拙笨的线条和儿童游戏成为他们艺术灵感的触键。可是我们遗忘在某种角落里某种无聊的爱情的发泄和某种尴尬的笑声中的某种变味的音符已成为一种新的艺术的麦克风。对着神圣文明的呐喊代替嘲弄和戏谑。这样，我们又开始用沾满灵感露水的双眼重新审视一切。

流逝的岁月，岁月的流逝。逝者如斯夫，不舍昼夜？

什么也不想干。因为不知道干什么，心中总有一种诉说不尽的情愫。马上了套，驴上了笼。卡车拉了一车出口的肥猪。我们总是我们，绿色的池塘，春天的季节，懒洋洋的脸，偌大的世界。佛陀安详聪慧的目光。哈哈！哈哈！老公鸡高歌一声。小村庄仿佛还是小村庄。单调而又充实的生活。清新的早晨和疲倦的黄昏。夜的曲子扑通掉到池塘里。雨过青苔湿！可是青苔未生之时，世界又是什么样？哈哈，致虚极，守静笃。万物并作，吾以观其复？

人们满足了一切。为满足而生活，为生活而满足。古老的愚昧与古老的文明组合成了一场土豆烧牛肉的黄粱梦。人们开始惊诧我们最熟悉的颜色：土地的颜色。在精心雕琢而又留下人工痕迹的音乐中，人们呆板地去发掘土地的颜色。水车与牛拉石碾已成为获奖的诗篇。土地已成为悲痛雄浑的叹息。心并不是踏实的。

灰色的下午，小风无力摆动梧桐宽大的叶子，要落雪花了。在河渠工地上干了半天，累了一身汗，可是那个牯牛一样壮实的队长还是不满意，我把手中的锹一扔，对少尉说声再见就走了。少尉和队长嘀咕了几句，好像没听见我的话。我刚走到村头，杨瞎婆子的那只可爱的小黑狗摇着尾巴朝我跑来。杨瞎婆子近七十岁了，儿女早死，孤单一人住在村头一间小草房里。她是五保户，双眼半瞎，可能是老年白内障之类的病。小黑和我极熟，跑来咬我的裤脚，和我亲昵。我顿然有一种无名的怒火，一脚把它踢起来，它重重地摔在地上，"嗷嗷"地叫了两声，跑到十几步远的土坝上，瞪着眼睛不解地望着我。它那对黑白分明的眼睛清澈明亮。我看见我的嘴角浮出一丝阴毒的微笑。

回到宿舍，我找出半块馒头，把小黑引诱到屋里，然后找出一根麻绳做一个活套，套在它的脖子上，猛的一下把它提起来。小黑的四条腿挣扎了几下，一声不吭地死了。嘴里没嚼碎的馒头又吐出来。我把它扔到地上，用脚踢了一下。它不动地躺在地上，眼睛并没有闭上，仍单纯地看着我，眼角竟流出泪水。我用稻草把它包起来，放在我床下的纸箱里。

我躺在床上，点燃一只大土炮——自己卷的烟，边抽边想今晚我和谁去享受这顿狗肉。当然是忆萍，忆萍肯定不会去的，那么我应该把煮好的狗宝送给她，过后我还能问她味道如何。老王肯定会吃，最近他总是跑一个小寡妇家里，但他必须买瓶酒。如果下雪就好了，下着雪和老王一起吃狗肉，喝烧酒，如雪夜访戴一样有品位。这时，让他再谈谈和小寡妇在一起的感觉，岂不是绝妙的事，说不定老王真能用身子写出一首好诗。

天快黑的时候，果真下雪了，雪不大，飘飘洒洒，漫天遍野，很有味道。挖渠的人们还没有回来，这时我突然听到杨瞎婆子唤狗的沙哑声音："小黑小黑……"声音由远而近，在静悄悄的黄昏裹着雪花显得有一种说不出的凄凉，让我心颤。我走出宿舍，趴在院子的矮墙上，看着杨瞎婆子拄着一根竹棍站在坝上，雪花模糊了她褴褛的衣衫和声音，我的脑子里从此糊上这幅凄凉景。我的眼睛湿润了。

白衣女人这时说："你真喜欢那只小黑？"

我点点头。我说："这件事我会忘掉吗？"

白衣女人的脸上浮现出漂亮的慈祥："小黑就在我这里。"

我随着白衣女人走进村里。我也变成淡黄色。唯有小黑蹲在大门前。黑茸茸的毛没有变色。

小黑睁大那双清澈的眼睛盯着我，"嗷嗷"叫了两声，掉头走了。我对白衣女人说它不会原谅我的。白衣女人说会的，狗不像人，狗的心最软。我走进屋里，只见参谋长在看书。

我对参谋长说："你这个幽灵，怎么跟着我转？"

参谋长讪笑一声："这是我的家，你怎么说我跟你转？"

我说："你他妈的家在地狱里，你怎么会有这么好的家。"

参谋长走上前，拉着我的手，指着白衣女人说："这是我妈妈。"

我笑了，我不相信。白衣女人给我倒了一杯茶，并拿出烟，我点上了一根。

　　参谋长也点一根烟："难道我不应该有妈妈？"

　　看着参谋长严肃的神情，我没法不信了。也许参谋长的妈妈就应该是这样。如果参谋长能早一点找到他妈妈，一切都会变得好一些，而且参谋长不会死。既然白衣女人是参谋长的妈妈，那么那黑衣女人就应该是少尉的妈妈。少尉很少讲起他妈妈。但当我问他们黑衣女人应该是谁时，他们都没说完，脸上好像无甚表情。

　　白衣女人问："忆萍和孩子都好吗？"

　　我说："我也很久没见他们了。"

　　白衣女人说："忆萍这孩子命真苦。"

　　我不想多说话，我也想我的妈妈。我的命苦吗？可我拥有一个童话般的童年。参谋长没有，忆萍也没有。

　　"我们放风筝去了。"爸爸对妈妈说。

　　"去吧，早点回来。"妈妈说。

　　我一只手拉着爸爸的手，一只手扯着纸叠的小风筝。"我们放风筝去了！我们放风筝去了！"

　　我把消息告诉我的每一个小伙伴。碧绿的草地麦田藏着无数单纯的梦。在阳光下，远处河滩蒸腾着蓝色的雾霭。淡青色的天空上有各种各样风筝，燕子式的，飞机式的，月亮式的，蝉式的，龙式的。

　　"爸爸，我能飞起来吗？"

　　"能的，我要给你扎两只翅膀和一条尾巴。"

我飞了起来，飞得很高很高，伸手能抓住在空中排成"人"字形的大雁。我不忍心，大雁太可怜了。有一次，它们在草湖里面过夜，值班的雁睡着了。人来了，开枪打死了好多只雁。雁毛飞满夜空。于是雁为了时时刻刻提醒自己，就排成"人"字队形，雁在空中飞翔的姿势漂亮极了。头向前伸着，尾是轻巧的翼舵，两只翅膀轻轻地翕动向前滑翔，我想如果没有我胸前这根细线，我会同大雁一样飞走。但我会孤独的，从此再没有了爸爸和妈妈，没有我这里的朋友。

　　爸爸扯动着手中的线，我或低或高地不停摆动着。田野是整整齐齐的几何图案。城市的楼房像我在家摆弄的积木，不过颜色单调点罢了。远处的水渠像一条明亮的细线。爸爸把线轮固定在树桩上，开始坐下抽烟和别人聊天，风大了，吹得我的翅膀"哗哗"地响，胸前的细线把我扯得生疼。我仍盘旋着。

　　回家吃饭时候，妈妈问我："上天，高兴吗？"

　　"当然高兴。"

　　"看到什么了？"

　　"看到许多许多。大雁、水渠、麦田、楼房。告诉你，如果爸爸把线放得长一点，我会装兜彩云回来送给你。"

　　妈妈笑了，她那温柔的目光就是一条细长的线。放风筝的季节，是我简单拥有的拥抱大地的日子，春回大地，万物复苏，天气变暖了，草儿变青了，树儿变绿了。阳春布德泽，万物生光辉。

　　小黑回来，跳到参谋长怀里，瞪着眼默默地看着我。白衣女人坐在我对面的沙发上，说："参谋长没有你的童年。"

　　我说："参谋长有另一个童年。"

我走到参谋长身边，抚摸着小黑的头。人是这样开始认识人生的：迈开第一步总要在泥泞的道路上奔走，前面也许是沼泽，也许是马路。在夏天丁香花的浓荫下用手摸着已长成的黑油油的鬓角。在漫长的小路上，小黑给我的印象是抹不掉的。失去信心的过去使我仍迈不出坚定的步伐。人生的真谛笼罩在佛光之下。人生，人生总是这样。

28

　　和参谋长在一起无法避免他身上那股冷冷的气味，这是他从地狱里带出来的气味。我告别了他、他的母亲和小黑，告别了淡黄色，重新回到我的路上。尽管我无法确定自己的目标，我还是要走。走就完成一种过程。过程本身就是目的，总有人爱这么说，我可以免俗吗？前面又是一座山。早晨，藏青色的微光迅速地爬满整个山谷，我面前山坡上的黑茸茸的松树林历历可见，露出层层深绿。

　　我放慢脚步，点燃一根烟。

　　从松林上方飘来一团白雾，在藏青色的晨光中，格外鲜亮，紧接着又是一团……白雾轻轻地掠过松林，低低地覆盖着山谷中的小溪。透过薄如蝉翼的雾，仍能依稀看到清澈的溪水。小溪岸边两行杨树在白雾中整齐地耸立着一头繁茂的枝叶。我停下来，环顾四周。这时东方的天幕在灰色云层与地平线吻合处，有一道长长的黄褐色的裂缝。这道裂缝正在渐渐扩大，裂缝上的云层嵌着紫红边儿，开始发亮，慢慢变得鲜红鲜红。太阳在裂缝中露出圆圆的脸盘，一眨眼，跳到地平线上。顿然，棉花状的云被太阳染得透心的红，像要渗出血的样子。山间亮了，白雾被染成水红的了。

我这时才感到心胸舒展了。我找到一块岩石坐下，又续上一根烟。周围的山坡长满绿草，在朝阳的光线下，亦披上一层迷离的淡金色。空气中孕育着一种山间特有的清香甘甜的气味。山脚下的村庄炊烟一缕一缕，直直地升向天空。偶尔传来几声狗叫声。

太阳升有一丈高了。云朵已慢慢现出青灰色，只有靠着太阳的那部分，仍被镶着一道金红色的边儿。朵朵云彩比肩接踵，状若鱼鳞。阳光已照在脸上，湿湿的，温温的。这种感觉好像应该写点诗，但自从我说过诗人全是无理取闹以后，便把诗与诗意都交付到女人眼睛里，因为这似乎是女人的事。我不愿考虑这个问题，只是感到心间流出一股股浓浓的甘汁，流在草坡上、松林里和溪涧薄雾中。身体颇觉微醉，轻快而矫健。胸中什么也没有，又什么都可以包容。

默默地坐在这里抽完几根烟，我便向山坡走去。小路从松林里穿过，不知拐了多少弯。这里的松林大多是碗口一样粗的马尾松和罗汉松，时而有几只长着金黄色羽毛的鸟"啾啾"地叫了几声从头顶穿过。林中草多半已黄，一股股浓浓的腐草和山泥拌在一起的气味扑鼻而来。

走了一程，我已汗涔涔的，手也被松枝划了几个小口，渗出星星血珠。山路很窄，长满杂草。杂草上满是露水。入林以后，鞋被打湿了。走出松林，鞋里传出"哇、哇"响声，我心中黯然，黯然销魂者，唯别而已矣！

来到山脊，我又坐下，脱下鞋。从小山顶向下看，田地棋格一样整齐。来时路两旁的白杨垂柳如一道绿烟。在阳光下，田地里腾起淡淡的雾气，山脚下的村庄仍可以看到，炊烟已断，狗叫声听不到了。黑色的瓦片，褐色的茅草，红色，白色，或红白相间的墙壁所构成的民居，玲珑而精巧。我想起儿童时，自己盖的小屋。村外有几个池塘，像面面明镜镶嵌在黄褐色的土地上。这是往事记忆中的格言吗？

山脊上吹来阵阵凉风，我身上的汗冷乎乎的一片。我起来，穿上鞋，顺着山脊向深山里走去。山脊尽头是一个大缓坡，从缓坡下去，有一条尺把宽的小道。小道十分规整。刚上小道我听到一阵叮当、叮当的牛铃声，向前一看，一个穿着蓝布衣衫的小孩斜坐在牛背上迎面走来。这孩子皮肤黝黑，眼睛出奇的亮，我能对这盏亮眼睛诉说我的心绪吗？我躲在一旁，让牛过去，目送着牧童和牛由近而远，埋没在山道下面。我怅然，好像体会到什么，扪心自问，又一无所得。记忆的拐角，再也不会长满惆怅的茅草。层层噩梦，还挂在沁满山泉的崖壁上。

从山道向上走并不吃力。山道愈来愈宽，绕过几间茅草房以后，在较陡的地方，还有一些石级。山道是在一道峡谷中向山里延伸。峡谷四周是竹、灌木和葛藤。由于背阳，阴森森的。约走了一小时，我来到一座残垣断壁的古庙前。古庙四周环境十分幽静，左面是一面几十米高的大峭壁，峭壁下面是一道小溪，小溪拍打石壁发出哗啦啦的响声。古庙右面是一片橡树林，叶子泛出红黄色。在古庙一道砖砌得厚厚的残壁上，有三棵矮而粗的银杏树，枝叶繁茂，盘根错节，根茎大部分裸露在墙外。

我在古庙转了转，没有停下来，继续向前走去。从古庙向上，竹子渐多起来。这里竹子秆儿不粗，一丛一丛的，颇有徐娘的风韵。山路在一道小溪两岸来回绕着弯子，时而穿过小溪来到此岸，时而又来到彼岸。向上走小溪干涸了，有几处积着几潭清水。

我又走了一个时辰，并不感到累，步子却越来越轻狂。我此刻想此处有崇山峻岭茂林修竹是能读《三坟》《五典》《八索》《九丘》吗？把这两种不伦不类的东西联系在一起，岂不是清泉濯足花上晒裈，太煞风景了？还是流觞曲水映带左右好一些。是矫情还是自然之情愫？也许这不是种自然情愫。魏晋风度不能算是思想解放，以不自然的方式去追寻自然，如牛角该挂书却不挂书，挂一串白色的丁香花，如此这样，与其说其解放毋宁说其被再次异化。自然之天性，用求的方法就是一种啰唆，求自然就是不自然，是矫情。可是按照现实之逻辑，惯性生活抑或不是自然，也许也不是现实，且又有更多异化的内容。这是一个玄而又玄的问题，扯啥黑眸子。

我停下来，点了一根大雪茄，忽然听到前方有哗哗的流水声，向前走几十步，一道飞泉跳入眼帘。飞泉水流不宽，但很长，有二十多米，从山谷右边一块巨大石壁挂下，水流落到石壁下一个深潭里，水花四溅，如同朵朵飞扬的白色梅花。铁褐红的石壁，斑斑点点，立体造型十分形象。我来到下面深潭边，用水洗洗脸，潭四周扬起的是飞泉上飘下的细蒙蒙的水雾。这个潭左边有一个小潭，十米见方，水面恰似打磨透明的碧玉，平静地展示着远古的绿色。水底长满一簇簇嫩绿的水草，如柔软的丝带，在水下轻盈地舒展。潭上一串喇叭形的小红花从石壁上一丛杂草中伸延，正映潭中，一幅清雅的小景，潭边的石头有几处生着白色苔藓。自然之造化也就是黄绢幼妇。

我躺在水潭上方一块草地上，然后喝酒，自斟自饮。似乎有几天没吃饭了，饥饿只是尘世的习惯。酒入肚化成一股热流，立即渗透全身，身上每一个汗毛眼骤然张开，吐出浊气，通体有种不明不白的爽快。喝完酒，吃完罐头，我躺在石头上。天空瓦蓝，几朵莲花状的白云悠悠掠去，安闲而自在。时而飞泉上的风，吹过阵阵水雾，飘到我的脸上。我没挪开头，没用手去擦脸，任凭水雾把脸打湿，任凭睫毛上结起小小的晶亮的水珠。

躺了很久很久，我又起来，收拾好东西，向前走去。

山路终于从山谷绕到一座大山后，阳光从山崖上露出脸。在阴深静幽的山谷中待了近一个上午，初见到阳光，我顿感脑袋阵阵眩晕。阳光之于人无疑是一种强制性的信仰。我不得不停下来，强迫自己适应一会儿这才继续走。

山道两边山势颇平缓。山上有各种各样的树木，是什么季节，我并不知道。树木枝干呈现出不同颜色，黄的、红的、绿的、紫的，像一块五彩刺绣的锦缎披在山上。道路边一块平地上生着一种枯黄的毛草，吐着白色的草絮，把草地织成一个奇幻的世界。再向前走，一座山峦从众山中探出头，露出光秃秃的石壁，石壁上斜生着几棵树，树被金黄色的大叶子裹成椭圆形。

"这里真美。"我想。

"这里真美。"走了几步，我说。

"美是什么玩意儿？"我叼着一根烟，敲着自己的脑袋问。

我想美是什么玩意儿我也说不清。如果我说不清，谁还能说清？那些搞美学的家伙能说清吗？纯粹的扯淡或扯闲！我想美也许是在心情爽朗的时候（如暗定了和美人幽会的日子）站在小院里，新月如她的细眉，几粒星星如萤火虫在淡灰的夜空飘浮，白色的丁香花笑孜孜地开满树，巧笑倩兮？她穿着漂亮的绸裙，坐在丁香树下，弹着古琴什么的。她忧郁的时候，我笑了，这就是美。

我想美也许是心情畅快之时，约韵友二歌伎三，泛舟于荷花开满的湖中，红泥小火炉煮谷雨前摘下的香茗，琵琶声声，清风阵阵，酣睡于十里荷花之中，而不知清香所至？

我想美也许是当我微笑躺在山中，雪地里有几株开着绿萼的古梅花树，一妙龄红裙悠然而至。美绝对是离不开女人的玩意儿，若离开女人，便无灵气。山水纵然美丽，如无人踏至，亦感苍白荒凉。我想美是女人和风景和心情。且别骂我流氓，我还要问你我流你哪了？

我想美就是美，这是有老婆的老崔在火车上遇到一个学美术的女学生所讲的。什么是美，我们天天说美，天天讲美，什么是美，到底什么是美？美是一个死于黎明前最浓重黑暗时的作家只有在美的时候才能悟出的，何况所讲的对象又是一个小女孩。

不知不觉我已登上山顶，山顶是一块光秃秃的大石块。山高我为峰，昂首傲苍穹。这座山虽然不高，可与周围山比起来，算是最高的了。山顶氤氲着淡淡的雾气，从顶向西看，是厚厚的云浪，起伏翻飞，在阳光下，有几座耸立于云浪中的绿色山峰，如同白色的天鹅绒台布上摆放着几只青螺，云浪时而把山峰埋没，时而又把山峰推起，又似顽皮的小天使的游戏。我站在山峰的崖壁前，竟然杳无冲动，只是伫立。

"怪了，"我说，"我会写诗吗？"

古代元气自然论者常叹大者含元气细者入无间，也许是受到现在目及的景象触生的。至于心物一体、心与物齐则也不外乎是美景之于心的异化。不被社会异化，就为自然异化。人净同自己过不去。

　　从山顶入云海深处有一条道，由于又是山阴，又有云气，山路变得阴森森的。进入云海一切都变成水雾状。云海茫茫无处归。单看云海倒不失为一幅佳景，一旦与山崖合二为一，什么也没有了。走了好长一段，云雾渐淡，已隐隐可以看到四周一切。在山道旁一个藤条杂木搭成的草亭里，有两个老人，年纪有六十上下，着便装，一个戴着玳瑁色深度近视镜，另一个胡须发白，他们边嗑瓜子，边在摆弄什么，样子像在下棋。很长时间没见到人了，我点了一支烟便走了过去。两位老者没有注意到我，眼抬也没抬，仍专心致志地在摆弄着一大把长短不齐的小草棍。我看了老半天，从他们摆弄的形状，发现他们在演八卦。

　　"你们在干什么？"我故意说，"下棋？"

　　"不懂吧，年轻人。"戴眼镜老人说，没抬头。

　　"毕竟年轻。"白胡须嗑了一个瓜子，又摆上一个小木棍，也没抬头。

　　我心中一喜，顿时想叫好玩。老人依旧演他们的八卦，口中时常念念有词，不念时便嗑起瓜子。我这时才感到奇怪，地上一个瓜子皮也没有，倒有一股臭味。

　　戴眼镜老人似乎解决了一个什么问题，脸上露出肮脏的笑容，口中念念有词地讲："这个爻不爱变化，按数来数，到了四爻而九尽，四爻为善变得爻。四爻为七，就不变了，这就是遇睽七。若真的遇到，就只能用瞑卦卦辞占了。"

老人讲完，我把烟头扔掉，这时忽然感到那股臭味更为强烈。这时我才看到两个老人身旁有一堆黑灰色的小虫，气味是从那里传来的。我还想看下去，可气味实在让人无法忍受，只好转身走了。

又走百米许，出现一个岔道，一条通向另一座山峰，一条通向山下幽谷，我稍犹豫一下，便向山下走去。这条路很窄，没有多少人走过。下到谷底，山道两边的是一座座藏青色剑一样耸立的山崖，高的竟有数百米高。几缕云雾弥漫在山腰上，风吹过把云雾吹成带状，这更加凸显出山势的峻峭雄异。

风时起时断，云雾不停地变化，山谷成为一个奇妙世界。没有阳光，阴沉沉的。我在山道一个平坦处坐下去，把剩下的酒喝完。余下的路不长，一支烟的工夫，就来到山脚下。这里有一条清澈的小溪，从山坡上葱郁茂密的森林中流出。小溪上漂来一两片鲜红的树叶，红得如同新染；时而又飘来一层，像一群红羽的雏鸭。

我信步沿着小溪向森林里走去。森林是高大的杉树与橡树所组成的。阳光被厚厚的树叶遮住。林中没有声响，静得出奇。小溪慢慢变窄，形成一股湍湍的急流。一块又一块大卵石兀立溪中，溪水撞在石头上击成一卷又一卷白色的浪花。石头上生满青绿色细茸茸的苔，煞是漂亮动人。我在小溪一个转弯处停下，突然一阵阵风掠过，远处一片"沙沙"的声音传来。视线跳过小溪，眼前景象使我惊诧了：这是一片巨大的枫树林，成千上万的鲜红的枫叶在急风吹动下沙沙作响。枫叶四处飞扬，小溪一下被填满了。载满红色叶子的小溪，缓缓地爬动，煞像一条红鳞巨蛇。

我脸上浮现无法表达的美，于是，走到前面拾起一片心形叶子。我在林中兜了一个大圈儿，然后才找到一条路，从林中走出。太阳已经落山，对面浑圆乳房形的山顶上一股白烟袅袅升起。于是我便径直上去。山不高，爬到山顶天还未黑。山顶上还是一座古庙，朱红的墙壁呈露斑斑的黄痕。庙的门前有两座赑屃驮着的青石碑，碑额是云龙纹雕，左碑碑文是团结紧张，右碑碑文则是严肃活泼。石碑后有两株大松树，皆已枯死，树皮已剥落。

　　我走进庙院内，只见一个和尚在给一个大香炉掏灰，他年纪十七八岁，赤裸上身，穿着一条青灰裤子。我在香炉前站下，小和尚木讷地看着我。这时小杰扶着一个穿着褐红色袈裟的老僧从大殿走出来。老僧戴着一架方框金丝边的秀郎镜，面带微笑，十分精神。小杰还是老样子，只是脖子上多了一串菩提子项链。

　　"施主，"老僧问，"你何处来呀？到何处去呀？"

　　"嗯，"我答，"我从来的地方来，到去的地方去。我在山里迷路了，恐怕今天下不去，能否在贵寺找一个歇脚处。"

　　"敝庙湫隘，如不嫌弃，就住下吧。"老僧说，"小杰，你安排一下。"

　　老僧说话斯斯文文，说完，客气地点下头，自个儿走了。我给小杰做了个鬼脸。小杰瞪了我一眼，这应该是自讨没趣的眼神。

　　小杰说："你来这儿干吗？"

　　我说："扯淡，还不是为了追求你。"

　　小杰说："赵来了，他早晨就出去了，现在还没回来。"

　　我说："难得我为他担心。"

　　小杰带我来到一间干净的厢房，一个小沙弥过来，打了一桶水，点上两根蜡烛。小杰说她要走，我拉着她的手，吻她的唇，她仍如以前咬着我的舌头。她说你再这样我就不高兴了。我说你还是高兴点吧，我不这样了。我想说我付二十元钱吻一次如何，第一次接吻只不过才十元，可我又觉得没意思。小沙弥又端上一碗青菜和两碗素面，小杰吃了几口说味道还可以。

我说我们是不是等赵回来，她说谁知道他什么时候回来呀。

29

　　赵半夜才回来，是和少尉一起回来的。少尉也太怪了，我的朋友他怎么全认识？如果那次我把他的脑袋砸个稀巴烂，他也许这会儿正在地狱里陪参谋长下围棋，肯定不会到处让我碰见他，让我讨厌。少尉微笑着对我点点头，一副颇为得意的样子，我也以同样的姿态回答他的问候，装出的得意样子程度绝对不比他差。

　　和少尉相比，赵的笑容明显太勉为其难了。这也难怪，谁让我和小杰在一起，我真想对赵说，我刚才绝对没有吻过小杰，我可以发誓，那是我瞎编的一种吻的情节。过去追忆包括咬舌尖之类的东西，全是以前的事。那时赵和我与小杰是处于同一条地平线上的，但自从我退出后，我决不愿碰她一根手指。尽管有时有这种冲动（毕竟是人），但这不是为了小杰，而是为了赵。哥们儿毕竟是哥们儿。我和赵是君子之交，挺淡的感情。赵和小杰到底是什么样的关系？我以前以为是中世纪神圣的东西，杜尔西内娅与骑士堂吉诃德，长矛战风车之类，现在我也说不清，或许还是这样。

　　但是我和小杰之间的关系，我是对自己交代清楚的。和漂亮的女孩相遇，不产生感情才不是正儿八经的男人。和小杰在一起只能算一种奢侈的享受，其原因，为了她我习惯从容挥霍银子，有时也想到应吝啬点。除了她漂亮，我还喜欢她的一点是——有次赵、她和我在景山公园玩吊车，我们摆动吊车，她在车内大声"啊！啊"地叫，我一直以为她这样极性感。可是后来和她在一起，纵然是抱着她，吻她，她也是拒绝性感的。这时，我怀疑她是否性冷淡。就因为这样，我找出感情退出的理由。退出的痛苦是无法向任何人诉说的。她曾按照我的要求挽着我的胳膊去买东西。

夜里去公园，公园的路卵石铺就，明亮的月光洒在曲曲折折的路面上，侧面看去路仿佛一条长长的白蛇。路旁的草坪被泼了墨汁，变成墨绿色。灰色的雪松，影子样的长条凳。我们携手漫步，相拥而坐，我对她说我尊重她的意愿，不去说心中的苦，以换取她的同情。只有这样我才觉得自己是个男人，但凡真正的男人都是如此。后来我才明白，一个男人要活得像男人，实际上是在完成一种虚荣。

赵刚进来，小杰便站起来拉着赵的手走了。少尉看着我，我看着少尉，少尉表情专注而真诚，少尉就应该是这个样子。桌上的蜡烛猛地跳动几下又慢慢地平静下来。

我说："少尉，你来这儿干什么？"

少尉说："国立宗教研究所研究一种禅片，我和赵都是来参加这个课题的。"

少尉说："禅片就是根据禅宗秘方研制的一种药剂，人吃完以后就能立即明心见性，立地成佛。你瞧，院里的炉子就是在炼药。"

少尉说:"这个庙是有千年历史的禅宗的庙,在这方面有独到之处。"

少尉说:"你不是懂禅宗吗?想不想参加?我们第一批药已炼出来,明天我将和赵带些回去用C11和C14做一下鉴定。哎!你这几天没事儿,不妨在这儿再办个讲座什么的,我和赵都讲过几次了,效果很好。你也讲一讲,这里的弘毅法师是我师兄。"

我说我想讲女人。我对少尉说:"你不要拐弯抹角来安慰我了,你知道我挺失落不是?我的郁闷不是给点讲课费就能纾解的!"

少尉嘴唇动了动,没说出声。蜡烛又跳起来,我们的影子左右晃动着。这种失落我已有过多次了。过后想想,这竟然会是一种美妙;过后又想想,创造这一美妙绝对苦不堪言。那次我拉一个女孩吃饭,饭后,他们争先恐后拿钥匙下楼推车送她走。唯有我坐在沙发上,看着他们一哄而散。参谋长进来说你病了。我说不是,是我想哭。就因为要做男人,我才不想去送她,石尖慢慢渗下的一滴水珠。水若一下子都浇下来,就不会有美妙乳石的形成。

人间的是是非非是一笔算不清的账。对我来说,欠的感情的债务与支出的感情的无息贷款太多了,这样导致我对人对己都不真诚。非诚无物,格致诚正。终究有一天,我会厌倦了所有一切,我要跳进一个清水塘里自杀,让尸体开满雪白的梅花。白塔白马白柳树,白色的影子,白色的太阳和新鲜的白月牙,白茅草小房子,白色地狱的舞蹈,白色情人节,逊雪三分白,白鹭上青天,我和她偎依着看白色的羊群和白色的浪花。在没有人的天地里,我从此已不再孤独。白色是单纯的颜色，只有单纯才能真诚，我和她爱情的故事才能开始。这才是爱情，其他都是自欺欺人，无非是幻影和幻觉，那么她是谁？我真的不知道，权当她是虚幻泡影里修禅的野狐吧？

少尉说："明天薇要来，薇出家后更漂亮了。"

我说："我见过她。我这时更想小玫，你不知道吗？香靥融春雪，翠鬓婵秋烟。"

少尉出去了。我脱下外衣，钻进薄被里。小玫紧紧地抱着我，我说我不能没有你。她说她也不能没有我。我又说我们是不是都在说瞎话。她笑了，笑得也很假，是不是说的假话，她似乎不知道。我知道吗？我也不知道。这个世界难以回答的问题太多了。我们抱在一起，我想把头放在她的肩上，她想把头放在我的肩上。怎样才能完成这样复杂的组合？她是不是小玫？小玫的肩是能留下我那颗疲惫头颅的。小玫的笑即使最开心的时候也是温柔的，这就说明小玫的心时时刻刻能叨念着我。在她面前，我能像孩子一样开心地笑，开心地哭，开心地使性子，撕掉假面和虚荣。

小玫抱着我的时候说："我的小男孩。"

我爱听这句话，我愿意有一个固定的童年。我愿意我的所作所为、所思所想一切都让她理解，而我就不用费心去理解和慰藉别人。我愿意有一种不再做作的天真，不再矫情，不再像男子汉。

小玫说："你不怕我嘲笑你吗？"

我说："你的嘲笑，我才不管呢！况且你的嘲笑也是美丽的。"

小玫应该是小玫。野花丛中，一群野蜂飞舞，翅膀颤动的节奏明快而强烈，集体运动展现的旋律与我的心弦合为一体，变成一串串美妙的音符，用快速的运动与连续的跳跃增强了节奏，多样的和声与旋律声气相通，变化丰富，充盈着惊喜与转折，于是平静的湖面，被黄蜂蜇伤的天鹅，变成了可爱的公主。小玫也许就是公主。

杨走后，他们又来了。我不知道该说些什么。

他说："女人都有做娼妓的倾向。"

另一个他从我的烟盒里拔出一支烟点燃，深深吸了几口说："我和女人做爱后，真想一脚把她从床上蹬下去。"

又一个他表示赞成，说了一句真理："一切都没意思。"

我说："做爱没有自慰好。和一个女人几次关系后，再做这事时肯定要把她想成其他女人，这才能达到高潮。如果没有这类移情，性就成为一种由此及彼的义务。与此相较，自慰则可以有无尽的想象。"

他说："若是这样，真没劲。"

上帝为什么要用泥巴捏出来能够意识自身的人类呀？生存的奋斗只不过是完成客观自然过程。房中的追求，成功的快乐无非是幻觉和自身欺骗。我是不是早晚要自杀？自杀虽不伟大，但亦不渺小，本来都是一种过程，和性一样。人从母体"呱呱"坠地后，要完成的最大的一个义务，不是生存。生存就是一种过程，生若是死，死便是生，不以生生死，不以死死生，是人早就知道了，这并不是什么难以理解的问题。沙漠中的沙丘在落日中燃烧像开满映山红的小山，红红的落日。流连狂乐恨景短，奈夕阳送晚。今日乱离俱是梦，夕阳唯见水东流。空气、水草、云雾都被染红。云雀的歌唱，山谷里布谷鸟、画眉、百灵叫声融合成绵绵沙沙的春雨，竹亭里白苇花，春天的旅人回乡时，磨坊小毛驴脸上蒙上一块黑土布，纺车"吱吱咛咛"地唱着，绿斑青蛙趴在荷叶上，浮萍掩埋了水塘中的小木船……

少尉回来，掩上门，拨亮油灯。他说："你睡着了？"

我说："没有，我正在想老白家门前那个小水塘。小水塘里有一只只蓝肚蓝翅的蜻蜓。那是靛蓝色的、有粉白斑点的蜻蜓，美极了。"

少尉脱掉衣服，躺在我对面床上："你还记得老白？"

我说："你知道老白为什么自杀吗？"

少尉道："不知道。"

"你入法门这么多年，连这点还没悟出来？这也难怪，如果你要悟出来，你就不会入法门了再去自杀。"

"你说为什么？"

"看破红尘。"我坐起来，背靠着床点了一根烟，"所以他上吊了。"

"噢，是这么回事！我怎么就悟不出来？"少尉拍了一下自己的脑袋，钻进被窝，"谢谢您！"

我说，少尉你别假惺惺了，世界上的道理还是明白得多，你还记得老白死时的情景吗？张着大嘴，伸着长长的舌头，眼睛却坚强地闭着。就凭他闭着眼我就知道他想死。

我继续说，那是一个晴朗的早晨，我们从他家门前水塘边走过，听到他家里传来瞎眼婆鬼笑般的哭声。你知道那天早晨的阳光多好，淡黄透红的阳光在新绿的水塘上镀了一层语言无法描述的色彩，小黄莺的叫声从塘边垂柳上传来，一两声蛙鸣，我说瞎眼婆一定在琢磨"打起黄莺儿，莫教枝上啼"那首诗。你对我笑了笑，笑的殷勤里裹着阴险。蓝蜻蜓在一丛白色野蔷薇上飞来飞去。阳光——这时那哭声传来了。这是瞎眼婆唯一的一次哭声，谁都无法想象和模仿的哭声。为什么瞎眼婆以后不哭了，也许是她在这一哭声中顿悟了，证道了，成佛了。瞎眼婆为什么不能当观音？你肯定还记得这声哭，这声把美丽的早晨震得"哗哗"颤抖的哭。我们走进屋里，看见瞎眼婆坐在地上，老白吊在二梁上，极难看的面部竟有一种似笑非笑的表情。少尉，你知道吗？如果我再小两岁我也会吓死（我续上一根烟）。

　　我继续说，有点絮叨，就在这样一个早晨，老白上吊了。你还记得老白放猪时，一个人躺在山坡上唱的那首"密码"歌吗？哎呀噜哦，咿噜来咪……什么的。谁也听不懂的词儿，老王说他能破译，我说老王是扯淡。老白为什么不肯说这歌的词，为什么不愿教别人唱，就是自己唱也躲在没人地方，总怕别人听到？老白到底是什么样的人？老家是哪儿的？为什么沦落到去放猪？少尉你小子可还记得老白最喜欢给我们讲他给什么游击旅长当勤务兵时的风光，怎么隔着窗棂看旅长和两房姨太太睡在一张床上。当我们问他是不是和旅长姨太太睡过觉，他总是很不情愿地摇着那个冬瓜似的脑袋。他的小眼一翻一翻的样子真动人。老白是个快乐的人，为什么自杀？我想如果把他唱的那首歌的词弄明白，一定会知道原因。

　　我继续絮叨，我说少尉，老白的家真穷，吃饭还用陶盆，他抱着陶盆喝加盐的面糊汤的样子与猪吃猪潲一个样。这是不是和猪在一起待的日子太长的缘故？他的土坯房子又矮又小。就一间，还没院子。屋里一个土床，一床破棉絮被，什么都没有。我们轮到去老白家吃饭，如同到新石器时代实习。是因为穷，老白才自杀？这也许不可能，比老白还穷的人家好像还有。老白就是老白，埋葬他那天，生产队里连个棺材都不愿出，是不是因为他是外乡人？记得还是我们知青给他争取到一副白板薄棺材，这事老王最起劲。你还记得，我还给他瞎老婆五块钱。埋葬他那天下午，山泽通气，风雷相激，滚滚乌云低得快压弯树梢，可一滴雨没落，没有哭声，老天爷也不哭，人大概到这份上才算死得最悲壮。

我最后补充说，我还记得他的坟坑旁边有一串串红红的浆果，我摘一颗放在嘴里嚼了嚼，又香又甜。于是我把所有的果子都摘上，放到坟坑里。我对老王说这样做是在写诗吗？老王握着铁锹，目光很淡漠。少尉，我告诉你，就是老白的死，才使我第一次真正理解死亡。在燃起纸火和炮仗的烟幕中我仿佛体会到生存的意义和价值。老白死后，我们最大的变化是打架的少了。少尉，忆萍好像也去了，是不是？

少尉终于说了一声："我常梦到老白。"

"是噩梦。"

"不是。"

"应该是噩梦。"

我扔掉烟头，钻进被窝。小玫又把她那双白皙丰腴的胳膊圈在我脖子上，硕大的乳峰贴在我的胸前，暖洋洋的。小玫是狐狸精。那天我在长满整齐茂密的红叶草地里遇见的，它有一双晶亮的眼睛，茸茸的长长的白绒毛，它拖曳着秀丽的大尾巴卧在草丛中。我把它抱在怀里，它成了小玫。

我对小玫说："You are the sun, brighter than the sun."

30

　　早晨起来的时候，小玫对我说："你就是太阳，比太阳更明亮。"她的声音就是歌声，好听极了，如软泥上的水性杨花，伸出油油的手，在水底招摇，把我深埋的记忆一点一点地引诱出来，我说你的确应该跟我说这样的话，因为是我给了你生命。小玫说是的，要不是你，我现在还是只狐狸。我说，我就喜欢狐狸精变成的女人，温柔娴淑，雍容华贵，秀色掩今古，荷花羞玉颜，比当下的女人好多了。

　　那天还是在一场游戏一场梦中，我就把残缺的梦留下了。我赴京赶考，路宿一座野庙，夜深沉，梦魂惊，响器班子开始了古筝与大鼓的争论，在犀利的感伤中飘浮，在清亮的散板里自由，多情自古伤离别，唉，别有一番滋味在心头。争论停顿后，破柜子后面角落里传来"嘤嘤"哭声。我搬开柜子一看，原来是一只小银狐蜷缩在墙洞边，脖子带血，有个伤口。

　　遇到我，第二天，它的伤口便愈合结痂了。它对我说一定要报答我。听它这样说，我简直不知所措，仿佛我已成了施恩求报的人。

小玫说："你还记得我们是怎样认识的吗？那是一个夏天，我刚调到中学，你也是刚分到那里。开第一次全体教职工会时，我们都坐在后排。你看我，我看你，我们目光相聚一起时，就相识了。"

我说："才不是这样。是我在我那间破房里拉手风琴把你唤来的。实际上我知道，你就是那只银狐，那天，你从我门前过，穿一身白纱裙，和白狐狸一个样子，是你说你要教我拉手风琴。"

小玫和我唱道："傍晚的小路上，是谁在走过，穿着灰衣，她名叫安睡。"

我说："还有《莫斯科郊外的晚上》与《山楂树》。"

小玫和我一起说："那些日子是多么宁静明媚，又是多么恬美。让我们手拉手，走在绿色的春天里，坐在小溪旁。你和我编织着一个精巧的花篮，挂在小屋里，傻笑。"

我说："你和我的事，你的他肯定不知道？"

小玫说："也许知道。我这次去找他，他就显得难受。"

我和她笑着说："我们都很坏，不是吗？"

少尉、赵和小杰一起推门进来。小杰满脸倦意，好像昨夜没有睡觉，赵的脸色沉暗，唯有少尉红光满面，神采奕奕。

赵说："我们要下山，你呢？"

我说："少尉说让我在这里办一个讲座，你们下山吧！小杰也下去？"

赵看了看小杰，小杰点点头。

少尉说："我已给弘毅说过了，他说你愿意今天讲就今天讲。我们走了。"

他们转身要走。我说:"别急,我还没有给你们介绍小玫呢!"

我转眼去找小玫,她杳无踪影。本来她就是狐狸精一类变来变去的东西。少尉他们仿佛没听见我说什么,径直下楼而去。小杰的头轻轻晃动几下,似乎要回头看看我怎么了,但始终没回过头。我对着他们的背影哈出一口气。人究竟都还有人情味儿,尽管他们都很自私,自私得让他们自己都看不起自己。她墓前的花篮里有雪白的大花碧桃、粉红的山茶、轻紫的杜鹃、金黄的美人蕉。

少尉昨天夜里对我说,薇今天要来。我是否应该见见她?她这时是什么样子?曾与美人桥上别,恨无消息到今朝。她出家有这么长一段,往日的浮华如脸上的香粉是否已全部洗掉?其实我理想中的薇该是什么样子?

九十点钟的光景,我走出厢房。清澈澄明的天空如一张粉蓝颜色的素缎,几团金黄色的云像盛开的硕大的木棉花朵,缓缓地在缎面上舒展花萼,轻轻转动。吊在东南方山崖上的太阳,紫红紫红的,恰如一块浸出血的润玉。几片薄纱似的轻雾平贴在太阳的周围,占了便宜,变成了朝霞。

我点燃一根烟,来到寺院,在般若堂边几株高大的菩提树边坐下。这种树枝叶繁茂,叶卵圆形,花有点矫情,埋身在球形花托之内,一副藏在深宫人未识的样子。树的根部铺满翠绿的青苔,几株藤蔓密密麻麻地爬到树干上,沿着枝丫伸展,忽而又吊挂下来,酷似丑陋的蟒蛇。只是藤蔓不时会有一穗穗黄蕊白瓣的花朵倒悬在淡绿色的叶子中,花攒锦簇,百媚千娇,煞是可爱,在淡绿色的深处，搭建一个华严圣境，境印佛心里，光照红山间。一个小沙弥送来新茶。品尝一口香茗，整个身心顿刻松弛，这些天的疲劳顿然散去。

"薇会来吗？"我自言自语道，"她知道我在这里吗？"

老僧弘毅来到我身边坐下。他今天穿上崭新黄绸袈裟，光光的脑袋浸在绿色的阳光里，有点瘆人。

"今天给我们寺僧讲点什么吧！"他说，声音缓慢且悠长，"随便讲点什么。"

"阿弥陀佛。"我端起茶，喝一口，模仿他的语调说，"我这种俗人，出口都是脏话，不怕污秽您佛门的清净？"

"这怎么会呢？"弘毅从口袋中掏出一根大雪茄递给我。他自己也点了一支，诚恳地说："讲点什么都可以，我把人们都叫来，就在这里讲吧！"

我点点头，血管流出的并不都是激情，弘毅去时瘦小的身材，如风一样飘去。细雨簌簌的早晨，只有上帝与我同在，上帝荣耀的光显现在菩提树的绿叶上。撑一把油纸伞，飘过悠长又寂寥的烟花小巷，前世的种种哀愁，开成一树繁密的丁香。丁香回眸，百媚乍生，凉风吹来，不胜娇羞，岩石用隆起大块肌肉的脊背拉回流逝的岁月。为了烟，为了酒，为了花朵，为了一朵朵幻化的肥皂泡，如露亦如电。烟酒不正是天地禀性、男人精神吗？

我不理解那些不沾烟酒的人，而且有些鄙视。弘毅也和我一样是性情中人，鹰要捉兔子时的目光，被荆棘剐掉的羽毛在空中翻飞变成了红羽梵歌，变成肥皂泡。一辆破牛车在山路上呻吟着。无言的季节，落叶、雪花、红围巾、细长的眉。苹果一样绯红的脸庞，在河渠边读书，看蝴蝶和小蜻蜓交尾，一个爬到另一个身上，从一朵野花飞到另一朵野花上，忘情地颤动着双翼，同时也没注意到从后面伸出一只手，把它们夹起来，把它们紧锁的双尾拉开，结果身躯扯断了，流出内脏，流出血。被抛弃在杂草中的残躯还悄悄地蠕动，贪恋生命和爱情。我，站在田野中，领悟大自然的爱情，感受苍茫。

清凉的月光漫洒山间，山庵鹅黄色的矮墙掩映在修竹苍松的影子里。小河从庵前蜿蜒爬过，一卷卷雪白的浪花击石的声音与蛙叫争鸣。我和薇坐在庵门前长长的青石台阶上。没有人，薇还戴着她那顶黑色的小绒帽。这是不是她出家后我们第一次约会？她讲了一个故事，是油漆匠夜入尼姑庵的故事。她说这是她家乡苏杭一带的民间故事。她讲故事的时候，手舞足蹈，绘声绘色，似乎感情投入很深。

我说我也给你讲一个故事怎么样？一个很有趣的故事。从前有一座寺庙，离这儿不远也不近。庙里有一群和尚，有一天一个新上任的县令想测试一下这些和尚的修行，便带衙役和几个风骚的妓女来到山上，他事先让衙役们在所有和尚裤裆里系一个小皮鼓或小铜锣。然后县令令妓女脱光走进寺庙，和尚们自然列队迎接。方丈站在大雄宝殿前主持欢迎仪式……剪彩之类。县令和妓女们刚进寺庙，只听锣鼓声响成一片，唯独方丈裤裆只响一声。县令这时把那些僧人训斥了一番，同时大加嘉许并赞扬方丈操行，号召大家向方丈学习，并勉励方丈戒骄戒躁，乘胜前进。后来同方丈进内室饮茶，取出皮鼓一看，原来皮鼓被打穿个洞，县令啼笑皆非。

我把薇抱在怀里问："你说他们修行如何？"

薇的清秀的眼睛闭上，略有所思说："这些和尚修行好极了，尤其是那位方丈。"

薇的话是正确的，她毕竟比县令聪明。哎，怎么又到这里，又是什么时候？新茶香味和大雪茄香味交织在一起，味道好极了。耳边的音乐，风流寡妇。他、她和我，还有比过去更悠久的故事吗？我心灵怎么如此狭隘，通向西方净土的女儿国的故事，他们和我都为之激动？是这样吗？不知道到底为了什么？

弘毅带领着几十个年轻僧人来到花园。在阳光下，几十个光亮的脑袋。我环视一圈，端端正正坐起来。喝一口茶，清清嗓子。

我说弘毅大和尚今天让我给大家讲点什么。当然是随便讲点什么都可以，讲什么呢？讲《红楼梦》，讲凤姐和宝玉的私情，讲罗密欧与朱丽叶最后钻到坟墓中化蝶双双飞去，去了天国，除了这些，还能讲什么？既然是在佛门净地，我就给大家讲一段佛门遗事考订。这是我最近写出的一篇文章，虽然文章很晦涩，可讲起来很有趣的。所以，今天演讲的题目是：《达摩祖师西来事迹考》。

弘毅坐在我身旁，抽着雪茄，圆镜片下两只小眼睛向我投以赞许目光。众僧盘腿而坐，聚精会神，如听高僧诵经说法。我怦然心动，继续讲下去。

我说各位都是佛门中人，对参禅证道不会生疏。一般都认为达摩面壁，开创我国禅宗一脉。实际禅宗证道求果的方式则和世人那种"直指人心，见性成佛"的方式不一样。起码达摩祖师所做的就不是那样。佛陀把他那部正法眼藏传给迦叶尊者后，迦叶又传给阿难，这样在古印度一直传到第二十八代菩提达摩大师，这时古印度佛教衰微，菩提达摩遍查星象，妙演天机，看到东土震旦，也就是中国，有禅宗气象，便渡海东来，从南海上岸，面见梁武帝，梁武帝虽虔信佛教，但亦崇尚道教，正是古所谓霸王道杂之。两个人见面谈了一通，闹得不欢而散，结果达摩拐走了武帝宠爱的娈童周小童，渡江北去，来到河南嵩山少林寺，开始了人们传说的达摩十年面壁的经历。

我说达摩祖师在少林寺的山洞里真的像人们说的那样是在苦心参禅、十年面壁吗？实际不然。这一切须从这个周小童说起。在古代，每个皇帝无不喜爱男色，比如弥子瑕与卫灵公分桃而食，汉哀帝与宠臣董贤同寝断袖，后来就常以分桃、断袖指同性之好。至于狎昵娈童，原本是君王贵族之癖好，在六朝这个讲究品性的时代，更是发展到极致。男子化妆，讲究姿容，说明这个时代好男色是种时尚。

我说那周小童自然长得十分漂亮。当时有诗云："可怜周小童，微笑摘兰丛。鲜肤胜粉白，曼脸若桃红。"和梁武帝苟合之时，周小童还是不太懂事的孩子，见了达摩，当然也有新鲜感，这样达摩就依靠佛法感召和印度秘药把周小童骗到手，闹得和梁武帝翻脸，携周小童逃走。正如诗云："剪袖恩虽重，残桃爱未终。"梁武帝知道周小童和达摩一起渡江私奔，气急败坏，令大内高手秘密去北朝明察暗访，吓得达摩和周小童躲在少林寺山洞里，十年未敢出来。

我说达摩祖师和周小童的秘密后来被洛阳一个叫姬光的少年发现了。这个姬光又叫神光，后被达摩更改法名叫慧可。他自幼博览群书，为求人生妙理，出家为僧，盘坐八年，后慕达摩之名，便来少林寺。达摩和周小童终日在山洞里厮混，经年不出。姬光去求见，当然不会让他进去。姬光见大师终日不出，便暗自思忖，古人求道，敲骨取髓，刺血济仇，布发掩泥，投崖饲虎，古人尚如此，我何不仿效？于是在寒冬大雪之际，彻夜立于山洞前，地下积雪已过膝，可他仍恭敬站立如故。这样达摩没了办法。因为姬光不走，周小童就不能出来，而自己必须老老实实地面壁端坐。所以只有把姬光引入，把周小童介绍给他，方可解围。许多年过去了，周小童正到了成熟年龄，由于长期和达摩在一起，举止姿态完全是成熟女子的模样，姬光是个苦行僧，哪里见过这样的人。达摩又用药力催发，一下子把姬光性欲调到极点，就同周小童闹得个鸾颠凤倒，事后达摩怕姬光以后泄露秘密，让他发誓，他无奈，只好用钵盂把他左臂砍断，送到大师面前。这正如后人《倾古》诗说："六祖当年不丈夫，情人书壁自糊涂，分明有偈言无物，却受他家一钵盂。"

　　我说这就是后来禅宗中把达摩叫作"老臊胡"的真正原因。至于以后姬光如何成为禅宗二世祖，周小童如何途经西藏，化为莲花真人，后又如何去印度，开创印度坦特罗密教男女双修体系，这些，我们今天就不谈了。我们最后要谈的是达摩为什么要携周小童一起躲进少林寺山洞修行。其实，细究起来并非我以上所叙述那样俩人私奔苟合。谈到这个问题，还要从佛陀在灵山会上"拈花示众"那段禅宗第一公案说起。有一次，释迦牟尼在灵山会上说法，他拿着一朵花，面对大家，一言不发，这时听众们面面相觑，不知所以。只有迦叶会心地一笑，于是释迦牟尼便高兴地说："吾有正法眼藏，涅槃妙心，实相无相，微妙法门，不立文字，教外别传，付嘱摩诃迦叶。"

我说这里佛陀为什么要拈花，为什么说"不立文字"，为什么要"教外别传"，都是我们要细细揣摩的。我们知道人们经常把什么比喻成花。我们为什么总好说"桃花粉面"或者"十八的姑娘一朵花"这样的话，这种例子太多了，我不胜枚举。了解到这点我就不难理解佛陀为什么说"不立文字，教外别传"这些话了，当然也不难理解达摩祖师为什么拐骗周小童了。

弘毅精亮的小眼睛已显迷茫。我坐在竹椅上，又开始喝茶，僧人们慢慢走了，并留恋地朝我看一眼。弘毅坐在我的面前喝茶。

"讲得怎样？"我问。

"挺好！"弘毅微欠身子。

"茶也很好！"

"是吗？"

阳光。知了在树上没命地嘶叫。一切就是这样的，又何必掩遮。这世界？华严的三世十方又是什么样子？这些和要走的路有什么关系？理性幻化？浓荫下的平淡和重新塑造自信的太阳会让我平淡和自信吗？

31

　　薇一直未上山，挺无聊，对着天花板吹口烟，烟是一场游戏吗？一缕一缕，纯蓝的、淡蓝的、淡灰的，时聚时散，倏然杳无踪影。透过窗棂黄表纸，被知了叫出的花的芬芳的气味裹着烟雾一齐逃走。心的圆石柱上拴着一匹老马，半闭上眼。它要死了，最后竟然不向它所有的朋友，包括我之类的说一声再见。弘毅来看我两次，总找不出交谈的机锋，很是无聊。

　　古怪的歌声在小溪源头摆开阵势。脱掉衣服去寻根。这是纯粹意义的性冲动，是眨着眼睛，牵着她的小手走在团泊洼的秋天里。蝉声消退了，多嘴的麻雀已不再吱喳；蛙声停息了，野性的小河也不再喧哗。于是，应该说点什么做点什么我怎么总弄不清楚。痛苦之极便双手抱着头蹲在地上看蚂蚁打架，原初的疯狂大凡如此。

　　下山的时候，看见少尉拉着薇的手迎面走来。我躲到路边大树后面，看着他们走过。薇仍戴着那顶黑色的小绒帽，耳边敞露一溜嫩白泛青的头皮。这一溜头皮一定很温柔。她仍旧美丽如初，像一枝无法开败的蔷薇花。每每晚饭后散步，看到路边花坪里簇簇怒放的蔷薇花我就会想到她，想搂着她睡觉。她身着青衣，气喘吁吁。少尉时而转过头，说点什么。少尉给女人讲笑话的本领比我差多了。看着他们的背影，我真想扑上去，大叫一声，把薇叫到我身边。可我又一转念，在我心中的，早已有个我，哦，我比她先到。

似乎在西方，没有阳光，没有阴影，没有层次。几座圆锥体的棕褐色山崖巍巍耸立，山崖表面并不平展，有凸凹不平的断裂石槽。其中有一面山崖上顶起一个巨大的圆形石块。在这几座山崖南面是一座蘑菇状的小山包。从蘑菇洞里慢慢伸出一道巨大的石脊，煞像一条巨大蟒蛇，蜿蜒爬到山下，动也不动卧在那里。

剪纸贴画，在我书桌左上方的白墙上是一对红纸剪的小狮子。一串红梅花插在酒瓶里，这是罗杉买的。不知是出自艺术的爱心，还是对憔悴柔软的手的怜悯，不知为什么，什么都一无所知。我家住在黄土高坡，所有的美女都爱我！原始的意识以肤浅方式改造现代理性。疯狂和发泄，精囊里的欲望如海水涨潮，山呼海啸，汹涌澎湃。女人也是渴望的，野有蔓草有片片，草叶露珠光闪闪。茅草地，湿漉漉；有美人，清扬婉。

割茅草的日子，女人脱掉外衣，在薄薄的棉汗衣下，两只硕大乳房如同失去母爱的变态小山羊，龃龉摩擦。男人敞开黑又亮的胸膛，展示不按规则发育的一块块肌肉，厚实的脊背，性感的脖子。有时回来晚的时候，在收割的茅草堆有一阵一阵令人心旌摇荡的嘿嘿嗷嗷的放肆的叫声，那是健康的呻吟，亢奋的呐喊。赵家的狗又叫了，蓝棉布大袍、破毡帽。在北京街头，摇落的绿叶，哗哗、哗哗、哗哗。时髦女郎的棕色的长筒皮靴。科隆香水味儿，金发女人，伸展双腿。哎哟！这个世界，世界毫无顾忌用充满性欲的目光吞噬一个个纯粹的贞节。

有时他低声诉说如同颤抖的手拨动着琴弦。少女初恋时羞羞答答的表情，绯红的脸，长长睫毛。棕榈林。在白色沙滩上那排黑色的棕榈，黑色的椰子果，黑色的小船，黑白面的层次。彼岸的招手，世情，风雨，乱云。天动情地落下粉红色晶莹的微笑（属忧郁一类），织成粉红色的雨幕。透过那深幽的古井，一双如露水般晶莹的秀目从远方递来，秋波流转。草上露珠大又圆，不期而遇两心欢。小毛驴，穿红袄的少女，驴的头上贴着用红纸剪得十分工整的大"喜"字。阳关道上，成行的垂柳，浅浅的河水里嬉戏的光腚的孩子。

我把步子放慢。我看见背包把后背捂了一个不规则的清晰的汗水的印迹。坐在柳树浓荫下，直直地望着骑驴的新娘子从我目光中消失。一阵快乐的自行车铃声传来，讨厌的黑狗嗅我的臭脚。我说，他们怎么唠叨不完，无始无终呢？河马在水塘里，长脖子鹿的迷人的舞，插花探戈。绿莹莹的莺雀哼着调皮的歌，在头上的柳树上蹦来蹦去。大地敞开胸怀天真地微笑。

参谋长从后面走来，满头是热气蒸腾的汗水，他苦笑道："真累！"

"是吗？"

"真累！"

"太阳太毒辣了。"

"时间走得太快了。"

天天打工时时忙，何时清闲晒太阳？早见太阳出东海，晚看日落西山旁。等俺无事找太阳，头顶满天是星光。他坐在我身边，汗从他身上像电波一样发出，蒸得我不想喘气。男人是用泥做的，而且是用的臭泥。没办法，只好随他去了。到终点还有一半路程，谁让我们选择这种方式呢？泥瓦匠，打小工。生活呀，你用天才的脑袋去理解平庸和无聊，求得物我一如之解脱。自尊和满足，满嘴石榴米一样的白牙。金发女郎，湛蓝的湖水从眼睛荡出，聪颖的感悟。最后我们都把肚皮贴在黄土上，手掬一抔黄沙把自己掩埋。歌子从唢呐中奏出一排雄壮有力的《小白杨》《美国巡逻兵》。

"你真要去喝喜酒？"

"是的。"

参谋长用细嫩的手拍打着我的肩，颇有点特殊意味。我倏然感到很讨厌。

"你不愿意去？"

"不愿意？"他不明白我的意思，"你说呢？"

我无可奈何："去不去都行。"

他闪动被汗水浸红的眸子，仍不理解："我去不合适吗？你喝醉了，我可以把你背回来。"

我淡然一笑："你背得动吗？我告诉你，我最轻的时候也没有下过一百三十斤。"

"新娘漂亮吗？"

"漂亮，你去看就知道了。"

有人有时太啰唆，有时比女人还女人，像只猫的尾巴，一晃一晃，还直挺挺的。我们又开始赶路。路很长，没有尽头。天涯海角，凉冰冰的心。新娘，蟾蜍的脸。嫦娥、芙里尼与维纳斯，为什么相距万里，都变成蟾蜍？我想流泪，总是这样。女人哟，总是这样吗？铁锈色的崖岩挂着新娘的红花，长长的红丝飘带，深蓝色的纱帘，水红软缎绣花小袄。芙里尼的乳房，好像苹果高高转红在树梢，向着天转红，直到摘果的把它摘掉。脱掉衣服，就不是亵渎神明，忘掉就忘掉吧！又有什么遗憾的？无聊伴着美酒一口咽下去。

新娘的车队很晚才来，听到村头的锣鼓声，我的心仿佛凝固下来。她毕竟来了。声音太嘈杂，参谋长在与几个年岁较大的村民聊天。真好呀！我不知道。新郎个子不高，一副老相。哭丧的脸硬拉出几丝尴尬的嘲笑。难受。我替他难受，为以后生活难受。谁让我要接受这个不情愿的挑战呢？一切都按部就班地进行。新娘从车上走下，脸上也带着让人不解的微笑，是自讽式的，有点酷。她左顾右盼地寻找什么，是什么？只有我知道，那是她丢了的，丢的是我那双眼睛。我把自己埋藏在人群里，让她那双曾经十分调皮的眼睛焦急，让她什么也看不到。我想起我的恶作剧，我曾把她拉到那已被废弃的防空洞里，黑漆漆的，然后拉开她的裙子，让她赤裸裸地站在我面前。

"你要干什么？"她急剧喘息着，声音发硬，"干什么？"

"就这样，不好吗？"我从兜里掏出一根揉得皱巴巴的烟卷，叼在嘴上，点着。她气愤地用小手抓我的头发，咬我的肩膀。我一动也不动，微笑着看她朦朦胧胧的裸体，那幼稚的美已使我陶醉和满足，我还要干什么？直到我抽完烟，才把衣服递给她。她穿好衣服，走过来，抱着我的肩，我想她是想吻我，谁知她咬着我的唇，咬得很疼，流了血。我和她！

人们都不认识我，只有新郎家里人把我当作从城里赶来的女方家里的表哥，对我很客气。我心不在焉地应酬着。一切都挺没意思的，可什么是有意思的事呢？我弹掉落在我那漂亮西服上的烟灰，在院里踱步，一串串娇滴滴的声音不断从新房里传出来，诱人的女人粉脂香味，性感的贾宝玉，公子哥们，全都一派胡言乱语，从来没有人知道这放弃掉的一切是怎么回事，这东西是什么样的。

　　什么样的？风送给我阵阵凉意。我颤抖地开始询问自己那已忘掉的和应该忘掉的是否应该重新再来。我们的泪水在心底潸潸地流呀！流呀！流呀！谁能理解，又干吗让人去理解，院里一棵石榴树的透明的灰色的叶子中，开满星星点点深蓝色的小花。石榴早已摆在树下一个大大的竹果盘里。她要结婚了，就在今天，她成了路人。我干什么？焦急地在院里踱步。参谋长的嘎嘎锋利的笑声不时传来，他和别人谈得十分投机。他并不是这样的人。

　　新娘终于发现我孤零零地站在石榴树下。疯狂的石榴树。偷石榴的小女婿住在村东庄，年方九岁。石榴掉下刚刚巧巧砸在小奴家头哟，于是乎惊动了绣楼上的新娘，怪事儿。她戴红色纱巾，推门出来，站在堂屋门青石板石阶上，我们凝视着。

　　"你来了。"新娘终于问，嘴角激动得颤抖。她依旧十分漂亮，艳如桃花，眉目如画，脸上的曲线流畅和谐。

　　我点点头。

　　新房被一把火烧起来，红黄色的火焰灼烤我脸上的油脂"嗞嗞"作响。"劈剥、劈剥"是屋内的竹竿和木梁断裂的声音。人们的呐喊声已经消失。从房内流出的是黑黄色油脂的东西，令人毛骨悚然。这个地方要从世界上消失了，还有这里的人。火熄灭后，她挽着我的手，漫不经心地在这堆废墟上走过。天幕已拉上，谢幕的掌声经久不息。保罗·罗伯逊低沉的男低音从远方"鸽子"号游船上传来。那棵灰色叶蓝色花的石榴树依然耸立在那里，默默地欣赏着瞬息万变的一切。石榴树上挂满了眼睛，长而挺拔的睫毛闪动着，泪水从眼里流出，雨幕拉开了。珠帘，黑色的头发，摘下那鬓角秀丽的绢花……

"下雨了。"新娘仍在我面前，站在青石阶上，"你在想什么？怎么这般故作深沉。"

我淡然笑了。我发现新娘依旧那样调皮，像孩子时一样，讲些什么呢？

我笑道："没想到今天我要来吧。"

"没想到。"

"陪我喝杯酒吧！"

"你说合适吗？"

"看你。你知道我对婚姻的历史素有研究，我可以考证出来在中国古代，新娘在结婚那天夜里，要单独陪她表哥去喝花酒。"

"二十一世纪的婚俗是这样的吗？"

"是的，"我摇着脑袋，"我在对面小巷南头那个酒馆等你。"

我告别了石榴树，来到小巷南头的酒馆里。这个乡下的酒馆号称"又一味"，室内布置颇有特色，西餐桌，吊顶安装着一盏盏淡黄色的聚光灯，色调恬静柔和。我坐下，吸着烟，酒与菜很快上来了，我喝一口酒，酒味很淡，是米酒。也许很滑稽。参谋长到哪里去了？我一个人坐在冷冷清清的酒店里喝酒，等新娘的约会。这都是为了什么？为了虚荣？为了在自己浪漫的艳史上增添一点新鲜的情节？是的，有时办的事情你真不知道为什么。荒唐的季节。

新娘来了，换了一身淡雅的便装，仍戴着红纱巾，一束秀发轻松地披散在后背上，姿态优雅地坐在我的对面。

我说："我知道你会来的。"

"是吗？"新娘说，"明天你可以写本小说，名字叫《失踪的新娘》。"

"我会写的。"

我给她倒了一杯酒，递过去一根烟。她没把烟点着，只是夹在右手上，然后端起酒轻轻地呷了一口，在灯光下，她淡淡粉妆的脸格外诱人，明眸闪动，好像有很多话要对我讲。讲什么，还有什么可说的？我端起酒和她碰杯，然后一饮而尽。

"干吗喝这么多！"

"喝酒，只要气氛好，喝多少也不会醉。"

新娘轻蔑地一笑。我受不了这种笑。我想，在她脸上留下五道鲜明的指印也许是十分妙的事儿。她捂着脸"嘤、嘤"地哭着走开，然后我再默默地独坐狂饮。烟只能使我做个常人，而酒才能使我成为超人。那超乎自然的力量来自何方？可是她来了，离开了能使她高兴的气氛，独自来陪伴我享受孤独，我应该感谢她。此外，还应该想什么？

太可怕了！

酒桌上的灯光十分柔顺，新娘喝了两杯酒以后，脸上渐渐地抹上一片红霞，日落西山红霞飞。多么空荡的酒馆，除我之外还有她，外面还有满天星斗。

32

　　满天的星斗嵌在我的眸子里，新娘纵然看不见。新娘是谁，何苦要结婚，不是作践自己吗？在头上插根狗尾巴草便把自己卖了。爱情如香烟，如商品交换，少花钱是买不到好烟的；爱情如点燃的香烟，如点燃了爱情，大多会被熏得鼻涕一把泪一把；爱情如叼在嘴里点燃的香烟，如一口口地吞云吐雾，若是有了瘾，就会把牙齿熏黑，只有当烟头烫着嘴唇，才会吐掉，过后还会看着赖在地上余火未灭的烟头，还会想念你的吻，回味那淡淡烟草味道，记忆中曾被爱的味道。

　　杂虫唧唧的叫声无赖至极。灰黑色天空的大幕悄然颤动一下，她从幕中钻出来，穿着雪白带有湖青色横道的布裙，手捧一串猩红的百合花。新娘问我她是谁？我说就是她。我又说她是"上帝"的小女儿，是我的朋友，信不信由你。新娘轻轻地晃动脑袋，不相信又不理解。天的帷幕被她的小手悄悄扯开，先跳出轻灰色，继之是淡青、葱青、清碧，又挂上薄薄的银红、明蓝、紫蓝、湛蓝，各种各样色彩互相渗透调和，在风的吹拂下，荡起一股股斑斓炫目、柔美曼妙的色彩的幻化。

散落的青藤的白色花瓣如一把幸福的小伞，悠悠向我飞来。她看见了我？她看见我和别的女人在一起是什么感受？她还能做我童年的情人吗？我也奇怪，自己并不纯洁，却要求他人纯洁；自己并不真诚，却要求他人真诚。无赖和荒唐的我，踽踽地痴迷创作一个纯洁和真诚的爱情故事。每念及此，我应该哭，还是应该笑？

我说："我想告诉你，我和她有一种奇妙的关系。"

新娘"扑哧"一声笑道："是什么奇妙关系，是 sex 之类的？"

我突然闻到一股恶臭的噪音，立刻从桌子前站起来，捂着鼻子冲出酒馆。依旧是灰黑的夜，酒馆旁的一盏路灯，几只飞蛾上下翻飞，一股巨大的凄然寂寞的情绪立即渗透我的全身。这种情绪由何而生？感叹漂荡的浮萍，不需要根的寄托，在雨里风里悄然沉默，这就是我。这就是理想的我和现实的我。

我又走到我的路上。这条路只属于我。站在湖边残破的小船上，在落日淡黄色的余晖中，茂密的芦苇传递出一缕野蛮的清香。对着莽莽的苇林说点什么？抑或折苇作箫，勾引弄玉（她）从天堂悠悠飞来。弄玉者，何人也？圣母玛利亚乎？上帝造人的时候，多给人一种器官，便闹得人们颠三倒四，利令智昏，把奢侈的享受误作正当的报偿。人类就是这样一群恬不知耻的动物。我真应该哭了。如果人类要是单细胞自我复制，哪能有这么多卿卿我我，是是非非。

我突然闻到一股恶臭的噪音，立刻掏出手绢，浸上酒水捂着鼻子。我说你怎么能这样说，我们的爱情还不够完整？我不是说过吗，我们彼此都爱得苛刻，这究竟是为什么？难道我是因为你才存在？你躺在我怀里的时候给我讲你们登鸡公山你躺在他怀里睡的事，一夜的山路有夜莺的歌声吗？我竟然津津有味地听着，像在幼儿园里听阿姨讲童话。爱情会那样干净吗？

荒唐之荒唐，难道是因为罗杉？罗杉是偌大个叫嚣的世界里我唯一爱的人，起码我对她这样说过，尽管说得漫不经心，尽管我猜想日后的生活是一本俗世的连环画。谁让我天生就是多愁善感，而总故作潇洒，心地坦荡，肚大容人。一个牛人会有两颗心，一颗心流血，一颗心宽容。在一个没有男人的世界，我能为人所明白吗？你不明白我，恰因你是女人，这也是我谅解你的理由。但是，我好像应该问自己一声，你为什么要明白我呢？我有权利要求你明白我吗？权利和义务是结合的，我对你尽过什么义务呢？

我突然闻到一股恶臭的噪音，于是我咧开嘴，"哈哈"地大笑起来。我说，错误和挫折教训了我们，使我们聪明起来了，我们的事情就办得好一些。我点燃两根烟，一根递给新娘。她抽烟的姿态优美，左手的拇指和食指捏着烟蒂，每抽一口都在烟灰缸边把烟灰轻轻地刮掉。我在她心目中是不是和烟灰等值？我为什么要衡量我在她心目中的价值，价值和意义有区别吗？

我想我也许是一个这样的人，想去爱，亦想拥有爱，可我却不敢爱和拥有爱，爱毕竟是件过于严肃而又沉重的东西，生性疏懒的我能尽作为爱人的责任和义务吗？这样若两腿之间有个闪动，便跃跃欲试去谈情说爱，岂不滑稽？疏懒之为笑也！疏懒意何长，春风花草香。

这时我深沉地告诉自己：首先，我是一个矛盾着的乱七八糟的男人，通过想象达到真实，通过回忆产生美好，通过勾引别人或被人勾引制造仁爱；其次，我从不向任何人袒露我的内心，以诱拐少女失足于追寻探索的隐秘高峰之上，此乃我克敌之法器，吾之法器是从不示人的。这次我郑重地宣布，此话之真假，任凭你体悟判断吧。我不揣浅陋，从以上两个方面自我解析，此中必有不足处，恳请赐正。

新娘应该嫁给参谋长。为什么我要与参谋长共同拥有这份感情？我到底和多少人共同拥有一份感情？在寒冷飘着湿气的地狱里的参谋长此刻正在干什么？他会给新娘发封贺电，或寄来一份礼品吗？他不是和我一起来吗？参谋长现在对什么都装出无所谓的样子，和我装的淡漠的态度一样。是不是人到了阴间，心的确就变冷了？为什么当初我知道参谋长爱上新娘后还不肯相让？可是到现在，谁要是和我共同拥有一份感情，我肯定会以礼相让的。尽管有时感情不太情愿。可我最后一定要这样做，并且能够做到。这又是为什么？现在的我每拥有一份感情就要淡化掉这份感情，薇也好，小玫也好，小杰也好……

这究竟是为什么？为了罗杉？还是为了她？为了施舍的快乐，还是为了朋友之间的义气？有一些说不清楚的原因埋在我心里让我的压抑无法消失，让我瞪着眼装出一副生气的样子对任何人说我无所谓（畏）。于是乎天黑了，被月光曲解的古塔，留下一地残破斑驳的影子，风吹动塔檐风铃，声音细碎而不和谐，如一个寡妇在低声絮叨一串串说不清的过往。风铃不必檐间语，境界非凡我熟知。酒在胃里酸腐的时候想吐吐不出来就发誓以后再也不喝酒了，把酒看作地狱的使者，盗去我那朵幽兰的花。我是真的无所谓（畏）吗？

我的那朵幽蓝的花像一只会唱歌的小鸟吊在软细瘦嫩的柳枝上，分披的花萼重重叠叠，绽着处女般清洁的微笑，清爽的风带来湿润的芬芳。这才是我那朵花，想她的时候就想这朵花。

我对新娘说："你回去吧！"

她没吭声，看着我好一阵子，才轻轻地摇摇头。

"为什么不呢？"我说着站起来，把手里的烟掐灭。

她又点上一根烟，吸一口，慢慢地说："你再坐一会儿，陪我抽完这根烟好吗？"

我又坐下："我并不是想让你走，只是怕你那位等急了，到处找你，毕竟是新婚之夜嘛！"

她没吭声，只是笑了笑。这是她从小习惯的那种笑。起先是杏眼微合，两颊与眼皮交换处皱着一层薄薄的含嗔的笑纹，嘴拉成一道优美的曲线，轻轻露出一道细密均匀的白牙。她的脖子细腻洁白，戴着崭新的金项链，在烛光下大胆地流露出丝丝细光。我抓着她闲放在桌子上的那只手，说我们跳舞吧？她仍没吭声，动也不动，淡色红花的裙装里，两只大苹果般的乳峰隐隐凸出，似乎隐藏着小山一般的忧郁。我想在这个时候，如果参谋长在，大概更为奇妙，三个人坐在一起，抽着烟，喝着酒，都不知道说点什么。世界要是变得如此尴尬，才会有无限的绝妙。

我想新娘会埋怨说我没感情之类的话，我说我这样的人怎么会有感情呢？而且对待女孩，按我的逻辑，一定要用放鹰之术，即让鹰有吃的，但绝不能让鹰吃饱。感情的事只有给上帝去谈，况且上帝还有感情危机呢！想来想去，还是觉得什么都没意思。在人世间，如果把感情当作生活的目的准是最没出息的男人。参谋长早想明白了，所以参谋长死了。少尉也想明白了，所以少尉出了家。唯独我没彻底想明白，才制造出这一串串爱情的故事。

我从乡下返城后，第一个遇到使我心动的女孩就是她。我告诉参谋长这次精彩的艳遇，参谋长说让我们去看看如何？我和参谋长骑车几十里才来到她家。她还是个小姑娘，穿着洗得发白的蓝卡其布列宁装，见我们匆匆而来的样子，十分惶恐，白皙小鹅脸蛋上，因羞涩泛浮一层红晕。参谋长看着她，小眼睛一动不动。看他这副傻样，我竟然笑起来。

我说："我敢肯定他一看见你，就动了情。"

她不置可否，许久才说："现在恐怕不一定是这样了。忆萍呢？"

我不得不低下头。一只小鸽子从胸腔飞出，"哗啦、哗啦"扇动着翅膀，神仙的梦。足履白云寻羽客，杖挑明月返仙家。这羽客，就是我胸中的鸽子，倏然从桌前从小酒吧窗户飘出，在凄迷的路灯边与飞蛾打了个招呼，飞向远处，飞向山间旷野。月亮推开浮云在银红的天空中，展示她那张圆圆的晶莹的蓝宝石般的脸（饱满又深沉的脸），少女有时亦会肆无忌惮，撕开乳罩之类的累赘，真诚地裸露心胸。季节的重合，树林在风中交头接耳的絮叨的话，人类隐忧与秘密茫然无存，萨克斯管嘶哑的声音无谓地飘荡，神奇的月光溢出过度的真诚，不知道在伊甸园犯禁的祖先首先想到的是不是做点爱以直接获得幸福。

我只好对她说我要走了。她斜倚在小酒店门框上，看着我，抽着烟。在夜的路上，迎面而来的看不清面孔的行人，大概是地狱的使者。我唱起一支歌："Hello darkness my old friend, I've come to talk with you again." 我唱歌的时候总是一个人独处，静静地感悟歌词所描述的对生命的解释。佛陀经过四十九天的冥思苦想，最后得出一个无父无君的结论，有意思吗？

干什么好像都找不出激动人心的精神，歌不过自娱，自我慰藉。思念也好，感情也好，接吻也好，诸如此类的一切，大凡不过都是一种慰藉。情人们喜欢在夜晚约会，因为夜的黑色是遮掩彼此令人恶心表情最好的面纱，使甲方看不见或看不清乙方眼睛中迸发灼人的情火和被性欲歪曲的嘴巴。于是，人世间的种种，切莫用心体会，像傻瓜一样活下去，才能淋漓痛快。没有真诚的东西，没有应让人珍惜的东西，没有一棵疯狂的石榴树借助狂风，抽打卑鄙。看看南来北往的浮云，落下升起的太阳；看看星星草或紫云英娇嫩败落的叶片和花萼；看看蝴蝶和蜜蜂飞来飞去的劳作。人们还应该有什么奢望不可满足？人们为什么不抛弃对生存本身的忧虑？人也许应该就是这样，无事而从容，恬淡自处，把自己关在荒山水涧野花荒草搭成的小屋里，用心剪出一朵花，贴在小木窗上。

当然，拉着女友，从闹市中，从叽叽喳喳的麻雀的叫声中走出来，说一些不痛不痒的话，做一些漫不经心的爱。女友笑的时候，你也笑一笑，林荫道下，踩碎原本焦黄的树叶，照一张照片，活着就好像活着。皇帝招我做驸马，路有点远我不去。寒冷的日子到了，把头缩在棉袄里，再也不伸出来。

后来参谋长来找她，我并不知道。只是有时我们三个人在一起时，他们俩总想避开我说点什么，我感到痛苦，像一个乞讨的孩子，等待一些别人剩余的感情。这时我也想到，如果不是参谋长加入，我不可能这么用心追求她，我希望得到她绝不是为了爱，而是为了通过得到证明我的价值。然而，如果我要知道参谋长会出那样的事，我怎么会制造一些不愉快的事呢？

参谋长曾说："算了，又何必提这件事。"

他说这句话时，声音很冷。他毕竟一生没有爱过。对我来说，爱实在是件十分荒诞的事。我几乎不向任何女孩子说我爱她。对此我解释说，爱和喜欢不一样，爱是带有责任和义务的，而喜欢就是喜欢，是纯感情的事儿。实际上是这样吗？也许爱对我来说是个无比神圣的字眼，对我来说，说出来就会被就地正法，就是这样！

我在这夜里飘落，我要去哪儿？我要干什么？这一切我都不知道，知道还有什么意思。太困了，于是就睡觉，什么都不想。

33

　　他们的眼睛只有学会尊重自己应该憎恨的东西，才算符合标准——即不敢憎恨自己十分憎恨的东西。这样说来，人活下来都很勉强。看着爱的人从皱巴巴的被窝中爬出来，对着小镜掏鼻屎，掏出黑黑的一团，挑在指甲上，惬意地笑。这时你应该憎恨还是尊重？世界上有的是让你想不明白的东西，想明白了会让你恶心。

　　我给唐讲过，我正在写点东西。唐说："这样的人类还会让你同情？"

　　我则说我怎么知道。后来想一想，知道多了也是麻烦。脚下这片荒凉的废墟，杂草丛生，残断的水泥支架横七竖八，或立或卧。一道七拐八弯的水沟，生出长长的粉红色的绒毛，里面裹着雪碧之类的瓶子，还有罐头盖、烂菜叶以及用过的卫生巾与手纸之类。蚕豆大小的白苍蝇嗡嗡地乱飞，有的翅膀竟碰到我的睫毛。

　　我又感到恶心，一股酸水从嗓子眼喷出，这不是酒醉后的那种呕吐，亦不是怀胎三月时的妊娠反应。我只好躺在一块较干净的水泥板上，看着那苹果绿的太阳挂在毫无生气的天空。它看着我，我看着它，挺无聊不是？这时，我又看到一条水桶般粗大的蟒蛇，黑黝黝闪动的背上带着一道道雪白的螺旋状的花纹，它起初从废墟草丛中慢慢探出头，草丛被蛇身分开，向两边倒伏，后来它蓦然掉过头，爬到我的身边。

我说："你就是伊甸园里那条蛇？"

它眨着小眼睛，不解地反问道："你怎么知道？"

我扯开破锣一样的嗓子"哈哈"地笑了。我是谁你知道吗？我就是这样一个天生的圣人，世界上不会有我不知道的事情。我还知道你想教我怎样偷吃那个苹果样的太阳，我才不是傻瓜，会再次上你的当。你还是去找别人吧！我想睡觉了，你不知道吗？昨天我去参加了我妻子的婚礼，参谋长也去了。后来我们一起去一个小酒吧里喝酒，飞蛾飞进，把灯打了，我便跑出来，晕头晕脑地跑到这个地方，见到你这条倒霉的、让人恶心的家伙。

我继续嘟囔，你没感到你有点涩嫩吗，要当心别涩掉我的牙……

我打了个寒战，嘴里的话戛然而止。我看着一张圆圆的小女孩的脸，大大的眼睛挂着两行清泪。她穿的那一件小巧的黑棉袄，已被剐破几道口子，几缕棉絮露出来。她用又黑又脏的小手指着脸上的泪水说：

"你忘了，我在我的镇上见过你，你答应我的镇长，要帮我们找回铁书。镇长让我问问你现在找到没有。这么远的路，我爬着走多难呀，只好变成一条蛇。"

我感到自己无比愚蠢丑陋，于是用手抚摸着小女孩的头，捻掉沾在她头上的碎草。

"我挺想你们那个小镇的。"我不知自己为什么这样说。

"是吗？"小女孩望着我。

"是的，我挺想你们的小镇的。"

"这是你爱吃的草莓。"她说着从背后拽出一个漂亮的小竹篮，里面有几枚硕大的鲜红的草莓。当她把竹篮递给我时，两腮浮动着一抹羞怯的微笑。不知我在哪儿曾见过这种笑。

我惊讶地站起来，以手抱着头，仰望着天空。有时有孩子的笑如灯影桨声之中的灯塔，痴痴寻觅远方鸥鹭侵扰的快乐。有时女孩子的笑则让你永远不知道为什么。在所谓相爱的日子里，你把她抱起来，对她说我们这是为什么？她两腮舒展开，眉眼一亮，继之是痴迷的眼神，丰腴的双肩悄悄抖动，直到从嗓子眼里蹦出一串炸子样的声音。也许这是女孩子最得意的时刻，得意的原因，是她终于找到自己的力量，终于能把一个她爱的人玩弄于股掌之间。现在仔细想想，这又有什么？

我郑重地对小女孩说："除了在小镇上见你那次外，我一定还在别的地方见过你。"

她略有所思，然后郑重地摇摇头。

我说："我才不信呢！我肯定见过你，那次在小村庄里，我和你一起做'过阴阳'的游戏，用黑布把眼睛蒙起来，你怎么忘了？"

我说："你认识小玫吗？小玫怎么会帮你们找铁书？"

小女孩说："小玫我认识，她是我小姨。"

"小姨？她站着走，而你——，对了，你应该让小玫去找铁书，你知道铁书上记的是什么吗？也许不单单是你们镇城之宝，而是你们用铁铸成的宗谱。这样，找铁书就成了找祖宗。这样，我就理解了你们找不到祖宗而爬着走的道理。"

　　小女孩坐在水泥花栏上，瞪大眼睛看着我。这时我的崇高被她那双质朴的眼睛简单地融化了。我无可奈何地垂下头，已经不知道还应该讲什么。周围的一切混乱，都被罩在淡绿色的光线中，飞动的黑丝蛛网在水泥花栏四周缠绕，正在制造一个巨大的茧。我双手捧起自己的脸，叹一口气，看到眼睛布满螺纹状的血丝。这些年来，我所有的焦躁无时无刻不都凝聚在这双眼睛上吗？疲于奔命地寻找，到头来怎么才能把这样的眼睛捐给同仁医院？凡所有相，皆是虚妄。皆为虚妄，就必须弃绝。可又因为虚妄即此世一切，我还只能接受。

　　生活的逻辑，独自坐在河边，看着远处水雾迷蒙中的鸥影，想想自己便莫名其妙。母亲的母亲，人类的母亲，摇篮，对土地、对太阳神，对自然序列与和谐的崇拜，我就要跳起来，常常失眠，大脑激动而不清醒，看到了她，也许一生有这样一个永恒基调就够了。生活的逻辑。

　　她应该是这样的：对我而言，她是永远的慰藉和终极关切，是一种超越信仰的信念和必须承接的执着。就这样，她时时处处都闪烁在我双眼的波光中。她是谁？玉面生喜，朱唇点红，黄昏吹着口哨从树上跳下来，去湖中找那座小岛。一切又应该是外婆的故事引发的，蓝色的……蓝色的……蓝色的……用无聊的幽默去迁就这无聊的生活，倏然你非常讨厌自己，讨厌活得明明白白，能清楚地意识到自我的存在。立竿见影。立存在之竿，见虚无之影。存在和虚无就不再打架，就统一了。净瓶甘露年年盛，斜插垂杨岁岁青。

唉，且不如让一切都过去，在记忆中不留下任何斑痕。夸父追日的荒唐产生桃林之类的孽种，后羿做件好事后去追逐河伯的老婆，而他自己的老婆嫦娥因贪婪被流放月宫，怀抱癞头蛤蟆看执着的吴刚把西西弗的石头从山上滚下再滚上。只有伟大的普罗米修斯因和爱神跳了一曲桑巴，便被青鸟诱拐到昆仑山上去偷王母私藏的圣火，还是假的火，真正的圣火必须能燃烧一切，不仅仅点燃草木，而且能点燃人类的心灵。自从圣火在洁白少女手中（因少女失贞）消失后，地球便只剩下赤裸裸的性欲了。性欲的表现是人对某种物件的周期性兴奋，人类永恒的追求和因追求产生的永恒激动便消失殆尽。这时，孩子一样纯粹踟蹰不安、犹豫不定的情况出现了，三维空间的印象绝对不是康德所说的感觉形式。

三维空间的眩光不是来自青天的恩赐，而是被有形的黑洞洞的大嘴所吞噬，我们即所有的一切都飘进嘴中的旋涡，然后到达"零维"的空间，在零维空间中，没有方向，没有体积，没有质量，还有什么？于是，我想创造人文物理学科，不要让物理学家孤苦伶仃在台上独唱。

说不出的凄凉是酒后的朋友散去对着空荡荡的屋子产生的感觉，零维空间？小玫进来说几句话就走了。今天不是她的生日吗？她到底是不是小玫？我从床上探起身，对她说，你过来，然后把头贴在她肚子上。她最终还是走了，没留下任何话。

新年，屋外三三两两炮仗的声音，彩灯，往日的热闹的马达亦停止了呼吸，在零维空间中，一切都平淡下来。热闹的时候，我没有朋友；幻觉中的她，我能找到吗？能在幻觉中找到吗？我告诉老K说，她明天要来。老K说决不信。我说信不信由你，反正她要来，雪梅要来，忆伟要来。她们是电影中的人物。邻居小B也说她要来。小B还说我知道你为什么要把这部长长的电视剧看完，因为你喜欢雪梅。我说我不否认，我就想看她，因为在她身上洋溢着一种幸福的忧郁。小B说这是纯粹胡扯。我说她就是屈原笔下山鬼那类的人物，用几片兽皮遮着私处，站在幽篁丛中岩石上，看着云雾飘来飘去。她永远没有笑。小B说你应该看《封神榜》后再说点什么。我们端着茶，抽着烟，都相信她一定能来。

忆伟今天并没有来，本来一切都是想象出来的，连忆伟在我门缝夹的那张条子也是由小B左手代笔。所有的只是期望的现实，比现实还要真诚，真诚得催人泪下。为什么会这样。忆伟值得吗？是不是我由她想起了忆萍？忆萍是她姐姐？参谋长呢？

和罗杉谈恋爱的日子，走在小渠边的柳树下，月光中，听着麦田里虫叫和蛙鸣，我扶着她的双肩，看着她明净的眼睛。我不是也有过爱情吗？我干吗还要求更多？也许忆伟成了我至今留恋她的某种影子，也许就是这样。也许她的存在绝不像从树上滑下的一串串口哨声那样干脆。在零维空间，会有这样的故事吗？

我拿着条子去找老K，告诉他忆伟已来过，留下条子就走了。老K对着条子看了很长时间。他脸上飘出一团失望的笑容。他说叹人间，美中不足今方信。我说好一似食尽鸟投林，落了片白茫茫大地真干净。他安慰我说尽管我装出一副无所谓的样子，实际上我一定比什么都在意。这时我才发现我已无法找到自己最真实的感觉了。忆伟真像条子上写的一样回上海了。老K劝我去，并答应借给我钱。我说我现在去算什么事。老K继续怂恿说去不去由你，你若觉得值得就应该去。

他把条子又拿出来，戴上眼镜反复琢磨半天又说："我看她是个很有性格的人。你瞧，她的笔画很干净，说明她过去生活一定受过很多苦。一个人的字很能代表一个人的性格，我有本书就讲这个内容的，我以后要好好研究一下。"

"是的，她挺孤傲。"我说，"她给我讲述，她小的时候受过许多苦，高中没毕业就到剧团去了，你想想，一个十五六岁女孩子在文艺圈子里混容易吗？"

老 K 拿出酒，又切了一盘牛肉，我们边喝酒边聊天，我还是一副表面失落的样子，不知是真的还是装的，小 B 下班后也推门进来。他不喝酒，端着茶杯，坐在一边。

我说："让我如何不想她。她听我讲课的时候，坐在小椅子上，那双明净清澈的大眼睛呆呆地看着我。你们知道我看到她那双眼睛想到什么了吗？想到了沈从文小说《边城》，想到那小孩子坐在船板上瞪着小鹿般的大眼睛痴痴地看着这个新鲜的世界。我给她讲《诗经》，讲到一群妇女在山坡上采桑叶的场景，远山近水，有一阵一阵歌声，她好像听入迷了，坐在那里一动不动。我又讲屈原。讲《楚辞》的浪漫主义，讲汉代古诗凝结的生命的冲动和对死亡的理解。她仿佛随着我语言的启示，进入情节或画面中去了。"

小 B 说："这当然嘛，演员是最容易接受暗示的。"

老 K 喝口酒说："这是她们的职业习惯。"

我长长地叹口气，点燃一根烟。几个人都觉得不好再讲什么。抽烟，烟雾充溢着小屋，遮掩住彼此的视线。惨淡的炮仗终于放弃呐喊，和我们一起回到平静中去。

小 B 说："你们都是在瞎想，如果是真的，她会看得起你？"

我说："要是假的就好了。我已发现，她的出现会破坏我对自己的信心，改变我某种生活方式。"

老 K 说："演员毕竟是演员，有她们自己一套特殊生活方式，不过像她那样还喜欢读点书，倒是难能可贵，无事时候和她们聊聊，是不错的。"

我说："我现在想知道的是她对我有没有兴趣，她在条子最后一句写'真想陪你去打猎，不过我害怕'。这是什么意思？"

小 B 说："你还真以为她对你有兴趣？"

老 K 说："这也难说。演员在她们那个生活圈子里，很难见到我们这样的人。猛然接触一个，也许会有兴趣。"

我笑道："我现在才发现我们三个人对忆伟的心态。我是思念，小 B 是嫉妒，而老 K 是向往。因为忆伟是小 B 介绍给我的，老 K 没见过。"

老 K 和小 B 异口同声地说："这是什么话！"

屋内郁闷的气氛掺杂着烟雾和酒香。小 B 走了，我和老 K 又开启"陋室空堂"来。

小女孩来了。苹果绿的太阳已偏西，我感觉到肚子里空荡荡的，于是对小女孩说："你饿了吗？"

她点点头。我拉着她的手，从废墟走出去。

34

　　回到屋里，我让小女孩坐在沙发上。我说你想喝点什么？她摇摇头，摇头的姿势颇像乡间小贩手中转动的拨浪鼓。我拉开窗帘，让苹果绿的阳光探个头，然后点燃一根烟，坐在她的对面。这时我倏然想到这女孩会不会是我的女儿。假设是我的女儿，我应该找出什么证明？看着我呆头呆脑的样子，小女孩"哇"的一声笑了。不用说，这笑声像哭。小玫穿着绣花黑睡袍从洗手间跑出来。

　　她说："怎么回事？"

　　我问："你在大便？"

　　她坐到小女孩身边，用手抚摸女孩的头，两人傻笑起来。我看着她们俩，拼命地抽着烟，我说这到底是怎么回事儿，你怎么钻进我的房间里，我不习惯别人不经我的允许进我的房间，这是不文明、不礼貌和不尊重。小玫说，你这是混账逻辑，你有时还死乞白赖地要求钻进别人那里去，那就是文明吗？后来她又说，你帮别人找铁书，可找到了？若没有这个本事，当初就别答应人家，害得别人差人到处找你，我就是来找你的。

什么铁书，谎言就必须是债务吗？我想立刻变成一阵轻风或一只小蚊子什么的，从窗缝中溜走。我闭上眼，努力促成这种变化。来自新大陆坚强的旋律裹着车轮"轰隆、轰隆"的节奏与人们的喧叫组成三重调式的和声。清楚的面孔，模糊的面孔，苍白的面孔，黧黑的面孔，秀气的面孔，丑陋的面孔。重叠皱纹的眼角，嶙峋的颧骨，饱经风霜、缺乏精神与满足的脸，那是什么呀？人们南来北往地奔去，北来南往地颠簸，冬去春来，夏过秋至，所有这一切都是为什么呀？

什么都没有令人信服的意义，在一个过程中存在，在一个过程中消失。过程本身即虚无，存在和消失又怎么会是真实的呢？万劫的回归。于是，生活的落叶飘花，心灵能是容纳生活淋漓下点点滴滴丑陋的泔水缸吗？有人吵闹着要生自洁来还洁去，这可能吗？谁敢保证不是只破瓜？

不知道为了什么，七拼八凑的时间如剪断翅膀的红色螺纹线，一颗致命的螺丝钉。这时为了适应黑发清香味才去抹一把朝天椒加老葱炒大蒜，怪味的人，坐在人满为患的火车上，当各种各样无聊的眼睛相聚一起的时候，若不想到自杀才不是人呢。因为只有人才会意识到自我，才会理解生命本体构成。至于那些要爱情的，要称王的，要钱财的，并以此为毕生信仰而奋斗者实不异于禽兽，至于那些杀人者或下令让别人杀人者之类，并以此为乐趣为愤慨与未来及自戕者的孤勇，不能称为英雄。敢于拿枪对着自己脑袋并扣动扳机的人才拥有真正的人的尊严和做人的资格。他们具有最清醒的自我意识，最理解虚无构成的生命本体。他们死之前一定会对自己说：让那帮小人舒服地活在这个世界上吧！To be or not to be，这个问题是革命的首要问题。

殉情虽然勇敢，亦不能称为英雄，因为这只叫情杀。柏拉图《对话录》说上帝最初造人时，造的人都具有两性，上帝又把人劈开，所以两半人在世界飘游互相寻找。这样就产生了爱情。据说曹雪芹读完这段话以后，深受启发，因此上演出这部悲金悼玉的《红楼梦》，于是就有了滴不尽相思血泪抛红豆，开不完春柳春花满画楼。

餐车人很多，斜坐在我们对面的一个小女孩很漂亮，有点像薇。我斜看她一眼，她亦乜我一眼，好像都有那么一点意思。赵看到我表情，老 K 看看我，又看看赵，不明白为什么。我们都在说《红楼梦》。老 K 说杨子荣才是大观园里的主角。他又说这是因为有一部《林海雪原》。我说林黛玉和河南的关系。河南历代多土匪，林从苏州到北京一定过河南，到了河南能不被截吗？况且曹公还写了"食尽鸟投林"一诗，林固然是黛玉，鸟是什么意思，常和什么字通假，还有判词"玉带林中挂"一句，这不是写得明明白白吗？我说话时不时把眼神朝那个有点像薇的她甩去。

她显然在注意听我们讲话，她身旁两个乡巴佬似的男青年很无趣地坐着，不知说什么好。老 K 说还是曹公是个明白人，什么都看透了，以有色眼看无色事，都看透了，所以写这方面的东西，总写得那样含蓄优美。赵喝完一口酒，眼睛按照我眼睛里的目标调好焦距。他说老 K 没读懂《红楼梦》，什么曹公？曹字应该念第四声。作者名都念不对，能读《红楼梦》吗？这不是基本功太差是什么？再说你们知道《红楼梦》中谁的琴弹得最好吗？自然是黛玉，还有妙玉。为什么都取玉字作名，这自然有一定道理。有一副对联，左联是"曹公"，右联应该是什么？我、老 K 异口同声说"弄玉"。赵说对了，懂了这点，方可读《红楼梦》。

这时那个像薇的女孩起身走了，可能去厕所拉肚子。走时步子迈得很小，头晃动两下，好像想回头看看。我们都不想说什么，怅怅然地坐在那里。一个女招待过来说菜上齐了。我竟有点醉，闭上眼。阳光真柔和，大花园，青草地平平坦坦，白兔和小猫在草地上散步。几个老太太打着小花伞从远处走来。我想她们怎么还不紧不慢地活着，这样活着又有什么意思？

在柳树长长低垂的秀发中，小黄莺左闪右跳，叽叽地叫，这个世界空间应该属于谁？对一个不幸的人来说，一步一步走向死亡也是不容易的事，在这条路上他必须承受多少痛苦呀！心灵寄托是一回事，爱情呢？人们渴求爱情不过是要求得到了解。真正的爱情便是真正的了解。没有了解，在走向死亡的路上，心灵孤独之时，便无寄存。人之不坚强因为他无法永远自己照料自己那颗心。如此青楼似乎可以称为小件寄存处，性并不是爱情本意和目的，只能算是由此及彼由表及里增加了解的手段，人就是这样懦弱。

火车还在"轰隆、轰隆"开，坐在我对面的赵和老 K 由他们变成她们。她们都很文静，头发整齐，只是鬓角边故意散出几丝乱发，颇见风韵。她们说她们是《红楼梦》研究所的。我说这太对我的胃口了，这么长的旅行，能遇上你们俩，我才知道幸运和幸福原来是一回事。她们俩相视而笑，又对我笑了一下，表示她们也很幸福。我说我们刚还在谈《红楼梦》，我太喜欢《红楼梦》了。我说我还考证出黛玉与晴雯与宝钗与袭人均是姐妹。她们问有何凭证。我说你们知道《红楼梦》中有一首《姐妹令》吗？我扯闲，淡极始知花更艳，怎么会不是呢？关键是这首诗嵌在行文里面，后人并不注意。而更有趣的是，黛玉是妓女的女儿，宝钗是遗腹子之类事情你们读《红楼梦》恐怕没体会出来。她们不自然地笑了。萧疏篱畔科头坐，清冷香中抱膝吟。我并没有一种异样的感觉，有时对着一双纯真的小鹿般的眼睛说实话简直是一种犯罪。至于那些黛玉和贾琏通奸的考证，妙玉是贾政小妾的新解又算什么？但我毕竟又对她们说贾政原是妙玉父母的救命恩人。当时妙玉还在腹中，妙玉父说："生儿为汝仆，生女为汝妾。"后来妙玉大了，送到荣国府，王夫人不愿贾政再娶妾，就盖个小庙，安置了妙玉。

她们淡笑道："你对《红楼梦》真有研究。"

"淡极始知花更艳。"我亦淡笑道，"是吗？"

有时还有更妙的。任何一次有深意的体会都浪费了憔悴的心血。裂像对焦，心血。苍凉的梦境。火车满载奔向地狱奔向坎特伯雷的女人。女人为妇人所生，多有忧患，出来如花，又被割下，飞去如影，不能存留。自怜题素怨，送她上青云。荒原，我坐在墓地里，刺破黑色的纸钱，为参谋长一次次毁灭的爱情祝福。草地是在大沙河弯道一个高地上。墓群杂草丛生，几株柏树倍显疲倦。沐浴在阳光里宽大的河叠起细碎均匀的皱纹，博大而安详。尸布的味道，恐怖的誓言，有时蚊虫在耳边一掠而过，墓地呀！我想知道墓地浸泡在暮色中是什么样。金红色夕阳翩翩而至，如一只硕大的雁，张开金红色的翅膀，安静而苍凉的情愫，找不到寄存处的心。

她们说："你若再不努力，一生只会体会荒唐的粗鲁，感受不到一点忧郁的细润。"

我无奈地说："我怎么努力呢？"

我又不解地说："我为什么要努力呢？"

她们摊开一本王蛤蟆之类的小说。我想会编故事的人都叫作家。孩子的话。孩子从幼儿园回来对我说他们的阿姨很会编故事的，阿姨却不是作家。拙劣的文学。女神的金冠的光辉什么时候才会消失呢？

悲剧源于幼稚。墓地的荒芜，大河，红色的帆，暗黄色的尸布从上游漂来，婴儿的哭声。小村、小桥、小树，从前有座山，山里有座庙，庙里有个老和尚，要吃小和尚……人人都在反复咀嚼这样一个老掉牙的故事，不知羞耻却又贫乏的人类呀！骄傲的王子蹚过大河的浅滩，在苇草中搁浅的小舟，清晰的微笑。

"你不用努力了。"她们终于合上书。

她们说："改行你会成为这样的人，一个总爱这样说……"

我又说你们知道列宁格勒那本《红楼梦》最后的结束诗是怎样写的吗？是这样写的"赠你半吊钱，送你还魂丹，色空本无调，红楼上西天"，上西天干什么？去取经。取 *Kama Sutra* 之类的经。

她们难受地看着我，小心地笑了。我也在笑，有一天我还在路上的时候，一个傻瓜问我儿子和父亲哪个大？扯淡，当然是儿子大。原因一：儿子刚出生，离原始祖先就近，父亲在世上过得长了，离原始祖先就比儿子远了。原因二：儿子心灵比父亲更纯真，原始祖先的心灵是纯真的，所以儿子离原始祖先更近。所以儿子大。

这最简单的道理只有傻瓜才会问我。我见到傻瓜那样子便想笑，他穿着黑布长衫，戴一副金丝边的眼镜，脸上的皱纹没有立体感，毫无光彩，灰白的胡须，思考留给他的寒酸与满足。我仰起头看到一株碧桃，树枝上挂满红白色的花蕾。一个枝头上的花蕾已爹开。嫩红的花瓣羞答答地张开，白里透红，红里泛黄，黄里带绿，润泽透明，娇艳至极。笼罩在花树丛林上的薄薄的白雾，氤氲早春的气息，在微风的鼓动下，在花的境地，泛起一道道温柔的涟漪。

在这时，傻瓜与碧桃都成为同样可笑的问题。道路很长，女人的痴情，解梦的哨声。"哗哗"的浪头漫过海堤，在另一边点缀着几块草皮的沙地里留下白色的泡沫。倏然，礁石被打个粉碎，人们都奔跑相告，如天上下了流星雨，人们便爬到山上静静地等待地球末日的来临。又过了许多年，据传言，阿波罗神由于生活放纵，身体逐渐衰弱，人们于是就准备创造一个新神祇，把阿波罗的金冠戴到他的头上。新鲜的五色土和五色草搭成的祭坛，在正前方的广场上跟着一大群人，口中念念有词，一个萨满敲着银锣、跳着远古的迪斯科，笑呀，都在笑。莫名其妙！

我拍着两个姑娘，也许已不是姑娘的头，悄悄地说我要大便。小玫拉着我的衣角，用手捂着鼻子。她说你胡说什么，我说我病了，头疼。

车道上十分拥挤。臭气弥漫，厕所门前都是人，排队。拥挤的世界，黄皮肤、褐色的眼睛。

"今天人真多。"

"天天都是这样。"

"要是死七八亿就好了。"

"包括你吗？"

"如果按我想的办，我就愿意死。"

"行，就按你想的办。"

傻瓜狡黠地望着我，漂亮的阔卵形叶子的眼睛，圆锥花序，黑紫色浆果，马死了，流出泪，远方的信号树，我坐在棕榈树下，清凉的晚风吹来，孩子跪在我的膝前。茅屋里有炒菜的声音。

孩子说："爸爸，你又要远去吗？"

我粗糙的大手梳理着孩子的乱发。我没说什么，不久的未来我到底该干些什么呀。

"今天人真多。"傻瓜拍了拍我的肩。

我点燃一根烟同他聊天。

"人多好呀，人多力量大嘛！"

"这也看怎么说了。"

"就这样说，人多就是人多。"

"怎么这样说？"

"人多好，嘴多、吃得多、拉得多、肥料多、粮食多。总之就是官多、民多、兵多、印的纸币多。总之就是多。多难、多灾、多运动、多点子，多血亲关系、多夫妻、多子女……"

傻瓜用不信任的目光看着我。真正的傻瓜？痴人说梦，谁都不知道。贫瘠的黄土地的树丛，野草和无花果叶子。冰河，开春裂冰了，巨大的冰块"咔嚓、咔嚓"的撕裂声，清澈的河水、野草、鱼。男人和女人们都跑出茅棚，没人知道鲑鱼市价的信息。

"火车太慢了。"

"你从哪儿来的？"

“徐州。”

“坐一天车了？”

“唉。”

“好的。”

“人多。”

“人多。”

我终于进入厕所，终于完成了放纵的快感，提上裤子，仍想在这里待一会儿，毕竟不容易呀！刚来到这里，外面又响起粗暴的敲门声。我打开门，原来是那位长得像薇一样的姑娘。我不知道该说点什么，赵和老K都不在。她笑着从门挤进去，关上门，我只好回到座位上。

小玫说：“孩子已经睡了，我们也睡吧！”

我说：“睡什么，我想出门，去找铁书。”

小玫说：“你找到线索了吗？”

我说：“什么叫线索。”

小玫说，听说那本铁书原本被当作废铁扔了，被一个拾破烂的老婆婆拾去了。那老婆婆总是背一个大麻包，有点驼背。我说原来是这样，我一定能找到。但现在你必须陪我睡觉。

35

　　小玫躺在我的肩膀上，像一只丰腴的鹅。不知道丽达抱着鹅是什么样的感觉？变成鹅的宙斯又是怎样撩动丽达情欲的？亲吻的姿态，是鹅的喙先触到丽达的唇，还是丽达的唇先碰到鹅的喙？丽达躺卧着，人体展现出一种优美的弧线的延展。但我只是看着小玫，她散乱的黑发遮着她的眼睛和我的左肋。她穿着粉色的紧身内裤，粉色的薄乳罩。我侧过身，把右手按在她丰润平坦小腹上，然后沿着肋骨轻轻向上爬去，直到爬进乳罩。她的乳房如充气的气球，柔软而富于弹性，娇小的乳头稍显凹陷。有时摸气球的感觉和摸上好乳房的感觉一致。

　　小玫微睁着眼，用飘散着欲望的目光看着我。我想她这种神态颇像第一次与我在一起的彬彬。彬彬毕业后，曾给我来过一封信，讲了一些言不及义的话。我没回信，我不愿回忆她与我和唐之间的事。我们如果在某地偶然相遇，应该讲些什么？彬彬已经结婚，并有了孩子。她曾说很想为我生个孩子。

　　小玫仰起身，把手伸进我的内裤，说你怎么了，成了废物点心。看着她被欲望之火烤得沮丧生气的样子，我想笑，但不知应

318

该采取哪一种笑的方式更好。我翻身爬到她的身上，吻她的唇、肋、脖子，后来我把嘴停在她耳根下。我尽量把她想成一个陌生的女子，抑或是电视电影中使我心动的角色，抑或彬彬。彬彬和我第一次做爱，她微扬起玉柱一般的双腿，娇喘节奏伴随着全身颤动，仿佛飘飘然在梦中。但以后和彬彬在一起也会想到小玫或其他人。大凡男人和女人做爱，几次过后，均须以新的形象和角色进行有意识的补充，否则很难发动激情。

"女人是否依然？"我问小玫。

小玫狠狠地把我从身上推下，自己盖上毯子，扭过头。我拍着小玫的肩胛说："我帮你自慰吧！"

我靠在床头上，点一根烟。少尉也躺在他的床上抽烟。自从忆萍被蛇咬着以后，少尉总是躺在床上抽烟，很少说话，这一个星期他被公社叫去两次，每次回来都是一副无精打采的样子。昨天黄毛偷偷对我说，少尉的社革委会副主任被免了。我问他怎么知道的，他神秘地笑着走了。少尉当上革委会副主任不到一个月，如果真的干不成了，他怎么会受得了。这个主任是他在乡下干了六年，让过两次参军、一次招工、一次推荐上大学的机会才挣来的。虽然副主任还不是脱产干部，但他现在的状态如日中天，已被确定为全地区知青标兵，受到省革委会主任的夸奖，谁能保证一两年内他不升为县革委会主任什么的。少尉的年龄到底比我们大得多，想的也远得多。但是一个人城府太深，是不是有点傻，还有点累？

小玫重新探起身，双手抓着我的肩膀。她那双被欲火烧红的眼睛顿刻清澈。她说你总在想什么？我说想那些有趣的日子。她坐起来，头斜靠在我肩上，抽起烟。她曾经是最讨厌烟的，为什么现在也抽烟？

"学历史的人挺让人讨厌。"她说，"不能忘记是能力的缺失，一个人或一个国家缺乏这点就麻烦了。"

我说："是，其实历史感的获得与摆脱同样重要。一个人学点历史并不难，难的是一辈子都学历史，不学其他。"

我又说："你想过去吗？"

"也想点，但很少。"

我笑道："你还不到回忆过往的年龄。"

"扯淡。"小玫从我肩上抬起头，靠在床背上。满床都是花，一簇一簇黑色的小碎花，娇巧三棱形的花瓣，如同梦中的幽灵迷茫的眼神，互相寻找，在沉醉中怅然。斑斓是窗外的夜，是夜的酣歌。一点一滴的星光在流动中颤动，楚楚可怜的样子，其实人何尝不是如此？天不老，情难绝。长夜难过，东窗残月。数声蛙鸣，满地芳菲。残灰轻扬，飞花抹墨。往事成空一梦中，心似丝网有千结。

只是萎缩厌倦才会产生回忆，回忆平淡的干净的过去。抽口烟，长长叹口气，一切都结束了。千万不要希望灵魂不朽，无聊地飘荡在一盏盏同情的目光中。参谋长是少尉火化的。少尉不声不响地把盖着白布单的参谋长尸体推进电转炉。然后把炉门拧紧。他的动作规范，不慌不忙。炉火点燃后，我看见参谋长的灵魂在炉体中翻腾跳跃，拍打炉壁。他撕裂嗓子，大声喊叫，想飞出来。少尉好像什么也没看到，他从炉房角抬起一瓶烧酒，慢慢饮几口，然后放下瓶子，拍了拍身上的灰尘。他走出门，没和人说一句话，就是在忆萍面前，亦不稍显迟疑。他走得十分坚定。后来人们说他失踪了。后来我说他当了和尚。

小玫把烟头按灭，吻我一下，又睡到毯子里。我说你知道我第一次接吻是什么感觉吗？她说是和我吗？我说才不是呢。我是说我第一次和成熟的女人接吻。那个女人被叫"公厕"。她比我早到知青队两年。我去不到半年她就返城，因为她妈妈死了。她身子微胖，白白净净，文质彬彬，怎么也看不出她是那种放荡的女人。但我们队起码有一半的男知青能清楚说出她屁股上几颗痣的大小、位置和特征。你说这样的女人不叫"公厕"叫什么？

我说，那天我从村外水塘洗澡回来，把洗完的内裤挂在锄把上，田野在暗红色夕阳浸润下，变幻成无数深色的格子图案。两只野狗发情"嗷嗷"叫着从村里跑出来。她迎面走来，在一道缓坡下站住，四处环顾，不知想干什么。我走到她面前，问她干什么，她神秘地摇头，眼睛眯成两牙新月。我把内裤顶在头上扔下锄头，冲上去，把她抱在怀里，她拼命挣脱。我用手臂紧紧环抱着她的腰，把她摔在地上。她突然变得一动不动，闭上眼流出一串泪水。那是一串发亮的泪水，倒映着深灰色天空、暗绿色的茅草和褐黄色的土地。我把嘴贴在她薄薄的嘴唇上，她的唇轻轻颤动。也许就是这短短几秒钟初吻，我体会到在偌大（某种）的沉重压迫下柔弱灵魂的震颤，我嗅到从她紧闭的嘴角流出的清爽的牙粉和大蒜混合在一起的奇异气味。

我大声对小玫说："你知道吗？这就是我的初吻。"

小玫说她的初吻和我有异曲同工之妙。她说她的初吻是在一个落雪的冬天，她放学回家，红围巾掉在雪地里，和她一起走的年轻的教师把围巾拾起，围在她脖子上，然后吻了她。我插话说，她掉在雪地的围巾近似我挂在锄把上的裤头。她又坐起来披上睡衣。她又说，她的初吻是在一个落雪的冬天，天冷得嘎嘎的，她的教师叫她到办公室。她很高兴。她补充说对女孩子来说，年轻的男教师往往是第一个初恋对象。

我问："这老师漂亮吗？"

她说："用现在的眼光看，的确太一般了，个子也不高，甚至还不如你。"

我说这样的奉承我不爱听。她轻轻地吻我，又说："那是一个下午，天很暗，我走在雪地里，哼着歌，心像一只快活的小鸟，我推门走进他的办公室。他马上从火炉旁站起来，显得异样紧张。你知道吗？他那种神态让我感到既好玩又可爱。办公室没别人，炉火烧得很旺。他让我坐在火炉前，轻声又含糊地说你自己一个人来的？我点点头，突然我看到他的眼睛正盯着我。那是一双藏在镜片下洋溢着温柔波浪的眼睛，我立即像触电一样。"

我插话："这是正常的爱情游戏。"

她说："我立刻想闭上眼。不知是为了等待什么，还是惧怕什么？或许两者都有。他又站起来，走到我跟前，让我把围巾解下。说屋里很热。我并没有动。他轻轻地给我解下围巾。我可以明显感到他的手在颤动。他把围巾挂在椅背上，他说我爱你——玫。他这句话说得很低沉又很坚硬。没等我有多余的反应，他猛地把我抱起来，先吻我的腮，继之滑到唇上。这时，我的心好像一根羽毛，在天空中飘扬。"

我说："你被融化了，这才叫爱情。"

她说："我感到他坚硬的胡楂刺在我的脸上。我开始拼命推开他，抓他的头发，并喊出声。他把我松开，红红的脸，目光顿时黯淡下来，我蓦地感到他十分令人厌恶，拿上围巾，跑出办公室。"

　　我说这就是你的初吻？小玫说绝对真实。我说："就是生涩点！"

　　"忆萍被蛇咬了。"从西厢房里传来一声尖叫。大家都跑出去了。我坚持着把剩下的几口饭吃完，才跑过去。这时忆萍已经被抬到人力车上，被咬伤的小腿与一只手已肿起来，她秀丽的脸被沮丧的痛苦扭曲着。杨伟在她身边，几乎哭出声。少尉把他那总洗得发白的床单拿出来，盖在忆萍身上。

　　少尉说："直接送她去县医院。"

　　他说着拉起杨伟和其他三个人走了。在苍茫的暮色中，白单子和黑头发的影子。一切仿佛是一场简单的葬礼。人们屏气敛声，表情呆滞。黄毛有意无意地用筷子击打着饭盆，好像是黄昏对人群无力的叩问。

　　"那条蛇呢？"我突然大声说。

　　"对，那条蛇呢？"有许多人附应。

　　女知青们说："还应该在磨坊里。忆萍是在那里面被咬的。"

　　"忆萍去那里干什么？"我问。

　　没人回答。我和黄毛等几个人回到寝室，用破布一层层把腿裹起来，然后穿上大头翻毛皮鞋戴上棉手套，拿着手电与铁锹、火钳、竹棍（据说蛇怕竹子）等工具，来到磨坊。

　　磨坊已毁弃多年，土坯墙四面透风。由于它所处的位置地势较低，里面非常潮湿，且有一股浓浓的霉气。一张硕大的蛛网交结在横梁上。

"忆萍来这里干什么？"我按捺不住问自己。

突然，黄毛拉了我一把，低声地说："都甭动，蛇在这里。"

黄毛的手电光照在石磨盘上，一条蛇盘卧在上面。这是一条有一圈圈暗绿色花纹的土脚蛇，鸡蛋一样粗，青灰色的肚皮在尾梢部分露出，闪动鳞光，头微仰起，小眼睛鼓得圆圆的，一动不动。它盘起来直径有一尺多宽，样子十分吓人。

"打死它！"我说。

他们没吭声，脸上煽动着瘆人的笑。黄毛说："应该给它一个火葬。"

我们把蛇按着，用火钳夹着头，来到东面一个麦场。这时有人已从屋里取来汽油与注射器。我与黄毛按着蛇，蛇身仍不停扭动，力气很大。对蛇身打了一管汽油后，又用一条麻绳缠在蛇身上。有人敲起脸盆，发出"当当"的单调声音，男的女的都来了，迎着旷野的风，有个老乡说这个东西会报仇，我们说我们才不怕呢！蛇被点着了，"吱"一声"S"形拱着身子向前爬行，"啪"一下炸开，人们哎哟哎哟地向后退，待到最后一点油燃尽，蛇变成一根黑炭杆。我们觉得很好玩。但女知青们还牢记着老乡的话。

"忆萍去磨坊干什么？"小玫问我。

"她怀孕了。"

"是你干的。"小玫笑道。

我的目光淡淡散在小玫脸上，慢慢调好焦距。然后对小玫说："你他妈的。"

我穿好衣服，背上背包，走出旅馆。外面的蓝灰色的天空，一块方形的月亮动人地傻笑，长留一片月，挂在东溪松。我顿时觉得这个世界没有什么聪明的东西，就是这样一块月亮。

36

我又走到我的路上。我不止一次地告诉我说，这是我的路，是我未走完而必须走的路，是一条伴随我生命一起延伸的路。对于路和走在路上的我，我竟然一无所知。这是为什么？在我的眼中，我就是一个太阳，一个滚烫的太阳，一个从汪洋金波中蹦出的太阳，一个立于高山之巅远看东方已见光芒四射喷薄而出的太阳。

我来到池塘边，撕下自己衣服，对着镜面一样的塘水，欣赏裸着的我。淡黄的皮肤，均匀的骨骼，成形的肌肉块，思考的眼睛，坚毅的嘴巴。我感觉这才是令我心醉神迷的形象。于是我大声呼喊着我爱我，跳进池塘里，拥抱着我。在这个充斥混蛋、流氓与不贞少女的人肉市场上，被歌唱一万年的爱情都在一斤一两地买卖。我还能希望有什么干净的东西。如此说来，只有我才是应该珍惜的。

东方天空泛起一片绛红色曙光，太阳出来了。路的尽头，转入森林。林中的小路在一道道浓密的烟网里，青苔浅草簌簌落下的露水，老树参天枝繁叶茂，葱茏蓊郁，交错的常春藤沿着树身向上爬，突然又会变成渴蛟饮涧的姿态，回身倒挂下来。淡淡的晨光在鲜嫩的树叶中深深浅浅抖动。

老婆婆背着破麻包从林子深处钻出，眯着眼朝我笑。我只是走自己的路。林中阴深的背景和潮湿沉重的空气使我陡然想起那沉重的伐木号子和大马力拖拉机履带新鲜轧痕，用舌头舔过溃烂的伤口，一朵娇柔瘦弱的红色花蕾绽开小脸，毫不羞愧地打量审视着这个陌生的世界。这是一个未被奸污的新妇，济慈的古希腊花瓶被打破后，安格尔的少女用乳泉也冲洗不掉自己的污垢。我现在通过烟卷吸到肺里的美感全生锈了。我不知应该怎样赞叹她的纯情、美貌，还是应该为她未曾品尝过性行为的快感而惋惜。

我走过去，仔细地端详她的面孔。小辫子缕缕向外扑开，而辫梢儿却向内合成一个半圆形的小筒。叶儿肥腴透亮，似乎掰断时会发生类似薄冰一样微弱的脆响。我用已练成掂花飞叶的神功，把花茎掰断。花茎断了，流出乳汁一样的血。花瓣散落，子房上还残留几片。一双秀丽的小手捂着脸，如刚刚被施暴后的少女在痛苦呻吟。我用手巾揩去溅在我脸上白色的血珠（抑或泪珠），拼命地抑制我嘴角流出满足后的肮脏微笑。

于是乎，我心中涌出潮水一般的激情。我知道这叫诗情，我还知道诗人是靠强奸或诱奸女人来写诗的，甚至有时连满脸皱纹的老太婆也不放过。

> 你那被时间拉长松沓沓的乳房，
> 再不会流出澎湃的乳汁。
> 你那被信念压弯的脊梁，
> 已长满尖利的毛刺。

只有你浑浊的目光，

伸出榕树般的手，

招呼着度尽劫波的过往，

呵护被泪水浸透的今朝。

　　我对老王说你这不是写诗而是在做爱，而你的本事就是把每个
细节和每一段快感临摹得很准确。如同超写实主义的画，把逼真
画到极致，细腻的程度令人咋舌。我打了一个响亮的呼哨，走出
森林。我叹息人间的一切为什么都能和肮脏发生关系。我又想起
老王。去见老王是因为少尉把薇拐跑了，于是我想写诗，发泄一
下；于是我就去找老王。

　　布景：一家简陋的小酒店内，两根点燃的蜡烛。一张圆
木桌。两个穿白裙的女招待（分甲、乙）。我与老王坐在圆
桌两边。每人面前都放着一只小碗。碗内是烧酒。

　　（外面天色是用黑布裱糊起来的。）

　　老王（醉态的）："生——还是死，这个问题是革命的首
要问题。"

　　我（呷口酒）："生死。一些人生了，一些人死了，这就
是历史，这就是几千年的文明史，拿这个观点解释历史的就叫
作历史唯物主义，站在这个观点的反面的是历史唯心主义。"

　　（锣鼓和钢琴一起奏响。）

　　女招待甲端一盘花生米放到桌上。我抓着她的手，要去
抱她，她倔强地反抗。

我（站起推开女招待甲）："你干吗要反抗呢？其实人一生下来就被强奸了。"

老王（大口喝酒）："你甭提强奸这个词，你一提这个词，就等于用这个字眼把我强奸了。"

（女招待甲、乙面面相觑。）

老王："我知道我们是在扯淡。而被店主强奸过的你们，却没有领会到被强奸后的特别意义。"

我："我知道诗人与画家与摄影家的不同之处了。诗人是在强奸后通过回忆临摹那些快感因而会有沮丧、失落、心灰意冷和高潮消退后那种固有的疲倦慵懒。而画家和摄影家是在快感发生的同时进行临摹。这就决定这个临摹更为准确、主动和生动，这就决定了他们能把工作与情趣协调一致，这就决定他们往往心宽体胖，童颜鹤发，飘然有出世之姿；这就决定他们纵欲的时光比诗人要长。"

老王（铿锵有力）："我知道你说的这些画家、摄影家等绝不是现代派人士。现代派的人士，无论诗人还是画家诸类，他们不再强奸别人，而是疯狂地、不遗余力地强奸自己，至于他们的强奸方式并不难想象。"

我（沉着有力）："强奸是一回事，爱却是另一回事，爱应该是想象的玩意儿。爱是一块破抹布，抹去镜子上的灰尘，照出脑袋上长出黝黑的嫩芽。松果一串一串挂在脖子下面像是打秋千的小铜铃发出'叮当、叮当'的声音。小村庄就是这般的单调。早晨，胭脂红的阳光透过木格子小窗爬到我床上，悄然把我从噩梦中唤醒。阳光如我温柔纯情而软弱的妻子，见我同另一位异性高谈阔论时，偷偷地拉我的衣角。其实，哪个男人不是馋嘴的猫？而哪个妻子又何曾是这片温柔的阳光。我的眼睛布满泪珠。"

老王（气急败坏）："哎哟我的牙疼了。有《东西》诗云：

拉着妈妈手唱歌，我是个小东西，

牵着女儿手游戏，我是个老东西。

爱情的季节中，我是个坏东西，

莫名其妙的日子里，我是个什么东西？"

（我、老王、女招待甲、乙对台下鞠躬谢幕。）

清晨是美好的，但一定要是清晨，有青青的草，红红的花，有凉爽的空气中布满的负氧离子，有胭脂红的朝阳。如果一开门，阳光就躲在厚厚的灰色棉絮般的云层里，草儿不愿醒来，花儿也无精打采地向你道早安，这有什么味儿？这种味儿你完全可以在北京胡同里手执蒲扇穿着香云纱衣裤的更年期妇女脸上皱纹中找到。朝阳微傍小窗明，清晨是你的新妇，是姑娘第一次对着你的眼睛打开心扉。看绿鬓邻女，倚窗犹唱，旭日东升。

叹息是给心灵缀上纽扣。她的小手像蛇一样爬上我的额头，在睫毛的树丛里搭起橘黄色的小帐篷。盛夏在林中纳凉，在二胡上点亮的松香，哼着《二泉映月》。但这里没有泉水和月光，真的什么都没有，生活已成为遥远的叹息，叹息后再打个饱嗝。每年上帝的叹息是在惊蛰这个日子。不仅仅叹息，还要流出泪来。雨打芭蕉，红粉寒浪。我家门前有两缸莲花，一缸是红莲一缸是白莲。谁让她不愿见我呢？谁让我三年前写给她的信至今没有回声，或者，我也许仍繁星春水般地爱这新月飞鸟世界。我毕竟病了，从阴沟里爬出来，还洗不干净这些污点和残垢。珍珠翡翠白玉汤和紫色三叶草，奶油大虾汤和意大利空心粉。

全知青队，也许只有公厕有这胭脂红的衬衣。红色在所有颜色中能见度最高，不然十字路口怎么用红灯表示停。前些年吵吵嚷嚷要把停改用绿灯，因为红是高贵的颜色，是太阳的颜色，尚红也是五德始终的一环。后来不知为什么，这个合理要求得不到合理答复，于是人们便咒骂起绿色来，说有人为搞资本主义者大开绿灯。我敢肯定和我同时代的人或说过或在作文中写过，尽管那时我喜欢的是淡绿色，但我现在喜欢蓝色。说不清为什么，也许姑娘喜欢那些喜欢蓝色的男子，蓝色是沉静于思考的颜色。其实，干部们绝不是因为喜欢蓝色而穿蓝色的制服，干部们应该以自己职业的目标来确定自己喜欢的颜色。钻到钱眼里的人一定喜欢黄色，这是黄金的颜色；好色的人一定喜欢粉红色，这是没有层次的性感颜色；野心勃勃的人一定喜欢红色，这个强盗色比任何颜色都让人醒目。

胭脂红是红色和粉色搅和在一起酿成的颜色。在全知青队里公厕那个胭脂红衬衣已成为躁动的因子，就是这抹罪孽深重的胭脂红。哈哈，我不知道现在竟有蓝色的细纱蚊帐，在这毫无情欲的冷冰冰的颜色里，怎么去读《天地阴阳交欢大乐赋》。我怀疑这些蚊帐的生产厂家是不是听了计划生育部门的劝告或指示。这是该烧掉的蚊帐，一定要烧，它像感冒破坏人的肌体一样破坏了人的幸福。

公厕亦为她的胭脂红衬衣而骄傲，经常洗一遍又一遍，高高地把它挂在院里的绳子上。这样就常诱发全队打架事件。就连平时最懦弱的小黄，在和大家一起吃饭时帽子被癞子揪走，便把一碗热粥扣在癞子脑袋上，事后人们才发现是公厕穿着胭脂红色衬衣在一边洗衣服。

一次老王钻进我蚊帐，对我说："玩玩她怎么样？"

"不行。"我也不知为什么不行。

可是第二天早上起来，我发现我的床上黏糊糊一片。我洗干净裤头，搭在绳上，看见绳上还搭着她胭脂红色的衬衣，我把它扯下，来到屋后坐下，划着火柴点起一根烟，也点燃了这件衣服。一根烟还没吸完，公厕来了。

"你见我的衬衣了吗？红色的。"

"见了。"

我站起来，用脚指了指跟前的灰烬。她迟疑地望着我，漂亮的眼睛像深深的古井。

"你怎么能这样？"她终于说，有哭腔。

"我们不需要这种颜色。"我抱着她，想吻她，她推开我。

后来，直到回城之前，她再也没有跟我说过一句话，当然也再没有穿过胭脂红的衬衣。

37

　　我怎么也不会料到，"上帝"会拉着她的手来找我。她与"上帝"在一起，也许"上帝"就是真正的上帝了。我问"上帝"是不是在恋爱，他马上显示出不高兴的样子。我说这是何必呢？我又问她爹是不是她父亲。她没回答，唇边泛出温柔的笑，这是一种类似母亲望着自己心爱孩子的那种笑。我和她要是有一个孩子该多好！"上帝"递给我一根烟，问我又要去哪儿？我说你这纯粹是扯淡，我去哪儿您还不知道？他摇摇头，我说我也不知道。

　　从哪里来，便到哪里去。不管怎么说，见到她总是让人激动，尽管她似乎永远不属于我，尽管每次不欢而散后留下无数的怨悔。断无蜂蝶慕幽香，红衣脱尽芳心苦。我总还想见到她，因为我能装得像人一样，说些无聊的或赌气的话。只是见到她，我才怀疑自己是否坚强，是否真正像一个男人；我才怀疑她总是梦一般地飘来飘去，她存在吗？流逝的日子真庸俗。庸俗逼得我想自杀。我还能干什么？我只不过没头没脑去挣钱，去写那些让我恶心的文字，去与孔方兄说好话，我有一条属于自己的路吗？

　　"上帝"说："我要走了，你们谈谈吧，你们好久没见了，你以后没事，到我那坐坐。"

我点头道谢，又说："我又进不了天堂，怎么去你那儿？"

她挽着我的手，我们走在我的路上。一条铺满白色百合花瓣的路，白色的小鸽子飞来飞去。白色的天空像一匹硕大舒展开的素缎。白色的太阳，白色的水面。我们留在路上的影子也是白色的。白色大概是唯一能避免庸俗的颜色。我问她这是不是去天堂的路？她说你自己看吧。我紧紧握着她的手说我挺想你，真的怕你不再见我了。她说肯定会有这一天，我说你是不是以为我害怕，没有你会爱我自己。她"咯咯"地笑道，你是不是患自恋综合征？我亦笑道，我的母亲就是自恋综合征患者，我能避免吗？再说，自恋总比自杀好多了。她不再说什么。

我们朝前走，一条白色的路。

这是一条只属于我的路，没有她，没有一个真正的她能挽着我的手走完这条路。如果要真是她拉着我的手走完这条路，我又该是什么样子？我会感到无限荣光和幸福。荣光属于别人，而幸福才属于自己。我把自己做成一具涂满香料再熏烤的干尸，运到博览会拍卖，然后获得一个什么金质奖类的认可。我真可爱，可爱得让我看到自己就想流泪。歌应该这样唱，再也不敢看我的眼，怕我为自己流泪。

偌大一个空间容不下一个自由的想象，把石头从山头滚上滚下，把桂树砍来砍去，重复背后有一个傻傻的信念的支配。普罗米修斯把圣火偷带到人间，鲧却从天堂偷下一包息壤去堵洪水，他们怎么不把纯洁和正义从上帝那儿偷回来，为什么？阿波罗和羲和兄弟俩驾着金马车把上帝接走了。

夜，黑暗的背影下只有浮士德的灵魂被魔鬼引导着思考，充满肉欲和黄色兴趣的爱情教堂的管风琴和二胡奏出风铃和钟声，虔诚的教徒剃光头在香火的掩遮下因此上演了这曲风月情浓的《红楼梦》，上演了坎特伯雷路上《七日谈》下流故事，人类解放把石头上的草都玷污了。我不知道还该做些什么。要是没有死亡，人活着又能有什么意思？一个人就是一块简单的欲望，得不到满足就觉得痛苦，满足了又会觉得无聊，人生恰如钟摆，在痛苦和无聊中摆动。最后，发条累断了，钟摆停摆，死亡来临。一场游戏一场梦，风中有朵雨做的云。

窗户外边一个人叫喊着要吃莴笋。莴笋是好东西？但我很遗憾地告诉他，他怎么不死？他知道死的意义吗？他从母体胯下来就是行尸走肉，无意义地活着（即无意义的生和无意义的死）。那么，我活着是为什么？我理解生的意义和死的意义吗？人固有一死，或轻于鸿毛，或重于泰山，轻重又有什么优劣？太史公是个白痴。但总是有人活着，并不愿死去，知道多了并不是什么好事，不过是背负过多的心理包袱。

她说："跟我去吧！我有自己的小屋。"

我抽着烟："那屋属于我吗？"

屋前花园开满白色丁香花，如群群迎风摇曳的小仙子。我走下厚厚的青石台阶，参谋长站在门边，头歪靠在门框上，有气无力地看着我。自从卖过几次血后，他就变成这个样子，面孔白得如一张纸。

他说："眼镜他们去哪儿了？"

我说："鬼才知道他们去哪儿了，我好一段没见他们。"

我和他走进屋，坐在床上，递给他一根烟。他慢慢地点上烟，吸一口，便斜靠在我被褥上。

他说："有酒吗？"

我说："我早不想喝酒了，我想干点事儿。"

我从我床边拿起一本书，翻了翻，扔到一边。他说："真不知道有什么屁事可干，活着挺没趣，你想死吗？"

我说："干点事，总算有所寄托，这样会好一些。"

他说："前些天，我做了一个梦，梦见我要死了。我高兴得想哭。我知道那才是真实的高兴。"

他说他肯定会死的，然后好长时间一声不吭。这一段时间我不想见参谋长，和他在一起，很压抑。我想写东西，把自己做成标本卖了，故意想办法让自己平静下来，回忆过去，思考把零碎的过去用某一深刻的主题连成一串，做成"冰糖葫芦"。记得还很小的时候，参谋长就告诉我他想死，他想去地狱里找妈妈和爸爸。他还说人人都应该知道自己从哪里来的，而他从一记事起就没见过妈妈和爸爸，所以他应该去找他们，问他是从哪里来的。参谋长就是参谋长。

眼镜推门进来，说大学要恢复高考了，他很兴奋，我忙问此事可是真的。他说千真万确，《人民日报》说的。参谋长也挺起身和我一起看《人民日报》。后来他把报纸扔到一边，什么也没说。这时，我发现他的眼神更加暗淡。眼镜对他说你难道不想上大学？参谋长嘴唇动了动，好像有话又不想说出来。直到他要走的时候，他才问眼镜还干不干泥瓦匠打小工，如果不干，能不能让他干。

直到今天，我还是害怕提起考大学的事，如果要不是有考大学的事，参谋长也许不会死。我送参谋长出门把他送得很远，几乎快到他的家门。我们一路几乎没说什么。自从我和他讲了对忆萍的感觉，自从我知道他对那个村姑的感情，我们来往少多了，而且还颇客气。在分别的时候，他问我能不能给他几毛钱，他想买点酒喝，我掏出一块钱给他。他晃晃悠悠地向小酒店走去，身板瘦得吓人，仿佛能在空气中飘起来。

她说："你最近在干什么？"

"唉！干什么？"我说，"这不是一句话能说清楚的。我还在犹豫是当婊子还是做英雄，许多人都劝我当婊子，当婊子挣钱多，孩子老婆都能过上好日子。你也知道，这些年，我也卖过几次身，贩稿贩书去挣钱，可要我真的立个门面当婊子，我还不得不仔细想一想。当然，当了婊子，挣了大钱。我还能去浅斟低唱，偎红倚翠，传持风流教法，这倒更惬意。而且有了钱，更容易实现我矢志追求的事业。但是，当婊子毕竟和我的理想相距太远，人置身理想与现实的分裂状态下，那又是什么日子？到那时你拉着我的手散步又是什么样子？但不当婊子，我能守得住清贫吗？我能完成我的崇高吗？"

她笑道："你太紧张了。"

"我怎么不激动呢？"我说，"当婊子和姑娘初嫁是一样的。我这段日子，一直想找一个人说说，可找谁说呢？该去的都去了，该来的都不来，你知道，我没有朋友，我唯一的朋友就是我自己。"

五彩云霞空中飘，天上飞来金丝鸟。金丝鸟叨着一株绛珠仙草。这是白色卵石砌成花坛中的一株草，叶头泛红，微风掠过，轻轻抖动，植株柔弱，姿态娇艳，止于草莽，光阴荏苒，于深秋最红艳时遭寒霜遂戛然而止。虽说只是一株小草，无花朵，无媚态，但仍让人心旷神怡，万念俱灰。于是蒲公英急白了头，于是小蜘蛛要去游大海，于是大白兔吃完红萝卜又去找狐狸商量偷白菜的事去了。生活在童话搭成的背景中保持纯洁。

她问："你有没有爱过？"

我点一根烟，边吸边想说："我不知道。如果你坐着，我把头靠在你的胸前，呆呆地看着你的眼睛。你用温暖的手去抚摸我的额头，如果这就是爱，我还想试一试。"

参谋长在地狱里除了看书是不是也想过去和爱情？眼镜出国前曾约我一起去看参谋长。参谋长说他最近胃不太好，不想喝酒。于是我和眼镜对酌，他在一边看。我们喝完酒后，他说看别人喝酒挺痛快。我喝醉了，参谋长把我送到旅馆。夜里，我从醉梦中醒来，看到我的枕边放着一束花。我看着这束花，在房间里走来走去。隔壁的眼镜睡得很香，"呼噜、呼噜"的声音一阵阵地传来，搅得我心烦。

我去找参谋长，他还没睡，仍坐在台灯下，看那本厚厚的《存在与虚无》。他见我进来，便让我坐下，给我倒了杯茶。他说这是今年的新茶。我喝一口茶，问他住在这里怎么样？他说要是真想搞学问，住在这里无疑是最好的选择，这里很清静，几乎没有一点噪声，可以安静思考。他还说，任何哲学都带有产生这种哲学的土气，比如康德的哲学表现出宁静的喧哗，而萨特的哲学则表现出喧哗的寂寞，萨特不是生活在巴黎吗？我听后觉得他讲得很深刻。

我说："你知道吗？我快完了，整日被庸俗包围着，想干的事干不出一点。"

他笑道："那为什么还想活着？为什么不学眼镜出国？"

我说："其实你清楚。我天生就想用我那所谓的理想改造一些什么。生活在一个可以改造的环境中比生活在已改造好的环境中更有意义，活着也更有动力。"

他说："那么你为什么还要去做贩卖文化的生意？"

我不知该说点什么。

一切都奇怪。庸俗像无数只肮脏的手把我抛向高高的空中，然后又落在这些肮脏手铺成的肉垫上。我不明白为什么很多人出卖良心的事干了不少，可出卖贞节的事却三番四复、犹豫不决。如果是我，找个外国人睡觉，是不是为祖国挣了光？我把资本主义打倒了，压在身下。

一切都奇怪。庸俗像无数只肮脏的手把我肢解了，我的灵魂找不到皈依之所，只好在黑夜里飘荡，像荡妇一样怪叫，无法摆脱的庸俗。在困难的时候要看到成绩，要看到光明，要提高我们的勇气。怎样提高，我对老 K 和小 B 说，我和你们都不一样，老 K 你们这一代受过特殊战斗洗礼，之前所受的教育是单纯和干净的教育，但你们的单纯和干净却被腥风血雨糟蹋。你们是被诱奸的，嫖客没付钱。今早，你们从床上醒来后，梳理好乱发，洗洗已无法洗干净的脸，便疯狂地向社会索取，无所顾忌地索取。因为你们认为别人欠你们的钱。你们的自私是可以理解的。

与其相反，小 B 你们这一代的自私就很难让人明白了。你们是二十世纪八十年代学生，在自己人格完善的过程中所接受的新鲜教育便是利益分化的现实。在人尚未成熟而急于成熟之际，最易于对某种陌生的抽象的口号或信条感兴趣，正如现代中学生喜欢某人的诗一样。你们推崇人格独立的口号，追慕自我实现的信条。但这些口号和信条的本质就是自利。不信你们可以想想，为什么你们会在大学校园卖袜套和乳罩。故你们是在人人皆可当婊子的文化背景下长大的一代，但你们和老K那一代不同，你们时刻警惕着嫖客会不会赖账。

与其相反，只有我和我们这一代才是最富于理想的一代。我们这一代学生时代基本是在二十世纪七十年代度过的，人格的完善伴随着五星红旗迎风飘扬的歌声，为人民服务、比泰山还要重的死是我们所接受教育的基本内容，虽然我们想摆脱那种先入为主的东西，但那些东西已深深烙在我们的灵魂深处，所以我们这一代命中注定要背着十字架过一辈子，强烈的使命感和改造社会责任感构成我们理想的支架。他人的幸福就是我们的幸福事业。我们认为大公无私、积极努力、克己奉公、埋头苦干的精神，才是值得尊敬的。

参谋长说："那你为什么还要做贩卖文化的生意？"

我看着他。一切都庸俗得可怕，再也不会有闪闪发光的崇高。当我被庸俗抛向空中落下来，且再没有手接着的时候，我的崇高（虚荣）已被摔碎肢解了。

我闭上痛苦的眼睛："你见到你母亲了吗？"

参谋长也掩上书："见到了。没多说什么，她也在见她的母亲。"

我大笑起来，笑声把参谋长手里的书震得不停地哆嗦，参谋长亦轻轻地笑了。他近来眼周红肿，小眼睛被挤成一条细线，与他瘦小的脸十分适宜。

他说，其实我们人类愚蠢之极，混混沌沌、浑浑噩噩地过了几万年连自己存在和发展的意义都没弄懂，就吹牛说文明以止，便要化成天下。我也是最近才想明白。我到人间来，本以为有了真正的归宿，心灵就不会飘浮了，其实不然，在世上是心欲静而风不止，在这里则是风已静而心不止，心总是处于激动、浮躁、沮丧的状态。我本来找我母亲，想找到她，就能把头贴在她的怀里睡觉。我找到母亲后，发现她比我还无聊，比我还想把头贴在她母亲怀里睡着。这样，我才明白人类生存和发展的意义不过是求返祖归宗，人类就像没有母亲的孤儿，在偌大世界里必须要完成的任务是找自己的母亲。我所说的人类这种恋母情结和弗洛伊德之流的恋母情结完全不同，他们把生殖器视为一切原动力的理论是错误的。他们还是在现象的水面打旋，没能理解什么是本源。

我苦笑道，照这个理论来说，人类的存在与发展真是如此荒唐，发展和进步本身不过是为了回归，回归萌生之所。假若如此，现实的存在与发展会不会使人类离自己的萌生之所更远？

参谋长说，这就难说了，也许更远，也许这个远就是近。

我说，此道不可道，因君聊强言。

我紧紧地搂着她，想把自己身子更贴近她。我说你肯定不会像我们这样有始无终。你就是你的母亲，不是吗？她用修长温暖的手梳理我额头的乱发，把脸靠在我的脸上，她脸上透出的清冽的仙气穿入我的发孔，沁入全身，我升华了，随风飘动，向路边的白色山顶（雪山）飞去。我顿然明白，人类如果有爱情，就应该如此。

每一次相聚，都有分别的时刻。早晨我和眼镜去和参谋长道别。我们仨都很激动，眼镜几乎要流泪。黯然销魂者，唯别而已矣！

参谋长扶着我们俩的肩膀说："这又是何必，死都死了，还哭个甚？"

眼镜说："我这一次出国，不知什么时候才能回来，不能常来看你了。其实我何尝想出国，只不过是老婆调到北京，我还去不了，只有到国外去落实知识分子政策。"

参谋长说："假如因此，倒十分卑微！"

参谋长把我们送到大门，说你们去吧，我不想见阳光。他说完便转身向回走去。我和眼镜看着他走去，他一直未回头，瘦弱的身子随风飘起来。

眼镜流了泪。

她说："你不会流泪的。"

我说："如果这次你走开，我会的。"

在山脚下的小水塘边，她赤足跳到一块碧绿的卵石上。水塘被湖蓝润丽的莲叶覆盖，翠嫩的荷花一朵一朵，在荷叶间悄然伸展，羞涩地打开了花瓣，绽开了幸福的笑容。翠嫩与湖蓝以水面为画布，勾勒出一幅梦境里的水粉画。青蛙的叫声也清脆悦耳，微风习习，清香缕缕，岁月静好。她走了。

她走了，十分干脆地走了，可我并没有流出泪。

38

　　我这次在路上病倒后，是外婆把我接回家。还不到夏天，天气却反常地热，外婆在我床边，拿着蒲扇轻轻地扇。我好久没见她了，她比以前老多了。眉骨凸起，深锁着苍黄的眼神，额头的皮肤松沓，叠起厚厚密密的皱纹。她半乌半白的头发，套在黑色尼龙发网里，十分整齐，只是脸上永远保存着那无可比拟的慈祥。妈妈和兄弟们回来了，说了许多安慰我的话，让我安心养病。我知道他们是为了让我感到这才是个家。

　　这是我的家，外婆的故事和妈妈的歌声，小花园的花香。可以把什么都恬然保留在故事和歌声里的家。用木框和蒲席搭成的天花板，墙角的蛛网挂着几滴晶莹的露珠。唉，蛛丝儿结满雕梁，绿纱今又糊在蓬窗上。唉，她走后我便病了，一人躺在路旁，浑身发烫，头昏昏沉沉，后来就什么都不知道了。她怎么会这么狠心把我抛弃在路上，她是不是找别的人约会去了。我开始抽烟，要不然我肯定会流泪。在我的一生，连想象都不纯洁，真不知道还会有什么干净的东西？

　　外婆放下蒲扇，拿掉我嘴中的烟："她是谁？你总是叨唠个没完，她到底是谁？"

我狡黠地笑了："她就是她。"

蛛网上晶莹的露珠落下来，掉在外婆手上，摔成无数绒毛状的
小水珠。我拉着外婆的手，小心地把它们一粒粒拈起来，扔到床
上。罗杉也来了，带一束明蓝色的花，放在我的枕边。这束花和
我睡在参谋长那儿的那束花竟然一模一样。花儿散发的缕缕幽香，
如无数柔弱细小的精灵飘荡在室内空气中，不知是小杰还是什么人
告诉我，活着不过是个过程，无所谓目标，只是适应，不可奢望。
也许这完全可以称为人生真谛之类絮语，如尼古拉·奥斯特洛夫斯
基所说，人最宝贵的东西是生命，生命属于人只有一次。人的一
生应该是这样度过的：当他回首往事的时候，他不会因为虚度年华
而悔恨，也不会因为碌碌无为而羞耻。

质本洁来还洁去，强于污淖陷渠沟。小杰为什么不叫小洁，
只因她不能或不愿纯洁，只因她躺在我的怀里给我讲在某夜登山躲
在他的怀里睡着的事，只因肯定还会在另一个他的怀中讲她如何躺
在我的怀里讲登山的事。一夜的山路上有夜莺的歌声吗？我为什
么只要纯洁？一只贪婪的小孔雀，巧开了雀屏，现出了后窍。

"外婆给我讲个故事吧！"我拉着外婆手说。

"我把所有的故事都说给你了，还有什么故事，我给你唱个
歌吧？"

罗杉说："我最喜欢听外婆唱歌了。"

我说罗杉你拿个本把这歌记下来，以后我抄到我小说里还可以
赚钱。罗杉做好记录准备，外婆开始唱。

正月好唱正月说，

新来的媳妇拜公婆，

大红衫子绿褙袖，

八褶罗裙就地拖。

二月好唱二月说，

燕子衔泥来垒窝。

大姐抬头望燕子，

望见燕子笑咯咯。

二姐抬头望燕子，

望着燕子二梁垒个窝。

三姐抬头望燕子，

想戳那个燕子窝。

外婆解释道："你们说为什么三姐想戳燕子窝，是因为大姐二姐都要出嫁，都会有家，只留年纪还小的三姐在屋里，她咋能不想戳那个窝？"

我松开外婆手说："这正如老 K 和赵他们所讲的所谓东方式的嫉妒。我没窝，你们也别想有个窝。"

罗杉解颐道："外婆这么一讲，我也明白了为什么有人要独卧青灯古佛旁了。"

妈妈进来，说都去吃饭。我说别忙，我听外婆唱完歌。妈妈出去了，外婆继续唱。

三月好唱三月说，

三月桃花开得多，

大姐扳倒二姐采，

只数三姐采得多。

四月好唱四月说，

打鼓敲锣栽秧苗。

好秧栽到好田里，

孬秧栽到漫天坡。

五月好唱五月说，

南坡里麦子黄赫赫，

屋里忙着喂蚕女，

外面忙着割麦郎。

蚕老一时蚕上簇，

麦熟一晌麦上场。

六月好唱六月说，

堂屋里公婆打凉扇，

厨屋里热死女家娥。

七月好唱七月说，

小姐南塘翻菱角，

打湿了裹脚自己洗，

打湿了花鞋娘打我。

八月好唱八月说，

南坡稻子黄晶晶。

快镰割得吱吱叫，

钝镰累死女家娥。

九月好唱九月说，

菊花泡酒也好喝。

男喝三盅大红脸，

女喝三盅话也多。

十月好唱十月说，

霜打树叶往下落。

树叶落到树林里，

等到明年再发棵。

冬月好唱冬月说，

雨打雪花往下落。

一落落到平地里，

见了太阳淌成河。

腊月好唱腊月说，

家家户户蒸大馍，

蒸的大馍家人吃，

蒸的小馍待客多。

    这种曲调简单的歌从外婆苍老沙哑的嗓子眼中冒出来格外好听，歌声是宁静黄昏的召唤，要把我带到一种简单的清新之中，带到淮河渡船的桨声里，让我忘却目标和使命，让我所有的努力和追求都模糊成一个过程，如汩汩流去的河水，鱼儿的欢跃和跳起的浪花，也不过是平静流逝的河水偶尔为之轻笑罢了。汩汩的河水环绕着瓜棚后面的小村庄。孤零零的瓜棚虽近却又邈远，迷蒙的河雾里，看不见人影，渡船静静地停在沙岸，对面河坡成片的树林的梢头浮现一抹黛影，深沉如画。

简单的清新，淮河渡船的桨声里没有灯影。孤零零的渡船后面是瓜棚，瓜棚的顶上，一根棍子挑着一件蓝布汗衫，如酒旗随风飘摇。天在拉上黑幕之前，会乍然亮起来，于是对面河坡萧疏的树梢与天边晚霞相接，孩子倒骑着毛驴，吹着笛子，便三三两两咏而归了。他们的头上或驴的头上，都点缀着野花，有说有笑，有歌有色，有滋有味，有远有近，恬淡而闲适，豁然开朗。儿童散学归来早，忙趁东风放纸鸢。

简单的清新，是瓜棚后面的村庄，是桃红复含宿雨，柳绿更带朝烟。几天的雨，今儿放晴，湿润新鲜的空气，赤足走在田间小路上，蝴蝶款款是我同伴。简单的清新需要的是简单清新的眼睛。平静而宽阔的河面，微波粼粼；青碧的瓜田，傍着绿色小溪，连接着一望无际的稻田。黄昏的光线穿过岸柳，不规则的剪影倒是别有风姿。暮霭在树间缭绕，鸟儿惋惜地啼鸣，表达对过去一天的感谢。

看不到尽头的生活，彼岸的风景纵然是香草鲜花绿叶，纵然是漂亮姑娘和骚娘儿们的多情眸子织成柔软的情网，纵然是多端的思考严谨的分析后的崇高想象。找不到企望的彼岸，一切在过程中流动，在过程中生，在过程中死。有生有死，有有有无，自身的不自由完全因为在既定过程中。俺暴殄天物不能说俺暴戾，俺泽被万世不能说俺仁厚，俺独立千载不能说俺长寿，俺覆载天地、塑形万物不能说俺机巧。俺就图个乐不是？此乃天乐，天乐就是自由，自由就是无所作为。

星期天，没有人，没有朋友的喧闹，忆萍昨晚送来的那盆花摆在院内石几案上，白色含翠的细细花瓣，如垂丝，被雨水洗过后轻软而遒劲，花蕊四周竟浮出柔嫩的银红。我坐在木椅上看着花。少尉在洗衣服，清凉的水在他手里滑过，落到池子里，我觉得洗衣服亦煞是有趣，水冲洗掉衣物上的灰垢如冲洗掉岁月的灰垢一样。从昨晚到现在，少尉和我讲话不过十句，他怎么能总这样，是不是要蜕变？我后悔来找他，且还在这儿住了一晚。

忆萍来了，告诉我们，杨伟已经出国，到美国杨百翰大学读书，等他安定下来，要把她与她的孩子都接去。少尉没说什么，我当然也不说什么。忆萍坐了十几分钟，就走了。我依旧把目光拉回到这盆花上。我蓦然明白这花就是忆萍，当然是在乡下时的忆萍。岁月飞快地过去，几乎不留下任何痕迹。人已老了，花朵却永远年轻。如果没有爱情，我的一生过得该如何轻松。

外婆和罗杉都走了，她们让我好好睡一觉。我多么想好好睡一觉。我多么想好好睡一觉，睡着了什么都不想。就是做梦，遇到不痛快的事，也知道是假的。

每每在放学回家的路上，总有一对褐色的花蝴蝶陪伴着，打开心灵窗户是骄傲的雨燕的呢喃，是细雨中掠过的一阵阵微风。调皮的眼睛和调皮的思绪不断争吵，是为了找到一条干干净净的小路，一条没有灰尘和落叶的路，一条铺满白色花瓣通向天堂的路。柳絮如梨花，在苹果树上摸树猴①。五月的榴花若点燃的火苗。苦楝树一簇一簇紫白色的花朵。新鲜的空气让心灵如被雨水洗涤过。但是，对于那些一串串冰糖葫芦般红彤彤亮晶晶的想象则难以下口。风筝线断了，风筝已难觅影子，放风筝的年代。

---

① 一种游戏，几个人上树，一个人遮着眼上树摸。

实际上她绝不是那天从树上滑下的一串串口哨声。我在放风筝的日子，在放学回家的路上不知盘算了多少次。我用书包扑打着蝴蝶，嘴里不停地念叨。

"唉！你来一下。"从我路过的胡同小屋里探出一个头。

我愣住了："干什么？"

"来一下嘛！"他温和地笑道。我随他走进小屋。小屋很暗，进不来阳光，一盏低瓦的灯泡惨淡地照着我的脸和他的脸。他有四十多岁，微微发胖。我们坐下来。

"你找我有事？"我仍有些惊慌，"有什么事？"

"没什么事，只是想和你交个朋友。"

"交朋友？"我瞪大眼睛，不知为什么，依旧很紧张。

"爸爸，来信了。"小屋后院响起银铃一般的声音。

"没事我走了。"我站起身，仍听到那银铃般的声音浮动在屋内空气里。

没等他说完"以后再会"这句话，我已推开门走出去，外面的阳光很刺眼，那只蝴蝶也不见了。浅蓝的天空几朵雪白的云悠闲地飘动。在这次莫名其妙的奇遇后几天，我一直惴惴不安，那人温和的微笑，那昏暗的小屋。只有那银铃般的声音如春天的小手捧起我的小脸，捧起我立志效仿汤姆·索亚探险寻宝的勇气。我终于敲响这小屋的门。

"谁呀？"里面传出银铃般的声音，我的心急促地抖动。

"我找……"

门开了，一只白色的影子和一张看不清楚的小脸。"请进吧！"她说。

我仍在发呆："我是你爸爸的朋友。"

"我爸爸的朋友？"她愣住了。

"是的，是你爸爸的朋友。"我肯定地对她点点头。

"好吧，到里屋坐吧！外屋太暗了。"

我随她走进里屋。这是一间清新淡雅的小屋，灯光明亮。白色的帘和白色的墙。几盆抽出新芽的文竹整齐地摆在窗台上。我坐下，又重复一遍："我是你爸爸的朋友。"

"我知道了。"她收起目光。我悄悄地看她，她穿一件丝绸的白底蓝花的裙子，身躯轻柔而苗条，清秀的脸上总挂着清爽的诗意。

我不知道还应该说些什么？我的脸一定悄悄地红了，岁月把丰富的爱情轧瘪了。因此我们就称那些死乞白赖追求爱情的人为瘪三。我点燃一根烟，吐出一个圆圆的浓浓的大大的烟圈。天空出彩霞哟，地下开红花呀！一个太阳从东方升起，年轻的人们正在成长。还有什么？我又吐了一个烟圈，吐出了新鲜，吐出了干瘪的希望与自豪。对烟的崇拜和对尼古丁的信仰已积淀在生锈的肺里。肮脏的光荣，卑琐的幸福，庸俗的伟大，诚实的迷惘，含蓄的空虚，谦虚的荒诞。所呼喊什么都不需要，就连自己的肉体亦想被烘干做成培根或发酵变成气泡。

在这样一个新鲜时代，我们成为朋友。我们一起坐在小院里看大明的月光，蓝的的夜空，几粒星星。空气流过槐花的馥郁的馨香，蝈蝈"咕咕呱呱"歌颂夜的恬静宁谧。我们彼此不说什么话，想象永远自由，缺乏想象，就失去心的归宿。除了想象是自由的，还有什么？除了自由想象以外我还要求什么？想象清凉的月光，是圆叶的风铃草，是野生的风信子打开的紫色的花，是打着口哨在空中穿过的云雀，是雨燕的黑羽。望着漆黑的墙壁，眼睛湿了，她回到我身边。

"我走后，你病了？"她说。

我只是笑了笑。漆黑的夜空里什么也没有。我去向谁说我的初恋？外婆的歌声。这是应该细细体会的歌，就应该这样淡然地活，激动和幸福不是刻意追寻，而是过程中自然而然的等待，或叫赐予。主体人格的满足和饱餐后打个嗝一样。云本无心出岫，鸟却倦飞知还。大千世界，芸芸众生，生事事生，幻身幻心，性真既已离，色相复何有？所以，何必为片刻的激动而激动呢？想象才具有哲学意义的真实。

我们要进窄门。因为引到灭亡的那扇门是宽的，路是大的，进去的人也多。

39

病了，就想死。如果生只不过是一个过程，死又何妨，何况活着还要忍受疾病之类的折磨。外婆说你千万甭这样想，我这么大年纪了，还不想死呢，你才多大？一个阳光强烈的灰色的一天过去了。夜幕降临，屋里人都睡觉了，我仍睡不着，睡觉是件绝对令人恶心的事。窗外银白色的月光透过窗户洒到屋里，窗户的木格把月光遮成大大小小的方块。我从床上爬起，看到窗外几株核桃树，袒露一身光秃秃的枝丫，默默地站着。落叶他乡树，寒灯独夜人。由于对面的楼房处于逆光的位置，在很暗的背景里的核桃树更显孤独，我的想象也很孤独。

因为害怕孤独，我走出屋，看到了水面上的月光，看到了水中波影幽蓝的光点。她怎么是她？她，我并不明白，这是永远的诱惑。我想她也许会来。小树和村庄已安睡，偶有狗吠夜更静。少尉也走出屋。

参谋长喝醉了，踉踉跄跄行吟江畔。张开嫩滴滴小脸的海棠花。淡红色的阳光普照大地。厨房飘来鱼腥味。沿着水边散步，拾起一把生锈的铜钱。美人赠我金错刀。太阳出水之间，波谲云诡，射出千万根金针扎我的双眼。巫婆的预言变成白色浮沫雕像，还要翻身做主人？她怎么样？遥远山上，有个女神，皮肤润白，似冰如雪，体态柔美，恰如处女，不食五谷，饮露吸风，腾云驾雾，骑日御月，遨游四海之外。真若如此，死生无变于己是逍遥吗？不是，是想象。四海之外，南华先生怎么也见过她，她不是只属于我吗？我最后也不知道自己追求什么。病了，就想死。美人的手，容易解开裤带。小鸽子对母亲说，我们看海去，我们看海去，黑色的眼泪。

人之精神体验，心中的系累和桎梏，如何回归虚灵畅达，无迷无执，无拘无束，然后再去体验遨游四海之外的感觉。她就在四海之外，躺在远山的湖边不为秋风所破的茅屋里，肌肤冰玉，莹洁温润。晚风来，屋里丝丝暗香，氤氲弥漫，打开柴门，只见明月乜斜偷窥，她似睡非睡，倚在床边，玉钗横堕，鬓发纷乱。于是我想牵着她冰凉的小手，起来在寂静的湖边散步，陪她去看流星雨落在这地球上。试问这样的夜色如何？

湖边路上突然横亘两道门，一门宽，一门窄。据说我们要进窄门。因为引到灭亡的那扇门是宽的，路是大的，进去的人也多。引到永生的那扇门是窄的，路是小的，找着的人也少。乱糟糟的思绪像沾满污垢的抹布擦着我明亮的双眼，时断时续的外婆歌声已成孩提口中无赖的哭啼。神仙的路，归于真。在这片荒凉、贫瘠的土地上，我拖着一根木棍，骑木马向前奔去。我的童年，无忧无虑的童年。多彩的丰富的希望此时已化为篝火的灰烬，呛人的白烟，烧焦塑料布的气味。愉快的舞步已知疲倦，我与她紧紧搂在一起。

冬天像一根白了的草。晨风的凉意穿透白纱裙，划过细嫩的皮肤。我们渐渐地把最后一根烟蒂从嘴角拿开。灵魂脱窍飞去，月琴和牛角号响起。每到吃饭的时候，我都要在楼道里听牛角号，听到号声，人们敲着碗从屋里钻出来。我倍感惬意，我的牛角号，日子荒诞犹如读《圣经》读《薄伽梵歌》，斜倚或双腿盘坐体验一切法相亦复如是。

为了排除禁忌，我对自己说，我要享受一切。可我毕竟不能乱伦。用碎布拼凑的艺术嵌在粗糙树皮打制的相框里。垃圾成为风格。象征把美变成了艺术贵族裤裆中夹着的手纸，艾略特空虚地走在荒原上，于是金斯伯格便大声号叫，号叫真的比子规啼血好听吗？神女生涯原是梦，小姑居处本无郎。用所谓感觉嘲笑真诚的思考，那股莫名其妙由性欲纵容的手挑逗着一双又一双可爱的眼睛。

所以唱歌的优伶，搔首弄姿成了汉武帝的"弄儿"；所以画画的工匠，蓄意留长发，晃头晃脑，走来走去出卖所谓荒诞的深刻；所以天真纯情的诗人冒出来了，吵着用五分的钢镚儿为诺贝尔发奖，"闹着玩"的小说家冒出来了，自嘲说自己不过是"逗你玩"，马三立说天津话，且玩得高明。其实在他们肚子里，装的全是自卑，雕虫小技借天真为名，借荒唐为名，借名为何故？掩饰真正的自卑感。我们所争，尤在名实，名实已明，而天下之理得矣！原谅这样可怜的朋友吧！他们毕竟找出一种掩饰自卑的办法，并变相地出卖自卑赚了钱。

我无自卑，故无法以出卖自卑赚钱。从梦中醒，在醒中梦，梦醒醒梦，直至死去，变成一撮七克半重的灵魂。灵魂露着大尖牙向我逼来，要和我恋爱，真奇怪？向日葵解开面巾对我说她如何漂亮之类的话。顾长丰腴的豆芽的腰折断在我的嘴里。寒冷的灵魂。夜里我用香烟烤灼嘴唇去想象划火柴的小女孩，是谁把我从床上托起，送我一束白菊花？我哭了，哭得好伤心，乌鸦穿着孝衣衔走了我的哭声。

星期六，楼道里很静，我敲赵的门，没人；敲唐的门，没人。小 B 和赵昨天就回家了，我拖着沉重的步子回到房间。窗外阳光与风翻动杨树宽大的绿叶，蓝天，几朵无聊的云。我躺在床上，想喝酒。楼道里响起一阵低缓的脚步声，由远而近，在我的门前停下。不知是谁？我扬起头，足足等了两分钟，才听到"叭、叭、叭"的敲门声。我起身拉开门，他走进来。他和我一模一样，我几乎是第一次这样看清楚自己，漂亮的脸，健壮的身躯。他穿的和我亦分毫不差，暗绿色的横道 T 恤衫，黑色的牛仔裤。他左手也拿着一根红梅牌香烟。

"你是谁？"我心里发抖。

"我是你。"他毫不客气地走进屋，并掩上门。

"怎么可能？"我摁灭手中的烟。

"你知道人看见什么最害怕吗？"他说，"人见到自己是不是最害怕？"

"找我干什么？"我打定精神。

"没事，聊一聊。"他说话的声音和神态也和我一模一样。

不期而遇的约会，将给我带来什么？我为什么心跳加速？为什么要害怕？生命本来就是争吵和聊天，暮色袭来我恐慌不安实在大可不必。我们应该害怕吗？

他问："最近过得怎么样？"

"你既然是我，过得怎样，你怎能不知道？"我说，"还是老样子，半活半死。"

他长叹一口气，又点一根烟说："人都很无聊！"

我说："是无聊，不然你怎么会找我聊天。"

他抽烟的方式也像我，一副漫不经心的样子，烟从口腔中慢慢地飘出来，然后吸到鼻子里去。吸几口，便在烟灰缸边，轻轻地把烟灰刮掉。

他说："世上的事真奇怪！"

我也点一根烟，稳定了情绪："是奇怪，不然，我们怎么会坐在一起聊天。我这会儿正觉得没劲，你来得正好。"

他笑道："那么以后，你感到没劲时，我就来陪你。"

我马上大声说："得了，得了，你还是忙你的去吧，我没劲是我的事，这种时候以后回想起来，并不会觉得坏，况且，在这世界上，我活得够累了。有个她，整日纠缠不清，还有外婆和罗杉、外婆的故事，背大包袱的老婆婆；还有忆萍、薇、小玫、彬彬、小杰，爱别人和被别人爱都不是件容易的事，挺幸福的；还有少尉、参谋长、唐、杨、赵、老K和小B，交往和友谊真会让人happy吗？我现在还说不清，况且还有抱鹅的孩子，变成蛇来找我要铁书的孩子，还有上帝、佛陀、耶稣、阎王等，还有……哦，我说不清。义务和责任就是绳索，我已够累了，你在如影随形如蛆附骨跟着我，让我怎么活？我活在这个世上，已被爱人、亲属、朋友肢解，已经被家庭、婚姻、信誉、义务、责任五马分尸。哪还有一个完整的我，你千万别来缠我了。我求求你行不行？"

357

他大笑："瞧你这样子，哪还像你！你不是说时常觉得没劲吗？"

我说："那是我的事。"

他躺靠在床上，抽着烟，看着从嘴里喷出一圈圈烟雾。我亦抽烟，把烟放到古藤做的烟嘴里，每吸一口便用烟嘴在桌上作画，从烟嘴流出的烟在桌面上凝结一起，久久不会散去。我画了一座山、一条河、云山雾罩，煞是生动有趣。我想今晚会不会与楚王一样来一个高唐之梦。横竖总是由定数，迷人何用求全悟。

他说："昨天我去酒店喝酒，喝到两点，酒店关门，我在马路上走了一夜，不想睡觉。"

我说："那是我常有的事，我们喝点吧！"

他爽朗地笑道："如果你有酒，喝点亦无妨。"

只是他的笑声比我轻快多了。他竟然是我，我仍奇怪。我拿出一瓶酒两个碗，每个碗倒了半瓶，又从抽屉里摸出一袋花生米。我们开始喝酒。

我喝一口酒说："现在的日子真莫名其妙，一点味也没有，若喝点酒，刺激一下，才觉得有点酒味。人们都说闲愁最苦，可我觉得闲时不想才算最苦，闲愁要与斜阳约，花谢花开，断雨残云。合欢后，才好借酒生愁。"

他喝一口酒，不以为然地说："实际仔细想一想，我们有什么好愁的，每个月百十块钱，除了吃饭抽烟还能打点酒喝。天天几乎没什么事，看点狗屁书，写点狗屁文章，吹吹牛皮，撩撩女人，骂骂这不好那也不好，这不是很好的一种生活吗？累什么？讨厌什么？生什么愁？本来就是一种活法，怎会觉得没劲？"

我猛喝几口酒说:"你并不是我,你不懂怎么活才带劲。"

他瞪大眼睛:"我怎么不是你?怎么会不知道你怎么生活才带劲,你是不是觉得把所有的你喜欢的女孩子都搂到你的怀里才带劲,其实一觉之后,你不是想把她或她们一脚蹬到床下吗?"

"对,对!"我拍手连声叫好,"我若能把她或她们一脚蹬到床下就是带劲!"

他慢慢地喝酒,轻蔑地冷笑道:"你为什么不做?"

酒把我和他的脚烧得通红,刚才的惊诧与恐惧已过去,我把目光落在他的脸上,仔仔细细地打量他,这是一个站在我面前的我,所有的一切和我无丝毫的差别,只是其高傲的神情是我所不具备的。而在他的目光中,我竟然发现自己的卑琐和庸俗。我看着他厚厚的嘴唇上像黑色的丝线般柔软的胡须,我真想吻他,这种冲动比任何类似的冲动都更加强烈和单纯。如果他是女性……我闭上眼,不敢深想,只想喝酒。

"活下来是挺不容易的事,甭总是跟自己过不去。"他低声说,"觉得活着没劲,就是自己生自己的闲气。"

他说话时,双目微笑着看着我,左手端着碗,右手拿着烟。我很想模仿他这样的神态,我突然说:"你知道吗?我有时非常羡慕老人,真不知道他们这一辈子怎样过完。"

他喝完最后一口酒,沉思一会儿说:"不要这样想,不要这样想,振作一点不行吗?好好做点自己应该做的事。"

他说着走到我跟前,把左胳膊环在我的颈上,并握着我的左手,轻轻地吻。我感到有温暖的气流在空气中摇动,烟酒混合的香味也荡漾在空气中。他开始吻我的脖子耳根脸颊嘴唇。他的胡须如一团轻羽，轻轻撩动我的皮肤。我想推开他："干吗要这样？干吗要这样？"但在他强有力的胳膊里，我的身躯蜷曲成羊羔状，麻木了、沉醉了、动弹不得。他解开我的衣服，拉灭了灯。

……

早晨，几朵鲜红的朝霞挂在窗外那排高大碧绿的云杉树的梢上。他仍睡着，鼻翼轻轻有节奏地翕动，伴着均匀细微的呼吸声，我仍躺在他的怀里。我恰如孩提，躺在母亲的怀里，得到轻舒的慰藉；又如远行的小鸟，回到故巢，去慢慢梳理残落的羽毛。我流下泪。他醒了，躺在床上，开始抽烟。我亦半坐半躺，抽着烟。

"你到底是谁？"我说，"如果你要告诉我，就一定说实话。"

他抽口烟，淡淡地说："真的，我就是你。"

我说："怎么会呢？"

"这点，你当然不清楚。人从母体落下时，都有两个灵魂。一个是具象的赋予肉体身形，另一个是纯粹的无身无形，只随风飘浮在空气中。"

我深深地吐出一口烟，狡黠地笑道："那你为什么具有肉身？"

他捻灭手中烟蒂："那是因为她。"

"哪个她？"

"就是那个她。"

"是她让你来找我的？"

他看着我，穿起衣服："我要告辞了。"

我扔掉手中的烟蒂，又躺到毯子里。他穿好衣服，拉开门走出去。楼道里又一串低缓的脚步声，慢慢消失了。我想睡，可睡不着，太疲倦了，疲倦得连睡着的力气都没有。疲倦的星期六，疲倦的星期日。 在画册中找到杨柳青的裸女的脊背和下体。 一只有力的手紧紧抓着岩石，敏捷地爬上崖顶。 我注目崖下那片杉树林，炯炯有神的目光憔悴地飞散。 我还崇拜谁呢？ 就是女神在一夜欢乐后，亦成了败草残花。 对她除了怜惜，还会有什么？

门又打开，进来的是罗杉，穿着白纱裙，精神十分饱满。

"怎么样？ 感觉是不是好点？ "她说，"起来吃点东西。"

我笑道："你知道吗？ 昨天夜里，我把自己奸污了。"

她脸上的微笑蓦地变成惊诧，许久才说："你精神有毛病。"

我摇摇头说："你不懂，那才是真正的爱。"

她坐在我的床头，抚摸着我的脸，一副悲天悯人的样子。

我推开她说："要上路了。"

"？ "她说，"你还要走？ "

我点点头，她坐到椅子上，眼中流出泪："你能不能不走，我这一段时间觉得一切都不适意，我怕我以后不能与你在一起了。"

我淡淡说："这有什么？ "

40

我回到这条属于我的路。

路的两边修剪得十分整齐的小黄杨还镶满清洁的露珠。我用袖头擦掉额头上的汗水。早晨的细雾里，两个清爽的少女从我身旁擦过。一对含苞欲放的玉兰花。我回眸凝视她们的背影。她们身姿绰约，亭亭玉立；薄纱下的脖子，冰肌玉骨，细腻润滑；柔软的胳膊，宛如雪藕，娇嫩玉润；浑圆屁股和纤纤玉腿，苗条匀称，细致光滑。干矢橛，君宗禅宗我不会，夜来烧却干矢橛。

清晨是默默无闻的长者。绿油油的原野是生活的内容被某一理论歪曲后的伪形。广漠的天宇，平淡无奇，怎么能赋予我坚强的意志呢？我苦涩的笑又被点燃，缕缕轻烟。妖歌曼舞和晨雾胶粘一起。少女，雾中的影子。真箇下工夫见得底人，说出来自是胶粘。邪念的视线中，背破麻包袱的老婆婆穿着一件黑黄色的油纱衫向我走来。

我伸脚拦着她说，老太婆，你怎么还不死？

她费力地睁大眼睛。不解地看着我说，小伙子，这是什么话？

我说，你日薄西山，气息奄奄，人命危浅，朝不虑夕，不死还要干什么？你这样的人都死掉，一切事情都好办了！我们青年人，正像早晨八九点钟的太阳，希望寄托在我们的身上。

老太婆什么也没说，又踽踽走开了。我那苦涩的笑化作一个个小烟圈，一串串、一串串，飞到明天的雾霭里。

脚下的路，便是一个没有希望的目的。我哼着小曲向前走，向前走。早晨如流星划过，太阳则斜吊在天空中，慵懒的笑容，柔和宜人。路边败乱的杂草中一朵一朵滴粉搓酥的花朵，勾引来一群群狂蜂浪蝶，路和人都暖洋洋的。在不远处是灰白色的碱土地，地面有片片枣林。枣树恣意伸展的枝丫，姿态生硬而古怪。远远看去，一排排如现代派集体舞的造型。我对我说这叫野性的疯狂。

登山包把我的后背全都捂湿，身上有股盐汗水的臭味。于是我在路旁的沟边找一个树荫下的斜坡歇会儿脚。我取下背包，脱掉上衣，解开皮带。风吹在身上，凉丝丝的，汗气亦渐渐地消退。然后我又穿上衣服，哼着小曲，点一根烟，躺在路边，枕着背包睡下。

淡蓝色的天空上有一层薄薄的云和几条黄色的飘带。心之门被打开，一下子涌进许多许多，但不知道都是些什么。没有人听见我挥手拍打的声音，记忆显然成为多余。瞠目结舌，四野仍然空空荡荡。枣树使劲挥动着手为某种崇高而激动战栗。自然有时有一种神奇的力量主宰着我的幻想和情绪，使我产生对自然的异化和附丽。瑰丽的梦境，幽灵飘荡。葡萄酒的颜色在许多次短暂的碰撞后化成一个浸血的绒球。我为我的旅程暗暗祈祷，为寻找一个早已简化的过去。

一辆马车驶来，车夫是一个四十多岁的汉子，我拎起包站在路边，和车夫打招呼，爬上车。

"去哪儿？"我问。

车夫用鞭朝前指了指，前面还是路。车夫面目黧黑，一只眼睛，面部轮廓和身材长短样子颇像在乡下放猪的老白。老白死后那段日子，大家都不高兴，又赶上公社传达要让我们组织一支知青突击队，去三十里无人烟的老王坡开荒。有次我和少尉下工一起回村，走到老白的坟前，我们不约而同地站下来。少尉告诉我老白的父亲曾是清末有名的举人。我戏谑道，不会是范进吧？少尉又说，老白有一大樟木箱子书，都是线装的，他送给杨伟了。我说怪不得，杨伟现在越来越聪明了。

杨伟和忆萍端着一盆脏衣服从村里向河坡走来。见了我和少尉，杨伟只是笑了笑。忆萍低着头一声没吭。我问忆萍能不能帮我洗点衣服，她仍没说话。我挺尴尬。我又问杨伟，能不能让我看看老白送他的书。

"什么书？"杨伟神情十分慌张，看看我，又看看少尉，"老白怎么会送给我书？"

少尉神情亦很难看，脸呈黑红色。我说："你小子有书不让我看，咱们走着瞧，你他妈知道，我现在除了忆萍以外，就是爱书。"

说完，我走了。我正回头，看到少尉和杨伟面面相觑，我心里一阵暗笑。过了不久，杨伟就出事了。

"坐马车挺带劲。"我想与车夫聊天，"怎么不装货？"

"嗯。"他只是应诺一声，没回头，仍呆滞地看着前方。他一只手放在盘坐的腿上，一手高举着鞭子。我放下包，躺在车上。马车走得很慢，"叮当、叮当"悠闲的铜铃声。路边的小杨树。车夫只是有时"嘚儿、喔、吁"喊几声，什么也不说。我侧过身，看到他的背影完全像一尊沉重的铜像，第九个铜像。我蓦地感到，乡下并不缺乏高仓健样的男人。可这样的男人怎么得不到女孩子们的青睐呢？我完全沉浸在一种莫名其妙的情绪中，昨夜的疲劳使今天的倦懒的我直不起腰身。我对四周的一切傻笑，并想大喊一声，从兜里掏出两根烟，点燃一根递给车夫，他只是回了回头，算作答谢。我坐起来，长长地吸一口烟，自言自语说："烟很香，只有烟才是我的女友。"

"怎么样，参了军甭忘了咱们这帮穷哥们儿。"杨伟从公社回来，一见面我就说，"临走一定要请客。"

"你妈的。"他从牙缝冷冷挤出三个字，顺手把桌子上的油灯向我砸来。我的眼一晃，脑门流出血。

"你疯了——想死？"我顺手抄起板凳，向他扑去，黏糊糊的鲜血从眼角淌下，颇如泪水，老王他们立即抱着我，我的板凳砸在杨伟后背上。奇怪，他瘦小的身子几乎动也不动。

我被送到公社医院，血流多了，头一直发晕。我想杨伟肯定认为是我把老白送给他书的事说出去了，因此，他参军的事泡了汤。关于书的事，我除了给老王说过，与谁都没讲，难道是老王说出去了？老王来找我，我问他这件事。老王举起左手说，向毛主席保证，这件事我早就忘了。再说我一不喜欢看古书，看也看不懂；二我也不喜欢忆萍，她除了漂亮点，哪点像个女人？所以，我干吗去坏杨伟的事。老王还说，本来杨伟参军的事已定了，他去公社填政审表，可公社却逼他把老白送他那箱子书交出来。说那些旧书，属"四旧"范围，不上交销毁不行。杨伟抗不过，把一箱子书搬去交了。可公社领导说，没交完，还要交，并要立案审查，让少尉负责这事。你说军没参成，还闹一身臊，杨伟怎么不气？

我说："老王，你回去告诉杨伟，我原谅他了。但我绝对不是打小报告那种人。"

老王刚走，忆萍来了，带了一瓶罐头。见了她，我颇激动。

"怎么样，好点了？"她头发剪短了，穿着洗得发白的蓝色列宁装。我很喜欢她这件衣服。

"嗯。"我扬起身，点点头。

她坐下："我是专程来看你的，我想给你说，你回去后，一定不要再和杨伟打架了。"

我看着她："难道我就该流这么多血？杨伟也怪，平常比谁都胆小，这次怎么拿我开战，不给他的头炸个瓢，我以后怎么做人。"

她说："一定不要再打了，因为再打，你们俩肯定会死一个。"

我鄙夷地笑道："你肯定？"

她说："因为我最了解他。"

我不知怎么，心突然一酸："你怎么不多了解点我呢？"

她走过来，拍着我的头说："你和我弟弟是好朋友，你就当我是你姐姐不好吗？"

我不知道自己是不是点了头。马车"嘎"一声停下，车夫问我要不要下来，他的车要拐弯。我说，不下，去哪儿都一样。车夫说，你是干什么的？我说，我也不知道。马车转弯向左走去。

太阳西下，四野已有凉意。约一根烟的工夫，车在一个小山庄停了下来。我从马车上下来，顺道来到一户农家院里。这家还是低矮的土坯茅草房。院子里既养猪，又养鸡，很脏也很乱。我身后尾随上来几个小孩，穿得很破。我刚走进院子，就从屋里走出一个六十来岁的老汉。

"您来了。"他的口音有十分重的方言味，"找谁？"

"哦，"我说，"不找谁，想借口水喝。"

"没热水，喝热水还要烧。"

"凉水也行。"

"来吧，到屋里坐。"

我随着老头来到屋里。堂屋窄小脏乱，土坯供桌上有两个灰陶香炉，供奉着祖宗牌位和一张发黄的毛主席的标准像，屋内有两个孩子，一男一女，还有一个老婆婆，面孔都熟悉，肯定见过。他们似乎在等着吃饭，见我进来，都用一种生硬的目光看着我。

我问："还没吃饭？"

"没有。"老头答，说完就去厨房端来一瓢水，水有股腥臭味。

喝完水，我说："你看我今晚能住在你家吗？我是从城里来乡下玩的，这里不认识人。"

"住吗？没床。"老头惶然地说。

我说，"付你们钱，一夜两块钱行吗？"

老头点点头："哦，哦，实在没办法，你就凑合吧，我把孩子撵出去住，你先坐坐，待会儿咱们吃饭。"

我坐下，屁股下的小木椅发出"吱咛吱咛"痛苦的叫声。我递给老头一根烟，他摆摆手，说不会。我只好自己抽起来，屋里没人说话，门前站着几个衣衫褴褛的小孩子，仍愣愣地傻看着我。天渐渐暗下来，又是一天。一个中年妇人端着饭菜走进来，她小声吆喝着赶走门前的孩子们。老头把我让到靠供桌的小木桌前坐下，妇人开始盛饭。其他人都端着碗到一边吃去了，我怎么请，他们也不肯来。只有我和老头坐在桌前。

"甭管他们。"老头端起碗，"咱们吃吧！"

饭是白薯熬的面粥，挺好喝。妇人点着一盏油灯。在淡黄色的灯光下，我发现每一个人的吃相都很难看。老婆婆的牙似乎全掉光了，饭在嘴里滚动，干瘪的两腮轮着鼓动。我闭上眼。

吃完饭，我便来到院子里站了站，然后走出村。天已完全暗下来，眼前的村庄是一个庞大的灰黑色的影子。村庄四周是一圈很深的沟，里面没有水，走进沟里，暖烘烘的，像挤进厚厚的棉褥里。空气干燥。我从沟里爬出来，到了一个硕大的麦场里。这里有风，颇凉爽。少尉和老王走过来。

我说："老王，你怎么也来了？"

老王说："我们都走了，就少尉自己守在这儿，我是想陪陪他。"

少尉说："你和杨伟都考上大学了不是？什么时候开学？"

我说："十月份，你怎么不试一试。"

少尉淡淡地说："得了，我昨天才弄懂1/2和0.5哪个大，我怎么会考上大学。"

我说："怎么，你真准备在这里大有作为，干一辈子？"

少尉没说话，老王说："城里要办火葬场，要招工，少尉已经报名了。"

我想，少尉也够惨的。这两年，他从公社领导班子跌下来，父亲也算是"三种人"，被强劳改造，本来在我们这群知青里，最红火的应该是他，可世道一变，他就成了这个样子。我们都返城了，只有他还待在这里。这是不是命数？

　　少尉向我要根烟问："杨伟怎么样？"

　　我说："挺好，忆萍也好，在邮局当差，就要转正了。"

　　少尉叹道："日子过得真快，好久没见过他们了。"

　　我说："少尉，我挺怀念咱们在乡下这段日子，真的。"

　　老王说："是的，如果我要写诗，就必须来这里找灵感。"

　　少尉没说话，站在田埂上，望着沉浸在黑暗之中的田野。一道黑影从村里向我飘来，到我跟前停下来。原来是房东家的孩子。孩子说，我爸爸怕你摸迷了，找不到回家的路。我说，不会的，而且我们以前就认识。孩子笑了，笑声带哭腔。我抱起他问，你的鹅呢？他说，鹅丢了，不知跑到哪儿去了。我说，我还认识你妹妹，你认识她吗？孩子点点头。

　　我们向村里走去。

41

夜里我从床上爬起来，看见房东的两个孩子坐在我床边的小凳子上，对着小油灯。我说，其实我知道你们是谁，你们干吗这样缠着我？他们俩没说话，小脸红了，似乎想哭，我说，你们都去睡吧，睡着了就什么也不想了，活着干吗这么累？一定要找那只鹅和那本铁书。房东老婆婆走来，把两个小孩拉走了，对着小油灯，对着漆黑的夜，我再也睡不着了。睡觉对于我是一个无比残忍的过程。我什么时候才能够一躺下，就鼾声如雷？

走出屋，走出院子，走出小村庄，如金蝉脱壳，如在清水沐浴完毕，于是脱下衣衫，洗净尘垢，便摆脱掉一切勾连、牵绊、纷争及纠缠。自由是清水洗涤后的本质，所以可以叫涤生。凡所具备意义的活动都是不受他人支配的，是随心所欲，是随波逐流，就是做个妓女也是情愿，与和别人何干？蝉偷野蜜，味道初尝，莺啄鲜桃，刚入嘴里。凡是有支配欲望的人，肯定是在幼年被人压在身子下蹂躏过，所以才产生疯狂的抱负（报复）？肯定不知道爱情的妙趣所在。章台柳、昭阳燕，脸儿美，腰肢软，玉纤嫩，酥胸白。蕊嫩花房，雏凤吹玉箫；怯雨羞云，不肯入鸳被。这样的光景，更有何人消得？同情是债务，诺言也是债务。脂含垂熟樱桃颗，香解重襟豆蔻梢。语声犹颤不成句，乍能得见两魂消。是的，切莫把自己早早许配还未包装好的男人和女人。

其实，没有人能做他想做的事，只是所有的人都在做让他做的事。黄土地，神工鬼斧劈开的脊背，一道一道、一层一层的黄土地，脚下的小路湮没在沟坎中。酸枣树，杂草。我只能向前走。实际上，向前走不过是自信，也是虚荣，没有前，也没有后，生命就在路上被消耗，化作垄上的白骨。喝醉了，哭诵海棠花谢春，暖融融，便可小鸟依人，恁娇波频溜。便可让鸳衾慢展，浪翻红绡。其实，心的秩序、心的逻辑所要说明的是心的无奈。

这样的诗，老K喜欢，赵也喜欢，我只好随他们喜欢而喜欢了。卑鄙的文化人只有在其自卑的时候才能微微露出真实的高兴。乱事纷纷，不知道为了什么？我问自己为何太史公会衍生出那么多徒子徒孙。其实太史公喜爱夜阑人静曲屏深，借宝瑟、轻轻招手。一阵白苹风，故灭烛、教相就。你是我非，你真我假，根本就闹不清的问题唯其不清才养了这么多先生。在这个社会里，深刻也罢，简单也罢，真诚也罢，虚伪也罢，充实也罢，无聊也罢，均二百五十吊钱一斤，想得多就会害了别人害自己。

我看到左边土沟里有股白烟冉冉升起。在这片黄土地里走了几天，还没见过一个人，这里怎么会有烟呢？我从大沟角下去，一拐弯，看到一个老者，晃动着又光又大的脑袋。我走过去。

"你是阳世的人，还是阴间的鬼？"

老者"哈哈"地笑道："恐怕介于两者之间吧！"

我说："这也奇怪，你在这里干什么？"

"熬粥。"他手指身边黑陶盆盛的粥，然后，蹲下来，用手中的蒲扇扇着热气腾腾的粥。

他说："哎，来碗吃吃？"

我笑着摆摆手："甭来这套，予唯不食嗟来之食，以至于斯也。"

"吃不吃由你。我不会感到惭愧，再跟在你后面，向你道歉。这样你会饿死的。"他睥睨地说，"其实我知道你是何人，有时人格也会出卖的，还不吃嗟来之食。"

"出卖人格不是不可以。那要看能否卖个好价钱。"

出卖人格。从严格意义上来说，谁没出卖过。那些大骂别人出卖人格的人只不过是因自己的人格没有卖出好价钱而懊恼嫉妒罢了。人格并不值钱，值钱的是出卖人格的机会和方式，卖文而生和卖唱而生和卖身而生本质上无差别。政治家强奸了社会，强奸了国家，然后他们坐在法庭上，大模大样地给强奸了少女、强奸了妇人的人量刑。浑浊的世界和我早些时候想的就是不一样，索性闭上眼，在灵魂深处体会自我的美好。但愿所有的所有切莫一一裸露，留一点隐私寄放在自己灵魂最深的抽屉里。无畏的自豪不属亲朋，亦不属天地。我怎样才能完完整整地塑造成型。

人的一生最绝妙的从容，肯定是内心的淡定。卖冰棍的小车被砸了，外婆在哭，卖点钱头好衣服，买双新布鞋——买点尊严不是件很好的事吗？一个风尘女子出卖自己的肉体，没有品相怎么成交的？参谋长和眼镜他们来看我，劝我不要气愤，我们一起去找砸我小车的人，把他们的家都砸了不好吗？我说算了，我想修好小车，还继续卖冰棍，这世道能有机会卖冰棍比什么都强。爸爸妈妈都说你不要卖冰棍了。我没说什么话。我心里想，我又没出卖人格。

是的，我没有出卖人格。一个人如果要出卖自己的人格，是很简单的事，只要他足够无耻就够了。少年和比少年还大的一些日子摇摇晃晃地过去了，就像是昨天。生命的短促绝不是寂寞人独自体会的真理。天长日暮，路无行客，见清波可吊影，思美人欲临镜。大河落日，残阳铺水，千山天远，知芳草之无情，叹英雄之迟暮。时光荏苒，青史不铭，但俺心中的芬芳，永不凋零。游侠吗？人追求的目的与自己的品位永远一样。总有追求却无目的，总有想象却无希望。回到家里，炒一两个小菜，喝三四盅小酒，唱五六段小曲；到最后找位有志向的朋友，大骂起这个社会——他娘的，一切都不如一根冰棍，目标虽挺卑微，却仍然是有目的地融化。读书有什么用？不会拍这个社会的马屁，到最后还是一文不名。

为了拍这个社会的马屁，就去编造各种各样的文本，装订成册，就去发家致富，就去一二流卡拉 OK 的包房里去摸漂亮"公主"的屁股，就去考究的饭馆吃饭找号称名媛的小姐作陪，然后再深夜打电话给她们讲大森林有一双红眼睛的故事。钱如流水，从这个口袋进，从这个口袋出，高义薄云，大马金刀，在朋友中落下一乐善好施、仗义疏财的好名声，如此还能让他们帮助我赚钱。无调无序无节奏地活着，有时还睡不着，觉得收藏的红裙太少，又觉得自奸太重，童年的梦想已被折断五彩翅膀，静而迅速地划过；嘴中常冒出一句情愿又不情愿的话：活着真没劲。

活着没劲，不如那些卖冰棍的日子。当卖冰棍的小车被砸的时候，我便开始一点点把自己人格掰碎。人格算什么？苦恼柳叶轻落碧水哗一下见底，蓝茵茵的小卵石和小鱼，从松林爬出一束花几只蜂鸟，在颤动的白茅草地里，苜蓿叶扁竹搅起的风声又有什么？理性少了点，只好哼哼唧唧无聊唱歌。电视画面，庄严肃穆的典礼。动物园的动物几乎全跑出来，大模大样地吃喝，人们开始觉得有损自己形象，并为自己还是个人而羞愧。

洒水车从马路上跑过留下的是一片片湿漉漉的怅惘。没钱自己救不了自己，还想救国救民，纯粹书生气，可怜得不如把大脑袋钻到脸盆里，把自己淹死。这时，我对杨说，我想隐居，想去一个没有人，没有吵闹，没有友情，没有你帮助我、我帮助你的交换，没有金钱引诱而利欲熏心的地方隐居，和谁都不来往，淡淡过一生。

杨说："五台山的钟声又响了。"

我说："是的，悠久而遥远，招魂似的。"

杨见我一本正经的样子，笑道："不会的，如果那样，你就不会找我商量。"

老者盛一大碗粥，一边喝一边评论："其实真正的隐者绝对不会去五台山，钟声召唤你，说明你还有希冀，念并没断。"

我对老者说："你是说你才算真正隐者，大隐者，找这样一个没人烟的郊野外大土洞安歇。"

老者喝一口粥，谦虚地说："我不过是个小隐者，大隐者往往住在闹市。他们心静如水，世事的嘈杂又算什么？我是住在这里练心净，干净的净。住在闹市的大隐者，在我看来，也只不过算中隐者，真正的大隐者是心净之人。要想净洁内心，你知道还有

374

什么办法？你一定不会知道。”

杨拍手道："简单得很，一个字——'死'。"

我说："杨，你真深刻。要不然彬彬后来怎么会爱上你。"

彬彬爱上杨对她来说是一个十分苛刻的选择。对她的选择我说不出什么。小杰和赵的故事给我的眼睛蒙上了一层水雾，使我不愿看到失去彼此希望而懊丧的我。彬彬问我，你以后还会见我吗？我说肯定还会见，但我不愿见。见面都很尴尬，而且你已把对我倾诉的情话全部端给了杨，而且现在我和杨是朋友，将来还会是朋友。彬彬说，你知道吗？我想若在我们的老年，我们坐在一起，二目相视，不知会说什么？也许什么都不说最好。我说，我没有老年，我说我有一次秘密跟踪你，看到你骗我送你回家，然后你见我走了，便掉转车头，去杨那里。实际我并没走，而是躺在你们大门那片砖垛后，见你出来，一直暗送你去杨那里。我那时已不喜欢你，而喜欢小杰，我约你到我这儿，不过是为了让小杰和赵看，让他们看我多有本事，还拥有别的女孩子，以显示对小杰不在乎。你说我算不算坏？彬彬说，我也无所谓，你压根不会爱上其他人的，因为你有你的心上人。我说还有她。彬彬说，她是谁？我说，她就是她，天文物理系的。彬彬说，准是天上的安琪儿之类的。我点头说，你这次猜对了。

Here i am, will you send me an angel. Here i am, in the land of the morning star. 天使会吹着口哨从树上溜下来。她有一对毛茸茸浅蓝色的翅膀，粉红的眼睛，淡紫色的头发，棱角分明的脸，微翘冰冷的唇。她和别人的不同不在于她多么漂亮，只是你看见她的时候会感觉很舒服，很温暖。但是乱七八糟的爱情无法拼凑成美丽的凉菜拼盘，如果索性一下子在锅里煮成杂烩又该多好。活着就是活着，把最美好的美好都玩弄了，我又成个什么样子，不如当只家犬，忠实地守在主人的屋前，见了生人就嗷嗷地叫，可主人又该是谁？老者有他自己的乐趣隐居在这里，天天都在想些什么，干些什么？当隐者不是我矢志追求的吗？参谋长隐于地狱，少尉隐于寺庙。可是参谋长却发疯地读什么《存在与虚无》，少尉玩命地炼丹，据说还是什么重点项目。

老者给我盛碗粥说："喝点吧！"

我扔掉烟蒂，接过碗："先生醉卧落花里，春去人间总不知。我喝点也无妨。"

我又说："有酒吗？"

"松门拾得一片履，知是高人向此行。"他说，"没酒，我早就不喝酒了，喝酒易乱心志。"

我说："你知道我给自己凑了副对联吗？上联：烟魔酒鬼茶博士，下联：诗妖画怪文圣人。横批：妖魔鬼怪。"

他已喝完一碗粥，又盛一碗。他说："喝粥吧，粥能败火。"

我说："酒才是真正好东西，有次小杰喝醉了，在厕所马桶边呕吐，我走进去，我也醉了。我用毛巾擦干她的脸，把她抱在怀里，吻她的唇。她的唇真鲜红，如上等的红樱桃，而上等口红都达不到这颜色。那才是醉人的颜色和醉人的吻。后来她把我推开，说他们在外面。我说他们都喝醉了。"

他说："我也有这样的历史。可我却不愿回忆。这些乱糟糟的东西不能称为爱情，顶多能称为爱欲。"

我喝完粥，把碗洗干净。又抽起烟。原野在香烟弥漫的雾里淡化成一片凄惨枯黄，天不天、地不地。我劝老者抽烟，他死活不抽。我想当个隐者，自己就必须给自己立许多规矩，一切都无厘头，他是在寻找怎么活着，而我是不是在活着寻找，我们谁更高尚些？独眠独醒独自歌，绝不走出这黄土坡。小杰呀！彬彬呀！杨呀！赵呀！他们怎样确定自己活的目标。活着大凡就是活着。玄冥之境，无名无始，混沌不测，无知无觉，无是无非，非古非今，非神非鬼，是物各自造、物各自化的修罗道场。参悟不透的道理。唯其不透，方才永远，方才成为本体或本源。这是大众哲学的本位思考。

我对老者说："香风不动松花老。我能在你这里住下吗？我觉得这样有趣。"

他说："白云遍地无人扫。你不是能静下心的那种人。"

我说："我早已不相信爱情，心还不能静下来？"

他说："你似乎要的还更多。"

我的心凛然一动，不由得对自己说，我还要好好想想。

42

老者把我送出黄土地，告诉我有空的时候来他这里坐坐。我说这不是客套话吧？老者笑道，你随便想吧。我又开始我的征途。征途不是道，因为道是一种象征，象征一个绝对又相对的时间，无目标可言，无目标可征服。时间的伸展与空间的扩张本来就是主观假定。假定的东西只是语言，只是概念，语言和概念只是方式，无所谓具体实物，故假定的无意义就如我们把过去简单分解为不同时代、不同形态、不同文化区域一样。

自然的过去，自然的现实，自然的未来，过程就是过程，无终无始、无长无短、无善无恶、无进步亦无发展、无倒退亦无复辟。这一切，难道不是人类应该明白的最基本的道理吗？在这个基本道理之上，任何真诚的思想与深刻认识都无半文钱的价值。大千世界喧叫的生灵们无知地奔波忙碌不知为何而沽着，错把自己献给了假定的崇高的事业，风尘仆仆打着油纸伞去追如水莲花般娇羞的姑娘，可笑的饭桶只知吃饱了去纵欲能追求进步吗？生殖是发展的需要吗？一切，所有一切只是过程，千万莫有过多希冀。

我不知不觉地走到一个大峡谷。这个峡谷原是一个河床，大大小小带黑白斑点的卵石重叠堆积。河床两边石壁嶙峋峭拔，石壁上方山脊上长满崖柏，远看去如一层翠绿的茸毛。河床里无溪水，我的路消失其中。我顺着河床向前走（有前无后）抽着烟。没有人，我站在高高的山梁上，看着我如一只小蚂蚁一样艰难向前爬行，不禁"嘿嘿"地笑起来，嘲笑我自己尽管痛苦地努力，也无法在茫无端绪的过程中固定自身的位置，所以价值即使在中立思索，即使在盲动大风景下一张招贴画的剪纸中，也无法传达树下的赤身裸体的老婆婆拽着干瘪的乳房用纺车畅快地倾诉对自由的理解。

我庄重地说："在这个世界上除了我，没有人可以用自己的眼睛看到自己。所以，愿两眼常相望，在一处永绸缪，除了我，还有谁与我为偶？"

黑白斑点的卵石铺就的河床，如一条巨蟒横卧在山涧。我脱下鞋，赤脚走在卵石上。卵石凉热适度，煞是宜人。越向前走，河床变得越窄，两边的石崖越高。突然，河床转个弯，向左边断开的石崖中爬去。石崖断开处宛如一道硕大的门，阳光在崖壁上镀上一层炫目的银光，使这道门愈显崇高峻伟。在石门边有一棵老榕树，灰褐色的树干有两围粗，树皮粗糙不平，还有几片形状不规则的苔藓。炸裂的枝丫上附着一层茂密深绿的叶子，叶子的顶端，又冒出一层嫩黄新芽。一团团云朵样粉红的榕花裹在绿色的叶丛中，花儿有点小，略呈扇形，闪烁着陆离璀璨的光斑。

一个温和的声音响起："你还要向前走吗？"

我停住脚，四周并没人。我有点生气，大声说："为什么不能向前走？"

温和的声音："因为你脚下是通往天堂的路。"

我仍大声说："地狱我不是经常去嘛，天堂我为什么不能来？"

温和的声音："你去吧！"

我终于发现声音是从榕树处传来的，我三步并两步来到老榕树身边，四周上下看了一遍，却没有发现人。这时我拍拍老榕树的躯干说，你别给我瞎逗了，在荒郊野外跟我玩童话，就不怕我当成鬼话？榕树"哗哗"地摇摇头说，我怎么会是童话，你难道不知道，天堂的一切都是有灵的。我笑道，我小时候真以为花鸟鱼虫、青枝绿叶都像人一样，后来渐渐大了，渐渐地都不信了，一些深刻的哲人告诉我这叫破除自我中心主义。再说，我怎么会想到天堂的门口站着你这样一棵花枝招展的树，起码也应该是松柏之类的。你这样的打扮，是不是告诉我，天堂是个很浪漫的地方，有许多风流故事。老榕树不知说什么，只好干笑几声。我又拍拍它的躯干，也不再作声，向石门走去。

两扇巨大石门半开半闭，均有十余丈宽，几十丈高，青石凿成，凿痕道道清晰可见。走入石门，是一道绿松石凿成的石阶，窄窄阶梯陡峻，直入云顶。石阶两面是悬崖峭壁丹峰怪石。我沿石梯向上爬去，并对自己说，这是一种幻化，世界上有许多并不存在的东西只有靠想象去完成。所以，想象有时会变得很累，像老婆婆身上的大包袱。公厕似乎曾对我说，我就是你的想象！我说，是多余的想象。老王对我说，他的想象是老白的，我说也许是这样，因为老白不知道活着为什么，也许活着就是活着。后来老王又说，我连自己活着是为什么也不明白，干吗去想老白？我哑然，找不到一段能解释他的话的文字。我和老王问少尉的想象是什么，

380

少尉沉默一会儿说，我没有想象。

　　想象和梦不一样，想象有题目，有主人公，有行为的意识。从知青队里回来，我总爱一个人躺在河渠边的草地里，听野蜂嗡鸣，看彩蝶飞舞。现象的一切逼你去反映现实，还要想象干什么？雨中的道别，蒙眬凄迷的目光，爱情的幸福是遥远彼岸的小船送来一个硕大无比白鸽子羽毛结成的花圈，埋葬灵魂的祷辞，少女的憧憬被羞涩包在小手帕里，点点泪花的装饰把顾影自怜的水仙感动，哈哈的笑声在无数的掌声里，对上帝说不清的体验就是野合醉眼丢在归路簌簌烟雨。

　　打猎归来，骄傲地擦着猎枪。烤蓝的枪管，浓重的火药味，枪响了，我两次险些伤在枪下。我痴迷打猎，爱一个人或俩人悠闲地走在潮湿的山麓，爱深深的茅草和茂密的灌木林，希冀从草丛林中飘出红裙白裙，然后让她坐在一边哭，而我却在"呼呼"地睡觉，醒来后，我对她说，我就叫生殖。她或她们举起猎枪，对准我。我说，开枪吗，反正我已经 happy 了。枪响了，我的身体被霰弹炸开，血肉横飞，然而我分裂的每一块肉体都高兴得颤抖，弹起我心爱的土琵琶，唱起那动人的歌谣，因为西边的太阳就要落山了。这时的舒服感觉远比做爱好几百倍。

　　唐好久好久无音讯，不知他现在什么样？有时我想他有点像参谋长，但又不像。参谋长活着，是一种坚强。他对活着有无畏或无谓的不屈不挠的精神。而唐的坚强是由一组组脆弱组成的，故称为坚强的脆弱。唐的感情太丰富了，面对现实的感情又太贫乏。所以彬彬应该是唐的。相对唐而言，赵则属于另一种类型。赵是由一组组脆弱而组成的坚强。也许因此小杰应完璧归赵。而我这个我唯一崇拜的东西，无论坚强和脆弱，都含有崇高的成分，我对着河水，顾影自怜，变成一朵干净的百合。

好久好久我清晨醒来，赖在床上，已不知该想谁了。彬彬走了，小杰去了，薇上山当了尼姑，小玫呢，一场不欢而散后，也不知去向。除了梦中神游的她之外，我空荡荡的目光里炽烈的欲望悄然暗淡了。我走到山顶，阳光下的岚气蠢蠢欲动，轻锁着一山的淡绿青翠。仿佛新雨乍过，空气洋溢着含朱的青色。古藤幽径野渡白云，浮翠流丹弱柳拂鬟，风沐微寒红稀绿暗，花暝烟低，香重金泥，芳草痕齐，古潭清空溪涧无声，琼阁照水玉树流光，藓苔堆蓝千峰开戟，冷气青嶂余流翠微，老树挂满澄黄的葫芦与金铃杂色的虫儿喳喳叽叽张开清亮的歌喉，一株满身茂盛浑圆青翠小叶子的大树落着无数羽毛嫩红的小鸟。哇，这就是天堂？

"上帝"的宅邸坐落在山顶的一个斜麓。山麓里开满金色的百合花。一条铺满黑斑点鹅卵石的路把我引向一片红杉林，她穿着青蓝色布裙走过来，含笑看我。我眼睛放出光彩，拉着她的手，不知说什么。我哭了。她颇同情地看着我，说从来没有见过我这个样子。我破涕为笑在她们宿舍坐下，盯着她看，周围她们交织的目光奇怪地看着我，谈她们的经济要求，稿费标准什么的。我嘴里似乎有条不紊地唠哝交稿时间，交稿要快，越快越好，稿子要有特色，版权法只保护形式不保护内容之类。

她长得并不漂亮，黑黑的皮肤，不规则的脸上却有一双很秀气的黑眼睛。我的眼睛已离开舞台，斜眼打量着她的一举一动。粗线条的毛线衣上挂着一串骨头雕刻的骷髅项链。记得我把坟前的骷髅头扔掉后，姐姐要求我好好洗手。骷髅头是真的肮脏吗，我摇着小脑袋不相信。

我终于鼓起勇气走向她说："能认识一下吗？"

她一本正经地看着我说："不想认识。"

我身上所有的肌肉完全松弛下来。她仍专心致志地看什么墨西哥人编的话剧，后来干脆坐在我前面的空位上。没意思，散场的心情甭提如何完蛋，钱和商人，我相信我是个商人的坯子，可我决不愿为商，要那么多钱干什么？钱能买来漂亮的女人，但能买来漂亮的爱情吗？又是稿费，到底多少钱？没意思！我的目光突然从她身上挪开，转到一边，我真想变成一条狗"汪汪"叫着从屋里钻出去。价值与人格都被秤砣压得翘起来了。秀气的黑眼睛与稿费标准，赚钱？到底为了什么？

她双手抱着我的头，说："我真喜欢看你哭的样子。"

我说："我失节了，能不哭嘛！"

乳黄色的天空，几团胭脂色的浓云飘来。我拉着她的手，揩干眼泪。她说你到底来干什么？我说，找你，不是吗？她摆着头说："你找'上帝'吧？他在那儿。"

"上帝"坐在杉树林里一个漂亮的小亭里，一动不动，如一尊花岗石雕刻的塑像。许久没见，他倍显苍老，只有浊黄眼睛里，还残留几片倔强与矍铄。他臂肘支在宽大的白藤条躺椅扶手上，紧握的拳头撑着他尖尖的叠出几层皱纹的下巴。他的头的重量全压在肘上，两片薄薄的嘴唇高高噘起。

"你来了，我正在等你。"

他见我走近，微微动了一下上身。我在他对面的藤椅上坐下。

"你怎么知道我要来？"

他轻轻地笑道:"因为我是上帝。"

"我想喝酒,"我点了一根烟,"有酒吗?上好的琼浆之类皆可。"

"上帝"把食指放入嘴中,打了一个响亮的呼哨。几个婀娜的少女立即端来几样小菜、两杯茶、一坛酒、半盒烟。仍是喝酒,我们的脸都缩小在酒杯里。有人喝笑了,脸木呆呆的,一桌菜风扫残云般地卷到肚子里时,唱歌,怀旧的,遥远的回响与声嘶力竭的发泄。有人高兴得遗精了,不知为什么,人们无理性时,很像一群只会叫的野狗。想摔瓶子,参谋长拉住了我的手,诙谐地说,今天天气真好!蝴蝶飞来,你要关上窗。我和他争论弗洛伊德,他说给他一个支点,他就可以用生殖器把地球挑起来。有人说要吐,我们都拍手说不能吐,把幸福吐出来了如何是好?有人还是吐了,吐了一屋活蹦乱跳的大虾,在青青的水草中闲游的红色金鲤的脊背,还有没消化的大片羊肉。酒精放大的幸福。我扶起吐过的女孩,觉得她颇像小玫。可惜,我见到她之前已经创造了小玫了。唯有参谋长还在喝酒,我想模仿他,但我醉了,手已拿不动酒杯。

心情在无限地恶化,肉体的全部触觉对任何刺激已无反应,酒中的悸动是无聊的烟圈,飘到电视机前便散了。平淡如利刀宰割人的灵魂,不疼也不痒,反而觉得挺有趣。端着茶壶到门前大杨树下,看看蓝蓝的天,新鲜温暖的阳光,老人们玩门球,还活着。我羡慕他们,不知不觉(或恬不知耻)活了这么大。活着到底是什么?

"上帝"说:"活着就是活着呗,求啥?你问我,我问谁,像我这样无生无死,不毁不灭,我更难明白,我还想问你我这样算什么？"

我说："活——这是令我最不理解的问题。如果活就是为了满足食欲，由小变大，由大变老，由老变死，忙忙碌碌，汲汲营营，这真的是没意思；如果活就为了满足性欲，片刻享受，生殖繁衍，这亦没意思；如果活就为生计操劳，为妻儿算计，奔来奔去，忙前忙后，这更没意思；如果活就是为了展示自己人格价值，不择手段，尔虞我诈，沐猴而冠，装模作样，骗求他人承认和尊重，这又有什么意思？"

"上帝"笑了："照你这样讲，我就是天上地下最没意思的人了，我连死的权利也没有。"

我说："爱情也许是活着的目的。"

"上帝"不以为然："你所说的爱情，就你而论，与其乞求爱情，不如说乞求纯洁。你虽想法纯洁，可你却朝为云，暮为雨，朝朝暮暮云雨于阳台之上。你纯洁吗？你尚如此，何况乎她们与他们呢？这等于向不纯洁寻找纯洁，是扯淡的事。"

我猛喝一大碗酒，朗声道："这就对了。这世界上也许只有扯淡的事才有意义。"

咆哮着宣布空气的自由只有死去的人才能享受，我绝对不相信已有的规则是人做给人用的。坏心情与坏脾气，女人们都走了。我赤裸身子站在黄土高坡上，浑圆的太阳落在河里，炊烟绿林稻田朦朦胧胧的暮霭。我用十指尖扎进我的身体里，让鲜血一股股流出来，染红了河坡，染红了太阳。没有人，我不需要任何人，孤独是一种崇高，是坚忍不拔，是英勇不屈。红色是太阳的颜色，是血液的颜色。

"上帝"咳嗽一声："你想知道活是为什么吗？"

我摆摆手说："得了得了，你连自己都弄不懂，还知道活是为什么？"

"上帝"严肃地说："虽然我不懂我的活为什么，我却知道你活是为什么。"

我说："为什么？"

"上帝"说："找你自己。"

听完，我几乎笑出泪。"上帝"亦大声笑。笑声把小亭子震得瓦砾柱梁横飞，蓦地，飞起的一切都凝结在空中，一动不动，煞是奇怪。

43

　　天堂赌局开始了。一张不方不圆的金丝楠木镶嵌素玉的巨型桌子，上帝坐在首席朱贝莲座上，他裹着一条浅蓝色的浴巾，扁平的胸，可以数清的肋骨，仿佛在抖动，两只瘦骨嶙峋的手，"哗哗"地翻动着大号的骰子。他嘴里叼着一根特大号的雪茄，嘴角时而吐出一道道红烟。烟雾混合着酒味混合着口臭脚臭味混合着人肉味在厅里弥漫。姜红的烟道与乳黄色雾霭交织成一组组绿色的方格，从方格中探出无数个孤苦伶仃的脑袋，他们的大小长短不一的眼睛都整齐地盯着上帝的手。金色神兽样的香炉，吐出芬芳，清亮的夜，沐浴在水中，酒醉了，还要喝。

　　我坐在上帝高大身躯旁，慢慢地卷着纸烟，总觉得自己十分渺小，提不起精神。佛陀鼓腹腆肚，搂着那个我曾见过的裸身的小尼。小尼脖子上挂的代表证正好被安放在两只小巧浑圆的乳房之间，上面的名字仿佛是维纳斯。我真不敢想维纳斯怎么变成这样玲珑的小仙子。我问身边的一位和我似乎同龄的年轻人，那是不是维纳斯，他点点头。我说你是谁，他把胸前的代表证给我看。他叫聂斯脱利，简称 N，留着浓浓的小胡子，披着羊皮袄，一身膻腥气。

他笑着对我说："你要是留小胡子就能进天堂。"

我说："去你的，我不留胡子不也进来了吗？"

盘古和盖亚在另一边。盘古是个高大慈祥的老人，头上长着似鹿的两角，气宇轩昂，一绺素髯在天顶巨大电扇吹动下，飘动变化，绕雾盘云。我们目光相对时，他微笑着点点头。盘古的身边，是个健硕的猛男，胡子拉碴，挂个头有三叉的棍子。他凑过头告诉我，他是上帝的爸爸。又叫波塞冬，因抓阄不太理想，被赶到海里去了。

盖亚裸身躺在五色石的椅子上，结实健壮并呈现完美曲线的身躯，隐埋在飘动的长长浓密的黑发中。她一只手托着脑袋，眼睛半睁半闭，对人对事一副爱理不理漠不关心的样子。盖亚旁边的女神，高额垂耳，面庞圆润、含笑慈祥、雍容端庄，她身着霞帔、手执如意。我凑过头告诉她，我知道你是妈祖，你救过我的命。

N看着我，哈哈地笑道："你知道不？波塞冬与妈祖是姐弟，弟弟总爱闹出祸害，最后都是姐姐来抹平。"

我问N："今天都来了什么人？"

N大口饮着酒，他翻着白眼看着我，又擦擦嘴："什么三世十方三界首领八部天龙三百六十五位清福正神、天上星宿、地狱阎罗，五方五老、神霄八帝、宗教领袖全都来了。"

我说："你来干什么？"

N答："选上帝。"

我煞是吃惊："上帝还要选吗？"

N答："因为上帝骰子有假。"

我说:"假的被真的骗跑了。"

罗杉摆摆手:"才不会呢。"

我说:"什么也不要怕,我在你身边,你什么也不要想,或者我们谈冷月如何葬诗魂不好吗?到底是诗魂还是花魂?我就是不喜欢林黛玉,干瘪瘪的,缺乏性感。"

罗杉眼圈悄悄地红了,眼眶里又盈满泪水。我这才感觉自己失了口。她说:"为什么要说葬呢!"

我沉默不语。我似乎想看她落下泪。也许这一串串眼泪只能保留在回忆的荧幕上。洁白的枕头上一张苍黄瘦削的脸,几绺焦黄的乱发披散在鬓角。这时,她双眼浸满泪水,两腮微微放松,浮出一种巧妙的温柔和微笑。我站起身,拉开白底蓝道的窗帘,把窗台上的一盆瘦瘦的瑟瑟发抖的绒线菊端到她床边桌上。我又用手巾帮她揩去泪水。她那双普天同庆的眼睛已失去往日的光泽,只是偶尔还能闪出婉娈和悦的神情。她也呆呆地望着我。戴蓝纸帽的小护士把我叫出病房,两个医生在门外站着。我说她真的没希望了?医生痛苦地点点头,他们似乎还说了几句安慰的话,我摆摆手笑着说太好了。她终于就这样了,这不正是我希望的吗?他们瞪大眼睛,用嘉许的目光拍了拍我的肩膀。我转身回到病房,掩上门,坐到她的床边。

罗杉细声说:"我想去看看我们的小路,我还能去吗?可是,你知道吗?那排绿杨已被劈了,小桥不见了,池塘填平了。"

她说着,用小手梳理着我的头发,我说:"是的,我也想去看看那条小路,想在那片月光下,坐在杨树下的小桥上,听满塘的蛙声。"

罗杉闭上眼，小手从我额头上滑下，一串泪珠又从眼角滑下。雪白的墙上一道雨水画出棕色的泪痕。上帝掐灭手中的烟蒂，高声地唱起来。N拍着我的胳膊说这古称长啸，现叫呼麦。上帝睥睨地看着N，N不好意思地低下头，维纳斯"扑哧"地拉了一摊稀屎，顺着佛陀肚子流下，满屋顿刻飘漾臭气。几个侍女慌忙开始清理，上帝不吭声，生气地看着佛陀。坐在上帝对面的波塞冬用脏话化解自己的愤怒。佛陀的修行真的很好，他仍眯着眼，微笑地坐着，一动不动，任凭侍女用手巾蘸着清水在他身上擦来擦去。盖亚从五色石椅上站起来，整理了一下散乱的长发，伸个懒腰。她鎏金样的胴体上，两只圆锥形巨大乳峰，骄傲地高耸着，如同两句会让人牢记的箴言，盘古从裤腰抽出翡翠嘴的烟袋锅，敲着盖亚交叉结合处黄毛森森三角区说，坐下吧！坐下吧！甭添乱了，演出开始了。

　　人们又把目光重新凝结在上帝的手上。罗杉死了，厚厚的白雪簇拥着过眼的烟云，新坟，原野，无声，鲜亮的花朵，风扬起雪霰，洁白澄净的雪的世界，银装素裹的小松树，薄薄的水泥墓碑忍耐不住料峭的春寒，似乎也在哆哆嗦嗦。寂冷，新雪上一串清晰的脚印通向她的坟墓。我知道，罗杉的寂寞不是她死后的寂寞，我的双手留在她脸上的余温也消失了，她独自一个人安详地躺在黄土中。我们那天夜晚，坐在院里梧桐树下的竹椅上，明亮清爽的月光洒下。我说，如果我死了，请把我的骨灰撒到大海里，面朝大海，春暖花开。她流下泪，用小手捂着我的嘴，不许我说下去。我把她的手掰开，恳求她让我说下去，因为我还没有见过大海。

　　我把一束鲜红的花放在她墓碑前，任凭寒风吹散花瓣。红色的花瓣飘在墓碑前的白雪上。罗杉死了。浓雾中，黑色的眸子，生活迷茫了，于是黯淡的身影交错在雪地里，我的归宿在何方？依恋为何物？心之感情的石条砌成的台阶与向下滑太阳的影子。站在罗杉的墓前，我的感情像冰块一样凝结成一团。我是什么？油菜花开的季节，金色的花海里，牵着她的手，高兴地呼唤春天，她穿着蓝色的裤子，苗条的身躯舞动金色的花蕾。我们的季节，那是我们的季节。罗杉死了，含着哀愁的微笑死去。在这个世界上，她的泪水把所有的痛苦都冲洗干净，然后才死去，我站在她的坟前，心如墓碑，如委屈的花朵一样瑟缩不宁。

赵他们叫我参加一场饭局，说是要办一个刊物，批判传统与现实。我恋恋不舍地从雪原走到噪闹喧哗的人群中间。漏网的精英庆幸地鼓吹自己的伟大，巧以借东风含沙射影，什么叫批判，我不理解。如果批判流于呐喊，和泼妇骂街有何区别？我叼上香烟问赵，少尉他们的事进行如何？赵摇着头说他也不知道。讨论的话题从刊物转向生意，下海，赚钱，这不是所要批判内容的一部分吗？文人若如此下贱，切莫忘掉把人格出卖以求好价格。喝酒抽烟口淫，一场似是而非的艳遇。我想从这样那样的世界里跳出来，可我能跳到哪里去？

无聊的评说，他们的执着凸显了我的幼稚，用幼稚来陪伴执着不恰是我的可悲之处吗？不正常的社会适合正常的人生活，用正常的标准批判评价不正常的一切，使他们充满激情热望，使他们的使命感和目的感有所归宿。正常的社会却适合不正常人的生活，因为正常的合理的完备的理想的净土乐土对正常人无疑是种折磨，斗争才有意义。什么叫工作，工作就是斗争，哪些地方有困难、有问题，我们就去解决。我们就是为着解决困难去工作、去斗争的。越是困难的地方越是要去，这才是好同志。要斗争就要有牺牲，这样，罗杉死了。

罗杉躺在病床上，我给她读英文小说。这时她的样子恬淡宁谧，眸子一动不动。如果在以前，她绝对不会如此安坐，双手总爱摆弄我的毛衣。可她现在是这样愉快而专注。孩子稚气的叫声，流星划过湛蓝的天空，留下一道乳白色的烟晕。月亮如一艘金色的小船，星星在寒冷的季节狡黠地眨着眼睛。唉，自羞不是高阳侣，一夜星星骑马回，时光倏然消失。

一次她气哭了，在回家的路上，在夜里，我把她抱在怀里，告诉她："面包会有的，面包会有的，面包一定会有的。"

于是她破涕为笑，抡起小拳头捶打我的胸脯。我们高高兴兴地回到家里。幸福的欢颜洋溢在用快乐联合在一起的爱情的故事中，歌喉涟纹濯影，一张薄如蝉翼的纱巾，是遥远彼岸开着百合花的菩提树上结的罗汉果。彼岸还有苇林，白色的苇眉子。幸福和快乐凉拌成沙拉做家宴的下酒菜。为了什么？到底为了什么？寒风把我的头发吹乱如麻，小麻雀可以在这里筑巢，生下蛋，孵出小崽。小燕子，春天的第一个读者，诗一般激动时刻，荡气回肠地读冰心的《南归》，送给母亲的眷恋。罗杉死了，女主人送来我最喜爱的恺撒沙拉。

"来点白酒。"赵说，"却道天凉好个秋。"

有人叫好，也要一杯。酒可常常有，烟要时时抽。酒会乱德，但要德干什么，德能像枚徽章一样挂在胸前吗？去中山陵，买了一个珐琅的"博爱"胸章挂在裤带下方，我渴望博爱。那些日子，举着气球欢舞，扭着秧歌和迪斯科的土洋结合的流氓们用行为语言发泄。真诚的游行，到后来恨不得把那些家伙车裂油烹，到头来在弗洛伊德的眼中不过是排遣性欲罢了。弗洛伊德教导我们说，搞个女人吧！我们这个缺乏性感且阴盛阳衰的时代，所有的爱情因追求浪漫和诗意而被异化和曲解。

疯狂的鼓点声与药物的刺激，人们湿漉漉的目光小心避开高扬的生殖器，并惺惺惺惺惺地说，如果遇到魔女雨媚云娇，我便会明烛以避嫌。或垂眉合眼，入深禅定，对于眼前之事不见不闻，无浊无垢，身心清净，如莲花之出淤泥，如须弥山之高云端。或学柳下惠，柳下惠固可，吾固不可。吾将以吾不可，学柳下惠之可。小路边的小水沟长满杂草，路边的麦田青绿绿的一片。既然我能看到杂草与绿色，那魔女的媚术，于是在我眼中，会显得如此龌龊，犹如革囊盛粪；于是我用手一指，魔女就变成老太婆，发白面皱，丑态毕露。矫健的脚步声由远而近。我应该说些什么话才能使我耳目一新或心旷神怡。感觉不是错觉，都是真切的。爱得真才能爱得深，而你就是我的爱人。

我呷了一大口酒，点燃一根烟，慢慢悠悠地说，杂志的宗旨就是杂志的生命。因此，寻找和把握杂志的立足点是至关重要的，杂志可以奉呐喊号叫为圭臬，亦可以执务实玄辩为主题，只要找到宗旨，杂志就好办了。我比较赞赏平淡务实的学风，所以，如果要我办一份杂志，我就张扬这种学风，我感觉本世纪的学风有点焦躁，有点平实。上帝死了，人并没有得到解放，人们还以各种借口或方法把自己捆绑起来。从人是上帝的动物，到人是理性的动物，到人是进化的动物，到人是经济的动物，到人是性的动物，到人是存在的动物，到人是符号的动物，这种思想的偏执，或者说是执着，实际还是宗教的执着。而当代愤世嫉俗精英们的呐喊和号叫不亦是宗教基因在他们思想体内的变形吗？与此相反，放弃宗教的势头，倡导平淡务实的学风实为必需。这因为，平淡意味不确定主题即一种主题，主题只有研究活动中才能寻求，故平淡又意味着用思考寻找主题。务实指平实中肯的学术态度。只有中肯，才能摒弃偏见；只有平实，做出的学问才有价值。

我说完，又喝一口酒，他们有的要去小便，上帝十分不满地对我说："你这是扯淡。"

我顿然羞得满脸通红，反唇相讥道："我在扯淡，你选上帝的闹剧是不是扯淡？"

上帝说："你这话是什么意思？"

我说："你的骰子有假。"

上帝大笑，又点起一支大雪茄："骰子是有假，但你知道这假是谁造成的吗？"

上帝的目光嘲讽地扫视众人，然后用手不紧不慢敲着桌子："拿酒来。"

一群绝色的美姬端着八宝紫霓酒坛和妆彩描金的漆杯走上来。我顺势把一位给我斟酒的小仙女抱在怀中，她"哎哟"娇嗔地叫了一声，大家都笑了。她一头亚麻状的雪白的头发，堆成古典的髻式，双眼碧蓝，秋波湛湛，穿着湖青色的湘裙，圆圆的粉玉凝脂的小腿伸到桌上，把酒杯蹬倒了。

上帝瞪了我一眼："这是干吗？"

我放开她，她匆忙地整好衣裙跑走了。我说："纯纯粹粹一西洋美人，干吗一副中国式的打扮？"

他们说："酒能乱德。"

赵说："我才不管呢！"

我说："我喜欢这样。"

又开始了讨论，俩人争论起来，向众人展示双唇开闭的频率。我把自己关到厕所里。春食朝霞。朝霞者，日始欲出赤黄气也。是吗？朝霞为何不是美人，浅蘸朝霞千万蕊……洗尽严妆方见媚。真正的感情的历程是矛盾的序曲，脚步是感情的念白。我的感情画上我的问号。罗杉依旧躺在洁白的被褥里，焦发蓬松，她知道她要死了，示意我给她梳头，然后让我的脸贴在她的左腮上，我感到她脸上的温度慢慢地下降。这时，我突然看到她的眼睛猛然亮了许多，目光凝结在我的鼻骨上，随之渐渐暗淡，直至闭上眼。

罗杉死了。站在她的墓前，我决定每年在她去世的日子，都要来陪她一段时间。鲜红的花瓣随着凛冽的北风四处飞扬。我不知自己是否想哭。软弱的灵魂似随风而去。她站在雪原上，明眸依然闪动。为了在万紫千红的花丛里去捻拾野蜂"嗡嗡"的歌声，她送我一副带血的嗓子。白雪所掩没的苦恼人的微笑啊！

红色的花瓣改作红色的信号灯。蔚蓝色的海岸，童年，两只老虎。如歌的行板，森林幽暗小径上，野兽的蹄印，马口铁盒罐头。前面是一座玲珑剔透的小岛，翠羽小鸽子对我们说，小船搁浅了。但罗杉还在拼命地摇着橹，为了归宿，她把泪水变成汗水。她回过头调皮地对我笑，不知道她已死了。

44

　　大厅的门突然打开，大胡子耶稣走进来，他坐在上帝宽大肥实的朱贝莲座边，满脸倦容，眼睑下垂，盯着桌上已摆好的骰子，懒懒地说："下雪了。"他的话立即引起巨大反响，大厅人们"哗"地站起来向门外跑去。我拉着 N 的手，跟着上帝走出门。门外的雪是鲜红色的，下得稠密。雪花如碗口大的山茶花一朵接一朵，一朵挤一朵，覆盖在地上。茶花复花茶，花叶何稠密？远近起伏的山岭顿刻素裹红妆，格外炫目。我伸出手接一朵，雪花在手里，不一会儿即化作鲜亮的血。

　　上帝满脸不高兴："这肯定是她干的。"

　　我好奇地问："谁？"

　　上帝说："你认识她。"

　　"不，"我摇摇头，"这雪是为了纪念罗杉的。"

　　"罗杉是谁？"上帝和 N 几乎异口同声。

　　"我要走了。"看着上帝与 N 满脸狐疑，"你们不会知道。"

　　我辞别天堂，又踏上我的路。独自一人，哼着无名的歌，永远是轻松的；快乐的回忆是轻松的，感伤的回忆是轻松的。真正的孤独是站在人群中。我似乎有无数的朋友，可又没有朋友，无聊的感情与义务和利益的结合，我自己就是这样，还有什么理由要求别人呢？一个人的悲剧只能拉起心幕去排练，眼睛不容虚伪，心却要承纳缺漏。纸币叠起的友谊，荒凉的郊外，几盏马灯，一挂破牛车。

小河用轻松的波浪洗涤岩身，赤裸倦怠的少女依偎在花丛中偷情。为什么？又为什么？一天又一天，迷迷糊糊的童年。爬树时候，几个人爬上树，一个人蒙着眼在树上摸。这个游戏叫"摸树猴"。老师来了，被戴上尖纸帽，夹上大尾巴，还被撞倒，在地上爬。"造反有理，革命无罪。"还乡团回来了，血洗了一个村。

真的，有一个真的童年。做生意如说故事，说多了便是自身经验的一部分。坐在软沙发上，端着高脚的钢化玻璃酒杯，架起二郎腿，夹着万宝路，熟练地讨论如何交割，且不论真假，都有一副成熟的天真样，有意思。洁白泛青的梨花开了，一丛丛、一簇簇从郁郁葱葱的翠绿的叶下探出头，真清雅。天上嫦娥人未识，料应清雅似梨花，我还能记起梨花花蕊的颜色吗？

我捧起自己的脸，仔细地端详。我看到已不清澈的眸子里那种巨大的执着。执着不就是我的希望吗？我的希望不就是民族生生不息的精神吗？民族的生命力不就是祖国的未来吗？

我爱我的祖国，她是那么壮丽辽阔，东海霞光四射屋脊星光闪烁，江南盎然春色塞北银装素裹……我顿悟时激起的泪花浸满这张圆滑的脸。我亲吻我的眼，亲吻我双腮和肉嘟嘟的唇。我的两唇之间悄悄地传递着牙膏洗刷后淡淡的清雅。我发疯似的把我的头抱在怀里，对自己哭诉和证明自己的崇高与伟大。也许活着，就要求别人也像自己那样活着，要不然活着又有什么意思呢？

罗杉死的阴影一直未从我眼中抹去，什么也不愿意想了，坐在金碧辉煌饭店的酒吧里，喝着威士忌发呆。小圆桌上那枝白色的月季，有股清雅的香味。一个三十多岁的少妇坐在旁边，头上戴一朵绒线扎成的白花，她那个四五岁的小女儿也戴一朵白花，规规矩矩坐在她身旁。她很优雅地从绿色烟盒取出一根细长的烟，叼在嘴里，点上火。少妇在任何时候都是十分诱人的，她们身上洋溢着成熟的风韵和清雅的气息。和少女不一样。少女如青杏，看着漂亮，但嚼在嘴里还很涩苦。

我起身坐到她的桌前，我说，你很有意思。

她挪动一下头，淡淡地扫了我一眼。

我说，能抽你一根烟吗？

她用纤细的小指头把桌上的绿烟盒朝我这边推动一下，我抽起烟。

我说，你想知道吗？我对烟的品位是很高的，我把各种名烟分了类，你想知道吗？

她平淡的目光落在我脸上，精巧的鼻孔里流出细细两道烟雾。我说，吸烟是一种文化。有文化的人抽烟是十分讲究的。我是个有文化的人，我抽烟就十分讲究。

她目光隐约流露出好奇心，我想这就好办了，于是说，外国烟的上品各有特点，万宝路沉稳，三五庄严，登喜路绮丽，长箭劲健，骆驼浑厚且土耳其烟草味最浓，白沙龙貌似彬彬君子实为流氓，绿摩尔如不安分的淑女，用恬静掩饰放荡。不过，女人不应该抽摩尔，女人抽摩尔总有点特殊意味。

她莞尔一笑，目光稍稍变得轻柔。我继续说，与外国烟不同，中国的卷烟有鲜明的特点。中国烟较柔和，当然，各种烟味也是不一样的，中华纯正，云烟雄厚，红塔山自然，茶花疏野，石林清奇，恭贺新禧冲淡，红山茶纤浓，白沙典雅，芙蓉含蓄，彩蝶精神，喜梅欢快，中原豪放，散花超逸，金桥缜密，渡江旷达，迎客松洗练。

她双目合上，淡紫色的眼影下，两道石刻式的双眼皮呈一道优美曲线。她睁开眼睛的时候，似乎仍在回忆。我说，不谈雪茄，世界香烟的烟草多出自土耳其与中国。中国的烟草无非就是以云南玉溪、河南许昌为最好。懂烟要懂烟礼，比如我，我就不喜欢带过滤嘴的烟，抽起来如戴避孕套做爱。现在来说，不带过滤嘴的烟只有春城和芒果可抽。

我说完掏出两根春城，递给她一根。她目光仍在我脸上流动。我继续说，烟可以分许多品类，当然一类烟有一类人偏爱。你留心一下就知道了，就外国烟嗜者而论，商人抽万宝路，政客抽三五，艺术家抽登喜路，流氓抽长箭……所谓抽烟，大凡皆是一种排遣和慰藉，嘴里叼个那话儿，除说明此人性欲极强外，还可以说明他们能把自己的强烈欲望转移到自己事业上。所以抽烟的人相比不抽烟的人，成就要大得多，成名成家的也多得多。

她两腮上轻柔的笑悄悄散去。她那小女儿双手托颐，看着我们俩。大厅的灯突然灭了，一股浓重的酒气扑面而来。我想上前拉着她的手，可没成功。这应该是多么纤细的一双手和一段温情的艳遇呀！大香炉的佛爷一反往日的慈祥横眉怒目张牙舞爪向我走来，红头绳挂在老木门的铁扣手上，哭声杂糅着祈祷怜悯，毛头孩子铁圈推出自然的童年，服务员忙碌着点亮蜡烛，可远处黑暗中传来令人兴奋的女人的尖叫。

我把头放在椅背上开始打哈欠。刚刚走完一段路，很累，很累。

屋里弥漫着烟酒混杂的辛辣气味。杨睡在床上，像条死鱼，眼向后翻，只留下两块三角形的白眼珠。他的络腮胡须上挂着几点鸡蛋花和绿菜叶。院后那片油菜地，几朵绿叶小黄花。我坐在那里看出了神儿，吸完一根烟，又续上一根烟。毕竟是春天娇小的花朵呀！

屋里和床上凌乱不整，床头下地板上有一堆浓痰。我顺手撕下一页稿子搭在痰上。我坐在沙发上，又点一根烟。这个世界为什么不一把火点了，活着干吗呀？对得起自己吗？谁仔仔细细地想想，都找不出活着的充分理由，而又都活下来了，因为都不去深想。

站在江崖的峭壁上，迎着凛冽的秋风吹起的败草残叶，混浊江水滚滚向前，不知疲倦地拍打着石壁，大声地呼唤寂寞的永恒，难道就是这样？人类那混浊的眼睛，为什么找不到活着的真正的意义？

收工时，少尉独自一个人爬上水闸，抱着铁锹坐下，夕阳强烈的赤红的背景，衬托他逆光身影如同一尊肃穆的雕像。我把锹扔在地里，卷一根烟向他走去。少尉的面部严肃，泛着青铜色的光，夕阳在他高隆的颧骨和端起的倔强的下巴上涂上一层红色的油。我想如果把他这时的形象凝固起来，准是世界上最精妙的艺术作品。

我爬上水闸，做了一个杨子荣打虎上山时的姿态造型，又大声唱道"穿林海，跨雪原……"然后我问少尉我的造型如何，少尉不屑一顾地说，这样子只能算座山雕手下的小喽啰。

　　我坐下，把手中抽了一半的烟递给他，问他怎么也大发忧愤之思怀古之情。他吸着烟，看着我们刚刚翻过的一道道鱼鳞状的黑土地。

　　许久他才说："你说，天会塌吗？"

　　"兴许。"

　　"真塌下怎么办？"

　　"顶天立地是英雄的共产党。"我唱一句，用手拍了他肩膀一下，"天塌还不是你们顶着。"

　　他站起来，仿佛真要顶天立地。

　　杨惺忪地睁开眼，看见我后，便欠起身子，点了一根烟。

　　"你他妈还这样没劲！"我说。

　　"你他妈这句没劲才最没劲，还不起来，快找出点酒。"

　　"刚才又喝了。"

　　"抿点。"

　　"还有吗？"

　　杨从床上摸出半瓶土酒，递给我，我喝了几口，放在地上。生活也许就这样，如果没酒，连活下去的力气都没有，更何况信心和勇气。烟的香味随着酒一直咽到肚里。我几乎每次来这里，都见杨在喝酒，我也喝点，喝完之后什么也不想说，俩人就那样傻愣愣地互相看着，多么无聊。

　　真心希望生活有点什么，能把自己情绪与神经激动起来，我想只有一种：自慰。把许许多多兴趣都集中在一起，把五彩斑斓的弯曲的线条丰乳肥臀甜美娇嗔集中起来，卧在白玉石床上，鲜红的眼睛绘成无数想象，潺潺的泪水与汗水，床褥吱呀声，祖曲而攻直于理不顺，白萝卜绿缨子，整点风露清愁便孤标傲世，刚临窗而坐便展纸吮毫，温馨的纸明快的笔在散乱流淌优美符号，用唢呐吹奏宣泄着某种孤独，泛滥的手指悄悄地打动爱的红色又颤动了少女的梦。

如果抛弃了，且不说是她抛弃了你，或你抛弃了她，都是一场吹肥皂泡的游戏。你认真吗？认真说明你自卑，缺乏征服者的自信。不认真吗？说明你软弱，软弱得不得不用无所谓之态掩饰自己信心不足。女人吗？就那么回事，真是呀。我对杨说。

杨说小白菜心里黄，听到了远方童谣，太阳仍在山岗上怀念金发珍妮姑娘，杨说他听到一种似钟声的声音，似大海浪涛滚滚不断拍击胸脯，我解释说是弹簧秤断了。这才是不正经呢，让自己嘴中唾沫憋死了。

我面前小桌上终于放了一只簸箩造型的大蜡烛。她女儿纯真的目光又回到小桌与我们之间。她一只手也放在椅子的扶手上，另一只手仍托颐沉思，目光斜在我脸上。我说你在等谁，不会是我吧？她仍没说话，目光很奇怪。我说如果我抽外国烟，一定是抽骆驼的那种人，抽骆驼的人大都老实巴交决不想一脚二脚三脚把别人踢到帐篷外面。

她仍不说话，又从口袋里掏出一盒烟，用嘴叼了一根，点着。她抽的烟是熊猫牌的。我欠欠身子，透过一层烟雾，发现她那双秀眼看我的神情，有些揶揄。

我笑了，是嘲笑。我说，此烟中庸，抽这种烟，不仅仅能表明抽烟人的身份，而更昭示出他或他们的本质。熊猫既像熊又像猫，模棱两可，又不像熊又不像猫，似是而非。熊猫无熊之健壮，又无猫之机敏，纯粹中华传统文化中庸之化身，故与这类烟民同哉。

她看我说完，神经兮兮地摇摇头，然后站起来，冲我笑一下。

她终于说，吸烟，是自己给自己烧香。你又何必关心香的品种？

说完，带着她女儿走了。我不知自己干了什么，怅然失措地抽着烟。要是杨或参谋长或少尉在，我们喝几口酒又该多好！

"杨伟。"我说着跳到杨伟面前。杨伟扶了扶眼镜把头扭到一边，他说："这事我知道，但绝不是我，我是因为这事才和她分手的。"

又是平静。老王把我从杨伟身边拉开。

"怎么办？"有人问。

平时沉着的少尉这时竟然发呆，身子有些哆嗦，我回到房间打开箱子，取出仅有的十块钱，然后跑过去。

"娘的，就算大爷我干的，我送她去医院，先救人再说。"

这时人们似乎才从平静的激动中醒来，慌忙准备架子床、被褥。杨伟找到一个酒精炉和半瓶麦乳精，也有人贡献了一些鸡蛋和罐头，就这样我和杨伟、少尉等把忆萍送到卫生院。

事后有人说："那晚风真大，飞沙走石，我以后从来没见过这么大的风。"

我说："那晚有风吗？"

少尉说："不知道。"

杨嘲讽地看着我说这故事抑或最他妈无聊，应该说有条母狗临产，一群女学生争吵，谁应该管？最好抓阄。

我和少尉跑到十几里开外的小集镇上喝酒，到夜里十二点才回去。快走到村口时我们看见宿舍里的油灯都亮着，邪门儿。莫非出事了？我们加快脚步，踉踉跄跄地跑回去，发现队里几十号人都在我们那间大屋子里，所有的油灯都点亮了，不同的光源照得人与影交错重叠。我问怎么了，没有人吭声，像蜡人，站着和坐着的都一动不动，足等了两分钟，老王才神秘小声对我说："忆萍出事了，怀胎七个月，刚才她洗脚觉得不行了，好像要小产。"

"什么？"我头像炸开一样。

"刚刚才知道。"老王说。

"还不赶快送医院。"

"不知谁干的？"

"这是关乎人命的事。"我大声说。

少尉站在我身边，抓着老王胳膊，他被酒涨红的脸似乎要燃烧。男人都低下头，如触犯了原罪。女生或有小声嘟囔，在决定谁把她送到医院，但没人有答案。因为女生有知识的只知道母狗一胎生几个。

我说："你傻帽不懂，你问一问就你母校有几个女孩懂得母狗怎么生产吗？"

最后我们结论一致：现在女孩子都欠缺点什么。

45

　　一堆混乱的记忆中的垃圾，我仍向前走，没有回头的路。我的世界是蓝色的世界，不可比拟，无法描绘。世事余情，人间纷争；卑鄙地活，庸俗地生。干什么？拼命投机钻营只为了填饱肚子，穿上体面的衣服，坐在辉煌的大厅里柔软的沙发上从别人眼中乞讨人格。生活的意义究竟为何？迷迷糊糊的童年到糊里糊涂的青年，汲汲复营营，不相知姓名。时代不若大树，无年轮可言，固不可反省，以求自明自现。

　　佛说自明为何物？信佛能有依托吗？一堆狗屎化作一尊金佛，佛心才能自现。轻软柔滑的淡蓝色的小草如着色羊绒铺在我的路上。路上不会有人，这只是我的路。路边一丛丛矮短的树木，一片片土黄色的小花，点缀着春的原野。花斑鸠神秘的细语，百灵的叫声掠过冰解后淙淙的小河。和煦的风吹过，麦浪一直向前滚去。这应该是我的季节吗？

　　昨夜那位小寡妇各种各样的眼神和她女儿单纯的哭态，仍萦绕我的眼前。我拼命地捶打自己的脑袋。一切都是一副似醒非醒、似睡非睡、似梦非梦的样子。我挣扎着在这无人烟的烂泥塘里游泳，水里钻出个裹着花头巾的女鬼，骑着红毛的豹子，牵着花斑狸猫，身披薜荔，腰束女萝，衣着鲜翠，样貌清新。她的一双桃花眼，波光闪动，晨雾乍起，深情脉脉；她的小脸微微流转，嫣然一笑，齿白唇红；她甜蜜的微笑化作忍冬纹样的浪花，冲洗我的两腮油腻的皮层。于是我便在草坪上悠闲地散步。

朋友变成了狗到处追逐路上行人。痛苦时，不要向朋友倾诉，朋友可以跟你分享快乐，但不愿意与你分享痛苦；或可以与狗唠唠叨叨，狗虽然不会对话，但起码它也不会躲你。不过，当狗疯了，你要躲着狗走，在一条道上，你就让狗先走。如果你被狗咬一口，就太惨了，即使把狗打死，也不能治好你的伤口。唉，金色的叶子，小路，红汽车，戴瓜皮小帽的小孩子，人咬狗式的新闻。从两片窗帘的夹缝里偷偷地溜进一缕金色的阳光，不偏不斜地咬在我的脸上。光线如一捆捆小银针，向我的眼睛冲来。

小 B 进来，我睁开眼。

小 B 说："十点半了，该起来了。"

"真的十点多了。"我从枕头下取出表，看了看，"哟，该起来了。"

小 B 取下吉他，开始练习和弦独奏，看来他早已迫不及待了。我躺在床上，觉得浑身酸疼，摸摸身上，有一层黏黏糊糊的汗迹，大概是昨夜出了一身虚汗。我想，出虚汗不是好兆头，起码是一场感冒，或者比感冒还要严重。周围的同学都有病或病过了。不是肺炎、气管炎、胃炎、肠炎、肝炎、胆囊炎、前列腺炎，就是神经衰弱、尿道结石或痔疮。病是风雅。可这一段我却没有病。

"你的脸怎么这样红？感冒了吧。"小 B 弹着吉他说。

"没准儿。花儿为什么这么红？"我说，"我浑身上下酸疼乏力，好像喝醉酒醒来。"

他大笑起来，举起酒杯，犹犹豫豫地饮了一口。他并不总愿意装出一副英雄的样子，他的英雄形象是需要有观众的，尤其是女性观众。

我仍旧吸着烟。这世界上的卑鄙与庸俗我似乎全尝够了，唯有把往事用诺言打扮起来才可以娱人和娱己。我说我上次去长沙开会，会议结束后漂亮日本小翻译塞进我兜里一封六千字的信，他们说不信，我说我可以把信背诵一遍。

翻译就是小寡妇，坐在我房间的沙发上，用忧郁的眼神看着我。我蓦地站起来，双手按在她丰腴的胳膊上，把她提起来。她扑在我的怀里，嘤嘤地抽泣。加点红色帷幕，点点秋雨，小白花，雨中看花，朦朦胧胧的印象；再加点你们歆慕的目光。这是真的吗？说完了，几个人又默默地看着，我的经历已成为我的经历，我的经历又成为共同的经历。大家喝着酒，彼此享受着这段经历。

"这一定是感冒，还是重感冒，快起来去医院吧！"小B自信地说。

淡蓝色的小草铺成的淡蓝色的小路。沉重的心已不沉重。去哪儿？我按着背包，环顾四周。我去哪儿？天堂的一场豪赌被罗杉的泪水冲洗得凄凄惨惨戚戚。人们屏声静气，等我再讲述一场艳遇，作下酒的小菜。我却听了小B的建议，稍稍洗漱，来到医院。

"怎么了？"一位老医生戴着老花眼镜，正在看报，见我进来，便摘下眼镜问。

"感冒了。"我坐下，"头疼，发烧，浑身疼。"

老医生推开手中的报纸，我发现他脸的轮廓颇像少尉。他说："那就开点药吧！"

我很惊讶："真是感冒？"

"真是感冒！"他低头开处方，头也不抬地回答。他的头型也像少尉。

我说："你认识少尉吗？"

他停下笔，奇怪地看了看我，又开始写处方。

我接过他递来的处方："你肯定认识少尉。"

他拍拍我的肩膀，笑着摇摇头。我依旧不信，因为他与少尉长得太像了，笑也一样。我也站起来："对了，你是少尉的父亲。"

他脸上的笑凝固了，手从我肩膀拿开，表情突然十分严肃："你精神有病？"

我拿好处方，转身冲到楼下的药房。浑身如散了架，没有一点舒服的地方。老 K 和阿 S 推门进来。阿 S 依旧风姿绰约，穿着很得体，竹布旗袍淡若月色，光滑蓬松的头发披在肩后，鬓角两边梳着两条小辫，她脸上肤色虽然粗黄，可眉头清秀，前清后疏，疏眉下的秀目含有黑色诗意，更是动人。

我对阿 S 说，眉清尾散散中清，早岁功名财帛平。你是小寡妇，晚年大贵。

阿 S 装出一副愠怒的样子说，我可不习惯你们这些人胡说八道。我不知道，世界的不正常是因为我的不正常，还是我的不正常是因为世界不正常？没有强有力的目标震撼，一切都平淡无味。

老 K 从自己背包中掏出茶，抽起烟。阿 S 无聊地坐在一边。

如果这时小玫来，我们四人一起到酒吧品酒可能会有点情趣。赵显然醉了，高叫着要找一个如高唐神女或宙斯的女儿海伦的女子来次四海翻腾云水怒五洲震荡风雷激。我有些疑问，在这个美丽的传说中，神女为何向楚王自荐枕席并且还要云雨？女神用得着低头折腰事权贵或傍大款吗？我的疑问如赵的叫声无人响应，都知道这是幻想，不符合历史主义的原则。我继续向前走，如果闭上眼而不乱了方向，我宁愿闭上眼，触目惊心。点根烟，烟味竟有些呛喉咙；唱起歌，却找不出起头的调子。但是，我仍独自走在我的世界里。

我来到药房窗口，把处方递过去。一只白皙细嫩的小手把处方接过去。我的心为之一动，探下头向窗里望去。药剂师是一位秀丽雅致的姑娘，粉雕玉琢的小鹅蛋脸上，一双眸子像浸在清澈水中的黑玛瑙，样子像薇。

"你认识薇吗？"

她狠狠地瞪了我一眼，把一小包药扔给我，关上了小木窗。"薇。"我大声地喊一声，转身走了。来到房间，小B依旧弹着吉他。

"看了？"小B问，"怎么样？"

"看了。"我说，"感冒。"

我打开药包，里面只有一片淡红色的小药片。药在嘴里有股甜甜涩涩的味，吞到肚里像一个小火团，顿刻浑身从里到外变得热烘烘的，有种无法表达的畅快。

"是不是毒药？"我暗暗地想，于是对小B说，"你吃药有什么感觉？我这药下肚怎么热乎乎的？"

我没听见回答，转身一看，小 B 不知什么时候出去了。我点一根烟，坐在桌前，平静下来。如果要是毒药该多好！我可以平静地享受死的滋味，然后到阴间找参谋长下围棋，参谋长就不会太寂寞了。参谋长真的寂寞吗？他是不是另一种充实？充实之为美吗？那片药如小火团在我肚子里乱转。不一会儿，我感到身上的每一个汗毛孔都张开了，脑袋也不疼了，平平静静的，什么事也不想。又过一会儿，身上的热气开始向上冲，在耳根下形成了两个气团"突突"地跳动，一股一股向脑壳百会穴集中。这时，脑壳的百会穴炸开一个小孔，似乎那股浓浓的热气从里面冒出来。我把手中的烟按灭。我看到我脑袋上的小孔里那股热气是淡蓝色的，升起时又直又细，贴上天花板，被压成莲花状的大花瓣。花瓣被反弹回来，蒸腾起无数朵连绵如雾的小莲花。似花非花，如梦似幻，还带点幽幽的清香，散逸开来，沁人心脾。

　　"不可思议！"我颇惊讶地自言自语。

　　我说："这是不是少尉他们炼成的禅片？"

　　我说："是的。"

　　我十分生气："我怎么会吃禅片，是不是他们一起合谋骗我？"

　　我说："他们这群混蛋。"

　　我对赵说："你们太够意思了，我成了你们科学实验的试验品。"

　　赵又重新坐下，大口喝茶："向毛主席保证，我不知道这件事。"

　　我注视着这股蓝色的热气。起初的惊讶变成恐惧，变成心里的觳觫，变成心跳过速，后来又被无可奈何的平静所代替。于是我无可奈何地对自己说，这就叫平常心。

　　大热天，担一桶水到大柳树下洗脚，看着一只公鸡和几只母鸡在路边做流氓活动而不闻不问。"簌簌"风吹来，顿感心与世界一样清爽。簌簌衣巾落枣花，牛衣古柳卖黄瓜。我想我必须去找佛陀，听他讲三藏要旨，皈依佛门。莲花部的朋友，你们看，无上永恒不变的大快乐像旺盛的火焰，遍满了法界，刹那间，现存的一切法都化成净土中的大自在宫殿。大自在宫殿是莲花部朋友修成大自在菩萨后所住的家，是半圆形的。

　　我不解，如心要能真正清静，为什么不出家，寻求大自在？如果求到大自在，何必在乎在家和出家？住在半圆形的家，能自在吗？还大自在？我不解地看着自己的脸。那股蓝色的热气终于停止了，或者是化成脚下的路。小B又进来，坐在床上，抄起吉他。

　　"吃药了？"小B问。

　　"吃完了！"我站起来，活动一下手脚，"药挺好，挺有效果。"

　　"你不常吃药，所以一吃药就灵验。"

　　"对，挺灵的。"

　　不知为什么，我分明看到一团红雾从门外飘来，紧紧地裹着小B。红雾渐渐退却，小B变成了一只金斑翠羽的大鹦鹉，两只翅膀一张一合，好像要飞到山那边红叶林中大自在宫殿。草屋，石碾盘，野趣和天籁。形如槁木，心若死灰，就可以忘乎所以，不知自己是谁了吗？人籁可以用笛子吹出来，地籁是风过自然的空洞的呻吟，那么什么是天籁？其实，天籁是一部车，你松掉手刹，挂上挡，踩下油门，它就会跑，没有你，没有天籁。所以，天籁虽然有千万种不同，但使它发动和停息的都是出于自身，发动者舍我其谁呢?

小 B 扇动着花翅膀笑了:"怎么了,你干吗盯着我?"

"哼,有意思。"我低下头。

小 B 开始弹吉他,过一分钟,我又乜斜他一眼。他仍是一只大鹦鹉。

老 K 不相信:"你这是瞎扯。"

我说:"我就有这样的超乎寻常的感觉,你知道你们俩在我眼中变成了什么吗?"

老 K 和阿 S 煞有兴趣。

老 K 成了瘸腿老狼,让一个可怜的小女孩牵着脖子去找骨头吃。而阿 S 是一束野菊花,清爽不俗,被圣诞老人放到鹿车里,拉到城里,送到酒吧的茶桌。阿 S 不太喜欢我把她说成野菊花,说这似乎没有生命。我说,我附送你一首诗,你也就满意了。

　　　相逢在秋野,
　　　但折一枝黄。
　　　骨瘦无丰姿,
　　　盈袖有暗香。

　　　羞与百花并,
　　　叶疏犹傲霜。
　　　敢待秋寒起,
　　　临风更清狂。

尝为陶令邻，

更入黄巢筋。

骚人多自附，

登高赋重阳。

是花为己开，

何曾顾怜赏。

身消荒野处，

不会进华堂。

　　大家都拍手，说是首好诗。我感到我要去找佛陀，因为这事似乎很急。他们都不相信我会想出家的事，只有赵说："他吃了禅片。"

　　老 K 说："会不会又有一场艳遇？"

　　我点点头："但愿如此！"

46

"我要出家！"我终日乾乾，夕惕若厉，没有人相信。好不容易回到家里，爸爸也用怀疑的目光看着我。他说，活着为什么？我摇摇头。他说，出家为什么？我还是摇摇头，好像是我在恍惚之中吃错了药，中了圈套，只好无可奈何指着自己发誓，我一定要出家。

信仰就是信仰，信仰是不能解释的。生无信仰心，恒被他笑具。一般俗眼，不谙世事，都在红尘，何能笑她？她坐着金马车过来，微笑着用温柔的手抚摸我的脸说你要坚强。我把眼睛睁得很大很大，世界仍是空空荡荡。一地烟头与半罐长出乳白色霉菌的午餐肉。女人们都生气了，躲在屋里不出来。朋友们用眼睛敲打我的头颅然后会心地大笑。这种笑声在看不见身影的野地里，竟如此动听。

什么都缺乏，甚至对我的胃能消化两块加草莓酱的面包片也不信任了。一天的时间怎么会这长，没有归宿也没有信心，黄昏落日迟迟不降临。草林后是一片广阔的沙丘。暖洋洋。夕阳下暗红色沙丘，呈现逆光下的波纹线条，从里向外发展，把黄边的轮廓线打磨成一条闪亮金带。我说我要出家。要出家的冲动实际上是一种生理要求，如全身心被调动起来，准备完成一次有质量的性事。

真不能想象，禅片竟然具有这样神奇的功效。茫茫然地上路，告别一切，大河枯竭的河床裂缝构成几何图案的花纹。回过头，见寺院沐浴在清晨柔软的阳光里。低矮的土坯墙，爬满枝蔓舒展的紫藤，一穗穗肥厚的花串，白色花瓣簇拥新鲜的黄蕊。我把温情掩埋在这里，因为我要出家。

朝阳，黑色土地。远处，大路两旁的垂柳，晨风。一道道迷蒙的绿烟。对冬之厌倦和憔悴的身躯注满生命的活力，摆脱了季节的残酷，展示本能的繁殖冲动。西北风、四月的黄河和呆头呆脑的女人们。我喜欢女人那种楚楚可怜的样子。女人也是一道风景。我的脚步踩在松软的大路上如踩在这道风景上。幽默能使人落泪才叫幽默。张春燕、王庆华，离城下乡把根扎，一颗红心干革命，试验田里种棉花。好的，在今天人眼中的罪恶却是昨天人用激情雕塑的朴素与真诚。甘薯味的真诚。多说有用吗？五月花仍旧会开。

女人的漂亮脸蛋是奢侈生活最基本的资本。于是，所有的男人将在荒弃的路上去找女人遗失在这里的香汗味。我来到这熟悉的河坡，斜挂着枪，走了很久，什么也没看见。齐脚踝深的草丛，灌木林，一群花斑鸠在树上"咕咕咕"地叫，我端枪瞄了一会儿，没扣动扳机，呆看着这些斑鸠一只只飞走。

"你怎么不打？"他从麦垄上端枪走了过来，生气地对我说。

"我一打，它们就跑了。"

"嗯！你知道一加一什么时候等于四吗？"

"知道，算错的时候。"

"你大爷。"他转过身走了。

他喜欢打兔子，我喜欢打猎。天气还好，草塘里的青蛙的叫声颇悦耳。没什么可打，枪口失去目标后，天空飘起迷惘的云。一个人睡在草坡上，太阳照在身上，想着忆萍，也许所有的过去都在似是而非之间。编一曲故事，做几回梦，也是存在的过去！看看自己高尚凸起的胸肌，存在，力量，信心，满足。人们"哇"一下全散了，好一似食尽鸟投林，落了片白茫茫大地真干净。

少尉目送每一个人从这条土路上散去，他像首长般地和每人握了握手，我在一旁笑，别人笑我太疯癫，我笑他人看不穿。此刻这种神圣感只有彼此分享了。在什么地方才能找到他们？我委屈地向村庄走去。村外错落排列着大大小小的苦楝树、槐树、杨柳和竹丛。村里的土坯茅草房大都换成了红瓦、青瓦房。我们过去在塘外的两排知青房成了养猪场。

阳光不知什么时候躲到了浓浓云层后面。风来了，似乎要下雨。炊烟才出烟囱就与灰色的浮云混在一起，不见了踪迹。稻场里不见人影，几条缩成一团的狗懒懒地躲在稻草垛边，见我走近，干叫几声，又合上眼。忆萍住过的那座茅屋，现在已被圈在土墙之中，隐约从这里传出孩子的哭声和蛙鸣、狗吠、鸭叫相应和。一切虽然变了，但还觉得是老样子。

低矮的茅屋，新木门还是白茬。门的材质虽不好，但榫卯规整，板面十分平滑，门的四角雕着简单几何形图案，这应该是少尉的手艺。我把猎枪斜放在门边，走进茅屋。茅屋矮小狭窄，从木格窗射进来的光线落在她颇苍白的脸上，那双刚从晨露中抬起的眼睛惊惶地看着我。床上蓝底白花的大棉被下还有一张单纯黄瘦的小脸，这是她儿子。

"怎么，你怎么会来？"忆萍似乎不相信，讷讷地问，"你怎么会来？"

我坐在一把木椅上，淡然地说："我怎么不会来？"

她勉强地看着我。不知道她为什么独自返回到这里来，生日和许多本应该忘记的东西，似乎在她的记忆中还是如此清晰。她清瘦细白的额头上，一条小蚯蚓般的暗青色的血管轻轻颤动。但她脸上勉强的笑容依旧十分平淡随便。小屋家什和布置简单素净。

我说："我和朋友打猎，路过这里，想来看看，顺便喝点水。"

她起身取下一只青花瓷杯，倒了茶水放在我面前。她没说话，眼睑低垂看着自己修长的手。她的手远不如以前细腻了。

"最近怎么样？"

"不怎么样。"她看着我。

我喝着水说："我受了少尉的骗，吃了一种叫作禅片的东西。所以现在直想出家。"

她那双秀眼四周皮肤虽显憔悴，可眼神很明亮。她摇摇头，表示不相信："你不是早就要出家吗？"

我抽起烟："以前只是心，现在是肉身。"

她问："参谋长怎么样你知道吗？"

我说："参谋长跟新娘私奔了。你认识那个新娘吗？就是那个村姑——我也爱的。新娘跟别人结婚那天，参谋长把她的洞房烧了，当时我也在。"

她不相信，闭上眼。

我笑道："信不信由你，反正我常能见到参谋长。哼，对了，我还见过他妈即你妈。那村姑，也是我的偶像。后来见她与参谋长好，我就撤了，就像原来追你一样，几乎我所爱的人都和别人去了，而那些别人是我朋友，你说我这人算什么？如果你现在说句其实你原来爱的是我，你知道我会多么激动吗？我会激动得粉身碎骨，魂飞魄散。"

心之精爽，是谓魂魄；魂魄去之，何以能久？中国古时候，有个叫子产的人说过，人刚刚生下来的时候，肉体叫着魄；魄已成形，阳气便凝聚到身上，这叫着魂。也是如此，云鬼合体，变成了魂，飘浮游荡，来去无踪。人活的时候有魂，死后魂便如云飞到天上。至于魄，是阴神，一般来说是指依附于人的身体而存在的不可见之物。既然不可见，那如何用眼、耳、鼻、舌、身、意来感知和描绘？对于色、声、香、味、触、法之六境，这六识不过是心的作用罢了，唯一的是心，而六识绝对不会同时发力的。

我"哗啦、哗啦"说了这么多，她似乎一句也没听，也没说什么。这时她的样子颇像酒吧里小寡妇。动人的旋律告诉我，哦，你每次指尖相触我就知道了，你是如此真诚恳切在爱我。旋律结束的刹那，我"扑哧"笑了一声。我默默地坐着，检查着过去不幸的幸福。我几乎总想告诉每位我熟知的姑娘："我爱你，真心的。"可我似乎又从来没说过。什么叫真心的爱，我至今仍不明白。用生锈的钢剪剪断心与心外的脐带，没有母体的温情养育，爱早就死在护士的产钳下了。是不是一切就是一切？检讨失贞和褒奖合瓢是一回事吗？

飞满墨汁与唾沫的世界，五彩的丝线、菱形的窗框，土黄色的河坡人影，暗道，无形的手，当朋友散去的时候。女孩子，有时是礼品，你爱过，可以送朋友吗？真诚的人生和真实的情感呢？那些大腹便便戴着绅士帽的家伙挂着文明棍，举着上帝亲手写的法版，带着我们这些芸芸众生去寻找文明。真够折腾的！似乎这就算是一切，大树、落叶、桃林、若木。争论不休的标题与标题的争论。我们都在这个世界中被葬送了。灵魂被借用，为时代呐喊奔走的小丑锒铛入狱。

　　这是我们真诚要求的真诚的世界吗？

　　少尉呢？杨伟呢？只有忆萍仍在这里。豪言壮语已被诊断成为天真诱奸了荒唐，这是不是另一种纯洁的荒诞。不明白，跟着口号走，据说是被别人骗了。明白了，跟着自信走，不还是被自己蒙了。都不舒服。不舒服才是舒服？怎么都是活着。既然要爱人如己，容我拿点水来，你们洗洗脚，在树下歇息歇息。

　　薇呢？做了尼姑。小杰，跟人跑了。彬彬，爱情的三叉戟。小玫和爬地镇的人混在一起。我的罗杉？她们都不洗脚。秋天黄叶已经飘零，天气渐寒冷，箫鼓鸣，棹歌起，欢乐极、哀情多，落叶散、寒鸦惊。我告诉忆萍，我有罗杉。是的，罗杉如羊羔温顺地偎依在我的怀里，听我慢慢地诉说我想说的话，让我把脸贴在她细而柔软的长发上。

　　"你会对我好吗？"她声音很低，"会吗？"

　　"会的！"

　　"永远？"

　　"永远！"

罗杉满足地笑成一朵爹开的棉铃。可每当她笑时，我总能在笑面中找到隐隐闪动的忧郁（忆萍说，这是死亡的前兆）。我开始给她讲故事，讲乞力马扎罗山上那只风干的豹子，讲圣杯的故事。打着情人的花雨伞，蓝天白云多开朗，可她说这是雨中的歌。上帝还在奶妈怀里时，便知道什么叫偷情。她捂着我的嘴，不让我说下去。于是我说当天空出现乌云的时候，我们几乎同时指出这不过是暂时的现象，而我们的同志在困难的时候，要看到光明，要提高我们的勇气。

忆萍说："罗杉不在了。"

我十分惊诧："你怎么会知道？"

活着给我们实实在在的一切，无病呻吟，对天哭诉，慷慨激昂也没劲。面对充实的调查还去提问——是傻瓜。我不知为什么要告诉忆萍我要出家，还有罗杉的事。说什么永远，淡漠的蓝天，云是无趣的帆，忧郁为幸福雨滴打湿，我才去磨那把勇气之剑。在路上，饼干松脆，太阳躲在看不见的地方，风声。为了孩子，忆萍似乎还活着；为了回忆，又来到这个地方。生活有无真正的情趣？到地狱里去争论真诚，一切不过是体验。那么我为什么要穿着体面衣服走向名利场？为什么要附庸风雅，越女红裙湿，燕姬翠黛愁，也许这就是一种体验。

我说："罗杉死了。"

忆萍说："我知道。"

我又一个惊诧："你怎么会知道？"

忆萍："什么？"

水沟里红水灌进我的长靴。我扔掉花雨伞，拼命向前跑。远处罗杉人影淡淡模糊消失了。我跑着，红色的水如血浆溅在我双颊上。流血的水沟，为生的欲望拼命奔跑。水蛇和水草纠缠在一起。狐仙，红蜡烛，干红葡萄酒，抱着琵琶的妙龄少女。遗憾的后面是什么？

"出事了，出事了！"眼镜拉着我的手。

我不知说什么。参谋长出事了。我们都向前跑，只不过参谋长跑快点罢了，生命被没收。

事后我告诉眼镜说："这事不过如此，人总是要死的，没什么。"

眼镜揶揄说："我第一次发现你很懂事。"

忆萍没有哭，面色苍白。她对我和眼镜挥挥手："你们一定累坏了，回家去吧。"

孩子醒了。从床上起来，孩子样子很像忆萍。孩子将来会有什么样的生活？

我惶然站起来："我要走了。"

忆萍说："不吃饭？"

我说："算了。"

我走出门，回到我的路上。我觉得我仍想出家。即使在忆萍的面前，即使忆萍告诉我，她以前很爱我之类的话，我仍要出家。出家干什么？我不知道，只是感到这种冲动像一团火向心口涌。

"禅片，"我狠狠地骂道，"他妈的少尉。"

47

　　参谋长曾告诉我说，其实出家不出家都没什么意思，如果实在没办法，在家当居士也比出家好。正是所谓为生死，为菩提，才正信出家，目的是整一个好心出家的名头。一般人刚出家的时候，所立的志向有大有小，都是一片好心。可日子久了，受着名利等因缘勾引，便开始在庙里聚集财产，那般勤作辛苦，与不出家的时候一模一样。佛经说"一人出家，波旬怖惧"，那是胡扯，如果都是如此那般的出家人，恶魔波旬高兴还来不及，为什么要恐惧？唉，世缘看破便这样，笙歌散后妓房空。老夫唯有，醒来明月，醉后清风！

　　那次，参谋长喝醉了，先骂少尉不是东西，然后又说起出家的事。可是，直到少尉把薇骗去当尼姑，我还没明白出家的意义。我当时似乎想，当尼姑的如果是小杰，岂不更妙。因为我总想把小杰称为妙娘、妙姑、杏花等，最后她死了。风流四姐妹，销魂十二钗。我这样的人，若能一面谈情走天下，一面救国救民；一面云游四海，一面修身养性，这才是真正的理想。出家，也要当花和尚。

家庭是牢房，婚姻是枷锁。老K笑着说，并摆出一副要把牢底坐穿的英雄气概。放火烧山，牢底坐穿。无君无父，无师无母，无妻无子，才有真正自由。老K又说许多好男儿在老婆温柔的峡谷里把人格都割让了。家宴，丧失勇气的狗。什么也没有少，五个纽扣整整齐齐一只未掉。曾经在几束黛青色的山峦褶皱间鲜红的映山红沉重地感叹野芭蕉流下的泪珠，曾经我摇着芦苇般的胡须拒绝某次新鲜的挑逗。在敞篷的阴影里做爱，在泥土垒成的矮墙上给栀子花浇水，孤姿妍外净，幽馥暑中寒，那种香气，馥郁沁人。

于是他说："女人如花。没有比这更好的比喻。"

我有花一朵，种在我心中。他曾这样对我说，女人如花，真的。女人如花，桃之夭夭；女人如花，灼灼其华。豆蔻梢头二月初，颜如花红眼如漆。一枝秾艳露凝香，云鬓花颜金步摇。若说女人如花，花也是有花期的，一旦错过花期，即使再显摆，也是寂寞。二八女人若水仙，清新脱俗，素洁幽雅；三八女人若桃花，粉嫩如霞，娇艳绽放；四八女人若玫瑰，婀娜多姿，妖娆瑰丽；五八女人若牡丹，雍容华贵，国色天香；六八女人若百合，质朴馥郁，恬静优雅；七八女人若兰花，幽香清远，素洁脱俗；八八女人若菊花，傲霜怒放，清奇沉静；九八女人若梅花，暗香疏影，烟姿玉骨，梅开五福，苦尽甘来。我清楚地知道，把时间放到水井里沉淀，再用辘轳摇上来的时候，我终将会绽放成一朵盛开的梅花，一朵微笑的花。女人如花花似梦。

于是，我又在清泉里看见自己，目光离不开我这张含苞欲放的脸，我会死在清泉边吗？在我倒下的地方一定会长出一株水仙花。

圣人说过，谁有两个面包，就卖掉一个，用来买水仙，因为面包是身体的食粮，水仙是精神的食粮。

山涧里黑蝴蝶，在清凉的泉水边的黑蝴蝶。蝴蝶的影子从琴弦滑出，亲爱的你慢慢飞，小心前面带刺的玫瑰，双双飞上天，生命就应该单调乏味充满不和谐音。青灰的流动像苍老的独木舟哗哗地在我脸上留一垒鸟粪。蓝色的海，金黄色的沙滩被飞溅的浪花镶着闪亮的银边。那个诞生在塞浦路斯蓝色的海上抑或是米洛斯岛上叫佐尔乔斯的乡巴佬闪现；红色月光中的女神半裸上身向我走来，斯巴达式罩衣遮住髋骨舒展飘动，一本正经地向我身后的房子睨视。

我也在尝试，未必真应验那句"尝试成功自古无"。胡适之胡试了几十个博士连自己的名字也未正音，行者行了十万八千里却终不过是个斗战胜佛。用菩提树枝、无花果叶子、百合花的新蕾与松梅竹兰四君子编成花冠，睡裙，项链。在开满紫色风信子的田野里裸舞或 dirty dance 一次，Lalala … I think that if she is dancing in the wind … 华尔兹与布鲁斯将不再出现。走到海岸，看到"上帝"和妻子做鸳鸯游。

在路上，我似乎没有告诉任何人，我有一座房子，门框与门板破得一塌糊涂，只有门框上自题的对联还清晰可见。上联：无钱亦是君子；下联：有识终为小人。横批：小人君子。实际什么小人君子，才德全尽谓之圣人，才德兼亡谓之愚人；德胜才谓之君子，才胜德谓之小人。我还没有说出来，只见她一进屋，便"扑哧"一声笑了。老王最不满意我常用对联来玷污韵文即诗即对仗句。我说诗与联各不同，诗言情，联言趣。而近世三四百年诗渐衰落联句大兴实是文人无聊聊表心中之异趣耳。文人如斯，中国不就凋零了吗？老王只好说你是混蛋。

返城的消息逐渐传开了，人心惶惶，大多数人都回城打探消息去了。要真是返城又有什么？忆萍走后，我觉得很没趣。可忆萍总又在这个时候走来。我们为什么不能在一起？一片黄色的阳光（如性欲）透过鸽笼似的小窗洒进来，无聊且寂寞的宁静，其他什么也没有，没有苦恼，没有幸福。方外之人，而游乎天地之一气。女人像花，只有观赏价值，一掐掉，就枯萎。

忆萍似乎永远对性没有欲望，可她又怎么会生孩子？我怀疑我对她的怀疑。这时我说，我读古典文学，总觉得我们的前辈们爱得实惠，两个萍水相逢，遗袜尘销，题裙墨黯，划袜下香阶，手提金缕鞋，然后解带宽衣，息烛登床，何等畅快？可你看现在，如张生与莺莺，待月西厢下，迎风户半开。香风动轻素，玉人下瑶台。如此以身相许的则不多见，这主要由于东西方文化互相玷污，我们接受了西方中世纪骑士精神，异想天开，把爱的异化看成精神上的满足；而现代西方不知是不是接受了东方人爱的方式，实事求是，爱变得越来越实惠了。

忆萍表情十分难受："这些年你上大学都学这些？"

我说："是呀，学习让人聪明。"

"既然你聪明了，"忆萍说，"你知道我这次来找你干什么吗？"

我挠挠头："不知道。"

忆萍淡淡地一笑说："我是想告诉你那孩子不是杨伟的，你和参谋长都这样认为，你们不知道。"

我笑道："孩子不是杨伟的，难道是我的？这个世界乱了。"

忆萍看着我呆笑道:"是你的,真是你的。"

我急忙摇头:"我不相信,因为我不可能相信。"

外面有女人在哭。我认为劝女人不再哭泣实在是一件很难做到的事。小玫失恋时,找我大哭一场。我说,要是你为我哭我也许会感到幸福,可问题是你幸福时没有我,不幸时却来找我。如歌所唱,你把幸福留给自己,却把不幸带来送我。

忆萍走了,她的身材依旧保持很好,仍可能作为铸造漂亮女人的模子。我送她走几步,又回到屋里。屋里什么也没少,我仍是我。空气沉静嘲笑懦弱,苦涩对自己笑,火在燃烧,女人若快乐就要不出声呻吟最好喊叫才刺激。青竹条在风中交头接耳删繁就简,三秋树,领新标异二月花。我们看海去,我们看海去,蔚蓝色的大海上有无数的海鸥自由飞翔。潮水拍击巨礁嘲笑着这个缺乏嘲笑的世界。

我看着我那张英俊的脸上闪烁尴尬的笑。我把耳朵竖起,聆听无调的弦歌,口弦上刺耳的尖叫。生活就是这样,电视里飘来无性差别的歌声,张牙舞爪,搔首弄姿,于是无数的思念从嗓子眼中流出,去小窗口兑换银子。透过小窗,我看到天空。我无心追逐白云,慢慢地消化在这个白色的阴影里,用不断重复的声音叫唤出一条绛色的暗道。黑亮的钢轨伸展何处,无尽的天涯路,一只野鹤腾空飞起。可我用什么样的目光注视这个痛苦的大地?为什么总有一种不祥的征兆萦绕在心头?为什么我的眼睛在绚丽的色彩中会崩断视线?感觉像一只带血的铜号,记忆成为发黑的纸稿。冬天的日子,没有雪,干燥的风吹皱了所有的美丽。冬天已过去,春天还不回来,春天还不回来——呀!歌是一条巨长的蛇,环绕建木直上九霄。凄冷的夜空，一牙新月，几粒明星。唐说你的歌声太湿了，应该拿出来晒一晒。

老 K、赵、小 B、阿 S 全来了。他们说："你怎么不出去？"

我与唐说："没有，这是发干，我们想把自己蒸成梅干菜扣肉。"

老 K 说："那么我们喝酒吧！"

我拿出酒，大家开始喝酒，开始说你喝得少或不够意思，开始说都悠着点喝，喝醉了也不好，开始说要找几个小妞或漂亮女演员陪酒，开始与唯一的女性阿 S 商量一些带着性感的话。我取下吉他，弹奏起细碎的和弦。野火在迷雾中闪烁，火星熄灭在空中，夜深人静的时候，你我分别在桥头。

走下桥头是一条宽宽的大河，河水沿着我前行的方向，平静流淌，一点也不急，天空灰淡，时有飞鸟。怀念过去，怀念已过世的家人，我看到河中一朵绰约的花影，又看到离我不远的河边，有一朵白色的花在跳动。我想没有他的形象，这便是他的文采了。

我对他们说我刚才的梦，没人仔细听。那时从知青队要返城与现在要回家的味道一样，不知为什么，总觉得又有劲又没劲。在家里不是吃白饭打小工还干什么？回去那个晚上，我睡在参谋长家，他病得非常厉害，说是要见上帝了。我们仍一起抽烟，屋里空气很坏。参谋长说眼镜这一段不来了，在家背书，要考大学。我说你怎么不准备一下，能考上大学可以换一下环境，他说我没这个命，你信不信，我一定会死在这个地方。后来他又说自己活得没趣，已二十多了，从未走出这个城市三十公里以外。我想说外面世界很精彩，外面世界很无奈，可惜那时想不到这种句子。外面到底什么样子，谁也不知道。所以我开始与他一样倍感悲哀消沉了。

我闭上眼，从河坡走到一个湖边。湖不大，水质清澈，藻影可见。湖的四周静谧无声，阳光充盈，柳绿花红，真的美丽。对岸时有一道彩云掩遮住湖岸。我们赤身裸体跳入水中，这样的畅游，也只能在梦里。梦里水乡。

你又做梦了。老 K 扶着眼镜说，我下乡回来，你们知道我最想干什么吗？真的，那时我只想来干什么？我上肉店买来了二斤肉，跑到野玉米地里，用个瓦罐煮熟，一口气吃完了，我一星期不刷牙，出气都有肉香味。

老 K 说完，大家都大笑，龇牙咧嘴，笑容绝对丑陋。阿 S 说我是从学校门到学校门，和你们比起来，一生顺利却不敢言幸福。我拍着她的肩膀说，我们这是把过去的痛苦换点自豪，这有意思吗？赵说我没下过乡，但我讨厌那种出卖自己的痛苦去换点社会或别人同情的故事或文学，仿佛自己受点苦就成了社会问题，就要哭着控诉这个社会，自己抽泣就让别人也去哭。尤其那帮八旗子弟的回忆录，说在特殊时期自己和老子怎么样被折磨，被折断腰、掰断了腿，还真有人看到这样的东西会流泪？他们怎么不把生活用纪实方式写出来？好像他们受过苦，现在就该占有一切。要是一般百姓，他们若是被生活压断了腿和腰，能去天堂治病吗？还不是在生活中平淡死去。还——，赵未讲完，大家哇哇大叫，都拍手，说赵讲得尖锐深刻。赵也被尖锐挑起来，深刻地喝酒。

小 B 站起来说，在所有的能进口的东西中我最爱的就是酒。唐说，没人恨酒，献酬交错，宴笑无方。于是饮者并醉，纵横喧哗。或扬袂屡舞，或扣剑清歌；或鞷蹴辞觞，或奋爵横飞；或叹骊驹既驾，或称朝露未晞。烟花路，只有风在咆哮。忆萍说孩子是我的，我倍感惊讶！这怎么可能呢？但是有了孩子又怎么出家？

我仍想谈出家，但没人相信，五台山的钟声深远悠长，回荡在我耳边、我梦里。可是五台山毕竟太冷了，跟在尼姑后边，做佛事绕着佛堂转圈，然后跪在木条板上一遍遍唱阿弥陀阿南无又有什么趣？只不过借着从门缝中漏进的一缕阳光，我看到走在前面尼姑耳际的茸毛下透红的血管才觉心动，如果出家是为了尼姑，干吗还要出家？

在我的眼中，他们都变成童话中的动物，獐头鼠目，围着桌子坐着喝酒。这时，忆萍穿着白软缎绣花旗袍，手持麦克风唱一首名为《山楂树》的歌，献给大洋彼岸的杨伟。忆萍难道真爱杨伟？出家，还是要出家。过剩的热情与简单的和睦给生活涂上一层厚厚的黄油，然后再蘸一点鱼子酱就可以塞到嘴里面。一道道鲜血褪色后的印痕，大街上全是血，有人说开枪杀人了。有人说你不能说，那打出来的是橄榄叶裹着的山茶花。我注视着屋里的枪眼，想挖出一颗弹头铸成爱心造型，挂在脖子上招摇撞骗，陪衬装饰"跟丫的死拼"的牛头梗，漂洋过海讨碗洋羹吃。人人都蒙着头，把谎言和真理放到英雄墓碑下纪念。孩子的脸，欲火在心中慢慢流泄，真想挺起那话儿把地球挑起。

我说："忆萍，你不觉得那时过得比现在还有点趣，比现在我们喝酒的状态好？"

忆萍摇摇头。大家都在唱，解放区的天是明朗的天……

过多的关注掀开了帽檐，为了在某个时刻在情人的唇上流下鲜血的印痕，我们的哭声只好以模仿笑声的方式存在。最可怕的是寒冰清脆撕裂了我永恒的烙印，又被值班的战士打扫干净。颤抖的一代用恐慌的目光盯着悬崖边的三角梅和含羞草、红柳和殷红的高粱穗，我们的世界！

忧郁地喝着酒。我们好像没有一个成形的理想。自由的天晴朗的天激动的天。我们不要这样的天气正如我们越大越不明白是非，唐把喉咙从嘴中抠出来装上一个金叶子，领着大家一起号叫。

冬夜空中，一团号叫撞打寺庙的钟。

48

　　这团号叫裹着辛辣的酒味，如一个醉和尚，晃晃悠悠地撞击着寺庙的大钟，尼姑们惊慌地光着身子从厢房里跳出来。佛陀也微笑着从大雄宝殿走出来，站在台阶上，用蒲扇般的手拍着我的头说："你还想出家，你还是个孩子，太顽皮了。"哇塞，如果我上小学一年级，这话从漂亮女老师嘴里吐出来，我也许会幸福一会儿。可我毕竟这么大了，于是我脱下皮鞋，对准佛陀砸去。佛陀没说什么，而我在号叫，依旧是号叫。冬夜里的号叫，号叫着要出家。我从屋里跑出来，老K在身后追骂："你疯了。"

　　我没有疯，只是疯狂，疯狂地想出家。冬天还没走去，桃花已开了，翠绿花瓣，灼红的枝条，粉红晶莹的细蕊嫩蕾，夹夹杂杂，重重叠叠，清狂妩媚，绚丽至极，女人像花。早晨残雾未消，绿色的桃花舒卷轻舞。背包更沉重，走在花的路上，某个时候，唱民歌，骑白马、挂洋枪，兄弟三人把南下，打开榆林西安城，呼儿嗨哟，一人一个女学生。

　　粗重的嗓音"嗡嗡"地把大礼堂要震塌。冬天还没过去，梧桐树落下金色的叶子，从上面走过，像初恋情人细碎的呢喃。想要发问，又停住嘴，只是抿着嘴笑。走过麦田走过麦田，我们又走过麦田。她会拖着长裙，走过麦田吗?

信徒自有信徒的兴趣，打坐念经，看落日在庄严辉煌的庙宇镀上黄澄澄的金箔。穿着湖蓝色短衫，套着白底红花的丝质夹袄，薇的歌声与老尼念不完的《佛说老女人经》。可是我们一无所知。雪，洁白了大地，掩饰人世间的荒唐。湖，坡边的暮色，摘下紫红的葡萄，第一次把嘴伸向少女乳房。斗帐，色含腥血润；薄罗，香沁藕花凉。小白菜与秋香与朱丽叶与娜塔莎·金斯基。我对自己的祝愿永远埋在心底，顾影自怜，思往事，惜流芳，眼睛睁开又闭上，走在黄昏的小路上，牛拉大爬犁上山时叮当、叮当的轭铃声。似曾相识在这一天下午，罗杉的足音远去了。

兴趣和无聊全在公共汽车上，怎么这么半天才发现一个好看的女孩子站在我身边。她二十岁左右，穿着藏青色裙装，脸上敷上一层淡淡的廉价的粉，我把目光紧紧地盯在女孩子脸上。女孩子并没有把头扭开，用同样的目光平静地注视着我。她的眼圈是描过的，双眸里飘动着青年女子一种简单无忌的渴望。我抬头看看头顶上的扶杆，她那只手微黑修长，几乎挨着我的手，我怎么没感觉将要触电般的幸福。车停了，又挤上一群人，我们俩贴得更近了，我可以闻到从她脖子边散出的香粉味，看清她鼻梁上隐藏在白粉下的几粒雀斑。车猛然一晃，她瘦瘦身子倒在我身上，微凸的胸脯撞在我的左肘上。

我告诉她："我没有感到温柔。"

她仍然看着我："你要下车?"

罗杉用橘红色的手帕捂着我的眼，她唠叨不停，我漫不经心答应着或点着头，望着远方，长夜的鸣雁衔来五台山的钟声，撞击着烦恼而忧愁或为忧愁而烦恼，我满心的希望是到远方吗？

罗杉调皮地坐在我身边，她有我一样的遐想吗？真切的烦恼，语词的赘疣，表达出皈依佛陀希望中的叹息，走向五台山是为失望寻找希望，又为希望寻找失望，世界是一条触礁的船，用想象寻求解脱，心和伤痕也是想象出来的，再用想象擦洗、消毒。分娩妇人痛苦的喊叫与孩子幸福的哭声，这是为什么？人活着就不能太幸福，不然岂不是人人都贪生？要承受所爱的，你必须爱。

参谋长一本正经告诉我说，阎王告诉他，佛说的净心，又叫佛灵，五界十方、三千众生，说到底讲求的是个缘字，无缘求佛，岂不是缘木求鱼？好像是佛陀或其他大和尚也这样对我说，求佛不过是想做个明白人，但要成佛就信缘字。唐僧一生下来就有慧根，所以明白事极小缘分事极大。你看，唐僧品行纯善，生下来身体诸相庄严，光明显耀，所以他成佛后，相更如莲花般纯洁端正。成佛是个缘，有缘就可以云龙远飞驾，天马自行空，寿命无量。

我想用手去搂女孩子的腰，但怕没缘，没敢伸手。汽车毕竟不是舞厅，怪事，搂腰需要环境，换个环境可能就是耍流氓。于是我说："我们认识一下可以吗？我叫一了，出家人，出家人不打诳语，我是在五台山出家的。你要是成了我的朋友，就是你的幸福了。"

她说："你要下车？"

车里的人开始用各种眼神蔑视我，虽然我知道这蔑视实际也是羡慕的一种，但还是会让我不舒服。如果我变成灯草和尚，可大可小，该有多爽。如此，她与她肯定都会恬不知耻地变成我，他与他恨不得争先恐后地变成女孩子。我笑了一声，反正喝醉了不羞愧，脸都红了还怕什么。车到站了，我先下去，女孩子也下来，她跟在我后面，仿佛世界失去了一切额外的声音，只有我们的脚步声重叠在一起。莫非她上了钩，我的脑子蒙蒙地发笑。

来到五台山，做了和尚，少尉帮我剃度，我说："怎么你做我的师父？"

少尉说："你就叫一了吧！"

我想一了就一了吧，名字简单，争取人也简单点。唐去青城山当道士，取名百了，一了百了，尘缘洗净。如此就净心了不是？智慧明净，心神安宁，三魂永久，魄无丧倾。

少尉说："我当你的师父是最合适不过的，打我们一见面你就讨厌我，现在我天天在你面前，若是你渐渐感到连我这样的人都不让你讨厌了，你不就得道了吗？"

我说："你是不是也用禅片把薇骗出家的？"

他说："不对，那时禅片还没研制出来。"

我问："那你用什么手段？"

他说："感化。"

我说："得了，感化，不就是教育吗？我当了和尚，想和你办一个项目，叫'全民禅宗主义教育运动'，这个运动用禅片的药力催发，一定会有极大的效果。真办得好，全民都参禅道，岂不是我们的大功德？"

少尉大笑道："此言谬矣。我们培养的是信仰，就必须让一些人信，一些人不信。要不然都去参禅悟道，谁还去耕地种田？我们吃什么？若是三千众生都得道成佛，谁在佛的坐坛下听讲？我们这些人岂不成了摆件？”

我也笑了，只是声音颇为凄惨。少尉毕竟是少尉。

什么是禅？我不明白。心里的栅栏，感情的债务，婚姻的笼头，家庭的缰绳，不垢不净，为了什么？自有清趣，白云点点，泉边的蝶，欧冶子醉戏庄生，还以为有了龙阳恩。望帝的情窦初开，退隐西山，西山云起，一首绵绵长长、源源不断的雨湿了我圆圆光亮的脑袋。

一了和尚，百了道士，参禅修真，野和尚和疯道士，土坡上的花边新闻，人人都如此。我想睡在佛堂里，经雨洗礼听弥撒曲，清鲜的风为谁吹拂，落日晚照为谁温柔，安详的小憩。屋和木格子窗贴着白油纸，月亮的清辉袭人，超度的世界，心若是不安稳，便摊开纸，把乱发整齐地捆包在一起。为了来世的幸福与西方的净土吗？不，不，不是为了白荆花的微笑，不是为了金莲花托起晶莹的珍珠。在南方的残垣颓壁上那只蔷薇色的鸽子，有一双黑玛瑙般的眼睛和红珊瑚的脚趾，在她颤动的微笑中，我的佛缘只有苦涩的回味。歌声，三十里铺的小白菜走西口落个两鬓风霜，挥麈谈玄，风雪封门，人还是那个人。

“到我那里玩玩。”我掉过头对她说。

她用眼瞪着我：“你要干什么？”

我不好意思地挠着头：“我只想让你到我屋里玩玩。”

她摇摇头：“我想到游泳馆里找人。”

“这就是游泳馆。”我耸耸肩，指着面前的游泳馆对她说。

她半信半疑地看了我一眼，向前走去。我回到房间，洗完脸，吃了一包方便面，来到窗户前，发现女孩子竟然站在游泳馆和我们这幢楼中间的十字路口，于是我去找唐。

"唐，我带来一个女孩。"我抽着烟给唐讲述了刚才的经过。

"你真是笨。"唐大笑道。

"我一个人勾引女孩子当然笨点，要是我们俩一齐上也许会好点。她现在还在那儿。"

"真的？"唐来到窗前，"是穿藏青色裙装那位？"

我点点头，唐说："有点 beauty 样，go！"

我和唐跑下楼。女孩子仍迟疑地站在路口，她看着游泳馆，似乎没有注意我们的到来。

我说："你还没有找到人？"

"哦，没有。"女孩子把脸转过来。

唐说："你知道你找的是谁吗？"

女孩子迟疑道："我怎么不知道找的是谁？"

我说："对，你知道你找的是谁。但我们可以告诉你游泳馆的正门在哪儿，从哪里才能进馆内。"

我们向游泳馆正门走去。游泳馆前有两个小花园，人很少。我和唐故意把步子放慢，一副悠然自得的样子。

唐问女孩子："你刚才没进馆内？"

"我刚才没见人。"

我说："你们没有约好？"

"约好了。"女孩子的语言简洁，表情平淡而单纯。

走到门前，唐说："这就到了。"

女孩子说："谢谢你们，我自己进去。"

女孩子走进游泳馆，我与唐互相看着，俩人像身上卸下一副担子，同时又感到失去了什么。我说似乎应该带她在院子里兜圈子。唐说应该找她要个地址，然后带回住宅聊天。

我大叹一口气："我敢说她准对我有点意思。"

唐若有所思："不太可能，也没准儿她真要找人。"

我说："看她的样子，找人是托词。"

唐说："不会，要不然她怎么知道这里有游泳馆。"

我无话可说。初上五台山，少尉总把自己装扮成一个神秘的人。他像披着黑色披风的教长，来回穿梭于寺庙旁的树林与小溪之间。偶尔见面，他脸上总挂一副拒人千里之外的恬静。安静的寺庙，寂寞的烟火，无忧无虑的完美呆滞，精明绝妙的摹品。少尉不谈佛缘。一觉醒来什么都变了。

心如林下风，清愿许谁同？鲜红的阳光，青翠的松针，银铃般的笑声，怎么不见薇？一把野豌豆。为了清静还是清净？生活是什么？生命的崇高与生活的粗俗。与女人们在一起淫亵污秽，瞬间的快感之后，有什么纯洁的爱情可称道？木房子、木床、黑棉被、黑木桌。夜里看见了流泪的红蜡烛。我对少尉说我想讲达摩证道的事，少尉说我是个浑球。我说我才够这个档次，只有在黄土纷扬的古道上，往往鬼哭，天阴则闻，伤心哉！云锦天章。一只有形的手敲打我的脑壳。送你一束花如送你一个女人。踏遍青山人会老的，可拾不到心形的枫叶也就怪了。我不由诅咒自己的眼睛，把生命的意义（即崇高）装在葫芦里，系在腰带上，四方化缘，浪迹天涯。

我发现自己明显瘦削的面颊，便颇为自得，并讷讷然，然后一口口地吐酸水。我受孕了，谁干的事？单调的生活寻觅单调，心欲静而风不止。人变了，躺在松林中，懒懒地望着被树枝分解成各种形状的天空。荒诞与堕落皆源于懒惰，这种情况不是在孔方兄或阿堵物上发生，也不是在阿杜或阿杜屁股上发生。一切都源于心，用心为匠，独具匠心。对自己不明白的就要忍耐，少尉拿着一把雪亮的弯刀，把我的皮肉一块一块地割下，满地是鲜红的血沫，一个幽灵，自恋的幽灵在树林上空徘徊。

苍穹浩浩，万劫茫茫，沧海桑田，芸芸众生。为捍卫卑微的人格尊严而亮剑。懒惰不是寂寞的形式，寂寞是空虚的内容，唯空虚无真无假，无往无来，无实无虚。人们都是怎样完成自己生活的？为什么要出家？

"你应该学会充实，那么你才会充实。"少尉用长者的口吻对我说。

我怎么才会充实，终究要做一个花和尚。唐讨厌道士，最终还是做了道士。我们可以找一群尼姑道姑狂饮谈诗吗？事实上，那也没意思。青城山上那个绝顶漂亮的道姑还在吗？这道姑像她。驿动的凡心。春梦、春心、春风；秋思、秋情、秋雨。

人们还是用奇怪的目光看着我。罗杉用手抓着我的耳朵。她不是死了吗？还要说什么？想与人在一起，就不要躲避世界聒聒不停的扯淡。大江东去，船上载着满月，月走大江流，空蒙的江夜，船桨划破江面，流水声。大江的风格与男人的风格。我是在江轮上遇见道姑的，她漂亮得让我失落。在盥洗室，她对着镜子仔仔细细地端详自己，把散在额头上几丝乱发规规矩矩捋到耳际。她发现我正在看她，马上走开了。此后，我再也没有见过她，要是能在一起谈玄论道该有多爽？

唐突然说："这是梦。"

我突然说："看看，那是谁？"

唐和我突然说："'搂着跳'！"

从游泳馆里走出一个娇小苗条的女兵。"搂着跳"是我和唐给所常常看到的这个女兵起的外号，其他诸如"陪着吃""跟着走"之类。我和唐几乎同时激动起来。唐为了增强自己的视线，从兜里掏出眼镜。

"你说怎么办？"唐说，"今天真不凑巧，两艳相撞。"

"还是'搂着跳'吧！"我坚定地说。

"还有什么？"少尉问。

其实一切都不过如此，等我们去追女兵，因唐感到信心不足到大门口买两个冰棍以求神态之自然以致女兵进一个大门便消失得无影无踪，我便常借冰棍骂唐浪费了应该有过的一段善缘。因为这世上似乎只有这个我们只跳过一次舞还不知名的女兵长得像一首歌，赔了夫人又折兵，真够浑的，两只小母鸡竟然会飞回到屋里，我们只能喝酒或又围着游泳馆转几圈期盼着奇迹发生。

少尉不满意地摇着头。

我说了句我要出家，继续走我的路。

49

　　出家只是一种要求。为什么这样做，没人知道。这就是人！俄狄浦斯解答了斯芬克司的谜，斯芬克司羞愧坠崖而死。这时我的路还被斯芬克司着地的巨大响声所覆盖，马蹄踏过的凸凹不平的小路又翻出棕黑色的新土。黄色的野菊花星星点点散在田埂上。土黄色的僧衣，磨光的乌木念珠，原野空中有一只飞翔的黄鹤，茫茫的草地跳动着白色的水雾，南园的风浸透了张生的西厢梦，相逢不语，一朵芙蓉着秋雨。疾风无厘头地抽打浓艳而又凄冷的池荷，暴雨来了，篱笆墙已经成为影子。

　　大河被揉皱，涌起一卷卷浪花，发泄着百年来失恋的忧伤，流水之痛苦归于极度的无聊。没意思，又要做学问又要做生意，没有人会尊重文化的贵族。落寞的精神只有变成青楼的泪水搅拌着通俗读物一起出售。思想是什么？自己对自己都已不相信还信什么？雨，江河水，白纸船，思悠悠，恨悠悠。把写在白纸上的回忆化作一段历史，被青鸟衔出后，幽怨的红纱巾挂满枝头。唉！这就是人世间的青红皂白，来龙去脉，是非曲直，且不用管他，见到女人，举起你的鞭子就行了。谁也弄不清，风过耳边冷飕飕，一条小路曲曲弯弯细又长，一直通向无聊的远方。

薇的黑发被风吹散。没了罗杉，只能想薇，我的鞭子呢？

前面小桥上有人在打架。要是我误入黑道，成为大哥，后面跟着一帮小兄弟，谁惹打谁，也叫舒服。这是否比坐在书桌前，对着一堆发黄的书，思考自我求证之类的无聊要好？薇拉着我的袖子，不让我向前。小桥上打得很起劲，我不是也好打架吗？抱着薇，叫声"妹子"，这是调情还是有情调？闲来无事人从容。小花园的月季花，黄和平与白和平。国家与国家不是经常打架斗气吗？人为什么不能打架？黑虎掏心，一气呵成；黄龙探爪，排山倒海。无端的愁绪，一块红巾。对一切人说一切的谎话。号叫，嗥叫，野狼出没的山谷，阴森森的苍壁，幽暗的溪水"汩汩"叫。

孩子抱着鹅在河边哭。那只大鹅用熟悉的目光看着我，向我点头。它雪白的长颈上挂着一串红晶晶的珠子。孩子见我走来，闭上眼。我把他抱起来。一段时间不见面，他似乎长高了。

我说："你是不是从家里跑出来的？"

他眼角流下一行泪，哽咽道："我没有家。"

我抱着孩子在我的路上。青纱帐，带缺口的银圆。人们都在地上爬，背负三重大山。时代的荒诞与悲哀，吐不完的酸水，我不信我已出现了妊娠反应，把头蒙在被子里哭个不停。泪是清亮的溪，不是疯子屈原香草美人忠诚与抱负说不完的烟波江上的愁啊！抱着孩子向前走。我没想过会有人同行，坚固耐用的我绝不会有同行的人。

婚姻，爱情，家庭，国家，债务。我在树林散步，她又吹着口哨从树上飘下来。于是，我或许会让赤松子或朱庇特降下一阵暴雨，而我自己则化作子规，佯装躲雨，藏于她衣襟的口袋里，等雨过天青，再现出原形，把她抱起来。但是她今天的装束很野蛮，手持钢刀，头戴镶有花叶的冠冕，英姿飒爽。唉，既然没有力量化作石头叠成的五指山，就让意志和理性发生冲突，让启蒙精神自我摧残，让知识形式以病态逻辑呈现。于是，新的神话就降临了，新的秩序就形成了。看着人们无法从自我编造的剧本中跳出来，我很欣慰，沉沦，八月桂花香。失去平衡来一个特卡切夫腾越，我的生命的她，为什么总如香火一样，静静地燃烧，留下白色的灰烬。

然而，在我平静的心灵中却依旧是微澜的死水。铜的要绿成翡翠，铁罐上锈出几瓣桃花，我需要平静吗？一声不吭地坐着，望着湖水拍打岸边石块。心灵的断痕，为了目标而奋斗的力量与健全的信心，棕红色的桌面，湖蓝色釉底的绿葡萄茶杯。香味沁人的新茶，灵魂的感叹！到底因为什么？我死气沉沉，走吧，走吧，念去去千里烟波，暮霭沉沉楚天阔。

孩子用手抚摸着鹅的颈，我们唱起歌，长征万里长，万代放光芒。路通向海天的尽头。

我对孩子说："我不能带你过去，因为我要出家。"

孩子不解："什么叫出家？"

我说："出家就是到庙里当和尚。"

孩子说："你为什么要这样？"

我看着孩子清澈的眼睛，茫茫的原野，悠远的笛声，混混沌沌的玄冥之境，名无而非无，心的呼唤面向何方？不是为什么可又要为什么？一只迷途的羔羊，我们都如羊入迷途，各人偏行己路，各据其性，物各自造。于是，崇山峻岭中回荡的野号的土歌，悲伤的歌。历史的使命，我能嘲笑这些吗？我们这一代，跋前蹇后，动辄得咎。东方红，太阳升，太阳真是这样升起的。朝霞主雨，所以水德就是天德；上善若水，所以水德杀你是你该死。一条大河注满红色的水，广西人善食人肝。通过约定俗成的习惯考证长河的浪花如何拍打岸边的芳草，为太阳升起而号叫。

我心里那首饱含幽怨泪水的相思曲呢？为了幸福，我追求什么？我不知道。道路阻且长，我的步伐太小，只好重新调整，重新确定节奏。荒诞的吉他。心灵是最好的屏幕，喜剧终是悲剧，悲剧亦是喜剧，等待戈多，我要找医生，找那个KST治疗中心。混蛋，他们是健全的吗？寻找美，我空虚的心灵，只有唐老鸭、米老鼠、德鲁比和麦克老狼填充。为娱乐而消遣，为娱乐而消遣，我到底该干什么？出家，找僧友去。薇走过来，拉着爬地镇那个小女孩。俩孩子四掌相击。薇说，你不该走。我只是笑。

出家，找僧友；找不到僧友，只有找少尉；找不到少尉，只有找参谋长。参谋长在我失落时常来找我。曾几何时，我提着他的腿。他那瘦瘦的腿，稀疏粗壮的汗毛，汗水。我抱着他的腿，用颤抖的声音死乞白赖地求他变成个女人。他没有答应，只是用手抚摸着我的头（像母亲那样抚摸），只是亲切地拒绝，只是俯下身掰开我的手。

黄色的土地，宁谧的河谷，晨光的弧线。我躺在地上，耳边回响熟悉的童谣，泪水和汗水都是咸的，仔细地品尝仍有一股恶心的腥味。天边的轮廓线分明，像一只海蓝色的大碗扣在大地上，一道道黄色的土丘是大地的帐布。土地是芳香的，我伸开四肢，头枕在他的腿上，望着远方。瞬间的疯狂渐渐褪色，夕阳还留有惨淡的血红。闭上眼，满耳朵是土丘与云彩交替的呼唤。我被他溶解了，被大地溶解了，被黄昏惨淡的血红溶解了。我知道我仅仅是一株发疯的柳树，披头散发在暴雨狂风中接受崭新的洗礼。

土丘是一本连篇累牍的谱牒，落日熔金。海水是发馊的酒。在胸前画个十字，亲切地叫一声：阿门。积阴为地，故地者浊阴也。湛浊为地。载华岳而不重，振河海而不泄。心之溃烂由于信念作用树立了符咒的信条，待万物消解，成为一种取之不尽用之不竭的营养，淡漠地由于满足而启发一次又一次的热恋。

我想撕开薇的衣服，吸吮她的乳头，让她发出一次又一次亢奋的呻吟。可是孩子们！我对小女孩说，你为什么总跟着我要那本没用的铁书，我可以告诉你，那本铁书原是大禹治水的水经，一不小心就丢了。本来就不是你们的东西，你们为什么一定要这东西？小女孩不解地看着我，一副可怜样。男孩不满地对我说，你不能欺负她。薇微笑着偎依在我的肩膀上。我只想把手放在她胸脯上，可没敢。

我和参谋长互相搀扶，向村庄走去。大地闭上眼睛，淡淡的月光在地上剖下一个模糊不清的影子。穿过杨树林，村庄里响起狗吠声。她的屋子变成一片废墟，似乎还可以闻到火烧过的焦味。废墟后左边是一个大大的黄土坑，很深，没有积水，一间厢房还在。

狗摇头摆尾地跑来跑去。我们走进屋，点亮油灯。参谋长头发散乱，有几缕和汗水缠结一起贴在脸上，破旧军裖上有一片片被汗水浸透的黄尘。他躺在一架老式木床上，苦笑看我。屋里斑驳的土漆家什在暗淡灯光下飘泊。能找什么理由，让他来可怜我，就像孩子要求我那样。薇曾说过要是这个世界没有别人，就我们俩，尽管荒凉却不寂寞，又该多好。最让人讨厌的是人。抱着她睡在床上，吹灭灯，只有俩人均匀的呼吸声相互唱和，如诗的柔板。

天亮人不知，初霞后的朝雾如一缕缕一卷卷一匹匹丝线，弥天盖地轻浮在空气中，淡青的轻红的微黄的如梦如幻扯成一个格外新鲜的黎明，近处树林的叶冠，远处群山的襞积都朦胧地现出凝滞的身影，一切都在流动，一切又在安定。

参谋长说，这是我们的世界，你怎么带他们来？

薇不满意地看了参谋长一眼，又转过身看看我，她云鬓低坠，星眼微饧，香腮带赤。我不知该说什么，只好由她带着两个孩子走了。人世间就是梦床，无边无际。参谋长拉我远行，他又让我讲一遍外婆给我讲的那段仙女的故事。前面是大海，远处一群黑白相间的海鸥时起时落。蔚蓝色的大海。我们看海去！我们看海去！海滩宽而平缓，全是粉状的浅蓝色的沙粒，松软，怡人。

我们穿上了潜水衣。水底阴冷，我肚下的部件开始发麻痉挛。借助潜水灯，我看到沙石海底满是奇妙五彩斑斓的小贝壳和花石子，马口铁易拉罐颜色已剥落。娇小的海参躲在石罐里，见到电光，害羞缩成一团。参谋长向我游来，像一条大鲨鱼。他用手中的冬青木魔杖敲我一下，拉我一起浮出水面。新娘从巨大贝壳里走出来，坐在蓝沙滩上，坐在我身边，我刚脱下潜水衣，她就拿来大浴巾披在我身上。

我羞答答地问她："你不躺在火烧火燎的新房里，找我们干吗？"

她也笑道："自从参谋长把我那房子烧了以后，我已没有家了，我想和你们一起飘荡。"

我说："但你必须告诉我们，我们俩，你到底爱哪个？"

她说："你这人怎么这样无聊？"

我说："对，就这样。"

她赌气扭过脸。我和参谋长坐在沙滩上抽烟。她头也不回地走了，我们只是默默地看着她的身影，只是觉得她的身影过于沉重。起初，她的步子频率很快，后来，渐渐地步子放慢了，不时踢着沙滩上的石子，样子像在散步，走了几百步，她停下来，忍不住回头看一看。最后在远方那盏一明一暗的烟火的召唤下，她加快脚步，消失于天幕中。沙滩上，我和他。

"还要下去？"

"无所谓。"

"我再下去。"

"好。"

参谋长又一次穿上潜水衣，像一只大爬虫，拙笨地走进大海。我想他可能真的不会出来了。为什么非要出来？空气是污浊的，飘着腥臭。虽然还有太阳，我还是感到冷。海水向岸边涌来，又退回去，留下一层白沫。从我身后走来几个穿着黄裙子的少女，互相打闹嬉戏。她们来到我的身边，毫不害羞地脱下衣裙，露出洋溢青春气息水晶般的胴体，然后扑向大海。在海水中她们如一群童话中的美人鱼。

参谋长还没有出来，他在海底里找到了什么？从小最爱读的神话恐怕就是《柳毅传书》，我是不是也能幸运娶一个美丽的小寡妇，而且是龙王的女儿。少女们从海里上来，身上挂着珍珠样的水珠。她们又来到我身边，睡在蓝沙滩上。我拿出一个网兜，撒网一样把她们罩着，然后提起来，来到一片干净的浅水中洗洗。参谋长已从海里上来，手里拎着两只硕大的梅花参。他脱下潜水衣，披上浴巾。

他看见我走来，惊诧地问："哪里弄来的白萝卜？"

我说："哦，已经去掉了皮。"

我又说："应该让所有的朋友都来，在一起，燃起篝火，来一顿萝卜炖鲜海参。"

参谋长说："这是好主意。"

我和参谋长把食指放在口中，吹出的尖亮呼哨回荡在遥远的海天之间。他又一次下海，把红彤彤的太阳从水中捞出来，放到青花细瓷碗里。少尉抱着小男孩和小女孩，和薇一起走来。男孩子把腮贴在大白鹅的冠上，不满地看着我。小女孩则上前拉着我的手问，叔叔，你怎么要跑？没有太阳，参谋长和少尉升起篝火。薇只是向我点点头，然后坐在少尉身旁，两个孩子一左一右坐在他们身边。

少尉对参谋长说："你现在更瘦了。"

参谋长笑道："瘦也是一种风格。"

我用树棍敲打已燃起的篝火，让火星四处迸发。新娘也来了。她又把自己装到一个大蚌贝里从海中漂来。参谋长和她跳舞。我对薇说，我们俩跳个舞好吗？薇仰脸看少尉，少尉一声不吭。于是我对小女孩说，我们俩跳个舞行吗？小女孩说，你得抱着我。

我把小女孩抱起来，围着篝火跳起舞。唐和杨也来了，唐拿着一把吉他。

夜的大海，银色的浪卷，清爽的夜空，月如弯镰，飒飒的风在吉他弦蹦出的旋律中舞步欢快，篝火"噼噼啪啪"的节奏映出红人影。小玫和小杰挽着手走来，小玫穿着黑色薄裙，身披一顶黑色斗篷。这种装束，使她庄严得有点温柔了。小杰则一身浅色的西式制服，似乎比过去稍矮一些，但身材却比过去丰腴舒展，在篝火光影中，她的面孔微微发黑，眉毛长而浓，略呈一种野性的美。放下孩子我迎上前，拉着她们俩的胳膊，我说你们来了就好了，要不然，我不知有多么寂寞。她们说你不是也出家了吗？我该说什么？

一辆吉普车轰轰隆隆开来，忆萍、杨伟、眼镜、老五、赵、老K、小B、彬彬等都跳下来。大家彼此寒暄，围着篝火坐下，不知是谁带来了酒，谁打开了酒瓶，谁开始喝酒。男人都围着女人们说笑。我不想说，一股巨大苍凉的孤独充溢在胸口，于是，我莫名其妙地"咯咯"地大声笑起来，大家停止说笑，一齐莫名其妙地看着我。

"唉！"我叹一口气，"你们知道我想说什么吗？你们当然不知道，你们不知道是因为我没有说，我想说，到今天我才知道我没有朋友。"

少尉睥睨地看着我，双手平放在宽大的僧袍上："月印万潭终是月。"

"扯淡。"参谋长把一碗白酒一滴滴倒入水中。

老K摘下金边眼镜，苦笑着说："你或许不可能成为别人的朋友，但你绝不可能没有朋友。"

小 B 笑着对老 K 缓缓地扬起手中的烟："我理解你的话，朋友只是时间的概念。"

忆萍说："其实朋友是种最不缺少又最缺少的东西。"

杨伟自从下车，一直就把目光搁在忆萍脸上："我觉得人是到三十岁才意识到自己是孤单单的一人。《三十以后才明白》，是不是有这首歌？当然我说的三十是一个大约时间。古人说三十而立。在三十以前，人们总单纯地或迫不及待地把自己的灵魂共融在亲属朋友之中，而其实三十以后，才知道人的一生只能是自己，且永远是自己。"

薇整理好自己的小绒帽："大概是不是因为自己可怜，便觉得什么都可怜。"

眼镜低头喝酒，冷不丁冒出一句话："有无朋友都是一种活法。"

老五拍着眼镜肩膀，笑嘻嘻扫视众人："不过如此。大凡人都想让别人成为自己的朋友，却不想用检验朋友是否是朋友的标准检验自己。人永远也不会明白。"

杨慢声细语说："你不是明白了吗？我的明白则是，人考虑任何问题无不以自己占有利益多少为前提。"

小杰说："夜里为什么会有篝火？"

彬彬用一种特殊语调说："我们点燃的。"

新娘看着参谋长的酒碗："朋友像一种礼品。"

小玫笑道："如果是礼品，里面似乎不是食物。"

唐拨动着吉他弦，用教训人的口气对我说："你把朋友和自己混淆在一起。这么大的人了，这常识还不明白？"

"闲来无事人从容，"赵戏谑道，"终日寻春不见春。"

两个孩子站起来，围着篝火跳。他们唱着："两只老虎，两只老虎，跑得快，跑得快，一只没有眼睛，一只没有尾巴，真奇怪！真奇怪！"

吉他声、歌声和舞曲，篝火突然旺起来，小男孩的脸像沉沦的雪花梨，女孩子的则像熟透的红富士。当彼此友情已终止，还在亲切喧哗，就是丢掉所有有趣的和平淡无奇的回忆。友谊被狗咬掉鼻子，因为在浓密灌木林里热烈的吻和其他，卫生纸扔了一地。世界颓然倒下，却不因某个官员像女人扭捏作态一会儿温柔如羊羔一会儿却杀气腾腾披一身黄金甲，希特勒的挥手和把手放在别人习惯放的地方，开记者招待会形象不佳，笑态永远是装出来的，仅让人觉得丑陋阴险和可笑，裙带关系发展到种下私生子，不如滚下山坡，我干也比他强十倍，我干又该怎么笑，姑嫂斗嘴花边旧闻，知道不知道议论不议论都没意思却最感兴趣，只有大海浪涌有声似无声深得道家气质。

我告诉他们我开一个破吉普车去打猎，在荒凉而美丽的山涧遇到一位采红果的姑娘，于是结拜为兄妹，以至现在鱼雁频频，各换取一两滴泪珠作消遣。我还告诉他们我在回家的路上被一群流氓打断鼻梁，并自豪地展示身上的伤痕。启蒙已堕落成新的神话，救亡就变成无厘头的急就章。还有什么不敢做的呢？流氓打人，学生造反。谈恋爱兼造反兼实践。人本来都是在地上爬的，要站起来，把四肢承受的重量放在两肢上能不累吗？

其实我什么也没说，他们彼此的喧闹竟让我潸潸落泪，忆萍把手按在我肩上对我说，要是罗杉在就好了。我拿开她的手，摇摇头。这时另一只干枯的手又按在我的肩头，我回过头，老婆婆背着一个大麻包站在我身后，她用干哑的声音说，那边，酒吧里，她在等你。

我说："真是她？"

老婆婆点头。我幸福地笑了。我发现我幸福的笑只有我能看到，而他们仍喋喋不休地为情妇问题争吵。我把手中的一碗酒递给老婆婆，点燃一根烟，不声不响地走了。蓝色的沙滩，青蓝的空气，低矮的幽蓝色路灯，湛蓝发黑的大海。酒吧沐浴在淡蓝色的光线中。这酒吧我似乎来过。酒吧里只有她，穿着洁白发青的裙装，坐在柜台前。我从酒吧门前拾起一根装饰考究的金合欢树打造的魔棍，横握在手中，走向柜台。

我说："你找我干什么？"

她说："找你喝杯酒。"

她说着从酒架上取下一瓶酒，倒了两杯。红色的葡萄酒，散发着非凡的簇簇花朵香气，抿一小口，顿觉口感复杂，稍等一会儿，还有辣味涌来，如火山喷发，且涌出肉桂、桉树、姜以及紫罗兰等一些无法描述但独特的香气。我又喝一口，点起一根烟。

我突然说："我知道你不是'上帝'的女儿。"

她莞尔一笑："你怎么这样想？"

她略停一会儿，双眼看着自己的鼻翼："你要出家？"

我摇摇头："见到你就不想出家的事了。"

她说："你吃错药了？"

我委屈说："是的。"

"多喝点酒，这酒似乎是解药。"她说，"想不到你会吃错药。"

我一口一口地喝酒。青烟袅袅，如飘动仙女的灰裙，遮着我们彼此的面孔，只留下四只眼睛孤芳自赏。我掐灭手中的烟蒂，烟雾散去，目光又如水一样涌在一起。安慰，柔和的蓝色的灯光，四处静悄悄，天籁。躺在妈妈怀里数星星，总是数不完就睡着了。醒来时，四周没有人，黄色的阳光吻到嘴边。

她说："你怎么会觉得孤独？"

我说："不是的，大概因为想出家又怕出家。和你在一起什么都没有了。"

她表示不相信："难道我比佛陀和你的朋友们还有吸引力？"

我说："是的。你是 no being，他们都是 every being、any being、some being，这是哲学。"

"你的哲学是什么？"

我笑道："我的哲学是，为了幸福，就追求女人。"

"你总是这样，"她说，从柜台走出来，挽着我的胳膊，"我们到海边走走。"

我拿起魔棍，和她一起走出酒吧。夜光中，朦朦胧胧的海岸像一条安卧的巨蟒。我们走在海岸上，松软的沙粒，海风荡起她的裙裾。我说这就是海。海岸上没有人，没有喧哗声，唯有海浪以似有似无的节奏冲击着海岸。海颇像一个从容而深沉的思想者。也是只有从容，方可深沉。海在思考什么？

面对从容而深沉的思想者，我发现我竟然浮躁得一塌糊涂，蠢蠢欲动怨天尤人自艾自怜，明知不可为而强为之，把自己打扮成一个失败的英雄，拿起长矛大战风车又患得患失，悲剧的性格中灌注满英雄主义原浆和用气筒填充理想主义气质，一个普通的人却非要另一种特殊活法，把自己的真诚软弱自卑等等分成斤两按级出卖，别人不买便骂人傻子。我怎么会成为一个这样的人？

我把魔棍夹在胳膊中，手握着她瘦长温暖的手，坦然地向前走去，前面的海滩有堆礁石，黝蓝的光秃石壁。海浪如一群可爱的小孩，伸出青白色的舌头，"哗啦哗啦"地舔舐礁石。我站在最高的一块礁石上，仍看不见篝火与朋友的影子。我们坐下，她把头放在我的肩头。我好笑地问，你也需要慰藉，她说，慰藉应该是彼此的。

似乎我又回到海边，要钻进海底的世界，柳毅传书，龙王的女儿。心在深深自责，苦恼不断延续，歌声轻柔飞舞，五色的彩带，拴不住离愁别绪。故地重游，诚实的想象与不诚实的想象，无可奈何？人，毕竟有不可舍去的东西。红袖标，红卫兵，红的海岸。为成功而欣喜，为失败而沮丧。酒精发作，头浑浑噩噩，我睡在礁石上。

50

　　我睁开眼，发现自己躺在她的怀里。她一只手勾在我的脖子上，另一只手轻轻地摩挲着我的鬓角。她清朗的目光投射到海的深处，不知在想什么。就是她，毕竟也有不告诉我或不能告诉我的秘密，比如，她的名字。天透微曦，东方青灰色的天空中一颗明亮的星星颤抖地闪烁。青黑色的海朦胧在一望无际的视线中，只有近处的海岸可以看到开始喧哗的白色浪花。这时，她轻声唱起来："像雄鹰飞翔在蓝天，像骏马奔驰在草原。我们在阳光下茁壮成长……我们是新中国的青少年。"

　　我说你还会唱扫墓歌吗？她说，我会。我说你知道我醒了。她说，我要走了。柏枝和柳条扎成的花圈，洁白的纸花，红领巾。少先队员去扫墓，歌声和长长的队伍，崇高的灵魂永远徘徊在寂静之中，现代的祭祀仪式。他们在枪林弹雨中找到了充实自己与可爱的理由，可我们又该怎么活？

　　她走了。天色已明，黑白相间的海鸥在我头顶上盘旋，发出"嘎嘎"的叫声。四周仍无人。东方的海面已平铺一层鲜红的颜色，太阳蓦地跳出海面，被海水洗涤得透彻洁净，如燃烧起来的红色的大橘子，海面泛紫，天空掠红，云舒霞卷，浪涛如丝。我身下的礁石也变成乳黄浸红的颜色。

"一个人也能活吗？"我问。

我答道："也许会活得更好。"

我环顾四周，不见她的影子，于是开怀大笑起来。我脱下衣服，一丝不挂，跪下，把脸贴在自己小腹下，我已能感到身上的汗渍味。我仰视我被天空拉长的身影，刹那间，我心中荡漾出无法传达的愉快，我悄悄地大喊，我证道了。顿然之间，我心明澄澈，身如羽毛，格外轻松；各种的想法化作流水，并入平静流淌的大河，一切都在动，一切都在静，静动浑然一体，不能分解；纵然有虫叫鸟鸣，有风雨沛然而至，即便响雷炸空，也是一种安静。我寂静澄明的心海，已体会到无差别的万物澄澈的至境。这时我缓缓地睁开双眼，沉浸在法喜之中，看到这时正值午夜，雨过天青，一轮圆月，独耀中天。

这是一种非常清晰、历历在目的情景。当你处于这种明心见性、真心自定的状态时，你看任何事物都有一种合为一体的感觉，万物之间没有分别，眼前的一切都已融化在寂静澄明的心海中。

透过简陋木窗，可以看到那株高大的毛白杨苍绿的叶子上也镀上一层新鲜的金红色，晨光宜人。我斜躺在床上，点燃一根烟。约会如烟在鼻孔，如希望在葫芦里打旋。扫墓后到绿池塘边用薄卵石打水漂。穿开裆裤的孩子，五岁就上一年级，学校里有很多青石板，幽深的大庙，几个人合围才搂得住的大榆树和皂角树。那棵结扁长扁长青豆角的老树空了。外婆告诉我里面有蛇，有老巴子（淮河流域方言，指狼）。有红眼睛、绿鼻子、四肢毛蹄子。 窗户没有打开，烟雾弥漫在小屋里。世界很大很长，人无法走到尽头。寒冷的想象。小杰没有来。她长长的睫毛不是最敏感的触觉吗？老虎遇僧，讲不完的笑话。插科打诨，语言的机敏和灵感，苦恼地嘲笑如蕙的风梳理一丛丛细草，有条不紊可又漫不经心，幽默。

幽默总是和自己唱反调，喊反动口号，写反动标语。后来的人恐怕已不知道"反动"的意思了。看一个青年是不是革命的，拿什么做标准呢？拿什么去辨别他呢？只有一个标准，这就是看他愿意不愿意，并且是不是和广大工农群众结合在一块儿。真挚的幻想需要炽热的心去爱，竟然有些不可理喻。邓丽君略带沙哑的甜美歌喉。我们去垦荒，茅草地五星红旗迎风飘扬。邮船上五彩丝带。自我表现的能力已丧失，空虚的烟雾弥漫在我的眼前。女人总是喋喋不休谈感觉，天知道感觉到底是什么样的。生动的嘴巴涂上层厚厚的唇膏，不利于在亲吻中找到快感。

太阳已升高，我被红色拉长的身影已看不见。我仍跪在礁石上，等待，等待一种无法让人原谅又使心灵扭曲的残忍的事实。女人就是女人。我的腰扭伤了，仰着身和歪着身疼得令我不敢疼。我总是这样对待自己，不吭不哼，不声不响，天塌了，地陷了，盎中无斗米储了，在柳条编的摇篮里哼儿歌，外婆的故事编成的蓝色的梦。

小杰还没来，我看了看表，时间让人不舒服，光片的闪动。她为什么不来？女人的手段。那声音和让人魂魄出窍的巧笑。人和人毕竟有很多不同的方面，用手打比方，用耳朵听，她的耳朵是什么样的？我曾问过很多人，那是不是我的孩子？有的人吃惊，有的人恭维，有的人说不像。我应该感谢哪一种人？真麻烦，我已不希望她来了。来干什么？昨夜尴尬地送她回去。在楼梯口送她时想从楼梯上滑下来，她说楼梯太脏，我告诉她明天早晨起来看我。她点点头，眼睛向我笑。我看着她消失在楼道黑影里。

这个时候，我总有孩子留下的习性，懒懒地，像只大猫躺在女人的怀里。幼时吃乳保留下的惰性，乳头情结。人是吃乳长大的，即使人无比坚强，总或多或少有吃乳情结。奇怪，单纯如儿童，伸出白白稚嫩的小手。我没有忘。

昨夜我与小杰谈了两个小时真诚。无聊！什么叫真诚？真诚是主观的，而真实却是客观的，用纯粹的主观去批判客观，构成对一个国家数十年之命运的嘲笑。我真诚吗？我对自己真诚？连这点都不敢肯定我干吗还要真诚？滑稽戏中的小丑的假鼻子和长尖帽。生活对人太吝啬。大大小小的舞台上演出群丑弄权的游戏，强暴别人母亲，还自封为别人父亲。崇高的神灵，高耸入云的塔尖，用人仰视的目光骗来的崇拜。

《圣母颂》用圣洁的语言讲述了一个处子生子的笑话。双手加额，二目微闭，老槐树下，绿水塘边。证道，我无幻有。你看小鸟飞上又飞下，你看田野里百合花，上帝仍却养活她，何况咱？有感而发，许多只脚不停地摆动追逐干矢橛。世界的末日临近，最终的审判宣布停止轮回和修炼，人成为广宇中看不见的气泡。到处唏嘘声中"咣当"一下实现艾略特的梦想。

太阳城的光辉照耀在中国台湾岛上。证道毫无意义，不如死去。如果我决定死去，干吗还要写这些东西？现代派摧毁了信仰就如摧毁了平静。他们像传播瘟疫一样传播荒诞。荒诞情绪污染不是比现代工业文明污染更可怕吗？可人们在世界生态环境年却忽视了这些填充蚊蝇死尸臭气的死角，任凭衣冠楚楚的家伙出售所谓"良知"，如卖自己肾一样，赚取追逐女人的碎银和精神贵族的散架竹椅。无知的世界，我想体验，可还是不能从《圣经》中找出答案，最终念他一句南无阿弥陀佛完事。

我总有一天会找到那根救命稻草，而且还会用那根救命稻草勒断自己脖子。脖子很粗，上面还有两道项圈，据《柳庄相法》上说是福相，据现代遗传学理论解释是我祖上戴项链时留下了印痕。祖上不仅留下财富、智力，还留下他们的身体特征。纯种和杂种，黑白杂道的家伙，猪在吃食，大嘴一开一合，很有节奏，声音很甜，像儿歌。猪也会调戏我的胃口。喝醉酒的时候，语无伦次地讲一些清醒的问题，男人总是这样，一声也不吭，讲起来却没完。他们的目光专注，独断令我惊讶。之后，我做起梦，浅蓝色的玻璃杯在我手里不停晃动，无色的酒汁从杯里荡出，像烧滚的琉璃，凝聚死亡之意的水和时光。

太阳晒疼了我的皮肤，潮水又涌到礁石下。我穿上衣服，走去海滩。我的眼睛已找不到我。我本是幻象，而无数被分解的幻象充盈在天空。尔时须菩提白佛言，世尊善男子善女子，发阿耨多罗三藐三菩提心，云何应住，云何降伏其心，佛告须菩提，身后大海涌出无数的白莲花。

敲门声，透过铁书架的空罅，我看到小杰娇秀的脸。她推门进来。我抽着烟，盯着她看了一会儿："喜欢我吗？"

她用似乎很喜欢我的目光看着我："你干吗翻来覆去问这个问题呢？"

无聊，似乎很无聊。无聊得不想当商人又必须去做商人，虽然有时赚了钱，只有扔到酒杯里。一面赚钱，一面觉得没意思，虚伪得连自己也不认识自己了，夜里起来，对着镜子，看到的却是五光十色的票子。去卡拉 OK，去舞厅不习惯用些粗俗语言和舞女们聊天，岂不知文人说话讲点脏字，不过是为了增添点优雅。满嘴变得都是钱了，做梦都要成百万富翁，袖个小蜜。电话铃声不绝，我骗别人和被别人骗，和研究一样，为达到自圆其说的目的而不顾廉耻。

"坐在我床边。"我给她让开一个地方。

"不嘛！"

她说话时的娇嗔声音会让我身心颤抖。她含着涩意的笑与那专注似乎很爱我的目光，我简直无法享受。她拉开一把折叠椅坐在我床边。谈些风马牛不相及的事，生命在与女人交换感觉时浪费掉。天气不错但开始转冷了，早晨吃煎蛋了吗？风吹绿叶沙沙响，咄咄怪事。我似乎觉得我已经不能再恋爱了，我似乎觉得我与感兴趣的女人接触不过只有一个简单的目的，把她压在身下，完全是追求肉欲交换。不可能恋爱和不会恋爱是不是另一种悲惨？

我是花十元钱买到小杰的初吻，感觉并不好，因为顺理成章的后来事却不顺利。这些女人怎么这样喜欢钱、喜欢珠宝、喜欢衣服、喜欢虚荣？我是不是因为女人才开始疯狂地赚钱？我什么都知道，可避免不了诱惑。漂亮的女人是恐怖的诱惑。还有一些人不愿意讲或讲不出来干些什么，为什么干。商人的心理，把买与卖当成了一种艺术，在艺术中得到满足与陶醉。开会回来在火车上她夸奖别人好，我假装生气。她于是把嘴巴贴在我的耳际："你更好。"那种娇嗔的声音足以激动我幸福三年。我清楚地知道这是诱惑，可心仍如贴在她那对羊羔般乳房间一样舒服。这声音不会忘掉。诱惑就是诱惑，避免漂亮女人诱惑的人不也是个蠢蛋吗？

"你的眼总是红红的。"她说。

"因为那里燃烧着对你的渴望。"

我走上自己的路，此时，我步伐轻盈得竟然不知道自己的存在。昨夜的朋友和她。约在海边，蓝色沙滩蓦地看不见了。兴奋地雀跃把缠在身上厚厚一层蛛网剪断，默默地向前走，往日灵魂出窍的罪恶之沉重，经过片刻思虑，便不可言及。重新塑造的形象又淡淡抹去，粉红色的天涯，美丽的磨坊姑娘。是呀！丛林中宽大的叶子泛着新绿的光泽。同样，偶尔露出的小草峥嵘和姑娘长长的秀发。晶亮的眼睛，黑色的夜礼服拖曳在五彩卵石地上。牡丹花绣在锦囊上。卖各色小绒球的姑娘与我开玩笑，我对同路的朋友说我想娶她做老婆。女人的脸与女人的眼睛。

在女人面前贫嘴会使你对一切优美的理想丧失感情。女人富有表情的眼是一朵花的世界。爆炸了的宇宙的幻觉。印象中的花絮一缕一缕从额头奄拉下来，花蕊蔫了。你们都不知道，还有谁知道？对这个世界的解释一钱不值，狠心的结果在那柔软脸蛋上扇一大嘴巴。不正常的解释：我如一叶淡黄色的帆从彼岸（天国）又飘落彼岸（净土）。斯彼乐土。激动人心的那顶圆圆的加厚的乳罩如小旗在空中。绿岛，椰林中一群赤裸的小天使。

我伸出手去拉她的手，她身子向上欠了欠，唱起歌。我说，我最讨厌流行歌曲。她又给我讲一个故事，说有一个人，祖传一个很珍爱的茶壶。一天，他用茶壶喝茶，把壶盖弄丢了。他找来找去没有找到。他很生气，就把茶壶扔到窗外。刚扔掉壶，想穿鞋，发现壶盖在鞋里面，壶已扔了，还要壶盖干什么？他又把壶盖也扔了。可他来到窗外，看到壶挂在树枝上，一晃一晃地向他笑。他把壶取下摔碎了。可一看地上，壶盖还完好无损，他又把壶盖摔碎了。小杰的故事讲得十分仔细。此刻的我简直成了幼儿园大班的孩子，双手捧脸坐在小凳上，听阿姨讲故事。

我说："实际上这故事还可以编下去。"

"是吗？"

"后来一个手艺巧妙的锔瓷工匠，把这些碎片捡起来，把茶壶复原，并作为古董卖给老外，为国家赚取外汇。"

小杰只是笑。我开始说我们都是共产主义接班人。路上还是没人。这是为什么？这是没我，还是没人。一群野狼在我的身后。它们四蹄狂奔追我而来，可永远追不上我。后来，它们绝望了，如人之直立在路上干嗥，声音恐怖至极。

51

第二天，我去找参谋长，他独自坐在家里看书，用脚摇动孩子的摇车。

我说："忆萍呢？"

他说："出去了。"

孩子躺在用旧棉袄改成的小棉褥里，大概因为缺乏营养，脸色蜡黄，头发疏细，有时哽咽地哭一声，小手抬起来扬一扬，又放下。参谋长把奶瓶放在他嘴里，他贪婪地吮吸着。参谋长两眼满是血丝，一副无精打采的样子。我从兜里掏出两根皱巴巴的烟，一齐点着，递给他一根。他看着孩子，吸着烟。我坐在他对面。

忆萍回来了，她那蓝色列宁装有几片乳迹。见到我只是眉峰一扬，算是打了招呼。她把孩子从摇车里抱出来，脸色泛青，头发散乱，神情更显憔悴。我问孩子的乳水够不够吃，忆萍张皇一会儿，没说话。参谋长把书合起来说她根本没奶水，然后起身招呼我走。

忆萍说："你干吗去？"

参谋长语气生硬地说："卖血。"

忆萍张开嘴，还想说什么，没说出来，呆呆地盯我们一会儿，低下头。走出门，我把烟在墙上撒灭，对参谋长说，你能不能对她好一点，现在这种情况，她心里并不好受。参谋长用那双严厉的小眼扫了我一眼。

走在街上，见了人就想呕吐。朋友都没有了，还想见谁。怎么会是这样，脸上堆满一层虚伪的笑，平白无故求人和帮助别人，活着不是向前走又是为什么？我听见有人在身后喊我。我不想回头，就像不愿理会电话的铃声。用谎言或实话把自己包装成一堆假象，让人明白又不愿让人明白，找不到一个更好的活的方法，只好向前走，喊声消失在白桦林中。秋天的白桦林、小屋、老猎手。"哗哗"的翻滚的树叶与心灵悸动，甘甜的果浆粘在苏打面包片上，开始模仿崭新的西洋生活，下贱的灵魂宁死也要与高贵的棺椁横竖排列。路边山路上的草莓，由草莓引起的激动，由附加许多想象内容的艳遇（告诉别人时）才能引起的激动。与女人调情，有胜利的快感，也有表白的悲痛，这又是为什么？

唐在路边的一道古墙里探出脑袋，招呼我进去。

我说："你小子怎么会在这儿等我？"

他说："这不是去坎特伯雷的路上吗？"

他头发更长，乱蓬蓬的，一脸络腮胡须长短不齐。他身上那件灰色道袍长短不齐。他面前的小桌上放着一个颇为精致的黑色的漆木盘，盘里有个紫砂西瓜壶，两件家什都擦得很亮。我站在古城墙下，在苍茫的暮色里，愿用我心的波纹，编成古老的篱笆，让燕雀在这里筑巢，让孩子在这里戏耍，让细而密的雨水，以乱箭的形式在这里喧哗。

"还记得那野草莓吗？"唐双臂张开，平摊在城墙壁上。

我点点头。心中的遗憾与被掰断的视线。灰色的时间流动如巨大石碾把灵魂碾成粉末。因此，我们都想起那闪光野草莓。

"怎么，抽烟吧！"唐说。

"你不是要戒烟吗？"我接过他递来的漂亮的骨制烟头。

唐笑道："其实，我根本没想过戒烟。"

我们靠着城墙，开始抽烟。山涧升起白纱般的雾，像是几块巨大柔软的薄纱。人们关闭泪眼，万籁俱寂，幽壑松风，雷击死的松树竟吐露出可爱的棕红色。紫砂壶、白毫银针、平水珠茶。两扇大门，一个伟人面对面的挥手致意，在静静的夜里彼此诉说被遗弃的孤独。消防车、警车、救护车催命式的汽笛声。山是山，叠岭层峦，云烟摩荡，那盏青花瓷莲花瓣造型的青灯，流出香油。满地香灰，受辱的女尼，刨花水洗过的黑发竟飘着蛋清的腥味。小时候听人说法国女人头发是空心的。下乡后听小孩讲用屁熏衣服的故事。"豆儿甜，豆儿香，我给城里大姐熏衣裳。""啪"一个屁。小孩模拟出来的声音弄得满屋生香。

抽完血，我脑袋一阵发蒙。参谋长擦干净胳膊上的血，来到窗口，接过钱。突然，他大声吼道："操你妈的，两瓶血才卖四十块，你们——"他的吼声简直震耳欲聋，尤其在"血"字上有个拉长的拖腔，更觉恐怖，正在支付钱的中年妇女吓得直哆嗦。我忙把钱塞到参谋长口袋里，拉他走了。

在路上，他一声没吭。快到家门口时，他放慢脚步，低头说："你知道那家伙是谁吗？"

"谁？哪个家伙？"我惶然。

"忆萍孩子的父亲。"

"不知道。"我说，"我知道还会瞒你？"

他略有沉思道："是少尉。"

"什么？"我几乎要跳起来。

"是少尉。"参谋长说，"我早就怀疑是他。"

我迟疑地看他那张惨淡的脸："如果是他，我会炸他的瓢儿。"

我想有时候我走并不是腿在走，说不清楚什么地方就会使自己摇摆不定。我告诉唐我剃度了，唐却弹着吉他讲《南华经》。《金刚经》和《南华经》争道统。我累了，老皂角树，纳凉的蒲席，幼稚而又充实的童年。我不明白我什么都明白，明白是好事还是坏事？谁会教我使用感谢？谁会在酒酣耳热的时候，看透我的心肠？谁会安心坐在我身边，陪我一场？

所谓的感情之诗不过是用自行车轮胎疲惫地碾碎一个没有故事的爱情。想家和外婆。浩浩无垠的平沙，不见人影，只有几丛沙棘。这处河与山岭盘绕，横七竖八地躺在一起。鬼的哭声，阴冷的风，古战场。桃花开了，杏花开了，梨花开了，于是，到了五月，鲜红的石榴花也开了。我扬起手问妈妈，这是怎么了。妈妈说，这是春天。我手舞足蹈地跑开。

唐说："你想找一个人陪你喝酒吗？"

我笑道："太想了。"

唐拎着吉他走进城墙。我靠在城墙上发笑。我倏然发现我那张幸福单纯英俊坚强的脸上有几粒黑点，忙拿出手绢细心地揩去。这是一张别人无法比拟的脸。这时自豪与骄傲如一股股拍手欢唱的溪水从心头涌向全身。我双手抚摸着自己的脸，凝视那双炯炯有神的眼睛，轻声地告诉自己，My dearest darling。我是我自己的 dream girl。是的，求证自我，明心见道，以天下为己任，双手要推倒那座泰山并身体力行。这谁愿意做？谁能做得到？

二十世纪五十年代是朴素的一代，失去性别，还有性格吗？六十年代是疯狂的一代，失去贞节还有尊严吗？七十年代是思考的一代，在任何变革中的探索与奋斗，舍我其谁呀？八十年代是颓废的一代，在以自私自利为内涵的"自我实现"的口号下，在铜臭熏天的环境中，除了扬起生殖器去追求张力之现象，玩感觉的符号去解释快乐之耗散，还有什么？我，只有我才是这个国家的脊梁，我不应该足自珍贵吗？我捧起我的脸，竟然在上面发现她的形象。

谁都不会理解，I am alone but not lonely。唐走过来说，你又干吗？总要显出一副孤独式的崇高，不知是为让别人同情而爱慕，还是让别人理解而敬仰。唐把身后的身着道装的女人介绍给我。我盯她看一会儿说，我认识你，你不就是让我找铁书那位女镇长吗？你怎么能站起来走了？她漂亮丰腴的脸蓦地红了。唐拉着我们走进城墙。城墙没洞没缝，我们怎么一伸头就钻进去了？

少尉屋里永远那么干净整齐，他穿着洗得发白的粗布蓝衬衣，躺在床上听收音机。我把酒和一袋花生米放在小桌上。我打开酒，倒了两杯。

"我去看忆萍了。"我喝一杯酒说。

少尉把收音机音量调小："她怎么样？"

"我知道谁是忆萍孩子的爸爸。"我说，"你知道吗？"

"是谁？"少尉坐在桌前喝酒，目光落在我的酒杯上。

"是杨伟。"我说。

少尉没说话，只是喝酒。

"不是吗？"我说，"不是杨伟又会是谁。"

"我不知道。"

我们又开始喝酒，我笑道："你一定知道！"

他抬起头，目光和我碰在一起，又移到一边。他点起一根烟，狠狠吸一口，可竟没吐出任何烟雾。

"如果是你呢？"我声音低缓。

他依旧没吱声，端起酒杯喝酒，但我似乎发现他端酒杯那只手在颤抖，脸色也暗淡下来，目光呆滞。

我说："是你，我怎么办呢？"

他慢慢地抬起头，脸上突起一种严峻的笑容。我也笑着笑着闭上眼。这时，我猛然操起酒瓶对他脑门砸去，"哗啦"一声，酒和玻璃碴溅我一脸，一道血光刹那间蹦出，如万朵桃花乍放，灼灼其华，花朵与花影浑然一体。稍停一会儿，我看到血从他翻开新肉的脑门上"汩汩"流出，沿着他的眉头、鼻骨滴到他衬衣上。他的眼闭合成一道线，随即趴在桌上。我"哈哈"地狂笑一声，端起剩下的酒，一边喝一边嚼着花生米。

城墙里地方不大，我们三人席地而坐，面前是一张茶几，有一盏油灯。唐开始倒酒，我开始抽烟。女镇长不知怎么变成女道士，是民主选举落选了？我问这到底是怎么一回事，她说就是因为那本铁书，其他便不愿多说。于是，我们开始喝酒，开始永远无聊的话题，开始在勋伯格无调性的呻吟中与舞女跳舞。白色太阳，嘴与时间，诸如《孟特芳丹的回忆》，远远地有一棵老榕树。童年，软泥与稻田，芦花香，荷塘。一群白鸽携带响亮的鸽哨飞向干涸的河床。森严的铁丝网，永别了武器，有了一个和平的春季。人都是上帝的倡优。生命的规律与生活的逻辑。我恨触目所及不合理而被法定合理的一切。

"听说你去了五台山。"她说。

我点头道："嗯，我现在是居士。你现在在哪儿？"

"我和唐在青城山。"

我回头问唐："彬彬呢？"

唐喝着酒，一句话也不说。女道士用好奇的目光看着他。她那好奇的目光中隐藏一种愉快的笑意，眼睛拱出月牙形，很美。所以，只有她才应该是小玫的妹妹。似乎在我的心中，美是女人在等待时表达某种情绪。对美丽女人渴求和对人类赋予使命的执着，是我向前走的两条腿。当一个过河小卒只有拼命向前。

城墙里满是烟雾。我们喝着酒。女道士喝酒时依偎在唐的身边，时常温柔地看着唐，并用手抚摸唐的下腹部。唐每喝一口酒，都要弹起吉他唱几句。我告诉他，他的公鸭式的嗓子传递的是二十一世纪的文明，比现在"南来的无聊"好多了。所谓"南来的无聊"是指当今歌圈里男人女腔，细声小调，尽量温柔，你的情我的爱我不能再等待，小小愤懑之余所谓个人情绪感觉之类。连豪横和疯狂都是扭捏作态装出来的。他们真怕张开大嘴，怒声一吼，精液会从嘴里淌出来。其实他们有无精液应另立个专题进行考证。

其实一切都是无聊。难道振臂一呼，打倒个王八蛋有意思？连王八蛋都要打倒，留下一群好人在世界上不煞是无聊吗？经济学问无聊，玄想清淡无聊。只是风景，躺在风景中听万壑松风起，看明月松间照，又能如何？鸢飞戾天者，望峰息心，经纶世务者，窥谷忘反！别埋怨爱成了感觉，爱就是感觉。

每个人的脸都喝得通红。我叼着大烟斗，借着酒兴和女道士讨论烟或烟具在弗洛伊德的辞典中应该如何解释。她的羞涩已被酒意所掩盖。我问唐，我能不能把她抱在怀里听我讲少女杜拉的故事。唐的脸阴沉下来，只是唱歌，歌词多是青城幽峨嵋秀之类。我很无趣。若有一个少女样的白纸，让我随心所欲地画上最美丽图案，结果应该是个什么样子？万法皆空，因果不空。

我说："对于女人，只应该想象。"

她头靠在唐的腿上，用色眯眯的目光看着我。

我说："勾引女人，我算是老手了。除传统一逗二笑……七搂八抱之类外，各人风格亦不同，有温柔沉着型如解语花式的男人，有疯狂执着型如爱得死去活来那种男人，还有经意不经意型，这种男人，爱意在言外，意在行外，得手或不得手均无乐无悲也。"

唐说："你他妈算了，讲这些干什么？"

我瞪大眼睛："你说我应该讲什么？"

我冲出城墙，回到我的路上。我身后传来唐的沙哑歌声，在吉他细碎的弦声中，翻滚跳跃，如一个莽撞的灵魂。

女道士的样儿有点像彬彬。

52

　　我脚下的路自山麓而下，与山坡边的湖水连成一片。一个充满醉意的早晨，朝旭的金光赶走了笼罩在湖面上轻佻的晨雾，近处叠嶂的山崖如新雨洗过，青翠欲滴，靛蓝的湖，明波荡漾；远处林深高莽的山岭红影紫光，令人目眩神迷。又是早晨。凉爽的东风拂面，令人无比惬意。我似乎只顾向前走，到底走到哪里，我不知道。

　　在这个世界上，我是个多余的人，陪着朋友与他的情人与他情人的干姐姐和姐夫喝大酒，我是个多余的人。酒桌上借着酒味在吵闹的音乐中，抢占话锋，到后来被埋怨多说了话，岂不知道在那个时候我分明想哭。薇去了，小玫去了，小杰成了别人的女人，彬彬又在何方？拿出银子能看点女人的笑吗？聊以自慰的唯有烟（所以我永远不会哭），哦，还有一条无法与人同行的路。

　　无数的话都夸奖我是好人，好人只不过是少占了别人点便宜的人，是会自我标榜为了钱也不做太黑心事的人。在某些感伤的时间我会想到死去的罗杉，会有她走到我的身边，她又是谁？哪一个才是唯一？男人追求女人，唯一是为了证明自己是男人，唯一是为了使自己向女人方向异化，哪个是唯一？神秘的不是世界是怎样的而是这样的。当一个散淡的文人，模仿一些端正的修养，闲来无事从容时候，便可以道通天地有形外，思入风云变态中。浅斟低唱，偎红倚翠大师，鸳鸯寺主，传持风流教法；弱管轻丝，窃玉偷香卿士，琴瑟祭酒，演绎同乐做派。文人只能是文人，不好诣人贪客过，惯迟作答爱书来。

书曰：月到梧桐上，风来杨柳边。院深人复静，此景共谁言。我不愿意焚香安坐，下午喝三四杯酒，微醉就不喝了。我不想用八卦来寻找自己，自我证实。或者说叫自我求证。这"自我求证"四个字，我明白吗？也许就是通过思考和行动找到自己的人模人样，难道我现在还不是人？

我是人与否，我难保证。保证和证明了不一样。在我的路上，喧哗的叫卖声里没有人，青山绿水衬托出一个较为清楚的我来。看不见路向何方。证道与出世亦是假象。俗话说人到无求品自高，这就是自在，大自在（佛教语），是进退无碍，自由自在的境界，是人灵魂的一种升华，是人从必然王国走向了自由王国。

车夫的汗水和老妈子的乳汁，心死便为大自在，魂归仍返小玲珑。我的嗅觉锈结成层层红斑是因为没有镀锌。对新奇总是不假思索地嘲弄，直到自己也穿上牛仔裤跳起迪斯科，而振振有词地说为了保健，在该死的年纪还不死为了活着，使想活着的人成为多余真该死。门前的门球场那些多余的垃圾没有节奏地扭动着屁股排泄着更年期的苦闷。努力排泄，欲望快把人憋死了。

中天丽日的号叫，风雨凄迷的苦吟。世上有朵美丽的花。青春娇嗔地伸出舌头舔了舔世界的残羹剩渣。路的前面又是一个湖，水面是白青色，沙滩上，一个裸体的姑娘坐在船头，头压在双膝间，长长的黑发倒披在洁白浑圆的小腿上。另一个姑娘披着厚厚的白色麻布片，背着柳条筐，吹着竹笛在沙滩漫步。没有阳光，没有阴影，没有风的嘀咕，鸟的娇嗔，自在。自在其实就是宁静，没有层次颜色的安静。古老的童话。

与彬彬在未名湖畔散步，十分轻松。我想若是现在跑那么远的地方完成一次约会，我绝对不会干。人是老了。过去的朋友都不愿意见还愿意见谁？当然也不该埋怨自己没有女伴。八一湖，龙潭湖，若有一个漂亮的女友等着我，我会去吗？我笑着对我说，只有日坛公园还可以考虑。和女友在一起吃饭，然后邀请她们回我的房间去。在柔和的灯光下，我又看见了彬彬鼻梁上淡淡的雀斑。我想先告诉她我小时候没有爱情故事，只是想和我喜欢的女孩子说句话，彬彬说，小时候的那种爱情真好玩。

染上高级神经衰弱的病毒，只好抽烟喝酒，在装修颇有情调的餐馆里喝酒，独自一人浅酌慢饮，细细的烟雾把寂寞延缓后再拉长，四周的漂亮女服务员都应同情盯着我看。用寂寞作鱼饵能钓上新鲜美人鱼吗？和老王一起躲在河坡瓜棚里喝酒。喝着酒吃着西瓜。老王说，要是哪一天我不能喝酒了，我会自杀。我说，不用自杀的方法结束生命的人不是诗人。

彬彬说："那老王最后是怎么死的？"

我说："自杀。"

餐馆柔和的光线会使人想到世界的末日。尼采在威尼斯桥向卖花姑娘投出可恶的一瞥。转眼间，乌云笼罩四野，碧波荡漾的湖面上飘来孀妇的哭声，没有孤独的舟。山麓那束鲜红的映山红如嫠妇的发卡。从野外回来，看到院中花园柳絮，也觉可爱至极。初生的柳絮的毛茸茸的形状，酷似调皮孩子迷惘的眼睛，轻轻飘起，在空中漫舞，煞像我在田间散步一样悠闲自在，小自在。它或坦然落下，或升起，或随风加快脚步，或静静待在空中，那副散淡的样子更酷似无聊又颇为自信的文人了。花园里黄荆细软的枝丫，被花压得沉重地弯下腰，要去亲吻绿草坪的脸。草地上有几个白色的伞厅。孩子们在跑，母亲的脸露出幸福。

老王的孩子很可爱，拉着她在花径上散步，她拼命地问她爸爸去哪儿了。应该怎么告诉她呢？老王死后，他妻子便住进医院。我们这帮一起下过乡的难友，便每人轮一天帮他照看孩子。

孩子仰起那张单纯的脸："叔叔，别人说我爸爸是个诗人，你说什么叫诗人？"

我抚摸着她的头："诗人就是写歌的人。"

孩子问："写歌给谁唱？"

我说："你爸爸写歌是给自己唱的。"

孩子沉默了一会儿："那我爸爸去哪儿了，叔叔能告诉我吗？"

我说："你爸爸去了很远很远的地方。你爸爸去的那地方是一个小岛。小岛四周是一望无际的蓝色的海洋。那海洋没有浪，平静极了，像一块巨大的蓝色绸布。你爸去的小岛是浅黄色的，岛上有浅黄色的树和浅黄色的草，还住着一对浅黄色的鸽子。一天有只小海龟爬上海岛，鸽子见了，就做很多很多好吃的东西招待客人，还给客人讲一个很长很长的没有尽头的故事。故事是这样的——从前有一片蓝色的海洋，海洋里没有浪，平静极了，像一块巨大的蓝色绸布。海洋里有一个浅黄色的小岛，岛上有浅黄色的树，浅黄色的草，还住着一对浅黄色的鸽子。一天有只小海龟爬上海岛，鸽子见了，就做了很多很多好吃的东西招待客人，还给客人讲一个很长没有尽头的故事。故事是这样的……"

"叔叔，我不想听了。"孩子打断了我的话。

孩子在的时候，空空荡荡的房间被甜蜜的气氛所充实。她那小脸透出安详和幸福。我看着她，微笑着点根烟，摊开桌上的稿纸。夜也沉睡了，只留窗外的星光和大榆树"哗哗"的响声。我开始在稿纸上记下我写给自己的歌。不知什么时候，落下雨点，我走出屋，雨点稀疏地落在我的头发和身上。闪电是上帝灵感之迸发。雷声是上帝抽烟引起的阵咳。榆树鲜嫩的榆荚在雨夜里跳舞，用生命演绎千万朵湿漉漉的微笑。

罗杉打着花雨伞走来，脚步轻盈。她手中捧着一束打湿的花。

我说："是刚刚约会归来？"

她很平静地看着我，然后低下头，看着自己脚尖，像个做错事的孩子。当她再次抬起头，我看到她的眼睛闪动着明波，睫毛像秋天的苇草。

她说："陪我到花园里走走。"

她挽起我的胳膊，来到花园。夜里，她的身子骨很单薄，穿着青褐色的裙。雨夜里的花园，天籁悦耳，意境幽远。风动老榆惊落叶，雷闻天籁发轻击。无人，雨停了，花房瓦楞上雨檐"滴滴答答"的水珠声由快至缓。我搂着她的腰，默默地走着。她不时回眸看着四周。花园草木，鱼池的太湖石堆成的假山，蘑菇伞状的伞亭都模糊成淡黑色的影子。只有她的明眸在闪动。我们站在小路上。我紧紧地抱着她的腰，吻她的唇，她的唇是冰凉的，只有微弱清香。她把头贴在我的胸前。春虫慢声细语，天空急云飞腾，月亮时而露出圆圆的脸。颤抖的希望与憧憬，初恋是一个青涩的果。爱女人，何必羞涩？

我说："你怎么能从阴间来找我。你不怕我害怕吗？"

我把她抱起来。她的身子几乎没有重量。风吹动着她的裙，裙纹丝不动。

老王很晚从河坡回来，嘴里哼着放猪的老白常哼的那段调子，他浑身是草。我心里暗笑，好像只有我才知道他刚干什么去了，好像只有我才知道他最不适合做个诗人。少尉从外面走来，要我和他一起去河坡运回点茅草。我嘟哝几句，还是拿着扁担跟他走了。夜的田野，静好通透，清润辽阔，淡灰色的天上，半圆形的月亮陪伴着几颗颤抖的星星。河坡那排葱郁的树林，牵绕着几缕如烟的夜雾，冷风吹过，冷意萧然浸透了灵魂。

少尉递给我一根烟："公社给咱们知青队一个参军指标，你看谁去合适？"

我没回答，但心倏然激动起来，我瞪大眼睛看着少尉，似明白似不明白。

少尉又说："忆萍不出事，我们当然要推荐她。现在当然不行了。杨伟出身不好，报上去也是白报，我考虑再三只有你和老王合适，但你们俩应该选谁？"

我仍没说话。天上升起启明星，春江潮水波澜壮阔。早晨，一群白色的鸥鹭"轰"地腾空飞翔。闪闪的红星，绿军装，我差一点笑出来。这一夜，我没睡着，耳边总回响"日落西山红霞飞，战士打靶把营归"的快乐旋律。我能看到一群钦慕的目光随着我远去的背影渐渐黯淡下来，我猛然跑回去，用手抚平他们一个个脸上沮丧的皱纹。

彬彬不解："那时候，你就那么渴望当兵？"

我说："招工、当兵、推荐上大学是仅有的出路。"

彬彬说："我很喜欢你下乡那段故事。"

我抽着烟，揶揄地看着她，不想说话。老王坐在我的对面，神情专注地看着手中的烟。他好像一定要等我把事情说破。瓜棚里有块西瓜剩下了，几只绿头苍蝇"嗡嗡"地叫。我又开始喝酒，把目光从老王脸上移开，落在远处天空上。青色的天空，几道扫帚云拖着长长的尾巴，慢慢地向南飘动，骄阳如火，可以看到田野里蒸腾的水雾。

老王终于说："你好像从来就没有把我当作朋友。"

我放下酒瓶："说实话，我也不知道我是谁的朋友。"

老王说："这次当兵，我想去，所以我不想让。"

我狠狠地抽着烟："这我知道，但我也要去。"

老王没说话，只是看着我胸前的笔，好一会儿才低声道："那我们抓阄。"

老王的话正是我盼望的。我拿起一张糙纸，撕成两片，上面都写上"不去"，然后捏成两个纸球，在手中晃过以后，扔在老王面前。他看着纸团，又看着我，研究了几分钟，才抓起一个。他的动作十分小心，手也在抖动。他明白，这个纸球是他改变命运的杠杆。当他打开纸球时，他眼神里的活力消失了，眼眶好像盈满泪水。嘴抽搐一下，惶然去抓酒瓶。我拿起另一个纸球，摊开，卷起一根烟，一边抽烟，一边走下瓜棚去找少尉。

少尉把政审表递给我，问我："老王呢？"

我说："他在瓜棚喝酒。"

彬彬说："你原来竟这样丑陋。"

我说："这怎么叫丑陋呢？适者生存，不适者淘汰，这是竞争生存的原则。社会都那样肮脏，我稍有点善良，不是纵容社会为恶吗？再说，那时我不喜欢老王。"

彬彬说："我怎么从来没听说你当过兵呢？"

老王说："你还没结婚？"

我说："还没有。你的孩子已那么大了。"

老王把酒摆开："要不是因为乡下那场当兵的事，我们也许会是朋友。"

我扔给老王一盒我从京城带回的礼花"烟"，我不愿想那件事，因为我们是朋友。

老王只给我斟酒："我的胃彻底完了，一喝酒就疼得想哭，我该死了。"

我摇着头看着老王憔悴痛苦的表情："你有孩子，应该尽义务。"

老王只是抽烟，他似乎瘦得如纸裱糊的人。他说："那场当兵的事，你肯定对我有误解，说实话，你玩抓阄的技巧，我当时就明白了，我之所以没有揭穿，是因为当时揭穿了，我们俩得死一个人。你后来没去成，不是因为我制造了你的舆论，而是少尉。少尉要当公社革委会副主任，便拿这个当兵的指标与上面交换。W去了，是因为他是县革委会某主任的亲戚。"

我说："这我早就知道了，但不知道你已知我抓阄玩假的事。"

老王说："你已知道，我生前便无遗憾。"

我笑道："干吗总谈死？"

彬彬说："第二天，老王就自杀了。"

我说："他是用刀割断了自己的脑动脉。我们去时，他躺在血泊里，身子已凉了。"

我把彬彬紧紧搂在怀里，似乎怕她也要自杀。田野又响起轰隆隆的雷声，要下雨了。

53

　　路把我送到这个小城。醉倒在夜色中的小城，楼房参差不齐，街道空无一人，一串惨黄的路灯在雷声中战栗。我走在路的中央，低沉浑厚的脚步声打灭了铺面和居民楼里残留的几盏灯。起风了，风从高耸在街道两旁白杨树梢生猛地扑下，仿佛要把整个街道卷起来打个点心包。洋铁片做成的广告牌和一些店铺的招牌被惊吓住了，"哗啦啦"叫喊着，四面八方大街小巷鬼哭狼嚎交响汇集一起，翻江倒海，天崩地裂。

　　我仍走在街上，步伐更加坚定。在一声震耳欲聋的雷声后，开始落雨，倏然，漆黑的天空幻出一道金虹，雨串如无数闪动的银蛇自上扑下。我"哈哈"地大笑，唱起歌：首先我要感谢你，是你给我灵感，是你给我生活的勇气。啊……啊……啊……啊！是你给我灵感，是你给我生活的勇气。

　　这是我的歌，男人的歌。你就是她。她是谁？十几岁的小姑娘穿着白底蓝花的裙子，从深埋在榕花树下的小屋掀开竹帘走出来，神秘而温馨的故事。她明丽深秀的眼睛默默地看着我，从树上滑下一阵口哨声。我们相视而笑，拉着手，唱着歌，奔向春天田野的自行车，采集了五彩缤纷的野花。洁净的感情一旦为精液污染就流于虚妄和粗俗。

她是谁。忆萍和她们端着盆去河边。在平淡的生活中，视觉采集的性欲或许会催发满身的热情。应该想要些什么？一张又一张苍白的脸相视而笑，笑得尴尬、苦涩。世界很可怕，她瞪着眼看着我。女人在女人的意义上都是一样的。苦恼产生于无花果的叶子遮着男女的私处。孩子就是无花果。夜，月亮真亮。透过木格子窗，她们那已成熟的女性的背影使我心里忐忑不安地躁动。他们在隔壁打扑克，我从屋里抄起八倍的蔡司望远镜（是杨伟的？是老王的？还是别人的？）来到离河不远的坟地里。

我趴在坟头，举起望远镜，她们一丝不挂的胴体清晰地被收到我的镜头里，河滩上，几道优美的弧线；月光下，在皮肤上滑动的水珠明艳晶莹、熠熠闪动。她们时而躬下腰，把长长的头发浸在水里，时而摆动浑圆的臀部，互相嬉戏，还会把手举过头顶，不停晃悠，是在宣誓，还是示威？这时我感到身体的每一个部位都在发热，燥热得无法忍受。我一件一件扯下身上衣服，也脱得赤裸裸的。在望远镜里，她们离我尤近。我似乎可以听到"哗啦啦"的水花的响声。我仍伏在坟头，一只手握着望远镜，一只手……她们静下来，开始慢慢地梳洗。她们的乳房，大小形状也稍有差异。或白若冰雪，玉兔兢兢；或状若新棉，白鸽慵慵。我闭上眼，仔细品味沉醉与飞翔的感觉。

古琴声，仿佛"汩汩"流水，从纤细而白皙的手指流淌出来，清婉，悠然，低沉。时而凄然悲切，时而宽阔苍凉。琴之散音旷远，如圣人祭古；琴之泛音天籁，如仙人拜月；琴之按音富丽，如佛陀说法。

她专注弹琴，什么也不看。我站在她身边，拿三十六倍的望远镜，站在万春亭的台阶上，镜头掠过金碧辉煌的瓦檐华表。高耸的性激动与对激动的崇拜，棒子队在听不见的口哨中雄赳赳气昂昂走向堆堆燃烧的垃圾，蓝色塑料布中洗炼灵魂，我的性欲在滚动如一队队装甲运兵战车的履带碾过，血液飞扬无数，杨花雪落覆盖了白苹，青鸟飞去衔红巾。瞠目结舌之后，只有紧紧攥着……

她们或趴或躺在浅水里的鹅卵石上，任水流冲洗身躯。忆萍半躺半坐在水中把两条修长的腿微张，一股股水流急速穿过两腿，爬上她平坦光洁的小腹，击起奇妙的一朵又一朵蓝色的水花，花心还有淡黄色的花蕊，这是勿忘我。我不能自持，几乎和她同时兴奋地大叫起来。这种叫声飞扬而犀利，专注而倾注情感。直到在我两腿一阵急剧抽动之后，在体验无法表达的愉快之后，在手中湿乎乎一片之后，我才停止喊叫。我对我说，女人算个甚！我不解我的话，睁大眼睛，惊讶地看着自己。

学校放假，我回到家里，外婆拿着蒲扇坐在院里葡萄树下乘凉，见我回来，很高兴。我问有没有人来找我，她说没有。是应该没有人来找我，我不是宣布自己没有朋友了吗？一个人坐在屋里，看着窗外的梧桐树。我想，今年家里菊花会不会比往年好？今年的大橘树是不是不能结两个橘子？

外婆："你怎么净有一些奇怪的想法？"

我说："这想法一点也不奇怪，你还是给我讲仙女的故事吧！"

我把外婆扶到沙发上坐下说："这怎么可能呢？"我开始抽烟。

外婆说："抽烟不好，人们都说抽烟不好，你怎么还抽烟？"

我说："你不知道，耶稣也抽烟！"

外婆说："你这是瞎说。"

我说："外婆，你能不能给我唱一支你小时候唱的歌？"

外婆说："都不记得了，唱啥？"

我说："歌是有曲调的，怎么会不记得呢？"

外婆略想一会儿，开始唱：

> 斗斗、斗斗飞，
>
> 两个小虫待一堆，
>
> 大的飞走了，
>
> 小的上粪堆。

我有点没兴趣："我两三岁都听过八百遍了。"

外婆又唱道：

> 豁牙子，
>
> 编耙子，
>
> ……

"这更老套了，我听过几百遍。"我不太高兴地说。

外婆改了个调门：

> 尖头鼠，
>
> 鼠头尖，

关着门，

做干饭，

老鹰叼他一个米，

撅着屁股撵八里，

不是家里忙，

撵到小麦黄，

不是家里割豆子，

撵死你个小舅子。

外婆又改了个调门：

月奶奶，

明晃晃，

爹送孩儿把学上。

读四书，

写文章，

长大当个状元郎。

外婆说："你听过这个吗？"

如今世上古怪多，

听我说个颠倒歌。

东西走街南北走，

村头碰到人咬狗。

拾起狗来砸砖头，

砖头咬住狗的手。

数九天热直冒汗，

三伏冷得打哆嗦。

初一五更心高兴，

梳头洗脸去摆供。

五碗供菜枣花馍，

饺子刀头①两边搁。

香火起，

纸灰落，

一家老少把头磕。

　　我至今还不知道到哪儿磕头。生活的破碎感，什么都不会有
太多的兴趣，拽出眼睛看着自己，自己憔悴得不像人样了。我都
干了些什么？我不知道。山村的小学校，两棵榕树，一口破钟，
白雾与雨。我总喜爱把藤椅搬到门外看书。钟声响几下，罗杉
抱着一摞作业本从课堂出来，她步幅很小，仪态端庄。见到我的
时候，轻笑着点点头。我的脸永远是没有表情的，手中的康德或
《奥义书》只是思想的赘疣与装饰。有一天，她告诉我她喜欢舒婷
的诗，我哈哈地笑起来。我说，你喜欢我的诗吗？

---

① 刀头：江淮方言，祭祀用的猪肉。

小蛐子，

爬豆棵，

老蒋就怕八路多。

说八路，

道八路，

八路来了好处多。

不吃鸡，

不吃羊，

临走不拿好衣裳。

黑马团，

白马团，

后边紧跟机枪连。

豆面香，

豆面甜，

吃了豆面开正南。

刘邓大军下江南，

蒋家王朝快完蛋。

落雨大，

水浸街，

阿哥担柴上街卖。

阿嫂出街着花鞋，

花鞋花袜花腰带。

……

罗杉站在我面前，神情十分专注。我问她我这诗好吗？她说听起来似民歌。我笑道，其实这就是民歌。她没说话，明眸闪动地望着我。我说，好诗都应该似民歌。她嫣然一笑，向她宿舍走去。望着她漂亮的背影，我的脸上浮现出一种似是而非的笑容。她的样子像谁？我希冀平淡，无事从容。晚饭后去山坡小溪边散步，罗杉在溪水里放纸船。我嘴里咬着一朵野花。我把野花扔在溪水里。罗杉说，你也来散步？我说，我下乡的时候，我的女朋友喜爱纸船，一天她放了好多好多的纸船，像一群白色小鸟。

罗杉笑道："她真浪漫。"

我点点头，沿溪向前走去。我想罗杉肯定在看我那漂亮的背影。

其实我的路就是我的路，无人同行，没有伴侣。我执着地向前走。在漫天大雨的小城里，雨水竟连我的发梢也碰不着。我奇怪地扬起头看着金红色的天空，看着黑色的云块与白色的云块热情地交融，看着小的水珠被冷却放大，看着条条闪亮的雨线从空中挂下来，看着一个巨大的黑影，披着黑披风从天上落下。黑影是罗杉，她问我怎么还不回家，我说我想起了外婆。

外婆合上手中《圣经》，说："你真还能想到我？"

我说："当然了。"

从坟地里回来，我已精疲力竭。杨伟从隔壁打牌回来，看到我满身是土是草，问我干什么去了。我说干了自己一次。老王也过来，听到我说这句话，马上接着说我肯定是遇到女鬼了。我从箱子里找出两件干净衣服，问杨伟，你洗澡去不？杨伟说好。去河坡路上，我们正碰上忆萍她们端着盆回来。我问她们能不能和我们一起去洗澡？她们说这不是你这样年龄应该说的话。我说我应该说什么样的话，是不是应该说鸳鸯浴，水远山长看不足；应该说小娘红粉对寒浪，肠断，水风凉。她们都笑起来。杨伟抓着我的手，把我拽走。杨伟的手细长柔和，我的手被他攥着，竟有一种异样的感觉。

我们来到河边，脱下衣服，跳进水里。月光下，我看到杨伟柔弱的身子很像刚才望远镜里她们被放大的身子。杨伟躺在浅水的石上，用手撩着水，他头望太空，似乎在查星星。他的两条白皙的腿不停地拍动着河水，激起雾状的细小水花。我用手搓洗着身上的灰，迷惘地站在河中央急流里。这时忆萍在河坡上招呼我，我爬上岸，撕开她的衣服，把她压在身下，使劲宣泄着压抑十几年的愁懑。忆萍在大叫，哭叫着撕裂旷野的空气。

我对杨伟说，我真的看到岸上有女鬼了。杨伟说应该邀请她下来同浴。我说，你知道那女鬼是谁吗？他没说话。我走到杨伟身边，坐下，尝试用手拍打他的胸和腹部，我看到他闭上眼。我慢慢地抚摸他瘦削柔软的肩膀，抚摸他长长的鬓角，抚摸他嘴唇上毛茸茸的纤细的胡须。我突然趴下，吻了他的面颊，然后骑到他身上。我感觉到他的双手贴敷在我的臀部，先是紧紧地向下按着，后突然一把把我推开。他坐起来，用手击打我的脸说，你他妈干什么？我顿了一会儿说，你说我干什么？他站起来说，你想强奸我。我说，不是强奸是鸡奸。杨伟走上岸，一边用毛巾擦干身上小珠，一边说，我一定要让队里人知道。

我说，知道你被我鸡奸？他不再说什么，穿上衣服走了。月光下，我躺在水里，听着河水在我身边亲热地喧哗着。我不知是不是该落泪。我轻声地唱，生活我要感谢你。

外面下着雨。星期天，学校很静，校门口几株石榴树上挂满火红的花朵。罗杉从我门口经过，我招呼她进屋来坐一坐。她坐在我的小床上，样子很拘谨。她说她很喜欢我上次给她念的那首民歌。

我说，那不是民歌，那是外婆作的诗。

罗杉说，你外婆是个很好的诗人。

　　　正月里来茶花旺，

　　　逢春开花数它早。

　　　二月里来杏花俏，

　　　春分岸柳吻花妖。

　　　三月里来桃花艳，

　　　清明花雨路迢迢。

　　　四月里来蔷薇香，

　　　入夏满墙红英闹。

　　　五月里来榴花耀，

　　　端午红时包粽角。

　　　六月里来荷花美，

　　　花中君子伏里娇。

　　　七月金凤翅翎展，

　　　初秋熏风自此消。

八月桂花十里香，

云淡花黄秋景好。

九月菊花凌寒霜，

重阳赏菊共登高。

十月芙蓉拒冰雪，

立冬满树花多娇。

十一荔花白山岗，

开在南国冬至脚。

十二腊梅冷清清，

冰封雪飘含香笑。

　　外婆问我为什么喜欢这些老歌，我说我也不知道。外婆说，我现在学的都是赞美诗，也好听。我说，我不爱听。外婆去她的房间唱赞美诗去了。我走到院子里，抽着烟。没有烟，我怎么能活？罗杉看着我抽烟说，抽烟多了，对身体不好。我说，你怎么知道？抽烟使人心智活泼，而不抽烟的人却经常浑浑噩噩。浑浑噩噩的人就是活一百岁，又怎么叫活着？罗杉笑了，按你的逻辑，我以后也要抽烟了。我说，你知道这民歌怎么好吗？罗杉摇摇头。我说，我喜欢这民歌每段第一句，它竟然把长长的灰色无聊的日子说得那么轻松。并且在第一句，即在每一段日子中，填充了愉快活泼现实生活的内容，这些，不抽烟能达到吗？

　　罗杉笑着说，抽烟似乎也达不到。

54

　　我已不记得我是怎样在暴雨中倒下的，据说我摔倒的声音像炸雷，劈倒了路边一棵两搂粗的白杨树。我躺在一家小宾馆的房间里，到后来才知道是女镇长把我送进宾馆的。早晨，雨停了，小玫弯着腰，正在花瓶里插花，一大束蒜瓣状的白色花朵上点缀着大大小小的蓝色的五角星。小玫似乎比上次见到她时胖了，她穿着淡青的毛料裙装，嘴里轻声地哼着歌。我闭上眼，默默地重复外婆唱的民谣。我不知道我为什么要这样。

　　小B来了，坐下抽烟。我显然出于无聊，拿出往日的旧稿，给他谈自我求证，认识与表达，人距真理一尺一寸之类的话。我愈讲愈存兴趣，最后对小B说，我就是对这些一往情深，搞这样的学问比和一百个绝顶漂亮的女孩谈恋爱或做爱更有意思，况且大多漂亮女孩过于自信，在过程中过于坚定，大多会一动不动，让你觉得味如奸尸，所以性的对象一定要找稍丑一点的女人，让她觉得占了你的便宜，所以在做爱的时候才会全心地投入，腾云驾雾。她这样做是为了给你一些补偿。

　　小B说，你不是谈学问吗？怎么又言及做爱？我说，我做的学问是大学。你看左右，或普天之下的芸芸众生，哪个像人？哪个是人？他人习惯上把自己做个人则因为见到别人是人就推己成人了。其实别人何尝是人？要认识自己是人或证明自己是人需要证据，又哪能类推？人虽生着眼睛，却自己不能用眼睛看见自己，要看见自己须借助镜子等这类的媒介，但通过了媒介，自己还是自己吗？其实人是可以看到自己的，比如上帝造人时为什么不给人两只嘴巴而给两只眼睛，实际是让人抠出来一只对视的，这样的对视才能证明自己就是自己，但要抠出一只眼睛绝非易事。因为不是易事，这就成了学问。小B说，你这不是成人的学问，而是成圣的学问。我自豪地笑了。

小B扔掉烟头回屋了。我走出门。门外那条路是永远属于我的路。今夜星光灿烂，没有暴风骤雨。蓦地我感到自己很无聊，生活不可避免会有许多荒诞的想法，当我想到自杀的时候，总会想起她那温柔而忧郁的目光。这目光好像正在向我讲述什么，使我能活下来。这是永远无法忘记的目光，一个人站在河边，望着涓涓东去的河水，冲刷着大大小小的青灰色鹅卵石，想到那天夜里杨伟走了，我怎么静静地躺在水流中，怎样不病一场？我病的时候，吃过忆萍给我熬的一碗粥。那粥太香了，就像她熬了一碗爱情端给我。忆萍把碗递给我的时候，我似乎觉得窗外有一双眼睛注视我。那人是谁？

雨水把门前大榆树的叶子冲刷得清亮，空气中氤氲着潮湿的香味。我在这坟墓般的院子里散步。没有人没有灯光，这毕竟是坟墓般的院子。一阵风沙沙吹过，身上顿生凉意，春天的雨总能撩开人的情愫。我已决定停止考虑这个世界，只要我的双眼能承受我人生的负担。孩子黑白分明的眼睛从此挂上缕缕的血丝，粘上密密麻麻的黄斑。这个世界，生命之悠长，从此我不敢嘲笑有人说活着太累了。

地上的雨水溅在我的腿上，如小媳妇冰凉的吻。我还要等待已逝去的过去的生活，等待寒梅开的季节，我在梅花坞里给自己搭一个香巢，那里有诱人的过往，有某种自许的寂寞。空洞的古刹，罕见人迹，且鬼声鬼气的木鱼声不断。我拾级而上，烧焦的木柱成了历史的化石。一个小女孩从我身边走过，手里捧着一个白绒线做的老鼠，我是只猫？古刹的残垣断壁里飘出死尸般的腥臭。我马上抽起烟。我走进去，想看看木鱼声到底是从哪里传来的。

我相信我永远不会告诉自己应该到哪里去。当信念被剪贴在我日记本封面上，然后合上日记本，我会坦然地走开。在她的梦里产生的某种异常使我赞叹不已，继之是一段蹩脚的模仿（模仿比装饰富于生机），她准会笑出眼泪。后来我们彼此询问，彼此安慰，彼此填充信心活下去。信心比勇气更为结实，绿草坪，雨水湿蔷薇，残红泪下，薄雾携寒过凉榻，逼着她绽开了笑脸。耶稣教导我们说打了左脸，把右脸也伸过去。让你没办法，有办法又如何？

小黄雀在榆树上"啾啾"地乱叫。榆树的绿叶如山峰层层叠起。到了黄昏，喧闹的一页翻过，我坐在桌前，打开灯，绿色的玻璃灯罩有点让人讨厌。罗杉过来，坐在桌边，翻着今日的报纸，生活仿佛就是这样的。幻想中的小学校的清新，有时使你更觉无聊。当其他人都用莫名其妙的目光打量我们的时候，好像坚定了我们永远在一起的信念。

她每天上完课后，总到校后山边小溪散步，有时一个人，有时则带一两个学生。我也总是在这时候碰到她，总是不咸不淡地说几句话便走开。后来则觉得如果每天不说这样几句话，像是有一个莫大的心愿未能完结。后来我则常去她的房间，随便坐坐，有时什么都不说，也感觉很随便，都知道这样的随便之中有一个不随便的目的。

　　她抬起头："今天你干什么？"

　　我开始抽烟："我也不知道我干什么。到这学校来，我原是想清贫至圣的。可来到以后，连圣人也不想做了，你说我还能干什么？"

　　她轻轻地笑道："你是不是总觉得什么都是如此？"

　　我抬起头看着她："好像是吧！"

　　"怎么不出去玩玩，整天闷在屋里，时间久了，准会生病。"

　　我长叹一口气说："我真希望生病。病恹恹地躺在床上，别人来和我说些同情的话，用各种各样的方式来关心我。这样我感到慰藉，也感到幸福。"

　　小玫抱着我的头，温暖的脸贴在我的脸上。她鬓角飘出的几丝乱发在我嘴角晃动，她身上散发出奇怪的香味。

　　小玫说："你还像个孩子。"

　　我说："能给我拿根烟吗？"

　　小玫不情愿地点根烟递给我："病了还要抽烟。你应该认真一点地活。"

　　我吐出一串从小到大的烟圈："为什么要认真一点活？"

　　小玫说："寻找意义，活着总还得寻找一点意义。"

我装出一副惊愕的样子："真要寻找意义？"

　　小玫说："你别总这样，总装得比谁都荒诞，因为荒诞似乎可以嘲笑一切。保持真诚，故荒诞的另一面就是比谁都深刻。其实，荒诞这一角色比任何角色都容易扮演，还……"

　　"也许你说的有道理。"我猛地把她拉到我怀里，两只手紧紧抓着她的乳房，"这是不是寻找意义？如果这就是意义，我活着就是在寻找意义。如果乳房没有意义，那么用乳房哺育延续下来的人还有什么意义？人类没有意义，还谈什么意义。当然我觉得你的乳房很有意义。"

　　她秀目圆睁，拼命地把我推开："你怎么是这样的人？"

　　她脱下上衣，解开内衣，摘掉黑色的乳罩，洁白丰腴胸脯上隆起的酥软白嫩的乳房上有几道新鲜红印痕，赭色的乳头微微不停颤动，她看着乳房，又看着我。我闭上眼。乳白色的月轮沉在山坡金叶女贞林子里，悠扬的钟声和淙淙的泉水倏然穿过浸透野草的湿湿的空气跑到我的屋中。我拉起罗杉的手走出学校。夜的山坡，溪水，女贞林，白色的梨花含笑凝霜，新雾看不见远山淡黑一样的影，钟声泉声化入宁静超逸山林庄严的怀抱，空气浮荡苦艾草，灰绿的草地人影，荼蘼含笑静女夜奔，浅蓝色天鹅绒般的天，疏星朗月四野却在朦胧梦中。

　　我把手搭在罗杉肩头问："你怕什么吗？"

　　她说："该怕什么？"

　　我说："山鬼呢？"

　　她莞尔笑道："和你在一起什么也不怕了。"

　　我们说："这是我们的夜晚。"

我们互相致意："这样的夜晚只有我们才能享受。"

罗杉说："怎样才能把这夜晚记下来呢？"

我默默地想。爱情的故事几乎没有故事。罗杉说我们相爱是件十分简单的事。我说这叫水到渠成。罗杉歪着头问我，难道还有比我们相爱更简单的爱情吗？我说有的。我说那是我在学校的时候，我特别注意别的系一个漂亮女生身材娇小苗条，一头短发，一双眼睛，漂亮得吓人。每天排队买饭的时候，我总鼓起勇气，赤裸裸地看着她。她好像也注意到我，当我们目光碰到一起的时候，她总是闪闪烁烁地躲藏。

一天，冬天的一天，我去阅览室看书，上楼梯时见她也走进楼里，我故意把口袋里的精美铜怀炉掉在楼梯上，然后走进阅览室。我绝没有回头。我想要是铜怀炉丢了，我也绝对不会回头了。我在阅览室看了两个小时杂志，混混沌沌，也不知看了什么，直到快闭室的时候，我发现一只绝顶漂亮的小手伸到我的眼前，手里拿着铜怀炉。我轻轻地握着铜怀炉，握着她的手。我们相对无言。我们就相爱了。罗杉说，这是什么故事？！我说你这是嫉妒。罗杉说，你们为什么没有结果呢？我说，其实结果是，伸到我面前的手是阅览室管理员老太太的手。

罗杉说，她不信。我举起手发誓：向毛主席保证。罗杉开心地笑了。我说，其实根本没有那个女生。

我把小玫抱起来，放到床上，轻轻地吻着她的唇和脖子。当我的舌头触到她耳垂下，她开始悄悄地颤动，出气声慢慢变粗，并开始撕扯自己的衣服。我把她的白金耳环含在嘴里，牙齿嗑动出响声，她那双秀丽的眼睛似乎完全沉醉了，细细地眯成一道小溪，蕴含无尽的摄人魂魄的春光。我也到床上，也开始脱衣服。这时小玫已脱得干干净净斜躺在床上，她体态娇娆，丰肉微骨，细腻滑润的皮肤泛出粉红色，整个人如粉玉雕琢一般。我说，你不是白狐狸变的吗？她没说话，只是眼睛稍稍睁开看着我，短发覆掩在额头，嫩红腮上的梨涡盘旋出一股轻妙妖媚的微笑。那凸起的乳峰，红痕全消。我轻轻地抚摸她的全身，吻她的唇，她把舌尖含露唇中，抖动地回应……

我病的时候，杨伟也用很讨厌的目光看着我。我自嘲式地对他说，是不是因为忆萍给我煮了粥？老王来看我，给我带来一把青枣，他告诉我他知道我为什么生病。他煞有介事神秘对我说，有人说，你昨天强奸了梁老汉的一头羊，羊昨夜疼得在圈里叫了一夜。你强奸了羊以后，便下河洗澡，冷水一泡，就病了。听完老王的话，我的脸唰一下红了。我说，这事是我干的，你瞧我的脸已红了。老王吃惊地看着我，一张瘦黑的脸很难看。

黄昏，大黄猫又跑回来，卧在我床下。这段时间，我们都养猫，每个人都夸耀自己的猫漂亮。我养的是只大黄猫，体态端庄，四爪立起时，雄赳赳，气昂昂，我叫它"帅虎"；参谋长养的是只从街上捡回来的野猫，皮毛是青杂色，脾气十分倔强，绰号叫"铁板"；眼镜养了一只花狸猫，很秀气，绰号是"小家碧玉"。实际上我并不喜爱猫，只不过是因为他们都养猫，我也养一只罢了。一天夜里，已很晚，罗杉敲我的门，我说怎么啦？罗杉说，刚才我一开门，一只猫跑进我屋里，一跃跳到床上，悄悄地伏在我枕头边睡了。我怕猫，你能帮我赶走它吗？我跟着罗杉来到她的房间。这是一只大黄猫，很像是我养的那只帅虎，我那帅虎被车碾死已十年了，怎么今天会跑罗杉屋里，难道我和罗杉有一种特殊缘分？我抱着猫，与罗杉聊了一会儿，回到我的房间。

猫在我枕边，很老实。我抽着烟，仰望着草席编扎的天花板。在这个世界上我活得够长了，是否还要活下去，应该认真考虑。生活与活着，有何差别？有何意义？猫是怎样找到生活意义的？也许只有我这样的闲人才会感到无聊。无聊是一种忧愁，无聊是一种痛苦。闲人觉得活着累，而终日劳作辛苦的人怎么去解释累呢？"乐在其中"是什么含义。卖冰棍的日子如被解释成借助金钱寻找尊严又是什么？我搂着猫睡觉。

小玫激动地大声叫起来，我停下来，用搞怪的口吻对小玫说："你知道我在你身上想到谁了吗？"

小玫也停下来："你是不是把我当成了别人？"

我抚摸着她粉红色的皮肤，又托起她的下巴说："说实在的，我和任何女人第二次干事，就不得不把她想成另外一个人，否则我就不能兴奋起来。"

我说："你今天的肤色真美，这种纯粹的粉红色是激动出来的，还是害羞出来的？"

小玫说："我还能让你兴奋起来？"

我拍拍她的脸："我还不知道你的伎俩，把我逗起来，你肯定会穿上衣服走的。可是你不知道，我就是兴奋起来也会马上消失的。"

小玫说："你和别人做爱时能想到我吗？"

我说："经常想到。"

小玫感兴趣地问："那都是谁？"

我不再说话。时间仿佛凝固。

55

　　小玫穿好衣服以后，才埋怨我不该做那事，因为我还在病中。我刚想说话，门外响起敲门声。小玫去打开门，进来的是参谋长和女道士。我探起身，招呼参谋长坐下。参谋长面色青黄，比以前更加衰瘦，额头上已刻下几道深深的皱纹。嘴的周围留着一点花蕾样的皱皮，只是在浓黑的眉毛下面闪烁的小眼睛还隐隐现出一点沉静。小玫拉着女道士的手，去另一边说笑。我问参谋长怎么和女道士一起来。他说是她去请他来的。

　　我笑道："难道她也是鬼？"

　　小玫拉着女道士去买些酒菜，说是要为我们重逢庆祝一下。我说算了，有什么好庆祝的。

　　参谋长看着我，幽而不默地说："有一段时间没见你，你人模人样的，好像变了。"

　　我说："是的，最近我想了许多。你不知道，其实我也不知道，我现在怎么这么爱钱，钱已不是欲望的目的，而是欲望的本身。我并不穷，可我为什么会爱钱呢？我想钱一定会把我单纯而又坚强的理想熔化。"

参谋长调侃道："其实你并不是现在才爱钱的。"

我问小玟："钱可以买到爱情吗？"

小玟说："可以买到。"

女道士说："还可以买到新鲜的爱情。"

我睁着一对疑惑的眼睛看着参谋长。似乎只有我知道他的爱情故事少而又少。至于什么是新鲜的爱情他就更无法理解了。我同样愿意拉着罗杉的手在日光下的女贞林里散步。我让罗杉去是因为我不愿把现实和过去做对比。人的庸俗是随着年龄增长的。去掉了罗杉，我站在一个无背景（或无色）的方框中，我的孤独就是如此。

小雨淅淅沥沥，不疏也不密，古镇空蒙，弥漫一层淡淡的水雾，从河坡凸起的小码头到黑瓦白墙的小街之间，是一色的青石板台阶。落地的树叶已失去想象躲在石罅里瑟缩。街上有几个卖花的女孩。我撑着紫红色的油纸伞从街中走过。小街的尽头是一簇瘦瘦的竹林，颜色是湖蓝色的。竹林里有只麻雀，叽叽喳喳地叫。这里的麻雀比其他地方的麻雀大，头上耸立着一撮凤冠式的羽毛。我收起伞，沿着一条羊肠小路向竹林中走去。细小的雨珠落在竹叶上，落在我头发上。穿过竹林，是一片幽静的小塘。雨滴如一粒粒白色的珍珠砸在水面上，荡起一轮又一轮大小整齐的圆圆的波纹。听着青蛙悦耳的叫声，我抬起头，看到妙姑的家。

妙姑的家也是一幢黑瓦白墙的二层小楼。楼的四周是蓝色的薄竹片扎成的篱笆。楼前花园里，秋菊正艳。我刚到楼前，妙姑就从屋里走出来。

"妈妈出去，就我一个人在家，远远看到一个人向这里走来，走近才敢相信是你。"

她从我手中接过伞，拉着我的胳膊，我说："已近两年没见你了。"

"什么？"她那对月牙形的灵秀的眼睛看着我，"你在哪里见到我了？"

"梦里。"

她"扑哧"笑了。笑声之动听与笑容之美不能形容。小鼙微笑尽妖娆。我坐在屋里竹椅上，她放好伞，为我倒茶。她穿着黑绸裙，俊俏的脸似乎比以前瘦了。我们相视而坐，外面瓦檐漏下的水珠砸在石板上，清脆的响声如琴之私语。唉，古韵的微波，敲碎俺心口骨。我喝一口茶，茶的清香有点迷离沁人心脾，洗尽古今人不倦，将知饮后岂堪夸？

我说："外面的菊花开得真好，你亦是淡如菊。两年没见你了，你是不是已改变了以前的态度，开始学点爱我。你知道我是喜欢你的，你为什么不和我一样在同一个时候能激动起来？"

她笑着摇着头，说："你怎么不说爱我呢？其实你不是比谁都知道女孩都喜欢听这句话吗？其实就是你说爱我，我也不会信以为真。其实我就是信以为真，也不会爱上你。你总希望别人都爱你，至于你会不会真正爱别人，你从不考虑。你说我应该爱你吗？还有你长相——"

我打断她的话："这又有什么可矫情的呢？就是说你不爱我，你不能自豪多少，其实我觉得你前面说的话是实话，后来的多半虚了。半真半假，浮生本一梦！"

她似乎认真起来："如果你认为我半真半假，你实在不应该有我这样的朋友。"

我们彼此不再说什么，都把目光移到窗外，把茶的芬芳填充到嘴里。这么多年，on my way，自己走自己的路，并不寂寞。我知道这是我自己的路，无人同行。喜欢她（们）或让她（们）爱只是生活作料。窗外竹林是淡蓝色的，古镇也卧在淡蓝色的雨雾中，上帝赠送我的礼品也是一声淡蓝色的感叹。无尽的黄昏，在淡蓝色的竹林中漫步，绿油油的天空无数蝶形的船扬起七彩斑斓的帆，虹横起彩门。

人如花亦如蝶亦如蚁。找不出与其动物的本质的差别的人，也只好是动物了。苦恼的微笑是一窝埋在悸动心灵中的蛹。什么也没有，什么也找不到，过分的理解是一把无聊的钥匙，打不开花痕斑斑的金库。泪花儿就要开遍了，爱人呀，你还不回来呀？可我有爱人吗？花岗岩脑袋在青铜大钟上撞个头破血流只不过震出几丝沉闷的回声，而回声是对你的怜悯不是对你的嘲笑，到底想干什么？要干什么？会干什么？

能干什么？我的确一无所知。爱是一无所有？爱是自欺欺人？爱是上帝的许诺，还是魔鬼的咒语？爱是摆在餐桌上的早点？也许爱是一个又一个旋涡里绽开的黄线菊，是蓝色的光谱拉出的无数根纱线。白色的网，绛紫的球，混沌的天地渴望盘古的利斧。大者含元气，细者入无间。混乱或混蛋的世界堆满垃圾，俗人只能理解眼睛所看到的东西，便说这个世界是物质的。其实，眼中的物质只是浮在意识中的皮球，意识可以穿透皮球。其实，皮球本来就是意识与物质交融的显现。这里的意识就是灵的力量。

我用灵的力量站在踏扁的啤酒桶上，看着洋槐开着紫红花串，木槿的叶子绿了，花径边的小叶黄杨和大叶黄杨，也泛出杏黄的绿色。白云庵在白云垛的腰部。低矮的松树夹杂着淡蓝色的方竹，郁郁葱葱遮住庵的鹅黄色的短墙。我沿着崖壁曲折而上，走过竹片搭起的悬空栈道，来到庵内。庵的院里青砖墁地，砖缝里乱草丛生。庵的房间湫隘而老旧，已显露出憔悴的神态。但擦拭得锃亮的庵门和木窗，却呈现另一种庄严和静雅。我在庵院内走了几步，突然一片诵经声涌起。一个小女尼缓步走来。

她合掌闭目："阿弥陀佛，施主来庵何事？"

我笑道："我来寻一个俗名叫薇的尼姑。"

参谋长说："你没寻到薇，却结识了妙姑，她漂亮得妙不可言，当然你会动心。"

我摇摇头，装出一副惊慌的样子："好像我没有跟你说过这事。"

小玫神秘地说："你没寻到薇，却在山庵住了几夜，山庵里有五个尼姑，两个外来的和尚。他们白天念经书，夜里写情书。你理所当然地帮助和尚写情书，且是写给妙姑的。"

小玫又说："可不知为什么后来的两封情书，你竟然写上自己的名字。"

我问："我的名字叫什么？"

他们愕然，面面相觑。妙姑终于转过头，用友好的眼光看着我。我取出小烟袋，一口口地抽烟丝。

妙姑说："是我把话说重了，我实在不愿意我们在一起尽谈这些，你写的情书似乎是最通情达理的，可现在，我们能不能谈点别的？"

于是稍停一会儿，我说："时间过得真快，一晃两年多了。人从一岁到二十岁是最漫长的，可二十岁到三十岁，一晃就过去了，三十岁到四十岁可能晃也不晃。你怎么不问我现在过得怎样？"

妙姑轻笑道："只要你来看我，就告诉了我一切，又何必问呢？你有那么多人关心你，我多问几句会被别人埋怨的。我从庵里出来后，回到妈妈身边，我知道妈妈的今天就是我的明天。"

我也笑了："人人都是如此，人生不就是吃饭拉屎、喝水撒尿、搞女人生孩子吗？"

她说："你又患病了。"

我低下头。我茫然，我茫然因为我还没有走上自己的路。我是有病之人，活着就是闲扯淡（扯淡才是所有爱情的目的）。能使我为之一振的事只有女人和药物。这个世界浸透了女人汗渍和药品气味，生态平衡破坏后人们又筑起无数道大墙挡住南来北往的洪水猛兽。尚红尚水尚争斗，金色太阳落下，改旗易帜换正朔。大地哭哭闹闹，早晚一天地球"轰"地成为一个红色火球，终极的快感（或叫关切）胜过人类历史上所有快乐的体验。

我们那些善良的同类，还孜孜不倦用深刻的忏悔与痛苦反省体验心灵之良知。道德的律令化作骰子与筹码摆在上帝会议大厅的案上，商贾忙着为人格定价，政客出卖了母亲后就开始出卖自尊，文人恬不知耻地用尸布裹紧良心，摇头摆尾乞求以实现自我。稚嫩的青少年睁大黑白分明的眼睛却看不清自己早已成为老嫖客的娈童妖妾。

名言：要想成熟，就必须出卖贞操。于是乎也，在什么参与意识完成自我价值的口号下就有了一大群人跪在地上齐声高呼强奸我吧，沸腾的世界煮开的油锅哭爹叫娘，肆意地挥霍，建立理念的花束。在火灰里爬行的土鳖子，一粒葵花籽，一只树的耳朵，喊吧！疯狂的号叫吧！男人赚钱，女人爱钱，行贿受贿索贿，权钱交易。把权力投向市场化作所谓经济杠杆。

一个人从母亲腹体中"呱呱"坠地时，就睁开眼睛，就发现世界竟这般不可思议的肮脏与龌龊，真见不到除了想象以外还存在什么干净的东西。饿了，就要吃奶汁，活着就必须发泄。鹅卵石与串红。世界之永恒是因其无永恒之目的。佛陀用戒尺打善男信女的屁股，却打出了一群见佛杀佛、见祖杀祖的徒子徒孙。胡马依北风，越鸟巢南枝。没有什么，只要一切经过反复的刺激形成习惯。

参谋长颇为公允地说："世界本应该是这样子。"

参谋长苦笑着说："世界除了这个样子之外，你还能想出别的样子吗？"

参谋长用手捂着自己的双眼："人类创造的神与外星人都像人。"

我骂了句脏话。

参谋长转而用颇为得意的目光看着我："你又想起了妙姑。"

我抽起烟："你知道我是在我的路上遇到妙姑的，我认为她应该是上帝送给我的礼物。"

参谋长也抽起烟，瘦瘦两腮鼓起，小脸顿时变得十分可爱，像童话中戴眼镜的青蛙博士。他说："上帝会白送你一件礼物，不可思议，你之所以想妙姑，是因为她并不答应爱你。实际她爱不爱你，你应该凭自己的感受而定。或者，你只是喜欢一种形式，叶公好龙。你真的不相信她不爱你吗？"

小玫对女道士说："男人就是这副德行，总竭力追求不爱自己的女人以最终证明自己是个男人。"

女道士颇为老成地说："我不喜欢与人谈爱这类话题，似乎爱是不能与人分享的。"

我看着参谋长："我知道你还会说爱是寄托无聊的一种形式，就像白云庵的和尚白天读经书，夜里写情书一样。其实谁都不知道妙姑是谁。"

"是薇。"他们异口同声说。

我和妙姑撑着油纸伞来到竹林。竹林灰白色的草地上浮起一层浅浅的水。她主动挽起我的胳膊，就像我经常要求许多女孩那样，我们很幸福地来回走着。我问她最后和那位和尚是不是有了终结。她笑道，本来就没有开始。前面有一个蓝色苇草搭成的雨亭，与蓝色竹林连成一片。远方的小镇也蒸腾起蓝色的雾。我们坐在亭内竹栏上。

妙姑说："你现在怎么总是一个人，你到底想去哪儿？"

我掏出手绢，擦拭自己额头上蓝色的雨水："你能告诉我吗？"

我问："你是不是打算在这里住下去？"

她说："不，我还要嫁人呢。"

我笑道："你知道嫁人是什么滋味吗？"

她说："不知道，就是不知道，才想应该试一试。"

一个黑影从竹林飘来，原来是背着大麻袋的老婆婆。我走过去，拍一下她的麻袋："你怎么总跟着我？"

她看见我，干瘪的脸激动起来："你知道吗，你家出事了。"

我惊诧："什么事？"

她看一眼妙姑："你爸爸被逮捕了，犯了强奸罪。"

我笑了："我又该回家了。"

参谋长他们把我送到楼前，告诉我要心平气和地对待这件事，出了事急是没用的，应该想一个轻巧的办法避开算了。我问他阴间是不是也如此庸俗，他不再说话。浮烟暗幌，冷雨衰灯，一切过往的事，都集聚眼底，时明时灭。

56

　　回到家里，只看到妈妈一个人。她瘦小的身躯埋在宽大松软的皮沙发里，头发散乱，面容憔悴，让我感到她骤然衰老了。我简单洗漱后，倒一杯茶，坐在她的对面，抽起烟。她的嘴抽搐了一下，没有说出话。沙发前面的一盆绣线菊大概是缺水，花瓣的尖部已露出黑褐色。我说，每个家庭都不愿意出事，想平平安安的，但出了事，就不要以愿望为假设了。面对现实，假设还有什么意思。妈妈没说话，示意让我给她倒一杯茶。我倒完茶，放在她的面前，我说，其实父亲犯罪，我从心里感到高兴。

　　是的，在这个庸俗卑鄙的社会中，只有犯罪才让人兴奋和产生激情，不然全国为什么只有《民主与法制》和一些法制小报发行量最大呢？因为看到别人犯罪，自己似乎也投入和参与其中。

　　妈妈终于说了话："去看看你爸爸吧！"

　　我走进城南的看守所，按照妈妈的介绍，找到一位熟人，送他两包烟，便见到父亲，他明显地瘦了，被剃了光头，胡须长短不齐。但他显得挺有精神，眼睛看人时还带一点诙谐神情。这种诙谐的神情似乎叙述着一种幸福的秘密。我说，你便是我父亲。他点头称是。我们在一个单间的犯人会客室坐下。我递给他一根烟。父亲说，出了这样的事，你还来看我？我说，这算什么事，况且还是件好事，我为你高兴还来不及呢。

父亲深深地吸一口烟，风趣地笑道，你的感觉和我太一致了。你不知道，我想强奸她已想了十六年了，现在终于做了，你说我能不高兴吗？我紧紧地握着父亲的手说，这样，我更为你自豪，我一定帮你打赢这场官司。

我骑着车，吹着口哨向家里走去。刚到家，见屋里有许多亲戚，妈妈似乎在呜咽地哭。我遂掉转车头，向市郊而去。参谋长住在一楼的苦楝树下，大概他的棺材板是楝树做的，埋下他后第二年就长出了这棵苦楝树。我刚来到树下，参谋长就走过来。

我哭丧着脸："眼镜还在南大院（当地监狱别称）里。"

参谋长不理解地看着我："你怎么出来了？"

我说："是我父亲找到了工人民兵指挥部的总指挥，他写了一个条子，南大院便把我放了。"

我说："我只不过是打了那个男的，眼镜却想搞那女的。我在打那个男的时，那女的扑到眼镜怀里去求情，眼镜就把那女的按在地上，女的喊起来，碰巧来了一群工人民兵，便把我们抓走了。"

参谋长说："那女的长得怎么样？"

我说："还有点味道，但身体凸出部位太多，不是我喜欢的那种类型。"

我叹口气说："怎么办，怎么才能把眼镜救出来？"

参谋长笑道："你放心，他会出来的。"

我说："那我父亲呢？"

参谋长又笑道:"他更会出来了,现在不是和那时候不一样了吗?可以找关系,还可以打官司,你可以做你父亲的律师,如果你嘴上有功夫,你父亲就会出来了。"

我说:"我父亲的事可是大事,早知道你这样胡扯我不如去找上帝。"

参谋长淡然地说:"上帝并不是在你有事时才出现,不信你试一试。我的话没错,那一次眼镜不是好端端地出来了吗?"

他说完转身走了。我对着他的背影喊道:"你他妈怎么了?我还想和你谈谈女人。"

参谋长很少谈女人。我们几个人在一起,谈到女人的话题时,我当然是最起兴的,眼镜总是在关键时候插几句话,而对某些可以省略的细节更爱刨根问底。这时参谋长总是把头扭到一边,心不在焉地看着我们。如果不是我们共同经历的那场爱情,我仍会怀疑他是否有一个成熟的男人的心理。

看着参谋长消失的背影,我不知道该对自己说什么。他毕竟已是死去的人,像罗杉一样,如同天空中的流星在湛蓝色天幕上划下闪亮一道,便无影无踪。绿色的大地,残阳如血。父亲诙谐的微笑。父亲故乡,我们的村庄横卧在堰塘的怀抱中。弯弯的水沟两岸是绿茵茵的草坪。水塘中间,因有汀步桥的石板,才闪出一条绿色的水道。阳光透过厚厚的柳叶和苇草,破碎地洒下的光柱,也变成绿色的了。这种绿色竟然绿得发黏。

几只鸭子在水塘里闲散地游来游去,样子像是纳凉。一群鸡婆漫不经心地在草丛中找虫子吃,样子像是散步。我和父亲躺在塘边的小船上,解开衣服,把裤衩也脱掉。我看到父亲全身的皮肤因常年束缚在衣服里已白得发青，几块肌肉，已不成形。风吹来，他惨白的皮肤打起波浪般的皱褶，消失在绿色之中，无影无踪。有人送来绿茶。父亲喝茶时似乎对我说，在女人的笑脸里，抑或在一杯绿茶里，我会把一切忘掉，忘了。人是最没出息的动物。人有理智，却常因理智而恐慌，不能撕裂喉咙唱一曲欣喜的歌。我想，在那时，我应该劝父亲去强奸她。不管有她无她，且不管她是谁。

活着的恐慌。亚历山大式交叉翻领银狐皮大衣配深蓝色条纹毛料男装，灰白条绸衬衫，梅西卡耳环及灰色鹿皮漆皮鞋。女人的笑声总带有倦意。我的恐慌，亦常因为新颖，因为美而疲倦。幻觉中的自我与一个简单过去的青春。要睡觉，就要有床，就要有女人。我在孩童时，当我那小家伙第一次挺起，我就知道了刚强与坚韧，活着就必须有故事！不倦的追求和痴心妄想都藏在媚眼中（媚眼是这个世界上所谓最"邪恶"亦是最令人心旷神怡的事物）。女人是男人的生命的信念。一旦阳痿和早泄，我的精神就会被彻底摧毁。信念是弹簧拉力器，为荒唐而荒唐地活着，我算什么？

圣诞之夜，圣诞老人驾着驯鹿拉的雪橇，满载礼物，悄悄地溜进各家各户的烟囱，把各种扎着红丝带的小礼盒放在熟睡的孩子枕边。我得到一条活蛇。于是我知道每过一岁，都要增加对生命残忍的认识。

在参谋长、眼镜和我之间有着一种奇妙的关系。参谋长喜欢眼镜，我喜欢参谋长，眼镜喜欢我。从另一个方面来说，参谋长喜欢像人一样活着，我喜欢活得像人，眼镜喜欢女人。眼镜在美国取得哲学博士学位回国后，还孜孜不倦地跟我谈女人。尤其是喜欢用最形象和最具体和最细腻的语言来描绘各国、各民族与各色女人。眼镜就是眼镜，所以他说，尽管他是近视眼，一定还要戴有色眼镜。

当眼镜看到妙姑的照片时，他说："你知道应该怎样形容她吗？"

他说话时，我看到厚厚的粉色的眼镜后面他那双小眼睛的瞳孔已开始扩散。我不无得意地说："不知道。"

他说："是一个小仙女，是一个小天使。"

我问："此话怎解？"

他先是没声音，心不在焉地摆弄着我桌上的一根烟，后来才说："在我的印象里，仙女是中国籍，性阴，喜水。凡仙女之处皆有水，七仙女下凡，在凡界她们第一个去的就是湖里。以至于西子湖西施浣纱，莫愁湖边莫愁女，以至于贾宝玉说女人都是水做的，等等。而天使是外籍，性阳，喜光。凡天使皆有双翼，天上地下飞来飞去，其至处光芒四射。西方之女人，漂亮者皆可以天使称，虽其是女，味却如男。故西方同性恋多亦不足为奇。庞德之类意象派诗人们从中国古典诗歌中引进的'湿'之品味，表面上是解释西诗之谬，其真实目的是想通过改造诗来改造西方女子。这自然不怪，最好的诗人是最喜欢女人的诗人不是？"

我开始抽烟，不想说什么话，也听不见眼镜喋喋不休地侃些什么。外婆的故事。灰蓝色绸纱式的湖面上，半裸的身子，颤动的乳峰，长发，水波，莩草。湖边的莲叶。我坐在湖岸抽着烟，烟雾织成一顶蚊帐。我和我热情地聊天，快乐只是自己的事，决不敢与人分享。

　　和参谋长相处，有时会觉得自己十分孤独。有时我们相对而坐，只是抽烟，几乎找不出话题。"林摔死了，叶也死了。他们上飞机时还拉上两个漂亮姑娘，选美选上的。"小道消息，加上点色彩是我们的精神面包。似乎现在还是这样，摆开桌子，喝点酒，吃点花生米和从罐头厂买的一分钱一个的鸡脚。讲完林家选美，接下来便是讲一些鸡毛蒜皮的故事。到后来我们知道了除思想主义以外的弗洛伊德和存在主义的一些事。于是眼镜决定信仰弗洛伊德，于是他决心苦练铁裆功，以期望用生殖器做杠杆并找一个支点把地球掀起来。于是他每每谈女人均要附会一些诸如"少女杜拉的故事"。到现在我还是不知道这样的日子是否有一段清晰的旋律。活着的精神与生活的状况形成了鲜明的反差。生活是美丽的荒诞，性是荒诞的美丽。

　　人是什么东西？上帝在世界的末日穿着黑色道袍审视着每一个人，然后又把每个人都推下地狱去做魔鬼的奴仆。狗因为忠实才被选作上帝的卫兵。唯有那些能见到自己的人才得以幸免。这些人虽不被赦免，但也可以在天堂建造自己的小庙，自燃香火，顶礼膜拜，贡奉自身。我会这样幸运吗？一盘红黄小虾，五角一斤的白干酒，达官贵人们的残羹剩饭已成为我们生活的奢侈品。卖棒冰，打短工，收破烂，掭泥巴兜，一天一块二毛五。我们都干过，我们是一群需要进食的牲口，现在的人啊，整日无意识地追求生活的幻影。臭虾味和酒味和烟草味。深绿的银杏树上卧满一群白鸽。夜，寒星，湖边，狗叫了。秋虫唱起《纺车谣》。

　　我仍在湖边。心里盘算着为父亲打官司的事。我精明地发现在看守所里的父亲诙谐的神情是告诉我他已证道了。他是通过强奸证道的，他已成为这个世界上为数不多的用自己的眼睛看到自己的人。想到这里，我如释重负。因为，即使父亲被枪毙，他也一定能升入天堂，而那些枪毙他的人，今世来生永远都是魔鬼的奴仆！

我仍在湖边。眼镜走来问我是不是见了参谋长。我递给他一根烟，点点头。眼镜又谈起妙姑，说妙姑美得天衣无缝。后来又狡黠地笑着说，还是有缝。我说，你真没教养。他说，是的，我做梦就想强奸她。

我装了生气的样子："我最讨厌谁拿我心爱的人不当回事了。你如果再说这样的话，我会把你扔到湖里。"

眼镜站起来"嘎嘎"地大笑。我仍坐着，看着湖面。我知道这时她已不会在湖里裸泳了。不知过了多久，我才感到眼镜的笑声已变成痛苦的抽泣。

我站起来，去拉他的胳膊，他突然抱着我，用哭声说："我还能强奸谁？我是阳痿，自那次我们俩犯事后，我被抓到工人民兵指挥部后，我就阳痿了。"

我惊诧了。

回到家里，我看见妈妈的神情好多了。她告诉我她已托人把几千块钱的礼物送到法院院长和有关办案人员手中。他们说钱能通神。妈妈又说，他们能说出这样的话，事情就算有些眉目了。最重要的还是要给爸爸找一个好律师，如法庭辩论能占上风，爸爸就可能放出来。我说，律师的事就包在我身上，实在不行，我自己出堂当律师，我堂堂的北来的教授，在法官们的眼中，还是应该比地方上的土律师有点斤两。母亲看着我，没说什么。

夜里，妈妈又去了看守所。她回来时已经很晚了。一进屋她便大声说："看见你父亲那副满不在乎的样子，这事我就不想管了。他该坐多少年就坐多少年。"

哥哥也在家。我们互相看了一眼，没有说话。母亲坐下后，我们才正式开始商量打官司的事。

在我的路上，一种活泼跳动的新鲜节奏随着马尾松纤细刚健的针叶摆动。远方是黑色，近处是青褐色。只有阳光洒下那道亮光照在那一片洁白的云上。云不停地翻腾，青翠的树冠从云层里耸露出来，在白云上面连成清亮的一片。吹箫自娱，阳关三叠，山泉如一群处子不知忧虑地嬉笑。

泉水叮咚，清晨喝口木兰花上滴落的露水，傍晚便咀嚼秋菊初开的花瓣。乐曲流泻在洞箫管子，绿色的女妖抖动着绿色的翅，上帝翠绿色的眸子里藏着送给大地最神圣的礼品。痛苦的吉他弦断骨散，绿色的曲子像早泄的精液，无法调控地流泻。女妖们披着芭蕉叶，围着上帝，唱起 And who but my lady greensleeves。我告诉伙伴我要去踏青，林间的山路铺满乱石，路边杂草丛生，修竹繁茂，嵯峨插天，巉岩俯地。没有风与阳光，野蜂飞舞，彩蝶翩跹，令人心旷神怡。绿袖永兮，非我新娘。在山路的弯道处总有几块平平整整的大石头，石头下面有泉水，正是濯足的绝妙之处。如果按康德的逻辑，是否应考虑染上脚气之类？

讨论完打官司的事，母亲就去睡觉了。我和哥哥来到院子里。有凉意的夜，清淡的世界，淡淡几颗星，恰如生育后母亲宁谧的眼睛。恬静的月光洒下颇带醉意的光辉。我们坐在梧桐树下，开始吹箫。我多么希望她乘着飘扬的箫声从天上悠悠落下。哥哥开始摆弄吉他。静静的夜里，箫与吉他的声音并不协调。

"今天的夜真不错。"我说。

哥哥躺在竹椅上，一股清爽的吉他声像溪水从他手指间流出。他没有附和我的话，似乎想独占这清静的夜晚。何夜无月？何处无竹柏？但少闲人如吾两人者。生命在这样夜晚所能发出的声音，焦尾琴与湛卢剑。没有什么，在这奶汁一样的世界里，焦躁的心经过沐浴也会变得和谐宁静。生活是应该如此吗？参谋长开始喝酒。我们都点起烟。

"你不去陪你哥哥，来找我干什么？"

"他想独享这个夜晚。这些日子，我不在家，父亲的事把他搅得够烦的。"

参谋长说："我知道你会帮你父亲赢下这场官司。"

我笑道："借你吉言。"

57

　　法庭设在法院办公楼二楼，内部装潢简单，朴实。审判席背后，一枚硕大的国徽格外醒目。观众席距审判席很近，在审判席两角只给公诉人或辩护律师留下原地踏步的地方。审判长、审判员、书记员坐定后，就算开庭了。父亲的亲朋好友也都在观众席前排坐定，都不约而同地看着站在辩护席一侧的我。

　　父亲被法警带上来，手铐打开后，他双手扶栏而立，瘦削苍白面颊上隐现着厚实的微笑，双眼依然明亮，闪动着儿童一般好奇与稚气的神采。我想这时的父亲应该在落日的田野，倒坐在牛背上，柳笛无腔信口吹。

　　参谋长说明天又是清明节，你陪我去看看父母。我说可以，我们做了许多柳笛。第二天上午，我和参谋长来到他父母的坟前。我站在一边，看着参谋长吹柳笛，那清脆悠长的柳笛声像一道欢腾的溪水，随着阳光下的风，自由地在坟墓中柏树林里荡漾。待到柳笛全部吹坏后，参谋长才问我，死是不是挺有意思。我没回答，这年初夏，参谋长就死了。

　　公诉员用沙哑的声音，精确细致地描绘了父亲所犯的罪行经过。全法庭的人都屏声静气。只有当受害者被带上来的时候，才能听到人们的唏嘘声。她是一个美丽的姑娘，年纪并不大，乌黑的短发梳得很整齐，皮肤发黄，十分细腻，秀朗的眉痕罩在含有某种惆怅的双眼上。她穿着裙装，灰格子上衣稍瘦，把花苞似的青春紧紧箍着，箍得会让人联想。想到花苞儿半放半合，花瓣微展的时候，自有一种可爱的姿态和色泽，让人心向往之。她轻轻仰望一下法庭，便低下头，父亲的目光自然牢牢地锁着她的脸。

我点一根烟，吐出一口浓浓的烟。透过烟幕，我看到大厅里每一个人的脸上都长出长长的毛。

我说："人都是动物，这点绝不会产生异议。正因为人是动物，动物性才是人的基本属性。只有理解这点，我们才会对人类生活中的两性关系有一种清楚认识。而只有对两性关系有了清楚认识，我们才不会对通奸和强奸这些现象产生罪恶感。我们知道，在动物界是不存在强奸和通奸这种现象的。这是为什么？这是因为在动物界任何形式的生殖活动且不管主动和被动都是再自然不过的事。人也是动物，那么，为什么人类会出现这种现象呢？其实，要解释这个问题并不复杂。这是因为人组成了社会，相对社会人便产生了一种被哲学家称为理性的幻觉，即认为自己便是个体，个体是一个内容丰富的概念，其基本内容并不仅仅是指财物的个体化，也包括感情的独享，所以在我们所谓文明社会中，妓女才会被咒骂。因为对妓女的咒骂毫无疑问是对个体的维护。所以个体幻觉产生后，性只能依循独享原则进行，而违背这个原则的性便被称为通奸和强奸，定为犯罪。我想，这样解释通奸和强奸是不会有什么问题的。另外刚才听到公诉员起诉我父亲犯了强奸罪，我对他这种假定犯罪的做法是十分反感的，因为犯罪与否，只有——"

公诉员生气了，他大声打断我的话。我却"嘎嘎"地干笑两声。于是法庭所有的目光又重新聚集在我的身上。我似乎开始害怕这灼人的目光。这目光像火，像溅起的钢花。

天气真够热的，我们都已把汗衫脱掉，参谋长也破例脱掉从来不愿意脱掉的大汗衫，他光着上身，瘦骨嶙峋的样子显得十分滑稽。车间主任扯起破锣嗓子，吆喝我们把下一炉钢水抬出来。

有人开始嘟哝："谁让我们没好命，只能当临时工呢？"

参谋长最先站起来，当我们一起走上铁梯，抬起装满钢水的石棉包时，他特意回过头看了我一眼，小眼睛莫名其妙抽动了几下。他走在前面，刚要下完铁梯，突然他脚一滑，钢包便滑到铁梯下刚浇过水的地面上。滚烫的铁水流了出来。我坐在铁梯上，用手捂着头。我看到巨大气浪和五颜六色的烟火一起升腾，吉祥的红云，斑斓陆离的世界有"啪啦啦"愉快的响声。足足有几分钟，我才看清参谋长倒在离钢包二米远的地方，满身是血，手不停抓着地，全身抽搐着，我大喊一声扑了过去，紧紧地抱着他的头。待我抬起头，我才发现人们灼人的目光。这目光是飞溅的钢花。

我说："不知道公诉员知不知道我们现处于公有制社会还是私有制社会，不过我想您应该是知道的，公有制是写入《宪法》的，而《宪法》是国家的根本大法。知道这点，公诉员应该明白，他起诉本身就是一种犯罪。"

公诉员愤怒地点起烟，法官们面容呆滞，被父亲强奸过的女人似乎开始抽泣，观众席上有稀稀落落的掌声。人们都悲愤地站在参谋长周围，看着他慢慢地合上眼。他死去的时候，身子已不再搐动，脸上安详且诙谐的微笑是对生命最美丽的注解。我坦然地走过去与医生握手。这时我已忘掉自己是怎么跪下去求医生，求他再做最后一次努力，把参谋长背上密密麻麻的钢砂用铁钳从血窝中清理出来。

眼镜紧紧地拉着我的胳膊，对我说："就是他火化，也要起坟。"

忆萍来了。她走进法庭时对我点点头。我继续说："从另一方面来说，我父亲这次强奸则具有更深刻的意义，有利于改造国人的国民性。我们的民族是一个中庸平和的民族，中庸平和既是这个民族的优点，又是这个民族的缺点。缺乏悲壮激昂的上进心，引发了许多思想家的忧愤。特别是现在这个阴盛阳衰的时代，我父亲的强奸无疑是一次阳刚之举，将激奋那些心存企望但生性卑懦者。又至陋劣不足道，则驯至卑懦俭啬，退让畏葸，无古民之朴野，有末世之浇漓，又必然之势矣！因此，我为我父亲的强奸而自豪，他不仅有理想而且还为自己的理想而献身。我们应当在自己内部肃清一切软弱无能的思想。"

忆萍走上来，问我参谋长怎么死的。我说人已死了，还问这干吗？她说，他是我弟弟，我不应该知道他怎样死的？忆萍满面是泪。我搀扶着她的胳膊，把她送回家。在我的记忆中，我第一次和她这样亲近。她踉踉跄跄回到家，打开门，便把孩子从床上抱起来，紧紧搂在胸前。

孩子见到我，便问："我舅舅呢？"

我看着忆萍，不知如何说。忆萍说："舅舅走了，到很远的地方打猎去了。"

孩子又问："很远是什么地方。"

忆萍说："很远的地方有座水晶城。"孩子不再问了，闭上眼睛，他一定在想那座水晶城。

水晶城，淡红色的晶石雕塑的门楼，浅灰色的晶石砌成的院墙，淡黄色的晶石盖成的小楼。回廊，凉亭，花园里的嫩草，鹤与鹿，鸡婆与花狗，在太阳柔和的视线中，水杉树林里挂满色彩斑斓的风筝。一切在童话中被赋予新鲜的诗意。参谋长从楼里出来，给我讲灰姑娘的故事。丢呀！丢呀！丢手绢，我们的游戏是那么那么好玩！大家不要打电话，快点快点捉住他。

当审判长刚要宣布休庭时，我用手势阻止了他，我说："我现在出一个谜语，谜面是避孕套，打一个猎物。大家休息时，可以尝试猜一猜会猎到什么，这将有助于理解这场官司。"

从法庭回到家里，正是中午，太阳已经发霉，红玉盘边长了一圈绿茸茸的霉菌。朵朵白云如悠闲的心在天空晃荡。宽大的梧桐树叶已捂着嘴巴，中毒一般困难地喘息。树荫下并不清凉，一块腐烂的西瓜皮招惹几只绿头苍蝇"嗡嗡"地哭。一条赤链蛇盘在丁香树上，光滑的身子被太阳晒得起皱。这是多么傻的一条蛇。家里人对我的辩护并不满意，吃饭时都一声不响。我摇着蒲扇，吃了很多，只是心里埋怨太阳太热了。

家里人还是家里人，长久离别后的返家并不能引起太多的新鲜感，毕竟是太熟悉的地方。我用清水在洗澡间把自己从头到脚浇一个透心凉。闪着寒光的珍珠挂在身上，寻找光亮的眼睛，长睫毛。家，小院红墙，木地板。光着脑袋读一本玄奘从西天取来的真经，以我人心识之外的万有现象，皆是由我人心识自体所变现而来。阿弥陀佛，虽然一切均是将来，可又怎样把往日搁置？令人惊奇的是院里的樱桃树挂满了闪闪发光的小灯笼，于是我觉得爸爸一定能回来。外婆已来几天，她陪着我妈妈住，关于爸爸的事，她没说过一句话。我刚见到她那天，她那双饱经沧桑的眼睛直愣愣地看着我，问我好吗，这些天都去什么地方了。我一一地小心回答。然后她说她很想我，常常在梦里看见我。我想起我小时候她给我唱的"傻姥姥，疼外孙"的儿歌。

参谋长是在我怀里死去的。送到医院时，医生看了看，就说抬走吧，不行了。参谋长似乎没喊一声，他强忍着巨大的疼痛，眼睛就流出汗。我把汗衫扯开，垫在硬板床上（医院不愿用他们的单子），然后抱着他的头，看着医生一个一个夹出他背后的钢砂。血腥碘酒的气味。大概只夹出二十粒钢砂，他的身子便开始猛烈颤动，约有一分钟，便停止了呼吸。他没说一句话，惨白的脸上小眼睛仍未来得及合上，于是流露出安详而诙谐的微笑。眼镜大喊一声，哭着冲出医院。

"人死就这么简单。"我说。

忆萍说："刚才少尉来了，他说可以明天去火化。"

我说："我不愿少尉碰参谋长。"

忆萍从抽屉摸了一盒烟递给我："那是你的事。"

我开始抽烟："少尉经常来看孩子？"

"他为什么经常来看孩子？"忆萍十分惊讶。

我深吸一口烟道："他不是孩子父亲吗？"

忆萍迷惘地告诉我："谁告诉你他是孩子父亲？"

我摇摇头："他不是，谁是？"

忆萍刚哭过的脸,生气时十分难看:"谁是孩子的父亲不麻烦你操心。但他不是。"

我顿觉自己十分无聊。对于我来说,一切犹如酷暑的太阳。生和死,这是革命的主要问题。人人都如此,且不必对理解和不理解画一个等号。这种时候人多么愿去做一个弥撒,然后躺在百合花丛中聆听来自天国的教诲呀!男人的心有时会因粗糙而变得软弱。家如酷暑。酷暑的燥热常逼我大叫,可又担心浓重的阴影如白布一样罩着我的头。打击乐和活泼的流水,沉闷的雷声在长满白茅草荒原里追上我,忍受燥热的人们会不会坐下来吃着西瓜,彼此坦率地交换一下内心的感受?是什么就应该是什么样的。干吗去重新解释古老主题上挂满倒钩刺的花蕾?

如果父亲回来,家就是家了。雨中的夏天才能给人的灵魂以洗礼以慰藉。也许彼此间多余的温情都在沉默中策划另一场焦躁,也许我还要回到我的路上,完成自作多情的使命。使命是什么?今后各自的忙忙碌碌会冲淡酷暑,迎接秋天。那么到了冬天,不是命中注定要去死吗?死亡是参谋长的事。

参谋长说:"瞎扯,没有人会死亡,没有死亡的人怎么证明死之亡。灵魂是永存的。"

我点头:"我信你的话。"

可是没有死亡,又哪会有生存?至于生存意义更是无稽之谈了。没有必要思考生死之证法。想得太多,便会太累。不生不死,与世长存,我睡午觉去了!

我和眼镜坐在为参谋长新起的坟前,注视着夕阳西坠时留在半空中的块块碎金。人的疲沓是对一切偶然的触目惊心的图像心灰意冷。晚风吹拂着地里的白茅草。新坟仿佛亦有佛性。怎么才能化蝶？我看见了我自己的脸。眼镜不理解我为什么能看见自己的脸。我告诉他这与成佛证道一个道理，只可意会，不可言传。眼镜不再理我，独自说风给狂躁的季节的安慰，如同死亡对希望的安慰，追求终极关切；如同奢望只在白茅草的碱土地生孩子，寂寥中的静好。忆萍来了，远远地站在夕阳那端。

晚上，妈妈踏着夕阳回家，一进门，我便看见她的脸上有种奇异忧郁的笑容。我知道这种笑容的基本内容是令人欣慰的。于是我走上前去告诉妈妈，我要走了，妈妈点点头。

我背上登山包，刚出院门，发现孩子抱着大鹅在门口等我。

58

夜不能寐，只能想象和美人通奸。芳草鲜美，落英缤纷，乱石穿空，惊涛拍岸。后来裤头留下黏黏湿湿的一片。天亮了，用冷水洗完脸，又踏上我的路。这块土地，干燥的太阳躲在冰河的彼岸，草黄花残，干涩的枝丫挂着几片简单的叶，毫无表情地晃动。枯叶之迷惘实不异于常人，寒鸦翻飞，不见人影。

一阵强风吹来，我用手抚着耳朵。四野清廓阔远，乌金西坠，山崖萎缩到绀紫色的暮霭里，林子里只有一片淡淡的杏黄色。不才是早晨吗？

脚下的路我似曾走过，凸凹不平的黑土路，向山坡朝下走去，可以看到依稀掩遮在林间的几幢小木屋。我加快了脚步。可是这一切又是为什么？狼的故事。狼就是神。神的路是严肃活泼的路，是有功效的，比一切锋利的剑更快，快得甚至可以刺入魂与灵、骨节与骨髓，并层层剥开，快得连心中的思念和主意都能辨明，被造的物没有一样在我面前不能显然，原来万物均与我有关，在我眼前，万物都是赤露敞开的。

神是谁？神就是主。主是谁？主便是我。当我挖坑掩埋掉自己的丑陋以后，希望的朝霞会从绿油油的草地上升起，疲惫的枯叶已进入宁谧的睡眠。灿烂而绚丽的少女的乳和芳香四溢的乳汁。狂欢节的梦想。黑色的纽扣掉了。渐渐地、渐渐地，树林开始漫长的暗淡，杏黄色的天空已泛起蓝光。

暮霭悄悄地追来。悠长的叹息。不是早晨？

和老王一起去打薯叶是最没劲的活儿。老王说他之所以要求和我一起干活是因为我漂亮且有诗意。我不无讥讽地问他，我能写诗吗？老王说，你若写诗，比我强多了。你太执拗，诗人就应该执拗；执拗才会有风格；执拗即风格。

我笑道："这是扯淡，我哪里执拗？"

老王神秘地笑道："瞧你对忆萍单相思那个劲儿。"

我狠狠地看着他："你他妈的什么话？"

老王却笑嘻嘻地讲起公厕的乳房。他说公厕的乳房一定是这个世界上最美的，因为那乳房像一对会唱情歌的眼睛，丰润柔嫩，骨软筋酥。

少尉和几个人一起走来："你们在说什么？"

老王说："我们在说我们需要的是热烈而镇定的情绪，紧张而有秩序的工作。"

少尉说："你们不要干了，回去收拾一下，明天公社派车来，接我们回村子。"

我吃惊地问："是不是出现敌特？"

少尉说："少瞎扯。云南那边知青闹出了名堂，听说全国知青要全部返城。"

我和老王立即扔掉手中棍子："这年头开始怪了。"

一条长得十分难看、身子长长的黑狗向我扑来，我骑到它身上。它驮着我向小木屋跑去。门开了，可以闻到一股股浓烈的烟酒气味。老人。老人是个盲人，七十来岁，头发灰白，脸上满是皱纹，两颊也下陷到眉骨里，背微驼，穿着一件破旧的蓝土布褂子。小女孩站在他身旁。

　　"你是来找铁书的？"老人手持花梨木烟斗。

　　我从兜里掏出煤精烟斗："我为什么总要找寻铁书？"

　　老人指着身边的小女孩说："因为她要找。"

　　屋里一盏羊油灯积满厚厚的油垢，一缕惨淡的光辉随我晃动，波及全屋。我借助灯光点燃烟卷。门外开启了各种各样的歌声、笑声、敲盆打碗声，令人哭笑不得。我蓦然想起小时候外婆告诉我的谜语：一个锣，掉到地上找不着。谜底是个什么？因为要返城，大家才开始发泄。我独自站在窗前望着暮色中的绿色土地和那条闪动着银光的河。老王跑来告诉我说，少尉被打了，不知是谁，用棍子把少尉头打烂了。他说肯定是知青队里人干的。我说这关我屁事。

　　老王还说："今夜真像狂欢节。"

　　东风夜放花千树。更吹落，星如雨。我去看少尉，他半躺在床上，头上已扎上厚厚的绷带，伤口还在渗血。我能闻到血腥味。我递给他一根烟。他接过烟，并没抽，只是在手中把玩。他微笑地看着我。我说，我知道你一定想是我干的。但不是我。少尉没说话，仍旧看着我。我不知道应该说什么。抽完一根烟我便走出去。

　　月影凝流水，老头的朋友来了。春风含夜梅，老头的朋友都是老头。几个人围着炕上那只油黑的小木桌坐下，开始喝酒。我也坐在其中。他们把酒倒在小碗里，大口喝，"嗞嗞"有声。小女孩端上一小盆菜，偷偷地告诉我，这是蛇肉，就是我们见的那条大蛇。我十分奇怪，等小女孩走了，瞎眼老头告诉我，那就是杀蛇的女孩李季。

赵端起酒杯一饮而尽，他喝酒十分痛快。日本小姐端坐在一旁默默地听我们讲一个人从头到脚有多高的幽默。大家开始笑。他们说，我喝醉了，于是有人开始替我喝酒。看着大家热情的脸，我点起一根烟。小酒店只有我，一瓶酒，两个茶叶蛋。我大概是把鸡蛋吃完以后才开始一口一口地嚼烟末。这时我看到自己那张发红的脸十分兴奋。酒有点辣口又带点甜味。赵说，不知你为什么不喜欢喝二锅头。我说我也不知道。我说，小杰好吗？赵似乎没听见。江田小姐惊奇地看着我。这酒店设在公园里，十分讲究。我用手示意服务员上酒。

我对赵说："小杰觉得自己过得好吗？"

赵这才看着我，略停一会儿才说："不好！"

江田小姐说："你们在说什么？"

我说："我们说你很漂亮，我们俩都爱你，你想让我们哪一个为国争光？"

江田小姐似乎听懂了，脸羞愧地耷拉下来。我们劝她喝酒。老头们仍不停地喝。坐在我对面的老头似乎已喝多了，两眼通红，射出一股股凛然的酒气。他每喝一口，都用大手抹一把嘴，浓密的胡楂上，零乱地沾上酒珠。我盯着他胡须上的酒珠。

小渠边。渠里多年没有流水，里面长满黑色的宽叶茅草，黑叶上布满纤细的绒刺。偶尔有一朵小花也是黑色的，只是花蕊为金色，提醒着我的目光。晶莹的露珠凝聚在叶子上，如一只只羞答答、怯生生的眼睛。酒，依然要喝酒。我又掏出煤精石烟斗装上金黄的关东烟。烟斗里"噼啪"的响声便和他们喝酒"嗞嗞"的声音汇合在一起了。

赵说："喝完了咱们走吧！"

我奇怪地问："哈姆雷特怎么不喝酒？"

江田小姐说："你们都醉了。"

我不知自己怎么醉的，是醉倒在土炕上，村里小饭馆里，还是江田小姐怀里？反正我醉了。如果能倒在女人怀里不醉也是要装醉的。我感到一只油乎乎的手托起我的脸。老头们还在喝，他们已脱掉上衣，赤裸上身。酒是生命的燃料。我好像与一位在厂里还是在知青队里还是在大学里还是在研究所里相识的女人喝过酒，她似乎叫女鬼，身披木莲，腰系松萝，还骑着一头红色豹子。鬼当然比一般的人能喝。那红扑扑的苹果脸，带几粒豆大的粉刺。双眼通红，头发散乱地搭在脸上。她为什么要喝酒？我和她说"cheers"时舌头已直了。直到我倒在床上，她才用油乎乎的手抚摸我的脸。

江田小姐说："你这段故事很有趣。"

酒就是酒，微黄色的浊酒。喝醉了还能拉着妙姑的手去雪林里挖冬笋，她应该穿一件白底蓝花的土布短衫。妙姑不怕冷吗？错落的小木屋被白雪掩埋一半，像一幅静物画。

赵亦好奇地问："妙姑是谁？"

我和赵相互搀扶着向家里走后，至于什么时候告别了江田，仿

528

佛已是去年的事。大家仍然在闹，反正就要返城。我听到了摔酒瓶子的声音。

我已听不清所有交织在一起的声音。西边女知青的宿舍里灯光还亮着，但是已没有什么声音。我走向前，敲门，没有应声，我一脚便把门踢开了。这间大屋里住着六七个人，她们见我进来，都惨叫起来，慌忙把自己身子藏在被子里。我坐在屋中间的椅子上，倒一杯水喝了几口便说，男人是泥捏的，而女人是水做的。所以我不想回宿舍，想找个有水的地方歇一会儿。

有些男知青闻声挤到门前，只是站着看，没有说话，我从兜里掏出三棱刮刀，我说谁他妈的敢拉我走，我会捅了他，除非本屋的哪位女战友能起来吻我脸一下我才会走。在这个广阔天地里大有作为二年多浑身脏透了临走时找点水洗洗脸还不行吗？这个要求过分吗？这里的人谁不知谁是个什么味，可再过二十年街头见面谁敢说相识？我们这些没能参军进工厂上大学的三流混蛋如社会之垃圾谁会心疼？要不然忆萍怎么会生下孩子？少尉的头怎么会被打烂？我说你们不要看我，少尉的头不是我打的，因为我没有作案时间，有作案时间的是戈尔巴乔夫和撒切尔夫人……

屋内屋外的人都惊奇：戈氏是谁？撒氏又是谁？我说你们通通愚蠢，缺乏远见，岂不闻当年黄土陇头送白骨，而今天已经和穿着红妆的美人红绡帐底卧鸳鸯了？梦幻的光环一次一次地把现实曲解得完好无损，留下的真实是从冻土里翻出的七零八碎的骷髅。

少尉头缠绷带走进屋，他右手拿一根木棍，要我回宿舍，我操起刮刀。这时有人进来把少尉拉走了。老头们仍在喝酒。我说为什么要这样呢？我的太阳穴凸起，耳朵"嗡嗡"地响。在酒精的麻醉下，我想睡觉。可我合不上眼，我说最高指示教育我们中国的男子，要受三种有系统的权力的支配……至于女子，除受上述三种权力的支配以外，还受男子的支配。我的女战友们，不管你们是留城还是下乡，反正是要结婚生孩子的，韵华荏苒，含笑无痕，咋不去好好总结总结？

悲乎，唯兰麝之倩女，豆蔻华年，春半桃花；眉敛翠羽，肌如白雪。腰似束素，齿如含贝；肌赛凝脂，气透幽兰。腮晕潮红，羞娥凝绿；靡颜腻理，玉洁冰清。皓齿星眸，眸含秋水；粉雕玉琢，娇艳欲滴。回身举步，恰似柳摇；翩若惊鸿，婉若游龙。柔桡轻曼，妖媚纤弱；浓淡适中，修短合度。绿叶醉桃，兰心蕙性；凌波玉足，丽雪红妆。清喉娇啭，闲雅脱俗；艳冶柔媚，灿若春华。梦笑开娇靥，眼鬟压落花；篆文生玉腕，香汗浸红纱。黛眉开娇横远岫，绿鬓淳浓染春烟；经珠不动凝两眉，铅华销尽见天真。宜藏于椒房，匿于金屋，岂能弃之沟畦，以死麋相诱。

噫嘻悲哉！云雨断肠，红粉寒浪，时也命也，叹犹不及。至若株林之夏，鸡皮三少；西毛貂杨，艳骨锦囊。红绡帐里，酥软难支；翠绵衣下，鸡头无剩。乡虽号温柔，呻吟唯余惨淡；伊人过秋水，独奏难掩凄凉。粉褪香消，面泛鸦黄；垢渍尽流，黛绿斜侵。蝉鬓揉残，蓬头散乱；春纤瘦尽，鹰爪骤现。纱帐风凉，好梦难叙；锦衾寒凉，好具不坚。柳杨青青，江水难平；四海愁思，风烟茫茫。香消粉褪，罗衣戏蝶；杏脸桃腮，稀落齿断。软玉酥香，鸡肋根根；肌肤剥落，无

530

复人形。纤手相握，冷意透髓；国色天香，红粉骷髅。

　　故值鸟兽散之日，大醉不醉之时，缀高论于斯文，岂敢披图幽对，作劝世之良言？呜呼！苟向百年慕色，谁能千载偷香。

　　我大声说，我这篇《艳女文》你们一定要时常背诵，才能做到有备无患，不然到人老珠黄之时，就会惶惶然不知所措了。屋里的女知青都从被子里探出头，看着我。梁上吊的气灯"嗞嗞"地叫着。我想睡觉，又想起那能喝酒的女鬼。老王也站在门口，叫我回去。我说给她们还能讲些什么？我不知应该爱谁？

　　老头们都用轻蔑的眼光看我。我躺在炕上。其实我并不在乎他们的表情，我就是我。他们已老了，谈女人因力不从心故以不谈为高，然与不谈女人之人谈话又有什么意思？老头说，那你为什么不找女人喝酒？

　　女鬼穿着一件肥大的土黄色大棉袄走进我的屋，她手里拿着一瓶酒，说是一定要找我喝酒。我取出一包冻得像黄豆糕一样煮熟的花生米，我们便坐在炕上开始喝酒。她告诉我在这里一定要喝酒，这里很冷。冷到什么样的程度？她说，有一个老头冬天在路上跌了一跤，把腿摔断了，他扶着树站起来，就来小便。小便冻成一条淡黄色水晶拐杖，老头是靠这根拐杖，才回到家。她说完，自己爽朗地笑起来，她大口喝着酒，酒是她的生命。

　　我最后还是低下自己高傲的头。我的头接触到桌面时，发出"砰"的一声，三棱刮刀也从手中掉到地上。接着我感到一只手轻轻抚摸我的额头和面颊，我被扶起来，送回宿舍。

"你很潇洒。"赵说。

我说："我应该告诉江田我这段经历，没准儿她会因此而爱上我。"

赵说："你怎么不试试？"

人怎么都这样，我倒在土炕上，浓烈的酒雾笼罩着我的眼睛，我多么想大声呼叫一声。可我能叫出什么？一张张鬼似的脸在酒雾中飘晃。唯有女鬼的脸，红润丰满，健硕结实。

"你醉了。"她那沙哑的声音却显得很温和。

"嗯。"我晃着脑袋。我已醉得全身发热，嘴里喘着粗气，酒，其实并不是什么好玩的东西。她咀嚼花生米的响声震得我的耳膜"嗡嗡"地响。

她用手抚摸我的下巴："男人喝酒怎么会这么笨？"

我又坐起来，端起碗喝酒。她帮我点起一根烟。夜，寒风夹杂着雪粒打得窗户"叮叮当当"地响。老头们拍着我的肩膀让我钻到破棉被里睡觉，他们依然喝酒。门外的风骤然加剧，仿佛要把我们的屋子埋在风雪之中。但是我们有酒，有酒才会有信心。突然，油灯最后跳动一下熄灭了。黑暗如一张恐怖的网。我似乎在笑，雪满山中高士卧，月明林下美人来，美人应该是谁？忆萍还是妙姑？罗杉不是已经死了吗？炕上小狸猫清脆的叫声像摆在酒桌上的洁净的花。

等我再次扬起头，发现有许多人坐在我的床前。我从枕头下摸出烟，抽起烟看着他们。没有人说话，我们只是彼此看着。门口有人在走动，突然那人惨笑几声跑出院子，这是杨伟的笑。于是我笑道："今年真好。"

等我再次扬起头，看见灯还亮着。有哭泣声，是女鬼的哭声。她见我醒来，哭声便停下，用手摸着脸上的泪珠。她的脸如一张白纸，看来已哭很久了，我说，你干吗哭呢？你瞧，我就不哭。我不哭是因为我只爱我自己，我爱我自己，我才能坚强。我说着，用手拍了拍她的肩膀。天太冷，还有什么可说？松林和篝火。单调的锯木声。雪，白茫茫的一片，傻狍子，枪响了，太阳照在山梁上。永远洗抹不掉的是人世间的丑恶，白乳房和白屁股，男人们和女人们。我觉得女鬼有时像鬼，有时不像鬼，日月倒行入海底，白昼相逢半人鬼。

我没有告诉任何人我为什么喝醉，为什么跑到女知青的屋里。女鬼也没有告诉我她为什么要哭。反正在这个世界上，不笑就应该哭。在哭与笑之间是平庸的时间。如果仔细看一看平庸，不也应该哭和笑吗？我一定要告诉上帝，他造人时，构思十分巧妙。我也一定要告诉佛陀和基督，告诉他们我已知道他们赖以生存的秘密。他们是想用建立信仰来打发哭与笑之间的平庸。我只爱自己，所以我并不平庸。

一夜过去，又是早晨。我走出小木屋。小女孩已在门口等我，说要和我一起去雪林里找铁书。我说，你这么小，干吗就背上这样沉重的负担？孩子不说话，执拗地拉着我的手。我们向雪林里走去。东南方的天空露出一抹胭脂色，太阳要跳出来，片片云影在青灰色的山巅露出绰约的身姿，黑羽白花的喜鹊在松林里"叽叽喳喳"地活跃起来。松林依旧在白雪之中，无风，雪地上来去的脚印十分清晰。我问孩子那些老头都是什么时候走的，孩子说，天一亮，他们都不见了。我说，原来他们也是鬼呀！

533

59

就这样我被抛弃在这荒无人烟的雪林中，孩子亦离我而去。但我傻乎乎的，竟然没有任何被抛弃的感觉。唉，我真正缺少的东西，就是要在我内心弄清楚我要做什么事情，而不是我要知道什么事情。问题在于了解自己，认清上帝真正希望我做什么；问题在于找到一个对我来说是确实的真理，找到一个我能够为它而生为它而死的观念。

克尔恺郭尔曾说，在信仰问题上，我们唯一的选择只有鼓起勇气"纵身一跃"。难道我真是这样吗？真实的幻影支撑着每一个不成熟的灵魂，死又如何？生又如何？不生亦不死，不灭何以生？不生不死能至圣吗？我不是常常告诫自己要"清贫至圣"吗？但我为什么挖空心思去赚钱，为什么不遗余力去行骗。是的，如果我不赚到钱，怎么能把我写的这些"心血"付诸剞劂？自为的有，人的实在，空空如也，无稽之谈，可为什么要谈这种话题呢？参谋长说，因为我已没有什么感情了。

赵来找我，他今天穿得十分整齐，瘦白的小脸半裹在藏青色的高领毛衣里。他坐下问我是否已戒烟了。我笑着说这是无稽之谈，只不过是最近喉头发炎充血，抽得少点罢了。

赵说："如果你戒烟，我就会戒酒。"

我说："烟与酒均是不能戒的。爱烟者必好色，这样的人貌似理智，实则狡猾，总希望漂亮的女子都喜欢他。而嗜酒者必痴情，这样的人似乎浪漫，实则执着，会为爱情而献身。这样看来，酒胜于烟。所以我就是戒了烟也是不能戒酒的。"

赵鼓掌而起："这自然有理，但从酒烟二字字体构造来讲，酒从水而为阴，烟从火为阳。阳尊阴卑，故烟胜于酒，这样说来就算我戒了酒，也是不能戒烟的。"参谋长左手持酒，右手夹烟，笑着看着我们说："你们都是自了汉，我若早知道，就砍了你们的腿。我空乃我法无。空即为色，色即为有，有即为空，色亦为空。至于你们说的情则是一支矛，痴情，乃是利矛。以利矛刺空有，则不着一处。故色也罢，情也罢，爱他人者，被他人爱者，均是为尘缘所染，是以空为有，以幻为实。这点你们不会不明白，所以你们自了不了。"

小杰披着五彩锦绣披风进来，多年未见，她的样子更显妖冶妖媚。她似乎听到了参谋长的话，巧笑道："尘缘未了亦是一种了，尘缘是有，有亦是空，我已明白，他们一为我表兄，一为我师兄，怎不明白？"

我与赵走上前，拍着小杰的肩膀，嘉许道："没想到参禅不久，已登堂入室了。"

小杰调皮地指着我们俩人，对参谋长说："你说他们俩我应该爱谁？"

参谋长深深抽一口烟，看着手中的酒杯，不紧不慢地说："以你的话来讲，应是有缘则爱，缘尽则走。"

我们三人都装了惊讶样子："反解？"

参谋长把手中的酒喝掉，丢掉手中的杯子，然后飘然而去。杯子落在大理石地面上"哗啦"一声，摔得粉碎，我们开始打扫屋子。

小杰说："他怎么了？"

收拾完屋子，大家坐定，小杰也抽起烟，均不说话，我们互相微笑地看着，似乎都在参悟碎杯之玄机。

赵终于说："一默如雷。即有心得又如何不言？"

我说："人间所谓之姻缘，不过是有因才可相识，有缘方能相爱。缘之为缘，因时而起，时过而迁，故长相厮守，白头偕老均是屁话。所以爱是一种短暂的感情，如云在雨中，纵能酣战，终有泄时。"

赵说："爱与情，均是可羡又可叹之物，不若两头俱截断，八面清风起，留下一剑倚天寒。"

我与小杰说："冷冷清清，煞是寒心。"

小杰仰面大笑，拍着手唱起来：

　　白珊瑚，撑着月，
　　白银碗里盛白雪。
　　雪覆芦花月藏鹭，
　　白马误入芦花处。

我说："清静倒是清静，不过这像送葬。"

我的话音未落，他们相互挽手而去。我起身送他们出门，他们并没回头。我想他们一定是吃过禅片以后来我这里约会，然后一起去找少尉炼禅片去了。于是，我锁上门，悄悄地跟在他们身后。小杰不是小玫，不是妙姑，不是彬彬，更不是薇。她似乎未曾爱过我，我吻她的时候，她会咬着我的舌头告诉我以后不要这样。这样做需要熟练的技巧。她对赵是不是也这样？

　　我远远地跟在他们后面，看着两颗黑色的头在雪地（或白茅草地）里晃动。穿过雪林，是一道缓缓谷地。谷地两岸，嵯峨插天，巉岩俯地。在巉岩之上一株株碧桃横亘其间，紫红细长枝子挂满重重叠叠的红色花蕾，在一片白雪背景映衬下，含苞欲放的花蕾竟然红得滴出血珠，楚楚动人，娇艳可怜。桃之夭夭，灼灼其华。

　　我看到他们停下来，赵翻到岩石上，摘下几根花枝，送给小杰。小杰闻了闻，高兴地跳起来。走下谷地，折转来到另一个天地。白雪消尽，青草铺地，嫩柳黄藤之中有几椽茅屋，疏竹短篱，幽兰留香韵。少尉穿着僧衣，挽着薇的胳膊站在门前。他们在等赵与小杰。我站在一棵柳树后面，闭上了眼。

　　杨伟牵着牛，牛铃声响。忆萍走在牛的后面。他们这个样子很像农家的新郎与新妇，扛着锄头，倚着柳树抽烟。当他们走近的时候，我说，你们这样子好像在我外婆讲的牛郎织女的故事里。忆萍不无讥讽地说，你外婆还给你讲过什么故事？他们随着铃声远远地走到夕阳那边。

　　白芦苇草地，白色的鸥鹭，打猎归来，便开始喝酒。酿好了，淡绿的米酒，火旺了，小小的火炉；天已晚，雪意渐浓，来寒舍，一杯暖心酒？我喝了一碗酒后，便对他们说我之所以喜欢打猎是因为我喜静不喜动，打猎是一种静。故我喜欢打猎。我不喜欢钓鱼是因为钓鱼是一种动。打猎虽然三五成群，可一到山上，便四处散开，一个人扛着枪独走一条路，腿虽不停走动，一天却放不了几枪。有则打，无则走。所以你大可自己想自己的事，神情怡然而自得。

打猎之静是一种动中的静。钓鱼便不同了，钓鱼虽独坐一处，但双目不离鱼漂，心不离欲，身不动而神动，故钓鱼之动是静中的动。因此，大凡像我这样一流闲人，总应该喜欢打猎的，而钓鱼者却只是风欲静而心不止二流闲人所为之事。

我的话说完，便听到掌声。

我听到了掌声，却看不到鼓掌。实际在这个世界上，喝彩和喝倒彩者都躲在任何人也看不见的地方。唐走过来，坐在大柳树另一侧，他从兜里掏出一把精致的小口径手枪，仔细地把玩。急湍的溪水冲打着铁青色的石壁。他说他真想强奸他想强奸的女人。我说你千万不要这样，我父亲的事让我烦心透了，刚刚结束。他又说，他想跳到那溪水中，让溪水把他冲走。我说我知道你想过一种离群索居的生活，这只能让溪水倒流。

我也坐在树下，望着深掩的庙门。一切是因为合理才可怕。星星草，蒲公英，瘦弱的黄花。流水湍急咆哮。柳树在风的怂恿下，披着一头长发，开始了疯狂。东门之女，岂不尔思？子不我即。唐落下泪，感叹道，两语工绝，后世情语皆本此。荒诞的世界。枪响了，大脑袋上冒出一股青烟。

想杀人，也想自杀。无聊的生活让人疲惫，疲惫的生活又让人无聊。不可解释的理论。是因为有了理论，才会有智者，才会有大觉大悟，山色空蒙，欲火烧心。我只有我那条路。

　　唐把枪放到皮套里，他对我说，你知道我为什么自杀吗？我说，只为风月情浓，于是乎，你就趁着这奈何天、伤怀日、寂寥时，自己搞自己一下。唐说也对，人不能无情，无情又怎能称为人。柔曼当前，娇痴生侧，哪能不摇荡心旌，失落精魄呢？断肠于南浦之花，怆怀于北邙之柳，如我也！

　　我说，我不是这样。唐不解地看着我，你为什么双眼离不开那座庙呢？我解释道，我是出家人，心中只有一座庙。唐闭上眼，起身走了，头也不回。我看着我那副迷惘的样子，"嘎嘎"地笑起来。这时我问我为什么自杀？

　　我坦然道："我自杀是因为我想自杀。我想自杀是因为我天天不能入睡，于是我从床上起来，拉灭灯把一百个硬币撒到屋里，然后趴在地上，一个一个地把硬币摸起来，装到盒子里。摸完后我感到活着是一种煎熬，我便想起自杀。"

　　我不满意地说："你认为你活着和女人守寡一样？"

　　我睥睨地看着我："你认为应该怎样活？"

　　我闭上眼，女鬼的笑声。女鬼疯狂的笑声和我听到的许多女人的笑声一样。幽兰露，如啼眼。无物结同心，烟花不堪剪。因为我时常不理解这笑声是想让我发狂还是她自己在发疯。坐在学校花园竹林之中，一把藤椅，一杯清茶，一本《萤窗异草》，可就是没有狐化的美女。书生多负情，或情在其中，也可露及丫鬟。狐却没有负情的，多是从一而终。无可奈何之中，只有一声娇泣，半破芳心，知君俗骨应难换，莫对新人话旧人。由此可见，人不及畜。我打开书，闭上眼，满心浮云，一园翠枝，般若吗？总有一句两句稚嫩的声音从楼上飘下。

罗杉来信了！可罗杉呢？待我睁开眼，才发现薇与小杰在我的面前。

薇说："你睡得好香！"

小杰挽着薇的手："你也好不知羞，怎么能跟在别人后面盯梢呢？"

我站起来，拍拍身上尘土："别人是谁？"

小杰还想说什么，见我似乎生气了，就不吭声。我随着她们走进寺庙。这座寺庙似乎十分古老，枯寂的意境中又流露出憔悴颤抖的神态，不过几株苍劲的古松，耸立在庙门前，隐隐还留下一些雄伟和庄严。寺内庙堂高低错落，倚势而成，房顶上的青瓦已被抽去多半。屋内泥塑木雕的神像，多是金彩剥落。只是庭院砖缝里冒出的绿茸茸的茜草，可爱动人。她们领我走进般若堂。

般若堂稍显完整干净。少尉盘坐在大堂里蒲团上，赵坐在一把红木躺椅上，俩人正喝酒。少尉见我进来，对我点点头。

我亦坐在蒲团上，双手抱拳，对少尉说："别来无恙乎？"

"还好！"少尉倒了一碗酒，递给我，"听说你最近打了一场官司。"

我推开酒，笑道："没想到你身处野庙，耳却很灵。"

我说完，看了赵一眼。赵眼和嘴均在酒上。薇拉着小杰在寺庙里散步。少尉问我是不是也想喝，我说，算了，已戒酒了。少尉摇晃着光脑袋说不相信我会戒酒。

我说："我怎么不会戒酒？我不是在酒精里泡大的。再说，喝酒总会出事。出家人能不戒酒吗？"

少尉笑道:"出家人怎能不喝酒?"

赵亦说:"你是不是还没参透出家道理?"

我看着他们痴呆的样子,太阳的光辉从门梁的纸窗透进,阴森森的大堂顿时活泼起来。捉迷藏,大孩子和小孩子,一起去偷桃(当然,那时还不知道偷香)。记不清的庙堂的形象,桐木柱子。怎么预料黑暗中一群群蝙蝠冲出大堂嘶咬着黄昏织起一张遮天蔽日的网,我伤感地对所有人说这是童年的庙,神仙都有翅膀像雷震子,后来又知道神仙没有翅膀也会飞翔。我没有翅膀又怎么飞翔?我拿出一根竹竿铜烟锅,开始抽朋友从广丰寄来的上好烟。

赵惊奇地看着我手中烟锅,听着烟锅里发出的"嗞嗞"的声音。我说:"你是不是想来一口?"

赵说:"你把这烟锅送给我如何?"

我吐一口烟道:"不可,此物乃美人所遗,怎敢轻薄。"

赵放下酒杯,站起来:"我送你一件东西,你一定愿与我交换。"

我说:"那不一定。"

赵说:"是本铁书。"

我十分惊奇:"铁书?"

赵转身走出般若堂去取铁书,过了一个时辰,他才回来,无精打采地说:"铁书不见了。"

少尉的脸上也画了一个问号,慌慌忙忙地冲出般若堂。

晚饭时候,因为铁书的遗失,大家颇为扫兴,只是吃饭,谁也不多说一句话。

60

吃过晚饭，薇送我去客堂休息。我们沿着大雄宝殿，穿过方丈的居室，七绕八旋走了好一会儿，才来到位于寺庙后院的客堂里。客堂的外表亦是十分破旧，只有挂在屋角的铜铃随风发出悦耳的清鸣。我与薇走上楼厅，她打开一间房子。室内整齐清洁，家什样式古朴素雅。对门一张香案上挂着四张绢本画，木椅和桌子均是红木精雕细琢，不太常见。黑褐木质天花板，镂满圆圆的小孔，正中央挂着一盏黄铜嵌玉的玻璃彩灯，灯的四角有长长的流苏。

我躺在床上，薇倒了一杯茶，放在床边小木几上。

她说："你休息吧！我还要去做功课呢！"

我一把拉住她的手："做什么功课，这么长时间没见面了，你为什么不愿意陪我说点什么？"

"你丢手呀！"薇说，"有那么多女孩子陪你，我算什么？"

我松开手："听你这样说我真高兴。嫉妒说明你还爱我。"

薇坐在床边。她漂亮依然，黑色的小绒帽下，媚秀的眉目，洁白的肤色，嘴边总是泛浮着一种可人和悦的微笑。

我心里说："你就是薇。"

薇说："铁书丢了，大家都不高兴。"

我说："这是为什么？实际上铁书对我更有用，它能帮我完成一种心愿，我尚且无所谓，你们又是何必呢？"

薇一本正经地说："其实你不知道，这铁书上记载了炼禅片的秘方。据说这铁书是盘古开天地留下的一本书，文物价值自不待言，何况还有秘方。"

我笑道："盘古是汉代人。我混迹古史这么多年，怎么不知道盘古留下一本铁书？盘古我是见过的，我再见他时，一定要问个明白。"

薇说："你笑什么？"

我手揽着薇的腰，想把她抱在怀里，她却用力把我推开。

我说："这禅片不是你们项目研究出来的成果吗？怎么会在铁书上又出现了秘方？再说铁书真的那么宝贵，赵怎么肯拿它来换我的烟嘴？"

薇正要说话，忽然听到小杰在楼厅下面叫她。我与薇走进楼厅，只见少尉、赵和小杰在庭院站着，他们说要和薇一起去散步。我说，我能不能和你们一起去？他们都低下头，看着院里铺地的青砖，一言不发。薇走下楼，看着他们远去的背影，我朗声笑道："黯然销魂者，唯别而已矣！"

他们走后，我扶着楼廊上的木栏，傻傻地站着。这座客堂的西厢房墙下，有一个花坛，里面有几枝杜鹃，正开得娇艳灿烂，晚风中绯红娇柔的花瓣如一群翩翩蝴蝶。太阳已落山，天色仍然很亮，半圆的月亮挂在明净的天幕上。好一会儿，我走下楼，抽着烟向寺外走去。

　　他们走后，我并没有任何异样的感觉，对自己微微一笑。是不是就这样，才能顺其天，意气得游乎寂寞之宇矣，形性得安乎自然之所矣？世事的艰难，人生（心）的诡变，道不达于心，心焉能乐道？平生没有属于自己的东西，唯寂寞耳！我似乎体会到她曾告诉我的"我们在一起，不说话该多好"之话的深意。以寂寞索求的自然不是寂寞。要不然，乱哄哄你方唱罢我登场，又应是什么滋味？

　　我走向庙门，沿着鹅黄色的残破的庙墙，走到寺庙后面。这里是一片丛林，低矮灌木中零零落落有十几株硕大的菩提树，圆叶青葱繁茂。我沿着一条小路，向丛林深处走去。我想，要求证道的人，怎能觉悟？不若反求自身我从何处来，要到何处去。所有的宗教大凡都有原生神话。既然原生已是神话，又怎么能信人信己呢？

　　也许人之寂寞皆缘于对自己生的怀疑和死的假设。从生追到死，人就走完一生。这不像参谋长捧着一本有或无的书在地狱里提炼灵魂。这时，我突然感到，我先前狂叫要出家那种样子一定很荒唐可笑，真实的宗教只存于单个人的内心体验之中，它不是一种文化，不是一种道德。在某种意义上来说，它取决于一个未被客体化的上帝的恩赐。诸佛从心得解脱，心者清净名无垢，五道鲜洁不受色，有解此者成大道。般若三昧，一切都是假定，幻化就是一切。我无幻有，我有幻无。有与无，真与假，皆唯心而定，故心即是有，即是真。我思故我在。有与无，真与假皆因我在而有，故心亦为无，亦为假，无可无不可。平淡从容，聊度残生。

我找一棵粗大的菩提树，盘腿坐在树下，试想也能七七四十九天悟出一个可以忽悠几千年的道理来。暮色中的丛林，出奇地静。一层薄薄的轻绿色的雾霭舒曼轻妙地在丛林中飘动，高大的菩提树如一尊佛陀的雕像，微笑着，双手合十，虔诚静穆听着寺庙风铃轻声慢语的祈祷。我闭上双目，眼前出现无数娇小的银翅蝴蝶，姿态闲散地在林间花枝上舒翼而舞。我睁开眼，我估摸着我是不是应有一段新的艳遇了。

佛陀向我走来，他穿着一件金红色的宽大袈裟，手执一把大蒲扇。我看到他，"哈哈"笑起来。他被我笑声惊吓到，用蒲扇猛地敲自己的脑袋。

我说："怎么会是你？"

他走近我身边，也坐在地上笑道："是我如何？又有什么可笑？"

我抽起烟："其实你不知前果后因，你当然会觉得我的笑也十分可笑。"

佛陀找我要根烟，吸一口说："你是不是想修欢喜佛？"

我用手拍拍他的大肚子说："知我者，佛陀也！不过我煞是不明白，佛陀能修欢喜佛，却又把色欲列为五欲之首，须首先诃咄。故常常教诲我们，所谓男女形貌端乎，修目长眉，朱唇素齿，种种妙色，能令愚人见则生爱，作诸恶业。"

佛陀抽着烟，意味深长地说："您知道不？有个名叫频婆娑罗王的，太好色，居然一个人跑到敌国，钻进一个歌女阿梵婆罗的红绡帐里。这才叫色。我们的欢喜佛不同于色欲，这点你是明白的，又何必让我多说。比如人们喜欢听下流故事，这类故事人人均能自己讲，可他们非要别人来讲，让别人讲下去，以此来满足自己的耳朵。所以五欲之二，即为声欲。如住在雪山的五百仙人，听到甄陀罗女歌声，即失禅定，心醉如狂。如是等种种因缘，知声过罪。"

我把手中烟头按灭："我能不能成佛？"

佛陀笑道："你自有你的造化，何必非要成佛？谓空即色，空何以是色？谓色即空，色何以是空？"

我笑嘻嘻："和风吹柳绿，细雨点花红，敢问佛祖我的造化若何？"

佛陀长叹一声说："你怎么谦虚起来了，造化自是造化，我若懂得造化，又何必成佛？物无非彼，物无非是；自彼则不见，自知则知之。"

我说："你这是闲扯淡了！明明是自己谦虚，却偏偏怨起我来。"

佛陀并不理会我，抽完烟，把嘴中剩下的一点烟蒂，用舌头一卷，津津有味地嚼起来。风铃声中的丛林，轻绿色雾霭已成暗灰色，蒙蒙一片，天色渐黑。我已看不清佛陀脖下油光的胸毛。

我说："你怎么不去看看他们炼的禅片？"

佛陀把嘴中烟末咽进去："若能吃药成佛，就可以抽烟戒烟。他们怎么不知道黑白自有道理，怎么能强与造化相争呢？所谓的色空，如幻如泡，如电如露，不久留于世上，又哪能长住于山中？"

我点头道："你这样说我就放心了，我本来很羡慕他们，听你这样说，也就算了。"

佛陀站起来："其实你羡慕的是他们那两个小美人吧！"

佛陀说完，不等我辩解，飘然而去。我闭上眼，银翅的蝴蝶还在飞舞。美人的脸，为什么要把女人比喻为 chalice，男人喜爱女人，是为了追求生育的秘密；女人喜爱男人，则是为了证明生的秘密。爱源于人自我求证之激情。我的心灵摆在宇宙的天平里应该有多重呢？

参谋长露出诡异的笑容，说村姑已不愿意搭理他。我不知道他为什么要把这个消息告诉我，难道是怂恿我向村姑求爱？眼镜气喘吁吁跑来，他说，他已与人民街的胡铁头约好了，马上去中山公园的苹果林。我正在琢磨村姑与参谋长的事，被眼镜这一搅，顿时生了一肚子火。我说，你他妈惹的事，你自己去打这场架。眼镜睁大眼睛看着我，他几乎不相信我说的话。

参谋长拉一把我的胳膊说："走吧！你愣什么？"

我说："我在想村姑。"

眼镜说："谁是村姑？"

我与参谋长均不说话。我们来到公园，眼镜约的几人已在门口等着，我们简单商量打的方式和跑的路线后，便来到苹果林。这时，胡铁头一伙十多个人已先到那里，见我们过来，都操皮带与三节棍，稀疏地站成一排，我们也站成一排。这时，我们这里有人走过去与胡铁头讲和。胡铁头没有同意，但同意文打。打群架有文打、武打两种。文打即各方出一人摔跤。一方被连续摔倒两次或两次以上即视为败。武打即群殴。

我扔掉手中的擀面杖，脱下外衣，走到阵前。对方上来个大个儿，比我高一头。我与他搭上跤耙。不到三分钟，高个子已被我摔倒两次。高个子显然情绪失控，第二次站起来时，趁我不注意，一脚踢在我的下腹。我"哇"的一声倒在地上，打了几个滚，正滚到参谋长的脚下，参谋长弯下腰来扶我，他头上"啪"地挨上一棍，人顿时瘫在我身上，血汩汩流出来。群殴开始了，不一会儿，胡铁头已被打倒，他带来的人四散奔跑。我抱着参谋长，神情木讷走向公园对门的医院。

到了医院，参谋长已醒来。医生给他缝伤口时，他找我要了一根烟。眼镜跑来说，胡铁头也被抬进医院，大概是迎面骨断了。踹我一脚的大个儿是个知青，叫赖虎，头也被开了瓢。参谋长说，这场架打得太狠，民兵指挥部一定会抓人，你们要躲几天。我说，去哪儿躲？参谋长说去找村姑。

眼镜又问：村姑是谁？

村姑长得有点像谁？我睁开眼。灰黑色的丛林中不整齐地挂着一盏盏小灯笼。这些灯笼做得非常精致，月牙形，红色火苗在薄薄的绢纱中一颤一颤地闪动。每个灯笼四周枝叶被映出圆圆的一片柔和的橙黄色。我借着灯笼的光线找到来时的路，找到了风铃中的寺庙。寺庙的墙上也稀落地挂着一些小灯笼，灯笼的排列似无规则，但是却让人感觉无比和谐。毕竟是自然之造化，非人力所能强为之。

回到楼厅的客堂，只见客堂中的灯光亮着。我推开门，少尉四人坐在屋内。赵的胳膊搭在小杰的肩头，他们坐在床上。薇与少尉坐在椅子上，薇似乎在仔细听少尉讲一个开心的笑话。他们见我进来都不再说话。我拉起一把椅子在门外坐下，抽着烟好奇地看着他们。几个人都这样来回注视着。我抽完烟，大家才不约而同地笑了。

我站起来，自己倒一杯茶："你们的铁书找到了？"

少尉说："你刚才去哪儿了？我们在这等了那么长时间，真担心你会出事。"

我说："会出什么事，又不会掉到老虎嘴里面。我所能出的事，只不过有可能被一些宣淫的女子拐去，陷入红粉骷髅阵，闹个精疲力竭而亡。况且，这还是我可望而不可即的呢。"

少尉说："这话不雅。"

我说："雅俗并赏。"

赵站起来说："我却以为此话甚妙，口淫者不淫。"

少尉站起来，拉着薇的胳膊："时间不早了，我们都该休息了。"

薇挽起少尉胳膊走了，薇回过身子，向我点下头。赵扶着小杰的肩膀走了，小杰未曾转过身。我掩上门，躺在床上，抽起烟。

61

寺庙飘摇在清亮的风铃声中，月牙形的小灯笼流露出橘红色的光辉，与淡黑的夜空融为一体。心还是这颗心，目光来去无踪影。白鸥飞翔云海间，黄昏流血到明天。大同的理想已压在喉管里嘟哝，我把烟蒂在自己腕上撤灭，我想听到火烧过皮肉发出的轻微响声。我为什么要来这座寺庙？我为什么要奔波呢？人生一世，涓若露垂，我身非我，云云谁施？

我怅然坐在床上，看着挂着流苏的玻璃彩灯。灯如一位修禅入定的老僧，灯下的风鼓动的影子恰是流动的心情。罪恶与恩宠集于一身的上帝，这时一定和我一样坐在床边怅然。这又是为什么？人世间的是是非非，一笔算不清的账。感情之债务与债务之感情。

我低下头，闭上眼。我认定自己会逐渐厌倦一切。白色的塔，白色的影子，白色的月亮。草地上一群一群雪白的羊，小溪里一卷一卷白色的浪花。各种各样的白色，乳白、葱白、鱼肚白、草白、灰白、米白、象牙白、珍珠白，白色是一种包含光谱中所有颜色的颜色，明度最高，无色相。无色相，即离色界欲界，得无色界定。

我是白色的吗？我有色吗？我是谁？

论曰：正是因为这个寻找，我才活在这个世界上。Pleroma，世界精神之善，故人类努力追求，解救地狱苦魂脱离地狱。神灵游荡在空中，圣餐是长生不老之药。吃唐僧的肉，喝唐僧的血，可以不死，得享永生，所以妖魔鬼怪都争抢他的肉。幸运有了行者出生入死捍卫，青山依旧在，几度夕阳红。我的真如乃万有之本体，被三昧真火锻炼，只为攀缘妄念烦恼诸见，黑烟所覆，但能凝然守心，妄念不生，涅槃法自然显现。真如凝然，不作诸法，自性本来清净，别无烦恼，无漏智性，本来具足，此心是佛与佛无异。若真如也在梦中，假则不为足，空则不可容，中则不能观，平端不增损。生又何益，死又何憾？道通自然，自然也就成了我的涅槃山，生从何来，死往何去？生死不过一蹬腿，便是五蕴皆空了。

村姑马上用小手按着参谋长的嘴："养好伤吧，以后不要再说这样不干净的话。"

眼镜也说："是的，不要说了，我也想在这儿图个清静。"

村姑走后，我说："你们发现没有，她有点像忆萍！"

他们没说话。我坐在昏暗的屋里。灯已灭，万籁俱寂。忆萍屋里油灯亮了，她和杨伟一起吃白薯。我懒洋洋地躺在床上，看着他们的身影。我决定讨厌她，于是，我在心中反复筛选一个理由讨厌她。女人是狗。我讨厌小黑，吊死小黑是因为我讨厌狗。荒唐的追求与苛求理由的冲突。你眼中金色的晚霞，或是我眼中流血的黄昏。她荷锄走在田埂上，身影被阳光拉得很长，直伸进田边坟地里。我问我是不是因为她才吊死小黑？她和杨伟仍在一起吃白薯。她穿着那件蓝色灯芯绒上衣，领子很大。

村姑回来了，她把参谋长带到一个赤脚医生家换药。我和眼镜仍呆呆地坐着。突然，眼镜说："是不是因为村姑像忆萍你才爱她？"

我笑道："你怎么理解这样深刻。"

眼镜说："没想到你和参谋长会有这段感情。"

我看着我的脸，这一张十分端正的脸，眼中无名的忧虑与嘴角无奈的嘲讽总是恰当黏结在一起。我欣慰地笑了，轻轻地吻着自己的腮。一阵凉风吹过，我打个冷战，于是我猛地把我推开。我害羞地对我说，你怎么能这样？于是我的脸红了像涂上一层水胭脂。我颇不自然地抽起烟。

我难为情地凝视我金黄色的眸子："你太 sentimental 了，已经这么大的人了，何必要这样？"

我与我之间隔着一层烟幕，我脸上的红晕也为烟幕淡化。我走进忆萍房间。她与杨伟坐在里面，见我进来，便递给我一盘红薯。我苦笑道，你们心真好，自己吃得津津有味，还能想到我们这些天下的受苦人。杨伟说，你还是受苦人？你若是受苦人，我们前世就已下地狱了。我吃完红薯，抽起烟说，你说的我们，恐怕已包括忆萍，你真的舍得让忆萍和你一起下地狱？

忆萍秀眉紧锁，装出一副生气的样子说："你们把我扯进去干什么？"

少尉也走进来，你们吃着红薯下地狱，志向果真不小，怎么不叫我一起去？忆萍抢白道，这是干吗？你关心的是普天下受苦人如何得解放的大事，怎么和我们这些地狱小鬼混在一起？少尉摇摇头坐在我身边。

我嘴中吐着烟。烟蒂把我与他们隔离开，我看不见他们的脸，只好闭上眼。村姑似乎在说一件很有趣的事，把眼镜逗笑了。参谋长好像补充了一点什么。我说我头疼，必须去睡觉。

我回到屋里，坐在铺满稻草梗的床上，并不想睡，只是在心中找出各种理由来讨厌村姑，进而讨厌忆萍。村姑十分单纯，可是单纯不是傻，傻难道可爱吗？傻似乎也很可爱，可爱得不能成为笑料。在我的印象中，参谋长不会有任何爱情，可他为什么对村姑情有独钟。我为什么要喜欢村姑？忆萍并不傻，但忆萍却十分单纯，单纯得能把所有的心事轻轻地隐藏在单纯之中，如清风明月下的湖面，其深沉只是轻描淡画，我毕竟能发现她单纯之后的东西。这样说来，我应该爱我，而不应该爱忆萍。我又尝试去拉我的手。我的手就是我的手，造型遒俊，如乳黄色象牙精雕细琢出来的手。只是手背上有一只虫形的疤痕，像是记录英勇的徽标。这次我没退缩，任我双手细细地抚摸。

我再也没有把手缩回去。我睡在床上，小杰坐在我的床边，若无其事地看着书架。早晨的阳光，从门窗射到她漂亮的面庞上，弯弯的细眉，时而舒展，时而微皱，浓而细的睫毛丛中，一双眼睛如深秋的潭水，楚楚可怜，幽怨动人。雏鹰似的鼻子，偷偷地勾人魂魄。小杰的手从粉红丝质衣袖伸出，粉腕丰腴，手掌细长，嫩得滑腻。我把她的手拉在我的脸上，轻轻揉摩我的腮，她似乎没有感觉，仍看着书架，另一只手翻动着上面的书。

我开始吻她的手。她转过头，用手揪了揪我的鼻子，然后把手缩回去。她说，你怎么会这样淘气？我说，你像不像我的孩子？她用手指着我脑门说，你这叫不知羞耻，如果我是你的孩子，你能这样吗？我说，你不是我的孩子，我们俩应该是什么关系？她装出生气的样子说，真的，如果你再这样，我就上楼去。我忙把手缩进被褥里，你还是这样吧，我不再伸手了。不过我想问一问，赵拉过你的手吗？她说，你真想知道吗？

赵敲门，提着酒瓶走进来。

我说："你不去陪小杰，来我这里干吗？"

赵把酒瓶放在我床边的桌子上。他直眼看着我。

我说："是不是又想喝酒了，少尉呢？"

赵苦笑道："少尉不知去哪儿了。你不知道？"

我拿起酒瓶，喝了几口："少尉去哪儿，我怎么会知道。"

赵说："不知道也是个妙事，我们喝吧！"

赵开始喝酒。这是我知道的。赵喝酒为什么很勇敢，这也是我知道的。酒是通达之性的尤物，酒是人之灵魂分离剂。烟能使人成为人，而酒能使人成为超人。

这个世界上，若无酒，还有什么精神可言。赵喝酒很快，进入状态也很快，以至于我也不能不加快节奏来喝，否则就跟不上他的节奏。酒喝完了。赵躺在椅子上，两眼望着天花板。

我说："酒后方可炼禅心，一壶禅心在酒中。"

赵两眼微闭："此时哪会有禅心？只留残心了。"

我说："谈禅兼学道，爱酒更能诗。"

我不再说什么，躺在床上，酒气透过全身。参谋长说，你怎么喝这么多？这是在别人家，你这样不好。我大笑道，我知道了。

参谋长摇摇头，我怎么会喝酒，我也记不清了，反正喝了酒，反正我躺在床上，反正我喝醉了。

眼镜推着我的身子说："你睡到村姑床上了。"

杨伟说："你是不是因为要给我讲这段故事才拉我来喝酒。"

我对少尉说："你瞧，杨伟这样说就不像哥们儿了。我叫他来喝酒，就是喝酒。一觞虽独进，杯尽壶自倾。"

杨伟开始大口喝酒。少尉埋怨我不应该叫杨伟来喝酒，更不应该劝他多喝。我说，他愿喝是他的事，况且酒钱是我出，又不是你出。少尉还是一副严肃的样子。他已不再喝酒，抽着烟，默默地看着我们。回宿舍的路上，我与少尉搀扶着杨伟，他醉了，吐了一身。刚到宿舍大门前，他突然拉着我和少尉，并把我们推开，靠在树上。

等了好一会儿，他愤怒地说："你们知道我今天为什么与你们一起喝酒？你们不知道。我们在情场上，是一个战壕的战友。这是战壕的真实。"

少尉摇摇头问我："他说什么？"

我一怔："什么战友？我不知道。"

杨伟睡了。我仍坐在床上，酒把我的脸烧得通红。我觉得我一定要找出理由讨厌忆萍。

赵说："你给我说这些干什么？"

我说："忆萍就是忆萍。"

不知停了多久，赵说："你是不是因为有了罗杉，才强迫自己找出理由讨厌别的女子？"

我笑道："不仅是罗杉，还有她。"

赵抬起头："她是谁？"

我也起身看着赵："她是谁？"

谁知道她是谁？我也不知道因为我根本不想知道。她是天地之初，是鸿蒙初辟时陶车上那个原始之卵，是无中生有，是清浊转化。她包罗万象，含元气，入无间，是最初的，也是终极的，无法界定，无法言传，是天地之始，是万界之宗，有态有像，无形无踪，可以亲近，却不可企及。她又是存在与变化中的一种玄妙，通幽洞冥，浑然至极。

至于我，我生活在贫乏的时代，贫乏得让我也无法知道她是谁，红藤紫竹，青松翠柳，薜萝阴冉，兰蕙味馨，烟霞远岫，日月云屏。她是站在"田间小路"中的人才能感觉到的人，她的诺言唤醒了热爱自由和空廓畅快的感情，于是便在最适宜的地方跨过逆境，进入最终的安谧。这种安谧名无而非无，混沌不分，深不可测，或无知无觉，不分是非。是的，作为她，是在没有外界的干预下，通过自为而相因的关系达到的一种和谐。她就是她，不可道。她说，意尽言教，岂知我之独化于玄冥之境哉？

赵愤怒地说："你扯什么淡？"

赵把酒瓶摔了才走。我说送他回房间，他说不用了。我仍自己坐在房里。一切都豁然结束。拉灭灯后，我眼前出现无数条纤细的红线。红线浸上水，开始膨胀，颜色渐渐变成浅红色，以至于融化成一片片浅色的色块。色块无形无状，轻妙地在我面前晃动。色块颜色又开始变化，起先变成乳白色，白里透出几滴猩红，后来又变成翠紫色，融成一个巨大的色球。蓝色来了。湖蓝色浸透了色球。色球慢慢被拉大，像巨大的丝幕，把我围在中央。湖蓝色丝幕崩开一个小口，又一个小口，后来又崩出像蜂窝一样无数个小口。小口中竟然是一只只秀丽的眼睛。只有我才知道这是她的眼睛。

62

早晨，我走出寺庙。我仍只身一人。一轮红玉似的太阳在温暖的空气中颤动。黏稠的红色液体挂在寺庙鹅黄色短墙上，淅淅沥沥地滴下无数微微闪光的渍斑。落叶的树林被群山的阴影掩遮。霜中的白色的杂草。幸福的麻雀。跳动的娇嗔。进入狼群的羊，灵巧像蛇，驯良如鸽，忍耐到底必然得救。

王祥事后母，后母独好家中李树之果实，便让他看守李树。一天风雨忽至，王祥抱树而泣，不亦累乎？为什么要知道这么多？眼睛只能看到别人，却看不到自己。如此这样，我们便可以说，我们在事物中所认识到的东西，只是我们放进事物的东西。客观世界只是一种原始精神，还不是有意识的诗篇。

我重新走上我自己的路，浑身上下每一根毛细血管中都透露出兴奋后的轻松。我哼起歌。山上的路，北方的路，乡村的路。一场简单的意象后，许多小灯笼蛰伏在雨水中的泥土里，像一只只断翅的可爱的红鸟。众女嫉余之蛾眉兮，谣诼谓余以善淫。阴气十足，东方不败。楚客心悠哉……日暮碧云合。这一"悠"字用的是何等巧妙！我又何必去感叹这无奈的一切？

如果把平常心说成是天下最玄妙的道理，这才是真正最平常和最玄妙的，但这话必须是圣人说的。圣人说过后，便有人问好时节。圣人之所以成为圣人不过是因为其有一双大耳朵，一只大嘴巴而已。耳朵大了，听得就远，知道的就多；嘴巴大了，才能说大话，且滔滔不绝颇为性感。所以圣人其实不过是说"大鼓书"的艺人，知无不言，言无不尽，当个小丑，供人娱乐。然小丑之献身精神比起以平常心为准则、平平常常活着的人应高贵多少？生年不满百，常怀千岁忧，天启日又要到来，地球将沉入大海，最后的审判是把米达斯的儿女们的耳朵变成驴耳朵，而我却是那九十九只羊以外的那一只，因不信教，也就成不了圣人。

　　无可奈何的世界在无厘头中呐喊，曼德拉的哭声感动了上帝的骄子，于是他可以从耶稣的圣杯中分到一杯羹。上帝的血和肉凝结在专制国王与变性政治家合体所打造的粗黑的阳具中，被爬来爬去的精英斗士所销毁，这样，只有把傻大黑粗的山姆大叔作为二十世纪文明的象征。唉！二百多年的历史生长出的泡桐树般的文明。

　　我的确老了。小行星就要撞击地球，劫数呗，迷人何必求全悟？一只狗从路边爬起来瞪着血淋淋的眼睛。吃过人肉的狗会瞪着眼睛看人吗？黄狗身上白，白狗身上肿。这时我的腿开始发软。我停下来，想找一块人肉。我怎么会想到人肉？我拍了下自己的脑袋。我决定从狗身边走过。我看着狗的血淋淋的眼睛，我和它的目光交织在一起的时候，迸出一道血红的光，它害怕了，夹起尾巴，向路边跑去。我对着它"汪汪"叫起来。

　　我继续向前走。土路，并不宽，没有瞪着血淋淋眼睛的狗的影子。非法集资。宠物一样的夫人，八十万。八十万够枪毙的资格吗？过度的民主，把集市搬到生殖器下面。人们都哭了，民主就是送幼儿园的孩子去绝食。天上布满星，月牙儿亮晶晶。地主老财开大会。三教九流集合。吃喝玩乐的历史。没文化且苍老的国家把老人从房顶上摔下来吃肉。人肉是什么味道，只有那只瞪着血淋淋眼睛的狗才知道。

参谋长说："你为什么要先走？"

我看着远方，没说话。村姑拉着参谋长的胳膊。远方粉红色的树林，粉红色的太阳，粉红色的人影。我独自坐在树林中，并不期待有位粉红色少女的到来。玉肌花脸，红妆浅黛，翠鬟斜軃，娟娟动人，娇羞云雨时，伊怜我，我怜伊。心儿与眼儿，我的心儿却不能为之动，只是把眼儿送到天空。这样的时光，这种地方，一个人不是更好吗？怎么才能变个大王八，等她明儿做了一品夫人再驾鹤西归的时候，去往她的坟前，替她驮一辈子碑呢？我笑着坐在粉红色的树中，忘掉瞪着血淋淋眼睛的狗。绣屏深处说深期，幽情谁得知？

穿过地下道，只见那个背着大麻包的老婆婆坐在冰凉的水泥地上。四处是寒冷的风，惨淡的灯光。我从兜里掏出十块钱递给她。我刚要走，她却用手势叫住我，递给我一张纸条。纸条上的字是小玫写的。小玫病了，病得要死，病因若何？欠了一屁股风流债！唉，劝君莫借风流债，借得便宜还得快。人为什么个风流，人不风流只为贫？玉液初凝红粉见，乾坤覆载暗交加。睁眼看这天地，一幅大春官。风流终究为何物，我怎能知？

我取出一根烟。我想抽烟，可是我胸闷、咳嗽，但我还是点燃了一根烟。我找不出什么重要的戒烟理由。路上仍有风，我仍急急忙忙向前走，小玫的病到底怎么样？挂心的事，莫名其妙的话。我还能抽烟，因为我仍把烟叼在嘴上。当今世上假烟太多，假烟太多是因为假的人太多，真事隐去，假语村言，通灵的石头说人话。也许因为过去太真挚太纯洁，纯洁得想把生殖器割去，怕肮脏的精液弄湿雪白的床单，到现在人们都纷纷把肉皮囊的灵魂抽去，留下一具具可以改作皮鞭的皮囊在网络上出售，痞子成了文学新星，更令人生气的是那些痛骂痞子文学的人，也都是正正经经的痞子。假烟太多了！我站着，看着粉红色苍凉的天空。其实这世界上除我之外，又有谁比痞子更纯洁呢？

我简单地嘲笑所有应该受到嘲笑的。活得很好，我为何多情？假烟太多，小玫病又如何？枕啼常带粉，身眠不着床。参谋长不想让我走，我说我已经是多余的人，我留在这里干什么？打猎，应该上山打猎，若能打到一只八百斤重的野猪，我如何带回家？只有把野猪带回家，我才对得起参谋长、眼镜和村姑。我自私吗？我都说了些什么？

参谋长合上手中的书，地狱里，窗外是幽兰的光。他百无聊赖地看着我。我满脸倦意说想去睡觉。参谋长说还是喝点酒吧！我说我想戒酒，参谋长笑，这是扯淡，你能戒酒？我说是的，我想戒酒因为我的肝不太好。参谋长摆开酒具，拿出一瓶老酒。

参谋长说："看来活人不如死人，活人还有生念。"

我愉快地端起酒："无生念还叫什么活人？"

我又开始喝酒："你知道少尉怎么样吗？"

参谋长喝着酒摇着头。

我说："他在炼禅片。"

参谋长说："他又疯狂了。"

我说："干吗这样说？疯狂不好吗？少尉这样真挚的人，如果不疯狂，会急死的。"

参谋长饮一大杯酒后，用手指着我说："也是的，疯狂对他来说，实在是件好事。"

"你最近读什么书？"

"我最近已不读书了。"

"不读书你干什么？"

"我在想。"

"想什么？"

"想人不管活着还是死了，是为自己，还是为别人。"

"这还用想吗？当然是为自己。"

"你是为自己？"

我推开酒杯。在酒精的刺激下，我的脸已变得通红。参谋长纤细清癯的手摆弄着面前的酒杯。酒从杯里流出来，流到桌上，如一道清澈的溪水，参谋长的眼中流出泪，眼中泪尽空啼血。

我站起来，走到他身边，双手按在他肩头，劝解道："你想她了。"

参谋长含泪的眼睛猛地笑起来："我想睡觉。"

参谋长走了。我坐在桌边继续喝酒，沉默的世界。天就要黑了。鹅的叫声，小男孩披着黑色风衣走进来，穿着整齐而干净。胸前挂着一朵幽兰，发出轻声微笑，是曼珠沙华的微笑，花与叶永远也不能相见，情也不能互为因果。

我拉着他的手问他为什么来到这里。他没说话，递给我一张纸条。纸条上的字是小玫写的。小玫病了。我想我应该去看看小玫。

到了码头，住在船家，两碗小菜，一壶清茶。这个船家怎么少了一个如花似玉的女儿，逼着我勾引她，与她调情，与她通奸？这是一只破舢板，十分简陋，百衲衣式的乌篷，舱内的木板已断裂，前舱有一摊冒着脏兮兮肥皂泡的污水。

菜做好了，酒也摆上了。乌金样的太阳坠到西天厚厚的云层里，空气中荡溢着粉红色。名妓呢？韵友呢？十里荷花呢？我独自喝酒，老船工哼着小曲，调子十分感人，可我听不懂一个词。

仍是喝酒。我肯定会早夭，因为太贪杯。杯中乾坤大，壶中岁月长。凄凉地，一个人死去，不让任何人知道，没有安慰，没有鲜花，没有墓碑。我可以哼着《绿袖子》死去，凄凉得太甜蜜。我死的时候会抽烟吗？

在烟酒中死去且唱着歌是件十分惬意的安排。活在世上太庸俗了，不向大众看齐就会被大众用目光的皮鞭来校正。临向水边，顾影自怜；自私自利，自暴自弃。可怜的水仙花。水中花朵，利他主义的反面。风刮过来，柔顺了驴的皮毛，上帝会加厚驴的皮肤以抵抗主子的皮鞭。人性是什么？我们人有自己的人权。挑战与应战，年龄增长的痛苦。

天凉了，微风穿着夜衣送来如水的月光。我躺在船上，身子在水面上摇动。星稀，对面岸边渔火。卡拉OK厅中传来的声音，舞女坐在男人腿上，喝酒劝酒，卖酒与卖笑，无聊人生，平淡是无聊吗？况且雄赳赳、气昂昂就跨过了鸭绿江呢。看不到战争的一代，箫管嗷嘈，娇歌婉转。有人在岸上喊我的名字。我从船舱里爬出来。小玫挽着一位陌生男人的胳膊站在岸边。我拿起行李，走过船与岸之间的独木板，来到她面前。

小玫今夜装扮妖冶异常，鬓发低垂，凤钗斜插；上衣是束身半袖的大开领石榴红色短衫，修长的脖子下，酥胸粉腻，如雪如玉，半遮半掩；下面穿一件草绿色烟纱散花裙，腰间用洒金丝巾系成一个蝴蝶结，更显得体态修长娇艳媚人。她身边的男人颇英俊，一头抹上厚厚头油的黑发。自古至今的阴阳颠倒无疑是从男子化妆开始。

我笑道："小玫，你不是病了吗？"

小玫说："我是故意说我病了，想让你来看我，参加我的婚礼。你不知道，我要结婚了。"

我看着她的脸，（我或她）脸上毫无表情："对我来说，你就是生孩子也没什么可奇怪的。"

她说："你不要总装出一副癫狂的样子好不好？你本来不是这个样的。"

我哈哈大笑："我应该是什么样？"

小玫不再说话，眼睑低垂，嘴角尽力向两腮搐动。站在她身旁抹头油的男人，解颐地拍拍我的肩膀："怎么样，我们一起喝酒去？"

我扬起头，盯着他那张英俊的脸："少在我面前装洒脱，拍我肩膀的含义是我比你低一个档次，这样的动作我也会。"

那男人握着我伸过去拍他肩膀的手，我们的表情或许有些凝固。突然小玫"扑哧"一声笑起来，把我们吓住了。她的睫毛噙住了泪花。我跟他们来到江中的艨艟巨舰，小玫告诉我，这就是她的新家。我说，有了这样的家，当然不愿和我一起去流浪了。

小玫拉着我的手："你什么时候让我和你一起去流浪了？"

我有点发蒙，不知如何回答。我们走过后甲板，来到舱中。舱中装饰雅致而奢华，高级灰的色调，和谐自然，干净简约，有种莫名其妙的深邃与沉着，呈现出梦幻般的意境。我们刚坐下，男人双手一拍，从内舱中走出几个侍婢，年纪不过十五六岁，衣锦披绣，风姿绰约，俏丽若三春之桃，清素若九秋之菊。她们端来酒与果盘。小玫斜倚着男人肩膀，坐在我的对面。

"十队银船春结客，三更珠户夜开操。"男人道，"我们开始喝酒吧！"

酒可以通神。小玫要结婚，我应该送她什么？我不知道。女人要结婚，男人要喝酒，如天要下雨，娘要嫁人，都是天意。不雨花犹落，无风絮自飞。结婚自有结婚之意义，恰如喝酒。黑白道上，珠户三更开樽，还不是妓院吗？飞不起来的鸡，我要问自己什么，灯红酒绿以外，两眼漆黑。

有一个小姑娘坐在我身边，张开竖琴，优雅的琴声如风过牛皮纸裱糊的木格窗，叮当、咚咚、铮铮，清脆的声音传递出厚实的华丽，如掘井得泉，沸涌若浪，清新流畅，柔和温暖。哈里路亚在舒缓平静的旋律中，展示出天使般空灵，似乎是小玫在絮絮叨叨给我讲述爱情。

酒的香味与烟的香味。男人说我喝酒姿态十分优雅，我说这是形容女人的句子。屏开金孔雀，褥隐绣芙蓉；拨阮挝筝，敲金戛玉，这就是酒中之乐。男人告诉我，其实他并不喜欢这样。他喜欢独酌。我说，听完你这样讲，我真想把你抱在怀里，他把小玫从怀中推开，喝完一杯酒，也"哈哈"大笑起来。他的笑声十分爽朗。我仍盯着他，在他的笑声里，我显得调皮而猥琐。

我似乎喝醉了。小玫和弹竖琴的女孩把我扶到舱中的铺上。那女孩很瘦小，婉娈可人。我倒在床上的时候，右臂还勾在女孩的脖子上，让她的脸贴在我的胸前。女孩子拼命挣扎，小脸涨红，几乎要哭。小玫用手敲我的头，让我放开。我放开女孩子，醉眼看着小玫。

我说："你让她走，就不怕我寂寞吗？"

小玫用嘲笑的目光狠狠地瞥了我一眼，拉着女孩子走了。参谋长走过来，坐在我的床边。他说他自己也喝醉了，所以没有来看我。我怅然问村姑哪里去了，参谋长轻轻地摇头，仿佛不知道我在说什么。

我说："夜已深，你自己去睡吧。"

参谋长说："地狱里哪有白天呢？"

酒还是酒。不知谁说的，酒不醉人人自醉，那么为什么人要喝酒？头疼，呕吐，两眼发红像吃过人肉的狗。狗是否会想到人吃过狗肉眼睛会发红。无羽毛的两足动物。我拉着参谋长的手，不让他离我而去。花不迷人人自迷，粉红色的树林，她的眼睛，夜间飘浮的灯笼。

嘲笑别人的人已被别人无意地嘲笑过一次。望着女人苦恼，因为那女人娇羞恰似貌若荷粉露垂、肤如杏花烟润的小玫了。哈里路亚，圣保罗提醒人们不要沉迷于愚蠢的嘲笑，嘲笑应该像羔羊那样轻咬，而不是像狗一样啃噬。小玫的嘲笑，仿佛就在我的身后。

参谋长："你常说的小杰是不是最会扭捏作态？"

我说："你知道吗？小玫就要结婚了。"

参谋长："小玫结婚干你甚事？"

我不满地看了参谋长一眼，然后拉起被褥，蒙上头。好一会儿，我从被褥中伸出头时，只见银色月光铺满船舱，万籁无声。我从床上坐起来，嘴中的酒气已消，这时隔壁舱内传来一阵呢喃亲昵的声音，随后听到铺上窸窣作响，两个鼻口之间呼吸的节奏也不合拍。停一会儿，出气声开始变粗，不时还夹杂女人嘶叫。银色月光下，船体在惬意中颤动。

又过了一会儿，鼾声起来。

我无奈地摇摇头，点亮油灯。我突然发现我坐在我的对面，我们相视一笑，于是吹灭了油灯；于是我们相互抱在一起，撕扯衣服；于是我抚摸着我的香润软温如新剥鸡头肉样的皮肤，开始撕咬。山僧叩门来，活泼赛神仙。

浪花打到甲板上，粉碎了银色月光。

63

　　我和我陶醉在快乐中。快乐是天真的少女，穿一件宽大的红衫，在绿色的原野上奔跑，轻快的云搭在垂杨与篱栅的肩头，悄悄地蒙上黎明的眼睛。快乐是天真的少女唇中飘出的歌，鼓动着红色的船，随风起舞。快乐是天真的少女脱下身上所有的衣服，赤身裸体走在山涧、竹林与泉间。山崖的劲柏也高兴地拍着手，借助谷风，蹦出撕裂心肺的笑声。音乐的半音，瓦格纳的指环，繁复的冲突，深刻的宏大，沸腾的诗意。快乐是欲望中的无欲，是崇高中的平淡。

　　寒江的雪，蓑衣的老翁，换上我的春服，急急忙忙到东郊。任凭千军万马奔腾欢叫，依然抱定存在就是被感知的信条。快乐是片刻也是永远。船舱中蒸腾着我身上的雾气。紫红色的云，五彩云。两条蜷曲形如金莲的身躯。佛陀降生的时候，是在夜里，有二神女，擎香露；在伯利恒的静悄悄的马槽里，沐浴圣母，百合花瓣如雨落下，瓣如莲花一样大，如兰花一样香。演奏瓦格纳还未流出的钧天乐，天感生圣子，才降下这段和乐。

　　我仔细地抚摸我白腻滑润的身躯，深情地吻我那厚而饱满的唇。我的头沉醉在宽大的羽绒枕中，方圆形的富于棱角的脸浮动出不可言传的笑容，眼睫毛上挂满一排幸福的泪花。我似乎从来不会笑，怎么这时眼睛生出泪花？我与我搀扶着，互相把枕头竖起来，靠在床上。

参谋长走过来，把手搭在我的额头上。我睁开眼睛看着他，他好像说我有点发烧。

我摇着头说："你怎么说我在发烧？我已经快死了。你对一个快死的人说，你有点发烧，这不是骂他吗？"

我突然拉着参谋长的手说："我快死了，你知道我想见谁吗？"

参谋长掰开我的手，坐在我床前的藤椅上，端起青花瓷茶杯。他说："你想见谁，是不是要我去把他叫过来？"

我哽咽着不知说什么，焦灼的眼睛像烧红的炭。我想见谁，我不知道。勾栏中的艳妓，黉舍中的巨擘。人之将死，其言也善。学问之事只有问学之人为之。倘若如此，争宠之书童，趋承之艳妇及饱学笃行之士，何不争妍献媚，夤缘求进？这样，什么意义也没有了！至若天地之大，远过于想象；时间之长，心不可丈量。秉烛作长夜游，醉入销魂艳狱又何妨？娇红疑啜酒，腻绿讶含颦。南浦花，北邙柳，枕畔痴痴戏娇羞，衾底颤颤怯蜂狂！若谁见过比春蚕到死丝方尽，蜡炬成灰泪始干更流氓的诗句，那便是乱石穿空，惊涛拍岸，卷起千堆雪了！

我想见谁，我不知道。人是大种所造。什么是大种？地大、水大、火大、风大四种，故称能造之大种。所以假如人死了，地归地，水归水，火归火，风归风。死通澌，就是说人死之后如冰消澌解，是吗？其实所有的归来归去，都是扯淡，都是虚空。既然根是空的，还说什么有根呢？骗人的哲学如同骗取人的信仰（信任），都是可爱的政治魔术。把人的目光在手中揉了揉，然后信口一吹，飞了。蒲公英的白色的冠毛飞走后，留下的只有一根孤零零的想象。如此这般，我还想见谁？

参谋长饮一口茶，平淡地问："瞧你这失落的样子，你到底想见谁？你说出来，我去把他或她找来。"我的目光和参谋长的目光交融在一起，扭成一个绣着花边的问号。不知什么时候，小玫来到房间，坐在我的床角边。

她狡黠地说："你要见谁，只有我能说出来。"

参谋长收敛目光，看着手中茶杯："其实，他是感冒发烧说胡话，他想见谁，他谁也不想见。"

小玫"嘿嘿"地笑道："他并不是谁也不想见，只是想见他自己。"

我躺下，不高兴地望着小玫："你怎么来了？"

小玫说："在你的故事中，你不是想让我来我就得来吗？"

我说："那么，我现在想让你走。"

小玫果真走了。参谋长迟疑了一会儿，端起杯子也走了，并掩上了舱门。我紧紧地抱着躺在怀中的我。船在水中轻轻晃动，月光如水。人之所以像人，是因为他还年轻，不会向老年人和成年人学习，尽量争取在老年人和成年人同意后去做些有意义的活动。我没有成熟就要死去，死是一件十分可怕的事。可是参谋长怎么不怕死？他死后还能在阴间读他自己的哲学。

未成年而死叫夭或殇。我若死去是夭还是殇？少壮而死曰夭，未二十而死曰殇。我的死只能叫死，因为对不同的人来说，死有不同的叫法，天子曰崩，君子曰终，大夫曰卒，士曰不禄，小人曰死；官三品以上曰薨，五品以上曰卒。这样，我只能叫死。若把我这个死字改作仙逝、坐化、圆寂、归西或驾鹤西游，有点太牛了，我单薄的身子无法承受；若改作就木、上路、捐躯、物化、去世或溘然谢世，似乎也不妥帖。于是乎，我只能亲亲我自己的脸，对我自己说，我死了！

天渐渐亮起来，已听到渔鸥的叫声。我和我走出船舱，来到甲板上。河面蒙上淡淡一层轻雾，岸边石路上已有三三两两的行人，我微笑着对我说，我要走我自己的路。

我拉着我的手，用近于乞求的口气说："让我们一起走！"

我高兴地笑道："怎么不行呢？"

我们走下大船，来到停泊在岸边的小船上。老船工已起来，穿着一件破旧的黑布短衫，白布大裆短裤，他依旧哼着小曲，见我们走来，点点头。我们钻进低矮的乌篷舱内。

我对我说："你跟着我，只能住在这样地方。"

我说："你以为我会在乎这些吗？我是你的，你是我的。"

船开始滑动。天已亮，太阳从东方河面露出半个橘子形的脸，地平线上那道云彩如一条金红色的丝带，河面被染红，沐浴在红波中的船有点激动，晃着脑袋朝水淋淋、红彤彤的太阳驶去。我看着我白里透红的脸，洋溢着早晨太阳笑容的脸。仄陋的乌篷船，我们偎依在一起。两只可爱的黄色小绒雀，坐在碧树翠叶之上。老船工哼着小曲。摇着橹。橹在水中击出一朵朵鲜红的浪花。

橹，老船工，早晨的红霞，丛林。我看到一群野鸽子。我说我从早晨的红霞丛中看到一群野鸽子。杨伟说，这个不毛之地，怎么会有野鸽子？老王说，你若真见到一群野鸽子，你就有福了，你不知道吧，那群野鸽子是阎王的信使。

我说："去你妈的老王，你说我要死了。"

老王把肩上的铁锹放下来："你看见那群白鸽子是不是有白有黑，那就是黑白无常。"

杨伟说："灰雨点。"

我说："我看见的鸽子全是红羽毛，是上帝的信使。"

少尉从渠南边走来，放下手中铁锹，他开始埋怨我这里挖得太慢，说要以这样的速度，今年冬天这条渠就甭想挖成了。

老王把手中的铁锹一扔："渠挖成了，让你去公社扩大会议上作报告。这条渠就成了你脖子上挂的又粗又长的项链。"

杨伟在一旁笑。有人围过来。少尉没说什么，开始挖土。没明没暗的日子，我生病了，我对少尉说，如果我病死了你能不能追认我个啥？咱们在广阔天地大有作为一场，你总得对得起我。

少尉说："渠会挖成的，你安心养病吧！"

我病了以后，老王也病了。我们俩躺床上。我觉得少尉有点对不起我，于是希望自己病情更加重一些。和我相比较，老王的病显然是修饰出来的。他是口含一口冷水，跑到参谋长面前吐出来，然后说自己胃酸、胃疼。而我真的有点发烧。晚上，大家收工回来，我已烧得面若桃花。少尉来看我，坐在我的床边。

他说："你发烧的样子真好看。"

我说："去你妈的，我这病是装的？"

少尉说："你还是吃点药吧，谁说你的病是装的？"

老王从床上伸出头，对少尉说："其实您也有病，理想主义情结太重的人，不也是一种病吗？"

病了我就想死。生老病死，苦集灭道。病是死的梦，少尉给我倒水，我蓦然觉得少尉一生会是一场十分精彩的悲剧。反正我病了就想死，少尉病了怎么想？少尉说他病了，会感到天是阴天。四野沉沉看不见远远的那条河。无聊的歌声。老王在被窝里大声吟唱，红日蓝天，白雪乘东风，送来报春的群燕……若是老王真的病了，他会想到死吗？老王说他没病的时候也想死。

我笑道："那你为什么不去自杀？"

老王："自杀是喜剧的作品，而只有活着才是悲剧。你还小，体会不到其中的深意。"

老王说"你还小"这句话的时候，我真想给他一巴掌。因为我向来忌讳别人以年龄作为自豪的资本，在年龄意味着权威与专制的年代，社会怎么会不倍显苍老呢？

在洋溢晨光的船舱里，我和我躺在一起。老船工哼着小调，微笑看着我们。他满头黑白相间的短发，参差不齐的胡楂，刀刻样的皱纹，尤其是从鼻根伸向嘴角的两道壕沟般的法令纹，把他那张黧黑的脸解释成另一种效果：憨憨地笑。破旧的黑布衫被晨风扬起，黑红色的皮肤，健壮的肌肉。他的左腿肚上，过度曲张的静脉血管如一条乌青的小蛇，调皮可爱地蛰伏在黑红色的土壤中。

橹划过的河面，水纹富于线条变化，晨光中，一切都是如此令人激动。我喃喃自语因为我憎恶别人说我小并且考证我的年龄。成熟是一种莫如少妇总像青杏一样的少女香甜可口，又若晨光熹微恨不见路。老船工生活平和的故事活得有血有肉，说不出的感觉如一场梦一道悠远的叹息，蓝底白花的蜡染布，黑白照片，我不是号称自己是摄影家吗？就如也要挤进写小说圈子的文艺界以粗俗风雅自居而戴深度近视镜的学者们力求把最荒唐的理论表达得佶屈聱牙平易近人，又若他们喜欢把最淫荡的故事说得婉转奇妙悱恻动人一样，要不然妙字怎么是一个少女，要不然李义山怎么会写出春蚕到死丝方尽，耶稣头上长角在弗洛伊德看来是一种什么样的象征。

宁静而繁忙的橹发出"吱咛吱咛"的叫声，像一曲民乐合奏中的主旋律。老船工很吃力地摇着橹，姿态十分优美，晨光中他的剪影略成飘动的三角曲线的造型。他两只灌注力量的胳膊，紧握橹柄的大手，或可以被视为粗壮理性的表达。他深陷在颧骨里的细长的眼睛，流露出涩涩的意象与他憨憨的微笑相得益彰。船到了宽阔的河面，河水平缓地流淌。

人们都不再说话，只是县革委会主任把红色油光纸做的大红花戴在少尉、忆萍等人的胸前。当那个高大的秃头主任给忆萍戴花时，我产生一种奇怪的担心。我担心他会把红花上的别针扎在忆萍的乳房上。如果这样，忆萍会忍疼不吭，还是会神经本能地反应大叫一声？如果这样，我准会冲到台上，解下皮带，狠狠地揍这家伙一顿。台上那排代表都戴上了红花，忆萍脸上依旧是光荣的笑，革委会主任开始领大家背语录。他年过半百，声音仍洪亮异常。我问自己他来开会前是不是吃过药，赵告诉我，吃药的领导爱写错字，老 K 说，这位领导在此列，他是阴阳人。渠终于挖成了，犁女人的田。

在会场下面，公厕用弹弓打中了革委会主任的秃头，头上流出血。于是整个表彰大会走了形，基干民兵挤进知青队伍中去抓公厕。公厕大声尖叫着冲上主席台。公厕疯了。

公厕疯了以后，表彰会变成了"控诉会"。她冲上主席台，声泪俱下地控诉她在每年"招工"和"推荐上学"中被强奸的经过，并且还点了一系列人的名字，除领导之外，全队的男知青几乎都强奸过她，这其中免不了我与老王等人的名字。老王坐在我身后，口中嘟哝道，那怎么能叫强奸，充其量不过是通奸，或者卖淫。我回头对老王说，人都成这个样子了，干吗这样说？当公厕撕开上衣，露出被抓伤的雪白的乳房时，会场开始起哄。公厕还没被民兵架走，斗殴就开始了。

公厕疯了后引起知青追打基层领导和民兵之间斗殴，这样就把少尉一冬天修渠的功绩冲洗得一干二净。结果是他不但没有进入某委会，还得无奈带我们二三十人去荒无人烟的黄泛区河坡种地，创建知青农场。我用手拍打我的脑袋。

我问我："你在干什么？"

我说："明明白白我的心。"

河面上时而有船划过，他们好奇地看着我们。太阳已离开河面二丈余高。老船工仍吃力摇着橹。我问他，你真知道我们要去哪里？他点点头。

64

公厕疯了以后斗殴就开始了。老王从军用挎包里掏出三节棍，冲向台前，我没有准备，只有在地上找砖头。秃头主任在民兵拥护下离开现场。女人的叫喊，刀光剑影，老王被打倒在地上，少尉侧身过去，握着民兵营长的手。叫喊，歇斯底里的辱骂，还有歌声：起来吧，不愿做奴隶人们！

我对我说，我在这场斗殴中没有受伤。一只受惊的狗冲到主席台上，汪汪大叫。血的腥味，奶白色的鱼头汤。白刃交兮宝刀折，两军蹙兮生死决。有声的寂静，无风的淅沥，神怒鬼怨，魂魄凝聚，一场血把血冲洗一干二净，天公不遂人愿，鬼子兵进城了。民主的闹剧，汉白玉佛陀端庄地卧在大雄宝殿中，怡然自得，香烟缭绕。摩西手中的拐杖又变成了白蛇。公厕惨叫着被带走。造反有理，革命无罪，但这要看你造谁的反。世界的终极的关怀，天启日已悄悄来到。

最后审判？佛陀说他的教是没有最后审判的，所以也无所谓开始与结束。如同老子，把一切都放在无法表达的过程中，是业的动能，是道的力量。叫喊声渐臻高潮，我把右手中的半截砖头投向人最稠密的地方，一个戴红袖章的民兵举一个镢头向我扑来，我转身就跑。没有人看见。人浪此起彼伏。我像一只发疯的老鼠在猫群中钻来钻去。似乎有人在喊我，是忆萍，她被一群人围在中间，耍猴戏的，说大鼓书的，忆萍胸前的大红花被拉掉了，被踩到脚下。孩子的脸，忆萍的头发乱了。我扑上去把左手中砖头劈向正拉忆萍胳膊的一个穿破女褂、留着分头的家伙，他"哇"的一声跑了，我拉着忆萍的手（紧紧拉着她的手），跑出会场。我们沿着渠奔跑，后面有人在追，枪声，我们奔跑，忆萍说什么，我听不见。

船停岸边的时候，一位大妈来到船上，她探头到船舱，问我们早饭是不是喝点酒。我说，如果有酒，怎么不喝点呢？我们坐起来。太阳已升到半空中，江面蒸腾起一层薄薄的雾。江边的缓坡上的水田，树林与远处山峦都沉迷于一种昏昏欲醉的情欲中。老大妈钻进乌篷舱，支起一张低矮的小方桌，摆开两碟菜、两只酒杯、两双筷子，然后又从底舱中取出一罐酒。我们开始喝酒。

小B从门外进来，他环视一周说："你们怎么还没有开始喝酒？"

赵端着装满酒的茶杯放在两条大腿中间，两手揉转着茶杯，笑嘻嘻道："公厕疯了！"

公厕疯了。忆萍被我拉走了，我们来到新挖的渠的尽头。

小B缓缓地从上衣口袋摸出一根烟，烟嘴朝下，在桌子书本上敲了敲，然后坐在桌边椅子上，点燃烟。他平淡地笑道："我看是你们疯了。"

"你瞧，你他妈这就是胡说八道了，我们怎会疯了？在堂堂

正正的大院，我们是一群最正常的酒徒了。"赵把茶杯放在小 B
面前。

小 B 端起茶杯，闻了闻，推到赵的面前："这玩意儿还是你自
己亲用吧。酒这玩意儿不是什么好东西。"

"你这是妇人之见，不能当真的听。"赵喝一口酒说，"天生刘
伶，以酒为名；一饮一斛，五斗解酲。"

小 B 说："我们院有你们这些正常的人算是极大幸运了。"

忆萍用手绢擦拭身上的尘土，坐在渠坡上。中午，大地流淌
着一种似是而非的情绪，地里的麦苗无可奈何地随风翻飞。忆萍
眉心沾上一滴血，我说："你若真有这颗红痣，整个一个活脱脱印
度美人。"

忆萍用手擦掉血滴，她仍未从紧张的情绪中解脱出来，面色红
白相间，十分难看。

她气喘吁吁说："为什么要打架呢？为什么？"

"因为公厕疯了。"

忆萍不再说话，坐着，看着麦田，我躺在渠边的新土上。记
忆不会重复，重复的不是记忆。上帝既然安排好每个人的命运，
为什么还要为人间派来负罪的羔羊？我是不是该相信命定说的理
论？上帝坐在后台，规定了每一个人承担的角色、演出的时间和演
出所用的道具，成功的即完全实现上帝意志的演员就会进入天堂，
而其他大部人只有到地狱去重新排练。上帝这样做又有什么意
思？无妄的人生。于是开始有人赞美追太阳的夸父。夸父高，夸
父大，白蛇青蛇手里握，也有腿来也有脚，月亮星星怀中落。

哈！哈！人，可怜的生灵，一群被暴风雨折断翅膀的麻雀，躲

在树杈与屋檐下，用可怜的目光乞求上帝的怜悯。本来都是被上帝作践的小生命，还不停自我作践，暴风雨过后竟恬不知耻地谈情说爱。人啊，你这样大声呼喊自己的名字，想从自己同类中找到尊严与光荣，怎么就不知道一根马鬃悬挂着的利剑就在自己头顶上，美食和美女还有味道吗？

忆萍说："如果不下乡，你会成为一位出色的话剧演员。"

我说："你怎么能让我去当戏子呢？评判好戏子坏戏子只不过是出场费的高低，本质都是戏子。"

忆萍说："你不是说，在上帝的目光中，我们都是戏子吗？是不是上帝安排我们来这里大有作为的？"

我说："你这话可是反动透顶了，你以后千万不能这样说。"

忆萍马上意识到什么，闭上眼，不再说什么。

我们继续喝酒。我用手敲小桌，青花瓷小茶碟，青花瓷酒杯。我拉着我的手开始唱歌。歌声飘浮在我们的校园，春苗出土啊，迎朝阳，半工半读勤工俭学，三大革命育新人。最后到底为什么我们把爱心与情欲都奉献给人类最壮丽的事业，为万世开太平？我不太满意地看我一眼，你太不爱我了。我给我挤个媚眼，那是过去的事。

大妈在甲板上洗菜。她年纪不过五十岁，已显得十分苍老。农村人和城市人区别在于农村妇女到了五十岁就可以称为奶奶，城里人还必须叫姐姐。谁剥削谁？一群没有文化且无修养的"贵族"，身份性地主。她面颊黑红，满头黑发梳理得还算整齐。她把菜洗一遍后，把水倒在河里，然后又在河中舀了一盆水，继续洗。她洗的是一种宽叶的油菜，洗得十分仔细。先是把菜叶一片片掰开，把菜胆与菜叶分别放在不同的竹筐中，然后两三一齐洗。

我对她说："你用这河水能把菜洗干净吗？"

她笑着不解地看着我，没有说话。风挟着潮湿的香气，悄悄地吹过岸边鞠躬的垂柳的树梢，吹过河坡，吹进我们的船舱。平静的河面，也泛起一片片鱼鳞样的光斑，把倒映在水中的景物，解析得如凡·高的作品，在迷离中聚拢，在聚拢中迷离。

忆萍说："其实公厕早就神经了，不过是大家没注意罢了。她今年春节回来就不对劲。她妈死了。她妈是她仅有的亲人。"

我坐起来："她真的挺可怜，不是吗？"

"她是可怜。"忆萍凄然说。

忆萍发鬓散乱，形象憔悴。天已过中午，她说："我们回去吧！"我跟在她身后。云层不厚亦不薄，白色的太阳，清凉的风，忆萍头上的白色发带，白色纸船。

小 B 悻悻地走了。我与赵在喝酒。

赵惨淡地说："一切都没劲，没意思。"

我说："快乐是与少尉一起炼禅片吗？"

赵说："你也信我们炼的禅片？"

我笑道："其实，我们这些研究传统的，真的能炼出禅片来倒是件好事，起码把基础理论学科变成实用技术学科。"

赵把酒喝完："炼禅片不过是江湖卖艺人的把戏，真炼成了，我们也不过是从儒生变成了方士，又有什么可喜可贺的。"

我鼓掌道："我们若能从儒生变成方士，则是更妙的事了。荒唐的时代尽出一些荒唐的事儿，要不然现在五花八门的大师狐仙满天飞，为人祈寿延年，祛病禳灾。而最信这些巫术的莫过于那些行将就木的粗俗贵族。我们若变成方士，会比狐仙大师更游刃有余了。"

赵摇头道："怎么变呢？"

信仰不是单纯的符号。终极的安慰不是遥远星空沙哑的呼声，唱诗班，与其相信未来，不如相信狐仙，只不过是现代的狐仙生得不漂亮，甚至有点丑陋罢了。我没法埋怨这个令人疑惑不解的社会，就像我无法埋怨这个社会不允我纳妾又不许我找情人一样。

动人的早晨，形单影只，受伤的孤鹤，卧在拆碎了的七宝楼台的残垣之中，万家灯火的地方，真能找到我的金谷园吗？骑着凤凰游荡，品箫弄笛耍流氓。唉，莫不是男不吹笛，女不学箫？断肠笛子送命箫！枫桥边，亭亭烟树，点点滴滴。花雨伞，枝上的残花，如打翻了胭脂盒，乱落的红花细雨，一团绛紫色的空蒙，缥缈如薄雾，散漫似轻埃。

听雨的那个晚上，你坐在我的身旁，轻拥着绣着鸳鸯的锦被，冷眼看抱日西帘晓的熏香。梦幻奇绚的绮语，纤婉言情；风尘繁华的清歌，零落惆怅。药炉诗卷裹着江湖的老酒，青镜疏梅掸掉艺坛的轻狂。广寒深，蓬瀛浅；碧城近，壶天远。只有门前池中荷叶，以水作佩饰，以风为衣裳，碧绿青翠，节节田田。

吃麦芽糖的小孩，沧海横流，人的欲望像火山一样爆发。社会分化，农民要造反。我一身改天换地的本能到何处散发？高级乞丐，为钱奔命似的奔跑，欲望煽动着情欲。江山依旧在，我已不是人。我知道我的信仰不是单纯的宗教情绪，信仰是对普遍道义的追求，正因如此，我望着四周，掩藏着情欲，不禁自负地发出阴森森的笑声。我卧伏在鼠洞里，瞪圆绿豆眼，用解释的目光审视这不可解释的一切。我的自私是上帝的理想。

我开始自负地笑的时候，好像只有赵在我身旁。我问他有没有看见大河里那艘小小的乌篷船，他还没有回答，我就告诉他我就在那船上，我坐在舱里与我一起饮酒。我说，对酌荷花开，一杯复一杯。我唱和道，小舟从此逝，江海寄余生。

赵说："你怎么不抽烟呢？"

我鬼魅一笑说："我最近一段时间气短胸闷，心肺综合征，我恐怕要死了。"

赵有点焦躁："喝酒的人怎么还没有来？"

我说："喝酒的人没有来，是因为他们并不真正想喝酒。"

已近中午，河面上的船已少多了。我们的船依旧在河道中平缓地晃动着。老大妈接过老船工的橹，她摇的方式更显轻柔，不过节奏倒是快了点。老船工坐在船尾，赤裸的双脚放在水中。他抽的雪茄又粗又大，好像是哈瓦那雪茄那种，浓浓的烟香飘进舱内，我说，我们也抽到了正牌雪茄。太阳把乌篷照透，舱内暖洋洋的。桌上的茶还整齐地摆在那里，酒已喝完了。

我对老船工说："你知道我们要去哪里？"

老船工用手中的雪茄在空中画了一个圆圈："我怎么会不知道呢？"

我脱下上衣，躺在我的怀里。我的胸前飘着乳香的汗味。我们望着平坦的河面，共同欣赏经受着同一个秘密。

"那怎么能叫秘密呢？"赵说，"这叫自恋。"

我没说话，人齐了开始喝酒，有人说："这个世界还有比酒更让人心旷神怡、惊心动魄的东西吗？"

"有。"我说。

"谁？"有人问。

我说："女人，自然是女人。"

有人说："女人有爱酒的。"

"有。"有人说，"爱酒的女人才是真正的女人。"

赵说："怎么又说女人，难道离了女人就不能活了吗？"

有人说："还是三句话不离屁眼左右的毛病。"

是爱女人还是爱自己。老船工又接过摇橹，我在我怀里睡去。

大胆发誓，不必当真，上帝会在天上撤销你的誓言。

65

　　夜色渐浓，月亮倒是知趣，早早就挂到空中。月光下的路断了，断在湖中的半岛的小庙中。我有些怅然，点了根烟，无助的时候，唯一的办法就是烧根香，自己拜自己呗。烟在我喉道里打个转，如一条淡墨画就的龙奔出来，断壁残垣，苍茫荒凉，雷霆霹雳，山河激荡。这时我猛地想到参谋长讲的谚语："铁是铁，书非书，断路遇庙可去求。"难道我一路走来，并兼顾要找的铁书竟然在这庙里？

　　小庙被杂草和侧柏环绕，有点衰败。庙门后还有一个照壁，剥落陈旧，壁檐瓦片跌落得所剩无几。照壁两边有一副对联，字迹已经完全看不清楚。穿过照壁是坐北朝南一溜儿的小瓦房，中间大两边低。中间的大房子就是庙宇大殿，门楣上面悬挂了一个牌匾"天妃宫"。大殿里的塑像是新做的，有点粗糙，两边是新鲜笨拙的彩绘。庙宇前还有一个硕大的铁制香炉，上面写有"有求必应"。

　　既然有求必应，那么我求求。我又点了一根烟，插到香炉里，诚恳低下头，双手作揖，拜了拜说："把铁书给我行不？"

突然，一阵风掠过，把香灰吹了我一脸，此时的香炉里隐隐露出一个镜子样的东西。我拿出来，果然是一本书模样的物件，似乎是玄铁打造，浑然一体，一面是锃亮的镜面，一面装饰各式宝相花，有盛开的花瓣，繁密的枝叶，蔓生的花蕾。纹饰由大块的乳黄色的砗磲片镶嵌，花蕾为椭圆形的红色玛瑙片，构图严谨，色彩明丽，格调雍容。原来铁书就是一个书本样的螺钿铁镜，工艺精湛、纹饰莹润。铁镜重磨，明月正圆。我硕大的脑袋在镜子里晃动，头发黝黑，面色像孩童一样红润。

我为自己的颜容之美深深感动，几乎美得令人羞愧。我把铁书包好，装起来，然后闭上眼，均匀地呼吸，享受我的美丽。这时，船头开始上下摆动，如小鸡叼食一样。一层层翠绿色的雾把船裹起来，轻风穿柳，雨音成诗，白墙青瓦的房子、木格子窗、青砖路、虹样的石桥，优柔曼妙的女子如一抹烟雨，凝雪的腕、春柔的指，绰绰约约，水墨勾勒的梦。这不是凡·高的画，这是梵的天，也是无法证明的永远的空灵。也许真的像圣人说的那样，寻找绝对的永恒是吃饱了没事才干的事情。江南的花朵来晚了，当北方来的鸿雁吻它时，它战栗着，欸乃一声山水绿，落在地上了。

彬彬也叹息了一声，坐在地上，像朵被霜打过的花朵。她说："你要把铁书交还回去，这是人家的宝贝。"

我不太情愿："这段缘有点蹊跷，我还是留段时间好好看看。"

彬彬成了说客："做人要言而有信。"

我勉强笑着说："大胆发誓，不必当真，上帝会在天上撤销你的誓言。"

彬彬悻悻地走了。我的路只有我自己，一个人的路。我坐上船去找路。

湖的远方不是诗，是条大河。河面开阔，乌篷船。我醒过来的时候，船舱里只有我一个人。那一个我又去哪里了？我静静地躺在船舱里，怅然地看着平静流动的大河。心只能是心，还能是什么？乌篷是旧竹条绷成半圆支撑起来的，上面吊着一些肉干和干鱼。太阳下的河，太阳下的船。我惊讶我最终将去哪里？我同样惊讶船工竟然知道我将去哪里，他是不是知道我比我知道我还要多。当一切被别人看个底儿掉的时候，我不愿意说"天厌之、天厌之"之类的废话，只有痛苦地耷拉下头。

我痛苦地耷拉下头是因为我对一切均彻底失望，我不敢想以后的我应该是什么样子。把自己丢失以后还迷迷糊糊地去找自己，骑驴找驴，真是昏庸愚昧之极了。公厕疯了恍惚是很久以前的事。有人告诉我，公厕发病的原因是她没有把自己丢掉。这样说人们生活在这个世界上都需要一张虚伪的面孔，恬不知耻方可恬淡从容。我们生活在哪一个世纪？

从早晨到中午，时光飞逝。忆萍回到宿舍时，赵已经喝完酒，坐在门前的台阶上，他的脸像一张进口的铜版纸，洁白而富于光泽。他见我们走来，马上站起。忆萍从我们视线中走过。她是想去看一看公厕，还是不愿让人看到她与我在一起？我希望是后者。这就因为她起码已意识到我在她感情中的存在，我在她面前老公鸡吊膀子似的表现，或多或少地吸引了她眼角的余光。实际上对于忆萍我没有太多的渴求，我只不过曾奢想，在月夜的原野，没有人打扰，我躺在她的怀中，安详地睡去。这又有什么过分的呢？

野有蔓，连成片，

蔓上露珠儿亮闪闪。

有个美女走过来，

眉毛长长真好看。

不约就来很随便，

这样才是俺心愿。

野有蔓，连成片，

蔓上露珠儿大又圆。

有个美女走过来，

眉毛弯弯真好看。

不约就来很随便，

这样才讨俺心欢。

赵说："这似乎并不过分。刚才你怎么不告诉她呢？"

"刚才是中午。"我说，"再说现在的我对女人已缺乏诗一般的想象。我则变得十分实惠，在女人怀中我已经睡不着了。"

"你似乎不会泡妞，"赵嘻嘻地说，"泡妞的秘诀是，你必须坚信任何女子都可以得到，你将得到她们。你尽管布你的网就是了。"

"？"

赵递给我一根烟，我与赵一起坐在台阶上。星期六的下午，大院里人很少。风吹动着大叶杨树的叶子簌簌有声。赵坐在我的对面，他抽烟的姿势很有特点，手臂摆动很大，每吐出一口烟，都力求把烟吐得很远。与他相较，我更喜欢把烟叼在嘴上，每吸一口烟，便马上轻轻吐出来，然后用鼻子又吸进去。两只木偶，各自拉操纵线的方式不同罢了。

其实，在这个世界上哪个不像木偶一样活着？我们努力成为一个救世主的梦想着实可笑，一无所有的帝王梦，怪就怪在上帝或女娲为什么按照自己的模样造人？暖和的太阳，太阳，太阳还在山冈上。人能笑出声实在是人类的幽默品性的泄露。赵说，也许活得实惠点对身体有好处，用理想去杀人是老人家的伎俩，此即所谓"诛心"是也。我说，我们实际也和老头子一样，不能用理想去杀人，只能用理想去自杀。

参谋长不同意我的观点。他从兜里掏出手绢，擦拭着鼻梁上的汗珠，激动地说："理解这个世界不能太积极，也不能太消极，应出乎于中观，平淡而从容。有人号称中国人'极高明而道中庸'不是没有道理的。"

我说："这样活着有什么意思，生与死又有何异？"

参谋长说："生与死本来就没有什么意思，在生与死的过程中追求永恒本来就是扯淡的事，是痴人说梦，你们活着的人就是和我们死去的人不一样，对生命的意义比生命本身更为关心，这又是为什么？"

我干笑道："你他妈的操性，如果你还活着肯定比我们还执着。"

参谋长不再说什么。这个社会有一些令人奇怪的事，有了生命已不是一件容易的事，还要追问活着的意义，这怎么不是荒唐？！太阳已渐偏西。白色的太阳。白色的阳光斜射到舱内。宽大的河平静地向前流去，似乎并不在意所有的一切。岸边的渔舟，绿色的蔗田，黛青色的乳房形的山峦，山峦里的黑色怀梦草与八卦棍子搭建的房子，炊烟，牧童的笛声。大河平静得有点寂寞，我不安分的心怎么才能像这条大河一样？老船工摇着橹，他好像要与大河一样睡去。他所追求的生命的意义又能是什么？这时我想生命存在的本身就是意义。但是，如果活着就是意义，悲剧的色彩就过于浓烈。我们又有什么理由努力去演出一场悲剧呢？

赵说："这事你干吗问我？"

赵又说："不过总比闹剧好。"

我说："是的，悲剧令人振奋，作为一场悲剧的主角能让人有一种崇高的感觉，产生一种救世主般的激情，与魔鬼战斗总比其他战斗有意义。暴风雨中的鹰在雷电中唱起快乐的歌，'唱下去吧，唱下去吧，你灰褐色的小鸟哟！从大泽中，从僻静的深处，从丛林中，泻出你的歌声，让它透过无限的薄暮，透过无限的松杉和柏树林。唱下去吧，最亲爱的兄弟哟！如箫管之声一样歌唱吧，以极端悲痛的声音，高唱出人间之歌'。悲剧就是悲剧，痛苦地扬起高傲的头颅，慢慢地睁开涨红的眼睛，蔑视这卑琐庸俗的一切，我就是昂然屹立在喜马拉雅山珠穆朗玛峰顶上的一尊黑色花岗岩雕像。"

赵认真地看着我，认真地说："你错了。如果我们把世俗作为最大的魔鬼，你这只鹰也就成了荒诞的象征了。你这种愿一切人升天，愿自己永沉苦海的志向不是十分可笑吗？"

我用奇怪的目光看着赵，赵从来没有这样反驳过我，今天是为什么？也许我要死了，赵也意识到我的死亡。但是他反驳我和他意识到我的生死存亡又有什么关系？我看着赵，如我不解地看着周围的一切，天地悠悠，诸事无常。我不是已经宣布我不怕死吗？那我为什么今天忧心忡忡地思考死亡呢？诸事无常，诸行也应该无常了。如果我不久就会死去可以说是殇的故事，即早夭，我还欠下那么多债务如何偿还？铁书，抱鹅的孩子，老婆婆，外婆的故事，还有她？不过她是永远，无论我死去还是活着，最重要的是外婆的故事，那些故事结束应该是什么样子？我似乎不想死。

我不想死，并不是说我怕死。死也是一种存在，科学告诉我，没有证明不存在的事物，就有存在的可能。彬彬说，不要死，我这儿有华佗再造丸，能活血化瘀，化痰通络，行气止痛；专治半身不遂、拘挛麻木、口眼歪斜、言语不清者。唉，这样的死，一点也不干脆，何必再造一个痛苦？有人说华佗是印度人，是印度的药神，因为他的佗字与佛陀同。这有点不靠谱，印度人只讲轮回，一般不会说再造的。若是如此，赵佗也应该找一个匈奴父亲和一个印度的母亲。大家没事扯扯淡，切莫认真。怕就怕大家一本正经地扯淡，还被崇拜，并封了神。姜子牙的鞭。神的存在不是因为神的神奇，而是因为他有一群愚蠢的拥趸。

"外婆的故事在铁书里。你应该死了。"仿佛有一个声音。

我环顾四周，赵已不见，没有人。我躺在舱里。

"我真的要死了吗？"我微笑着问自己。

吃午饭的时候，只有我一个人。我请老船工来一起喝酒，他摇了摇头。他依旧摇着橹，很慢，很吃力。看着流动的河水，我突然发现我们是在逆水行船。我对老船工说，我们为什么要逆水行船呢？

老船工说："顺水入海，逆水进山，你愿意到哪儿？"

我笑道："我应该去我去的地方。"

老船工摇摇头，把目光投向远方的河面。我也摇摇头，不解地看着他。

赵站起来，扔下烟蒂，慢慢地原地踱步，他的性情一贯焦躁，我不知道他又要干什么。从大杨树的枝叶间漏下的阳光是嫩紫色的，紫得惊人娇艳，赵在我的眼中如同我在他的眼中，均像一具紫色的尸体。脚下的浅灰色的水泥地面，也生出点点的紫色斑纹。世界的末日就要到来了。一千年一度的天启日。可是，天堂门是很窄的吗？一桩故事。三岔口。弯弯的河，蛇一样地爬行。绿洲。黑头发的女孩和黑翅膀的蝴蝶。三月的阳春天。潮湿的艾草的气味裹着娇小黄鹂鸟在鲜嫩的柳枝滑动并吐出银铃般的歌声。风筝飞起来了。粉红色的天空。白絮样的云朵。祖国的春天阳光灿烂，歌声飞进我的校园。黑头发的女孩卷起裤腿，在河边的浅滩上嬉戏。天真的时代。

所以赵狠狠地说："那是过去的事情！"

所以我也说："如今再回忆扎小辫的伙伴对现在的我们来说的确十分残酷。那是什么时代呀！"

屋里的电话铃声，我装出没有听见的样子。赵说："你还是接一下吧，没准儿是个女孩子，今晚你不就充实了？"

我说："谢谢你了。"

我走进屋，拿起电话，电话里是忙音。我放下电话，倒了一杯茶，又走到门外，赵又不知去向。我怅惘地坐在门前的台阶上，无奈地盯着这安静的大院。阳光仍然是紫色的。地上的霉斑。风不知趣，吹散我的头发。电话怎么不响了？我在等着这个电话，打电话的是不是黑头发的女孩？我曾告诉赵、小B等人，这个黑头发的女孩子是我的学生，现在在北大读书。我这样说是希望他们能和我说一些女孩子的第一个恋人应该是她的老师，尤其是像我，当时是教外文的年轻教师。他们只是听，不作任何询问和串讲。于是我更加使自己相信他们在内心深处不仅歆羡我且还嫉妒我。于是我慢慢地告诉他们："这女孩十分漂亮。"

老K在一旁说："是不是那天你和她一起去食堂吃饭的女孩？"

我会意地看着老K："对了，就是那个女孩，你认为如何？"

老K点头道："绝对漂亮！"

赵与小B终于说："我们这些过了而立之年的人，现在看见二十岁以下的女孩就会觉得清纯漂亮，因为对我们这些已渐渐告别青春的人来说，青春就是美丽。我们已不会再像过去那样，对美丽的要求那样认真，那样苛刻，那样挑三拣四。这样，才说明我们老了。"

"你们也学会说自己老了。"老K说，"不过那姑娘的美丽绝不是因为青春。"

赵说："如果真的那么漂亮，请她来陪我们喝酒怎么样？"

我说："是陪我们喝酒好，还是陪我喝酒好？"

他们说："你太自私了。何况你是老师，她是学生。"

我起身笑道："如果有人做东，我自然可以把她约来。"

66

河面已开始变窄，像进入天堂的水道。上帝怕太多人进天堂，就故意把永生的路隐藏起来。唉，进入天堂不也是死亡吗？和进地狱那种死亡有何不同？通往地狱的路，通常是由善意铺就的。河面变窄，水流亦显湍急。老船工却仍从容地摇着橹，且不管前面是天堂和地狱，他的神情给人一种莫大的信心。老船工的模样有点像老K。

"你是上帝留在生死河的使者吗？"我问。

"你是猴子搬来的救兵吗？"我又问。

KTV弥漫着酒与香粉混合的味道，过去与未来的交合，理想与现实的通奸。草原的鹰，看到一个穿比基尼的美女睡在树下，便与她生了个孩子，这孩子就是第一个萨满。在迪斯科的乐曲中，在酒精的催化下，人人都变成了萨满。忘掉自己，你就变成上帝的孩子。迪斯科疯狂的乐曲终于在绿色的灯的余光中熄灭了，KTV的灯也"啪"地熄灭了。女人放浪地尖叫，男人肆意地狂笑，也才是大自然最真实的声音。女娲与伏羲从无花果树林里爬出来的时候，只有尾巴，没有双腿。我怀里的女孩，小精灵的样子，我把手插到她无花果样的乳罩里，她并没有大声叫，但很坚强地把我的手掏出来，并在我胳膊上留下整齐的牙印。

"你们太过分了。"她显然很生气，漂亮的嘴角下拉，澄澈的眼睛也溅出蔑视的水花。这水花好像是我似曾相识的宝相花，香净而柔软、圣洁而端庄。

"平常心做平常事。"我说，"凡人小事罢了，何必认真？"

她说："若是如此，哪个心不是平常心，哪件事不是平常事？"

花开见佛性。身处浊世的我，当如莲花，不被污染。河水清冽透明，天地茫然，小事细碎，一个凡人，还梦想达到不以物喜、不以己悲的境界，有点难。不若把脚放到河水里洗洗，可以解乏。此时河面的风携带一缕暗香，是夏花悄然滑落的寂寞，是野蔓欲言又止的忧郁。河岸上情侣打着花雨伞，时而奔走，时而停下。儿童在河坡的花草与灌木中捉迷藏。空气里的尘埃才刚刚开始坠落，好像麦田圈在地毯上下沉的感觉。

鱼戏莲叶间，江南何田田？小狗学猫步，相伴饮古泉。波兰的西蒙告诉我，世界上最好喝的啤酒是波兰的古泉牌啤酒，于是我就相信了，一辈子都惦记着这种啤酒，还总是叨叨不休告诉其他老饕餮们。烧烤的炭火在岸边欢腾，交上桃花运的男女在用骨头书写祭文，然后埋在地下，以期望变成甲骨文。郁郁葱葱的四野笼罩在新绿的阳光中，阵风是她的信使，给我带来阵风一样的问候，吻一下我的脸颊，就迅速离开。她的超然变成我的惆怅。

老船工没有说话。我也不再说什么，这样我仿佛是上帝的使者了。我将要携带他们一起升天。大妈端坐在后船板上，二目微闭，脸上时而浮动着模糊的笑容。她这样的神态煞像一尊泥塑的菩萨。太阳躲到云层的后面，不知在想什么。惨白的天空，没有阳光也没有阴影，没有欲望也没有激情，没有黑灰色的憎恨也没有粉色的爱情，是呀，置身于生死河中还有什么可想的呢？平坦的河岸，远处的山峦在一道绰约的雾中。

上帝创造我是让我做一个失明的诗人，还是让我成为九十九只羔羊之外的那只？我笑了，我知道我的寂寞就是上帝的寂寞。我知道我是一个寂寞的人。我之所以寂寞是因为我不想寂寞。我之所以寂寞是因为我感到我们所有的人只不过是上帝棋盘中的一个棋子，遇到上帝生气，摔碎了一个棋子，便会有一个人死于肢解。上帝的残忍在于他笑嘻嘻地把人类蹂躏一番后，还让人类尊称他为上帝，烧香磕头，顶礼膜拜。我的笑声变得十分沙哑。在一个寂寞的环境里，谁的笑声不是这样的？

河向东流，我却向西走。为何不下海？我下海能干什么？天地悠悠，过客匆匆，潮起又潮落。做生意是一件十分肮脏的事，可我不是也卖过冰棍倒卖过化肥汽车钢材吗？卖冰棍一天只能挣一块钱。倒卖化肥汽车和钢材赚的钱我坦率地装到别人的口袋里。好心人是不能做生意的，我就是一个心软的人。被别人欺骗和欺骗别人都是件痛苦的事，我怎么能做生意？做生意是魔鬼的职业。所谓的儒商是儒生编造的骗人把戏。

小杰做生意后，穿着一套职业妇女的西装来看我，她的脸色比以前稍黑，眼影着妆颇浓。她这种形象似曾入过我梦中。我穿一件淡绿色的脏兮兮的绒裤，从书桌前站起来。

她放下小皮包，对我莞尔一笑道："你怎么这样？让人怎么看？"

我说："我还是我，你却不一样了。"

"我怎么了？"

"God hath given you one face, and you make yourself another."

小杰坐在沙发上："what's up？"

"我不还是老样子？心里想着做学问，嘴里不停地谈生意。人老了，都会变俗的，这有什么可说的？"

"到我们公司来吧，像你这样的人肯定会飞黄腾达的。你长着一个生意人的脑袋，做什么学问。"

"你怎么也认为我天生是做生意的？"

小杰微笑道："花十块钱还忘不了换一个吻，你怎么不是做生意的呢？"

我亦笑嘻嘻地说："那叫爱情，你怎么会和生意联系在一起？无聊之极。"

小杰说："和你一起谈爱情恐怕是天下最无聊的事了。"

她解开发带，秀丽的长发飘散在肩头。我走上前，一手端着茶杯，一手抚摸她的秀发。她拉着我的手，让我坐在沙发的木质扶手上。我把她的头狠狠地按在我的怀里。她猛地推开我的手，面含愠色道："你这样不是真的。你总想通过在无奈或无赖中不经意地流露出点真情，借以向别人显示你那所谓的荒诞的真诚，可你有真情吗？"

我端起杯喝一口茶："我又不是木头人，哪能没有真情呢？"

小杰说："你会有真情？你能有感情就算不错了。与你在一起，最多只能谈谈真情的具体过程。"

我说："真情的具体过程不就是性事吗？"

"你真的很实际，天生的商人。"

"如果我是商人，卖掉的只是我自己。你要作为商人，只怕要被别人卖掉。"

"哎呀！"她说，"你这样的人也只能自爱、自恋、自奸。你简直是人类社会最完美的自私标本。你叫着要自己卖掉自己，这怎么可能？"

我被她抢白得心头一阵颤动，便装出一副小学生的模样，蹲在她的面前，拉着她的胳膊，虚心地求教道："你是不是见过我自慰。人在自慰时应该是什么样子？你一定要告诉我。"

她吃力地把我推开，显然是生气了："许久没有见你，所以今天走到你门前便拐了进来，没想到你竟是这个样子。"

我端起茶杯到另一张沙发坐下："算了，这是我的不对，我天性如此，你又何必认真。像我们这些搞研究的，整天待在家里，日子久了能不出毛病吗？"

我想我也许就是这样无聊，待在屋里，日子稍长点，便想见到女孩子。可她们真的来了，我又要装出无所谓的样子，以此来破坏她们作为姑娘的唯一一点自矜。久而久之，这个习惯也就成了毛病。我为什么这样？天下的事自己犹问不得自己，好比商人很少自己买自己卖的东西。小杰来看我是不是也是因为无聊？日子久了人都会变得无聊，那活着为了什么？干吗不独上高楼，望尽天涯路，然后跳下楼摔死？死乞白赖地活着，有什么意思？人活着是为了意义吗？意义又是什么？逆流而行是因为大河荒唐还是我的荒唐？思想与女孩子，我生命的支柱，像一只思考的小鸟蹒跚在雪白松软的沙滩上。太阳的黑子，女人的胴体。我不就是我吗？长了一颗圣人的脑袋。

那天的梦中，我看到了我的梦想。我梦想在不同的地方建立不同的小庙，雅称书院。书院的主祭的供桌上是一块硕大的镜子，人们来祭拜的时候，看到的永远是自己。佛不是说过吗？求人不如求己。点上三炷高香，香雾弥漫中，你就看不到脸上的黑痣，于是你就被香雾所美颜，于是你在香雾中变形，被解释成无数的可能，有时香雾解释的你，或成为传统的仕女画线条，或成为印象画的色块，或成为现代画的几何。我就是我，一炷不一样的香火。我的书院建成以后，我对着镜子跪拜，我毫不犹豫地从镜子里跳出来。

我看我的时候，稍有点惊讶："干吗要急着跳出来？我还没有上香呢。"

"自己供自己，"我大笑道，"干吗不省点？"

我与我紧紧地抱到一起，我们彼此都能闻到各自身上散发出来的荷花的香味。香风四散，花雨缤纷，清冽的河水，被暖风溅起，落在我们通体透明的身上。

她有点难为情，用力推开我。她说："你梦游了！"

我红着脸说："我没有梦遗。"

我消失在开花的无忧树林里。无忧树叶子很长，是长椭圆状披针形。叶柄非常柔软，似乎不能支撑叶片，嫩叶呈垂状，细看宛如一件被雨打湿了的紫色袈裟。无忧树的花，宛如燃烧的火炬，又像沉重的叹息，赤金色花轴覆盖了整个树冠，从远处看，仿佛一座金色的宝塔。我一直想不通的问题是，生在这树下的那位到底是佛陀还是菩萨？爱神卡玛手里拿的五支箭中，据说有一支就是无忧树做成的，人们都相信这种树能消除悲伤。有爱情就没有忧伤了吗？ Narcissism！我若生在无忧树林里，会在开满水仙的河坡死去。

河已经窄得只能容下一条船通行，两岸深绿色的大树与古藤相互盘绕，河面顿时阴沉幽深。这是通向天堂的路还是通向地狱的路？老船工似乎没有注意到这已发生的变化抑或是习以为常，他仍不紧不慢地摇着橹。没有人，也没有任何声音，天地静得如同一块巨大的薄薄的玻璃，人的出气声稍重点，就可能把它击碎。我把头从乌篷中伸出来，躺靠在甲板的木棱上，看着头顶浓密的枝蔓，看着从枝蔓间偶尔漏出的灰白的天空，看着零散地分布在枝蔓中那一串串紫白色的花朵。这似乎是苦楝树的花朵，是最让人心醉的花朵。

傍晚，与小杰相约于公园，苦楝树开满了花。花径上，花树下，稀疏的人影。假山与亭阁都沉浸在紫白色的花海中。我们拉着手，春天黄昏公园里，青春的清纯和楝花的清纯。对一切都不在意了，世俗的影子。可是如今我似乎已衰老，坐在船上，寻找天涯路！我告别的是一个多么美丽的过去呀。花枝聚如雪，芜丝散犹网。别后能相思，何嗟异风壤？最讨厌的和最喜欢的都是这样一个林妖会说话的眼睛，至于我为什么要这样我也不知道。

天涯路。我不知不觉地走到人生的尽头，往事付诸云烟无欢笑也无悲哀，我不是曾告诉人们上帝创造我就是让我做圣人的吗？那么我为什么还未做圣人就走上了天涯路？船在浓密的林荫掩遮下曲折前行，阴冷的风一阵阵袭来，老船工与大妈都披上厚厚的蓑衣，他们示意我把舱里被子打开，盖在身上。

我说："我知道我们就要到了，不是吗？"

他们说："你应该知道你到了什么地方。"

我说："这是什么地方？为什么我要知道？我现在唯一知道的是我就要死了，而且死得一点也不悲壮，我不知道别的圣人是否也是像我这样死去。生命的无意义在死亡的时候体现得太形象了。你们是怎样理解生命的无意义呢？"

他们说："既然生命无意义，干吗还去理解它？"

我不愿被他们说服："生命的无意义在于理解，唯有理解才能判明生命意义的有和无，所以理解是有意义的，所以生命意义应在有无之间。"

他们仿佛没有听到我的话，灯影桨声里，天犹寒，水犹寒，有些事情十分奇怪，我一旦醒来就会觉得一切都错了，大脑便立即停顿；而一旦睡去，一切都正常了，眼帘里会飘进一幅幅动人的画面。无可奈何，谁有办法呢？讨厌的电话铃声，我想把电话摔了。相约打麻将，为几块钱抑或一点尊严争得面红耳赤，那么打麻将又为了什么？小B走进屋里，见我正在和小杰说话，就要退出，我叫住他。

小B说："我下班回家，见你的门开着，就走了进来，绝没有想到你屋里有人，如果——"

我说："你这是什么话？我屋里有人你就不能进来了吗？"

小杰站起来，说她还有点事，必须走。我说，你干吗用必须二字？你要走走就是了。小杰掂起手包走了。她走的时候好像有点生气。小B坐下，样子很尴尬。

我递给他一根烟："她漂亮吗？"

"应该属于回头率较高的那种。"小 B 说，"和你什么关系？"

我故意神秘地笑道："不要问那么清楚，应该给自己留下想象的余地。"

小 B 吐出一口烟。

67

　　太阳偏西，水面更加狭窄，只能容下一条船。水草亦见浓密，老船工不时停下船，清除橹桨上的水草。我说，是不是该到了？老船工点点头。我把头缩进乌篷里，因为乌篷扫下的树叶与楝花，乱纷纷地落在我的脸上。花葬。所以我把头缩进舱内，我不想口中落进楝花，待我死后，化成树籽；待我进入墓穴，生成树木，立在我的墓前，像一座墓碑。苦楝树，我今生不幸，死后竟还不离苦海，我不甘心。所以我把头缩进去。树叶与细碎的紫色花瓣仍簌簌落下，堆满小船的甲板。花船。花船"嘎"的一声长鸣后停下。

　　老船工说："到了，你下来吧！"

　　我从乌篷里爬出来，却看不见老船工和老大妈；我立在船头，环顾四周，也不见他们的身影。他们去哪儿了？我疑惑他们是人还是鬼，如果真是鬼，我无疑走进《聊斋》的世界了，他们一定是为自己家的女儿或小姐牵线的，不一会儿岸边就会飘来绝妙新鲜的声音。

　　我站在船头，等了许久，也没有看见有人来。头顶上骤然疏朗，灰白色的天空，几道褐色的浮云。窄窄的河七扭八歪地爬进前面那群大小不一的土丘，土丘上树不多，十分稀疏。我收拾好行装，跳到岸上，沿着河岸边的一条小路向前走去。四周煞是安静，没有风，也没有人。空缱绻，说风流！

我喜爱这没有人的世界，只有没有人的世界才没有叫嚷，没有装腔作势颐指气使，没有溜须拍马阿谀奉承，没有欺骗没有卑琐，没有奶声奶气的女人以各种各样的方法卖淫。神女生涯，小姑居处。本非杂花，独得清雅。其根如玉，不着诸色。其茎虚空，不见五蕴。其丝如缕，绵延不断。大气庄重，香馥长远。为什么生在荷花里的人，要在楝花下死去，脑子里想的是水仙花开满河坡。说来也怪，楝花与水仙花还真的相似，细细碎碎，斑斑点点。小女人的心事，一团团，逐对成毬。

我走在小路上，穿过一片浓密的树林，身上已微微出汗。于是我便坐在路边的一个土台上，稍作小憩。一个要死的人，应该想些什么呢？论有知者的无知还是世界是我的表象？我需要装出一副可怜兮兮的样子，打着饱嗝，向世人兜售我那伟大的思想。当今的世界需要的是能让人光屁股跳舞唱歌的舞台，而不需要市场上的斯宾诺莎与至德的泰伯。在大峡谷的跳动的音符中，四大天王用泪水洗过的喉咙唱起痛苦的现代城市民谣，逗得嘴上无毛的小姑娘们如痴如醉，意乱情迷之中匆匆献出最初的贞节。

论曰：崇拜是一种最高尚的无知，源于自知能力的丧失。当人类自知能力丧失后，崇拜可以给某些人以特殊的自我感和荣誉感。崇拜者将感到自己比其他人活得出类拔萃，优越于那些无严肃崇拜对象的、纯粹的自然人；他相信自己是所在群体中的贵族，享有特权——并联合所有的无知的崇拜者，结党营私，自定制度以维护其特权。崇拜物，就是崇拜者与非崇拜者之间的区别，正是这种区别，恰是崇拜者得以自豪的根本。

因为对崇拜物的崇拜已经改变了崇拜者的自然人格，并使其本质表象成为另外的存在。所以崇拜者并不把他们的荣誉直接归于自己，而是归于另外一种伟大的人格。对自己优越的意识，来源于对这个伟大人格的意识，像生活在伊甸园中的狗，也会有上帝的感觉。

就此意义而言，崇拜绝非一般意义上的无知，而是一种高尚的无知。生活在这种高尚的无知者已经结成联盟的社会中，孜孜不倦地自我求证的纯粹自然人虽然人口众多，却显得形单影只。他们没有崇拜物。如果非要给他们设定一个崇拜物的话，这个崇拜物只能是他们自己。他们清楚地认识自己作为人的价值和人格。

但是这一自知的自豪感只是自己对自己的自豪，不可能被任何人所接受，它一旦表现出来，便被视为"精神胜利法"，为世人所咒骂，因此在当代，自知者往往又是无知的代名词。

议论结束后，我起身向前走去，沿着小路的斜岔又来到小河边。大河变成小河走过多少路程，我为什么要到这里来？河岸是巨大土岭，浓密的树林已消失。河水清澈见底，细软的泥沙在流水轻缓的冲刷下，呈现鱼鳞纹状。这时我对"人生如逆水行舟"这句名言有了新的理解：所谓的逆水行舟，其意义是水涸舟停。我感觉到我正在走向死亡，末日的情绪，流水，天空的颜色，无声之中，独闻和焉。杰奎琳的殇，在悠远缠绵的意境中，用粗壮的弦来描述那种淡雅高贵的从容。

荷花的花瓣随风飘逝，似水流年，石条铺就的路，没有太多人，婴儿降生的呐喊。初夏，乳黄色的楼宇，栉比鳞次。几朵棉花样的云，挂在天空，安静中复杂楝花与水仙的香味噎住了喉咙。殇在零星清脆的竖琴伴奏下，从容地描述生命的转瞬即逝。这种从容如大海一样坦然，如天空一样坦白，如对着镜子跪拜的我一样坦诚，无所畏惧，本来也就是向死而生。

云向何处？

风的归处？

若有若无的影子，不可名状的远，藐姑射之山上的她。

指间流露出的缠绵的往事，旋律舒缓，稍显沉郁，但轻轻地转身，弦轻如丝绒，把美的残缺传递得那样果断而决绝。

哀怨会穿透灵魂，哭，不动声色；残念却应声而碎，淡淡的笑，刻在脸上，幸福，无法复活。

把深深的悲伤，用超然物外的线条，勾勒出波谲云诡的悱恻，呈现出一个平静的、水波粼粼的、无限扩大的宇宙，无边无际，无法触摸。心变成黑洞，可以有意无意地吸走所有的有形无形的想象。

参谋长说："还是听听《诸神的黄昏》吧。"

我回答："是，那次心梗死去，便是听《殇》。"

焦躁。一天都干些什么事？打麻将和吹牛，还有什么事？对自己不满意，所以就焦躁。电视里正在上演小品，有时代特色的不入流话剧。你知道天底下绝对无意义的事和绝对有意义的事是什么吗？我说，绝对无意义的事是聊天；绝对有意义的事是和女人聊天。这个星期天应该去谁家吃饭？

有人告诉我:"我挺喜欢你们中间那些挺有文人味的人,他们活得怡然而悠闲,每天看书、写点东西、散步,每星期转两次书店,清闲平淡与世无争。"

我说:"你说的那是天堂的文人。活在地上的文人哪有这样的?你若不信,掂四两酒,两人一喝,面红耳赤以后,他准会向你吐露满腹的心事;如果有一个漂亮的女子坐在旁边,那就更妙了,你瞧他那矫情的味儿。"

我又说:"你说的那是过去的文人,尤其是唐宋以后的中国文人。那时的文人家里都有几顷田地,有个庄园,有丫鬟侍候。情趣到了,写点东西,便可以请人雕版印出来,送给亲友传阅。现代的文人哪敢有那时的雅兴?所以学问只能让那些有钱有闲的人来做,这样的人做出来的学问才能叫作学问。"

焦躁,还是焦躁。对所有的人和事均不满意。血管里的血流得太快了,应该把脑袋伸到冰箱里冷冻起来。有趣的谣言,市长的秘书和市长都自杀了。他们自杀和我有什么关系?难道我也应该自杀?绝顶的荒唐!又是吃饭,怎么才能不吃饭?无聊恰是最可笑的焦躁。人们不解地看着我,像看关在大铁笼子里的一只疯狗,心不能宁静,因为欲望太多也太大。

有人来看我,问我是不是病了。我说你这不是咒我吗?我不是好好的吗?你为什么说我病了?那人说,看来我是咸吃萝卜淡操心了。我躺在沙发上,看着结满蛛网,看着蛛网上的厚厚灰尘,绿纱今又糊在蓬窗上。我觉得自己似乎已经彻底完了,已这么大的人了,什么事也没有做出来,我还能干什么?

又有人来,看我无精打采的样子,不无同情地说,走吧,一起喝酒去。

在湖边喝酒。翠湖边。夜晚湖面在霓虹灯映照下，水波中泛起锦地纹。岸边的飞檐翘角在柳荫里延绵，楼宇叠置，错落有致。湖边古老的枯树，一脸的倔强，如同树下拉着二胡的老头，一脸的沧桑，却一脸的矍铄。我生气地说，我不喝酒了，我现在发誓戒酒。他痛苦地摇着头，表示他绝对不信。

这是外婆故事的湖吗？我告诉参谋长说，我家种了两盆荷花，一盆是白莲，一盆是红莲。

参谋长说，你应该种五盆。白、青、红、紫、黄，五种天华。

我不太理解。

参谋长说，湖中壶，壶中湖，宝相花开照九州。

说完，他披上大红猩猩毡斗篷，把酒壶一推，光头赤脚，转身走了。只见白茫茫一片湖面，并无一人。唉，他所游兮，鸿蒙大空。我琢磨着参谋长最后说的话，看着翠湖中摇曳的淡墨色的重重叠叠、参差不齐的荷影。宝相花？什么是宝相？圣洁、端庄的理想之花。见到我生的地方，便就要死去。我会心对自己笑了笑，拍拍自己的脸颊。孔子说，未知生，焉知死？我已知道生的地方，距离死的地方还远吗？

为什么会这样？我点点头对自己说。我的路上只有我一个人，对此我已无疑问。沿着小河再向上行，我听到一阵阵悦耳的轰鸣声。在我的上方是一个巨大的土坡，泥石交杂。一棵深绿的大榕树，如一把遮天的巨伞。罗杉穿着一袭红衫，坐在树下。罗杉不是已经走了吗？她怎么会坐在我的路上？

我爬上坡，罗杉招呼我坐下。我坐下，点燃一根烟："你是上帝派来接我的吗？还是你知道我就要死了，提前来这里等我？"

罗杉说："你怎么知道我死了就会进天堂？"

我说："像你这样心地善良的人若是进不了天堂谁还能进天堂？"

"你以为心地善良的人就一定能进入天堂，那你错了。谁进天堂，谁下地狱是前世已安排好的，我死后才知道今世的努力丝毫无用。"

"那你到底是进了天堂还是下了地狱？"

罗杉莞尔一笑："你死后再知道不是更好吗？"

"我不想死后知道，而是想现在就知道。"

"这是绝对不行的。阴间的事能告诉阳间的人吗？"

"那么我问你，你是不是知道我要死了，来接我的？"

"是也不是。"罗杉狡黠地说，"你现在还没有改掉什么事都爱寻根问底的毛病。"

"寻根问底是毛病吗？"我吸口烟说，"你死后变化太大了，你以前不是这样的。是不是人死后都要变？这样就太可怕了。"

"是的，我知道你就要死了，所以提前来看看你。"

"那怎么说呢？我应该谢谢你？"

罗杉仍笑道："无所谓，干吗这么认真？"

我吸着烟。罗杉变了，变得让我感到很陌生。我死后是不是也会变？如果死后的变化能让人选择的话，我应该选哪一种变化？我也许应该选择做偶像。比如像一尊泥菩萨那样，整日傻呆呆地待在烟火熏黑的神龛里，接受更傻的人前来朝拜。不过偶像太不自由，还得让人（聪明者）随意塑造。我今生一贯散漫，死后能受得了那样的拘束吗？就是不做菩萨像，我也绝对不能做现在的我了，原因其一是人们应该多尝试几种活法，其二是我或多或少已经厌倦了现在的我。现在的我也太难让人理解了，更何况自我求证。不过令我惊奇的是罗杉也知道我要死。对于我不日以后的死，我个人只是一种感觉。今天罗杉来我的路上接我，看来我一定是必死无疑了。

我的路上不是只有我吗？

"其实每个人都在路上，你怎么说你的路上只有你呢？每个人都有自己的路，有时，有些人还会不约而同地走到一条路上。你说你的路上只有你自己，这是不是说明你太看得起自己，太自我中心了？"

我站起来说："我的路上只有我自己，这是绝对，是唯一，是任何人也无法更改的。关于这点信不信由你。"

罗杉仍笑道："实际上我已经看出你现在不如过去自信了。"

我眯着眼睛，扬起头，长长吐出一口烟："你以为我们今世能在一起，我死后我们还必然会在一起。"

"也许是这样呢。你记着你死后我会第一个去看你。"

我看着罗杉。我的脸上浮现出莫名其妙的笑容："如果这样，我就不死了。"

68

罗杉像尾巴跟在我的后面，我说，你好像一定要把我逼死才高兴。罗杉说，你说对了，我就这个意思。不把你逼死不就辜负你了吗？我说，我死了对你有什么好处？罗杉笑嘻嘻地说，如果说以前，我没有死的时候，你先我而死对我自然无甚好处，可现在我已死了，这也就难说了。我独在来世，孑然一身，未免过于寂寞，你若能早点死，早点来陪伴我，岂不更好？

我摇着头说："你过去不是这样的，现在的你真阴险。"

我的话音刚落，罗杉便不见了。她走得真快。我为刚才的话而后悔，在我今生今世，罗杉可算是我唯一的伴侣了，我刚说过的那些话就算是开玩笑也未免太过分，我还没死，怎么已变得这样。梦中的圈套。我是不是在梦中？我徜徉在大榕树浓绿的阴影中。靠近榕树约有二十米的地方蒸腾出绿色的水雾，那便是这条河的源头。我走向源头。

河的源头是紧锁在一堆一堆油光发亮墨绿色石头中的深潭，长宽各有十余米。清清的泉水一股股从泉底的石罅中冒出。水从潭中向下流淌，形成一条潺潺有声的小溪。这就是大河的源头。悠长的回声只能是最后一个音符。在我生命历程中，泉就是最后一个音符吗？

上天苍苍，地下茫茫；死人归阴，生人归阳。我脱下身上所有的衣服，并且还想把所有的阴毛拔掉。在墨绿色的石板上，我闻到身上散发出的难闻的气味。于是我匆忙跳进潭中。潭中的水很有质感，很滑腻。潭像一个健康女人的子宫。真正的家和爱的波浪。水并不凉，正适宜我的皮肤。我躺在水里，静若睡莲。

外婆的故事。荷花的幽幽清香一缕一缕飘来。我闭上眼，四面的琴声如晃动的绿色纱幔。初春的垂柳在琴键的呼吸中悄悄地泛绿，如浮动着一层新绿色的云。柳条帽，春天，柳笛的颤音。洁白的纸花，柏枝与柳条扎成的花圈。排起长队的革命的接班人、红领巾，来到烈士陵园，把花圈安放到墓碑前，宣誓，把无产阶级革命事业进行到底。这个时代谁是有产者，谁又是无产者？我躺在健康的子宫里不愿睁开眼。

没有到恋爱的年龄就开始恋爱并不荒唐。荒唐的是偷偷地爱上后，偷偷地对自己笑，谁也不敢说。当十五六岁的小姑娘用微微上翘的眼角诱你上钩，然后又用泪水把你送走时，你绝对不知道是被自己嘲弄了还是被她嘲弄了。失恋像一枚青橄榄，苦涩中略有甘甜；与长大以后在领导或上级面前失宠不一样。失宠时绝对感觉不到丁点甘甜，而会强烈地感觉到自己把自己嘲弄了，情况有点像一次失败的自慰。米罗作品的大写意与马蒂斯的疯狂均来自不成功的自慰。荒诞的色彩，流动的时间。

公园的湖面上漂满马口铁罐头盒与各色的塑料汽水瓶。大地艺术：红伞与垃圾。我郑重地告诉傻子一般的学生，艺术的本质是呐喊。学生却说，由于通货膨胀我们需要抑制消费过热。驴唇不对马嘴，我大为光火，无可奈何又拾起丢在地上的柳哨。我还能吹出春天吗？在鲜花盛开的村庄摘苹果的时候，感情，乳汁，珍惜自由。阴暗的森林中的野狗，舔着自己的伤口。温柔的爱，追求，出卖童贞。我躺在诗一般的潭中。

我说，我做了自己的皇帝。

我说，世界像一艘翻了要沉没的船。

奇怪的是世界上所有的人都在为锯掉自己的脑袋而努力。愚蠢的生灵！我还能说什么？意守丹田，逆呼吸，五行觅灵功。雨过天青云破处的天空，是温润雅正的青色。秋天。当人们性情畅快之时，若大自然，一朵解语花。我的肚皮大半露出水面，像一只漂浮的椭圆形的球。

我倏然看到参谋长坐在潭边的石头上。我挥手向他致意："我终于来找你了，你是不是应该高兴？"

"你死了我会高兴，这是什么话！有谁会在黄泉路上迎接朋友还感到高兴？"

我翻过身，趴在水面上，兴奋地说："我知道只有你这样的朋友才会为我感到高兴，因为你知道，死亡一直是我矢志追求的动人时刻。"

参谋长笑道："你这话是你常用来骗小女孩的，怎么今天用到我这里了？是不是用错了地方？"

我亦笑道："你一个人躲在阴间，寂寞无聊，会不想让我来陪你？鬼才相信呢。所以我来了你应该高兴，这能骗了我吗？"

"你要是让我高兴，我就高兴，你又何必认真。"参谋长说，

"什么鬼才相信，进了黄泉路，你就是野鬼一个。"

"你能来接我，我也很高兴。你可能知道，我过去外出的时候，最不喜欢有人送，而喜欢有人接。"

"到了阴间，你想干什么就干什么，比你过去自由多了。"

"我虽然早想来到这里，可我真没有想好干什么。这里有什么事可干？"

"这里干事情可以完全凭自己兴趣，比阳世间等级森严的社会好多了。"

"这里有漂亮的女鬼吗？"

"漂亮的女鬼，哦，到处都是。我也不知道怎么回事，这里的女鬼都很漂亮，好像女的死了以后，都要重新回炉铸造，因为模子好，所以铸造出来的都漂亮得吓人。然而，让人遗憾的是，像你这样的男的，在这里可以说是英雄无用武之地。男士过了黄泉路，生殖器就会被阉掉。据说，这是因为阳间的东西不能带到阴间来。谁也免不了。"

我用手摸着我的生殖器，大声说："你瞧，我这老二不是还在这儿吗？就是生了杨梅大疮我也不会把它割掉。"

参谋长说："过一会儿你就知道了。"

人死如灯灭。若有情便轮回六道中，犹如车轮，哪有始终？猿猴抱着孩子返回青嶂，野鸟衔鲜花归巢于碧岩。我要预习死亡，为死亡做准备。

人从哪里来？到哪里去？人生的意义，既是你的问题，也是我的问题。有信仰的人，相信死不是生的终结，而是生的重新开始。而我想，人死了也就一了百了，哪有重新开始的道理？大凡佛教传入中国前，中国人是不相信来世的，所以就有未知生焉知死的说法。死是一个绝对超验的问题，我想用小兰花的笔尖，悄悄地为人们无处安放的灵魂织一张睡网，再悄悄地把人们对死亡的恐惧连根挑起，挂在形而上的褐红色峭壁上。于是，我就是一个半死的人，一只脚已经踏进了棺材。我笔触所及，可以使我的灵魂摆脱身体的束缚，灵魂才没有重量，摆脱了身体的灵魂才是纯粹的。

灵魂是二十一克吗？不靠谱，不管三七才会有二十一不是？测不准原理。人，最后还是要靠自我救赎，没有一个灵魂能承受另一个灵魂的重量。很久很久以前，"魂"与"魄"是孪生的精灵。"魂"是意识，"魄"是身体。当一个人自然死亡时，他的魂会到天上，但他的魄则回归到尘世；但若一个人不自然死亡的时候，他的魂魄就会逗留在人世间，病民害国。所以乱世鬼多，新鬼烦冤旧鬼哭，天阴雨湿声啾啾。

肉体即使死亡，灵魂仍是不灭的，只是改变存在的次元，永远地存在着。如何证明？薛定谔的猫。死生，命也！视死如生，也许自有道理。死是必由之路，无喜无悲，所以庄子老婆过世时，他并不悲伤，反而鼓盆而歌，人生本来如牢笼如倒悬，死亡犹如甩掉身上的"附赘悬疣"一样，是一种解脱。如此说来，老婆老了，就成了附赘悬疣不是？

庄子的老婆是自杀吗？不，哲学的老婆是自杀。其实哲学是很专一的，它所爱的只有一个，那便是自杀。

参谋长不太高兴："可以死，可以不死，死伤勇。"

我说："你为什么要为生命的长度担心呢？被称作'疯掉的苏格拉底'的第欧根尼快九十五岁的时候，他觉得再活下去没劲，就憋了一口气而将自己憋死了。"

参谋长眯着细眼睛，反驳道："他好像死于生吃章鱼。"

我说："也许，太老了，牙掉了，生吞活剥，就噎死了。一样的事。"

参谋长依旧认真："不一样，他死于对生命的渴望，而不是绝望。"

都是在扯淡，我不想扯了。搞明白的人也许对死亡没有恐惧。死亡的是身体，身体不是自己，只是归我所有的，像衣服一样，衣服坏了，你就换一件；身体损坏了，你就去换一个身体。生死其实就是穿与脱衣服的过程，有啥好留恋的，又有啥痛苦？没有痛苦会自己生殊胜想，衣服换得愈快愈频繁，常穿新衣服，人也就变得愈发体面了！

因此，有修行的人，非常喜欢死亡。死亡是一个生命的定期革故鼎新。人的生命的运动，就是从一个起点到另外一个终点，这个终点又是另一个起点。死亡不是生命结束。在宇宙间，生命才是最强大的。因此，人死亡之后，脱离了千钧万担的躯壳，应该感到无比的轻松。行也布袋，坐也布袋；放下布袋，何等自在！

少尉猛然跑过来，坚定地说："有修行人是不会拒绝死亡的，也不害怕死亡。"

愿径逝而未得兮，魂识路之营营。佛陀有时会以《楚辞》为歌，化作三闾大夫的模样。果真如此，佛陀嘴里的生命都有灵魂，灵魂没有形式，灵魂借助业力，进入不同之生命，与身体共存。这样，灵魂之圭臬，在于使灵魂脱离业力的束缚，得以自由。这样，有修行的人在面对死亡时，不会有后悔心，不会难受。

可我还是想问，业力是什么？是宇宙的琴弦吗？

耶稣耷拉着脸，面目有点狰狞。他拨弄着一把破旧的马丁琴，偶尔也会装作参谋长的样子，一副满不在乎痛苦的样子。他眼中的人本来是可以不死的，只因为上帝造的那家伙不听神的话，嘴太馋，吃了善恶树上的果子，死亡就开始了。因此，死亡是"罪的代价"，你必须汗流满面，才能糊口，直到归于土中，因为你是由土来的。你本是尘土，仍要归于尘土。然而，受到佛陀的点化，基督的死与复活，证明肉体的死亡不会再让人恐惧。肉体不过是件衣服。相信耶稣再次回来的时候，会给所有的信众送件新的健身服。因此，复活的身体，是一种灵性的生命。

少尉不同意参谋长对死亡的解释，他说，今天活着不是件容易的事，干吗还去想明天的事？他说他现在喜欢住在一只木桶中，夏天，在炽热的沙滩上滚来滚去；冬天，则通过拥抱落满雪的雕像来训练耐寒。

死，没什么，如生，譬如从麻出油，从酪出酥。生命之要义乃是遵从理性和神圣精神，接受自然赐予你的任何东西。以这种方式来生活并非害怕死亡，而是用一种轻蔑的方式来看待它。只有对那些不能活在当下的人来说，死亡才是恐怖的。在命令你前进的死神的微笑中，带着你的笑脸，继续走下去吧。

可是，真正严肃的哲学问题只有一个，那便是自杀。为什么要自杀，可以死，可以无死，死伤勇。是吗？死生，命也；其有夜旦之常，天也。人之有所不得与，皆物之情也。是吗？自由自在活着不是很好吗？自由人很少想到死，自由不是关于死的默念，而是对于生的沉思。或许应该向死而生。向死而生的意义是，当你无限接近死亡，才能深切体会生的意义。又是咸吃萝卜淡操心。未知生，焉知死？

我听完我自己的絮叨，内心一颤："骗我干吗？"

直到日落，我才从潭中上岸，有人给我裹上黑色的绢纱。是谁，我不知道。当然最好是女鬼，按参谋长所说的，女鬼都很漂亮。我回到住室，躺在床上才发现我身上已长满绿色的霉斑。霉斑生得虽没有规则，但疏密似乎十分得体。这是杨梅大疮吗？这是为什么？人都死了，为什么还要再受二茬罪，吃二遍苦，维特根斯坦的逻辑？逻辑没有智慧。智慧和灵感从属于人的先天的直觉。但是逻辑作为经验的原则可以有助于人类整体智慧的提高，因为逻辑用有条不紊的表述把人类的经验规整在一起，对于幼童和占人类绝大多数的愚钝者有独到的启蒙作用。

我住在逻辑的外面，是天才，可以天马行空，独往独来。

我只身在房间里。这是一个稍显豪华的标准间，有一个小冰箱，厚厚的黑色土布窗帘上绣着零碎的雪绒花。死亡的气息。我解开裤子，掏出生殖器。生殖器完好无损。我又有点得意。我睡下，一天的疲倦均付与梦中了。

……

不知过了多少个早晨，我从床上起来，我感到皮肤如针刺似的疼痛。身上每一朵绿色的霉斑的尖都渗出鲜亮的胭红色。我哇哇地大声叫起来。怎么死亡也是疼痛的？

有人推门进来，是一个十分和善的中年人，体形瘦长，戴着一副圆形的金丝边眼镜，面如淡金，穿一件宝蓝色的软缎短袍，淡黄色马裤，脚蹬一双齐膝的高靿皮靴。他进门后，向我点头致意，然后坐在床边的沙发上。

"你是阎罗。"我马上反应道，"来找我索命的。"

"你果然不是凡人。"他点头说。

阎罗亲切地对我笑，在他的笑容里我反而显得十分不自然。不知是谁在我床头柜上花瓶里插了一束鲜花，雪白的花瓣上有一些黑色的斑点。我把目光移到花上。我说："你瞧，我死了还有人想到我。我这个人的人缘还不错吧？"

阎罗说："你不要得意了，这是医院，谁病了住进这里，护士都会送来鲜花，我要是住进医院，他们还会送来更大的花篮。"

"这当然，你的级别高嘛。"

"这与级别是两回事，我和这里的人关系熟。"

"原来阴间也要讲究关系。"我说，"唉，我是不是已经死了，你能不能告诉我，我死了该是什么样子？在阴间我还能做些什么事？"

阎罗点起一根烟："人死了就是你现在这个样子。至于你死了应该是什么样子我可不知道，因为我这里的名单上没有你，所以你不能把关系转到我这里来。"

"你不要逗我玩了，你这是阴间，可不是阳界，换一个工作，还要看有没有编制，交不交城市增容费。"

阎罗摆摆手，示意我不要激动："哪里都要有规矩，阴间要是没有规矩怎么能维持下去呢？"

我也开始吸烟："我并不激动，不过我的确担心，你这里不收我，我应该怎么办？我不就成了一个凄凉的野鬼，又开始四处飘荡了吗？"

穿黑色大褂的护士送来酒。阎罗倒一杯酒递给我，自己也倒一杯，我们碰杯，一饮而尽。

"味道不错，"他说，"就是酸味稍重些。"

我不知这酒是什么味道。

69

　　身上又是一阵微微颤痛。这种痛黏黏的、稠稠的，迟滞在我身上的每一个神经末梢。我慢慢地睁开眼，屋里的灯打开了，粉红色的光线洒满全屋。这种光线不适合病人，而很适合做爱。

　　风过天粉，日和气暖，坐在高楼露台上，抬起头便看到粉嫩的天空，体会宇宙的色色的轻浮；低下头便看到横七竖八的马路，怜爱芸芸众生的风情万种。如此这般，便也可以舒展眼力，开阔胸怀，极尽视听之欢娱，舒畅郁郁之心情。

　　小玫光着屁股，在房间里晃来晃去。她穿粉嘟嘟的肚兜儿，修长的脖子下，凝脂如玉的双峰，像聪颖而又淘气的孩子，半遮半掩，时如玉兔出穴，时若白鸽归巢；素腰一束，竟不盈一握；一双颀长滑润的腿裸露着，粗细均匀，线条流畅；就连那对粉白的脚，转来转去，也在无声地左顾右盼，孤芳自赏。桃花样的眼睛总有一股不妖自媚的笑意，云遮雾绕，春意荡漾；小巧的嘴角微微上翘，红唇微启，不用听声音，便把男人的魂儿勾出来。小玫是狐仙，骨子里便散发着妖媚。

　　我努力坐起来，点一根烟，深深地吸了一口："看到你今天的样子，我才知道苏东坡的《赤壁赋》是在记述什么。"

小玫说："他喝醉了。"

"扯！"我吐了口浓浓的烟，"你想，'纵一苇之所如，凌万顷之茫然，浩浩乎如冯虚御风，而不知其所止；飘飘乎如遗世独立，羽化而登仙'——这是喝醉的感觉吗？"

"那是什么？"

"那是一场贪欢后的回忆。"

"船上，月下贪欢。和谁欢？"

"当然不是你，是浓妆淡抹的王朝云呗。铁冠道人好嫩草，碧桃榴花一枝开。"我说，"我也给你写首诗吧，换你今晚侍寝如何？"

小玫断然说："我的春宵，不是你有诗，就可以买的。"

……

我有点想流泪。

万籁无声。我轻轻地掀开单子，这时我看见胸前至下腹的霉点已开起一朵一朵乳白色的小花。殷红的花蕊有毛茸茸的细须，花瓣疏朗的几片，样子可爱至极。其他的霉点也结成含苞欲放的花蕾。我惊讶地叹息。我揪下一片花瓣放到鼻前，立即闻到一股幽幽的清香。生命的花朵，是自然的还是人文的？潮水舔着岸边的白沙，我们挽起裤脚，在浅滩中游戏。浪花，孩子们的小手。我们跪在沙滩上，祈祷，教母的微笑。《圣母颂》的旋律中，我们都成了像花朵一样开放的维纳斯。

铁皮雨檐被雨滴侵蚀出斑斑点点的痕迹。我的歌声早已中断，即使还有歌声也被抛向远方海的深处。海鸥觅食的小岛。海岸上有一排排青砖红瓦的小楼，郁郁葱葱的树林。洗衣服的渔妇，哼着打鱼的调子。山。淡青色的山寨锁在淡青色的雾中。口弦声。姑娘坐在竹排上。粉红的太阳，青藤爬满的小屋。青石板的小路。园中桃树与杏树杂种。桃花儿红，杏花儿白。我们拉着手，追忆似水年华。

我们嘻嘻哈哈地笑起来。尼采在树下教训未许裙题字的处女们，楚王好细腰，处女的腰身都细吗？也有一些人像尼采一样自命不凡去研究语言，把性欲陌生化为张力，并用文学性的反讽，中断了在过程中的耗散，达到轰动效应式的和解。掌握了几个概念就想当救世主，如同有几个臭钱就想做皇帝一样。黄土陇上埋枯骨，清明节到了，有人开始给自己扫墓。河的源头是我生命的源头，眺望着空蒙的山中雨线，情人的红丝帕上留下的污痕。

小玫进来，拿一把猩红的玫瑰。她用手摸一下我的额头，然后就要动手换掉花瓶中的花。我说："你不要这样，我实在喜欢那样的花。"

小玫把手中的玫瑰放在茶几上的水杯里。她用那双闪动着明波的桃花眼忧虑地看着我，样子似乎要哭。

我说："还没有死呢，干吗这样？"

"是不是我们上次见面你就知道你就要死了？真想不到一切都发生得这样快。当时你怎么不告诉我呢？"

"人生不过如白驹过隙，既然谁都不免一死，早死晚死又有什么关系呢？事到如今，如果我们两个调换一下位置，我绝对不会哭的。"

她的嘴角浮动着不自在的微笑："你知道你得的是什么病吗？"

"什么病？"

"皮肤癌。"

"恐怕是杨梅大疮转成的皮肤癌吧？"

"你能不能不这样，到了这个时候，你应该理解别人的心情。"

"你这样就不对了。在这个时候最需要理解的是我，怎么会是别人呢？"

小玫坐到我的床边，拉着我的手，看着我胸上的花朵，眼中滴下一串串泪珠。她这副样子倒让我不知所措。花前月下，动人的誓言。我闭上眼睛。到现在我对一切均感淡漠。我应该爱谁？谁都很可爱，可我谁都不爱。我只是我，我只知道我是谁。人本该是这样，不知那些圣人为何非要仁者爱人？人要爱谁？人应该爱的是他自己。小玫的泪水能打动我吗？

我从枕边取出一张纸巾递给小玫："不要哭了，你要再哭我也会哭的。"

小玫用纸巾擦脸。我说："你知道我死了要去哪儿吗？"

她摇头道："不要再提这事好吗？"

"地狱天堂我都去过，它们都不要我，我死后去哪里？看来太爱自己的人死后是没有人要的。"

小玫不说话，两只细软的手使劲地揉搓我那带疤痕的右手，泪水不时滴到我的手臂上。黑衣护士进来，轻声地告诉小玫，探视的时间已经过了。小玫拿起包，用哭声向我告别。我从胸前摘下一朵花，别在她的领口边。

我说："你要是参加我的追悼会，就不要买花了。"

小玫扭过头，闭上眼睛。她是怎样走出门的，我不知道。在这个世界，对于我来说，痛苦与幸福是交杂在一起的。如果有来世我也不会祈祷幸福的。人也许要经历人世间的所有滋味才可以称得上功德圆满，如我们没有任何标准衡量傻子和智者的幸福。后羿射九日，九个炎热的面孔遥遥注目。公鸡飞天，花羽毛洒落一地。路边的两棵菩提树相互偎依着。哪一棵是公？哪一棵是母？诗人倒骑毛驴，拿着驴尾巴，倾诉自己对自然的无限深情。饭店的后花园里，两只白鸭在生满绿萍的池塘里游泳。电视里"下流话剧"又开始骂爹骂娘；一个又一个弄臣粉墨登场，花边新闻加出场费接见握手加签名留念买回已出售的人格尊严，并模仿港台的优伶们，披头散发，张牙舞爪，嗲声嗲气地乞求做大众的玩物。疯狂的石榴树和疯狂的吉他，枯坟野冢与七级浮屠，流萤鬼火夜总会。唯有圆圆的足球还能给我一点马拉多纳吃过药以后的激动。伟大的迭戈！

蓬断草枯，寒霜侮辱了早晨。少尉穿着一件破棉袄，草绳系腰，身背粪篓，手握铁铲，在被牛车轧得凸凹不平的路上拾粪，惊醒的寒鸦"呱呱"飞去时惊动落叶"簌簌"飘下。他脸上的皱纹如老柳树的皮，一双生满黄色锈斑的眼睛。干吗把自己打扮得像父亲？人的颜色与大地的颜色。少尉说，参禅久了才知道必须去拾粪。我说，你这是已经死了还是准备死？他说，其实生死本来是一回事；什么都明白了不就是不明白吗？我想，他的话或许有点道理，不由得双手合十，站在路边念起南无阿弥陀佛。

黑衣护士又进来，轻轻地掀开我身上的单子。我前身所有的霉点均已开满那种娇小的白花。身陷花丛，不能盖上国旗，不能把自己的一生贡献给人类最壮丽的事业，我深感遗憾。我拍着护士的屁股说："你见过这样好看的杨梅大疮花吗？"

护士小姐摇摇头："可谁告诉你这是杨梅大疮花呢？"

我刚要做出解释，薇走进来。她还是那副尼姑打扮，显得风尘仆仆；和小玫一样，手中也拿一把猩红的玫瑰。护士走了，我从薇手中接过玫瑰，放到枕边。我说："我这儿花够多的了，你干吗还要买花？"

薇笑着说："你的花是你的花，我的花是我的花。"

"唉。"我说，"我不过是开个玩笑，你就这样对我说话。难道你不知道我已是要死的人了吗？你又于心何忍？"

"人固有一死，生与死不过是个先后问题。这个问题难道也值得同情？"

"你过去不是这个样子。"我摇头，"我也给你写首诗吧，换你今晚侍寝如何？"

薇轻蔑一笑："我的春宵，不是你有诗，就可以买的。"

······

我流出了眼泪。

我点燃一根雪茄。在我的女朋友中，唯有薇从来不埋怨我吸烟。女人劝男人戒烟大都是受了同类的感染，装个样子，借以出卖一点温柔。薇大概对于此十分明智。我不再说话，薇也不说话，她用十分动人的微笑看着我。淡淡的烟雾飘出窗外，飘到紫薇林中。林中的脚步声。一群红裙女妖翩翩起舞，晨曦中回荡着悠扬的歌声。我的灵魂也在这紫薇林中。

佛陀结跏趺坐在大厅汉白玉池子中一片巨大莲叶上，身上落满莲花的花瓣。他笑眯眯地看着我，点头致意。我说，你那个漂亮的小尼呢？他无动于衷。这间大厅似乎重新装修过，地板是光洁的印度孔雀蓝大理石镶嵌的。厅内不见任何光源却通体透明，大概是为了防火且增加点现代气息，均采取冷光光源与暗埋方式设计的。

一位穿青衫的长者把我引到池边，让我坐在池边的一片小莲叶上。我说，这莲叶能经得住我吗？长者笑道，亏你还做过出家人，怎么不知道有即是无、无即是有的道理，你到了这里就是无轻无重了。我说，你这是扯淡，我是有是无，是轻是重我自己能不知道吗？可你怎么会知道？说着我从一张木几上取来块莲花形坐垫，坐在池的石级上。长者还要说些什么，佛陀摆手制止。

"你来找我有何贵干？"

"我死后尚无归处，不来找你我去找谁？"

"你自有你的去处，或入地做鬼，或升天成仙，为什么来烦我？"

"你不知道，我现在是上天无门，入地无路，天堂地狱都没有我的名籍，亡命之徒，不来找你，又去找谁？"

"可去的地方多着呢，为什么偏偏来寻我？"

"你难道不知道我也是个出家人吗？"

"出家人？哪里剃度？法名是何？"

"法名一了。"我生气地说，"看来是人死众人欺！"

佛陀"哈哈"地笑道："看来年轻人决不能早夭，不然到了天国也是要造反的。可你也是修炼过的人，焦躁的毛病怎么不见减少。"

我站起来："你这是什么话。我不过是想问你，我死后究竟能

626

去哪儿？"

"你绝对不是释门中人，这我早就核对过了。再说你不是挺喜欢你现在闲云野鹤的生活吗？干吗非要给自己找一个归宿（归属）？"

我装出有所领悟的样子："我知道你说的是什么意思了。"

"什么意思？"

"人本来不是人。"

佛陀鼓掌大笑，从莲叶上站起来："对了，人乃非人。"

老 K、小 B 与彬彬，也一起过来。他们各自都带一把猩红的玫瑰。

我对老 K 说："死亡的感觉真好。"

老 K 说："别说胡话。为了解人生有多么短暂，你必须走过漫长。"

我把老 K 的话整理好，装到兜里，然后对小 B 说："天地无终极，人命若朝霞。看来就是这样。你还玩音乐吗？"

小 B 嘻嘻一笑："命则不可勉，时则不可力。音乐可以填补抽象的空虚。"

彬彬今天的装束很有韵致，黛眉轻扫，朱唇微点，一身白底黄花的素净连衣裙，清丽淡雅，楚楚可人，若秋之野菊。

我说："送你一首打油诗，以'木棉'为名，哂读为乐。"

南国春色殊，

木棉绽欢颜。

远看似火炬，

近听若咏叹。

花开不见叶，

朵朵朝霞鲜。

雍容且从容，

何须求人怜？

东风传暖意，

留香伴永年。

彬彬说："哈哈，这是一首旧诗了，你用这诗骗过多少女孩呀？"

我说："那么今晚骗你一次行不？"

她坚定地摇摇头：我的春宵，不是你有诗，就可以买的。

又是这样的话，我无言以对，只是突然感到，彬彬就是缠在佛陀身上的小尼，是佛陀让她下凡，帮我度劫的。她会把我度到哪里？天堂无梯，地狱无门。

"跟我走吧，天亮就出发！"耶稣说。他与赵、小杰都过来，每个人都带一束猩红的玫瑰。

"去伯利恒？"我说，"我是三博士之一吗？只有我知道东方三博士是谁，是《易经》的传承人，一个姓施，一个姓孟，一个姓梁丘。"

伯利恒的夜，一颗星带笑脸，感孕而生，闪烁在天际，怜悯地看着宁谧原野。湖边鹭草，黑暗消散，路不再远，夜空湛蓝无边，广博易良。黄金，乳香，没药。

我说："我知道三博士的寓意，或代表的是圣父、圣子、圣灵。"

耶稣显然不太高兴，把手中花扔到桌子上："傻子都知道，还用你说？"

我没有理会他，又说："我还知道黄金、乳香、没药的意义，和傻子知道的不一样。"

赵打圆场说："说说看。"

"三博士向马槽的耶稣献上珍贵的礼物即黄金、乳香、没药。这三种礼物的意义，并不是俗人的理解。黄金不代表信心，而是暗示耶稣以后传道要走官道和商道，只有这两道才有黄金，有黄金才能助力传道。乳香也不代表祈祷，而是暗示耶稣在死后要化作偶像，被焚香供奉。至于没药，更不代表受苦的心智，而是传道的方式，不成良相便成良医不是？良药苦口利于病不是？这才是东方智慧。如此解释才能与博士来自东方互洽。"

耶稣苦笑一声，走了。赵也走了。小杰俯身亲了亲我的面颊，说："你还是那只煮熟的鸭子。"

我拉着她的手："你也要走吗？"

她清澈的眼睛里含着清澈的泪水，就是流不下来。她说："他们在等我！"

我松开她的手。

70

　　乳白色的晨雾从窗缝里钻进来，鼓荡着厚厚的窗帘，然后一缕一缕地在屋中散开。阳光也透过窗帘追进来，悄悄地与这乳白色的雾搅和一起，变幻出灰青色、银黄色、淡紫色、水绿色、胭红色、宝蓝色……这不是我所喜欢的颜色。许多人站在我的身旁，用同情的目光看着我。我身上的花已败落，白色的花瓣覆盖在我的全身。但我并没有睁开眼。我惊讶我没有睁开眼怎么会看到这周围的一切。所有的颜色，我喜爱颜色，故我有"好色无穷"的雅号。可我不是喜爱所有的颜色，尤其是那些被调和得没有什么光彩的颜色，我喜爱的只是颜色本身所具有的颜色。

　　女人就是颜色，但是除了想象之外的女人，现在社会上的女人很少具有新鲜且光亮的颜色。现在女人的颜色是花花公子牌T恤衫的颜色，是各种被调和过度再经过水洗石磨后的颜色。这种颜色之所以为现代人所喜爱，是因为人们真切地感受到生命不过是不知不觉流逝的过程，所以生活本身并没有激烈与悲壮，没有凄惨与伤感。流水落花如一只柔和的手，抚平了一切假设的狂躁和悸动、苦恼和迷惑。还没有进入发达行列的国家却过早地产生了中产阶级意识：只有无聊才显示出悠长。

我看到我周围的人身上都戴一朵小白花。看来他们认定我已经死了，是来瞻仰我的遗容的。我还不到而立之年，我的死还不能叫死，只能叫夭。相比之下夭比死更能骗取别人的同情与眼泪。其实，我知道我自从出走那一天就已经死了。至于我哪一天出走的我已经不记得了。我的出走不像佛陀出家，不像耶稣受难，也不像老子骑青牛过函关。我的出走是一件不值得记忆的事，起码现在看来不值得记忆，可也说不定千百年后会成为我的后学赚稿费的课题。是的，世界上真有这么多让你猜不准的事儿。

我极力想睁开眼，想看清楚我周围的人。可我不能，因为我已经是死人了，死人要是睁开眼岂不是有诈尸之嫌？

但我还是看到参谋长坐到我的床边，轻声地问我："你怎么会叫一了？"

"一了是我入山门中的法号，好比现在许多人喜欢给自己起笔名，当了和尚就要有一个法号。"

"既然当和尚还有那么多讲究，人们干吗还要去当和尚？"

"对我来说当和尚不过是为了附庸风雅罢了！像我这样的人会信那一套吗？"

参谋长瘪嘴笑道："你这人活得比我还无聊。"

我也无可奈何地摇着脑袋。我说，大凡人世间的是是非非对对错错欢欢喜喜悲悲哀哀本无定数，亦如赤橙黄绿青蓝紫诸色交错，混沌一片，分不清也分不开。活着就是活着，千万不要问为什么。狭小心灵中的白莲船怎么能横渡波涛汹涌的大海，生的欲望被海水埋葬后活着不就变成一种无奈了吗？

在这时候谁都知道真正的平静只是死亡，除此还能期望什么？死亡，只有死亡才能改变一切。我希望改变所以我只能选择死亡。

又有一些人来看我，在我身边走来走去。我也知道在大多数人的眼中我的死亡对他们来说是一件很容易忘却的事情。他们现在心怀悲痛地向我告别，待会儿他们就会面带微笑地去和情人约会，并不无悲哀地告诉他的情人，他今天参加了一个朋友的追悼会，他这位朋友英年早逝，真让人心痛，并且还会感叹说，谁都会有这一天。后来他们便相互偎依在一起，争着把舌头伸到对方的嘴里。我的死已成为他们珍惜生命的借口和谈情说爱的作料。我不应该埋怨他们。如果是我，我也会和他们一样的。我唯一与他们不一样的是我选择了死亡。当然他们即使没有选择死亡，他们一定也会与我一样死亡的。

人活在这个世界上，唯一让他们感到真正公平的就是死亡。真正熟悉的面孔都消失了，余下的人多是陌生的同事。他们来给我送行。同事只能是同事，比不得朋友，同事中很少有朋友，这符合我们彼此远交近攻的处事原则。所以仔细想一想人活在这个世界上实际上很无聊。所以我积极地选择了死亡。希望死亡能改变现存的一切。

可是现在想起来，死亡也许并不能改变现存的一切。这是因为人死了，灵魂还在，灵魂还要去找寄托，去找归宿，灵魂并不会死。上帝呀！灵魂怎么会不死呢？灵魂不死是上帝说的，谁有什么办法？护士小姐用黑布单盖上我的头，我的眼前立即变得一片黑暗，脚步声如退潮般从我的房间里消失。

五月的鲜花。绿色的草坪。穿着花衣服的孩子们在绿色的草坪上更像鲜花。如果我还是这群孩子中的一个，我是怎样理解死亡的？在我还是孩子的时候，遥望遥远的星空，简单地把遥远的空间和悠久的时间与自己短暂的生命相比较，顿时觉得内心无比空虚。我期望人的永生，期望长生不老，期望灵魂不朽。可是我现在正值当年，为什么那么渴望死亡呢？我的眼睛噙不住泪水。

我的周围仍旧是一片漆黑。漆黑的眼前纤细的黑线经纬交错。毛茸茸的须组成了一个又一个蜂窝状的小窗。窗外的屋檐细雨霏霏，一池荷花也裸露在雨中了。雨中嫩草，鹅黄色。雨线，雨中的雾。恬静的四野。我仍是孤独一人走在我自己的路上。我没有伴侣，因为我不知道，除我之外还有谁能陪我一起和我走完我这条路，我死了可我的路并没有走完。亮点，无数个亮点，亮点如银针刺痛我的双眼。我的身体开始摇动，如一只摇摇摆摆的风筝。又有了脚步声。

并不是所有的人都希望我立即死去，还有人在想办法挽救我的生命。他们是一些好心人。他们对生命的理解就是生存，只有能活下来才具有生命的意义。这时我这只摇摇摆摆的风筝又稳定下来，在天空中，瞪着眼睛去体悟他们所体悟到的生命的意义。他们的希望是系在我胸前到他们手中的那条线。他们怎么也想不到去体会一下线断以后的那种感觉。叫叫嚷嚷的世界中还真有人能坐下来，静下心吃一盘"群鱼游西湖"。

"上帝"也来看我。这次他拉着他夫人的手，一副情切切意绵绵的样子。俩人都穿着黑色衣服。

我掀开脸上的黑布单："在我的朋友中只有你们两个没有来了。"

"上帝"笑着对我说:"你知道吗? 跳高运动员破世界纪录那一跳需要放屁。"

　　他夫人笑了。 可我没有笑出来:"你们知道吗? 我死后还没有地方去呢。"

　　"上帝"说:"奇怪,你这样的人还要给自己找一个归宿?"

　　我说:"这又有什么奇怪的? 谁不想有个归宿?"

　　"上帝"的夫人故意说:"你说的归宿的意思是找对象吗? 如果找对象,我完全可以给你帮忙。"

　　我说:"这我太高兴了,多多益善。"

　　"上帝"说:"像他这样的人,总是把自己看得和别人不一样,哪会真心去找对象? 他爱的人只是他自己。"

　　我说:"还是你了解我。"

　　"上帝"他们坐了半个多时辰走了,他最后还是没有给我找到归宿。 我开始怀疑我是不是需要归宿。 几位女友端着香槟酒来到我的床前,唱起"祝酒歌",告诉我真正的爱情不存在,不要错过了今夜的欢乐。 我说,我已经死了还有什么欢乐? 要是放个屁能打破世界纪录,那才叫欢乐呢。 她们说,我们想把你的葬礼办得像婚礼一样隆重。 我说如果这样不要忘了找些伴娘。

　　护士又走来,重新用黑布单盖上我的头。 我的眼前又是一片黑暗。 我的灵魂仍在躁动。 我没有归宿。 我没有归宿是因为我仍在等待她的来到。 她不就是我永恒的归宿吗? 她的形象浮动在我黑色的眼帘中,可这只是幻影。 她为什么在我即将离开人间的时候还不来看看我? 幻影和幻想一样都是残酷的,在这样的时刻还在折磨我这颗伟大的心灵。

我从床上被抬下来，大概是要放到灵车里。屋里开始有人的哭声，那哭声像猫叫，逗得我差一点笑出来。我被放到灵车里。灵车开动了，我的身体随车的晃动不断地摇摆。我掐着手指计算，这个世界上究竟有几个人真心地为我哭出声，真正地不愿意让我死去？我似乎找不出一个人。

哦，这也不值得悲哀。其实一个人的生和死，都是自己的事，和别人没有一毛钱的关系。如果我活到这么大，这点还没整明白，那才是一件荒唐的事儿。所以我要骑一头名叫"无为"的驴，走在落满银杏黄叶的大道上。灵车猛然急停，我从床上飘起来。灵车里没有人，淡淡浮动着红色的祥云。我有点委屈，又爬到床上，用黑布单盖上头。

车慢慢地停下来，火葬场到了。我听到烧焦的肉体与灵魂合乐的歌，美妙而轻盈，庄严而纯洁，几乎惊艳了我的耳朵。仪式开始了，合乐又添了新曲，习风袅袅，一水盈盈；人生渺渺，红尘紫陌。似水的流年，被夜雨染成蓝袍；马踏的残阳，把空门缀为花梦！

我被抬进炉道，看着炉膛里燃烧着的红里透蓝的火焰，畅快地笑起来，它烧碎我的身躯和灵魂以后，我真能不对我自己产生一点意识了吗？

我最后吻了吻自己的脸，充满信心地滑进燃烧的炉膛。

于是，我对我说："别再装了！"

图书在版编目（CIP）数据

问 / 一了著 .-- 北京 ： 北京十月文艺出版社，
2025.6. -- ISBN 978-7-5302-2465-6

Ⅰ. Ⅰ247.5

中国国家版本馆 CIP 数据核字第 2025RS5563 号

责任编辑：许庆元　张　颖　　责任营销：王绍君
责任印制：燕雨萌　　　　　　　装帧设计：极宇林

问
WEN
一了　著

出　　版　北京出版集团
　　　　　北京十月文艺出版社
地　　址　北京北三环中路 6 号
邮　　编　100120
网　　址　www.bph.com.cn
发　　行　北京伦洋图书出版有限公司
印　　刷　天津联城印刷有限公司
开　　本　880 毫米 × 1230 毫米　1/32
印　　张　20.5
字　　数　457 千字
版　　次　2025 年 6 月第 1 版
印　　次　2025 年 6 月第 1 次印刷
书　　号　ISBN 978-7-5302-2465-6
定　　价　68.00 元

如有印装质量问题，由本社负责调换
质量监督电话　010-58572393